Wolfgang Hohlbein
Infinity

PIPER

Zu diesem Buch

Diese Saga führt ans Ende der Zeiten: Der Turm, ein gewaltiges, äonenaltes Bauwerk, ist die letzte Bastion auf einer sterbenden Welt. Niemand kann mehr sagen, wer den Turm erbaut hat und welches Schicksal er für seine Bewohner bereithält. Der Turm ist allwissend, übermächtig und bedrohlich – auch für Arion, die als Prinzessin Infinity über die Menschen und seltsamen Geschöpfe herrscht, die im Turm Zuflucht gefunden haben. Doch von außen droht Gefahr. Denn die Rebellen um den ungestümen Anführer Craiden, die abseits des Turms in einer archaischen Welt ihr Dasein fristen müssen, sind im Besitz einer Superwaffe. Mit deren Hilfe könnte nicht nur Arions Herrschaft gestürzt werden, sondern auch der Turm fallen.

Wolfgang Hohlbein, Jahrgang 1953, war Industriekaufmann, bevor er 1982 mit seinem Debüt »Märchenmond« einen Autorenwettbewerb gewann. Seitdem schreibt er einen Erfolgsroman nach dem anderen und gilt als der Großmeister der deutschen Phantastik. Titel wie »Die Tochter der Himmelsscheibe«, »Das Avalon-Projekt« sowie der »Enwor«-Zyklus wurden bei Piper zu Bestsellern. Zuletzt erschienen »Die Kriegerin der Himmelsscheibe« sowie sein Schlüsselwerk »Infinity. Der Turm«. Wolfgang Hohlbein lebt mit seiner Familie und vielen Haustieren in der Nähe von Düsseldorf.
Weiteres zum Autor unter: www.hohlbein.net

Wolfgang Hohlbein

INFINITY

DER TURM

Roman

Piper München Zürich

Entdecke die Welt der Piper Fantasy:

Piper-Fantasy.de

Von Wolfgang Hohlbein liegen bei Piper vor:
Die Rückkehr der Zauberer
Das Avalon-Projekt
Das Druidentor
Die Tochter der Himmelsscheibe
Unheil
Die Kriegerin der Himmelsscheibe
Infinity. Der Turm

MIX
Papier aus verantwortungsvollen Quellen
FSC
www.fsc.org
FSC® C014496

Ungekürzte Taschenbuchausgabe
Oktober 2012

Umschlaggestaltung: Guter Punkt, München / www.guter-punkt.de
Umschlagabbildung: Johan Nordstöm / www.smalltimegiant.com
Satz: Fotosatz Amann, Aichstetten
Papier: Pamo Super von Arctic Paper Mochenwangen GmbH, Deutschland
Druck und Bindung: GGP Media GmbH, Pößneck
Printed in Germany ISBN 978-3-492-26879-0

Arion Prinzessin Infinity war auf die oberste Aussichtsplattform des R'Achernon hinausgetreten, hatte beide Unterarme auf den tiefschwarzen Stein der Brüstung gestützt und sah auf *Belagerung* hinab.

Aus so großer Höhe betrachtet war sie nicht wirklich als Stadt zu erkennen, sondern schien eher etwas Lebendiges – wenngleich Gigantisches – zu sein, das sich so weit über das Land ausbreitete, wie ihr Blick reichte, und sogar noch sehr viel weiter. Braun, schwarz und im erstickenden Farbton von halb geronnenem Blut camoufliert, erinnerte sie vielleicht noch am ehesten an eine riesige, schwärende Wunde, wo die Erde verletzt worden war, ohne dass sie jemals die Chance bekommen hätte, zu heilen. Die allumfassende Weite sowie das kaum wahrnehmbare Flimmern der Luft, das die nur aus dieser Richtung sichtbare *Wand* markierte, erzeugten die Illusion einer allgemeinen, trägen Bewegung, die es mit Sicherheit gab, die aus dieser Höhe aber unmöglich zu sehen sein konnte. *Belagerung* machte ihrem Namen alle Ehre, wenigstens von hier oben betrachtet. Es sah aus, als kröche die ganze gigantische Stadt langsam auf den R'Achernon zu.

Und irgendwie tat sie das ja auch. Oder versuchte es wenigstens.

Gerade als der zerbrochene Mond in Teilen am Horizont aufzugehen schien, ließ eine Bewegung im linken Augenwinkel Arion hoch und zur Seite blicken. Es war ein Heliothopther, winzig und flirrend in der respektvollen Entfernung, die der Lenker zur schwarzen Himmelsklippe mit ihren tückischen Auf- und Fallwinden hielt, aber doch unverkennbar. Einen

Augenblick später gesellten sich ein zweiter und noch ein dritter Heliothopther hinzu, die übliche Formation, in der die Patrouillen ihren Dienst versahen. Während Arion einen Moment lang konzentriert die regenbogenfarbenen Lichtsplitter betrachtete, in die die Libellenflügel die Luft zerschnitten, und vergeblich ein Muster darin zu erkennen versuchte, von dem sie sehr wohl wusste, dass es nicht existierte, das sie aber dennoch gerne entdeckt hätte, fragte sie sich auf einer tieferen Ebene, wozu diese niemals endenden Patrouillenflüge eigentlich gut waren. Die Augen des R'Achernon reichten hundertmal weiter als die der drei Männer dort draußen und waren tausendmal schärfer – was auch immer stark genug wäre, die *Wand* zu durchdringen, das konnten diese drei einsamen Heliothopther gewiss nicht aufhalten.

Fast gleichzeitig gab sich Arion selbst die Antwort auf ihre eigene Frage: Tradition, nach dem R'Achernon die zweite Urgewalt, die die ganze Welt zusammenhielt.

Sie seufzte, ebenso lautlos wie tief. Alles war so furchtbar kompliziert und zugleich auf eine so schreckliche Weise einfach ... wenn man *einfach* mit *unausweichlich* gleichsetzte.

Was es ja auch war.

Arion wandte sich wieder um, und während sie es tat, registrierte sie – erneut nur aus den Augenwinkeln –, wie sich die Formation der Heliothopther auflöste. Sie hatte sich gefragt, ob die Lenker dieser drei Flieger sie hier oben gesehen und womöglich erkannt hatten, und beantwortete sich auch diese Frage: Sie hatten es gar nicht nötig, Arion zu erkennen, denn zweifellos hatte der R'Achernon sie informiert, und das ebenso zweifellos, noch bevor die Prinzessin auch nur einen Fuß auf den Balkon gesetzt hatte.

Was zum Teufel tat sie hier eigentlich?

»Das kann ich Euch sagen, Prinzessin«, ertönte eine zu gleichen Teilen amüsiert wie vorwurfsvoll klingende Stimme. »Ihr bereitet einer Menge Leute großes Kopfzerbrechen, wirbelt das Protokoll in einer Weise durcheinander, dass sich Eure Frau Mutter im Grabe herumdrehen würde, läge sie denn in einem solchen, und verhelft dem Kommandanten Eurer Leibwache zu weiteren grauen Haaren ... oder würdet es tun, wenn er denn Haare hätte.«

Arion ließ ganz bewusst gute fünf Sekunden verstreichen, bevor sie sich provozierend langsam herumdrehte und sagte: »Wenn er jemals Haare auf dem Kopf hatte, dann hat er sie sich zweifellos ausgerauft, nachdem er dich kennengelernt hat, Plixx.« Ihre Stimme wurde – nach einer genau bemessenen Pause und ganz leicht – schärfer. »Und ich mag es nicht, wenn man in meinen Gedanken herumschnüffelt, habe ich das schon erwähnt?«

»Das eine oder andere Mal«, antwortete die in einen einfachen braunen Lederumhang gehüllte Gestalt mit einem beiläufigen Schulterzucken, das sich bis in ihre spitzen, mit seidiggrauem Fell bedeckten Ohren fortzusetzen schien. »Darüber hinaus seid Ihr nun einmal nicht irgendwer, sondern die amtierende Prinzessin und zukünftige Alleinherrscherin des R'Achernon ...«

»Ha!«, rief Arion.

»... was bedeutet, dass so ziemlich jedermann hier das Recht hat, Eure Gedanken zu lesen, und dieses Recht auch nach Kräften auskostet«, fuhr Plixx völlig unbeeindruckt fort. Das spitze Gesicht des Mauslings zitterte; wie Arion wusste, seine Version eines spöttischen Grinsens. »Das ist nun einmal der Preis der Macht, Prinzessin. Eure Gedanken gehören nicht Euch allein.«

»Diese schon«, erwiderte Arion zornig; wenn auch hauptsächlich zornig auf sich selbst, sich überhaupt auf diese Diskussion eingelassen zu haben, so wusste sie doch ganz genau, wohin sie führen würde und wie sinnlos sie war.

»Wie wahr«, seufzte Plixx. Diesmal blieb seine vorstehende Schnauze reglos, aber Arion hatte das Gefühl, ein spöttisches Glitzern in den Tiefen seiner nur aus schwarzen Pupillen bestehenden Knopfaugen zu gewahren.

Das war ... einfach nicht fair! Wieso meinte hier eigentlich jeder, das Recht zu haben, nach Belieben in ihrem Kopf herumstöbern zu dürfen, während sie selbst das bei anderen nicht konnte?

»Oh, glaubt mir, Prinzessin, Ihr würdet das nicht wollen«, sagte der Mausling. »In den meisten Köpfen herrscht ein schreckliches Chaos, und nicht hinter jedem netten Gesicht verbergen sich auch nette Gedanken.«

Arion betrachtete das spitz zulaufende Nagetiergesicht des Mauslings mit einem langen, beredten Blick. Dann nickte sie. »Du meinst, meine Untertanen belügen mich?«, fragte sie mit übertrieben gespieltem Erschrecken. »Sie tun nur so, als würden sie mich lieben, und schmieden in Wahrheit finstere Pläne hinter dem Rücken ihrer Prinzessin?«

Plixx machte sich nicht einmal die Mühe, darauf zu antworten, sondern maß sie nur mit einem fast verächtlichen Blick von Kopf bis Fuß (obwohl Arion nicht besonders groß war, musste er dazu einen Schritt zurücktreten und den Kopf in den Nacken legen), machte ein Geräusch irgendwo zwischen einem Zischen und einem Lachen, das hervorzubringen ein menschlicher Stimmapparat niemals imstande gewesen wäre, und trippelte dann an ihr vorbei zur Brüstung. Klein wie ein Kind, wie der Mausling war, musste er sich auf die Zehenspitzen stellen, um auf das lebendige schwarze Geschwür hinabzublicken, aus dessen Zentrum der R'Achernon aufragte wie der Finger eines zornigen Gottes, der den Himmel aufspießte. Als auch das nichts half, schwebte er eine gute Handbreit in die Höhe, was Arion ein wenig verwunderlich fand. War er nicht der, der allen anderen Mausern immer wieder predigte, dass sich so etwas *nicht gehörte?*

»Es gehört sich auch nicht, gegen alle Regeln des Protokolls zu verstoßen, den gesamten Hofstaat einschließlich Eurer Leibwache in helle Aufregung zu versetzen und Euren Zeremonienmeister am Grund seiner Existenz zweifeln zu lassen, Hoheit«, sagte Plixx. Vielleicht erklang seine Stimme auch direkt in ihrem Kopf, in diesem Punkt war sie niemals ganz sicher gewesen. Sie vermutete, dass sie das auch nicht sollte.

»Schon gar nicht an einem Tag wie heute«, fügte der Mausling hinzu.

Arion war mit zwei schnellen Schritten neben Plixx, drückte

ihn mit sanfter Gewalt wieder auf den Boden zurück und beendete die Bewegung, indem sie sich selbst wieder auf die Brüstung aus Licht fressendem Achern stützte. Unverzüglich begann das Material, jede Energie und damit alle Wärme aus ihrem Körper zu saugen, und stellte seine Bemühungen schon in der nächsten Sekunde wieder ein, als es sie erkannte. Dennoch war sie ein wenig erstaunt, dass es überhaupt geschehen war. Stimmten am Ende etwa die Gerüchte, die behaupteten, die Leistung des R'Achernon ließe nach, je weiter man sich seiner Spitze näherte?

Sie verscheuchte den Gedanken, der erstens nicht hierher gehörte und zweitens vollkommener Unsinn war.

»Was muss ich tun, um wenigstens einmal allein sein zu können, und sei es nur für eine halbe Stunde?«, fragte sie.

Plixx musste schon wieder den Kopf in den Nacken legen, um zu ihr hoch zu sehen, und das tat er auch, lange und sehr nachdenklich. »Noch einmal neu geboren werden, und diesmal nicht als Prinzessin«, sagte er dann ganz ernsthaft. »Obwohl ich bezweifle, dass Ihr Euch dort unten wirklich wohlfühlen würdet.«

»Du weißt ganz genau, was ich meine, Ratte!«

»Bei allem Respekt, Hoheit«, erwiderte Plixx verschnupft, »aber ich muss mich gegen diese Bezeichnung verwahren! In meinem Stammbaum befindet sich ausschließlich Mäuse-DNS, nicht einmal die Spur einer Spur einer Ratte! Ich bin Euer treuer Diener, Majestät, aber eine solche Beleidigung muss ich mir nicht gefallen lassen! Warum verletzt Ihr mich so?«

Hatte sie das? Das hatte sie nicht gewollt. Von allen Speichelleckern, Jasagern, Bedenkenträgern und Katzbucklern hier war der Graue Mausling vermutlich derjenige, der ihr tatsächlich am treuesten ergeben war – Duras und seine affinen Krieger einmal ausgenommen, denen gar keine andere Wahl blieb, als sie zu lieben. Sie kannte Plixx, seit sie denken konnte – Amme, Spielkamerad und Lehrer, väterlicher Freund, sprechendes Kuscheltier und Berater zugleich –, und das Allerletzte, was sie wollte, war, ihm wehzutun …

Dann sah Arion das spöttische Glitzern in seinen Augen, nur

eine halbe Sekunde später das verräterische Zucken seiner spitzen Schnauze sowie der Barthaare, und ihre Augen wurden schmal.

»Du *bist* eine Ratte!«, rief sie. Vermutlich hatte die kleine Kröte sich nicht nur köstlich über ihre Gedanken amüsiert, sondern sie überhaupt erst dazu gebracht, sie zu *denken*.

»Aber nur manchmal«, antwortete Plixx. »Und nicht genetisch, darauf möchte ich hinweisen.«

»Das ist ja gerade das Schlimme«, erwiderte sie. »Wenn es nicht angeboren ist, welche Ausrede hast du sonst?«

»Wozu bräuchte ich die wohl, Hoheit?«, feixte Plixx. Dann wurde er schlagartig vollkommen ernst. »Mach dir keine Sorgen, Arion. Der Zeremonienmeister und die Hälfte seiner Eunuchen laufen gerade ein bisschen Amok, und Duras wird sich vermutlich wieder ein paar Haare wachsen lassen, die er sich genüsslich ausreißen kann, aber ich habe beide einigermaßen beruhigt. Allerdings musste ich versprechen, nach dir zu suchen und dich schnellstmöglich zurückzubringen, bevor das Protokoll vollkommen zusammenbricht und sie am Ende doch den ganzen schönen Krieg verschieben müssen.« Er kicherte. »Was für eine durch und durch entsetzliche Vorstellung!«

»Männer!«, schnaubte Arion. »Ich habe nie verstanden, was euch an diesem verdammten Krieg so fasziniert.«

»Da fragst du den Falschen«, erwiderte Plixx. »Ich bin eine Maus, kein Männer.«

Arion gab sich zwar redlich Mühe, weiter wütend auf ihn zu sein – oder wenigstens verärgert –, aber es gelang ihr einfach nicht; vielleicht allein, weil er zum vertrauten *du* übergewechselt war. Der Mausling duzte sie nie in Gegenwart anderer und nur sehr selten, wenn sie allein waren. Durch dieses simple Wort war er plötzlich wieder zu ihrem Freund und Spielgefährten geworden, nicht mehr Berater, Beschützer und so ganz nebenbei vermutlich eines der gefährlichsten Lebewesen dieses Planeten.

Plixx, der wieder einmal ihre Gedanken las, schenkte ihr ein geradezu unverschämtes Nagezahngrinsen und wandte sich wieder um. Lange Zeit – lange genug, um die drei Heliothopther auf ihrer Patrouille erneut auftauchen und mit brummenden Flügeln unter ihnen vorbeihuschen zu lassen – standen sie schweigend nebeneinander und sahen auf die monströse Stadt hinab, jeder in seine eigenen Gedanken versunken (der Mausling vielleicht nicht nur in die seinen), dann sagte Plixx unvermittelt: »Du hast Angst vor heute Abend, stimmt's?«

»Warum fragst du überhaupt?«, erwiderte sie. »Du kennst doch die Antwort.«

Plixx sah sie ehrlich verletzt an. »Nein«, behauptete er. »Ich lese vielleicht die Gedanken der Prinzessin, aber nicht die deinen. Das würde ich nie tun, Arion.«

Sie war verwirrt. Auf einer nicht verbalisierbaren Ebene verstand sie sehr wohl, was der Mausling meinte, doch so wenig sie dieses Verstehen wirklich in Worte kleiden konnte, so wenig vermochte es, ihre Verwirrung über ihre eigenen Gefühle zu dämpfen. »Nein«, behauptete sie schließlich, von einem Gefühl der Unwahrheit erfüllt, noch bevor sie die folgenden Worte überhaupt aussprach. »Wovor sollte ich wohl Angst haben? Niemand kann mir hier etwas tun. Schließlich gibt es auf der ganzen Welt keinen Ort, an dem ich sicherer wäre ... oder?«

»Und nicht nur auf dieser«, bestätigte der Mausling. Er wies hinab auf das pockennarbige Geflecht aus Zelten, Holz- und Steingebäuden und anderen, noch viel bizarreren Unterkünften, manche winzig, einige davon für sich allein genommen schon groß genug, um andernorts als Stadt durchzugehen.

»Prinzessin Infinity hat keinen Grund, sich vor denen da zu fürchten. Warum auch? Ein Fingerschnippen, und sie sind Vergangenheit ...« Er kicherte. »Na ja, vielleicht bräuchte es doch ein bisschen mehr als nur ein Fingerschnippen, aber wir könnten sie auslöschen, ohne uns dabei besonders anzustrengen, es ist wahr. Das haben wir immer gekonnt, und wir werden es immer können. Wir wissen das. Sie wissen, dass wir es wissen, und wir wissen, dass sie wissen, dass wir es wissen.«

»Ich glaube, ich habe verstanden«, sagte Arion hastig, bevor er weitermachte und sie in einer Stunde noch hier standen und der Mausling ein Komma und ein »Wissen« ans andere reihte.

»*Diesen* Gedanken habe ich gelesen, Prinzessin«, erwiderte Plixx mit einem flüchtigen Mausgrinsen und wurde sofort wieder ernst. »Dennoch ist es wahr. Prinzessin Infinity hat keinen Grund, die Legionen der Quorrl und ihren Anführer zu fürchten. Aber ich glaube, dass Arion Angst vor ihm hat.«

»Unsinn!«

»Ach, nein?«, erkundigte sich Plixx. Sein Nagezahn blieb versteckt, und auch seine Barthaare rührten sich nicht. »Wenn das so ist, dann gibt es ja auch keinen Grund mehr, noch länger hier oben herumzustehen und kostbare Zeit zu vertrödeln, oder?«

»Seit wann ist Zeit kostbar?«, seufzte Arion. »Ich habe so viel davon, wie ich will. Vielleicht sogar mehr, wie ich will.«

»Kinder …« Irgendwie brachte Plixx es fertig, nicht nur wie ein betrübter und sehr alter Mann zu seufzen, sondern für die Zeit, die dieser Laut brauchte, auch ganz genauso auszusehen, nicht mehr wie ein anderthalb Meter großes, spitzohriges Kuscheltier. Dann verwandelte er sich wieder in einen Mausling, sowohl optisch als auch akustisch.

»An jedem anderen Tag mögt Ihr damit recht haben, Prinzessin«, sagte er, »nur nicht heute. Die Herrin des R'Achernon mag die mächtigste Frau dieser Welt sein, aber selbst sie muss sich dem Protokoll beugen.«

»Muss ich nicht«, erwiderte Arion patzig.

Musst du doch, vernahm sie die Stimme des R'Achernon in ihren Gedanken.

Gut, damit war dieses Thema erledigt.

»Lass uns gehen«, sagte Plixx sanft. »Er ist schon auf dem Weg, weißt du?«

»Craiden?«, entfuhr es Arion. »Dieser ungehobelte Barbarenhäuptling? Er ist hier?«

Plixx kniff das linke Auge zu. Sein anderes blickte eindeutig amüsiert zu ihr hoch. »Noch nicht ganz, aber sein Erscheinen wurde uns bereits mit allem angemessenen Pomp und Remmidemmi avisiert: *Der Verheerer kommt, die Welt soll vor seinem Schatten erbeben, die Sonne ihr Antlitz verbergen und die Sterne vor Furcht erlöschen …*« Er wedelte mit beiden Armen. »Das

Übliche eben. Aber dafür, dass Ihr diesen *ungehobelten Barbarenhäuptling* nicht fürchtet, reagiert Ihr reichlich stark auf den bloßen Klang seines Namens, Prinzessin – wenn Ihr mir die Bemerkung gestattet.« Sein Nagezahn blitzte. »Immerhin wisst Ihr, wer er ist.«

»Ich bin die Herrin des R'Achernon«, erinnerte ihn Arion sanft. »Ich weiß alles.«

»Nehmt es mir nicht übel, Prinzessin«, antwortete Plixx mit säuselnder Stimme, »aber bloßen Zugriff auf das Wissen des gesamten Kosmos zu haben, bedeutet nicht zwangsläufig, auch alles zu wissen.«

»*Craiden*«, antwortete Arion, indem sie Einblick auf das entsprechende Datensilo nahm. »Seit neun Jahren der unumschränkte Herrscher von *Belagerung*, gefürchtet wegen seiner Grausamkeit, aber von seinen Untertanen – jedenfalls denen, die er am Leben gelassen hat – bewundert und geliebt. Er begann seine Karriere als einfacher Krieger in der Armee seines Vaters, der einer der mächtigsten Kriegsherrn der Stadt war, diente sich rasch hoch und übernahm dessen Thron, Clan und Vermögen binnen weniger als fünf Jahren. Danach arbeitete – manche behaupten auch, mordete und intrigierte – er sich innerhalb kürzester Zeit an die Spitze des Rats der Clansherren, nachdem sein Vorgänger einem ebenso bedauerlichen wie tödlichen Unfall zum Opfer gefallen war. Weitere zwei Jahre darauf putschte er sich an die absolute Macht und schaffte den Rat kurzerhand ab, und seither ist er …«

Plixx machte eine kaum sichtbare Handbewegung, und der Datenstrom versiegte. »Genau, und in weniger als drei Stunden wird er in Eurem Thronsaal erscheinen, um Euch, dem R'Achernon und dem Rest der zivilisierten Welt den Krieg zu erklären, Arion.« Er bedachte sie mit einem strafenden Blick. »Tz, tz, tz, Prinzesschen. Ich fürchte, du musst noch eine Menge lernen.«

»Wie man andere in Verlegenheit bringt, zum Beispiel?«

»Es macht wenig Eindruck, mit allumfassendem Wissen zu protzen, wenn man dabei in einen Ton verfällt, bei dem selbst der ungebildetste Quorrl-Barbar merkt, dass man nur die Informationen aus einem Datensilo herunterbetet«, erwiderte der Mausling. »Was nutzen einem alle Antworten des Universums, wenn man die richtigen Fragen nicht kennt?«

»Eine philosophische Maus«, sagte Arion anerkennend. »Vielleicht sollte ich Craiden besser mit dir verhandeln lassen. Ich bin sicher, ihr beide habt euch eine Menge zu erzählen. Wenn wir Glück haben, quatscht ihr euch ja auch gegenseitig zu Tode.«

Plixx zog es vor, gar nichts darauf zu antworten, drehte sich mit einer sonderbar schwerfälligen Bewegung um und bedeutete ihr mit einer entsprechenden Geste, mit ihm zu kommen, während er zur Tür trippelte. Arion gehorchte, ohne dass es ihr auch nur in den Sinn gekommen wäre, ihm nicht zu folgen. Kalter Wind schlug ihr entgegen und ließ sie trotz des Körperschildes frösteln, den sie vorsorglich angelegt hatte. Es gab da auch noch andere Gerüchte, die behaupteten, dass die Schilde des R'Achernon so weit oben mehr oder weniger regelmäßig ausfielen, sodass die Chancen gar nicht einmal schlecht standen, auf die Plattform hinauszutreten und sich unversehens in einer Umgebung wiederzufinden, die vielleicht noch nicht wirklichen Weltraumbedingungen entsprach, ihnen aber nahe genug kam, um einen Menschen binnen einer einzigen Sekunde umzubringen.

Nicht, dass Arion diesen Gerüchten auch nur im Entferntesten Glauben geschenkt hätte … aber ein bisschen vorsichtig zu sein, hatte ja noch nie geschadet.

Das Vertrauen des Mauslings in den R'Achernon schien deutlich größer zu sein als ihres. Er trug jedenfalls keinen Schild und – zumindest außerhalb seines Körpers – auch keinerlei andere sichtbare Technik. Trotzdem schien der Wind den Mausling nicht einmal zu berühren, als würden es sich die Böen im letzten Moment noch einmal anders überlegen und lieber einen Bogen um die spitzohrige Gestalt schlagen, ehe sie sich in ihrem Fell verfingen.

So viel also zu den ständigen Ermahnungen des Mauslings, seine Kräfte niemals einzusetzen, um sich einen persönlichen Vorteil zu verschaffen – oder gar *Bequemlichkeit.*

Plixx warf Arion einen schrägen Blick zu, und sein Mantel bauschte sich, als hätte er sich urplötzlich in eine Fledermaus verwandelt, die zum allerersten Mal und noch ungeschickt versuchte, ihre Schwingen zu entfalten.

So viel also auch zu seinen Beteuerungen, ihre Gedanken nur dann zu lesen, wenn sie diese als Prinzessin dachte.

Immerhin war Plixx klug genug, auf diesen Gedanken nicht mehr zu reagieren, sondern nur seine Schritte Richtung Tür zu beschleunigen, sodass Arion jetzt fast Mühe hatte, nicht zurückzufallen. Dennoch nahm sie sich vor, ihn später noch einmal darauf anzusprechen. Es geschah selten genug, dass Plixx ihr einen Vorwand lieferte, ihm wirklich Vorhaltungen zu machen, und sie gedachte nicht, diese Chance ungenutzt verstreichen zu lassen.

Doch gerade als sich die schwarze Flanke des R'Achernon vor ihnen teilte, erbebte der gesamte Turm unter ihren Füßen, und der Himmel hinter ihnen erstrahlte in einem blendend weißen Licht, das gelb und schließlich rot wurde, noch bevor sie beide erschrocken zusammen- und in einer völlig synchronen Bewegung herumgefahren waren. Ein dumpfes, mahlendes Grollen wehte zu ihnen herauf.

Im Osten brannte der Himmel. Der Horizont hatte in dieser Himmelsrichtung Feuer gefangen, und plötzlich war auch die *Wand* sichtbar geworden, wenn auch nur indirekt, indem sie dem tosenden Feuersturm Einhalt gebot, der unmittelbar hinter ihr entfesselt worden war.

Arion stand eine geschlagene Sekunde einfach nur da und starrte das gleichermaßen faszinierende wie erschreckende Bild an, dann benutzte sie ihre Retina-Implantate, um Größe und Temperatur des Feuersturms einzuschätzen, kam aber zu keinem eindeutigen Ergebnis. Die Flammen waren zwischen zehn und etlichen hundert Metern hoch, und ihre Temperaturen erzeugten genug Hitze, um Holz in Schlacke zu verwandeln und Stahlkeramik zu Plasma werden zu lassen, ohne dass dabei der Umweg über den flüssigen Zustand nötig gewesen wäre.

»Zwölf Kilotonnen«, sagte Plixx. »Eher zwölfeinhalb. Eines

muss man diesem Craiden lassen. Er weiß, wie man laut genug anklopft, um sich Gehör zu verschaffen.«

Arion nahm Zugriff auf die Sensorphalanx des R'Achernon, stellte fest, dass Plixx die Sprengkraft der Bombe fast genau richtig eingeschätzt hatte, und wollte anerkennend nicken, verzog aber dann stattdessen nur geringschätzig den Mund. »Wer protzt jetzt mit fremdem Wissen?«, fragte sie.

Plixx schenkte ihr nur einen verstörten Blick und starrte dann wieder die Flammenwand an.

Er hat keinen Zugriff auf meine Daten genommen.

Hat er nicht?

Nein. Eine Schätzung. Wenn auch eine erstaunlich präzise. Selbst für ihn.

»Was für ein Dummkopf«, sagte Plixx kopfschüttelnd.

»Du meinst … das war *Craiden?*«, murmelte Arion verwirrt. »Du glaubst, *er* hat diese Explosion ausgelöst? *Absichtlich?*«

»Nein, sicher nicht«, erwiderte Plixx spöttisch. »Ich nehme eher an, dass einem seiner Alchimisten irgendein Experiment mit Schwefel, Salpeter und ranzig gewordener Butter schiefgegangen ist. Und zwar schrecklich schief, wie es aussieht.«

Statt in das Innere des Turms zu treten, gingen sie zurück zur Brüstung, und dieses Mal schwebte Plixx ganz ungeniert nach oben, sodass sich ihre Gesichter auf gleicher Höhe befanden, während sie nach Osten blickten. Die drei Heliothopther waren wieder da. Sie hatten ihren Patrouilleflug unterbrochen und fast unmittelbar unter ihnen angehalten, um die glitzernden Facettenköpfe nach Osten zu wenden und all die Daten und Informationen einzusammeln, die der R'Achernon schon längst und mit hundertfach größerer Präzision aufgezeichnet haben musste. Arion streckte ihre geistigen Fühler flüchtig nach ihnen aus und registrierte verwirrt nicht nur die Nervosität der Lenker, sondern auch ihrer Heliothopther. Da war … Angst. Warum?

»Was für ein Dummkopf«, murmelte Plixx noch einmal.

Arion streifte nun auch ihn mit einem verstörten Blick, begriff, dass die Bemerkung weder ihr gegolten hatte noch für sie bestimmt gewesen war, und veranlasste die Naniten in ihren Augen, bis an die Grenzen ihrer Leistungsfähigkeit zu gehen. Das Bild der Feuerwand wurde nicht größer, aber sie sah von einem Atemzug auf den nächsten so viele Einzelheiten, dass ihr schwindelig wurde und sie die Vergrößerung rasch ein wenig zurücknahm, um nicht von der Flutwelle an Informationen überrollt zu werden.

Die Feuerwand sah jetzt aus wie eine massive Mauer aus Substanz gewordener Hitze, die immer wieder und wieder gegen das unsichtbare Kraftfeld der *Wand* anrannte, ohne sie durchdringen zu können. An ihrem Fuß schmolzen Erdreich und gewachsener Fels, verdampften fast augenblicklich und kondensierten wieder zu flüssigem Glas, das zu Boden regnete und sofort erneut verdampfte, als immer noch mehr und immer noch größere Hitze heranbrandete, in Wellen, die wuchtiger und schneller wurden, statt allmählich an Kraft einzubüßen, wie sie es eigentlich sollten. Etwas an diesem Anblick war *falsch*.

»Was bedeutet das?«, fragte Arion.

»Dass unser Freund Craiden ein noch viel größerer Dummkopf ist als der, für den ich ihn sowieso gehalten habe«, antwortete Plixx, ohne den Blick von der immer noch weiter wachsenden Feuerwalze zu lösen, die gegen die *Wand* anrannte, zwei mythische Urgewalten, die eine völlig unaufhaltsam, die andere im gleichen Maße unzerstörbar. »Dieser Idiot hat eine Brandbombe geworfen.«

»Ich kann mich täuschen«, sagte Arion zögernd, »aber ist das nicht der Sinn einer Bombe? Dass etwas brennt, meine ich?«

»Nicht so«, antwortete Plixx knapp. »R'Achernon?«

Gegenmaßnahmen sind eingeleitet, antwortete die lautlose Stimme des Turms in ihrer beider Köpfe. **Aber es wird einen Augenblick in Anspruch nehmen. Das kam unerwartet.**

Unerwartet?, dachte Arion verwirrt. Sie hatte nicht gewusst, dass man den R'Achernon *überraschen* konnte.

Das ist auch nicht möglich. Aber eine Bedrohung wie dieser zu begegnen, bedarf gewisser Vorbereitungen und einer enormen Anstrengung. Nicht einmal ich verfüge über ausreichende Ressourcen, um ständig auf alle denkbaren Optionen vorbereitet zu sein. Niemand tut das.

Das klang einleuchtend, aber Arion verstand es trotzdem nicht, so wenig wie den angespannten Klang in Plixx' Stimme, und die wachsende Furcht, die in Wellen von den drei Heliothopthern und ihren Lenkern zu ihr heraufwehte.

Was ging dort unten vor? Es war doch nur eine Atombombe gewesen, die Craiden dort gezündet hatte, bei aller unzweifelhaften Verheerung, die sie innerhalb von *Belagerung* anrichten musste, nicht mehr als ein Knallfrosch, verglichen mit dem, was die *Wand* aufzuhalten vermochte.

Mit einiger Verspätung kam sie auf die Idee, den Blick ihrer verstärkten Augen von dem tobenden Inferno zu lösen und die Randbereiche dieser Zone vollkommener Vernichtung abzusuchen.

Verwirrt stellte sie fest, dass sie *wuchs*.

Zwischen der immer noch weiter expandierenden Säule aus verzehrendem Feuer, die längst die Höhe des R'Achernon erreicht hatte und über ihren Köpfen allmählich zu dem so typischen brodelnden Pilzdach auseinandertrieb, und den ersten Gebäuden der Stadt, die die Druckwelle nicht zerstört hatte, befand sich ein mindestens zwei oder drei Meilen messender Streifen aus zerschlagenen Ruinen und leergefegtem Boden, auf dem jetzt immer mehr und mehr Brände ausbrachen. Manche davon waren winzig, sodass sie über die große Entfernung betrachtet kaum mehr als Funken zu sein schienen, andere waren gewaltige Feuersbrünste, obwohl es dort doch eigentlich gar nichts mehr geben sollte, was brennen konnte. Sonderbare, fast geometrisch erscheinende Linien aus blassgrauem Rauch erschienen immer wieder in der Luft darüber und verschwanden, wenn der Sog der Feuersäule sie ergriff, und ein Flimmern wie von Hitze, auch wenn sie tief in sich spürte, dass dieses Phänomen eine vollkommen andere und viel schlimmere Bedeutung hatte.

»R'Achernon«, sagte Plixx, und jetzt klang er eindeutig nervös.

Ja, ja, schon gut, antwortete der R'Achernon. **Ich bin gleich so weit.** Hätte sie nicht gewusst, dass es vollkommen unmöglich war, dann hätte sie geschworen, so etwas wie Nervosität in der Stimme des Turms zu hören.

Sie blickte noch einmal zur Todeszone und darüber hinaus, vergrößerte die Auflösung ihrer Augen wieder und zwang sich, dem heftigen Schwindelgefühl standzuhalten, das sich prompt wieder einstellte. Wo die Druckwelle der Monsterexplosion endlich genügend Kraft eingebüßt hatte, um sich an Wänden und Häuserblocks zu brechen, statt sie einfach wegzublasen, wirkten die Gebäude eingedrückt, zerstört und auf eine sonderbar uneuklidische Art deformiert, als hätten die entsetzlichen Gewalten der Explosion sie nicht einfach nur erschüttert, sondern gleichsam ein Stück weit aus ihrer Wirklichkeit hinaus- und in eine andere, ungesunde Realität hereingedrückt. Auch dort brannte es, aber diese Flammen wirkten irgendwie … anders.

Arion kam endlich auf die Idee, in den entsprechenden militärischen Datenbanken nachzuschlagen, und konnte sogar selbst spüren, wie das Blut aus ihrem Gesicht wich. »Nein«, hauchte sie. »Das … das kann er nicht getan haben!«

Bevor Plixx antworten konnte, erlosch die Welt jenseits der *Wand*. Wo der Flammenpilz gewesen war, befand sich plötzlich in der Höhe nur noch sein brodelndes, abgeschnittenes Dach, das rasch an Leuchtkraft und Hitze verlor, nun, wo es keinen Nachschub an thermischer Energie mehr gab. Der Fuß dieses Höllenpilzes jedoch war von einer nahezu perfekten Halbkugel aus schwarz verchromtem Stahl verschlungen worden.

Noch während Arion hinsah und zu begreifen versuchte, was sie da überhaupt erblickte, fiel ihr zweierlei auf, und sie hätte nicht sagen können, was sie mehr erschreckte: Die *Wand* war durchbrochen worden. Die schimmernde Halbkugel hatte sie einfach durchdrungen und erstreckte sich ein gutes Stück weit in die paradiesische Landschaft aus Wäldern, Seen und gewundenen Flussläufen, die den Fuß des R'Achernon umgab, und die schwarze Kuppel schrumpfte langsam und sank nach unten ab.

Arion begriff ihren Irrtum praktisch in der gleichen Sekunde. Die Halbkugel schrumpfte nicht, und es war auch keine *Halbkugel*, so wenig wie sie tatsächlich aus verchromtem Stahl oder überhaupt aus Materie bestand. Was sie sah, war das obere

Drittel eines schwarzen Loches, einer perfekten Kugel, zur Hälfte sichtbar und von mehr als einer Meile Durchmesser, das langsam im Boden versank und dabei einen ebenso perfekt gerundeten Schacht in die Erde diesseits und jenseits der *Wand* stanzte; der Ereignishorizont des künstlichen schwarzen Loches, mit dem der R'Achernon den Brandherd umhüllt und aus dem Raum-Zeit-Gefüge hinausgerissen hatte. Dem Zug der Schwerkraft folgend, begann es allmählich, dem Erdkern entgegenzusinken, wo es schließlich kollabieren und sich selbst verzehren würde.

»Das war ... drastisch«, murmelte Arion benommen, als die schwarze Kugel endgültig verschwunden war. *Drastisch* schien irgendwie nicht das richtige Wort, aber ihr fiel auch kein besseres ein.

»Nicht drastisch genug, wenn Ihr mich fragt«, fauchte Plixx. »Man sollte diesen Dummkopf hinterherwerfen, mit einem Schwebegürtel auf schwacher Leistung, damit er auch lange genug was davon hat! Dieser verdammte Trottel! Dieser dämliche, vollkommen verblödete Idiot!«

Er hat nicht gewusst, was er tut, sagte der R'Achernon.

Plixx plusterte sich nur noch weiter auf. »Na, das ändert ja dann wohl alles!«, giftete er. »Dann entschuldige ich mich doch glatt dafür, den so hoch geschätzten Craiden in Abwesenheit zu übel beleidigt zu haben!« Er schlug wütend mit der geballten Faust auf die schwarze Brüstung. »Wie konnte ich mich nur so hinreißen lassen! Der bedauernswerte Craiden! Er hat es schließlich *nicht gewusst!*«

Arion meinte, fast so etwas wie ein Gefühl von Erheiterung tief in sich zu spüren, das nicht ihr selbst gehörte, aber der R'Achernon kannte den Mausling offenbar besser als sie und schwieg, und auch sie selbst – mit dem neu erworbenen Wissen, über das sie jetzt verfügte – konnte den Schrecken des Mauslings nur zu gut nachvollziehen. Ihr erging es auch nicht viel besser.

Statt irgendetwas zu sagen, blickte sie noch einmal nach Osten. Die Stadt brannte weiter, und selbst ihr extrem verstärktes Sehvermögen reichte nicht aus, um irgendetwas zu erkennen, das nicht aus Stein, Stahl oder einem noch widerstandsfähigeren Material gewesen wäre. Flüchtig stellte sie sich die Frage, wie viele Leben Craidens *Anklopfen* wohl gekostet haben mochte, schrak zugleich aber auch so sehr vor der Antwort zurück, dass sie den Gedanken nicht weiterverfolgte und sogar bedauerte, ihn überhaupt gedacht zu haben.

Plixx zischte noch ein paar Worte in einer Sprache, die sie nicht verstand, sank wieder zu Boden und stürmte auf die offen stehende Tür zu. Arion folgte ihm, wenn auch nicht, ohne noch einen abschließenden Blick auf den kreisrunden Schacht geworfen zu haben, der im Boden unter der *Wand* gähnte, wo noch wenige Augenblicke zuvor das Ende der Welt begonnen hatte: ein annähernd eine Meile durchmessender Kreis, dessen Wände jenseits der *Wand* immer rascher zu bröckeln begannen. Risse entstanden dort im Erdboden, wo vorher ein Teil von *Belagerung* gelegen hatte, erweiterten sich zu Schluchten und rasch einstürzenden Canyons und streckten gierige schwarze Spinnenfinger nach dem, was von der Stadt übrig geblieben war. Bald würde er sich zu einem gewaltigen Vier-Fünftel-Kreis ausdehnen, mit der lotrechten Seite dort, wo die *Wand* seine Ausdehnung stoppte und die Wände des Schachtes auf diese Weise stützte. Arion fragte sich flüchtig, welche Legenden sich irgendwann einmal um seine Entstehung ranken würden und welche Rätsel er späteren Generationen von Quorrl wohl aufgeben mochte.

Sie verscheuchte den Gedanken und beeilte sich, Plixx zu folgen.

Kaum hatte sie den R'Achernon betreten, verwandelte sich die Tür hinter ihr in eine fugenlos glatte Wand, und aus dem Licht verzehrenden Schwarz des allgegenwärtigen Achern wurde ein sanftes Leuchten, das den Augen schmeichelte. Sofort wurde es ihr warm, wenn auch mit dem Ergebnis, dass sie die Kälte, der sie draußen ausgesetzt gewesen war, jetzt nur noch intensiver spürte, bevor die Naniten in ihrem Körper auf das Gefühl von Unbehagen reagierten und die Kälte zwar nicht abschalteten (das konnten nicht einmal sie), ihrem Gehirn aber immerhin erfolgreich vorgaukelten, dass es so war.

Trotzdem: Arions Gesicht prickelte, und ihre Finger waren mit einem Male so ungelenk, dass sie zweimal ansetzen musste, um die transparente Atemmaske abzunehmen, die sie bisher über Mund und Nase getragen hatte. Die ersten Atemzüge schmeckten schal und abgestanden, obwohl ihr Verstand ihr sagte, wie vollkommen unmöglich das war.

Plixx bedachte sie mit einem missbilligenden Blick, sparte sich aber jeden Kommentar und geduldete sich auch, bis sie den Schildgenerator abgelegt hatte, den sie in Form eines schmalen silbernen Gürtels um die Taille trug. Davon einmal abgesehen, dass sie es gar nicht konnte, hätte sie die Gedanken des Grauen Mauslings gar nicht lesen müssen, um den Grund für seinen tadelnden Blick zu verstehen.

Es war nicht das erste Mal, dass Arion hier oben war, und es würde gewiss auch nicht das letzte Mal sein, aber etwas in ihr hatte sich bisher stets dagegen gesträubt, ihre Lungen adaptieren zu lassen. Eingriffe wie dieser waren ein Prozess von weniger als zwei Stunden, den sie sogar im Schlaf hinter sich bringen konnte. Aber irgendwie war es ihr bisher immer … *falsch* vorgekommen.

Plixx räusperte sich unbehaglich. »Ich … ähm … ich muss mich bei Euch entschuldigen, Prinzessin.«

»So?«, fragte Arion, wollte noch mehr sagen und beließ es dann bei einem fragenden Hochziehen der Augenbrauen. Sie kannte Plixx nun schon so lange, wie sie sich zurückerinnern konnte, aber der Anblick einer teenagergroßen Maus, die verlegen von einem Fuß auf den anderen trat, einen Mantel aus grob zusammengenähten Lederflicken trug und nervös mit dem Schwanz peitschte, war doch etwas, woran sie sich nie wirklich gewöhnte.

»Ich habe die Beherrschung verloren, Majestät«, antwortete Plixx. »In Eurer Gegenwart. Das gehört sich nicht.«

»Aber das verstehe ich doch«, seufzte sie. »Da geht man nichts ahnend auf den Balkon hinaus, um ein bisschen frische Luft zu schnappen, und schon zündet irgendein Idiot eine Weltuntergangsbombe. Ehrlich, so was kann einem schon den Tag versauen.«

»Ich bin nicht das, was ich bin, weil ich dazu neige, die Beherrschung zu verlieren, Hoheit«, antwortete Plixx steif. »Das ist unverzeihlich. Ich werde mich sofort einer Persönlichkeitsstabilisierung unterziehen, sobald wir …«

»Den Teufel wirst du tun«, unterbrach ihn Arion. »Craiden wartet auf mich oder etwa nicht?«

»Noch nicht ganz, aber …«

»Siehst du?«, fiel sie ihm erneut ins Wort. »Und ich werde diesem Bomben werfenden Barbaren ganz bestimmt nicht ohne meinen besten Freund und Berater gegenübertreten.« Sie wartete vergeblich auf eine Antwort – oder irgendeine Reaktion –, zuckte schließlich ruppig die Achseln und deutete mit einer noch sehr viel ruppigeren Kopfbewegung auf den Schwebeschacht.

Erst als sie nebeneinander in die Tiefe glitten und Arion allmählich klar wurde, wie lang fünfeinhalb Meilen langsamer freier Fall sein konnten, wenn man sie in verbissenem Schweigen und mit gegenseitigen Schuldzuweisungen verbrachte, entschied sie sich – wieder einmal –, klein beizugeben.

»Also gut. Erzähl mir, was du über Craiden weißt.«

»Im Datensilo sind …«

»Mit deinen eigenen Worten, Plixx«, unterbrach sie ihn. »Und erzähl es Arion. Nicht der Prinzessin.«

Craiden

Es war ein Bild der Ehre, das seine Brust vor Stolz schwellen ließ, und zugleich ein Bild der Schande, das seine beiden Herzen wie eine eiserne Faust zusammenpresste und ihm das Atmen schwer machte.

Die Krieger zu zählen war unmöglich. Manche standen dicht an dicht gedrängt da, eng genug, um sich gegenseitig zu behindern und bei der geringsten Unvorsichtigkeit wohl auch zu verletzen, und eine lebende Mauer bildend, an der jeder Feind einfach zerschellen musste, andere, zumeist beritten, bildeten kleine Inseln purer zerstörerischer Kraft, die nur darauf warteten, entfesselt zu werden und den Feind zu zerschmettern, wieder andere standen in Reih und Glied ausgerichtet da, präzise wie auf einem mit großer Akribie gemalten Plan, wenig innovativ vielleicht, aber diszipliniert und bereit, ihr Bestes zu geben – was viel war.

Sie waren die Besten der Besten, der Stolz von *Belagerung* und einer ganzen Generation, bereit zuzuschlagen und weder den Tod noch Schmerz oder auch den wildesten Feind zu fürchten.

»Was für eine Verschwendung«, grollte Torman.

Craiden brachte ihn mit einem ärgerlichen Blick zum Verstummen, unter dem Torman zwar den mächtigen, vierfach gehörnten Schädel senkte und demütig einen Schritt zurückwich, der das trotzige Funkeln in seinen senkrecht geschlitzten Reptilienpupillen aber nicht auszulöschen vermochte.

So wenig wie die dünne, flüsternde Stimme in Craiden, die darauf beharrte, dass sein *Gajin* recht hatte.

Das Heer marschierte. Zögernd, scheinbar chaotisch und doch einem ebenso komplizierten wie von vielen Generationen verfeinerten Plan folgend, setzte sich die ganze gewaltige Masse in Bewegung und strebte einem Feind entgegen, dem sie niemals in die Augen sehen würde, und einem Schlachtfeld, das nur aus der ersten Hälfte dieses Wortes bestand und Tod ohne Ehre bereithielt, Schmerz ohne Belohnung und Furcht ohne Sinn.

»Du musst dir das nicht ansehen«, sagte Torman gesenkten Blickes und in demütigem Ton, aber dennoch fordernd, beinahe schon zornig. »Du weißt, warum sie uns diese Bilder zeigen. Um uns zu demütigen. Und bei dir gelingt es ihnen offenbar!«

Craiden schluckte mühsam alles herunter, was ihm dazu auf der Zunge lag – es war genug, um ihm das Gefühl zu geben, daran ersticken zu müssen –, und beruhigte sich selbst mit dem Gedanken, dass es schließlich die Aufgabe eines *Gajin* war, in einem Moment wie diesem zornig, ja sogar unverschämt und herausfordernd zu klingen. Das bewahrte Torman vermutlich vor einer schmerzhaften Tracht Prügel oder Schlimmerem und entsprach nebenbei auch der Wahrheit, aber es machte das, was er sah, nicht besser.

Das Heer marschierte. Die Erde selbst erzitterte unter dem

Stampfen zahlloser Füße und Klauen, die Luft erbebte unter dem kampflustigen Gebrüll aus Tausenden menschlicher und nichtmenschlicher Kehlen, und Waffen wurden gezogen und gegen einen Feind geschüttelt, der sich immer noch nicht zeigte und sich auch nicht zeigen würde.

Dafür öffneten sich die Pforten der Hölle.

Obwohl er wusste, was kam, obwohl er diese Bilder schon unzählige Male gesehen hatte und sie wie ein glühendes Messer in seine Brust gefahren und niemals heilende Narben auf seiner Seele hinterlassen hatten, traf ihn der Anblick dennoch wie ein Schlag ins Gesicht. Tränen der Wut füllten seine Augen, und seine Hände schlossen sich so fest um das Zaumzeug, dass das tausend Jahre alte Leder knirschte.

Blitze erschienen aus dem Nichts und verschwanden wieder, hoch in der Luft und zuerst ohne irgendetwas zu berühren, auch wenn sie Panik unter Mensch und vor allem Tier verursachten und die langsam vorrückende Formation störten, schließlich zum Teil sogar zum Stehen brachten, als die ersten, haarfeinen Linien aus blauem Licht ihr Ziel trafen und Metall schmelzen und Blut kochen ließen, Fleisch in roten Fontänen explodieren sowie Haut und Schuppen zerfließen ließ.

Craiden schloss die Augen, aber es nutzte nichts. Er hatte diese Bilder zu oft gesehen, als dass die Dunkelheit hinter seinen Lidern ihm Schutz vor ihnen bieten konnte.

Das Heer rückte weiter vor, ungeachtet der Bahnen explodierender Verheerung, die das lautlose Blitzgewitter in seine Reihen brannte. Hunderte starben, aber Tausende marschierten weiter und schrien dem unsichtbaren Feind ihre Wut nur noch trotziger entgegen.

Dann begann das Sterben wirklich.

Die Blitze loderten weiter, viele, aber längst nicht genug, um den Vormarsch der gewaltigen Armee wirklich aufzuhalten oder auch nur nennenswert zu verlangsamen, doch nun erschienen Wirbel inmitten der Krieger, tanzenden Windgeistern gleich, kaum mehr als Staub, den ein Luftzug bewegte. Nur dass dieser Staub tötete. Wo er Fleisch, Schuppen oder Horn berührte, da …

verschwand es einfach, löste sich auf wie ein Trugbild aus Nebel, das nur in eine scheinbar lebendige Form gezwungen worden war und diese Fessel nun abschüttelte. Mehr und schlimmere Bahnen grausamer Zerstörung durchzogen das Heer, noch immer, ohne es bremsen zu können, obwohl der Blutzoll größer wurde, den der Stolz von *Belagerung* für jeden Fußbreit Boden bezahlte, über den er schritt.

Als auch das nichts fruchtete, schlugen unsichtbare Fäuste zu, manche tatsächlich nicht größer als eine Faust, sodass Reiter aus ihren Sätteln geschleudert, Krieger zu Boden geworfen und Tiere von den Füßen gerissen wurden, andere groß wie ein Wagen oder ein ganzes Haus, und Mensch und Tier einfach ... verschwanden, zu rotem Nebel und blutigem Brei zermalmt und halbmetertief in den Boden gerammt, der wie ein lebendes Wesen aufschrie.

Und als auch das nicht half und das Heer noch immer und eher noch schneller werdend weiterstürmte, erschienen die Spinnen.

Vielleicht war dies der einzige Teil des grausamen Geschehens, in dem zumindest eine Spur von Ehre lag. Es waren keine wirklichen Spinnen, sondern große, aufrecht gehende silberne Gestalten, drei Meter hoch und mit zwei dünnen, staksigen Beinen und vier Armen, die in langen Sensenklingen und schnappend gezahnten Klauen endeten, doch immerhin kämpften sie nicht mit magischem Feuer und unsichtbarem Tod, sondern ehrlichem Stahl und schierer, knochenzermalmender Kraft. Etliche von ihnen fielen sogar, von der bloßen Übermacht der heranstürmenden Krieger überrollt, auch wenn sie nicht wirklich starben, sondern eher *zerbrachen.*

»Sieh dir das nicht weiter an!«, sagte Torman noch einmal. »Oder willst du, dass es genau das bewirkt, was es soll?«

Glaubte der *Gajin* etwa, er wäre nicht stark genug, um auch den Rest dieses Augenblicks der Schande zu ertragen? Craiden erwartete, zornig auf Torman zu werden, er *wollte* zornig auf ihn werden, doch dieses Gefühl wollte sich nicht einstellen. Stattdessen fragte er sich, was er getan hatte, um diese Erwartung in seinem *Gajin* zu erwecken.

Er zwang sich, weiter zuzusehen, schon weil er wusste, dass sich das Drama ohnehin seinem Ende näherte. Das Heer, dezimiert und eine blutige Spur hinterlassend, rückte immer noch weiter vor, ungeachtet der Blitze, der verheerenden Nebel und der Faustschläge noch immer unsichtbar bleibender Riesen und reißender Eisenspinnen, doch dann kam der Moment, in dem es nichts mehr gab, wohin es ziehen konnte.

Craiden hatte diesen Augenblick noch nie so deutlich gesehen wie jetzt – denn die Bilder der *Erinnerer,* mit denen er aufgewachsen war, reichten nicht an die Detailtreue und Schärfe dieses magischen Artefakts heran –, aber dennoch oft genug, dass er sich wie Säure in sein Gedächtnis gebrannt hatte.

Es war ein einzelner, vierfach gehörnter Krieger in einer strahlend blauen und gelben Rüstung und auf einem gewaltigen Schlachtross, der die unsichtbare Barriere als erste erreichte und dessen Leben sie als erstes forderte. Er galoppierte einfach dagegen und brach sich das Genick, nur einen Sekundenbruchteil nach seinem Pferd, das zusammen mit ihm zu Boden stürzte und ihn unter sich begrub. Kurz darauf waren beide verschwunden, zermalmt und in Stücke gerissen, als immer mehr Krieger heranstürmten und an einer Mauer aus … *Nichts* zerschellten, die Licht, Luft, Geräusche und Gerüche passieren ließ, aber nichts, was mehr Substanz hatte als ein Nebelhauch.

Craiden wusste, wie sich diese Barriere anfühlte, diese tödliche Heimtücke, die die Herren dieses tausendfach verfluchten Schwarzen Turms einfach nur die *Wand* nannten. Er war da gewesen und hatte sie berührt, nicht einmal, sondern Dutzende Male, Hunderte, und die Erinnerung daran brannte wie Feuer auf seiner Haut. Das Gefühl war weich, fast schon angenehm, beinahe wie etwas Lebendiges, das vollkommen unsichtbar blieb, der Hand aber einen Widerstand entgegensetzte, der härter wurde, je mehr Kraft man gegen sie richtete. Der hart wie Eisen wurde, wenn man dagegen anrannte, und zermalmend, folgte einem ein Heer mit aller Entschlossenheit.

Er konnte sehen, was es bewirkte. Männer und Tiere wurden zerschmettert, als sie gegen die unsichtbare Barriere prallten, zermalmt unter dem Druck der Nachdrängenden, die ihrerseits zerbrochen wurden, zu blutigem Brei zerrieben, als Welle um Welle der Krieger heranströmte, nicht in der Lage, zu begreifen, welche Gefahr auf sie lauerte, und selbst wenn doch, nicht imstande, darauf zu reagieren. Hunderte, Tausende starben an der unsichtbaren Mauer, bevor das Heer mit der Trägheit eines riesigen lebenden Organismus allmählich zum Stehen kam und sich dann ebenso träge zurückzuziehen begann.

Nicht ein einziger Mann entkam der Vernichtung.

Blitze und tanzende Staubschleier verhundertfachten sich. Aus dem Nichts erschienen gewaltige, zermalmende ... Dinge, die sich dem Blick auf geheimnisvolle Weise entzogen sowie Mensch und Tier mit sich rissen, sodass nicht einmal mehr eine Spur, nicht ein einziger Blutstropfen, ein abgebrochenes Horn, eine Klaue, eine weggeworfene Waffe oder ein zerrissenes Kleidungsstück zurückblieben, als sie wieder verschwanden, und auch die Anzahl der Spinnen wuchs noch einmal, nun verstärkt durch weitere, noch größere und bizarrere Monster mit dünnen, silberfarbenen Gliedmaßen und reißenden Sensenklauen. Was von dem Heer noch übrig war, das wandte sich nun endgültig und in Panik zur Flucht, und der Anblick ließ den Druck der unsichtbaren Hand auf Craidens Herzen noch stärker werden.

Ein Krieger auf der Flucht war das schmählichste Bild, das es gab. Feigheit gehörte nicht zum Wortschatz seines Volkes, und Furcht hatte keinen Platz in den Herzen seiner Krieger. Dennoch waren die Bilder der *Erinnerer,* die durch seinen Geist geströmt waren, frei von Verachtung oder auch nur Erstaunen gewesen, hatten niemandem, auch nur einem dieser Männer, die schreiend um ihr Leben gelaufen waren, Angst oder gar Feigheit unterstellt, denn was an diesem Tag der Schande geschehen war, das hatte nichts mit einem Kampf zu tun, nichts mit Ehre oder auch nur irgendetwas, das zum Leben eines Krieges gehörte und auch sein Sterben bestimmte. Sie waren Helden, Opfer einer Heimtücke, die nichts als Verachtung verdiente und Craiden mit Hass und Abscheu erfüllt hatte, seit er denken konnte und dieses Grauen zum ersten Mal gesehen hatte.

Das Bild erlosch. Wo er gerade noch das Sterben der tapfersten seines Volkes beobachtet hatte, war nun nichts mehr, nur noch die staubige schwarze Weite der großen Halle, in die man ihn gebracht hatte.

»Verdammte Techmagie!«, grollte Torman. »Hast du jetzt genug gesehen, oder soll ich unsere Gastgeber bitten, es dir noch einmal zu zeigen? Ich bin sicher, dass sie dir diesen Wunsch gerne erfüllen.«

Allmählich, fand Craiden, überschritt der unverschämte Ton in seiner Stimme selbst das, was er einem *Gajin* zubilligte, sogar einem so treuen Gefährten wie ihm. Er setzte dazu an, Torman mit scharfen Worten in seine Schranken zu weisen, überlegte es sich dann noch einmal anders und drehte sich nur langsam im Sattel um, denn er hatte eine Bewegung hinter sich gespürt. Wer immer da auch kam, er würde ihm nicht die Genugtuung bieten, den Herren von *Belagerung* mit einem seiner Sklaven streiten zu sehen.

Wo gerade noch eine fugenlose Wand aus etwas gewesen war, das das Licht zu verzehren schien, hatte sich eine Tür geöffnet, um einer hochgewachsenen Gestalt Einlass zu gewähren. Obwohl Craiden über außergewöhnlich scharfe Augen verfügte, war es ihm seltsamerweise nicht möglich, ihr Gesicht zu erkennen, und bis zu einem gewissen Punkt galt das auch für die gesamte Erscheinung. Der Raum hinter der Tür war hell erleuchtet, was den Fremden zu einem tiefenlosen Schatten werden ließ, allerdings ohne klar erkennbare Umrisse. Craiden konnte das, was er sah, nicht wirklich in Worte fassen, einfach weil es nichts war, was er jemals zuvor erblickt hätte, aber es war unheimlich und verstörend: Er hatte das Gefühl, dass sich die Gestalt und ihre Umrisse … unabhängig voneinander bewegten.

»Herr?« Torman machte eine Bewegung, um mit einem raschen Schritt zwischen ihn und den unheimlichen Neuankömmling zu treten, und legte zugleich die Hände auf die Griffe der beiden mächtigen Schwerter, die aus seinem Gürtel ragten, und auch hinter ihm erscholl ein plötzliches Scharren und Huschen, als das Dutzend Quorrl-Krieger seiner Garde in Position gingen.

Craiden scheuchte sowohl sie als auch den *Gajin* mit einem kaum mehr als angedeuteten Ruckeln des Kopfes zurück. Torman erlaubte sich in letzter Zeit Fehler, über die sie wirklich reden mussten, aber es brachte keinen Nutzen, sein Leben vollkommen sinnlos wegzuwerfen.

Die Gestalt kam gemessenen Schrittes näher, und immerhin konnte Craiden jetzt erkennen, dass es sich um einen Menschen handelte, keinen Dämon oder Eisenmann. Der Fremde war sicherlich eine Handspanne größer als er selbst und auch um einiges kräftiger gebaut und vollkommen schwarz gekleidet, von den glänzenden Stiefeln bis hin zu dem in kunstvolle Falten gelegten Umhang, der an seinen breiten Schultern befestigt war und bei jedem Schritt hinter ihm herwehte, als kämpfe er gegen einen unsichtbaren Sturm an. Sein Gesicht war immer noch nicht zu erkennen, obwohl er in weniger als fünf Schritten Entfernung stehen blieb. Billige Techmagie, entschied Craiden, sowohl das eine als auch das andere.

Dennoch verfehlte sie ihre Wirkung nicht. Craiden begann sich fast augenblicklich unwohl zu fühlen.

»Clansmeister Craiden?«, begann der Fremde, nachdem sie sich eine Zeit lang gegenseitig angestarrt hatten – ein eindeutig einseitiges Duell, denn sein Gesicht verbarg sich noch immer hinter etwas, das Craiden nur mit dem Wort *Bewegung* beschreiben konnte, so verwirrend es auch war. »Oberster Kriegsherr von *Belagerung,* Herrscher der tausend Armeen, erster Diener Gajas und linke Hand der einen Göttin. Ich grüße Euch.«

Craiden drehte mit sachtem Schenkeldruck sein Pferd herum und zog kurz an den Zügeln, als das Tier nervös auf die unheimliche Schattengestalt reagierte und zu tänzeln begann. Erst dann sagte er: »Craiden genügt. Ich lege keinen Wert auf Titel.«

»Ja, man hat mir berichtet, dass Ihr ein Mann des direkten Wortes seid«, antwortete der Fremde. »Wie ich sehe, war diese Information korrekt.« Seine Stimme klang dunkel und volltönend, und sie verursachte ein ganz sachtes, nachhallendes Echo in der unergründlichen Weite der schwarzen Halle, in die man sie geführt hatte. Es war zu dunkel, um ihre Größe zu erkennen, aber Craiden spürte ihre gewaltigen Dimensionen, sodass das eigentlich nichts Besonderes war. Aber die Hufschläge seines Pferdes hatten keine Echos verursacht, und die Schritte der dutzend Krieger, die Torman und ihn begleiteten, auch nicht. Billige Techmagie, dachte er noch einmal. Die ihre Wirkung auf ihn aber auch dieses Mal nicht ganz verfehlte.

»Das stimmt«, antwortete Craiden. »Ich halte auch nichts von Protokoll, falscher Höflichkeit und aufgesetzten Umgangsformen. Wir können also gleich …«

Der andere unterbrach ihn mit einem leisen, ehrlich klingenden Lachen. »Ja, und auch das passt zu dem, was ich über Euch gehört habe«, sagte er. »Ich glaube, Ihr werdet bald auf jemanden treffen, mit dem Ihr Euch gut versteht.«

»Jemanden?«

Der Fremde lachte noch einmal, leiser, aber ebenso ehrlich, brach dann ab und fuhr ganz leicht zusammen. »Ich bitte um Verzeihung, Clansherr Craiden. Das war unhöflich von mir. Ich habe mich noch gar nicht vorgestellt.« Er neigte ganz sacht das Haupt. »Mein Name ist Duras. Man hat mich geschickt, um Euch und Eure Begleiter zu begrüßen und Euch ein angemessenes Quartier zuzuweisen … und mich nach Euren Wünschen zu erkundigen.«

Sie hatten einen *Diener* geschickt, um ihn zu empfangen? Craiden war nicht sicher, ob er zornig werden oder nur noch größere Verachtung empfinden sollte, begriff aber dann, dass das eine so wenig angebracht war wie das andere. Dieser gesichtslose Riese war alles, nur kein Diener. Er spielte ein Spiel mit ihm, aber Craiden hatte nicht vor, sich darauf einzulassen; wenigstens nicht nach seinen Regeln.

»Wir brauchen kein Quartier«, sagte er. »Und meine Männer und ich haben auch keine Wünsche. Ich möchte den Herrscher dieses Turms sprechen.«

Duras deutete ein Nicken an. »Prinzessin Infinity erwartet Euch«, sagte er. »Aber nicht sofort. Es bedarf noch gewisser … Vorbereitungen, bis Ihr sie sehen könnt.« Er hob rasch die Hand, als Craiden auffahren wollte, und obwohl sein Gesicht weiter unsichtbar blieb, konnte man das ebenso spöttische wie gutmütige Lächeln in seinen Augen irgendwie spüren. »Das hat nichts mit mangelndem Respekt zu tun, Clansmeister, oder Desinteresse an Eurer Person oder dem Grund Eures Hierseins. Der R'Achernon ist einfach ein ... sehr großes Gebäude, und es dauert seine Zeit, alles vorzubereiten.«

Weil wir ja so vollkommen überraschend und unangemeldet gekommen sind, dachte Craiden ärgerlich. Dennoch musste er – widerwillig – zugeben, dass er Duras verstand. Sein eigenes Herrscherzelt (das vermutlich bequem in diese monströse Halle gepasst hätte und noch dazu mehrmals) auf den Empfang eines Gastes vorzubereiten, nahm schon mindestens die Zeitspanne in Anspruch, die Duras gerade genannt hatte, und das, obwohl er tatsächlich wenig von Konventionen und überflüssigem Zeremoniell hielt und beides auf ein Maß beschränkte, das gerade noch ausreichend war, um nicht als Beleidigung gewertet zu werden.

»Ein prachtvolles Tier habt Ihr da, wenn Ihr mir die Bemerkung gestattet, Clansherr«, fuhr Duras fort, als er wohl einsah, dass er keine weitere Antwort bekommen würde. »Ich reite selbst sehr gerne und besitze einige wirklich schöne Pferde, aber ein solches Tier habe ich noch nie gesehen.«

Craiden reagierte mit einem angedeuteten Nicken auf das Kompliment, von dem er sogar glaubte, dass es ehrlich gemeint war, und verstand den zweiten Sinn von Duras' Worten erst nach einem Augenblick. Ohne Hast, aber sehr schnell, stieg er aus dem Sattel, trat der gesichtslosen Gestalt einen Schritt entgegen und tätschelte den schuppigen Hals des Pferdes, um es zu beruhigen. Er wünschte sich zwar nach wie vor, nicht auf seine so genannten Berater gehört und Crusher anstelle dieses riesigen Schlachtrosses genommen zu haben, aber das änderte nichts daran, dass sein Stallmeister eine hervorragende Wahl getroffen hatte. Techmagie hin oder her, eine einzige falsche Bewegung, und das Schlachtross würde Duras einfach in Stücke reißen.

»Das ist wirklich ein prachtvolles Tier«, sagte Duras noch einmal. Er kam näher und hob den Arm, wie um nach dem Pferd zu greifen, blieb stehen und ließ die Hand aber dann wieder sinken, als das Tier ein drohendes Knurren von sich gab und nach seinen Fingern schnappte.

»Züchtet Ihr sie selbst?«

»Meine Familie«, antwortete Craiden fast gegen seinen Willen. »Seit zehn Generationen. Diese Pferde sind die besten, die Ihr in ganz *Belagerung* finden werdet.« Was der Wahrheit entsprach. Das Tier war ein echtes Monster mit einer Schulterhöhe von mehr als zwei Metern, tausend Pfund Gewicht und rasiermesserscharfen Zähnen, die hart genug waren, Eisen zu durchdringen. Und wäre Duras auch nur einen einzigen Schritt näher gekommen, dann hätte er vielleicht noch eine der anderen unangenehmen Überraschungen kennengelernt, die dieses vermeintliche Pferd bereithielt. Dennoch wünschte er sich, er hätte Crusher genommen.

»Für Euer Tier wird gesorgt«, fuhr Duras fort, als Craiden auch jetzt wieder nicht von sich aus weitersprach, sondern ihn nur schweigend ansah. Nun, wo sie sich direkt gegenüberstanden, konnte er erkennen, dass der Fremde ihn tatsächlich um mehr als eine Haupteslänge überragte und mindestens anderthalbmal so viel wiegen musste wie er. Sein Gesicht war immer noch nicht zu erkennen, sondern blieb hinter einem Schleier aus ... irgendetwas verborgen, aber Craiden spürte auch erneut sein Lächeln. Und noch etwas: Eine Woge aus Vertrauen und Geborgenheit, die von dem gesichtslosen Riesen ausging und seiner Seele schmeichelte. So unheimlich die Gestalt auch war, irgendetwas sagte ihm, dass er nichts von ihr zu befürchten hatte und es keinen Grund gab, Angst zu haben.

Craiden begriff sehr wohl, dass er manipuliert wurde, und das hätte ihn wütend machen sollen, was aber nicht geschah, denn auch das verhinderte die unheimliche Macht des Fremden. Das sollte ihn noch wütender machen, funktionierte aber auch nicht.

»Ja, tut das«, sagte er, statt irgendetwas von dem auszusprechen, was ihm auf der Zunge lag. Duras war nicht wichtig. Zweifellos war er geschickt worden, um ihn und seine Begleiter zu beeindrucken – oder besser noch einzuschüchtern –, und er sollte ruhig glauben, dass es ihm gelungen war. »Aber seid vorsichtig. Das Tier ist gefährlich, und es mag keine Fremden.«

»Wäre es anders, wäre es wohl auch kein gutes Kriegspferd«, sagte Duras, trat an ihm vorbei und streckte die Hand nach dem Tier aus. Craiden setzte zu einer entsprechenden Warnung an, besann sich dann anders und schloss mit sich selbst eine Wette ab, ob dieser Dummkopf nur ein paar Finger oder gleich die ganze Hand einbüßen würde. Schließlich hatte er ihn gewarnt.

Das Pferd knurrte, bleckte drohend die gewaltigen Reißzähne – und senkte dann den gehörnten Kopf. Fassungslos sah Craiden zu, wie Duras zuerst seine Nüstern, dann den schuppigen Schädel tätschelte und schließlich sogar in die Hocke ging, um die Fesseln und die kraftvollen Unterschenkel des Tieres zu begutachten. Das Pferd drehte den Kopf und folgte ihm mit Blicken, über deren genaue Bedeutung Craiden gar nicht nachdenken wollte. Sie wirkten jedenfalls nicht feindselig. Ganz und gar nicht.

»Wie gesagt«, sagte Duras, nachdem er sich wieder aufgerichtet und langsam zu ihm herumgedreht hatte, »ein wirklich erstaunliches Tier. Es muss sehr schnell sein.«

»Schnell wie der Wind«, antwortete Craiden fast automatisch und bedauerte diese Worte, noch bevor er sie ganz ausgesprochen hatte. Irgendetwas sagte ihm, dass *schnell wie der Wind* für Duras' Geschmack vielleicht nicht besonders schnell war.

Der gesichtslose Riese trat einen Schritt zur Seite, und da, wo gerade noch er gestanden hatte, wuchs eine schlanke Gestalt aus Silber aus dem Boden. Craiden musste sich mit aller Macht beherrschen, sich sein Erschrecken nicht anmerken zu lassen, denn es war nicht etwa so, als hätte sich dort eine geheime Klappe oder irgendein verborgener Mechanismus geöffnet – das Schwarz des Bodens floss zusammen und erhob sich zu einer schmalen Silbergestalt mit dünnen Beinen und vier schlanken Spinnenarmen, die jedoch nicht in Klingen oder rasiermesserscharfen Klauen endeten, sondern in dreifingrigen, fast filigran anmutenden Fingern. Mit einem dieser sonderbaren Arme griff sie nach dem Zaumzeug des Pferdes, das sich widerstandslos davonführen ließ.

Beeindruckend, dachte Craiden, hütete sich aber, dieses Wort laut auszusprechen, sondern wandte sich nur mit einem fragenden Blick an Duras. Der gesichtslose Riese tat nichts. Weder schnippte er mit den Fingern, noch hob er die Hand oder gab auch nur den mindesten Laut von sich, und trotzdem spürte Craiden, wie sich etwas änderte, als wäre die Welt von einem Atemzug zum nächsten … eben anders geworden, ohne dass dieser Unterschied in Worte zu fassen wäre.

Vielleicht aber auch doch. Craiden spürte die plötzliche Unruhe seiner Begleiter und sah über die Schulter zurück. Torman stand hinter ihm, beide Hände an den Schwertern, die er schon halb aus den Scheiden gezogen hatte, genau wie er es erwartete, und auch die mattgrüne Doppelreihe geschuppter Quorrl-Kolosse stand da wie steinerne Statuen. Ihre Gesichter waren völlig reglos, doch was sie nicht unter Kontrolle hatten, das waren ihre Gefühle – und wie auch? Selbst er spürte den kalten Schauer von etwas, das Ehrfurcht ziemlich nahe kam, als er sah, wie sich ihre Umgebung verändert hatte. Er konnte die Halle jetzt zur Gänze überblicken, obwohl es nicht wirklich heller geworden war; viel mehr schien sich das Spektrum seines Sehvermögens plötzlich erweitert zu haben, sodass er Dinge erkennen konnte, die ihm – und allen anderen seines Volkes – bisher verborgen geblieben waren.

Diese Halle war noch viel größer, als er angenommen hatte. Sein eigenes, gewiss nicht kleines Zelt hätte – in der Höhe – gute fünf- oder sechsmal hineingepasst und mindestens zehnmal so oft in jeder anderen Dimension, und sie war nicht leer, enthielt aber trotzdem nichts, was er wirklich erkennen konnte. Dinge bewegten sich darin, die er weder wirklich sehen konnte noch wollte, und er hatte das unheimliche Gefühl, plötzlich in Richtungen zu schauen, die es gar nicht gab. Das Schlachtfeld, auf das seine Männer und er hinausgeblickt hatten, war verschwunden.

Er wandte sich wieder an Duras. »Die Schlacht. Das war deine Magie, habe ich recht?«

»Magie?« Das Wort schien Duras zu amüsieren. »Nun, wenn Ihr so wollt … hat es Euch nicht gefallen?«

»Gefallen?«

»Man hat mir berichtet, Ihr wärt ein Mann, der einen guten Kampf zu schätzen weiß.«

Einen Kampf? Sicher. Aber gewiss nicht dieses … *Gemetzel.* Er schwieg.

»Es tut mir leid, wenn ich Eure Wünsche falsch eingeschätzt habe, Clansherr«, sagte Duras. »Ich entschuldige mich dafür und hoffe, dass dieses Missverständnis keinen Einfluss auf Euer Gespräch mit Prinzessin Infinity und dem Kronrat hat.«

»Bestimmt nicht«, antwortete Craiden. »Seid beruhigt, Duras. Ich bin nicht Herr aller Clans geworden, weil ich so leicht zu beeindrucken bin. Und jetzt bringt mich zu Eurem Herrn.«

»Ganz wie Ihr wünscht.« Aus irgendeinem Grund klang Duras enttäuscht, was Craiden mit einem Gefühl vager Schadenfreude erfüllte. Er nahm an, dass dieser sonderbare *Diener* noch mehr von seinen billigen Techmagie-Tricks vorbereitet hatte, um ihn und seine Begleiter zu beeindrucken, und tatsächlich war da ein winziger Teil in ihm, der beinahe enttäuscht sein würde, all diese Wunder nicht sehen zu können.

Aber Craiden war nicht hierhergekommen, um seine Neugier zu befriedigen.

Duras machte eine einladende Geste auf die Tür, durch die er vorhin hereingekommen war, und ging voraus. Craiden war sicher, dass sie größer wurde, während er und seine Männer sie durchschritten, obwohl keinerlei Bewegung zu erkennen war, und auch der Raum dahinter erschien … verstörend. Zeigte sich ihre Umgebung bisher in einem allgegenwärtigen staubigen Schwarz, das einem das Gefühl gab, nicht mehr richtig atmen zu können, je länger man einen bestimmten Punkt ansah, so umgab sie jetzt ein ebenso allgegenwärtiges Weiß, das vollkommen leer blieb. Craiden spürte erneut die erschreckende Weite, die sie umgab, aber zu sehen war nichts; nicht einmal der Übergang zwischen Wänden und Boden. Wenn er es genau nahm, dachte er nervös, dann *spürte* er nicht einmal mehr den Boden unter seinen Füßen. Und es war absolut still – ein Gefühl, als hätte er Daunenfedern in den Ohren.

Nichts davon war Zufall, sagte er sich. Duras präsentierte ihnen eine bis ins letzte Detail durchdachte Szenerie, die dem einzigen Zweck diente, sie zu beeindrucken, einzuschüchtern sowie sich klein und machtlos zu fühlen, und sosehr ihn diese Erkenntnis auch ärgerte, fragte er sich doch auch, ob er nicht vielleicht besser daran täte, sich einfach beeindrucken zu lassen. Er war im Schatten dieses berggroßen Turms aufgewachsen, so wie nahezu jeder Bewohner von *Belagerung*, und er hatte immer gewusst, dass er von Wesen unvorstellbarer Macht bewohnt wurde, Menschen mit der Macht von Göttern und der Grausamkeit von Dämonen – aber es war eine Sache, etwas zu wissen, und eine gänzlich andere, es zu sehen. Was sollten ihre Schwerter und Speere gegen einen Feind ausrichten, der zu *so etwas* imstande war?

Craiden spürte die Gefahr, die in der Verkleidung dieses Gedankens heranschlich, gerade noch rechtzeitig und drängte ihn mit Macht zurück. Er hatte gewusst, was ihn erwartete, und hatte zumindest die *Möglichkeit* in Betracht gezogen, den unheimlichen Herren des R'Achernon nicht gewachsen zu sein – aber *so* leicht würde er es ihnen nun doch nicht machen.

Darüber hinaus tröstete ihn der Gedanke, dass er zumindest noch eine Überraschung für Duras und seine Herren hatte, von der diese nichts ahnten.

Craiden lauschte in sich hinein und versuchte, die Zeit abzuschätzen, die ihm noch blieb, kam aber zu keinem eindeutigen Ergebnis. Verwirrt gestand er sich ein, dass diese unheimliche Umgebung nicht nur seine Sinne, sondern auch sein Zeitgefühl narrte. Er konnte nicht sagen, ob sie nun seit wenigen Augenblicken oder vielen Stunden hier drinnen waren. Vielleicht hatte Zeit im Turm eine andere Bedeutung.

Ohne sich umsehen zu müssen, spürte er, dass die Quorrl dichter zu ihm aufschlossen und ihre Formation änderten. Er fühlte auch die Nervosität der riesigen Schuppenkrieger. Furcht war den Quorrl ebenso fremd wie ihm selbst, aber dieser Turm und seine finstere Magie berührte etwas tief in ihren Seelen, das neu und schlimmer war als Furcht und wogegen sie wehrlos waren. Und aller Disziplin und allen vorbereitenden Übungen zum Trotz erging es auch ihm selbst nicht viel besser. Die weiße Unendlichkeit, durch die sie sich bewegten, machte ihm Angst, und er musste immer heftiger gegen den Wunsch ankämpfen, nach der verborgenen Waffe unter seiner Kleidung zu tasten.

Irgendwann aber war dieser schreckliche Marsch zu Ende, und Duras blieb stehen. Etwas bewegte sich in der weißen Dunkelheit vor ihnen, und eine Tür entstand, exakt andersherum als vorhin – ein schwarzes Rechteck auf weißem Grund. Da er zu spüren glaubte, dass ihr gesichtsloser Führer genau das von ihm erwartete, trat er an ihm vorbei und warf einen Blick in den dahinter liegenden Raum.

Dort befand sich gar kein Raum, sondern ein kreisrunder Schacht von guten zehn oder mehr Metern Durchmesser, der sich sowohl nach oben als auch abwärts fortsetzte, bis sich der Blick in verschwommener Ferne verlor. Winzige Lichter schienen darin zu tanzen wie glühende Staubpartikel in einem heißen Kamin, aber vielleicht war es auch nur seine eigene Furcht, die sie ihn sehen ließ. Seine beiden Herzen klopften.

»Ich kann eine Plattform rufen lassen, wenn Ihr es wünscht, Clansherr«, sagte Duras, machte eine Geste, deren Bedeutung Craiden nicht verstand, und trat dann ohne das mindeste Zögern an ihm vorbei ins Nichts hinaus. Statt jedoch in die Tiefe zu stürzen, ging er einfach weiter bis zur Mitte des Schachtes, drehte sich herum und stand da wie auf massivem Fels, aber von nichts anderem als Leere gehalten. Craiden ächzte.

»Versteht mich nicht falsch«, sagte Duras in freundlichem Ton. »Ich will Euch nicht zu nahe treten, Clansherr – aber die meisten macht es nervös, das erste Mal in einen Schwebeschacht zu treten.«

Die meisten. Craiden fragte sich, ob diese Worte schon wieder eine versteckte Beleidigung enthielten, kam zu einem eindeutigen Ja als Antwort und tat ganz genau das, was Duras wohl mit seiner Provokation bezwecken wollte – nämlich einen entschlossenen Schritt ins Nichts hinein. Duras hatte ihn gewiss nicht hierhergebracht, um sich am Anblick seines zu Tode stürzenden Körpers zu ergötzen, wie ihm sein Verstand klarmachte. Und ganz wie er erwartete, fühlte er auch festen Widerstand unter den Füßen, statt abzustürzen. Und dennoch beharrten seine Augen darauf, dass dort nichts war, und die Reaktion seines Körpers bestand aus einem heftigen Schwindelgefühl und einem noch rasenderen Wett-Hämmern seiner beiden Herzen, die allmählich ernsthaft Gefahr liefen, aus dem Takt zu geraten.

Er warf nicht einmal einen Blick über die Schulter zurück, denn es gab keinen Zweifel daran, dass Torman und die Quorrl ihm folgen würden – das hätten sie auch dann getan, wenn er vor ihren Augen in die Tiefe gestürzt wäre –, aber er spürte ihre Nervosität und noch mehr von dieser neuen Art der Furcht, der sie sich ebenso wenig erwehren konnten wie er.

Zwei Schritte vor Duras hielt er an und wartete, bis sein *Gajin* und die Quorrl zu ihm aufgeschlossen hatten. Torman war ihm näher, als er sein sollte und es ihm zustand, und auch die Quorrl hatten ihre bisher so präzise Formation aufgegeben und drängten sich wie eine Herde Schutz suchender Tiere aneinander. Sie waren auch nicht mehr still, sondern gaben leise, unruhige Laute von sich und dann und wann ein drohendes Knurren. Schuppige Hände spielten nervös mit Schwertgriffen und Dolchen, und Craidens feine Nase nahm plötzlich einen schwachen Reptiliengeruch wahr, der die Nervosität der Schuppenkrieger noch mehr verriet.

Wider besseres Wissen versuchte er noch einmal, den Vorhang aus Unsichtbarkeit vor Duras' Gesicht zu durchdringen. Zweifellos war dieser sonderbare Schacht nur ein weiterer Test, aber er konnte nicht sagen, ob und wie sie diesen Test in den unsichtbaren Augen des Fremden bestanden hatten. Weder seine noch die unübersehbare Furcht der Quorrl konnten ihm entgangen sein, aber immerhin waren sie trotzdem und ohne zu zögern zu ihm ins Nichts hinausgetreten.

Die Tür verschwand, und Craiden wartete auf das Gefühl einsetzender Bewegung, aber es kam nicht.

»Ich muss Euch um ein wenig mehr Eurer Geduld bitten, Clansherr.« Duras machte eine Handbewegung nach oben, aus der Craiden schloss, dass sie sich wohl doch bewegten, obwohl er noch immer rein gar nichts spürte. »Der R'Achernon ist groß, und der Thronsaal liegt in den oberen Bereichen.«

»Und Ihr habt keinen Zauber, der uns einfach dorthin versetzt?«, fragte Craiden. Die Worte sollten spöttisch klingen, verunsicherten aber eher ihn selbst ... und Duras' Antwort tat es erst recht.

»Zeitloser Transport ist möglich, aber enorm energieaufwendig«, antwortete er. »Darüber hinaus ist die psychologische Wirkung auf jemanden, der noch nie einen ZT erlebt hat, geradezu verheerend. Ich hielt es nicht für klug, Eure Krieger möglicherweise in Panik zu versetzen.« Er lachte leise. »Ich meine: Wer will schon ein Dutzend durchgeknallter Quorrl in seinem Haus haben?«

Craiden dachte einen doppelten Herzschlag lang über die Bedeutung dieses Wortes nach, entschied, dass er es nicht kannte und es entweder eine weitere verkappte Beleidigung war oder ihn nur verwirren sollte, dann ließ er sich wortlos in die Hocke sinken, um die Leere unter sich mit den Fingerspitzen zu betasten. Als er darauf getreten war, hatte sie sich hart wie Eisen angefühlt, aber seine Finger spürten etwas Warmes und leicht Nachgiebiges, das fast lebendig zu sein schien. Er kannte dieses Gefühl.

»Es ist derselbe Zauber wie die *Wand*, die Euren Turm schützt«, stellte er fest, nachdem er sich wieder aufgerichtet hatte.

»Ihr nennt sie auch die *Wand?*« Duras klang überrascht, aber irgendwie hörte Craiden, dass die Verblüffung nur gespielt war.

»Nein«, antwortete er kühl. »Aber *Ihr* tut es.«

»Im Prinzip habt Ihr recht, Clansherr«, sagte Duras, ohne in irgendeiner Form auf seine Antwort einzugehen. »Es ist dieselbe ... Magie, wenn zugleich auch ganz anders. Aber ja, man könnte es so nennen. Ihr seid ein guter Beobachter, wenn Ihr mir diese Bemerkung gestattet.«

Craiden gestattete, aber er musste immer mehr Willensstärke darauf verwenden, seine rechte Hand im Zaum zu halten, die immer nachdrücklicher zu der verborgenen Waffe unter seiner

Kleidung kriechen wollte, und sei es auch nur, um herauszufinden, wie Duras wohl darauf reagierte, mit seiner eigenen Magie konfrontiert zu werden.

»Eure Magie ist sehr mächtig«, bemerkte Craiden.

»Mächtiger, als Ihr Euch vorstellen könnt, Clansherr«, antwortete Duras.

Craiden wollte etwas dazu sagen, doch da ging ein einzelner, sehr harter Ruck durch den unsichtbaren Boden unter ihren Füßen, und für eine unendlich kurze Zeitspanne hatte er das Gefühl, zu fallen – wenn auch absurderweise nach oben, nicht nach unten. Die Schwärze ringsum flackerte und gab den Blick auf etwas sehr Altes frei, und ein tiefes, machtvolles Grollen wurde laut und verklang wieder.

»Was ...?«, entfuhr es Duras erschrocken.

Craiden schwieg, aber er spürte selbst, dass er ein dünnes Lächeln nicht mehr ganz von seinen Lippen verbannen konnte.

Und warum auch?

Duras hatte soeben eine Kostprobe *seiner* Magie bekommen. Der Clansherr von *Belagerung* hatte sein Kommen angekündigt.

Gea Das Tier gab seltsame Geräusche von sich ... aber vielleicht waren sie auch normal. Gea konnte das nicht beurteilen, denn sie hatte ein Geschöpf wie dieses noch nie zuvor gesehen.

Mit ein wenig Phantasie und gutem Willen hätte man es als Katze durchgehen lassen können, auch wenn es ganz zweifellos insektoider Herkunft war. Sein Körper war in einen Panzer aus schwarzem Chitin gehüllt, das in allen Farben des Regenbogens irisierte, wenn die Sonne in einem bestimmten Winkel darauf fiel, und es hatte sechs Beine, nicht vier, und einen aufwärts gebogenen Skorpionsschwanz, dem allerdings der Stachel fehlte. Dennoch hatte es etwas Katzenhaftes an sich; vielleicht die Form des Schädels, vielleicht seine eleganten Bewegungen, vielleicht auch die riesigen, weichen Augen, die an der Stelle schimmerten, wo man diamantene Facetten erwartete, oder auch diese seltsamen gurrend-klickenden Laute, die Gea so verwirrten und die nicht nur zu hören, sondern auch zu spüren waren, tief in ihrem Leib und auf eine durchaus angenehme Art.

Wenn es nicht bald damit aufhörte, würde sie ihm den Hals umdrehen.

Als hätte das sonderbare Katzeninsekt ihre Gedanken gelesen, drehte es den Kopf vollends in ihre Richtung, sah sie aus seinen braunen Rehaugen an und hörte auf, diese seltsame Mischung aus Gurren und Klicken von sich zu geben; stattdessen begann es, sich mit dem vorderen Beinpaar zu putzen, als wollte es ganz bewusst eine Katze nachahmen.

Immerhin etwas, dachte Gea. Irgendwie fand sie diese bizarre Kreatur ... niedlich, und sie hätte ihr nur äußerst ungern etwas getan, aber beinahe hätte sie es gemusst, denn das Katzeninsekt war drauf und dran gewesen, mit seinem vibrierenden Schnurren ihr Versteck zu verraten.

Behutsam richtete sie sich hinter ihrer improvisierten Deckung auf und spähte über den Rand des Fasses, das irgendetwas enthielt, das im wahrsten Sinne des Wortes atemberaubend stank. Wittern konnten die vier Kerle sie auf diese Weise zumindest nicht. Und vermutlich auch nicht sehen. Gea hatte den Stapel aus Fässern und halb vermoderten Kisten nicht von ungefähr als Versteck gewählt. Die Gasse war kaum zwei Schritte breit und lag zum Großteil im Schatten, obwohl die Sonne senkrecht vom Himmel schien, und als sie selbst gerade noch dort vorne gestanden hatte, wo jetzt die vier Burschen herumlungerten, da hatte sie hier nichts als Schwärze wahrgenommen, vielleicht ein paar Schatten, die alles oder auch gar nichts bedeuten konnten. Ein nahezu perfektes Versteck, das nur einen einzigen kleinen Schönheitsfehler hatte: Die Gasse führte hinter ihr noch ein gutes Dutzend Schritte weiter, bevor sie in einem sorgsam gepflegten Park mündete: gerade gewachsene Bäume, wie zufällig dahin gestreute, in Wahrheit aber akribisch arrangierte Büsche und Blumenrabatten und wadenhohes, saftiges Gras, ein Kontrast zu der übel riechenden schmutzigen Gasse, wie er größer nicht sein konnte. In einiger Entfernung glitzerte Wasser, ohne dass man genau erkennen konnte, ob es sich um einen See, einen Bachlauf oder nur eine Pfütze handelte, die vom letzten Regen zurückgeblieben war, und dann und wann meinte Gea, etwas wie eine faustgroße eiserne Spinne durch das Gras wuseln und an einem der Bäume emporhuschen zu sehen; kleine, boshaft aussehende Geschöpfe, die sie aber schon lange genug beobachtete, um zu vermuten, dass sie nichts Gefährlicheres im Sinn hatten als die Pflege dieses weitläufigen Parks.

Vielleicht auch nicht. Gea hatte keine Ahnung von der genauen Programmierung der Gärtnerspinnen und zog durchaus die Möglichkeit in Betracht, von ihnen ebenfalls als Unkraut angesehen und auf Wadenhöhe zurückgestutzt zu werden. Dennoch hätte sie diese Möglichkeit einer neuerlichen Begegnung mit den vier Schlägertypen allemal vorgezogen, wäre da nicht besagter Schönheitsfehler gewesen: Es gab keinen Weg dorthin. Sie konnte den Park sehen, den Wind spüren und – manchmal – sogar den Geruch des Grases und all der Blumen wahrnehmen, wenn der Gestank aus dem Fass vor ihr für einen Moment nachließ, aber es gab keinen Weg dorthin. Wo das uralte Kopfsteinpflaster der Straße aufhörte und der sorgsam gefegte Waldboden begann, erhob sich ein unsichtbares Hindernis, eine Wand aus gummiartigem, lebendigem Nichts, die einem weichen Widerstand entgegensetzte, wenn man dagegen drückte, und hart wie Stahlkeramik wurde, wandte man mehr Kraft auf.

Um es einfach auszudrücken: Gea saß in der Falle.

Immerhin bestand noch die winzige Chance, dass die vier Kerle es für unter ihrer Würde hielten, ein *Mädchen* zu verfolgen, und einfach wieder verschwanden.

Das Katzenetwas hörte auf, sich zu putzen, und sah sie durchdringend an, und Gea war beinahe sicher, dass es nur aus dem einzigen Grund nicht spöttisch die Stirn runzelte, weil das mit einer Schädelplatte aus Chitin ziemlich schwierig gewesen wäre.

»Hast ja recht«, murmelte sie, während ihr Blick das ungleiche Quartett am anderen Ende der Gasse losließ und kurz über ihre zerschlagene rechte Hand tastete. Sie hatte aufgehört zu bluten, und die Haut heilte bereits, aber ihre Knöchel waren dick angeschwollen, und die Hand tat auch dann weh, wenn sie sie *nicht* bewegte. Sie hatte ziemlich hart zugeschlagen und dem Kerl, den sie für den Anführer der Bande hielt, möglicherweise den Kiefer gebrochen, zumindest aber dafür gesorgt, dass er in den nächsten Tagen nur Suppe und weich gekochtes Gemüse zu sich nehmen konnte, und auch das nur, um den ärgsten Hunger zu stillen.

Nein, sie würden nicht aufgeben. Möglicherweise würden sie sie nicht umbringen – wenigstens nicht sofort –, aber vermutlich würde sie sich nach wenigen Minuten wünschen, sie täten es.

Das Insekt gurrte leise, und Gea verscheuchte den Gedanken an eine düstere Zukunft und wandte sich einer kaum weniger düsteren Gegenwart zu. Ihr neuer Freund hatte sie mit diesem Laut gerade rechtzeitig gewarnt, auch wenn sie mit dieser Warnung herzlich wenig anfangen konnte. Das ungleiche Quartett hatte endlich zu Ende beraten und war wohl zu dem Schluss gekommen, dass es die wenigen Augenblicke wert war, die Gasse zu durchsuchen. Gea konnte ihnen ansehen, dass sie sich nicht sonderlich wohl in ihrer Haut fühlten. Sie gingen langsam, fast schon zögerlich, und zumindest die menschliche Hälfte der Bande blieb immer wieder stehen und gewann ein paar Augenblicke damit, so zu tun, als müsse sie in jede Fuge und unter jeden Fetzen Stoff blicken. Eher beiläufig fragte sich Gea, ob es vielleicht einen Grund gab, aus dem zwei muskulöse Burschen und zwei geradezu grotesk muskulöse Quorrl offensichtlich all ihren Mut zusammenkratzen mussten, um diese Gasse zu betreten, warf ihrem neuen Freund einen etwas aufmerksameren Blick zu und fragte sich, ob das Katzending die wie Säbel gekrümmten, gefährlich gezahnten Mandibeln unter seinem Maul eigentlich schon die ganze Zeit gehabt hatte – und wenn ja, warum sie ihr dann nicht aufgefallen waren.

Das Wesen gab ein spöttisches Geräusch von sich, und Gea, die mittlerweile ziemlich sicher war, dass es ohnehin nicht mehr viel schlimmer werden konnte, ließ ihren Blick über das Durcheinander aus Fässern, leeren Kisten und einfach nur Gerümpel schweifen, das sich einen guten halben Meter hoch neben ihr türmte. Bei dem Gedanken, sich unter diesem Müllberg zu verstecken, stülpte sich ihr wegen des Geruchs fast der Magen um, aber sie schob ihn dann wieder von sich, als sie sah, wie einer der Quorrl in die Hocke ging und eine zerbrochene Kiste herumdrehte, unter der sich nicht einmal eine Katze hätte verstecken können ... eine *richtige* Katze, nicht dieses säbelbewehrte schwarze Ding vor ihr.

Also gut. Drastische Maßnahmen waren angesagt. Wie wäre es mit dem Fass, hinter dem sie hockte? Sie konnte ziemlich lange die Luft anhalten, und vielleicht hielt der erbärmliche Gestank ihre Verfolger ja davon ab, allzu genau nachzusehen. Sie riskierte einen Blick ins Innere der Tonne. Sehr viel war nicht zu erkennen, doch als sie vorsichtig mit den Fingerknöcheln dagegen klopfte, bewegte sich die schmierige Oberfläche der Flüssigkeit, und sie hatte einen flüchtigen Eindruck von etwas Weißem und Schuppigem, das sich darunter wand. Harte Krallen scharrten über Metall, und der Gestank nahm noch einmal zu.

So viel zu dieser Idee. Sie war sowieso nicht besonders gut gewesen.

Geas Gedanken begannen zu rasen. Ihr blieben noch Augenblicke, bis das Quartett ihre Deckung erreicht hatte und über sie herfallen würde. Sie traute sich durchaus zu, mit den beiden menschlichen Schlägertypen fertigzuwerden. Sie hatte lange genug gelernt, sich ihrer Haut (und allem anderen auch) zu wehren, und hätte ihre Chancen sogar ganz gut eingeschätzt, es auch mit vier Angreifern zugleich aufzunehmen, wenn es denn unbedingt sein musste ... aber zwei von ihnen waren Quorrl. Sie hatte noch nie gegen einen Quorrl gekämpft, doch sie wusste, dass sie sehr viel stärker als Menschen waren.

Nein, ein Kampf kam nicht infrage.

Aber Flucht auch nicht.

Es gab zwar Fenster in den Wänden, die sie umgaben, aber sie lagen allesamt auf Höhe des ersten Stockwerks, mindestens drei Meter über ihr. Die meisten waren mit Brettern vernagelt oder mit schweren Eisengittern gesichert, doch es gab genug Öffnungen, durch die sie gepasst hätte, und die Wände bestanden größtenteils aus Holz oder grobem Mauerwerk, sodass sie problemlos daran hinaufklettern konnte. Aber dafür würde sie Zeit brauchen. Vielleicht nicht einmal viel, aber trotzdem mehr, als sie hatte, denn sobald sie ihr Versteck verließ, würden ihre Verfolger sie mit nur ein paar schnellen Schritten einholen.

Eine Minute, dachte sie. Eine einzige, verdammte Minute, mehr brauchte sie nicht!

Das Katzeninsekt gurrte leise, drehte sich mit einer fast unbeholfen anmutenden Bewegung und dem harten Klacken chitingepanzerter Beine auf Holz um, und der scheinbar fugenlose Rückenpanzer klappte auseinander, um ein doppeltes Paar schillernder Käferflügel freizugeben.

Gea verschenkte etliche der kostbaren Sekunden, die ihr noch blieben, indem sie einfach dahockte und dem Katzenkäfer mit offenem Mund nachstarrte, als dieser – torkelnd und im allerersten Moment schwerfällig – an Höhe gewann und sich den vier Burschen näherte. Seine Mandibeln *wurden* größer, und das Zischen, das sich in das Brummen seiner schillernden Käferflügel mischte, klang jetzt ganz und gar nicht mehr nach dem Schnurren einer gepanzerten Schmusekatze.

Gea sah sogar noch eine weitere Sekunde lang zu, als sich der Riesenkäfer mit drohend aufgerissenen Mandibeln auf den vordersten Quorrl stürzte und dieser mit einem erschrockenen Quietschen den Kopf einzog, dann kam sie endlich auf die Idee, dieses unerwartete Geschenk des Schicksals anzunehmen, und sprang hinter ihrer Deckung hervor.

Prompt rutschte sie auf der schmierigen Schicht aus Müll und halb verfaulten Abfällen aus, fiel der Länge nach hin, blieb eine Sekunde lang benommen liegen und vergeudete eine zweite, kostbare Sekunde damit, sich angeekelt mit beiden Händen durch das Gesicht zu fahren und irgendein widerliches Zeug auszuspucken, das ihr zwischen die Zähne geraten war. Hinter ihr gellten Schreie durch die Gasse, und sie hörte ein an- und abschwellendes Brummen und Laute wie scharfes Metall, das aufeinanderschlug. Mit einem Satz war sie wieder auf den Beinen, stürmte die niedrige Düne aus verrottenden Abfällen hinauf und krallte die Fingerspitzen in die Wand. Ein zorniger Schrei mischte sich in den Kampflärm hinter ihr, aber Gea vergeudete nicht noch mehr Zeit damit, zurückzublicken, sondern konzentrierte sich ganz auf die Aufgabe, mit Finger- und Zehenspitzen nach winzigen Vorsprüngen und Ritzen zu tasten, an denen sie sich in die Höhe ziehen konnte.

Sie war geschickt im Klettern und kam schneller voran, als sie selbst zu hoffen gewagt hatte, aber vielleicht trotzdem nicht schnell genug. Ein zweiter, noch wütenderer Schrei wurde hinter ihr laut, schwere Schritte hämmerten auf dem Boden, und irgendetwas schlug mit der Wucht (und dem dazugehörigen Geräusch) einer Stachelkeule unmittelbar neben ihrem linken Fuß in die Wand und spickte ihre Wade mit Splittern.

Gea riskierte nun doch einen Blick in die Tiefe und stellte ohne Überraschung fest, dass es zwar keine Stachelkeule gewesen war, aber doch etwas durchaus Vergleichbares, nämlich die Krallenhand eines Quorrl, und trat wuchtig in das dazu passende, flache Gesicht. Die einzige Reaktion bestand aus einem zornigen Grunzen des Schuppenkriegers und einem scharfen Schmerz, der durch Geas Knöchel schoss.

Statt noch einmal zuzutreten (und den Quorrl damit nur wütender zu machen), verwandte sie ihre Kraft lieber darauf, schneller zu klettern, erreichte das erste Fenster und zerrte einen Moment lang vergeblich an den morschen Brettern, mit denen es vernagelt war. Hätte sie auch nur eine halbe Minute Zeit gehabt, hätte sie sie einfach abreißen können, doch ein hastiger Blick nach unten zeigte ihr, dass der Quorrl nicht nur blöd, sondern auch immer noch für eine Überraschung gut war. Vielleicht war er nicht so geschickt wie sie, verfügte dafür aber über eine natürliche Kletterausrüstung, indem er seine Klauen einfach in die Wand schlug und sich mit kraftvollen Bewegungen in die Höhe zog; nicht annähernd so schnell wie sie, aber unaufhaltsam.

Gea beerdigte die Idee, das Fenster aufzubrechen, und zog sich mit verzweifelten Anstrengungen weiter nach oben. Die beiden

Fenster rechts und links neben ihr waren ebenfalls vernagelt, aber ein Stockwerk höher gähnte ein rechteckiges Loch in der Wand, in dem es nicht einmal Glas gab. Höher gelegene Wohnungen sollten ja sowieso die besseren sein.

Schnaufend vor Anstrengung, aber immer noch sehr schnell, kletterte Gea weiter, riskierte auf halbem Weg noch einen Blick und stellte fest, dass ihr Vorsprung gewachsen war. Unter ihr begann auch noch eine zweite Gestalt, an der Wand emporzusteigen – es war der Bursche, dessen Kiefer sie umgestaltet hatte –, und von dem zweiten Quorrl und seinem menschlichen Kumpan war keine Spur mehr zu sehen. Vielleicht hatte die Käferkatze sie in die Flucht geschlagen.

Gleichwie, ihre Chancen, vielleicht doch noch ein bisschen länger am Leben zu bleiben, hatten sich plötzlich verdoppelt. Mit zusammengebissenen Zähnen und weder auf den pochenden Schmerz in ihrer rechten Hand noch auf das Blut achtend, das mittlerweile unter ihren Fingernägeln hervorquoll, kletterte sie weiter, schloss die Linke um die Fensterbrüstung und schrie vor Enttäuschung und Schrecken auf, als das grüne, schuppenbedeckte Gesicht eines Quorrl in der Finsternis über ihr erschien.

»Hab ich es mir doch gedacht!«, ertönte eine keifende, hysterisch-schrille Stimme. »Ihr gajaverdammte Drecksbande! Gebt ihr eigentlich nie auf? Euch werd ich's zeigen, eine arme alte Frau auszuplündern! Das werd ich euch austreiben!«

Gea blinzelte. Eine arme alte Frau? Gab es überhaupt Quorrl-Frauen?

Sie hatte noch nie über diese Frage nachgedacht, und ein weiteres Blinzeln brachte sie auch zu der Überzeugung, dass es im Moment nicht nötig war. Das Gesicht gehörte tatsächlich einer alten Frau, nur war es so schmutzig, vernarbt und von Falten und unappetitlichen Geschwüren verheert, dass es auf den ersten Blick tatsächlich wie das eines Quorrl aussah.

Gea griff beherzt mit der anderen Hand zu, zog sich weiter in die Höhe, und die Alte versetzte ihr einen Stoß mit dem Handballen, der sie um ein Haar wieder in die Tiefe geschleudert hätte.

»Ihr kommt hier nicht rein!«, keifte sie. »Unverschämtes

Pack! Was bildet ihr euch eigentlich ein, einer alten Frau auch noch das letzte Hemd stehlen zu wollen, und das am hellen Tage! Glaubt ihr, ich könnte mich nicht wehren? Euch werd ich's zeigen!«

Das tat sie dann auch mit einem zweiten, noch härteren Stoß mit ihrem knorrigen Handballen, der einen dumpfen Schmerz in Geas Stirn explodieren ließ. Trotzdem zog sie sich weiter in die Höhe und schwang das linke Bein über die Fensterbrüstung, und die alte Frau krallte schartige Fingernägel in ihre Schultern sowie den Halsansatz und versuchte, sie wieder aus dem Fenster hinauszuschubsen. Gea rammte ihr die Schulter gegen die Brust, ohne sie dadurch abschütteln zu können, zog sich weiter durch das Fenster, bis eine unerbittlich starke Hand sich um ihren anderen Knöchel schloss, und versuchte, sie wieder zurückzuzerren.

Zwei oder drei Atemzüge lang war die Situation schon beinahe grotesk – oder wäre es gewesen, hätte Gea nicht das Gefühl gehabt, allmählich in Stücke gerissen zu werden: Der Quorrl riss und zerrte mit aller Gewalt an ihrem Bein, die alte Frau konnte sich nicht wirklich entscheiden, ob sie sie nun aus dem Fenster werfen oder ihr mit ihren scharfkantig abgebrochenen Fingernägeln die Kehle aufschlitzen sollte, und Gea wünschte sich nichts mehr als zwei zusätzliche Hände, um sich irgendwo festzuklammern; und am besten noch eine fünfte, um sich der zeternden Greisin zu erwehren, die nicht nur wie ein Quorrl aussah, sondern auch in ihrer Rage die entsprechenden Kräfte entfesselte.

Der Quorrl ließ ihren Fuß so überraschend los, dass sie regelrecht durch das Fenster schoss und die alte Frau unter sich begrub. Schartige Fingernägel fuhren durch ihr Gesicht und zerkratzten ihr Wangen und Kinn, und die Stimme der Alten wurde so schrill, dass sie fast in den Ohren schmerzte. Wäre Gea ein Mann gewesen, dann hätte sie das hochgerissene Knie ihrer greisen Kontrahentin wohl spätestens in diesem Augenblick ausgeknockt. Aber auch so tat es ekelhaft weh.

Gea machte sich irgendwie los, warf ihre Skrupel endgültig über Bord und versetzte ihrer streitbaren Gegnerin einen Schlag mit dem Handrücken, der jene zurücksinken ließ. Unverzüglich begann die Alte zu jammern, und Geas schlechtes Gewissen machte sich schon bemerkbar, noch bevor sie sich losgerissen und in die Höhe gestemmt hatte. Sie achtete nicht darauf, sondern war mit einer einzigen Bewegung herum und wieder am Fenster, um mit kampfbereit hochgerissenen Armen nach ihrem Verfolger zu sehen.

Wie sich zeigte, war es nicht nötig, denn der Quorrl war beschäftigt. Etwas Großes, das wie eine als Käfer verkleidete Katze aussah, schwirrte in rasenden Halbkreisen und torkelnden Spiralen um ihn herum und hackte und stach mit einem ganzen Sammelsurium natürlicher Waffen auf ihn ein. Wütend schlug und drosch der Quorrl nach dem frechen Angreifer, der ihn realistisch gesehen allerhöchstens piesacken konnte, traf zwar nichts, bewies aber im nächsten Augenblick, dass er ein wahrhafter Quorrl war, indem er endlich einsah, dass er den Käfer mit nur einer Hand niemals erwischen würde und die andere zu Hilfe nahm. Dass er dadurch den Halt an der Mauer verlor, begriff er vermutlich erst, als er zwei Stockwerke weiter unten aufschlug und sein Rückenpanzer hörbar knackte. Von dem zweiten Fassadenkletterer war keine Spur zu sehen; vermutlich hatte er aufgegeben und war den beiden anderen gefolgt …

Was Gea zu der Frage brachte, wo sie eigentlich geblieben waren.

Immerhin blieb ihr Zeit genug, sich herumzudrehen und dem Nagen ihres schlechten Gewissens wenigstens insofern nachzugeben, dass sie sich vorbeugte und der alten Frau die Hand entgegenstreckte.

Natürlich dachte die nicht einmal daran, sie zu ergreifen, sondern begann, nur noch lauter zu lamentieren. »Verdammtes Gesindel!«, kreischte sie. »Reicht es euch nicht, mir das Letzte zum Leben zu nehmen? Eine alte Frau schlagen, das kannst du! Bist du wenigstens auch noch stolz darauf?«

Nein, stolz war Gea nicht, wohl aber ernsthaft in Versuchung, aus diesem frechen Vorwurf Wahrheit zu machen.

Stattdessen beugte sie sich weiter vor, ergriff die Alte an beiden Handgelenken und stellte sie unsanft auf die Füße. Den tiefen Atemzug, den sie dabei nahm, bedauerte sie sofort, denn die Frau mit dem Quorrl-Gesicht stank so durchdringend nach altem Schweiß und Urin, dass sie würgen musste. Trotzdem ließ sie sie nicht los, sondern schüttelte sie so hart, dass wenigstens ihr keifendes Gezeter aufhörte.

»Ich will dir nichts tun«, fauchte Gea. »Ich gehöre nicht zu denen, die dich ausgeraubt haben, kapiert?«

Die Alte starrte sie aus aufgerissenen Augen an, in denen plötzlich nur noch Angst zu lesen war. Sie kapierte offensichtlich gar nichts.

»Ich bin nicht dein Feind, verstanden?«, fuhr Gea mühsam beherrscht fort. »Aber ich muss hier weg. Gibt es einen Weg aus dem Gebäude heraus, auf dem mich niemand sieht?«

Die Alte starrte sie weiter an und begann zu sabbern, und Gea griff unter ihre Jacke und zog einen Golddinar hervor. »Hier!«, sagte sie. »Ich habe es nicht nötig, dich zu bestehlen, verstehst du? Das gehört dir, wenn du mir hier raushilfst, ohne dass mich jemand sieht!«

Aus der Furcht in den Augen der alten Frau wurde pure Gier. Sie griff blitzschnell mit einer gichtigen Hand zu, deren Finger nicht mehr komplett waren, doch Gea war noch schneller und schloss die Hand um den Dinar; eine Münze, die vermutlich mehr wert war, als die Alte in einem ganzen Jahr verdiente.

»Wenn du mich hier herausbringst«, sagte sie. »Ungesehen.«

»Dann komm«, erwiderte die Alte, plötzlich nicht mehr mit einer hysterischen Fistelstimme, sondern eindeutig lauernd. Mit einer erstaunlich geschickten Bewegung machte sie sich frei, fuhr auf der Stelle herum und trippelte auf eine Tür am anderen Ende des Zimmers zu; die einzige, die es gab. Darüber hinaus war der Raum nicht leer, sondern mit Schutt, zerbrochenen Möbeln und faulenden Abfällen vollgestopft, durch die sie regelrecht hindurchwaten mussten.

Das angrenzende Zimmer sah auch nicht viel besser aus. Mit sehr viel gutem Willen konnten die Gegenstände als Möblierung durchgehen, aber auch hier stapelten sich Abfälle und Schmutz auf dem Boden, und der Gestank war beinahe noch schlimmer als nebenan. In einem rostigen Drahtkäfig wimmerte etwas, von dem Gea inständig hoffte, dass es *kein* Kind war, und unter der Decke war ein engmaschiges Drahtgeflecht befestigt, in dem ein Dutzend Leuchtkäfer über den deutlich zahlreicheren Kadavern ihrer toten Brüder summte.

Die Alte öffnete eine weitere Tür, die auf einen schmalen und kaum beleuchteten Korridor hinausführte. Ein Sammelsurium unterschiedlicher, aber allesamt unangenehmer Gerüche schlug ihnen entgegen, und die Decke über ihren Köpfen schien sich zu bewegen, auch wenn es zu dunkel war, um sicher zu sein. Vielleicht war es auch besser so. Am Ende des schmalen Flures entdeckte Gea eine Treppe, die geländerlos nach oben und unten führte, aber nicht ihr Ziel war. Stattdessen humpelte ihre Führerin zu einer Tür am anderen Ende des Korridors, die mit einem massigen Holzriegel gesichert war. Ohne sichtbare Anstrengung schob sie ihn zur Seite, stieß die Tür auf und gestikulierte ihr hastig zu, sich zu beeilen.

Der Raum dahinter war heller und keine bewohnte Abfalltonne, sondern ähnelte eher dem, was man sich unter einem mittelalterlichen Alchimistenlabor vorstellen mochte, gespickt mit einem Schuss vollkommen absurd mutierter Technologie. Überall brodelte und zischte es, ringelten sich Kupferschlangen und gläserne Destillierapparate in die Höhe, standen gesprungene Glaskolben herum und prasselten Gasflammen. Bei einer Sache sah Gea dreimal hin, um sicher zu sein, dass sie auch wirklich sah, was sie zu sehen glaubte, aber es blieb dabei: Sie erblickte zwei in sprödes Holz gefasste zweidimensionale Bildschirme samt dazugehöriger antiquierter Computer, die von einer zischenden und blubbernden Dampfmaschine angetrieben wurden!

»Hier entlang, mein Kind!«, rief die Alte aufgeregt. »Schnell! Wir haben keine Zeit!«

Mein Kind? Es war schon erstaunlich, welche Wirkung der Anblick eines einzigen Golddinars haben konnte.

Gea beeilte sich trotzdem, dem auffordernden Winken der

Alten zu folgen, stolperte prompt über etwas aus Glas, das klirrend zerbrach, und wappnete sich mit zusammengebissenen Zähnen gegen den schneidenden Schmerz, der nicht kam. Hastig (aber trotzdem vorsichtiger) stolperte sie hinter der Alten her, die gerade schnaubend versuchte, ein bis zum Bersten vollgestopftes Metallregal zur Seite zu wuchten, half ihr und wurde mit dem Anblick einer geheimen Tür belohnt, die in einen weiteren, noch abenteuerlicher aussehenden Raum führte. An drei Wänden reihten sich auch hier Regale und Tische mit bizarren Instrumentarien, die vierte war schwarz gestrichen, aber mit Dutzenden kleiner und größerer Flecken und Risse gesprenkelt, durch die helles Tageslicht hereinfiel. Erst nach einem Augenblick wurde Gea klar, was sie da sah. Offensichtlich war das Haus direkt an der *Wand* errichtet worden, und seine Erbauer hatten sich die Mühe gespart, eine zusätzliche Mauer zu ziehen, und stattdessen die unsichtbare Barriere kurzerhand schwarz angemalt.

»Da entlang!« Die Alte gestikulierte wild mit beiden Händen auf eine weitere, diesmal gänzlich ungetarnte Tür am anderen Ende des Raumes. »Dahinter ist ein Gang, dann eine Treppe, aber sie ist eingestürzt. Du wirst klettern müssen. Kannst du das, mein Kind?«

Gea nickte und wollte losstürmen, doch ihre Helferin hielt sie am Arm fest und streckte fordernd die andere Hand aus. »Mein Lohn!«

»Wenn wir draußen sind.«

»Ich gehe nie hinaus.« Die Alte schüttelte auf eine Art entschieden den Kopf, die Gea davon überzeugte, dass jeder Widerspruch sinnlos sein musste; ganz davon abgesehen, dass sie keine Zeit für lange Diskussionen hatte.

»Aber ich lenke die Kerle ab, die dich verfolgen – für einen zweiten Golddinar.«

Ihr blieb auch keine Zeit, um zu feilschen. Wortlos zog sie einen zweiten Dinar aus dem Geldbeutel, legte erst den einen, dann den anderen auf die ausgestreckte Handfläche der Alten und versuchte, das gierige Funkeln in ihren Augen zu ignorieren.

Die beiden Münzen verschwanden so schnell von ihrer Hand, als wären sie in ein ZT-Feld geraten, dann zeigte ihre Retterin noch aufgeregter auf die Tür. »Schnell jetzt. Ich glaube, ich höre sie schon.«

Gea hörte nichts – oder auch eine ganze Menge, was aber nichts zu sagen haben musste, schließlich war das hier das Zuhause der alten Frau –, schüttelte aber auch diesen Gedanken ab und entschied, dass ihr wohl keine andere Wahl blieb, als das Risiko einzugehen. Auch wenn die Alte ihre Verfolger nicht in die Irre führte, standen ihre Chancen jetzt nicht schlecht, hier herauszukommen. Es gehörte schon eindeutig mehr dazu als eine eingestürzte Treppe, um sie aufzuhalten. Sie nickte der Frau mit dem Quorrl-Gesicht noch einmal kurz und dankbar zu, dann huschte sie durch die bezeichnete Tür.

Ganz wie die Alte gesagt hatte, begann dahinter ein schmaler, fensterloser Gang, von dem Gea annahm, dass er zwischen zwei Wohnungen lag und vielleicht nicht jedem Bewohner dieses Hauses bekannt war. Sie hatte noch nie Geheimgänge, verborgene Falltüren, Fluchttunnel und anderen Firlefanz gesehen, wusste aber, dass sie sich hier in der Altstadt von *Belagerung* höchster Beliebtheit erfreuten; auch wenn ihr Sinn sich Gea bislang noch nie ganz erschlossen hatte.

Der Gang endete vor einer schmalen Treppe, genau wie es ihre neue Verbündete beschrieben hatte.

Wovon sie nichts gesagt hatte, das war die Mauer aus massivem Stein, an der die ausgetretenen Stufen endeten. Hin- und hergerissen zwischen Fassungslosigkeit und allmählich aufkeimender Wut, ging Gea das halbe Dutzend Stufen hinab und strich mit den Händen über den rauen Stein, wie um sich auf diese Weise davon zu überzeugen, dass es das Hindernis auch tatsächlich gab.

Es existierte, und als sie die kurze Treppe wieder heraufstürmte und die Wände des schmalen Korridors abtastete, erwartete sie eine weitere, unangenehme Überraschung: Beide Seiten bestanden aus demselben, eisenharten Stein, der sich unter einer dünnen Putz- und Dreckschicht verbarg.

Plötzlich mehr als nur ein bisschen beunruhigt, eilte Gea zur Tür zurück und legte ärgerlich die Stirn in Falten, als sie die alte Frau erblickte. Sie stand noch an derselben Stelle wie gerade und sah ihr trotzig entgegen; vielleicht auch ein bisschen gehässig, aber auf keinen Fall schuldbewusst. Gea glaubte nicht, dass sie die Bedeutung dieses Wortes überhaupt kannte.

»Ich glaube, du hast vergessen, mir die eine oder andere Kleinigkeit zu erzählen«, sagte sie. »Gibst du mir mein Geld zurück, oder fällt dir noch ein anderer Weg hier heraus ein, bevor ich dir den Hals umdrehe?«

»Ich hab's euch gesagt!«, meinte die Alte. »Sie hat Geld! Sie ist reich!«

Gea sah sie einen halben Atemzug lang verständnislos an, vielleicht sogar einen ganzen – auf jeden Fall aber so lange, bis sie einen Rascheln hinter sich hörte und eine ihr vage bekannt vorkommende Stimme sagte: »Ja. Geld hat sie anscheinend auch. Was für ein Glück.«

Duras Plixx schäumte vor Wut. Niemand (nicht einmal Duras selbst) wusste genau, wie alt der Mausling war – die Gerüchte schwankten mit der schwammigen Regelmäßigkeit von Jahreszeiten zwischen einigen zehn- und ein paar *hunderttausend* Jahren –, und niemand (nicht einmal Duras selbst) konnte sich erinnern, ihn jemals so aufgebracht erlebt zu haben. Vielleicht der R'Achernon, aber selbst wenn, zog er es vor, zu diesem Thema zu schweigen.

»Wie zum Teufel konnte das passieren?!«, brüllte Plixx zum mindestens zwanzigsten Mal, seit er die Ratskammer betreten hatte. Er bekam auch zum ebensovielten Mal keine Antwort, aber das gute Dutzend Gestalten, das auf den bewusst unbequemen Bänken längs der Wände aus grob behauenem schwarzem Stein Platz genommen hatte (weniger als die Hälfte von ihnen war menschlich, jedenfalls nicht mehr), schien noch einmal ein Stück in sich zusammenzuschrumpfen, und mit Ausnahme

Duras', dessen eisernes Gesicht ohnehin zu keinerlei Regung fähig war, wagte es niemand, Plixx auch nur direkt anzusehen. Hellblaues Elmsfeuer tanzte zwischen den Barthaaren an seiner Schnauze, lief knisternd durch das drahtige Fell und bildete kurzlebige Lichtbögen am Ende seiner spitzen Ohren, als hätten sie sich in winzige Teslaspulen verwandelt. Seine kleinen Knopfaugen waren zwar ebenso schwarz wie sonst und schienen aus nichts anderem als Pupille zu bestehen, aber tief unter diesem drohenden Schwarz flammte und flackerte es immer wieder kurz und in drohendem Rot auf, als versuchte irgendwo im Inneren seines Schädels eine kleine, aber überaus zerstörerische Maschine anzuspringen. Wenn man genau hinsah, konnte man erkennen, dass Plixx' Atem tatsächlich flimmerte, und Duras wäre nicht einmal mehr erstaunt gewesen, hätte er im nächsten Moment tatsächlich angefangen, schwarze Rauchwolken aus den Nüstern zu blasen.

Der Anblick hätte durchaus komisch sein können: ein anderthalb Meter großes Spitzohr, das sich anscheinend für einen Mausedrachen hielt und sich mit piepsiger Stimme immer mehr in Rage redete – hätte nicht jeder dieser niedlichen Blitze genug Energie enthalten, um eine Kleinstadt einzuäschern, und wäre Plixx nicht in einer Stimmung gewesen, das möglicherweise auch zu tun, und sei es einfach nur, um sich ein bisschen abzureagieren.

»Ich will jetzt endlich wissen, wie zum Teufel noch mal dieser verblödete, Scheiße schaufelnde, gehirnamputierte kleine Bauernlümmel in den Besitz einer *Brandbombe* gelangen konnte!«, keifte Plixx. Dass er dies mit der Stimme einer hysterischen Maus tat, hätte den Anblick eigentlich noch komischer machen müssen, doch niemand lachte, und selbst Duras beschlich allmählich ein unbehagliches Gefühl, das durchaus auch seine eigene Person betraf. Bei aller Launenhaftigkeit, die man dem Grauen Mausling zu Recht nachsagte, hatte er noch nie gehört, dass er diese Launen dergestalt an einem Unschuldigen ausgelassen hätte, dass dieser ernsthaft zu Schaden kam. Allerdings hatte er den Mausling auch noch nie *so* aufgebracht erlebt, und letzten Endes kam es ja auch auf die genaue Definition des Wortes *unschuldig* an …

Plixx hörte endlich auf, wie ein aufgeschrecktes Huhn im Kreis herumzurennen und dabei mit beiden Armen in der Luft zu fuchteln, und der Blick seiner kleinen und plötzlich tückisch wirkenden Augen irrte über die an der Wand entlang aufgereihten Gestalten, ganz zweifellos auf der Suche nach einer passenden Zielscheibe für seinen Zorn. Duras war nicht besonders überrascht, als er schließlich an ihm hängenblieb.

»Was ist dort draußen passiert, Duras?«, zischte Plixx. »Ihr habt nicht zufällig eine Idee, woher der hochgeehrte Clansmeister Craiden diese Bombe hat?«

»Wieso sollte ich?«, fragte Duras.

»Zum Beispiel, weil es Eure *Aufgabe* ist, so etwas zu wissen?«, schlug Plixx vor.

»Meine Aufgabe, geehrter Mausling«, antwortete Duras ruhig, »ist der Schutz der Prinzessin, nicht mehr und nicht weniger. Solange sie sich im Inneren des R'Achernon aufhält, geht es mich nichts an, was dort draußen geschieht.«

Senatorin Rymer, die rechts neben ihm saß, zog so scharf die Luft zwischen den Zähnen ein, dass Duras sich instinktiv fragte, was an seinen Worten eigentlich so falsch gewesen war, kam aber relativ schnell auf die Antwort. Vermutlich machte sie sich weniger Sorgen um seine Antwort als um ihren Sitzplatz unmittelbar neben ihm, der sich durchaus als ungesund erweisen konnte, sollte sich Plixx tatsächlich entschließen, ein Exempel zu statuieren; vorzugsweise an einem Unschuldigen, was alle potenziell Schuldigen ganz bestimmt motivieren würde, sich eventuelle finstere Pläne noch einmal und sehr gründlich zu überlegen, und alle nicht ganz so Unschuldigen, in Zukunft weniger Fehler zu machen.

»Ach so, es geht dich nichts an«, wiederholte Plixx lauernd und trippelte auf ihn zu. Die Senatorin begann unruhig auf ihrer harten Bank herumzurutschen, und auch der schwarze Mausling, der links von Duras saß, wirkte jetzt ein bisschen nervös.

»Gut zu wissen – nicht, dass ich am Ende noch den Falschen

verdächtige«, fuhr Plixx fort. »Aber nur, damit ich das richtig verstehe: Ihr seid doch der Kommandant der Leibwache der Prinzessin, oder? Bedeutet das nicht, dass es Eure Aufgabe ist, sie vor jedweder Bedrohung zu beschützen und jeden Schaden von ihr abzuwenden?«

Duras sagte nichts dazu, weil es ohnehin sinnlos gewesen wäre. Plixx kam langsam auf ihn zu. Sein dünner Mauserschwanz peitschte nervös, und an seinen Ohren knisterte noch immer blaues Elmsfeuer. Senatorin Rymer wurde noch nervöser.

»Und nur, um auch wirklich ganz sicherzugehen, Duras«, fuhr der Mausling mit plötzlich leiser, zitternder Stimme fort. »Wenn dort draußen eine Bombe gezündet wird, die den gesamten Planeten und damit am Ende auch den R'Achernon vernichtet samt allen, die darin leben – und somit auch der Prinzessin –, würdet Ihr das nicht als Bedrohung ihres Lebens einschätzen?«

Duras seufzte. Plixx war zornig – was sein gutes Recht war – oder brauchte vielleicht auch nur ein Ventil, um sich abzureagieren, aber wenn jemand mit der Macht, über die der Graue Mausling gebot, die Beherrschung zu verlieren drohte, war das durchaus ein Grund, nervös zu werden.

»Damit konnte niemand rechnen«, sagte er.

»Womit? Dass dieser Bauernjunge mit Atombomben spielt?«, fauchte Plixx. Seine Augen leuchteten rot auf, dann erlosch das Glühen wieder.

»Ich widerspreche Euch ja nur ungern, Plixx«, antwortete Duras ruhig, »aber ich habe Craiden kennengelernt, und ich kann Euch versichern, dass er alles andere als ein *dummer Bauernjunge* ist.«

»Der überdies seit einer halben Stunde vor der Tür des Thronsaals wartet«, mischte sich Senatorin Rymer nervös ein. »Vielleicht ... sollten wir ihn nicht noch länger warten lassen?«

»Weil er sonst richtig ärgerlich werden könnte?«, zischte Plixx. Duras registrierte mit einem Gefühl vager Erleichterung, dass sich die Feindseligkeit des Mauslings nun auf sie verlagerte. »Nicht, dass er am Ende noch mehr schlimme Überraschungen aus dem Hut zaubert und uns alle umbringt?« Herausfordernd baute sich Plixx vor der Senatorin auf und funkelte sie an. Selbst im Sitzen überragte die dunkelhaarige Frau unbestimmbaren Alters den Mausling noch um ein gutes Stück, aber das änderte gar nichts daran, dass sie in diesem Moment irgendwie die Kleinere zu sein schien. Sie wurde immer nervöser, bis sie sich schließlich einen sichtbaren Ruck gab und die Schultern straffte.

»Ich kann Eure Sorge verstehen, Grauer Mausling«, sagte sie steif. »Sie ist berechtigt, aber noch immer kein Grund, derart die Beherrschung zu verlieren. Dieser Barbar ist irgendwie in den Besitz einer Waffe gelangt …«

» … mit der er um ein Haar den gesamten Planeten in die Luft gejagt hätte, und uns alle gleich mit, ja!«, unterbrach Plixx sie aufgebracht. »Ich bin in der Tat besorgt, Senatorin! Und ich werde es bleiben, bis ich weiß, woher er dieses verdammte Ding hat!«

»Und Ihr glaubt, Ihr findet es heraus, indem Ihr uns anschreit?«, erwiderte Rymer steif. Sie machte eine Bewegung, wie um aufzustehen, und brach sie unvermittelt auch wieder ab, als die Augen des Mauslings drohend aufleuchteten.

Dann geschah etwas Unerwartetes: Plixx funkelte sie noch einen weiteren Atemzug lang beinahe hasserfüllt an, machte einen halben Schritt zurück, um seinen Blick langsam und nichts anderes als verächtlich über die Gesichter der anderen Senatoren und Ratsmitglieder schweifen zu lassen, doch plötzlich schien alle Kraft aus ihm zu entweichen. Seine Schultern sackten zusammen, und das knisternde Elmsfeuer erlosch, seine Barthaare senkten sich traurig.

»Ihr habt recht, geehrte Senatorin«, sagte er, jetzt leise und mit einer Stimme, die unendlich müde klang. »Ich habe mich hinreißen lassen und muss mich bei Euch entschuldigen, und bei allen anderen auch. Vielleicht … solltet Ihr jetzt gehen und unseren geschätzten Ehrengast begrüßen.«

Rymer blinzelte. So wie sie den Mausling in den letzten Minuten erlebt hatte, war diese Reaktion wohl das Letzte, womit sie hatte rechnen können. Duras glaubte auch zu spüren, dass sie nicht echt war. Dennoch erhob sie sich nach kurzem Zögern und wollte zur Tür gehen, hielt aber dann noch einmal inne, als Plixx die Hand hob.

»Nur etwas noch, geehrte Senatorin«, sagte er. »Wir sollten uns unser Erschrecken vielleicht nicht allzu deutlich anmerken lassen.«

»Ich hatte nichts Derartiges vor«, antwortete Rymer in fast beleidigtem Tonfall. Einige andere Ratsmitglieder murmelten zustimmend, und der schwarze Mausling neben Duras setzte zu einer eigenen und vermutlich sehr viel weniger charmanten Bemerkung an, klappte den Mund aber dann wieder zu und ließ seinen Nagezahn verschwinden, als ihn ein eisiger Blick aus Plixx' Augen traf.

»Tatsächlich«, fuhr Plixx fort, »wäre es vielleicht klug, diesen Vorfall *gar nicht* zu erwähnen, meine ich. Wir sollten dem Protokoll Folge leisten und so tun, als wäre nichts geschehen.«

»Und den Burschen mit dieser Ungeheuerlichkeit durchkommen lassen?«, keuchte Senator Torgelsen. Wie die meisten anderen war er aufgestanden und hatte sich zum Gehen gewandt, machte nun aber noch einmal kehrt und trat herausfordernd auf Plixx zu. Er wirkte und klang empört. »Wir können doch nicht ...«

» ... Clansmeister Craiden und seinen Generälen zeigen, wie sehr sie uns erschreckt haben?«, fiel ihm Plixx ins Wort. »Ja, das ist eine hervorragende Idee, Senator. Zeigen wir ihm, dass wir vor Furcht zittern. Ich wundere mich, dass ich nicht selbst darauf gekommen bin.«

Torgelsen holte Luft zu einer noch ärgerlicheren Antwort, doch Rymer legte ihm rasch die Hand auf die Schulter und schüttelte den Kopf. Torgelsen schwieg.

»Wie gesagt: Ich muss mich noch einmal entschuldigen«, fuhr Plixx fort. Er räusperte sich ein paarmal. »Ich habe die Beherrschung verloren. Ihr solltet Euch jetzt um die Prinzessin und unseren Gast kümmern.«

»Und Ihr?«, fragte Torgelsen. Hinter Rymer und ihm verließen die ersten Ratsmitglieder den Raum; einige davon eindeutig fluchtartig.

Plixx deutete auf Duras. »Der Kommandant der Leibwache und ich haben noch ein paar Dinge zu besprechen, aber es wird nicht allzu viel Zeit in Anspruch nehmen.«

»Aber Craiden … «, wandte Rymer ein.

»Ach verdammt«, fuhr Plixx sie regelrecht an, »gebt ihm ein paar Bauklötzchen oder sonst was, womit er spielen kann! « Sein neuerlicher Wutanfall verrauchte so schnell, wie er gekommen war. Diesmal entschuldigte er sich nicht.

»Und nun geht und tut dem Protokoll Genüge«, sagte er. »So wie ihr es immer tut.« Die letzten Worte hatte er gerade laut genug geflüstert, sodass Rymer und der andere Senator sie hören konnten, aber vermutlich nicht ganz sicher waren, auch richtig verstanden zu haben. Torgelsens Züge entgleisten endgültig, aber auch jetzt war es wieder Rymer, die ihn mit einer neuerlichen Berührung besänftigte und schließlich dazu brachte, mit ihr zusammen zu gehen.

Plixx wartete, bis auch das letzte Ratsmitglied den Raum verlassen und sich die Tür hinter ihnen wieder zu einer fugenlosen schwarzen Wand geschlossen hatte, dann verschwand auch noch der letzte Rest von Zorn von seinem Gesicht und machte einem breiten, schon fast unverschämten Feixen Platz, so als hätte er ihnen gerade einen besonders perfiden Streich gespielt. »Das hat gutgetan.«

Duras seufzte. »Du solltest den Kronrat nicht so behandeln, Plixx. Immerhin sind sie…«

» … eine Bande eingebildeter, arroganter Faulpelze, die von Zeit zu Zeit einmal wachgerüttelt werden müssen.« Plixx war offensichtlich fest entschlossen, an diesem Tag niemand einen Satz zu Ende sprechen zu lassen, grinste allerdings noch immer. »Wann hätte der Letzte von ihnen wirklich eine Entscheidung getroffen, die über die Wahl seiner Kleider oder die Speisenfolge des Abendessens hinausgeht?« Sein Nagezahn blitzte kampflustig. »Nein, mein Freund. Diese aufgeblasene Bande nennt sich vielleicht Rat, aber ich wette, die Hälfte von ihnen weiß nicht einmal mehr genau, was dieses Wort bedeutet.«

»Wenn du das wirklich glaubst«, antwortete Duras, »dann

solltest du vielleicht Craidens Beispiel folgen und den Rat abschaffen, um dich als Alleinherrscher einzusetzen.«

Plixx bedachte ihn mit einem schrägen Blick. »Führe mich nicht in Versuchung, mein Freund«, seufzte er. »Ich könnte Gefallen an dieser Vorstellung finden.«

Er fixierte Duras gerade lange genug, um einen winzigen Zweifel in ihm zu wecken, ob diese Worte vielleicht mehr waren als nur ein Scherz, dann fuhr er mit einer ruckhaften Bewegung herum, trippelte zur Wand und schnippte mit den Fingern. Das schwarze Achern, das aufgehört hatte, roh behauenen Fels nachzuahmen, nachdem das letzte Mitglied des Rates den Raum verlassen hatte, und nun wieder vollkommen glatt und Licht verzehrend aussah, teilte sich, woraufhin Plixx in die entstandene Öffnung griff und eine zwanzig Zentimeter lange, perfekt gerade gewachsene Möhre herausnahm, an der er herumzuknabbern begann.

»R'Achernon«, sagte er. »Ist diese verdammte Analyse endlich fertig?«

Das war sie schon, bevor du diese improvisierte Versammlung einberufen hast.

Plixx biss mit einem hörbaren Krachen die Hälfte der Möhre ab. »Und warum zum Teufel noch mal…?«

Die Mitglieder des Kronrates sind nicht mehr anwesend, Mauser. Es besteht keine weitere Veranlassung, Kraftausdrücke zu verwenden, die mich im Übrigen nicht beeindrucken. Dein psychologisches Profil gab Anlass zu der Vermutung…

»… dass es besser ist, wenn ich ein bisschen Dampf ablasse, ja, ja«, fauchte Plixx. »Und diesen aufgeblasenen Pfeffersäcken einen Tritt in ihre fetten Ärsche verpasse.«

Wie du es ausdrücken würdest. Darüber hinaus habe ich es für besser gehalten, die Ergebnisse meiner Untersuchungen nicht mit dem gesamten Rat zu erörtern, sondern nur mit Duras und dir.

Plixx hörte auf zu kauen. Gelber Möhrensaft lief aus seinem Mund und tropfte in zähen Fäden zu Boden, bis er ihn mit dem Handrücken wegwischte und mit einem hörbaren Geräusch schluckte. Duras stand langsam auf und ging zu ihm. Etwas lief hier nicht so, wie er erwartet hatte.

»Das … das bedeutet jetzt nicht das, was ich glaube, dass es bedeutet … hoffe ich doch«, sagte Plixx schleppend. »Mir ist gerade nicht nach schlechten Scherzen zumute – nur, falls es nicht aufgefallen sein sollte.«

Die Beurteilung der Waffe, die Clansherr Craiden zum Einsatz gebracht hat, ist abgeschlossen, sagte der R'Achernon. Seine Stimme klang plötzlich auf subtile Weise anders. Jetzt hörte er sich so an wie das, was er irgendwann vor unendlich langer Zeit vielleicht einmal gewesen war: ein Computer. Duras fragte sich, ob das ein gutes oder ein schlechtes Zeichen war.

Die Analyse des Explosionsspektrums sowie der verwendeten quantenmolekularen Beschleuniger haben eine eindeutige Identifizierung erlaubt. Bei der eingesetzten Waffe handelt es sich um einen Elf-Komma-Sechs-Kilotonnen quantenmolekularen Brandsatz Typ sieben, Seriennummer 122 Strich 9 Strich Alpha Strich 334, hergestellt von Warcraft-Industries im Jahre …

Plixx biss krachend in seine Möhre.

Schon gut. Nicht, dass ich Euch am Ende noch langweile.

Der Mausling setzte zu einer Antwort an, doch Duras beeilte sich, ihm zuvorzukommen. »Moment mal«, sagte er rasch. »Willst du damit sagen, es handelt sich um ein Artefakt aus Prä-R'Achernon-Zeit?«

Ich würde einen Planetenkiller nicht unbedingt als Artefakt bezeichnen, aber faktisch trifft deine Vermutung zu. Pro-Achernon, Post-Satai, um genau zu sein.

Dort, wo die Wand gerade Plixx' Möhre freigegeben hatte, entstand ein Pseudo-3-D-Schirm, auf dem für eine Sekunde die mit Sternen übersäte Schwärze des Weltraums zu sehen war, bevor die imaginäre Kamera auf einen einsamen, braunen und fleckig-grün gesprenkelten Planeten zoomte. Während er rasch größer wurde, sodass mehr Einzelheiten seiner zum größten Teil aus lebensfeindlichen Wüsten bestehenden Oberfläche zu erkennen waren, erschienen leuchtende Buchstaben- und Zahlenkolonnen neben ihm, die allerdings so schnell über das Bild scrollten, dass nicht einmal Duras' aufgerüstetes Sehvermögen mehr erkannte als ein unruhiges, weißes Flackern. Er ärgerte sich ein bisschen darüber. Der R'Achernon wusste besser als er selbst, was seine Sinne verarbeiten konnten und was nicht. Tief im Grunde seiner mechanischen Seele war und blieb der Achernon ein furchtbarer Angeber.

Quantenmolekulare Zünder dieses Typs führen zu einem Atombrand auf submolekularer Ebene, sobald der kritische Punkt einmal überschritten ist, fuhr der R'Achernon fort. Auf dem quasiholographischen Abbild des Planeten vor ihnen entstand ein winziger, grellweißer Funke, erlosch wieder und flammte dann neu und hundertmal heller auf. Die Kamera zoomte noch näher heran und zeigte jetzt den typischen Feuerpilz einer Nuklearexplosion von geringer Sprengkraft, der rasch bis in die Stratosphäre wuchs und dabei an Leuchtkraft verlor. Grauer und schwarzer Rauch mischte sich in die Flammen, begann, sie zu verzehren, und Duras wartete darauf, dass der Rauchpilz sich auflöste, wie er es schon auf hundert ähnlichen Bildern zuvor gesehen hatte.

Stattdessen begann der Rauch selbst zu brennen, und nicht nur er.

Wo der Feuerpilz den Boden berührte, ließ die höllische Glut nicht nach, sondern brannte heißer und heller. Flammen züngelten aus dem Boden, Meilen vom Explosionsherd entfernt, und ein Spinnennetz gelb und rot glühender Linien entstand und griff rasend schnell um sich. Die Luft brodelte und begann zu brennen. Feuerstürme rasten mit hundertfacher Schallgeschwindigkeit über das Land, verwandelten fruchtbare Erde und Wälder in Asche, ließen Flüsse und Meere verdampfen und Wüsten zu Glas werden, bis die Atmosphäre zur Gänze verbrannt war und das Feuer erlosch.

Die Glut nicht. Das leuchtende Netz einer Höllenspinne hüllte den gesamten Planeten ein, bildete lodernde Verbindungslinien zwischen kontinentalgroßen Seen aus geschmolzenem Gestein und wurde immer noch dichter. Der Planet explodierte nicht, womit Duras beinahe gerechnet hatte, aber seine Oberfläche schmolz, bis er zu einer einzelnen, zitternden Kugel aus Lava geworden war. Das Bild fror ein, und anstelle der über den

Schirm rasenden Zahlen und Datenkolonnen erschien daneben eine zweidimensionale Darstellung eines eiförmigen, glänzenden Objekts von silberner Farbe. Seine Oberfläche war vollkommen glatt.

Die Charge, zu der dieser Sprengsatz gehört, konnte identifiziert werden. Sie stammt aus dem zweiten Verdandi-Krieg.

Duras spürte erst jetzt, wie schnell sein Herz schlug und dass sich seine Hände zu Fäusten geballt hatten. Als die Simulation auf den Schirm begonnen hatte, hatte er sich beinahe gefragt, welchen Sinn sie eigentlich verfolgte – sowohl Plixx als auch er verfügten über unbeschränkten Zugriff auf sämtliche militärische Datensilos und wussten beide, was eine Brandbombe vom Typ sieben war und was sie anrichten konnte. Aber das war nur totes Wissen, Fakten und Worte, die man aussprechen und ihnen damit ihren Schrecken nehmen konnte. Die Zerstörung zu *sehen* – auch wenn er wusste, dass es sich nur um eine Computersimulation handelte –, war etwas völlig anderes. Plötzlich hatte er Angst.

Die Aufzeichnung ist keine Simulation. Sie zeigt das Ende von Verda Sekunda, der Kriegswelt des Verdandi-Kombinats. Die Kapitulation der Verdandi-Mutterintelligenz erfolgte dreieinhalb Monate später, nachdem acht weitere Welten des Kombinats durch Brandbomben vernichtet wurden.

»Du ... willst uns nicht erzählen, dass die Verdandi ... dass sie jetzt zurückgekommen sind und Craiden und seine Barbarenfreunde mit Waffen versorgen, um sich an uns zu rächen?«, fragte Duras nervös. Er starrte den glühenden Ball auf dem Schirm an, unfähig, seine Augen von dem grauenhaften Anblick zu lösen. Aus der Simulation war etwas anderes geworden. Etwas Entsetzliches.

Nein. Die Verdandi-Mutterintelligenz wurde im dritten Verdandi-Krieg ausgelöscht und sämtliche Planeten mit Knospenkolonien durch Brandbomben des gezeigten Typs sterilisiert. Die Spezies der Verdandi existiert nicht mehr.

Es wurde sehr still. Plixx hörte auf, an seiner Möhre zu knabbern, und Duras meinte zu spüren, wie das Blut plötzlich langsamer durch seine Adern floss, als wäre es schwerer geworden oder müsse gegen einen unsichtbaren Widerstand ankämpfen. Aber es war doch nur der Schrecken einer längst vergangenen Zeit, den diese Bilder zeigten, nichts als die Erinnerung an eine Epoche, die so lange Zeit zurücklag, dass sie schon beinahe zur bloßen Erinnerung an eine Erinnerung verblasst war. Wie konnte sie ihn so erschrecken?

»Aber keine dieser Waffen wurde jemals auf der Erde gelagert«, sagte Plixx schließlich. Er klang nervös.

Das ist korrekt.

»Und wie kommt dieses verdammte Ding dann hierher?«, wollte der Mausling wissen.

Das weiß ich nicht.

Plixx ächzte. »Das ist Unsinn!«, sagte er. »Du bist der R'Achernon. Du weißt alles!«

Wüsste ich alles, wäre ich Gott, antwortete der R'Achernon, und da alle meine empirischen Untersuchungen zu dem Ergebnis geführt haben, dass es eine allmächtige Wesenheit wie Gott nicht gibt, ich aber zweifelsfrei existiere, kann ich folglich nicht Gott sein.

Duras stufte die Worte des R'Achernon als höchst unpassende Bemerkung ein. Er kannte nicht wenige, die der Meinung waren, dass der R'Achernon der Vorstellung Gottes ziemlich nahe kam, aber er selbst wusste es besser. Er wusste, dass es Gott gab und dass er ganz gewiss nicht der Schwarze Turm war.

Auch ich bin letzten Endes auf die Informationen angewiesen, die ich bekomme. Keine einzige Waffe oberhalb der Zerstörungsstufe vier wurde jemals auf der Erde gelagert.

»Mindestens eine offensichtlich schon«, sagte Duras. Seine Stimme klang belegt.

Der R'Achernon schwieg.

»Also gut«, ergriff Plixx das Wort. »Das war beeindruckend – und ziemlich beunruhigend. Wenn du uns einen kleinen Schrecken einjagen wolltest, dann ist es dir gelungen. Aber du hast das alles nicht nur gezeigt, um uns den Appetit auf das Festmahl heute Abend zu verderben, nehme ich an? Ich meine: Du hast doch eine Lösung parat?«

Ich fürchte, nein.

Das Bild des toten Planeten schrumpfte zusammen, während die zweidimensionale Darstellung des Sprengsatzes im gleichen Maße anschwoll. Ein Teil seiner silbernen Oberfläche wurde transparent und gab den Blick auf ein Innenleben frei, das unvorstellbar kompliziert und verblüffend simpel zugleich aussah und etwas schwer in Worte zu fassendes Beunruhigendes hatte. Obgleich Duras wusste, dass er nichts als eine stark vereinfachte zweidimensionale Darstellung sah, hatte er das Gefühl, etwas Lauerndes zu betrachten, etwas Heimtückisches und Lebendiges, das seinerseits ihn anstarrte.

Plixx schien es ganz ähnlich zu ergehen. Er hörte endgültig auf, an seiner Möhre zu knabbern, beugte sich vor und kniff die Augen zusammen, wie um das Bild genauer betrachten zu können. Erst nach ein paar weiteren Sekunden bemerkte Duras, dass es nicht die schematische Darstellung der Bombe war, die Plixx ansah, sondern die winzigen Schriftzeichen und Symbole darunter. Ihm selbst sagten sie nichts, aber die Reaktion des Mauslings beunruhigte ihn dafür umso mehr.

»Oh«, flüsterte Plixx schließlich.

Besser hätte ich es auch nicht ausdrücken können.

Duras wartete darauf, dass Plixx irgendetwas sagte, sah noch einmal auf den Schirm und ertrug den Anblick des lauernden Innenlebens der Weltuntergangsbombe plötzlich nicht mehr. »Plixx!«, rief er. »Was hat das zu bedeuten?«

»Dass wir ein Problem haben, mein Freund«, erwiderte der Mausling. »Ein großes Problem.«

Mardu »Ups«, murmelte General Mardu verdutzt. »Habe ... ich das getan?«

Dass er nicht sofort eine Antwort bekam, lag an gleich mehreren Gründen: Der wichtigste war wohl, dass von seinen Begleitern nicht mehr allzu viele da waren, die hätten antworten können, und die Handvoll, die es noch gab, musste von dem gewaltigen Knall entweder taub oder einfach zu benommen sein, um ihn gehört zu haben, geschweige denn antworten zu können.

Umgekehrt hätte auch General Mardu es wahrscheinlich gar nicht gehört, hätte tatsächlich einer von ihnen etwas gesagt. In seinen Ohren klingelte und schrillte es ununterbrochen und misstönend, und er hörte seine eigene Stimme nur dumpf und sonderbar verzerrt wie unter Wasser – was immerhin schon ein Fortschritt war. Bis vor ein paar Augenblicken war er vollkommen taub gewesen. Auch mit seinen Augen stand es nicht zum Besten. Er konnte zwar wieder sehen, doch nur unscharf, verschwommen und nahezu ohne Farben.

Und vielleicht war es auch besser so.

Mardu fuhr sich mit dem Handrücken über Gesicht und Augen, fühlte Blut und noch etwas anderes und Klebriges, das aus seinen Augenwinkeln lief, und blinzelte es weg. Das Bild wurde nicht wirklich klarer, zeigte ihm aber dennoch mehr, als er eigentlich sehen wollte.

Die gestohlene Magie, die er von Craiden bekommen hatte, hatte dem Turm nicht geschadet und offensichtlich nicht einmal diese verfluchte *Wand* niedergerissen, dafür aber ein deutlich größeres Stück der Stadt geplättet, als sein Clansherr vorausgesagt hatte – auch wenn er eine vage Veränderung wahrnahm, als er seine tränenden Augen zwang, in Richtung des Schwarzen Turms zu blicken. Irgendetwas war dort anders, aber er konnte nicht sagen, was.

Die Veränderung auf dieser Seite der unsichtbaren Barriere war schon sehr viel deutlicher zu erkennen – oder auch nicht, denn zwischen ihnen und dem magischen Vernichtungsdingsbums, das Craiden ihm gegeben hatte, war … *nichts mehr.* Zumindest nicht mehr allzu viel. Die gewaltige Explosion hatte alles weggefegt, was nicht niet- und nagelfest war, und was sie übersehen hatte, das hatte die nachfolgende Hitzewelle in Brand gesetzt und zu weißer Asche werden lassen.

An diesem Gedanken war etwas, das Mardu nicht ganz richtig vorkam (hätte es nicht umgekehrt sein sollen?), aber das spielte jetzt keine besondere Rolle. Er fuhr sich noch einmal mit dem Handrücken über die Augen, blinzelte heftig und lenkte seinen Blick dann auf die rauchende Front aus deformierten Ruinen ein Stück weiter rechts. Ein ziemliches Stück weiter rechts, um genau zu sein. Hier und da brannte es zwischen den geschwärzten Wänden, und er meinte auch, Bewegungen zu erkennen, konnte aber nicht sagen, ob es sich dabei nur um Rauch oder Trümmerstücke handelte, die mit einiger Verspätung zu Boden fielen, oder vielleicht auch um ein paar arme Teufel, die das Pech gehabt hatten, den Feuersturm zu überleben und nun dort draußen herumirrten und darauf warteten, endlich an ihren Verbrennungen zu sterben. Seine Augen hatten sich noch nicht weit genug erholt, um solche Feinheiten unterscheiden zu können.

Vielleicht würden sie das niemals. Mardu besaß zwar reichlich von dem, was die Alten gutes Heilfleisch nannten, aber noch nie hatte er einen solchen Blitz gesehen! Bei Gaja, es war gewesen, als wäre die Sonne vom Himmel gestürzt und dort draußen explodiert!

Nachdem er sich vorsichtshalber mit einem raschen Blick davon überzeugt hatte, dass die Sonne noch am Himmel stand und so teilnahmslos wie seit Äonen auf die Stadt herabschien, stocherte Mardu ausgiebig mit dem kleinen Finger in seinem Ohr, gab ein paar sinnlose Laute von sich – nur um festzustellen, dass seine Stimme sich noch immer wie die eines Fremden anhörte, der gerade irgendwo in größerer Entfernung ertrank – und riss sich endlich von dem deprimierenden Anblick der verkohlten Ruinen los, um vom Fenster zurückzutreten und sich umzudrehen.

Das Bild, das sich im Inneren des Bunkers bot, war auch nicht wesentlich erbaulicher. Von den acht Quorrl, die ihn hierher begleitet hatten, waren noch vier am Leben, und mindestens einer davon war so schwer verletzt, dass er sich vermutlich wünschte, es nicht mehr zu sein, und dieser Wunsch auch bald in Erfüllung gehen würde. Die Hitze war wie eine glühende Sense hier hereingefahren und hatte alles leicht Entzündliche schnell genug in Asche verwandelt, um keinerlei Spuren zu hinterlassen, und die dem Fenster gegenüberliegende Wand, die die volle Wucht der kombinierten Druck- und Feuerwalze aufgefangen hatte, war zur Gänze geschwärzt und stand nicht mehr gerade. Überall knackte und knisterte es, und es gab Tausende winziger roter und gelber Funken, die nur deshalb noch nicht alles in Brand gesetzt hatten, weil es hier drinnen nicht mehr sonderlich viel gab, was brennen konnte. Es war heiß im Bunker, und die Luft roch so durchdringend nach Asche, dass das Atmen schwerfiel.

Mardu betrachtete dieses Bild fast vollkommener Zerstörung missmutig, wandte sich dann zu dem Quorrl, der neben ihm am Fenster gestanden hatte, und korrigierte die Zahl der Überlebenden auf drei. Der Quorrl stand nach wie vor, aber er war entweder entschieden zu neugierig gewesen oder konnte nicht schnell genug reagieren, als Mardu selbst sich geduckt hatte. Sein Kopf war verschwunden, und was von seinen Unterarmen und Händen übrig war, war mit dem noch immer glühenden Stein verschmolzen, auf dem er sich aufgestützt hatte. Selbst Mardu, der eine Menge gewohnt war, bescherte dieser Anblick einen dicken Kloß im Hals. Allerdings tröstete er sich damit, dass er a) froh sein konnte, noch einen Hals zu haben, um diesen ekelhaften Geschmack zu spüren, und b) der Kerl noch nie besonders helle gewesen und letzten Endes selbst schuld an seinem Schicksal war.

Ein Geräusch – vollkommen unverständlich, aber eindeutig moduliert – drang durch das Rauschen und Klingeln in seinen Ohren und wiederholte sich, weil Mardu nicht sofort darauf reagiert hatte. Er sah sich verwirrt um und begriff erst, dass es die Stimme eines der überlebenden Quorrl war, als sich dessen Lippen im Takt zu den blubbernden Geräuschen bewegten. Aus den Augenwinkeln sah er, wie der zweite Überlebende neben seinem sterbenden Kameraden niederkniete und einen schmalen Dolch aus dem Gürtel zog, um ihn von seinen Qualen zu erlösen.

Mardu stocherte noch einmal mit dem kleinen Finger zuerst in seinem rechten, dann in seinem linken Ohr und verbesserte sein Hörvermögen damit zwar nicht im Geringsten, schaffte es aber immerhin, dass seine Ohren nun wehtaten, und schüttelte demonstrativ den Kopf. Der Quorrl verstand und hörte auf, die Lippen zu bewegen und blubbernde Unterwasserlaute zu produzieren, während sein Kamerad sich aufrichtete und die blutige Dolchklinge wieder in die Scheide an seinem Gürtel zurückschob.

Verbrannte Haut schälte sich von Mardus Gesicht, als er versehentlich seine Wange berührte. Fast beiläufig zog er die losen Streifen von dem nässenden Fleisch darunter, biss die Zähne zusammen, als sich die Nervenenden in seinem Gesicht mit einem Feuerwerk greller Schmerzimpulse wieder zum Dienst zurückmeldeten, und blinzelte die Tränen weg, die ihm in die Augen schossen.

»... ausssiiiier ... heeeeer ... «, gluckerte etwas in seinen Ohren. Mardu sah, wie sich die Lippen des Quorrl erneut bewegten und er mit beiden Händen (eine davon war übel verbrannt) zu gestikulieren begann. Vermutlich hatte er gesagt: »Wir müssen raus hier, Herr«, oder irgendetwas in der Art, womit er vollkommen recht hatte. Dass der Bunker noch stand, war an sich schon ein kleines Wunder, aber die unsichtbare Riesenfaust, die Mardu auf Craidens Geheiß hin gegen die *Wand* geschleudert hatte, hatte dem Gebäude so ziemlich den Rest gegeben. Außerdem fühlte sich Mardu ohnehin mit jedem Moment weniger wohl hier drinnen. Er hatte Angst vor dem, was sie draußen erwarten würde, aber zum ersten Mal im Leben spürte er das hässliche Kratzen der Klaustrophobie an seinen Gedanken. Er kam sich eingesperrt vor, ein bisschen wie lebendig begraben – und das in einem Krematorium, das jederzeit wieder eingeschaltet werden konnte.

In einem behutsamen Schlingerkurs sowohl den verbrannten Leichen der Quorrl als auch den ausgeglühten Überresten der ehemaligen Einrichtung ausweichend, ging Mardu zur Tür, tastete vorsichtig nach der Klinke und ergriff sie erst dann richtig, als er feststellte, dass sie nicht mehr heiß war. In den ersten Augenblicken nach der Explosion hatte sie geglüht.

Mardu drückte die Klinke herunter und zog, zuerst behutsam,

dann mit deutlich mehr Kraft, aber die Tür bewegte sich nicht. Unglückseligerweise bestand sie aus Metall, und die Hitze hatte sie unverrückbar mit dem Rahmen verschweißt.

Die beiden überlebenden Quorrl gesellten sich zu ihm, aber auch mit vereinten Kräften und fünf Händen schafften sie es lediglich, die massive eiserne Klinke zu verbiegen.

General Mardu trat einen Schritt zurück, bedachte die Tür mit einem vorwurfsvollen Blick und griff unter die angesengten Fetzen, die von seinem ehemals prachtvollen Wams übrig geblieben waren. Das Kleidungsstück war nicht nur ein Geschenk seiner vorletzten Frau gewesen und alles, was er noch von ihr hatte, sondern auch außerordentlich kostspielig. Er würde es Craiden in Rechnung stellen.

Dann tasteten seine Finger über das glatte Metall des verborgenen Scanners, und gegen seinen Willen mischte sich etwas wie Dankbarkeit in dem Groll, den er für den Clansherrn empfand. Es stimmte zwar, dass Craiden darauf bestanden hatte, diese uralte Techmagie gegen ihre eigenen Schöpfer einzusetzen, und damit die alleinige Schuld an der Katastrophe trug. Aber er hatte ebenso nachdrücklich darauf bestanden, dass sie sich ein deutlich größeres Stück vom Explosionszentrum zurückzogen, als es Mardu für nötig gehalten hatte, und auch darauf, dass alle Generäle einen Scanner erhielten, ohne den Mardu jetzt eindeutig noch tiefer in der Scheiße säße.

Als Mardu die uralte Techmagie-Waffe zog und einschaltete, zog sich einer der beiden Quorrl hastig zurück, der andere glotzte nur und trat erst auf mehrmaliges Winken hin aus dem Weg. Nicht, dass Mardu große Probleme damit gehabt hätte, diesen Holzkopf gleich mit einzuäschern – aber er hatte nur noch zwei Begleiter, und seine Leibwache aus einer Laune heraus auf die Hälfte zu reduzieren, erschien ihm nicht besonders klug.

Auch er selbst wich vorsichtshalber so weit von der Tür zurück, wie es ging, visierte sie an und feuerte ab. Der Scanner entlud sich lautlos und stanzte ebenso lautlos ein kopfgroßes Loch in das zweifingerdicke Metall. Fünf weitere Schüsse erweiterten die Öffnung so weit, um sich hindurchquetschen zu können, ein sechster wäre weder nötig noch möglich gewesen, denn das schwarze Toroid in Mardus Hand war mittlerweile so heiß geworden, dass er es kaum noch halten konnte. Er hatte es selbst noch nie gesehen, sehr wohl aber von Fällen gehört, in denen ein Scanner durch Überlastung explodiert war und alles im Umkreis von zwanzig Metern in weiße Puderasche verwandelt hatte. Bis vor wenigen Augenblicken hatte er diesen Gerüchten keinen Glauben geschenkt. Aber bis vor genauso wenigen Augenblicken hatte er auch noch nicht gewusst, welche Zerstörungskraft diese verfluchte Techmagie *wirklich* entfesseln konnte.

Statt die heiß gewordene Waffe wieder unter den Gürtel zu schieben und sich auf diese Weise noch ein paar weitere Brandblasen einzuhandeln, wechselte Mardu sie ein paarmal von der rechten Hand in die linke, als würde er in Gedanken versunken damit spielen, bis sie ein wenig abgekühlt war. Erst dann ging er wieder zur Tür, lugte vorsichtig durch das unregelmäßige Loch, das er hineingeschossen hatte, und betastete noch vorsichtiger seine Ränder. Sie waren kalt – nicht nur *nicht heiß*, sondern *eisig* – und begannen, unter seinem behutsamen Tasten augenblicklich zu zerbröckeln. Mardu dachte über dieses neuerliche Rätsel erst gar nicht nach. Techmagie eben.

Lieber konzentrierte er sich darauf, durch die gewaltsam geschaffene Öffnung zu kriechen, richtete sich auf der anderen Seite wieder auf und sah sich unbehaglich um. Warmer, nach heißem Stein und Ozon riechender Wind schlug ihm ins Gesicht, und seine Augen begannen schon wieder zu tränen. Er wischte die klebrige Flüssigkeit weg, wollte automatisch den Scanner nun doch wieder einstecken und besann sich dann noch einmal anders. Es war verrückt: Die beiden Quorrl und er waren vermutlich die einzigen lebenden Wesen im Umkreis einer Meile, aber er hatte plötzlich das Gefühl, trotzdem eine Waffe zu brauchen.

Etwas polterte und knallte, als die beiden Quorrl bemerkten, dass das Loch in der Tür entschieden zu schmal für ihre breiten Schultern war, und das Hindernis mit den Fäusten zu bearbeiten begannen. Mardu trat vorsichtshalber einen Schritt zur Seite und beglückwünschte sich im nächsten Moment zu seiner Umsicht, als das, was von der Tür noch übrig war, mit gewaltigem Getöse an ihm vorbeiflog. Er drehte sich nicht zu den beiden Kriegern um, sondern zwang sich, dem standzuhalten, was er sah.

Wo sich noch vor Kurzem ein Labyrinth aus Zelten, Buden, Stein- und Holzhäusern und noch viel bizarreren Behausungen ausgedehnt hatte, erstreckte sich nun etwas, was man wohl allgemein als Mondlandschaft bezeichnete (auch wenn Mardu noch nie wirklich begriffen hatte, was dieses Wort eigentlich bedeutete): Nichts mehr. Auf einer Meile oder mehr war der Boden wie leergefegt, nur hier und da ragten niedrige, sonderbar abgerundete Erhebungen empor, wo ein besonders massives Hindernis der Feuerwalze selbst widerstanden hatte, aber in der darauffolgenden Hitze geschmolzen und in anderer Form wieder erstarrt war. Mardu dachte schaudernd an den an der Wand festgebackenen Quorrl ohne Schädel und beglückwünschte sich im Stillen erneut zu seiner eigenen Reaktionsfähigkeit, die ihm schon mehr als einmal den Kopf gerettet hatte – heute sogar wortwörtlich.

Doch wie viele andere dieses Glück nicht gehabt hatten, darüber wollte sich Mardu keine Vorstellung machen. Egal ob dreitausend, dreißigtausend oder dreihunderttausend – das Ausmaß dieser Katastrophe war einfach zu gewaltig, und die Opfer zu zählen war schließlich nicht seine Aufgabe.

Schweigend marschierten sie los. Hier und da knisterte der Boden unter ihren Füßen, als wäre er mit einer Schicht aus hauchfeinem Glas überzogen, und mancherorts war er noch immer so heiß, dass es nicht möglich war, ihn zu betreten, sodass sie die entsprechenden Bereiche weitläufig umgehen mussten. Sie marschierten eine halbe Stunde, um die ersten Ruinen zu erreichen; eine Ansammlung schwarzer, allesamt in derselben Richtung schräg stehender Wände und zum Teil ganz und gar formloser Umrisse, aus denen Rauch und Hitze aufstiegen. Mardu ersparte sich die Mühe, hier nach Überlebenden zu suchen, konnte aber der Frage nicht mehr ganz so leicht ausweichen, wie viele Opfer die gewaltige Explosion gefordert haben mochte. Tausende, mit Sicherheit, viele Tausende. Craiden hatte die Stadt in einem Halbkreis von einer Meile rings um den Ort räumen lassen, an dem sie das Techmagie-Artefakt deponiert hatten – was allein Hunderte von Leben und zahllose Verletzte gefordert hatte, denn längst nicht alle Bewohner dieses ältesten Teils von *Belagerung* waren bereit gewesen, ihre und die Heimat ihrer Eltern widerstandslos zu verlassen. Die überaus komplizierte und gewaltige Umsiedlung musste in aller Heimlichkeit erledigt werden, ohne dass die Bewohner des Schwarzen Turms aufmerksam oder gar misstrauisch wurden – und Mardu war längst nicht der einzige gewesen, der diese Vorkehrungen für übertrieben gehalten hatte. Techmagie war mächtig – der Beweis dafür ragte fünfeinhalb Meilen hoch hinter ihm in den Himmel –, aber das Artefakt, das sie am Fuße der unsichtbaren Wand deponiert hatten, war kaum größer als ein abgeschlagener Quorrl-Schädel gewesen; wenn auch deutlich ästhetischer anzusehen.

Wie es aussah, hatten sie beide unrecht gehabt. Der heiße Tod hatte nicht wie geplant an den ersten Ruinen haltgemacht. Wo Zeltsiedlungen, hölzerne Bauwerke oder auch Gärten und Grünflächen gewesen waren, erblickte Mardu leergefegte Straßen und geschmolzene Fassaden sowie große, mit schwarzer Schlacke bedeckte Flächen und brandgeschwärzte Alleen, wo Orkane aus verheerendem Feuer entlang getobt waren. Frühestens nach einer weiteren Meile, dachte er schaudernd, würden sie die ersten Überlebenden finden, wenn überhaupt. Welche Gewalten hatten sie hier entfesselt?

Eine mit rauen Schuppen bedeckte Hand berührte ihn an der Schulter. Als Mardu herumfuhr und sein Blick der Geste des Quorrl in den Himmel hinauf folgte, gewahrte er einen winzigen, schwarzen Punkt, der hoch über ihnen am Firmament stand, kaum mehr als ein Staubkorn, das eigentlich nur auffiel, weil es sich nicht bewegte. Mardu versuchte vergebens, Einzelheiten zu erkennen, bedeutete dem Quorrl dann mit einem entsprechenden Nicken, dass er seine Wachsamkeit zur Kenntnis genommen hatte und auch würdigte, dann setzten sie ihren Weg fort.

Es wurde wärmer, als sie nebeneinander in eine der breiten Chausseen traten. Die Wände gaben die gespeicherte Hitze allmählich wieder ab, und der Boden knisterte erneut unter ihren Schritten. Die Straße kam ihm breiter vor als jede andere, in der er jemals gewesen war, und in gewissem Sinne stimmte das sogar. Sie war nicht wirklich breiter, aber was ihr fehlte, das war das Gewirr aus Vordächern und hölzernen Anbauten, hastig zusammen gezimmerten Buden, Zelten, mit Stoff bespannten Drahtverhauen, die mitten auf der Straße errichtet worden waren und ein Durchkommen – manchmal sogar zu Fuß – zu einem halsbrecherischen Abenteuer machten. Nichts von alledem war noch da. Die Feuerwalze hatte die Zeit zurückgedreht und die Straße in einen Zustand versetzt, in dem sie vielleicht das letzte Mal vor hundert Generationen gewesen war, vielleicht auch noch nie.

Nach einem oder zwei Dutzend Schritten auf der Straße blieb Mardu stehen, bedeutete den beiden Quorrl mit einer Geste, zurückzubleiben und betrat mit klopfendem Herzen eine der ausgebrannten Ruinen.

Er wusste weder genau warum, noch was er erwartete – vermutlich nichts, und ganz genau das sah er auch. Türen und Fenster waren samt der dazugehörigen Rahmen verschwunden, soweit sie aus Holz oder Kunststoff bestanden hatten, und es war heiß wie in einen Backofen. Wenn es einmal ein Mobiliar gegeben hatte, so war dies zum Bestandteil der dünnen Schmierschicht geworden, die sich gleichmäßig über Wände, Fußboden und Decke des großen Raumes ausbreitete und wohl auch die organischen Überreste der ehemaligen Bewohner dieses Raumes enthielt. Mardu dachte einen Moment darüber nach, weiterzugehen, um auch die angrenzenden Räume zu durchsuchen, was ihm aber dann als zu gefährlich erschien. Dass das Haus noch stand, bedeutete keineswegs, dass es das auch noch in der nächsten Minute tun würde, so sehr, wie Hitze und Druck seine Struktur geschwächt haben mussten. Außerdem hatte er mit jeder weiteren Sekunde das Gefühl, sich in einem riesigen Grab zu befinden.

Wieder zurück auf der Straße, sah Mardu als erstes nach oben und suchte nach dem schwarzen Staubkorn. Es war verschwunden.

Sein Gesicht begann zu prickeln. Unbewusst tastete er mit den Fingerspitzen der Linken darüber (mit der anderen hielt er immer noch den Scanner), fühlte mehr nässendes Fleisch unter verbrannter Haut und knibbelte sie ab, obwohl es wirklich wehtat. Mardu stand nicht unbedingt auf Schmerzen, aber *dieser* Schmerz half ihm, mit der gestaltlosen Furcht fertigzuwerden, die aus allen Richtungen zugleich auf ihn zukroch und ihm das Gefühl gab, nicht mehr atmen zu können. Sie hatten eine Stadt der Toten betreten – und ebenso, wie ein Toter in einer Stadt der Lebenden deplatziert gewesen wäre, waren sie nun hier die Störenfriede.

Mardu ging ein paar Schritte vor den Quorrl her, blieb wieder stehen und musste gegen eine kurze, aber ungemein heftige Panik ankämpfen, bevor er sich eingestand, dass er die Orientierung verloren hatte und nicht mehr wusste, wo sie waren, und schon gar nicht, in welche Richtung sie gehen mussten. Aber eigentlich spielte das keine Rolle. Jede Richtung war gut, solange sie ihn und seine Begleiter aus diesem stadtviertelgroßen Gräberfeld hinausführte.

Trotzig marschierte er los und legte diesmal immerhin fast zehn Schritte zurück, bevor er ein Brummen hörte, gefolgt vom aufgeregten Geschnatter der beiden Quorrl. Rasend schnell huschte ein verzerrter Schatten über ihn hinweg, vollzog dann eine scharfe Kehre und hielt vielleicht zwanzig Meter vor ihm auf dem verbrannten Straßenbelag an. Der Schatten stammte von einer acht Meter großen Riesenlibelle.

Etwas in Mardu rastete einfach aus. Er hob den Scanner und drückte ab, ohne auch nur gezielt zu haben. Dennoch traf er. Der Heliothopther fing mit einem knisternden *Wusch* Feuer, kippte zur Seite und begann in Panik, mit den Flügeln zu schlagen. Dabei erreichte er tatsächlich noch einmal gute fünf oder sechs Meter Höhe und gewann mindestens die doppelte Distanz an Abstand zu ihnen, bevor die Flammen seine empfindlichen

Flügel schmelzen ließen. Ein schrilles Heulen erklang, ein eher mechanisches Geräusch wie von etwas sehr Schwerem, das sich festfraß. Und irgendwie gelang es dem Heliothopther, sich noch weitere drei oder vier Atemzüge lang ohne Flügel oder sonstigen Auftrieb in der Luft zu halten, schreiend und sich krümmend vor Schmerz und in einem Mantel prasselnder Flammen gehüllt, die allmählich weiß wurden und deren Hitze Mardu trotz der großen Entfernung spüren konnte. Etwas Dunkles und Brennendes fiel vom Rücken der riesigen Libelle und wurde zu einem um sich schlagenden zweiten Brandherd auf dem Boden – vermutlich ihr Reiter –, dann prallte der Heliothopther führerlos gegen eine Fassade, brachte sie zum Einsturz und verschwand in einer Wolke aus Staub, Flammen und niederprasselnden Steinen.

Langsam und das immer hysterischer werdende Kreischen der lautlosen Stimme in seinem Kopf ignorierend, die ihm zubrüllte, dass er soeben sein eigenes Todesurteil unterschrieben hatte, bewegte sich Mardu auf die Ruine, in die der abgestürzte Heliothopther gerast war, zu, bis ihn die intensive Hitze der Flammen stoppte.

Das gigantische Geschöpf war zerbrochen und zerschmettert, doch seine Glieder krümmten sich weiterhin. Entweder lebte es immer noch, oder die Hitze erzeugte die bloße Illusion von Leben. Chitin schmolz und lief in zischenden schwarzen Lavaströmen zu Boden, dann explodierte das hintere Drittel des riesigen Libellenleibs und spie wie ein Geysir kochendes schwarzes Fleisch, scharfkantige Splitter und glühende mechanische Trümmerteile hoch in die Luft, sodass Mardu ganz instinktiv ein paar Schritte zurückweichen musste.

Er war sich der Bewegung nicht einmal bewusst, so wenig wie der Tatsache, dass eine Scannerwaffe niemals eine solche Zerstörungskraft haben konnte. Er war tot. Die beiden Quorrl in seiner Begleitung waren tot, Craiden war tot und vermutlich auch Tausende andere, aber das alles interessierte ihn nicht. Mochten die Herren dieses gajaverfluchten Schwarzen Turms grausame Vergeltung üben und noch einmal tausend Unschuldige töten, in diesem einen Moment empfand Mardu nichts außer einer tiefen, grimmigen Zufriedenheit. Er hatte eines ihrer verdammten Biester erledigt, und das war alles, was zählte, wenigstens in diesem einen Augenblick.

Unglückseligerweise dauerte er nicht sehr lange.

Einer der Quorrl stieß einen warnenden Pfiff aus, und Mardu fuhr gerade noch schnell genug herum, um zu sehen, wie sein Begleiter mit einem einzigen Schlag Feuer fing wie ein Stück trockenes Holz, das von einem Laserstrahl getroffen wurde. Unglaublicherweise blieb der brennende Quorrl einfach stehen und sah verblüfft an sich herab, bevor er sich zur Seite neigte und dann stocksteif umfiel.

Mardu blieb noch einen Augenblick stehen und starrte die beiden Heliothopther an, die im Tiefflug herangebraust kamen. Dann gewannen seine Überlebensinstinkte endlich wieder die Oberhand, und er fuhr herum und rannte Haken schlagend los.

Arion »Wozu die Kampfdrohnen?«, fragte Arion, nachdem das letzte Bild der Schlacht verblasst war und sich die sterbende Armee zusammen mit dem virtuellen Schirm in einem silbernen Funkenschauer aufgelöst hatte. »Ein einziger Schuss aus einem Orbitalgeschütz hätte die Sache weitaus schneller erledigt.« *Und deutlich weniger grausam.*

»Psychologie, Prinzessin«, seufzte Plixx und schenkte ihr einen Blick, der besagte: *Das habe ich dir doch schon hundert Mal erklärt.* »Die Quorrl sind kein Feind, der sich durch eine subtile Demonstration von Überlegenheit beeindrucken lässt. Wir hätten diese ganze lächerliche Armee mittels ZT auf den Meeresboden transportieren oder mit einem Quantentorpedo einfach auflösen können, aber das wäre sinnlos gewesen.«

»Diese Armee bestand aus über zwanzigtausend Kriegern, wenn ich richtig informiert bin«, sagte Arion.

»Annähernd dreißigtausend«, erwiderte der Mausling. *Und das weißt du auch genauso gut wie ich.* »Aber Quorrl sind nun einmal Quorrl, Prinzessin. Sie müssen mit eigenen Augen sehen, dass ihre Brüder bluten, bevor sie es glauben.« Er schüttelte heftig den spitzen Kopf, als Arion abermals widersprechen wollte, und warf einen ebenso raschen wie ungeduldigen Blick zur Tür, fuhr aber trotzdem fort: »Hätten wir dieses Heer damals einfach verschwinden lassen, dann hätten ihre Schamanen irgendetwas von Magie und Dämonen und finsterem Zauber gefaselt und eine neue Armee geschickt. Und noch eine und noch eine und so weiter. Das da«, fügte er in verändertem Ton und mit einer Kopfbewegung auf die Stelle hinzu, an der sich der virtuelle Schirm befunden hatte, »war der letzte Großangriff der Quorrl auf die *Wand.* Seither hat es nie wieder einen ernst gemeinten Versuch gegeben, uns zu überrennen. Diese dreißigtausend Krieger haben das Leben einer Million anderer gerettet. Vielleicht sogar mehr.«

Diese Rechnung, dachte Arion, war so alt wie die Welt – zumindest so alt wie die Menschheit – und hatte noch nie gestimmt, und in diesem speziellen Fall schon gar nicht.

»Die Angreifer waren nicht nur Quorrl«, gab sie zu bedenken.

»Streng genommen bestand gerade einmal ein Drittel dieser Truppen aus Quorrl, Prinzessin«, pflichtete ihr der Mausling bei. »Aber sie stellen nun einmal die Kriegerkaste unter den Bewohnern von *Belagerung,* zumindest die große Masse. Und irgendwie ... irgendwie sind dort alle ein bisschen Quorrl, finde ich.«

»Craiden ist kein Quorrl«, erwiderte Arion, legte den Kopf auf die Seite und fügte in fragendem Ton hinzu: »Oder?«

Plixx antwortete gar nicht darauf, sondern blickte jetzt noch einmal und deutlich ungeduldiger zur Tür.

»Ja, ich weiß«, sagte Arion. »Es wird Zeit.«

Plixx nickte und fügte hinzu: »Nicht, dass ich Euch drängen möchte, Majestät.«

»*Aber das Protokoll* ... ja, ich weiß«, seufzte Arion. Sie stand auf, warf der schmucklosen Tür aus schwarzem Achern einen kurzen Blick zu und verzog angewidert das Gesicht, als sie daran dachte, was dahinter auf sie wartete. Nun gut, vielleicht nicht unmittelbar dahinter. Aber nahe genug, für ihren Geschmack.

»Was haben eigentlich deine Nachforschungen ergeben?«,

fragte sie, um noch ein bisschen Zeit zu gewinnen. Sie wollte nicht zu diesem verdammten Zeremoniell.

Niemand will das, Prinzessin. Aber manche Dinge müssen nun einmal getan werden. Eure Mutter hat es mehr als achtzig Mal ertragen.

Aber ich bin *nicht meine Mutter!*

Wie wahr, Prinzessin.

»Nachforschungen?« Plixx, der von der lautlosen Unterhaltung offensichtlich nichts mitbekommen hatte, versuchte wieder einmal den Dummen zu spielen.

Arion seufzte. »Dein spezieller Freund, Craiden, zündet mal eben so eine Weltuntergangsbombe, von der ich jetzt einfach behaupte, dass er sie gar nicht haben dürfte. Nicht einmal zehn Minuten später verschwindet der gesamte Kronrat, Duras lässt sich zum ersten Mal seit ungefähr zehntausend Jahren die Gelegenheit entgehen, mir wie ein läufiger Köter auf Schritt und Tritt hinterherzuhecheln, und sogar du bist eine gute halbe Stunde lang einfach weg … also erzähl mir nicht, ihr wärt nur noch einmal zusammen das Protokoll durchgegangen, damit niemand einen unverzeihlichen Fauxpas begeht und womöglich mit dem falschen Besteck isst.«

»Ich bin nicht ganz sicher, ob Craiden tatsächlich mit Messer und Gabel …«, begann Plixx, bemerkte gerade noch rechtzeitig das Wetterleuchten in Arions Augen und schwenkte hastig um. »Wir haben versucht, die Herkunft der Waffe herauszufinden, die er eingesetzt hat, das ist wahr.«

»Zweifellos mit Erfolg.«

»Ich fürchte nein«, antwortete Plixx und trippelte zur Tür, die zischend vor ihm auseinanderglitt und den Blick auf einen hohen Gang mit schwarzen Wänden freigab, an denen Fackeln in schweren, schmiedeeisernen Haltern brannten. Die beiden Wachen, die rechts und links neben der Tür standen und auf sie warteten, aber trotzdem so gut wie unsichtbar waren, bedachte Arion wie üblich mit einem leise überraschten Stirnrunzeln. Sie hatte noch nie wirklich verstanden, wie sie das fertigbrachten. Jeder von ihnen war knapp zweieinhalb Meter groß, wog nicht ganz sechshundert Pfund und konnte einen Quorrl in der Mitte durchbrechen. Mit einer Hand und ohne sich anzustrengen. Trotzdem gelang es den Wachen immer wieder, fast unsichtbar zu werden.

Widerwillig setzte sie sich ebenfalls in Bewegung und folgte dem Mausling. Wenn Plixx sich einmal entschieden hatte, dass es Zeit war, irgendetwas Bestimmtes zu tun, dann war Arions Widerspruch ohnehin sinnlos.

Welchen Zweck hatte es eigentlich, sinnierte sie, Prinzessin des R'Achernon, Erbin des Sternenreiches der Menschheit und überhaupt wahrscheinlich die mächtigste Frau im Universum zu sein, wenn man sich ständig von einer *Maus* herumkommandieren lassen musste?

»Das erkläre ich Euch später einmal, Prinzessin«, sagte Plixx, während er seine Schritte gerade weit genug beschleunigte, dass sie nicht mehr bequem neben ihm hergehen konnte.

»Aber herauszufinden, woher diese Waffe kommt, dürfte doch kein Problem sein«, kehrte Arion zurück zum eigentlichen Thema. »Der R'Achernon weiß alles.«

Um genau zu sein, *wurde* die Herkunft der Waffe geklärt. Unklar ist lediglich, wie sie in Craidens Besitz gelangen konnte. Oder überhaupt auf diesen Planeten.

Diesmal hatte Plixx die Antwort des R'Achernon gehört, denn er vervollständigte sie unaufgefordert. »Waffen mit einem derartigen Vernichtungspotenzial wurden niemals auf die Erde gebracht. Unsere Vorfahren waren in so mancher Hinsicht schräg drauf, aber sie waren keine Selbstmörder. Sie hätten niemals einen Planetenkiller hier geduldet.«

»Und woher hat Craiden ihn dann?«

»Das genau ist die Frage, die uns noch ein wenig Kopfzerbrechen bereitet, Prinzessin«, antwortete Plixx. »Aber keine Sorge. Wir finden es schon noch heraus.«

»Von diesen Waffen kann es schließlich nicht viele geben«, vermutete Arion.

Plixx warf ihr einen irritierten Blick zu, machte eine einladende Geste und sprang nach ihr in den mit Gold ausgekleideten

Schwebeschacht, der zum Thronsaal hinaufführte. Er seufzte. »Nicht einmal dem R'Achernon liegen genaue Zahlen vor, doch ich vermute, dass Eure Vorfahren im Laufe ihrer Geschichte mehr Massenvernichtungswaffen gebaut haben, als momentan Menschen auf diesem Planeten leben. Da kann man schon mal eine aus den Augen verlieren.«

»Aber wieso sollten sie das getan haben?«

»Ohne jetzt diskriminierend klingen zu wollen, Prinzessin, aber es sind *Eure* Vorfahren, nicht *unsere*.«

»Ich wäre auch beleidigt, wenn du mir erzählen würdest, dass ich von einer Maus abstamme«, sagte Arion. »Ist es bei euch nicht üblich, dass ihr eure eigenen Jungen auffresst?«

Plixx blieb ernst. »Das Dritte Sternenreich der Menschen unterschied sich zwar in mannigfaltiger Hinsicht von den beiden ersten, aber in einem Punkt waren sie dennoch vollkommen gleich: Menschen neigen zur Paranoia. Seit der erste Cro-Magnon-Mensch den Blick zum Himmel gehoben und sich gefragt hat, ob diese glitzernden Punkte da oben vielleicht mehr sind als einfach nur Löcher in der Dunkelheit, vermutet ihr hinter jedem dieser Lichtpunkte einen Feind. Während der Blüte des Dritten Sternenreiches hatte das menschliche Imperium Kontakt mit mehr als fünfhundert anderen raumfahrenden Spezies, von denen die allermeisten friedlich waren. Zumindest friedlicher als die Menschen. Der Homo sapiens ist eine kriegerische Spezies.«

»Wie meinst du das?«, fragte Arion.

»Die meisten anderen Lebewesen haben bewiesen, dass sie die Bezeichnung *intelligent* verdienten, indem sie den Schritt hinaus ins All schafften, ohne sich vorher selbst umzubringen«, antwortete Plixx. »Sie haben relativ früh begriffen, dass Krieg vor allem eines ist: eine schreckliche Verschwendung.«

»Wie die Verdandi zum Beispiel?«, fragte Arion, was Plixx aber erwartungsgemäß ignorierte.

»Eure Vorfahren, Prinzessin, vermuteten hinter jeder ausgestreckten Hand eine Falle, hinter jedem unerforschten Stern eine blutrünstige Zivilisation und hinter jedem Lächeln einen geplanten Verrat, um es ein wenig … lyrisch auszudrücken.«

»Und deshalb erschufen sie Waffen wie diesen Planetenkiller?«

Clansherr Craiden hat mit Sicherheit nicht gewusst, welche Wirkung diese Waffe hat.

»Glaubst du?«, fragte Arion nach.

Er strebt nach der absoluten Macht. Er will den R'Achernon zerstören und alle seine Bewohner töten, um sein Volk und damit sich selbst zum Herrscher über die Welt zu machen. Es ist sein Ziel, diesen Planeten zu beherrschen. Nicht, ihn zu zerstören.

Das klang einleuchtend – und zugleich vollkommen falsch. Arion hätte diese Überzeugung nicht einmal begründen können (und sie war auch ganz genau das: eine Überzeugung, keine Ahnung), aber sie wusste, dass sowohl Plixx als auch der R'Achernon Craiden vollkommen falsch einschätzten.

»Um es deutlich zu sagen, ihr habt also nichts herausgefunden«, stellte sie fest. »Aber das werdet ihr sicher nachholen.«

Plixx wollte antworten, doch diesmal kam ihm die lautlose Stimme des R'Achernon zuvor.

Vermutlich nicht.

»Nicht?«

Mir stehen alle Informationen zur Verfügung, die es auf diesem Planeten und dem angeschlossenen Orbitalnetzwerk gibt. Ich weiß die Antwort auf eine Frage entweder sofort oder gar nicht.

»Und in diesem Fall also gar nicht?«, fragte Arion. Sie war verwirrt.

Manche Fragen lassen sich nicht beantworten.

»Wie zum Beispiel die, ob es vielleicht noch mehr von diesen Knallfröschen gibt?«, wollte sie wissen.

Plixx sah sie an. »Entsprechende Nachforschungen wurden in die Wege geleitet, aber sie gestalten sich … wie soll ich sagen … ein wenig schwierig.«

»Nachforschungen?«, wiederholte Arion. Es verging nur ein Moment, bis ihr der Fehler in diesem Gedanken auffiel. »Wieso *Nachforschungen*? Wenn der R'Achernon doch alles weiß, warum besteht dann noch Grund *nachzuforschen*?«

Sie bekam von Plixx keine Antwort und lauschte in sich hinein, aber auch der Turm hüllte sich in beleidigtes Schweigen.

Allmählich wurde sie ärgerlich. Dass der R'Achernon nicht allwissend und schon gar nicht allmächtig war, das hatte sie schon als Kind begriffen, ganz egal, was man ihr weiszumachen versucht hatte (allen voran Plixx, der zwar keine Gelegenheit ungenutzt verstreichen ließ, sich über den R'Achernon lustig zu machen, dies aber zugleich im Tonfall eines Kindes tat, das über seinen übermächtigen Vater herzieht, dem es jedoch tief in sich großen Respekt entgegenbringt). Aber das hier war ... etwas anderes. Sowohl Plixx als auch der R'Achernon verheimlichten ihr etwas, um nicht zu sagen: Sie belogen Arion. Was fiel ihnen ein? Sie war die Herrscherin des R'Achernon, der Welt und überhaupt des ganzen Universums (oder zumindest eines ansehnlichen Teils davon) – was also erdreisteten sie sich, ihre Wünsche so mit Füßen zu treten?

»So ist es nicht, Prinzessin«, seufzte Plixx, der – natürlich – wieder ihre Gedanken gelesen hatte. »Die Sache ist ein bisschen komplizierter, fürchte ich. Ich werde Euch alles erklären, aber es wird ein wenig Zeit in Anspruch nehmen. Zeit, die wir im Moment leider nicht haben.«

»Dann halt sie einfach an!«, grollte Arion. »Angeblich kannst du das doch!«

Plixx seufzte, und vielleicht zum allerersten Mal seit Beginn dieses Gesprächs klang es ehrlich. Seine Barthaare sanken traurig herab, und in seinen schwarzen Knopfaugen erkannte Arion einen Ausdruck, der seine lustige Erscheinung Lügen strafte. »Es gibt eine Menge Fähigkeiten, die man mir nachsagt, Prinzessin, und die meisten davon besitze ich tatsächlich. Doch es gibt auch Dinge, die nicht einmal ich vermag. Die Zeit ist vielleicht die einzige wirkliche Konstante, die es im ganzen Universum gibt. Der einzige Feind, den wir tatsächlich zu fürchten haben und der uns am Ende wohl besiegen wird.«

Er sprach diese Worte mit einem so großen Ernst, dass Arion sich eines leichten Schauderns nicht erwehren konnte. Für einen Moment meinte sie tatsächlich, etwas wie den Hauch der Ewigkeit zu spüren, etwas unendlich Mächtiges und Uraltes, das sie tief am Grunde ihrer Seele berührte. Sie fühlte sich klein und vollkommen unwichtig – unbedeutender als ein Staubkorn in einem ganzen Universum aus Leere, dessen Tun oder Lassen nicht die allerkleinste Rolle spielte. Welchen Unterschied machte es schon, wenn sie eine Stunde ihres unwichtigen Lebens mit einem genauso unwichtigen Barbarenhäuptling verbrachte, der über eine noch unwichtigere Stadt auf einem bedeutungslosen Planeten und ein paar Millionen Krieger gebot, und der …«

Arion blinzelte, kniff das linke Auge zusammen und griff dann blitzschnell nach dem Ohr des Mauslings, um nicht nur kräftig daran zu ziehen, sondern es zugleich auch noch ordentlich zu verdrehen. »*Lass das!*«, rief sie.

»*Iaaaaaah!*«, kreischte Plixx, begann abwechselnd auf dem rechten und dem linken Bein herumzuhüpfen und versuchte sich loszureißen, womit er seine Lage aber nur noch schlimmer machte. »Das tut weh!«

»Das ist auch der Sinn der Sache«, erwiderte Arion grimmig. »Hör sofort auf, mich zu manipulieren!«

Da war ohnehin nichts mehr, womit er aufhören konnte. Der Hauch der Unendlichkeit war im gleichen Moment verweht, in dem sie nach dem Ohr des Mauslings gegriffen und es verdreht hatte. Trotzdem zwirbelte sie es noch weiter und sogar fester, bevor sie endlich losließ und Plixx drohend ansah.

»Versuch das nicht noch mal!«, warnte sie ihn. Täuschte sie sich, oder spürte sie so etwas wie ein tiefes, gutmütiges Lachen am Grunde ihrer Gedanken?

»Und warum nicht?« Plixx brachte vorsichtshalber zwei Schritte Distanz zwischen sich und Arion, presste eine Pfote auf sein misshandeltes Ohr und zog hörbar die Nase hoch. »Hat doch funktioniert, oder?«

»Übertreib es nicht«, warnte Arion. Ihr Ärger war echt, und daran vermochten weder Plixx' treuherziger Augenaufschlag noch sein plötzlich wieder fast putziges Aussehen etwas zu ändern. Der Mausling spürte scheinbar ihre Ablehnung, denn er ließ sein Ohr los, straffte die Schultern und sah mit einem Mal genauso ernst aus, wie sie sich fühlte.

»Verzeiht, Prinzessin«, antwortete er. »Meine Einmischung

war ungehörig, und ich entschuldige mich dafür. Aber es ändert nichts daran, dass es die Wahrheit ist. Craiden ist vollkommen unwichtig. Opfert eine Stunde, um dem Protokoll Genüge zu tun, und er kann zufrieden nach Hause gehen und all seinen Untergebenen erzählen, er hätte uns gehörig erschreckt und zitternd vor Angst zurückgelassen.« Plixx lachte, und es klang fast menschlich. »Dann haben wir die nächsten zwanzig Jahre Ruhe vor ihm. Ein gutes Geschäft, wie ich finde – zwei Stunden gegen zwei Jahrzehnte.«

Dagegen gab es nicht viel einzuwenden, fand Arion. Sie versuchte es trotzdem. »Schick einen Avatar«, verlangte sie missmutig. »Der ist zehnmal besser für das Zeremoniell geeignet als ich. Wozu haben wir die Dinger?«

»Ihr wisst, dass das nicht geht, Prinzessin«, antwortete Plixx ernst.

Warum eigentlich nicht? Arions Avatare waren perfekte Kopien, bis ins letzte Atom und bis zum letzten Gedanken. Arion erinnerte sich noch zu gut daran, wie empört sie einmal als Kind reagiert hatte, als sie durch einen unglücklichen Zufall erfuhr, dass sie den Urlaub, den sie ihrer Mutter abgeschwatzt hatte, in Wahrheit mit einem ihrer zahlreichen Avatare verbracht hatte – geschweige denn all die vielen anderen Gelegenheiten, bei denen sie möglicherweise mit einer OmegaKopie ihrer Mutter gesprochen hatte statt mit ihr selbst.

Aber der Gedanke löste sich auf, und statt Plixx noch einmal zu widersprechen, seufzte sie nur resignierend. Für eine weitere fruchtlose Diskussion war es ohnehin zu spät, denn mittlerweile hatten sie ihr Ziel erreicht.

Die Wand zu ihrer Rechten teilte sich lautlos, und sie traten aus dem Schwebeschacht heraus in einen scheinbar endlosen Gang, dessen Wände nicht mit Gold bedeckt, sondern schwarz waren und an denen nun wieder blakende Fackeln für rötliches Flackerlicht und ein sinnverwirrendes Durcheinander aus sich jagenden Schatten sorgten. Arion fragte sich nicht zum ersten Mal, warum es im Inneren des R'Achernon eigentlich so aussah, wie es aussah. Die Fackeln waren real und bestanden aus echtem

Holz, das auch wirklich brannte, wie sie als Kind schmerzhaft herausgefunden hatte, als sie einmal dumm genug gewesen war, sich auf die Zehenspitzen zu stellen, um die Hand in die Flamme zu halten. Und dennoch waren es seit Tausenden von Jahren dieselben Fackeln, die auch seit Tausenden von Jahren unablässig brannten. Doch das war nur eine weitere der – buchstäblich – zahllosen Unmöglichkeiten, zu denen der R'Achernon imstande war, ebenso wie die Tatsache, dass die Wände aus Licht fressendem, unzerstörbarem Achern waren, der geheimnisvollsten Substanz des Universums.

Es wäre für Arion ein Leichtes gewesen, in dieser Frage Zugriff auf das Datensilo des R'Achernon zu nehmen und die Antwort binnen genau der Zeit zu erhalten, die der Gedanke brauchte, um in ihrem Bewusstsein Gestalt anzunehmen, aber zugleich schien es ihr auch nicht der Mühe wert. Ihr Gehirn war im gleichen Maße aufgerüstet wie das aller anderen Bewohner des R'Achernon – vielleicht sogar mehr –, aber Arion hatte schon vor sehr langer Zeit begriffen, wie wenig Sinn es machte, sich den Kopf mit nutzlosem Wissen vollzustopfen.

Weil es Beständigkeit vermittelt, Prinzessin.

Es dauerte eine Weile, bis ihr überhaupt klar wurde, dass es die lautlose Stimme des R'Achernon war, die sie hörte, und der Turm darüber hinaus – und noch dazu unaufgefordert – eine Frage beantwortete, die sie so klar formuliert gar nicht gestellt hatte. Das war ungewöhnlich. Aber anscheinend war dieser ganze Tag ein Tag der Ungewöhnlichkeiten.

Menschen sind Wesen, die Konstanten brauchen. Ich kann jede beliebige Umgebung erschaffen, nach der Euch gerade der Sinn steht, aber Ihr würdet es auf Dauer nicht ertragen, niemals etwas Gewohntes zu sehen – selbst wenn Ihr glaubt, dass es Euch nicht wirklich gefällt.

Noch mehr nutzloses Wissen, mit dem ich mir den Kopf vollstopfen kann?

Darauf antwortete der R'Achernon gar nicht mehr … was für sich genommen schon wieder eine Antwort war, von der Arion ganz und gar nicht sicher sein konnte, ob sie ihr auch gefiel.

Plixx trippelte ein paar Schritte voraus, drückte mit der Hand einen schmiedeeisernen Türgriff (den es aus Arions Sicht samt der dazugehörigen Tür vor einem Augenblick noch nicht gegeben hatte – so viel zum Thema Beständigkeit) und deutete Arion mit der anderen Hand, hindurchzugehen. Der Raum dahinter war klein, aber nicht von Fackeln beleuchtet, sondern von einem matten Glühen, das aus der Luft selbst zu kommen schien. Noch gab es keine Einrichtung, und Arion warf dem Mausling einen Blick zu, von dem sie selbst nicht genau wusste, ob er nur fragend oder schon wieder ein bisschen ärgerlich war. Plixx tat jedenfalls sein Bestes, ihm auszuweichen.

»Und?«, fragte sie.

»Ihr solltet Euch umziehen, Prinzessin«, sagte Plixx. Seine Stimme klang irgendwie … unbehaglich.

»Wir haben noch fast eine Stunde, bis der Empfang beginnt«, erinnerte Arion ihn sanft.

»Eben«, antwortete der Mausling. »Das ist nicht mehr viel Zeit, und Ihr wollt unserem hoch geschätzten Ehrengast doch sicherlich in gebührendem Rahmen entgegentreten.«

Arion sah ihn verständnislos an, hob dann aber die Schultern und gab ihren Kleidern in Gedanken den lautlosen Befehl, in den Datensilos des R'Achernon zu suchen, sich umzugruppieren – und damit das zu tun, was der Mausling so dringend für nötig zu halten schien.

Nichts geschah. Aber es dauerte eine Weile, bis ihr das überhaupt auffiel, obwohl – oder vielleicht gerade weil? – es tatsächlich das allererste Mal war. Eher verwirrt als wirklich erschrocken sah sie an sich hinab und erblickte genau das, was sie auch sonst meist erblickte: ihre bevorzugte Kleidung, die aus eng anliegenden schwarzen Hosen, dazu passenden Stiefeln und einem gleichfarbigen, knapp sitzenden Top bestand. »Hey!«, rief sie.

Auch nach dem zweiten Befehl geschah wieder dasselbe – nämlich nichts –, aber Plixx räusperte sich nun künstlich und mehrmals hintereinander, wich vorsichtshalber ein paar Schritte vor ihr zurück und legte die Pforte auf sein linkes Ohr.

»Was?«, fragte Arion lauernd.

»Nun ja … «, antwortete der Mausling, während er ihrem Blick nicht nur weiter auswich, sondern den Abstand zu ihr vorsichtshalber um noch zwei Schritte vergrößerte. »Da … ähm … gibt es noch etwas, was ich Euch sagen muss, Prinzessin.«

»Und das wäre?«, fragte Arion, während sie der dünnen Schicht aus aktiven Naniten, die ihren Körper seit dem Tag ihrer Geburt bedeckten, zum dritten Mal denselben Befehl gab, nämlich sich zu dem umzuformen, was noch am ehesten dem entsprach, was den Vorstellungen des Mauslings von einem *angemessenen Kleid* am nächsten kam.

Zum dritten Mal vergeblich.

»Nun, es gibt da … «, begann Plixx, wich ihrem Blick noch demonstrativer aus, indem er den Kopf senkte, und setzte noch einmal neu an: »Also Ihr wisst, wie alt dieses Zeremoniell ist, richtig?«

»Nein«, antwortete Arion, was der Wahrheit entsprach. »Ich schätze sehr alt.«

»Sogar noch sehr viel älter«, bestätigte der Mausling eifrig. »Und für das Zeremoniell gibt es ein paar … nun ja … Euch mögen sie veraltet vorkommen, aber ich würde das Wort *traditionell* vorziehen … Rituale, die nun einmal dazugehören.«

»Zum Beispiel?«, fragte Arion misstrauisch. Sie legte den Kopf schräg und maß den Mausling auf eine neue, interessierte Art. Plixx hatte zwar schützend die Hand auf das Ohr gepresst, aber er hatte schließlich noch eines; und auch noch den einen oder anderen Körperteil, an dem man vortrefflich reißen konnte.

»Nun ja, das Protokoll schreibt vor, dass Ihr dem Herrn von *Belagerung* in demselben Kleid gegenübertretet, in dem Eure Urgroßmutter damals den ersten Waffenstillstand mit dem Clansmeister ausgehandelt hat.«

»*Kleid?*«, wiederholte Arion in einem Ton (der nicht einmal zur Gänze geheuchelt war), als könnte sie mit diesem Wort nicht wirklich etwas anfangen.

»So ist es«, antwortete Plixx. Zugleich deutete er mit der freien Hand auf einen Punkt hinter ihr, und als Arion den Kopf drehte und der Geste folgte, erblickte sie ein wahres Monstrum von Schrank, von dem sie ganz instinktiv wusste, dass er keine aus den Wänden herausgewachsene Schöpfung des R'Achernon war, sondern echt. Und ebenso wusste sie, dass dieser Schrank seit unendlichen Zeiten dort stand. Er war ein gutes Stück größer als sie, mindestens drei Meter breit und hatte vier beeindruckende Türen aus echtem Holz, die mit noch ungleich beeindruckenderen Schnitzereien verziert waren. Er schien pures Alter auszuatmen.

Plixx wartete einen Moment lang vergeblich darauf, dass die Prinzessin etwas sagte, trippelte dann in respektvollem Abstand um sie herum (Arion überlegte ernsthaft, ob sie die Gelegenheit nutzen und ihm kräftig auf den Schwanz treten sollte, der wie ein dünner rosafarbener Strick hinter ihm herschleifte) und musste sich sichtbar anstrengen, um eine der großen Türen zu öffnen. Die uralten Scharniere quietschten so erbärmlich, dass es fast in den Ohren wehtat, und als sie das ... das ... *Monstrum* sah, das hinter den Türen auf sie lauerte, konnte Arion sogar selbst spüren, wie ihre Augen groß wurden.

»Du glaubst nicht wirklich, dass ich dieses Ding anziehe!«, krächzte sie.

Ich fürchte schon.

Arion ignorierte die lautlose Stimme in ihren Gedanken und fokussierte ihren heiligen Zorn ganz bewusst auf den Mausling. »*Plixx!*«

Der Mausling deutete auf das monströse Brokatkleid mit dem noch viel monströseren Kragen, und Arion zerbrach sich etliche Sekunden lang den Kopf, vor wie vielen Zintillionen Jahren jemand auf diesem Planeten das letzte Mal ein solches Kleid getragen hatte – oder ob überhaupt.

Es wurde einem Kleidungsstück aus der prä-atomaren Zeit dieses Planeten nachempfunden. Angeblich soll es sich um das Krönungsgewand einer Frau handeln, die als die Königin von Engelland bekannt war, und ...

Halt die Klappe!

Der R'Achernon gehorchte, und Arion funkelte den Mausling noch zorniger an. »Das ziehe ich bestimmt nicht an!«, sagte sie.

»Ich fürchte, Euch bleibt keine andere Wahl, Prinzessin«, antwortete Plixx in einem Tonfall, aus dem sie vielleicht echtes Mitgefühl herausgehört hätte, wäre sie in der Stimmung gewesen, so etwas zuzulassen. »Es gehört zum Zeremoniell. Clansmeister Craiden könnte es als bewussten Affront auffassen, wenn Ihr das Protokoll in so offensichtlicher Weise verletzt.«

»Ich ziehe dieses Ding nicht an!«, beharrte sie trotzig. »Ich weiß nicht einmal, wie das geht!«

Sie hatte die Worte noch nicht einmal ganz ausgesprochen, als gleich drei silberfarbene Drohnen mit dürren Spinnengliedern neben ihr aus dem Boden wuchsen. Eine davon stakste lautlos zum Schrank und nahm das goldfarbene und rote Ungetüm ohne die geringste sichtbare Mühe heraus (Arion vermutete trotzdem, dass es ungefähr eine Tonne wog), während sich die dreifingrigen Hände der beiden anderen plötzlich in ein ganzes Sammelsurium von Töpfen, Tiegeln, Schalen, Puderquasten, Scheren, Bürsten und Kämmen verwandelten. Arion kam das alles vor wie mittelalterliches Folterwerkzeug.

»Natürlich bekommt Ihr Hilfe, Majestät«, flötete Plixx. »Zu Zeiten, als solche Kleidungsstücke in Mode waren, konnte es manchmal Stunden dauern, sich anzukleiden und entsprechend zurechtzumachen, aber so viel Zeit ist heutzutage natürlich nicht mehr notwendig.«

»Ich ziehe das nicht an!«, sagte sie zum dritten Mal.

Plixx' Nagezahn blitzte eindeutig schadenfroh auf. »Betrachtet es als neue Erfahrung, Prinzessin«, erwiderte er fröhlich. »Davon kann man nie genug bekommen.«

»Wenn ich mir eine Schraube in die linke Kniescheibe ramme und so lange daran drehe, bis sie durch die Kniekehle wieder herauskommt, ist das auch eine neue Erfahrung, und ich verzichte trotzdem gerne darauf«, antwortete sie, während ihr Blick zugleich versonnen von Plixx' rechtem Knie zum linken und wieder zurückwanderte. »Warum ändern wir dieses bescheuerte Protokoll nicht einfach? Ich kann das.«

Könnt Ihr nicht.

»Und ob«, beharrte Arion und konnte sich gerade noch beherrschen, um nicht wie ein trotziges Kind mit dem Fuß aufzustampfen. Vielleicht hätte sie es sogar getan, wären die beiden Drohnen nicht aus zwei verschiedenen Richtungen über sie hergefallen, um emsig an ihrem Haar, ihrem Gesicht und ihren Händen herumzuzerren. Arion wollte gar nicht so genau wissen, was sie da taten.

»Und du musstest natürlich bis zum allerletzten Moment warten, um mir diese kleine Überraschung zu präsentieren?«, fragte sie Plixx. »Wahrscheinlich, damit ich nicht mehr genug Zeit habe, um mich zu wehren!«

Sein Nagezahn blitzte noch spöttischer, und Arion holte Luft, um etwas *wirklich* Unhöfliches zu sagen – doch dann senkte sie stattdessen fast erschrocken den Blick, als sie ein sachtes Kribbeln am ganzen Leib spürte. Und statt einer wüsten Schimpfkanonade kam nur ein ungläubiges Ächzen über ihre Lippen, als sie sah, dass ihre Kleidung in Bewegung geraten war. Flache, rasch vergängliche Wellen liefen über die Oberfläche des schwarzen Materials, das zugleich an ihrer Gestalt hinabzurinnen begann und eine dunkle, rasch größer werdende Pfütze rings um ihre Füße bildete.

»Was …«, murmelte sie hilflos. Ihre Kleidung … *schmolz?* So etwas war noch nie vorgekommen, und es *konnte* auch gar nicht vorkommen, denn die Naniten waren so zuverlässig und unverwüstlich wie der R'Achernon selbst. Sie *konnten* nicht versagen.

»Das Protokoll«, sagte Plixx, der sich noch nicht einmal Mühe gab, die Häme aus seiner Stimme zu verbannen. »Es verbietet jede Art von Technologie. Der Clansmeister von *Belagerung* und die Herrin des R'Achernon müssen sich von Angesicht zu Angesicht gegenübertreten, so will es der Brauch.«

Arion wartete mit unbewegtem Gesicht, bis die Naniten vollkommen von ihr heruntergetropft und kurz darauf im Boden verschwunden waren, um wieder Teil des R'Achernon zu werden, der sie auch geboren hatte.

Nackt zu sein, war ein wirklich seltsames Gefühl: Mit Ausnahme der wenigen Gelegenheiten, zu denen sie aus reinem Vergnügen badete (und selbst da nicht immer), hatte sie dieses

Kleidungsstück noch nie abgelegt. Es konnte nicht nur jede beliebige Form und Konsistenz annehmen – vom knapp sitzenden Bikini bis hin zu einem Raumanzug, in dem sie in die Korona einer Sonne vordringen konnte, ohne auch nur ins Schwitzen zu geraten –, sondern erledigte auch alle Aufgaben der Körperpflege und Reinlichkeit gründlicher, als sämtliche Hygienemittel, Schwämme, Seifen und Bürsten der zurückliegenden Jahrmillionen es jemals gekonnt hätten.

Aber das war noch längst nicht alles. Das Gefühl der perfekt temperierten Luft auf ihrer nackten Haut war nicht nur ungewohnt, sondern auf eine vollkommen unerwartete Art beängstigend. Arion hatte diese Naniten jetzt schon so lange getragen, dass sie einfach zu einem Teil ihres Selbst geworden zu sein schienen, und sie fühlte sich gleichermaßen alleingelassen wie auf erschreckende Art verwundbar.

»Seht Ihr, so schlimm war es doch gar nicht«, feixte Plixx. »Und den Rest erledigen die Drohnen. In ein paar Minuten habt Ihr das Schlimmste schon überstanden.«

»Würdest du bitte hinausgehen?«, fragte Arion steif.

»Gleich«, antwortete Plixx. »Aber zuerst muss ich Euch noch …«

»*Plixx!*«, unterbrach ihn Arion. »Ich bin *nackt!*«

Der Mausling maß sie mit einem so langen Blick von Kopf bis Fuß, als müsse er sich davon überzeugen, dass diese Behauptung auch der Wahrheit entsprach. »Ja, stimmt«, sagte er dann auch. »Und?«

»Und es gibt gewisse Dinge, die gehören sich nun einmal nicht«, fuhr sie fort. »Zum Beispiel, seine Königin anzustarren, wenn sie nackt vor einem steht.« Einmal ganz davon abgesehen, dass es ihr unangenehm war, obwohl sie selbst nicht sagen konnte, warum.

»*Prinzessin*«, verbesserte sie Plixx. »Meine Königin seid Ihr erst in drei Tagen … und es gibt auch keinen Grund, schamhaft zu sein. Ich bin eine Maus.«

»*Plixx!*«

»Ja, schon gut«, sagte Plixx hastig. Er hob abwehrend die

Hände und machte zwar keinerlei Anstalten, den Raum zu verlassen, drehte sich jedoch immerhin um und sah diskret in eine andere Richtung. »Ich lasse Euch allein, wenn Ihr es wünscht, aber da ist noch eine letzte Sache, die ich Euch sagen muss, bevor Ihr mit Clansmeister Craiden zusammentrefft.«

»Ach?«, fragte Arion lauernd. »Und was sollte das sein?«

Als Plixx es ihr sagte, konnte Arion einen empörten Aufschrei nicht mehr unterdrücken.

»Niemals!«, keuchte sie.

»Ich fürchte, doch«, seufzte der Mausling.

»Niemals!«, wiederholte Arion. »*Niemals!*«

Gea Gea verbot es sich, auf der Stelle herumzufahren und eine Verteidigungsposition einzunehmen. Die Stimme war so nahe, dass ihre Chancen bei einer Drehung nicht schlecht gestanden hätten, in einer Messerklinge zu landen, deren Besitzer nur auf diese Bewegung wartete. Stattdessen wandte sie sich betont langsam um und bemühte sich um eine möglichst entspannte Haltung; eine Reaktion, zu der sie sich im Stillen beglückwünschte. Dann entdeckte sie das erwartete Messer auf Höhe ihres Magens, weniger als zehn Zentimeter entfernt.

Das dazugehörige Gesicht hatte einen intakten Kiefer und wurde von Schmutz sowie einem Paar heimtückisch funkelnder Augen beherrscht. Und jetzt sah Gea auch, wo der zweite Quorrl abgeblieben war: Er stand auf der anderen Seite der Tür und glotzte sie mit einem Ausdruck an, den allerhöchstens ein Quorrl für ein Grinsen halten konnte.

»So sieht man sich wieder«, feixte der Bursche mit dem Messer. Es war nicht seine einzige Waffe. Unter dem groben Strick, der seine Kleider zusammenhielt, steckte ein mit Nägeln gespickter Knüppel, und aus seinem Stiefel ragte der Griff eines zweiten, etwas kleineren Dolches. Kein Gegner. Und kein Problem für sie. Wäre da nicht der Quorrl gewesen.

»Du sagst ja gar nichts«, fuhr der Junge (es war tatsächlich nicht mehr als ein Junge, allerhöchstens fünfzehn oder sechzehn Jahre alt, schätzte Gea, und in keiner besonders guten Verfassung) fort, als sie nicht antwortete. »Schade. Aber du redest ja sowieso nicht viel, habe ich recht? Vorhin bist du auch einfach weggelaufen. Das war nicht besonders höflich, weißt du?«

Gea schwieg weiter. Sie würde den Jungen nicht töten – Verbrecher oder nicht, er war noch ein halbes Kind –, aber ohne ein paar Knochenbrüche würde es wohl auch nicht abgehen, wenn sie ihn schnell genug ausschalten wollte, um sich in Ruhe dem Quorrl zuzuwenden. Dieser war immerhin gute zwei Köpfe größer als sie, mindestens doppelt so schwer und anscheinend nur aus Muskeln, Schuppen und Panzerplatten zusammengesetzt – und einer Handvoll Gehirnzellen, die sie getrost vernachlässigen konnte. Aber er war ein Quorrl.

Der Nicht-Quorrl mit dem Messer deutete ihr beharrliches Schweigen anscheinend falsch, denn auch die letzte Spur von Unsicherheit verschwand aus seinem Gesicht, um einem anzüglichen Grinsen Platz zu machen, das ihr einen unappetitlichen Blick auf ein Gebiss gewährte, das trotz seiner Jugend schon nicht mehr komplett war.

»Du hast also Geld?«, feixte er. »Und du willst es nicht mit deinen Freunden teilen? Das ist aber gar nicht nett.«

»Unter ihrer Jacke«, sagte die Alte. »Sie hat es unter ihrer Jacke versteckt. Ich hab's gesehen. Aber ich will meinen Anteil!«

»Unter deiner Jacke, soso«, griente der Bursche. Gea wartete darauf, dass er die Hand ausstreckte und sie durchsuchte, was eine gute Gelegenheit gewesen wäre, ihn zu entwaffnen und sich seinen grüngesichtigen Kumpan vorzunehmen, doch er überraschte sie. Statt ihr näher zu kommen, trat er im Gegenteil einen Schritt zurück, fuchtelte auffordernd mit dem Messer und gab dem Quorrl mit der freien Hand einen Wink. Als Gea zu diesem blickte, stellte sich zum ersten Mal die Frage, ob es wirklich eine so gute Idee gewesen war, hierherzukommen. Denn statt irgendeines aus möglichst vielen Klingen und Schneiden bestehenden Mordinstrumentes, mit dem sie halbwegs gerechnet hatte, erschien ein knapp gänseeigroßes schwarzes Toroid in der Hand des Quorrl. Eine Scannerwaffe*? Ein Quorrl mit einer Scannerwaffe?*

»Jetzt bist du überrascht, wie?«, feixte der Bursche. »Hast nicht damit gerechnet, stimmt's? Aber du weißt, was das ist, das seh ich dir an. Bist nicht von hier, was?«

»Wie kommst du darauf?«, fragte Gea nun zurück, hauptsächlich, um Zeit zu gewinnen. Der Scanner war noch nicht eingeschaltet, was ihre Chancen ein wenig verbesserte, wenn auch nicht sehr – der Analyzer des Scanners würde eine gute Viertelsekunde brauchen, um ihren Körper abzutasten, alle Faktoren zu berechnen und dann einen entsprechenden Impuls abzugeben, der jedes einzelne Wassermolekül in ihren Zellen schlagartig in eine Dampfwolke verwandelte, dazu eine weitere Viertelsekunde, die das Grüngesicht brauchte, um die Waffe überhaupt einzuschalten. Geas Chancen standen nicht schlecht. Aber es würde wohl doch nicht ohne Tote abgehen, dachte sie bedauernd.

»Ich kenn solche wie dich«, antwortete der Junge. »Bist nicht die Erste, die herkommt, um sich ein bisschen umzusehen und ein kleines Abenteuer zu erleben. Aber so was kann schiefgehen, weißt du?«

»Nicht die Erste *was?*«, fragte sie.

»Von den Reichen«, antwortete er. »Glaubst du, wir erkennen euch nicht?« Er spie angewidert aus. »Ihr lebt in euren feinen Häusern und teuren Palästen, und wenn euch langweilig wird und ihr ein kleines Abenteuer erleben wollt, dann kommt ihr hierher und schaut euch den Abschaum aus der Altstadt an, ist doch so, oder?«

»Hör auf zu reden, du Dummkopf!«, keifte die Alte. »Durchsuch sie und nimm ihr Geld! Und ich will meinen Anteil! Lass dir nicht einfallen, mich zu betrügen!«

»Nur die Ruhe, Omchen«, antwortete der Junge. »Du kriegst schon, was dir zusteht.« Trotzdem kam er näher und streckte die Hand mit dem Dolch aus, wobei er darauf achtete, nicht in die Schussbahn des (noch nicht eingeschalteten) Scanners zu geraten.

»Du hast also dein Geld unter der Jacke, wie?«, grinste er. »Na, dann zeig doch mal, was du noch so da drunter versteckst.«

Das Messer bewegte sich weiter auf sie zu, und Gea konnte ein rasches Schaudern nun nicht mehr unterdrücken, als sie begriff, dass sie ihren Gegner zum zweiten Mal unterschätzt hatte. Der Dolch sah aus, als würde es ihm schon Mühe bereiten, einen alten Brotlaib zu schneiden, doch die Klinge glitt so mühelos durch ihre Jacke aus molekularverstärktem Leder wie ein Laserstrahl durch Butter. Und außerdem demonstrierte der Kerl ihr auch, wie gut er mit seiner Waffe umgehen konnte: Die Monomolekularklinge kam ihrer Haut so nahe, dass Gea sie tatsächlich spüren konnte, aber nicht einmal von ihr geritzt wurde.

Ihre Jacke klappte auf, und der Geldbeutel rutschte darunter hervor und fiel zu Boden, wo er aufplatzte. Ein halbes Dutzend Golddinare purzelten heraus und verteilten sich im Halbkreis vor ihren Füßen. Weder der Quorrl noch ihr schmutziges Gegenüber schenkten den Münzen auch nur einen Blick.

Das Messer bewegte sich weiter nach oben, weniger als einen Millimeter von ihrer Haut entfernt. »Ganz schön leichtsinnig von dir, mit so viel Geld hier herumzulaufen, Schwarzhaar«, sagte der Junge. »Gold lockt Leute wie uns an, weißt du? Wir können es riechen.«

Schwarzhaar? Ihr schulterlanges Haar war von einem tiefen Blau! Farbenblind war der Idiot auch noch!

»Leute wie euch?«

Sie musste Zeit gewinnen. Ein Quorrl mit einer Scannerwaffe war eine Sache, aber ein Quorrl mit einem Scanner *und* ein durchgeknallter Möchtegern-Straßenbandit mit einer Monomolekularklinge zusammen, das war ein bisschen viel, vielleicht selbst für Gea.

»Leute wie wir«, bestätigte er. Das Messer bewegte sich weiter, verharrte einen Moment über ihrem Bauchnabel und folgte der sanften Wölbung des Brustbeins weiter nach oben. »Lass doch mal sehen, was du noch unter deiner Jacke hast.«

Gea fuhr sich nervös mit der Zungenspitze über die Lippen und hob ganz langsam die Arme. »Warum ... warum nimmst du nicht das Geld und lässt mich gehen?«, fragte sie, stockend und mit einem ganz genau berechneten Zittern in der Stimme. »Du ...

hast recht, weißt du? Ich … meine Familie ist reich. Sie würde es … sie werden es nicht hinnehmen, wenn mir etwas zustößt.«

»Nein?«, fragte der Junge. »Werden sie nicht?«

»Bestimmt nicht«, antwortete Gea. Sie hob die Arme noch ein Stückchen höher und bewegte sich zögernd zurück, wie um vor der tödlichen Klinge zu fliehen. Gleichzeitig begann sie, sich auf der Stelle zu drehen, und ganz wie sie gehofft hatte, folgte der Junge der Bewegung – und auch der Quorrl machte einen zögernden Schritt zur Seite, um sie weiter im Schussfeld seines Scanners zu behalten. Die beiden waren gut, das musste sie ihnen lassen. »Wenn mir etwas passiert, dann schicken sie Leute her, und die werden euch jagen und töten, ganz sicher.«

»Ach ja?«, sagte er. »Werden sie?«

»Bestimmt!«, antwortete Gea. Noch eine Vierteldrehung, schätzte sie, und sie hatte die *Wand* im Rücken. Aber sie musste vorsichtig sein. »Nimm einfach das Geld und lass mich gehen.«

»Gehen?« Die Dolchspitze glitt weiter nach oben, verharrte für eine halbe Sekunde und zerschnitt dann ihren BH, ohne die Haut darunter berührt zu haben. Gea gönnte ihm nicht die Genugtuung, erschrocken nach oben zu greifen und ihre Brüste zu bedecken. Noch zwei Schritte, schätzte sie.

»Gehen«, bestätigte sie. »Ich könnte euch noch mehr Geld bringen. Lass mich gehen, und ich komme morgen mit doppelt so viel zurück. Das ist kein Problem. Meine Familie ist reich.«

Der Bursche starrte ihre Brüste an, und das auf eine Weise, die sie endgültig zu dem Schluss kommen ließ, dass Tote unvermeidbar wären. Noch einen – vorsichtigen – Schritt, und sie hatte es geschafft.

»Wie kommst du auf die Idee, dass mich Geld interessiert?«, fragte er.

Gea tat so, als würden ihr seine gierigen Blicke erst jetzt auffallen. »Ich schlafe mit dir, wenn du das willst.«

»Das würdest du tun?«, fragte er mit künstlichem Erstaunen.

»Was denkst du, warum ich in diese Gegend gekommen bin?«, antwortete Gea. »Nur um mich verprügeln zu lassen und ein bisschen im Dreck zu wühlen?«

Einen kurzen Augenblick lang schien der Junge tatsächlich über diese Erklärung nachzudenken, während Gea ihr Gewicht vorsichtig auf das rechte Bein verlagerte, um ihre Drehung zu beenden.

Doch wie es aussah, hatte sie ihn abermals unterschätzt. Auch wenn sie es nicht für möglich gehalten hatte, wurde der Blick des Burschen noch lauernder, während er über ihre Brüste tastete, die von der zerschnittenen Jacke gerade noch weit genug bedeckt wurden, um ihren Anblick noch aufreizender zu machen. Dann schüttelte er den Kopf.

»Nö«, feixte er. »Macht mehr Spaß, wenn du dich wehrst.«

Die Frage war nur, wem, dachte Gea, als sie ihre Drehung vorsichtig beendet und die *Wand* somit endgültig im Rücken hatte. Sie bezweifelte, dass der Kerl großen Spaß an dem haben würde, was sie gleich mit ihm tat. Möglicherweise waren er und seine Freunde hier in der Altstadt zu Hause, aber allein die Art, auf die der Quorrl den Scanner hielt, überzeugte sie davon, dass es da noch ein paar Dinge gab, von denen sie keine Ahnung hatten.

»Letzte Chance«, sagte sie. »Lass mich gehen, und ich komme morgen mit mehr Geld zurück. Und wer weiß – vielleicht können wir auch dann noch ein bisschen Spaß haben.«

Und das war tatsächlich nicht unbedingt gelogen. Vielleicht würde Gea wirklich zurückkommen, wenn der Kerl sie gehen ließ. Denn war das, was geschah (mit Ausnahme der Scannerwaffe vielleicht, die auf sie zielte), nicht eigentlich ganz genau das, wonach sie gesucht hatte?

Aber natürlich dachte er nicht daran, sie gehen zu lassen. Sein Pech. »Ich nehme lieber das, was ich habe«, sagte er grinsend, als es hinter ihnen polterte und eine ebenso schwammig klingende wie vor Wut zitternde Stimme sagte: »Wenn du sie auch nur anrührst, reiße ich dir den Kopf ab, Berkel! Die kleine Kröte gehört mir!«

Gea spürte, wie ihr ein eisiger Schauer über den Rücken rann; erst danach kam der Schrecken. Ihre Hände begannen zu zittern, während sie langsam den Kopf drehte und zur Tür sah.

Die Alte war einen Schritt zur Seite gewichen, um einem

breitschultrigen, blonden Burschen Platz zu machen, dessen beeindruckende Gestalt die schmale Öffnung nahezu ausfüllte. Er hatte sein Hemd ausgezogen, sodass sie die Muskelstränge unter seiner sonnengebräunten Haut erkennen konnte, und sein Gesicht hätte wahrscheinlich auf eine brutale Art attraktiv ausgesehen, wäre es nicht irgendwie … *schief* gewesen – was vermutlich auch der Grund für seine nuschelnde Aussprache war. Gea unterdrückte ein Stöhnen, als sich Zorn in ihren lähmenden Schrecken mischte. Zorn auf sich selbst. Sie hatte zu lange gezögert, mit dem Kerl vor sich und seinem Quorrl-Kumpan aufzuräumen. Jetzt drohte die Sache wirklich hässlich zu werden, denn nun hatte sie es mit *drei* Gegnern zu tun.

Plus einem weiteren Quorrl, der in diesem Augenblick hinter dem Muskelpaket auftauchte.

Sehr hässlich.

»Orgon!«, sagte Berkel. Sein Grinsen entgleiste und wurde zu einer Mischung aus Verlegenheit und Trotz. »Wo … wo warst du denn so lange? Ich dachte schon, du … ähm … du kommst gar nicht mehr.«

»Wie's aussieht, bin ich grade noch rechtzeitig gekommen«, nuschelte Orgon. Sein Blick bohrte sich in Geas Augen, und sie las etwas darin, das ihr zum ersten Mal wirklich Angst zu machen begann.

»Ich hätte sie nicht angerührt, Boss, ehrlich!«, versicherte Berkel hastig. »Ich hab sie nur schon mal für dich ausgepackt.«

Wenn Orgon das lustig fand, dann ließ er es sich nicht anmerken. Sein Blick tastete kurz über ihre halb entblößten Brüste und kehrte fast sofort zu ihren Augen zurück. Gea erblickte pure Mordlust darin und noch etwas anderes und viel Schlimmeres. Ein dünner Faden aus Speichel und rosa gefärbtem Blut lief aus seinem Mundwinkel und zog eine glitzernde Spur über sein Kinn, von dem aus er auf seine nackte Brust hinabtropfte.

»Natürlich hättest du das nicht«, sagte er undeutlich. »Aber keine Angst. Du kannst sie haben, wenn ich mit ihr fertig bin … ich weiß nur nicht, ob du dann noch besonders viel Freude an ihr haben wirst.«

Er machte einen Schritt auf Gea zu, doch die Alte mit dem Quorrl-Gesicht trat ihm in den Weg und begann, an seinem Arm zu zerren. »Macht mit ihr, was Ihr wollt«, keifte sie, »aber zuerst will ich meinen Anteil! Er steht mir zu!«

Orgon starrte sie einen Moment lang eisig an, dann noch kälter und eine Winzigkeit länger ihre schmutzigen Finger, die unablässig an seinem Arm herumzerrten. Als sie auch darauf nicht reagierte, zog er mit der anderen Hand einen Dolch aus dem Gürtel und schnitt ihr die Kehle durch. Und dann geschah scheinbar alles gleichzeitig, und gleichzeitig begriff Gea, wie entsetzlich falsch sie die Situation ein- und ihre Gegner unterschätzt hatte.

Die alte Frau spie einen rosaroten Sprühnebel aus und kippte nach hinten, nahezu enthauptet von dem winzigen Dolch, dessen Klinge ebenso scharf sein musste wie das Messer, das sie bedrohte. Gea nutzte den Augenblick und ließ sich einfach zur Seite fallen, dann trat sie nach Berkels Knie. Sein keuchender Schrei mischte sich in das trockene Knacken, mit dem seine Kniescheibe zerbrach. Gea fiel – entsetzlich langsam, wie es ihr vorkam – zur Seite, während der Quorrl seinen Scanner einschaltete und schoss. Der Mikrowellenblitz war lautlos und unsichtbar, aber Gea spürte ein Zupfen am linken Arm, und ein Teil ihrer Jacke und etliche Quadratzentimeter Haut waren einfach verschwunden, und sie selbst wurde wie von einer unsichtbaren Riesenhand gepackt und herumgerissen. Ein ungeheures Brüllen erklang, ein Laut wie von einem Gong, der so groß war wie eine ganze Stadt, der das Haus nicht nur *scheinbar* in seinen Grundfesten erschütterte, als die *Wand* den Scannerimpuls auffing, in pure kinetische Energie umwandelte und zehnfach verstärkt zurückwarf. Etwas Unsichtbares rauschte mit unwiderstehlicher Zerstörungskraft erneut an Gea vorbei und riss nicht nur den Quorrl von den Beinen, sodass er gegen die Wand geschleudert wurde und seine Waffe in hohem Bogen davonflog, sondern zertrümmerte auch alles, was hinter ihren Angreifern war – samt der Abtrennung zum nächsten Zimmer und eines Teils der dahinter liegenden Hauswand. Auch Berkel wurde getroffen, verwandelte sich in eine horizontal in der Luft rotierende Gliederpuppe und fiel eine halbe Sekunde später tot zu Boden; eine besonders perfide Laune des Schicksals wollte es, dass seine Hand die Monomolekularklinge die ganze Zeit über fest umklammert hielt. Gea schrie in unvorstellbarer Pein auf, als ihr das Messer in die Seite fuhr, sich tief in ihr Fleisch senkte und dann seine Richtung änderte, um auf dem Weg nach draußen auch noch ihre kurze Rippe zu kappen.

Im ersten Moment blutete die Wunde nicht einmal sonderlich stark, nur eine haarfeine rote Linie führte unter ihrem Rippenbogen entlang und endete an der Seite, aber als Gea auf dem Boden aufschlug, brach ihre Flanke auf, und Ströme von Blut ergossen sich auf den schmutzigen Stein – Gaja zum Lob keine Eingeweide, was garantiert der Fall gewesen wäre, hätte die Klinge sie nur fünf Zentimeter weiter links getroffen. Trotzdem war die Verletzung schwer, vielleicht tödlich, und der Schmerz schlimmer als alles, was sie sich jemals auch nur hatte vorstellen können.

Ihr wurde übel, dann schwarz vor Augen, und für einen Moment musste sie wohl das Bewusstsein verloren haben, denn als sie die Augen das nächste Mal öffnete, war es hell im Raum und nahezu still. Irgendwo rieselte zerbrochenes Glas zu Boden, ein Klang wie von einer Elfenharfe, der in dieser Situation vollkommen unangemessen schien, und dazwischen glaubte sie, ein tiefes Stöhnen wahrzunehmen, das aus allen Richtungen zugleich kam. Erst nach ein paar Sekunden begriff sie, dass sie selbst es war, die diesen Laut von sich gab. Sofort wollte der Schmerz sie wieder überwältigen, aber sie schaltete ihn ab, presste ihre Hand auf die Wunde und verwendete ihre gesamte Konzentration darauf, die Blutung zum Stillstand zu bringen. Ihr Körper konnte selbst mit dieser Verletzung fertigwerden, das wusste sie, aber das würde ihr herzlich wenig nutzen, wenn sie vorher verblutete.

Oder zu Tode getrampelt wurde. Ein Stiefeltritt rammte ihre unverletzte Seite, brach ihr auch dort mindestens zwei Rippen und ließ sie nur deshalb nicht vor Qual aufschreien, weil in ihren

Lungen längst keine Luft mehr dafür war, dann gruben sich harte Finger in ihre Haare und zerrten sie brutal in die Höhe.

»Nicht sterben, Kröte! Du willst dich doch nicht etwa davonmachen und mir den ganzen Spaß verderben!«

Gea hätte nichts lieber getan als genau das, aber der Heilungsprozess war schon zu weit fortgeschritten, und der Tod zog sich widerwillig zurück, auch wenn er vergaß, seinen Bruder Schmerz mitzunehmen.

Wie durch einen roten Nebel hindurch erkannte sie Orgons Gesicht. Auch er war nicht ganz ungeschoren davongekommen und blutete heftig aus der Nase, aber das stachelte seine Wut allerhöchstens noch weiter an. »So leicht kommst du mir nicht davon, Kröte!«, nuschelte er. »Du hast Berkel umgebracht, und dafür wirst du zahlen! Du hast meinen Freund getötet!«

Genau genommen hatte der Quorrl das getan, mit ein wenig Unterstützung der *Wand* und ihren Verteidigungsroutinen, aber im Prinzip hatte er recht. So weit es seine Hand zuließ, die sich noch immer in ihr Haar krallte und ihren Kopf nach hinten zwang, drehte sich Gea herum und sah, dass Berkel tatsächlich so tot war, wie es nur ging. Das blutige Bündel war kaum noch als Mensch zu erkennen. Gea bezweifelte, dass es in seinem Körper auch nur einen einzigen Knochen gab, der nicht mindestens einmal gebrochen war. Keine Chance auf eine Rekonstruktion.

Berkel war nicht das einzige, was kaputtgegangen war. Der allergrößte Teil der schwarzen Teerfarbe war von der Wand abgeblättert, sodass helles Tageslicht in den Raum strömte und sie plötzlich durch ein deckenhohes Fenster auf eine gepflegte Parklandschaft hinaussahen.

Der Anblick auf der anderen Seite des Raumes war weniger erbaulich. Die Schockwelle hatte nicht nur die bizarre Laboreinrichtung zertrümmert, sondern auch die dahinter liegende Wand durchschlagen und sich im Raum dahinter nach Kräften ausgetobt. Destillierschlangen und Glaskolben waren zerborsten, Bildschirme zerbrochen und Tische und Regale wie von Hammerschlägen zermalmt. An mehreren Stellen brannte es, und ein scharfer, chemischer Geruch hing in der Luft und wurde mit jedem Atemzug stärker.

»Schau dich ruhig um, Kröte«, sagte Orgon. »Wird das Letzte sein, was du siehst. Ich werde dir nämlich zuerst die Augen ausstechen, denk ich. Schön langsam und eins nach dem anderen.«

»Tu das ... bitte nicht«, presste Gea hervor. »Du hast anscheinend keine Ahnung, was neue Augen kosten!«

»Humor hast du also auch noch«, sagte Orgon. »Gut. Und ich hatte schon Angst, du stirbst mir einfach und schnell unter den Händen weg.« Er riss ihre Hand weg, betrachtete die Wunde an ihrer Seite und sah ein bisschen überrascht aus, als hätte er einen anderen Anblick erwartet.

»Sieht ja gar nicht so schlimm aus«, sagte er. »Da haben wir Glück gehabt. Beide.«

Sein gehässiges Grinsen hätte sie warnen müssen, aber der Schmerz, mit dem er seine Finger in die klaffende Wunde rammte, traf sie vollkommen überraschend. Vielleicht schrie sie, vielleicht auch nicht, auf jeden Fall verlor sie erneut das Bewusstsein und wachte erst wieder auf, als Orgon sie mit beiden Händen packte und schüttelte.

»Heda, nicht sterben! Jedenfalls noch nicht!«

Gea hatte nichts dergleichen vor. Sie lauschte in sich hinein, schaltete mit deutlich mehr Mühe als beim ersten Mal den Schmerz ab und versuchte, die Zeit abzuschätzen, die sie noch brauchte, bis sie sich wenigstens halbwegs verteidigen konnte. Sie kam zu keinem eindeutigen Ergebnis, weil sie noch nie zuvor so schlimm verletzt worden war, aber auf jeden Fall würde ihre Heilung mehr Zeit beanspruchen, als Orgon ihr lassen würde, bevor er damit begann, an ihr herumzuschnitzen.

»Ich ... wiederhole mein Angebot«, brachte sie mühsam hervor. »Lass mich gehen, und ich ... ich bringe dir Geld ... und alles, was du willst.«

»Alles, was ich will?« Orgon schüttelte den Kopf. »Aber ich hab doch schon alles, was ich will. Das hier ...« Seine linke Hand schloss sich um ihre Kehle und schnürte ihr die Luft ab. »... und das hier.« Mit der anderen hob er den Dolch und begann damit vor ihrem Gesicht herumzufuchteln.

Gut, dann musste sie eben auf das Protokoll pfeifen und einfach darauf vertrauen, dass ihr Körper sie nicht im Stich ließ. Gea riss sich mit einem Ruck los, schlug seinen Messerarm beiseite und rammte ihm den anderen Handballen mit aller Kraft unter das Kinn.

Ihr Körper *ließ* sie im Stich.

Der Schlag hatte nicht annähernd genug Wucht, um Orgon das Genick zu brechen, aber immerhin schleuderte er seinen Kopf in den Nacken und ließ ihn mit einem überraschten Grunzen rückwärts taumeln. Das Messer flog davon und verschwand bis zum Griff in der Hauswand, und Gea registrierte ein Huschen aus den Augenwinkeln und duckte sich im letzten Moment unter der Faust des Quorrl hindurch. Reflexartig riss sie das Bein hoch und versetzte ihm einen Tritt, der ihn einen unbeholfenen Schritt rückwärts torkeln ließ, aber es war eindeutig zu früh gewesen. Ihre Flanke explodierte in reiner, weißer Qual. Sie krümmte sich, fiel auf die Knie und krümmte sich weiter, dann traf sie ein Fußtritt seitlich am Schädel und schleuderte sie vollends zu Boden.

»Eins muss man dir lassen«, sagte Orgon. »Du bist zäh. Fast schon schade, so was Hübsches kaputt machen zu müssen.«

Gea stemmte sich auf die Ellbogen hoch, spuckte Blut und mindestens einen abgebrochenen Zahn aus und versuchte, die roten Schleier vor ihren Augen wegzublinzeln. Orgon sprach jetzt noch undeutlicher. Spätestens jetzt hatte sie ihm den Kiefer gebrochen, aber irgendwie blieb das Gefühl der Schadenfreude aus, mit dem diese Erkenntnis sie erfüllen sollte.

»Nicht ohnmächtig werden, Kröte«, nuschelte er. »Wir wollen doch grade erst anfangen.«

»Und ich finde, ihr solltet allmählich aufhören«, sagte eine andere Stimme.

Gea konnte hören, wie Orgon abrupt herumfuhr, und versuchte noch einmal, das Rot vor ihrem Blick wegzublinzeln und sich hochzustemmen. Immerhin gelang ihr Ersteres.

Ein weiterer Fremder war unter der Tür aufgetaucht. Er war groß – fast so groß wie die beiden Quorrl – und sehr kräftig gebaut, trug nichts als Sandalen, knielange schwarze Hosen und ein ebenfalls schwarzes ärmelloses Hemd, dazu einen gleichfarbigen Umhang und einen schmucklosen Gürtel, an dem ein ebenso schmuckloses Schwert hing. Sein markantes Gesicht machte es schwer, sein Alter einzuschätzen; halblanges schwarzes Haar umrahmte ein Paar dunkler Augen, die die gesamte Szenerie mit einem einzigen Blick und sehr wach, aber ohne eine Spur von Furcht erfassten.

»Wer bist du denn?«, fauchte Orgon – oder nuschelte es, genauer gesagt. Aus seinem Mund lief jetzt mehr Blut, ohne dass er es überhaupt merkte, während er dem Schwarzhaarigen herausfordernd entgegentrat. »Hau bloß ab! Das hier geht dich nichts an!«

Einer der Quorrl trat neben ihn, der andere begann plötzlich, hektisch in den Trümmern zu graben; Gea vermutete, dass er nach seinem Scanner suchte, was ihr eine Menge über den Eindruck verriet, den der Schwarzhaarige auf ihre neuen Freunde gemacht zu haben schien.

»Ich finde schon, dass es mich etwas angeht«, antwortete er, während er seinerseits Orgon und seinem geschuppten Freund einen Schritt entgegenkam. »Vier so starke Jungs wie ihr gegen ein wehrloses Mädchen, das ist nicht besonders fair.«

Er musste entweder sehr von sich überzeugt sein, dachte Gea, oder vollkommen wahnsinnig. Er war sehr groß und vermutlich genauso stark, wie er aussah, trotzdem aber zumindest äußerlich ein ganz normaler Mensch. Und selbst wenn er aufgerüstet war – seine Feinde waren zu dritt, und zwei davon waren Quorrl!

»Sie hat unseren Freund umgebracht«, sagte Orgon.

»Und ihr habt sie dafür verprügelt«, erwiderte der Fremde. »Das hat sie zweifellos verdient. Aber nun reicht es. Nehmt euren toten Freund und verschwindet. Vielleicht kann man ihn ja noch reparieren.« Er machte eine Kopfbewegung auf die Goldmünzen, die zwischen dem Schutt am Boden glänzten. »Das da sollte reichen. Ich kann euch die Adresse eines guten Rekonstruktors ganz in der Nähe nennen.«

»Und wenn mir das nicht reicht?«, fragte Orgon lauernd. Gea sah, wie der Quorrl und er sich unauffällig in verschiedene Richtungen zu bewegen versuchten, um ihren Gegner zwischen sich zu bringen.

»Dann lasst das Geld und euren toten Freund hier und geht einfach«, seufzte der Fremde.

»Und wenn nicht?«

Der Schwarzhaarige wollte antworten, drehte aber dann stattdessen den Kopf, als ein Wesen durch die Tür hereingeflogen kam, das wie ein als Katze verkleideter, fliegender Käfer aussah. Mit zitternden Flügeln ließ es sich auf seiner Schulter nieder, und der Schwarzhaarige legte die Hand auf den Kopf des so bizarr katzenhaft aussehenden Insekts. Einen Moment lang schien er in sich hineinzulauschen, dann zog er den Arm wieder zurück und machte ein nachdenkliches Gesicht.

»Ja, etwas in der Art habe ich mir fast gedacht«, sagte er.

»Was hast du dir gedacht?«, nuschelte Orgon. Irgendwie war es ihm gelungen, sein Messer wieder an sich zu bringen, ohne dass Gea es gemerkt hatte, und auch der Quorrl hielt plötzlich ein kurzes Schwert in der Hand – zwar ohne Monomolekularklinge, aber diesen Nachteil machte er garantiert durch schiere Körperkraft wett.

»Dass ihr jetzt besser von hier verschwindet«, sagte der Fremde kalt, »solange ich euch noch gehen lasse. *Sofort!*«

»Pah!«, machte Orgon, und der zweite Quorrl richtete sich auf und drehte sich um, das schwarze Toroid in der Hand, das er wiedergefunden hatte.

Nicht einmal Geas hochgezüchtete Augen sahen genau, was dann geschah. Der Fremde schien zu einem Schatten zu werden, der plötzlich verschwand, und etwas noch Schnelleres flog durch die Luft, durchbohrte die Kehle des Quorrl und nagelte ihn mit einem dumpfen Schlag an der Wand hinter seinem Rücken fest. Der Scanner flog zum zweiten Mal aus seiner Hand, fiel aber nicht zu Boden, denn der Schwarzhaarige war plötzlich und mit einer eigentlich ganz und gar unmöglichen Bewegung bei ihm, fing die Scannerwaffe auf und drückte ab. Der Kopf des anderen Quorrl flog in einer blutigen Wolke auseinander, und auch Orgon torkelte auf einmal und begann hysterisch zu kreischen, denn der Katzenkäfer, der gerade noch auf der Schulter des Schwarzhaarigen gesessen hatte, fiel plötzlich über ihn her und begann, sein Gesicht mit Klauen, Mandibeln und seinem peitschenden Skorpionsschwanz zu bearbeiten. Blut spritzte.

Der Fremde erlöste Orgon von seinem Leid, indem er mit einem weiteren, beinahe noch schnelleren Schritt bei ihm war, den Käfer mit der einen Hand verscheuchte und ihm mit der anderen den Kehlkopf zertrümmerte.

Rymer »Es ist mir vollkommen gleich, ob und welche Beweise Sie zu haben glauben«, sagte Senatorin Rymer, während sie die mausgesichtige Gestalt vor sich mit einem Blick maß, in dem sich mühsam unterdrückter Zorn mit noch etwas anderem und Schlimmerem mischte und von dem der Mausling bestimmt gar nicht so genau wissen wollte, was er bedeutete. »Sie können mir nicht erzählen, dass dieser Kerl einen *Schlüssel* hat, und noch dazu *diesen.*«

Plixx wusste es entweder auch nicht, oder es war ihm egal. Er ließ Rymer nicht nur ausreichend Zeit, ihn ungefähr genauso feindselig zu mustern, wie ihre Worte zuvor geklungen hatten, sondern dabei auch einen angemessen angewiderten Ausdruck auf ihr Gesicht zu zaubern, wie ihn vermutlich jede Frau der zurückliegenden Jahrmillion gezeigt hätte, hätte sie sich in ihrer Küche unversehens einer richtigen Maus gegenüber gesehen. Wenn Rymer sich noch ein kleines bisschen mehr in ihren heiligen Zorn steigerte, dann standen Plixx' Aussichten auch gar nicht einmal so schlecht, herauszufinden, wie sich eine solche Maus gefühlt haben mochte, wenn sie sich ins Allerheiligste einer ganz besonders resoluten Küchenbesitzerin verirrt hatte.

»Ich kann Eure Reaktion verstehen, Senatorin«, sagte Plixx.

»Und sie ehrt Euch, zumal die Prinzessin es Euch oft genug nicht leicht gemacht hat. Dennoch fürchte ich, dass die Fakten in diesem Fall eine eigene Sprache sprechen.« Er machte eine – vollkommen überflüssige – Geste in Richtung des virtuellen Schirms, der einen großen Teil der rückwärtigen Wand der Kammer einnahm, und erreichte damit nur, dass sich Rymers Gesicht noch mehr umwölkte.

»Dann sind Eure sogenannten Fakten eben fehlerhaft«, beharrte sie. »Was Ihr behauptet, ist vollkommen unmöglich!«

Plixx räusperte sich nur, was im Vergleich mit seinem noch gar nicht so lange zurückliegenden Wutanfall immerhin schon ein Fortschritt war. »Ohne jetzt besserwisserisch oder gar belehrend klingen zu wollen, Senatorin«, sagte er, »aber Ihr wisst, dass das vollkommen unmöglich ist.«

Rymer gab sich noch mehr Mühe, den Mausling mit ihren Blicken nicht nur aufzuspießen, sondern zu tranchieren und auch gleich noch genüsslich auszuweiden. Sie sparte sich aber jeden weiteren Protest, drehte sich mit einem Ruck um und starrte die unerschütterlichen Zahlen und genauso unwiderlegbaren Fakten auf dem virtuellen Schirm einfach nur hasserfüllt an, damit sie sich in Wohlgefallen auflösten oder doch wenigstens in nichts.

»Da *muss* ein Fehler vorliegen«, beharrte sie. Ihre Worte hörten sich nicht einmal mehr wirklich starrköpfig an, sondern nur noch trotzig, sogar in ihren eigenen Ohren. »Wurden diese Zahlen verifiziert?«

»Zweimal«, bestätigte Plixx.

Obwohl selbst das erste Mal schon überflüssig war, fügte der R'Achernon in leicht beleidigtem Tonfall hinzu.

Niemand reagierte darauf, und Rymer schon gar nicht. Sie hatte nicht den Nerv, sich jetzt auch noch mit einem egomanischen Supercomputer herumzuzanken.

Die Bezeichnung *Computer* ist im Zusammenhang mit einer Stufe VI-KI vielleicht nicht ganz korrekt, geehrte Senatorin, sagte die lautlose Stimme zwischen ihren Schläfen. Und egomanisch gewiss auch nicht.

»Selbst wenn diese Daten richtig sein sollten«, beharrte Rymer, »muss es eine andere Erklärung geben.« Sie schüttelte bekräftigend den Kopf. »Das würde die Prinzessin nicht tun.«

»Nicht, wenn sie weiß, wer sie ist«, fügte Plixx hinzu, was als ganz ehrliche Zustimmung gemeint war, ihm aber trotzdem einen weiteren ärgerlichen Blick aus Rymers momentan jadegrünen Augen einbrachte.

»Der Schlüssel wurde also eindeutig identifiziert«, stellte Rymer vorwurfsvoll fest. Der Mausling war klug genug, dem nichts hinzuzufügen, aber auf dem virtuellen Schirm erschien ein neues Abbild des Planetenkillers, den Craiden gegen den R'Achernon eingesetzt hatte, flankiert von ganzen Kolonnen neuer Zahlen und Informationen, die Rymer allesamt kannte und von denen sie keine einzige wirklich wissen wollte. Nur ein kleines Stück daneben klappte ein weiteres Fenster auf, das eine mehrdimensionale Darstellung eines unendlich komplizierten Gebildes zeigte, dessen bloßer Anblick schon unangenehm war. Wenn sie es länger ansah, das wusste Rymer, dann würde ihr schwindelig werden, und wenn sie dumm genug war, auch auf diese Warnung nicht zu hören, würde sie rasende Kopfschmerzen bekommen, von denen sie kein Medikament und keine Naniten der Welt vor Ablauf mehrerer Stunden befreien konnten. Es gab Dinge, die waren nun einmal nicht für menschliche Augen bestimmt, und der Anblick eines fünfdimensionalen Transportschlüssels gehörte ganz eindeutig dazu.

Sie hielt ihm dennoch so lange trotzig stand, bis sich das erste leise Schwindelgefühl hinter ihrer Stirn bemerkbar machte, blinzelte es weg und starrte dann die sechzehnstellige Zifferkolonne daneben an. Die bereitete ihr – wenn auch aus ganz anderen Gründen – mindestens genauso große Kopfschmerzen, dazu musste Rymer sie sich nicht einmal allzu lange ansehen.

»Es ist ganz eindeutig der Schlüssel der Königin«, sagte Plixx.

Das auszusprechen war überflüssig, dachte Rymer. Sogar im höchsten Maße. Und sie hoffte, dass der Mausling diesen Gedanken las.

»Aber so etwas würde ich doch niemals tun, Senatorin«, bemerkte Plixx mit einem treuherzigen Augenaufschlag. »Das wäre doch im höchsten Maße ungehörig.«

Rymer musste zwar beinahe gegen ihren Willen lächeln, aber dieses Gefühl blieb auf ihre Lippen beschränkt und erreichte nicht einmal ihre Augen, geschweige denn irgendetwas dahinter. Sie räusperte sich. Künstlich. »Also gut«, begann sie mit gewohnt kühler Stimme. »Unterstellen wir einmal – nur anlässlich dieses Gesprächs, um da keine Missverständnisse aufkommen zu lassen –, dass Eure Daten korrekt sind, dann bedeutet es, dass dieser Planetenkiller aus einem Waffenlager auf Epsilon Eridiani IV stammt. Und er zeigt Transitspuren, die mit großer Wahrscheinlichkeit auf den Königlichen Schlüssel hinweisen.«

Nicht nur hinweisen, Senatorin. Die Daten lassen keinen Zweifel zu.

Rymer tat so, als hätte sie die Worte des R'Achernon gar nicht gehört. »Unglückseligerweise schließen sich diese Ergebnisse gegenseitig aus«, beharrte sie. »Der Königliche Schlüssel wurde seit sechzig Jahren nicht mehr benutzt.«

Dreiundsechzig, um genau zu sein. Ja, kein Zweifel. Der R'Achernon *war* beleidigt.

»Die letzte routinemäßige Inventur in diesem Waffenlager fand vor zwei Jahren statt«, fuhr die Senatorin unbeeindruckt fort. »Und zu diesem Zeitpunkt waren die eingelagerten Waffen vollzählig.«

Jedenfalls behauptet das der Inventurbericht.

»Der von einer KI wie dir stammt, die sich weder irren noch einem absichtlichen Betrug aufsitzen kann.«

Das ist richtig.

»Aber dann ist es unmöglich.«

Das wiederum ist nicht möglich, antwortete der R'Achernon. Es handelt sich um ein Paradoxon. Ich arbeite an einer wahrscheinlichen Erklärung.

»Für jemanden, der angeblich intelligenter ist als Gott«, antwortete Rymer ruhig, »stellst du dich manchmal ziemlich dumm an. Oder du hältst *mich* für dumm.« Der R'Achernon war klug genug, auf diesen Vorwurf nicht zu antworten, aber Rymer fuhr fort: »Ein Problem, das du nicht innerhalb eines Sekundenbruchteils lösen kannst, kann entweder gar nicht gelöst werden, oder du hast die Antwort längst gefunden und entschieden, sie uns aus irgendeinem Grund vorzuenthalten. Gäbe es einen Grund dafür?«

Ich wüsste nicht, welchen.

»Vielleicht weil sie uns nicht gefallen würde?«

Euch zu belügen, Senatorin, lässt meine Prägung gar nicht zu.

Rymer war klar, dass das stimmte. Trotzdem glaubte sie ihm kein Wort. Aber sie wusste auch, wie sinnlos es wäre, dieses Gespräch fortzusetzen.

»Wir sollten jemanden zu diesem Waffenlager schicken, um dort nach dem Rechten zu sehen«, sagte sie und fühlte sich dabei genauso unbeholfen, wie sich die Worte anhörten.

Der schnelle Raumkreuzer *Orion* ist bereits vor einer Stunde aufgebrochen, um eine gründliche Inspektion des betreffenden Waffenlagers vorzunehmen, antwortete der R'Achernon.

»Wann wird er dort eintreffen?«, fragte Plixx.

Nicht vor Ablauf von zehn Tagen. Vielleicht auch später. Das kommt auf die Gravitationsströmung im Epsilon-Eridiani-Sektor an. Im schlechtmöglichen Fall könnte die Reisedauer beinahe einen Monat betragen. Aber die *Orion* ist das schnellste Schiff, das uns im Moment zur Verfügung steht.

Rymer hatte Mühe, ein Seufzen zu unterdrücken, das aus den tiefsten Tiefen ihres Herzens kommen wollte. *Das schnellste Schiff, das uns im Moment zur Verfügung steht.* Wie lange war es eigentlich her, dass ihnen *genug* Schiffe zur Verfügung gestanden hatten? Wann hatten sie überhaupt das letzte Mal von *irgendetwas* genug gehabt? Sie versuchte sich zu erinnern, ohne dass es ihr auch nur ansatzweise gelang … aber vielleicht war das auch ganz gut so.

»Eine Woche oder einen Monat – das spielt im Moment keine Rolle, fürchte ich«, sagte Plixx. »Wir haben weniger als eine Stunde Zeit, bevor der offizielle Teil des Empfangs beginnt, und bis dahin sollten wir entscheiden, wie wir mit unserem Ehrengast verfahren.« Er machte eine unwillige Geste, und der deckenhohe virtuelle Schirm verschwand und machte einem nicht minder virtuellen Fenster Platz, durch das man in einen dunklen und nicht besonders hohen, dafür aber sehr langen Raum blicken konnte. Er war vollkommen leer, aber das würde er nicht mehr lange bleiben, und Rymer verspürte schon jetzt einen Anflug von Unwohlsein, als sie daran dachte, was sie dort bald erwartete. Wie sie das hasste!

»Wir könnten Hauptmann Duras einen Herzenswunsch erfüllen und ihm erlauben, Clansmeister Craiden samt seiner Begleitung festzunehmen«, sagte sie.

»Oder gleich zu einem Kampf auf Leben und Tod herauszufordern«, sinnierte Plixx. »Ja, das würde ihm gefallen.«

Davon würde ich abraten, sagte der R'Achernon. **Nahezu die gesamte Armee der vereinigten Clans befindet sich in Alarmbereitschaft. Ein offensives Vorgehen gegen den Clansmeister würde mit an Sicherheit grenzender Wahrscheinlichkeit zu einem sofortigen Großangriff führen.**

»Ich zittere auch schon vor Angst«, sagte Plixx spöttisch, kam der Antwort des R'Achernon jedoch zuvor, indem er rasch den Kopf schüttelte. »Aber ich weiß, was du sagen willst, und du hast ja recht«, knurrte er. »Es gefällt mir trotzdem nicht, diesen Kerl und seine Schildkrötenfressen im Turm zu haben. Und es gefällt mir noch sehr viel weniger, ihn in Arions Nähe zu wissen. Schon gar nicht nach dem, was wir heute erfahren haben.«

Prinzessin Infinitys Sicherheit ist in jedem Fall gewährleistet, und...

»R'Achernon, Privatsphäre«, sagte Plixx scharf, und die lautlose Stimme in ihrer beider Köpfen verstummte. Rymer schenkte ihm einen kurzen, dankbaren Blick. Plixx' Miene wurde jedoch eher noch finsterer.

»Dieser größenwahnsinnige Rechenschieber hat recht, wisst Ihr?«, fuhr der Mausling fort und kam ihr dabei noch übellauniger vor als sonst. »Wir dürfen keinen Angriff riskieren. Nicht, so lange wir uns im Unklaren sind, was vielleicht noch aus diesem angeblich so sicheren Waffenlager verschwunden ist.«

Rymer seufzte sehr tief und gab ihm im Stillen recht. Sie

wünschte sich, das Waffenlager wäre das Einzige, was ihr in diesem Zusammenhang Kopfzerbrechen bereitete.

Oder auch nur ihre größte Sorge.

Mardu Die beiden Trottel dort oben in den Heliothopthern waren entweder die schlechtesten Schützen aller Zeiten, oder sie spielten mit ihm.

Mardu vermutete eher Letzteres, und das war aus gleich zweierlei Gründen höchst unerfreulich: Zum einen bedeutete es, dass sie sich ihrer Sache (ihm) wirklich *sehr* sicher waren, und zum anderen, dass sie nicht die miserabelsten, sondern eher die besten Schützen aller Zeiten sein mussten. Denn man musste schon verdammt gut schießen können, um ihn so oft und so knapp zu verfehlen wie sie.

Mardu fluchte, als ihn ein weiterer Strahl unsichtbarer Hitze gerade knapp genug verfehlte, um einen Schwall absolut grässlichen Schmerzes durch seinen Körper zu jagen, ohne ihn wirklich zu verbrennen. Dann machte er einen Schritt zur Seite und vollführte einen zweiten und noch entsetzteren Hüpfer, um nicht in eine Pfütze aus brodelndem schwarzem Schlamm zu treten, die in Wirklichkeit aber verflüssigte Stahlkeramik enthielt. Dem Sturm, den Craidens Techmagie-Waffe entfesselt hatte, hatte der Straßenbelag widerstanden, ohne sich auch nur zu verfärben, aber die Waffen der beiden Heliothopther brachten ihn zum Schmelzen. Womit zum Teufel schossen die beiden Idioten da auf ihn?

Und viel wichtiger – wieso hatten sie ihn eigentlich immer noch nicht getroffen?

Vor ein paar Augenblicken war Mardu der hirnrissigen Idee verfallen, in eines der ausgebrannten Gebäude flüchten zu wollen, doch einer der beiden Heliothopther hatte vorsorglich nicht nur das Haus, sondern den gesamten *Block* mit einem einzigen Feuerstoß zerkrümelt – und das wortwörtlich. Der graue Staub, in den sich der halbe Straßenzug verwandelt hatte, klebte noch in seinen Haaren, kratzte in seiner Kehle, brannte in seinen Lungen und scheuerte unerträglich in all den kleineren und größeren Brandwunden, die Mardus Körper inzwischen bedeckten. Sie hätten ihn längst umbringen können, wenn sie gewollt hätten – was sie natürlich nicht wollten –, und sie hätten ihm auch noch größere und unvorstellbare Schmerzen zufügen können … was sie zweifellos wollten, denn schließlich hatte er ihren Kameraden gegrillt.

Mardu, der weiter Haken schlagend über die Straße flitzte, registrierte ein verräterisches Flimmern aus den Augenwinkeln, warf sich instinktiv in die entgegengesetzte Richtung und vollführte einen tollkühnen Hechtsprung, als der Straßenbelag vor ihm Blasen schlagend zu kochen begann. Er landete auf dem Bauch, schlitterte mit ausgestreckten Armen und nahezu ungebremst weiter und begann zu brüllen, als seine Stiefel Feuer fingen. Hastig strampelte er mit den Beinen, brachte die Flammen auf diese Weise zum Erlöschen und sprang mit der puren Kraft der Verzweiflung in die Höhe.

Der Schlag traf ihn mitten ins Gesicht, und das mit so unvorstellbarer Gewalt, dass er tatsächlich einen kompletten, unglaublichen Salto schlug und wieder auf seinen schmerzenden Füßen landete, bevor er stocksteif und mit ausgebreiteten Armen nach hinten kippte und so hart aufprallte, dass er eigentlich das Bewusstsein hätte verlieren müssen. Irgendetwas hinderte ihn daran, aber er konnte nicht unbedingt sagen, dass er dankbar dafür war. Er wollte das Bewusstsein verlieren. Er wollte sterben, denn das, was sie mit ihm machen würden, wenn er ihnen lebendig in die Hände fiel, das war tausendmal schlimmer als der Tod.

Aber natürlich machten sie es ihm nicht so leicht.

Sein Angreifer war groß genug für zwei und ragte wie ein Berg aus Muskeln und Knochen über Mardu auf, als sich die schwarzen Schleier vor dessen Augen zuerst rot färbten und dann ganz auflösten. Mardu versuchte etwas zu sagen, verschluckte sich an seinem eigenen Blut und hörte ein seltsames Knacken innerhalb seines Schädels, das ihm klarmachte, dass ihre Auseinandersetzung wohl nicht mit einem blauen Auge und einem losen

Zahn enden würde. Der Fausthieb hatte irgendetwas in seinem Gesicht zerbrochen. Sein Kiefer tat nicht einmal besonders weh, aber hätte er nicht ununterbrochen sein eigenes Blut geschluckt, dann wäre er längst daran erstickt.

Der Riesenkerl beugte sich vor, grub die Hand in die verbrannten Überreste von Mardus Jacke und zog ihn ohne die geringste Mühe auf die Füße. Diese unangenehme Bewegung erinnerte ihn wieder daran, dass ein gebrochener Kiefer im Augenblick wohl eines seiner geringsten Probleme darstellte.

Er blinzelte, um die roten Schlieren vor seinen Augen wieder loszuwerden, und schaffte es nicht ganz, sah aber immerhin, dass es sich bei seinem Gegner um einen Menschen handelte, nicht um einen Quorrl oder irgendeinen Adaptierten ... sah man vielleicht von seiner Größe ab. Er maß mindestens zwei Meter, war entsprechend breitschultrig und geradezu grotesk stark. Mardu versuchte, sich loszureißen, verstauchte sich fast das Handgelenk mit einem Schlag gegen den Arm des Burschen, den dieser nicht einmal zur Kenntnis nahm, und rammte ihm dann die Faust in den Leib, was seinen Angreifer ungefähr genauso wenig beeindruckte.

Trotzdem schlug er Mardu fest genug den Handrücken ins Gesicht, dass ihm noch mehr Blut aus Mund und Nase schoss und ein grelles Lichtgewitter vor seinen Augen explodierte; wenn auch nicht hart genug, um ihm wirklich das Bewusstsein zu rauben. Mardu sank dennoch halb in seinem Griff zusammen, ließ den Kopf auf die Seite fallen und spielte den Besinnungslosen, während er zugleich die Gelegenheit nutzte, unauffällig nach der schwarzen Scannerwaffe an der Magnethalterung an seinem Gürtel zu tasten. Seine Chancen, sie nicht nur zu ziehen, sondern auch *benutzen* zu können, waren erbärmlich, aber welche andere Wahl hatte er schon?

Der Bursche wirbelte ihn grob herum, setzte ihn endlich ab und versetzte ihm einen Stoß mit der flachen Hand zwischen die Schulterblätter, der ihn haltlos vorwärtsstolpern ließ, fing ihn aber wieder auf, bevor er tatsächlich zu stürzen drohte. Mardus Finger schlossen sich um den Scanner, und die Waffe erwachte mit einem kaum hörbaren Summen zum Leben.

Direkt über ihnen erscholl ein deutlich lauteres und bösartigeres Brummen, und als er den Kopf in den Nacken legte, starrte er in die riesigen Facettenaugen eines Heliothopthers, der keine drei Meter über ihm in der Luft schwebte und immer wieder gierig mit den Mandibeln nach ihm zu schnappen versuchte. Mardu nahm an, dass es nicht bei dem bloßen Versuch geblieben wäre, hätte der Lenker in seinem Nacken das fliegende Monstrum nicht zurückgehalten. Damit erschöpfte sich seine Freundlichkeit allerdings auch. Sehr viel weniger freundlich war die bizarr geformte Waffe, die er am Kopf des Heliothopthers vorbei auf ihn angelegt hatte.

Ein weiterer Stoß ließ Mardu zur Seite und auf den zweiten Heliothopther zustolpern, der am Ende der Straße gelandet war und offenbar irgendetwas zum Fressen gefunden hatte, wie unglaublich Mardu das in dieser vom Feuer sterilisierten Gegend auch erschien. Dann erkannte er, dass die Mandibeln des Heliothopthers an den Resten seines Quorrl-Begleiters herumrissen, und aus seiner Verwirrung wurde blankes Entsetzen. Mardu hatte sich noch nie (ernsthaft) gefragt, wie Quorrl eigentlich schmeckten. Augenscheinlich ganz gut – zumindest wenn man ein acht Meter langes, biomechanisch gezüchtetes Rieseninsekt war.

Mardu schüttelte diesen albernen Gedanken ab, stolperte weiter und löste unauffällig den Scanner ganz von der Magnethalterung. Die Waffe schien stärker zu vibrieren, als könnte sie es gar nicht erwarten, ihre zerstörerische Kraft zu entfesseln.

Er kassierte einen weiteren Hieb in den Rücken, ließ sich auf die Knie fallen und rollte von da aus schwerfällig auf den Rücken. Der Scanner sprang in seine Hand, aber als Mardu abdrückte, entlud er sich nicht. Er vibrierte lediglich und weigerte sich nicht nur, den Kerl hinter ihm in seine Bestandteile zu zerlegen, sondern versetzte stattdessen seiner Hand einen schmerzhaften elektrischen Schlag.

Der Riese, der schon dazu angesetzt hatte, ihn kräftig in die Seite zu treten, ließ bei diesem Anblick das Bein wieder sinken und grinste hämisch, während sich Mardu auf den linken Ellbogen hochstemmte und mit der anderen wackligen Hand ein zweites Mal auf ihn zielte.

Das Grinsen des Burschen wurde noch breiter, rechnete er doch damit, Mardu einen zweiten und diesmal sehr viel heftigeren Stromschlag erleiden zu sehen. Der dritte würde tödlich sein – aber Mardu beschloss, dass es nicht nötig werden würde, ein drittes Mal auf dem Heliothopther-Lenker zu feuern. Oder auch nur ein zweites Mal. Mardu war sicherlich nicht der Hellste, aber er war auch nicht dämlich.

Der Scanner schwenkte um wenige Millimeter in seiner Hand herum und erfasste nun nicht mehr das breite Grinsen seines Gegners, sondern ein formlos zerschmolzenes Etwas hinter diesem, das vor dem Feuersturm vielleicht eine Statue gewesen war, eines von zahllosen Standbildern der noch viel zahlloseren mythischen Helden, von denen die Geschichte von *Belagerung* nur so wimmelte. Als Mardu abfeuerte, verwandelte sich die Statue in einen explodierenden Kaktus aus etlichen tausend Schrapnellgeschossen aus schwarzem scharfkantigem Glas, manche davon mikroskopisch klein, andere lang wie eine Hand oder noch größer. Mardu riss blitzschnell die Arme vors Gesicht und entging so dem Großteil des Splitterregens, der Kerl vor ihm hatte weniger Glück. Sein Rücken und seine rechte Seite waren plötzlich nur so mit Glasscherben gespickt. Brüllend fing er an zu torkeln und fiel auf die Knie, während Mardu mit einem Satz zugleich in die Höhe und zur Seite schnellte. Das Summen über ihm wurde lauter und klang jetzt eindeutig wütend, und da, wo er gerade noch gelegen hatte, begann erneut der Straßenbelag zu kochen.

Mardu sprang mit einem blitzschnellen Satz in die entgegengesetzte Richtung, entging einem zweiten Schwall aus unsichtbarem Tod – diesmal so knapp, dass sich sowohl die verbrannten Reste seiner Jacke wie auch die oberste Hautschicht über seiner linken Schulter einfach auflösten – und hörte eine sonderbare Mischung aus Summen, Schmerzens- und einem seltsam pfeifenden Schreien, das sich anhörte, als käme es aus der Kehle eines Insekts.

Genau das war auch der Fall.

Mardu raste Haken schlagend weiter, versuchte die Schlieren auf seiner Hornhaut wegzublinzeln und fragte sich selbst, ob er nun endgültig den Verstand verloren hatte, jagte er doch geradewegs auf den gelandeten Heliothopther zu, der die Leiche des Quorrl-Kriegers inzwischen fast zur Gänze aufgefressen hatte. Das Insekt richtete sich nicht nur auf, sondern reckte ihm die armlangen Mandibeln auch in Vorfreude auf einen kleinen Nachschlag entgegen.

Unglückseligerweise war dies auch die einzige Richtung, die ihm blieb: Der zweite Heliothopther kreiste keine fünf Meter über ihm, und sein Lenker trieb Mardu mit gezielten Schüssen weiter den schnappenden Mandibeln entgegen. Und als wäre das noch nicht genug, stemmte sich sein Gegner von eben wieder taumelnd in die Höhe – über und über gespickt mit scharfkantigem schwarzem Glas, mit seinem eigenen Blut besudelt und zweifellos von Schmerzen geplagt –, und der war sicherlich noch sehr viel wütender.

Mardu hob den Scanner, visierte die Wand hinter und über dem Heliothopther, auf den er zulief, an und drückte ab. Die ohnehin vom Feuer geschwächte Mauer brach in einer Lawine aus Schutt und rasiermesserscharfen Glasscherben zusammen und begrub das Insekt unter sich. Wahrscheinlich würde es ihm nicht das Geringste ausmachen, denn das Ungetüm war so groß wie ein Zehn-Personen-Schweber, wahrscheinlich um Etliches schwerer. Außerdem war jeder Heliothopther eine gepanzerte und hochgezüchtete Kampfmaschine, deren Bewaffnung sich ganz und gar nicht auf das Paar Ehrfurcht gebietenden Mandibeln beschränkte, auf die Mardu immer noch zielsicher zufegte.

Aber schließlich konnte man ja auch mal Glück haben.

Zwar rieselte der allergrößte Teil der Mauer lediglich als Staub und in Form von allerhöchstens faustgroßen Trümmerbrocken auf den Panzer des Heliothopthers herab, ohne dass das Monstrum es auch nur zu spüren schien, aber ein einzelner, doppelt armlanger und daumendicker Metallspeer bohrte sich tatsächlich mit der ganzen Wucht seines Zehn-Meter-Sturzes seitlich in eines der riesigen Facettenaugen. Das Insekt kreischte vor Wut und Schmerz, als Schleim und schwarzes Insektenblut in einem zischenden Kurzschluss aus dem zerstörten Auge explodierten, gefolgt von einer zweiten und noch ungleich heftigeren Eruption aus blutigen Fleischfetzen und qualmenden elektronischen Bauteilen. Der Heliothopther bäumte sich auf, brüllend und geifernd vor Schmerz, schüttelte den mächtigen, blutenden Schädel und besiegelte sein Schicksal endgültig, indem er dabei die Eisenstange in seinem Auge wuchtig gegen die Mauer über ihm rammte. Diese bahnte sich ihren Weg durch das offensichtlich nicht annähernd so gut gepanzerte Innere seines Schädels, fand mit ganz erstaunlicher Zielsicherheit auch das zweite Auge und brach in einen matschigen Rülpser aus Blut und zersplitternden Facetten daraus hervor. Der Heliothopther kreischte noch einmal, bäumte sich nahezu zu seiner gesamten Größe auf und fiel dann so stocksteif auf die Seite wie ein elektrisches Spielzeug, dessen Energieversorgung unterbrochen worden war.

Hinter ihm erscholl ein zweiter, gurgelnder Schrei, und als Mardu herumfuhr, wurde er mit einem wirklich erstaunlichen Anblick belohnt: Auch der Lenker, der mit schwarzen Splittern wie ein Stachelschwein gespickt und in den hellroten nassen Mantel seines eigenen Blutes gehüllt wurde, war wieder gestürzt. Er wälzte sich schreiend am Boden, hatte beide Hände vors Gesicht geschlagen und kreischte, als hätte die Eisenstange *seine* Augen aufgespießt.

Dann lenkte Mardu der verschwommene Riesenschatten einer monströsen Libelle auf dem Boden vor sich ab. Er fragte sich beiläufig, warum er eigentlich noch lebte, verschob die Antwort auf diese Frage auf ein Später, von dem er wenigstens hoffte, es zu erleben, und warf den Kopf in den Nacken – unglaublicherweise funktionierte es noch ein drittes Mal. Der Scanner verwandelte eine komplette Etage des ausgebrannten Gebäudes hinter dem Heliothopther in explodierenden grauen Staub, und die beiden darüber liegenden Stockwerke wurden zu einer Lawine aus scharfkantigem Geröll und noch scharfkantigeren

Metalltrümmern, die auch das zweite Monstrum samt seines Reiters unter sich begrub, noch bevor sie den Boden auch nur halb erreicht hatten.

Mardu brachte sich mit einem hastigen Sprung in Sicherheit, um nicht selbst erschlagen zu werden, entschied sich, später über diese unerwartete Wendung seines Schicksals nachzudenken, und war mit zwei weiteren raschen Schritten bei dem schreienden Lenker angelangt. Der brüllte noch immer wie am Spieß, hatte aber jetzt die Hände heruntergenommen, und Mardu sah, dass seine Augen unversehrt waren. Dann schlang er ihm von hinten den Arm um den Hals und spannte die Muskeln an, um ihm das Genick zu brechen.

Es gelang ihm nicht. General Mardu war alles andere als ein Schwächling, und die schiere Todesangst gab ihm noch zusätzliche Kraft, aber sein vermeintlich wehrloses Opfer war entweder schon weit genug wieder zu sich gekommen, um sich ganz instinktiv gegen den Angriff zu stemmen, oder sogar noch stärker, als er angenommen hatte. Statt mit einem Schrei und dem Geräusch eines nachgebenden Knochens belohnt zu werden, schnappte Mardu plötzlich seinerseits nach Luft, als ihm der Bursche den Ellbogen in den Leib stieß, glitt kraftlos an ihm herunter und griff nach dem Erstbesten, was er zu fassen bekam, um sich an seinem Gegner festzuhalten.

Es war die Waffe des Lenkers. Sie rutschte ohne Widerstand aus dem Gürtel des Mannes heraus. Mardu fiel schwer auf den Rücken und zog den Abzug allein durch die schiere Wucht seines Sturzes durch. Er hörte nichts und spürte nichts, aber alles oberhalb des Gürtels seines Gegenübers war plötzlich einfach weg, und was noch von ihm übrig war, das kippte einfach nach vorne.

Mardu blieb sekundenlang reglos liegen, starrte in den Himmel hinauf und fragte sich erst gar nicht, was passiert war und wieso er noch lebte. Er lebte, und das war im Moment alles, was ihn interessierte.

Damit das auch so blieb, gönnte er sich den kleinen Luxus, noch einige weitere Augenblicke einfach dazuliegen, den Himmel über sich anzusehen und auf das Schlagen seiner beiden Herzen zu lauschen, die nur mühsam wieder in einen gemeinsamen Takt fanden; dann stemmte er sich umständlich auf beide Ellbogen hoch und betrachtete benommen die erbeutete Waffe.

Mardu wusste, dass die Waffen der Heliothophter unter den Bewohnern von *Belagerung* begehrtes Diebesgut waren, hatte aber noch nie eine in den Händen gehalten. Anders als der Scanner, mit dem er – genau wie alle Offiziere der persönlichen Garde des Clansmeisters – ausgerüstet war, sah sie tatsächlich wie eine Waffe aus, schwarz und kurzläufig und irgendwie … boshaft. Sie war viel zu groß und viel zu schwer für ihn, aber vermutlich genau passend für die Hände des Zwei-Meter-Kolosses, für den sie gemacht worden war. Mardu ergriff sie vorsichtshalber mit beiden Händen, begutachtete sie eingehend, ohne hinterher einen Deut schlauer zu sein, und drehte dann mit einem Ruck den Kopf, als er ein Rascheln und Poltern hinter sich hörte.

Der Schuttberg, der den letzten Heliothopther verschlungen hatte, war in Bewegung geraten. Steine, Glas- und Metallbrocken polterten zu Boden, rollten hierhin und dorthin und wurden von noch größeren Schuttmassen abgelöst – dann erschien etwas, das in Mardus Augen große Ähnlichkeit mit den Antennenfühlern einer Ameise hatte, nur dass es fast so lang war wie sein Arm. Noch mehr Schutt rutschte in einer gewaltigen Staubwolke zu Boden, als sich der monströse Kopf der biomechanischen Riesenlibelle ins Freie arbeitete, und hinter ihm erschien ein staubiges und *sehr* wütendes, menschliches Gesicht.

Mardu setzte sich richtig auf, zielte sorgfältig und mit beiden Händen und erschoss zuerst den Heliothopther, dann seinen Lenker.

Ihr Tod war enttäuschend unspektakulär. Der Kopf der Riesenlibelle verschwand einfach, genau wie der ihres Reiters, und nur einen halben Atemzug danach geriet die gesamte Flanke des Schuttberges ins Rutschen und verwandelte den Trümmerhaufen endgültig in einen riesigen Grabhügel.

Das war leicht, dachte Mardu, beinahe schon zu leicht. Ein wenig hilflos betrachtete er die klobige Waffe in seinen Händen, dann noch einmal den riesigen Schutthaufen, in dem es immer noch knisterte und raschelte, als versuche das tote Ungeheuer, sich gegen jede Logik und alle Naturgesetze aus seinem steinernen Grab herauszuwühlen. Den halbierten Leichnam des zweiten Lenkers anzusehen, vermied Mardu geflissentlich.

Zwei?, dachte er benommen und verbesserte sich gleich darauf in Gedanken: Drei? Er hatte drei Heliothopther erledigt? Er allein?

Die Erkenntnis benötigte eine geraume Weile, um ganz in sein Bewusstsein zu sickern, und selbst danach kam sie ihm … unwirklich vor, unmöglich und vollkommen absurd.

Er ganz allein – er, General Mardu! – hatte drei Heliothopther abgeschossen?

Plötzlich nagte eine Stimme ganz leise und am Rande seiner Gedanken, die ihm gnadenlos zu erklären begann, was nun geschehen würde, aber er achtete nicht darauf, denn in diesem Moment kam das Hochgefühl.

Drei.

Er ganz allein hatte drei dieser verfluchten Heliothopther erledigt – eine komplette Patrouille! –, und das war alles, wofür in seinem Bewusstsein noch Platz war.

So etwas war … ja, tatsächlich, noch nie vorgekommen, zumindest nicht so lange, wie die Geschichte des Clans zurückreichte. Und dafür gab es natürlich einen guten Grund. *Dreitausend* gute Gründe, um genau zu sein. Die Bewohner des R'Achernon würden ihn hassen, aber nicht nur diese dreitausend, sondern *dreißigtausend*, all die Männer und Frauen und Brüder und Schwestern und Väter und Mütter derer, die nun seinetwegen noch zusätzlich in *Belagerung* sterben würden, das war ihm klar. Sein Name würde zu einem Fluch auf ihren Lippen werden, für Jahre und Jahrzehnte und vielleicht so lange, wie der Letzte von denen lebte, deren Freunde und Verwandte nun seinetwegen getötet wurden.

Nur dass es nicht seinetwegen war und dass es nicht die geringste Rolle spielte, ob sie ihn hassten oder nicht, ob sein Name zum Fluch oder zur Anbetung wurde. Plötzlich war Mardu klar, was er an diesem Tag wirklich getan hatte. Dreitausend? Lachhaft! An jedem Tag starben die mehrfache Anzahl Unschuldiger in dieser Stadt und aus nichtigeren Gründen. Diese dreitausend würden vergessen werden, schon bald, aber seinen Namen würden die Menschen hier noch tausend Jahre als den des Mannes flüstern, der den Mythos der Unbesiegbarkeit des R'Achernon zerstört hatte!

Mardus Hochgefühl nahm noch immer weiter zu und grenzte schon beinahe an Euphorie, und gewiss hätte es diesen Zustand auch innerhalb der nächsten Augenblicke erreicht, wäre er nicht in diesem Moment aufgestanden und hätte sich herumgedreht, um zum R'Achernon hinaufzusehen.

Die *Wand* hatte sich geteilt, um drei winzige schwarze Punkte hindurchzulassen. Eine weitere Patrouille, die direkt auf die ausgebrannte Stadt und ihn zusteuerte, und noch während Mardu zu ihr hinaufsah und sich fragte, warum er eigentlich nicht erschrak, erschien eine zweite Dreiergruppe und dann noch eine und noch eine und schließlich noch eine. Und sie alle hielten direkt und sehr schnell auf ihn zu.

Und das, fand General Mardu, war eindeutig zu viel der Ehre.

Er fuhr auf dem Absatz herum und begann zu rennen.

Arion Das Kleid wog mindestens doppelt so viel wie Arion selbst, scheuerte und kratzte an Stellen, die ihr bislang noch nie aufgefallen waren, und verströmte einen Geruch, der ihr schier den Atem verschlug, ganz egal, wie viele Geruchsfilter und Parfums die Zofen-Drohnen auf ihren Befehl (und zu Plixx' Missvergnügen) darüber ausgossen. Wenn dieses Kleid – genauer gesagt das Original, nach dessen uraltem Abbild es angefertigt worden war – tatsächlich das Krönungskleid einer leibhaftigen *Königin* gewesen war, dann sollte sie vielleicht einmal darüber nachdenken, ob die *gute* alte Zeit diese Bezeichnung auch tatsächlich verdiente.

Aber was beschwerte sie sich? Verglichen mit dem, was jetzt vor ihr lag, war sie ultramodern gekleidet.

Während Arion die ebenso breiten wie hohen, ausgetretenen Stufen hinabschritt, ließ sie ihren Blick zum dritten Mal durch den gewaltigen Saal unter sich schweifen. Zum ebensovielten Mal musste sie sich dabei gewaltsam in Erinnerung rufen, dass sie sich noch im Inneren des R'Achernon aufhielt und nicht in einem Gebäude, das aus einer Zeit stammte, als Kleider wie das, das sie gerade quälte, noch nicht einmal in Mode gewesen waren. Alles hier wirkte alt, grob und dunkel – und genau dieser Eindruck war beabsichtigt. Wie alle Räume im R'Achernon war der Saal gerade so groß, wie er sein musste; was bedeutete, dass er im Moment sehr groß war, denn schließlich war jeder, der im Turm Rang und Namen hatte (oder es sich einbildete) gekommen, um an diesem großen Ereignis teilzuhaben. Da das einzige Licht von Fackeln und Kerzen kam (wenn auch von sehr *vielen* Fackeln und Kerzen), wirkte er noch größer, und auch die Einrichtung – lebendig oder aus toter Materie – passte sich diesem allgemeinen Eindruck von Alter und Verfall an.

Alle Anwesenden waren auf ähnliche Art gekleidet wie Arion (soweit es ihre momentanen Körper zuließen), auch wenn sich der eine oder andere kräftig in der Epoche vertan hatte. Arion sah Roben, reich bestickte Mäntel und Pluderhosen und Togen, gewaltig ausladende Kleider und so schlichte Gewänder, dass sie schon eher in die Kategorie *Lumpen* gehörten. Sie gewahrte eine ganze Anzahl archaischer Waffenröcke, von schwarzem Leder über knöchellange Kettenhemden bis hin zu einer kompletten Plattenrüstung, in die sich irgendein Trottel geworfen hatte. Er konnte sich kaum darin bewegen und löste bei jedem Versuch ein gewaltiges Scheppern und Klirren und Rasseln aus, das durch das ganze gewaltige Gewölbe zu hören war.

Irgendwo in all dem Gewusel meinte sie auch Plixx gesehen sowie irgendetwas Buntes und reichlich Verrücktes an ihm wahrgenommen zu haben. Aber damit passte er sich wenigstens diesem total durchgeknallten Haufen an, wenn auch niemand so auffällig gekleidet war wie sie selbst. Arion fragte sich nicht zum ersten Mal – vergeblich –, wieso sich eigentlich von ihrem gesamten sogenannten Hofstaat nicht ein einziger entblödet hatte, sich in ebenso unbequeme wie lächerlich aussehende Kleider zu zwängen und zum Affen zu machen.

Weil das Protokoll es so vorsieht, Prinzessin.

»Dann sollten wir es endlich ändern«, knurrte Arion. Senator Wundermeer, der anlässlich des Zeremoniells in den Körper eines aufrecht gehenden, menschengroßen Löwen geschlüpft war und ein prachtvolles Gewand aus blutfarbenem Brokat und Gold trug, hielt unmittelbar neben ihr inne und sah sie eine Sekunde lang überrascht an, bevor ihm klar wurde, dass die Worte nicht ihm gegolten hatten. Rasch entfernte er sich, und Arion nutzte die Gelegenheit, einen Moment stehen zu bleiben und ihm nachzublicken. Nicht nur, weil sein Anblick sie so sehr faszinierte (was in der Tat der Fall war), sondern weil sie jeden einzelnen Schritt genoss, den sie in diesem Monstrum von Kleid *nicht* tun musste.

Einen Moment später setzte sie sowohl ihren Weg als auch ihr begonnenes Gespräch mit dem R'Achernon fort, wobei sie aber diesmal darauf achtete, lautlos zu vokalisieren.

Was soll dieser Unsinn eigentlich? Glaubt irgendjemand hier wirklich, dass dieser Mummenschanz Craiden beeindrucken würde?

Was Ihr Mummenschanz nennt, Prinzessin, ist eine jahrtausendealte Tradition. Und die Bewohner der Stadt legen großen Wert auf Traditionen.

Ein alter Zopf, meinst du? Weißt du, was man mit alten Zöpfen macht? Man schneidet sie ab!

Statt einer direkten Antwort meinte sie so etwas wie ein unendlich tiefes, gutmütiges Lachen zu hören.

Was ist so komisch daran?, fragte sie gereizt.

Das könnt Ihr nicht wissen, Prinzessin, antwortete die lautlose Stimme in ihren Gedanken. **Aber es ist noch nicht allzu lange her, da habe ich dasselbe Gespräch mit Eurer Mutter geführt, fast wortwörtlich. Und eine Weile zuvor mit deren Mutter.**

Ach?, gab Arion zurück. *Und dir ist nie der Gedanke gekommen, dass an einem Argument was dran sein könnte, wenn es unabhängig voneinander von drei sehr klugen Frauen vorgebracht wird?*

Streng genommen ist es immer dieselbe Frau, antwortete der R'Achernon und gab sich jetzt nicht einmal mehr Mühe, nicht auf eine schon fast provozierend väterliche Art amüsiert zu klingen. **Ich muss Euch nicht daran erinnern, dass Ihr ein Klon Eurer Mutter seid, oder? So wie diese eine perfekte Kopie ihrer Mutter war.**

Warum gibt es mich dann überhaupt?, gab Arion übellaunig zurück. *Wenn ich doch sie bin, wozu hat sie mich dann überhaupt in die Welt gesetzt, statt hierzubleiben und den Laden selbst zu schmeißen?*

Sie hatte nicht wirklich mit einer Antwort gerechnet, aber als sie sie bekam, irritierte sie irgendwie der ... ja, fast melancholische Ton. **Ich würde sagen: Stellt mir diese Frage in tausend Jahren noch einmal, Prinzessin, und ich beantworte sie Euch. Aber dann wird das nicht mehr nötig sein, denn Ihr werdet die Antwort selbst herausgefunden haben. Und irgendwann werdet Ihr Eurer Mutter auf ihrem Weg folgen.**

Jetzt wirst du melodramatisch, antwortete Arion.

Der R'Achernon schwieg. Aber er tat selbst das auf eine Art, die seinen Worten noch mehr Gewicht verlieh.

Obwohl Arion langsam ging, hatte die Zeit, die das kurze Zwiegespräch in Anspruch genommen hatte, ausgereicht, um ihren Platz am Kopfende der endlos langen Tafel zu erreichen. Wie nahezu alles hier bestand sie im Moment aus grobem schwarzem Stein und war eingedeckt mit Tellern und Schalen aus Silber, vielleicht auch Zinn, dazu passenden klobigen Trinkbechern und noch grobschlächtigeren, zweizinkigen Gabeln und Messern. Arion schickte ein Stoßgebet zum Himmel, dass die Köstlichkeiten, die darauf warteten, auf dieser Tafel aufgefahren zu werden, nicht dem allgemeinen Ambiente entsprachen.

Dieser Gedanke führte zu einem anderen und sehr viel unangenehmeren Thema, und sie würgte ihn hastig ab.

So schlimm wird es schon nicht, Prinzessin. Augen zu und durch.

Ja, und vielen Dank auch, dass du mich daran erinnerst, grollte Arion.

Diesmal schwieg der R'Achernon auf eine vollkommen andere Weise.

Jemand räusperte sich künstlich. Arion konnte nicht sagen, wer – beiderseits der gewaltigen Tafel vor ihr reihten sich weit über hundert Stühle, und hinter jedem einzelnen stand eine auf ihre Art schrille Gestalt, die im Moment aber alle eines gemeinsam hatten: Sie alle starrten sie an und warteten darauf, dass sie auf dem monströsen Thronsessel am Kopfende der Endlostafel Platz nahm, damit sie sich ebenfalls setzen konnten. Nicht alle diese Stühle sahen so aus, als wären sie für Menschen gemacht (und waren es auch nicht), und zumindest beim Anblick zweier bizarrer Gestalten war Arion auch ziemlich sicher, dass ihnen das Stehen erhebliche Mühe bereitete. Sie überlegte einen Moment, ob sie aus purer Bosheit noch ein bisschen stehenbleiben sollte (nicht sehr lange; allerhöchstens eine Stunde oder zwei), sah dann selber ein, wie albern diese Idee war, und nahm die gar nicht so einfache Aufgabe in Angriff, sich in ihrem Monstrum von Kleid auf das ebenso überdimensionierte Monstrum von Stuhl zu setzen. Sie brauchte eine geraume Weile, und als sie es geschafft hatte, hob überall an der Tafel ein emsiges Rascheln und Schaben und Klappern und Stühlerücken an, das noch sehr viel länger dauerte.

Nur noch einen Moment Geduld, Prinzessin. Der offizielle Teil des Empfangs beginnt gleich.

Kein Problem, erwiderte Arion lautlos – was sogar der Wahrheit entsprach. Ihr war so unwohl zumute wie wahrscheinlich noch nie zuvor in ihrem Leben, aber zugleich amüsierte sie sich ganz unverhohlen und schadenfroh über den Anblick all der kunterbunten Gestalten am Tisch. Vor allem der Dummkopf in der Plattenrüstung hatte sichtbar Mühe, in einer wenigstens halbwegs würdevollen Haltung auf seinem Stuhl zu sitzen, und auch Senator Wundermeer bot einen amüsanten Anblick: Mit seiner beeindruckenden Statur überragte er auch im Sitzen jeden in seiner unmittelbaren Nähe, aber das hatte durchaus seinen Preis: Er konnte sich kaum bewegen, ohne Gefahr zu laufen, dass seine mächtige Löwenmähne an einer der zahllosen Kerzen auf dem Tisch Feuer fing.

Und um Eure Frage ernsthaft zu beantworten, Prinzessin, fuhr die lautlose Stimme hinter ihrer Stirn fort, **es ist ein Zeremoniell, und niemand will Clansmeister Craiden unnötig verwirren oder ihm gar das Gefühl geben, dass wir ihm nicht den ihm zustehenden Respekt erweisen.**

Anscheinend machte sich niemand hier Gedanken darüber, dass sich Clansmeister Craiden angesichts dieses Theaters veräppelt vorkommen könnte, dachte Arion. Der R'Achernon, der diesen Gedanken genau wie alle anderen davor gehört haben musste, schwieg dazu.

Wo bleibt denn unser hochgeschätzter Ehrengast?, fragte Arion.

Nur noch wenige Augenblicke Geduld, Prinzessin, antwortete der R'Achernon und hörte sich nun irgendwie offizieller an, vielleicht um sie einzustimmen. **Er ist auf dem Weg, aber es gibt eine kleine Verzögerung.**

Eine Verzögerung? Der hochverehrte Clansmeister Craiden verstößt doch nicht etwa gegen das Protokoll? Da ihr spöttischer Ton nichts nutzte, fügte sie ernster – und im Befehlsmodus – hinzu: *Was ist los?*

Clansmeister Craiden weigert sich, seine Waffen abzugeben.

Und?, erwiderte Arion. *Wo ist das Problem? Hat hier irgendjemand Angst, er könnte sein Schwert ziehen und mich damit erstechen?*

Es ist nicht vorgesehen, dass der Befehlshaber einer feindlichen Armee den Thronsaal des R'Achernon mit Waffen betritt.

»Dann ist es eben ab jetzt vorgesehen«, murrte Arion. »Lasst ihn herein. Und komm mir nicht wieder mit deinem Protokoll!«

Sie hatte laut gesprochen, und zumindest in ihrer unmittelbaren Nähe hatten alle ihre Worte gehört – und vor allem ihren gereizten Ton. Erschrockene Gesichter und ratlose Blicke wandten sich in ihre Richtung, und wie die Wellen eines ins Wasser geworfenen Steines breitete sich erschrockene Stille aus; wenigstens bis sich der Ritter in der Plattenrüstung in Arions Richtung drehte, wodurch er eine Gegenwelle aus Quietschen, Scheppern und Klirren verursachte. Arion überlegte zum wiederholten Mal, wer sich hinter dieser martialischen Verkleidung verstecken mochte, kam aber zu keinem Ergebnis. Sie hätte ihm befehlen können, das Visier zu heben, aber das wollte sie nicht. Also versuchte sie eine Verbindung zwischen diesem Schlagetod-Image und dem einen oder anderen Charakter aus ihrem Hofstaat herzustellen; aber diese Auswahl war eindeutig zu groß.

Ihr Blick begegnete dem einer Frau mittleren Alters mit harten Gesichtszügen, die sie im ersten Moment nicht erkannte. Dann informierte sie der R'Achernon darüber, dass es Senatorin Rymer war – was Arion ein wenig erstaunte. Zu behaupten, dass Rymer und sie gute Freundinnen waren, wäre schlichtweg gelogen, aber sie kannte sie doch gut genug – und da Rymers Dependance sie seit jeher rein privat interessiert hatte, sogar deutlich besser als die meisten anderen hier. Umso erstaunter war sie, dass Rymer sich anlässlich dieses Tages nicht nur in ein neues Kleid geworfen hatte, sondern gleich in einen neuen Körper. Arion versuchte, der Senatorin einen fragenden Blick zuzuwerfen, erntete aber nur ein kaltes Glitzern ihrer hellgrünen Augen, die sie als Einziges nicht geändert hatte.

Es ist so weit, Prinzessin.

Nicht nur Arion hatte die Worte des R'Achernon gehört. Mit Ausnahme von Rymer, deren undurchdringlicher Blick ihr Gesicht noch einen winzigen Moment länger festhielt, wandte sich die allgemeine Aufmerksamkeit dem anderen Ende des langen Tisches zu.

Dort stand ein zweiter, fast genauso monströser Stuhl wie der, auf dem sie selbst Platz genommen hatte, außer dass jener um einige Millimeter kleiner geraten war. Niemand hatte sich je die Mühe gemacht, die beiden Möbelstücke miteinander zu vergleichen, aber Arion wusste es trotzdem. Denn selbstverständlich hatte Plixx sich vorhin die Gelegenheit nicht entgehen lassen, sie mit unverhohlen schadenfroher Stimme auf dieses kleine Detail hinzuweisen, wie ebenso darauf, dass die (im Moment) knapp vierzig Meter lange Tafel ganz leicht abfiel, sodass sie auf der Seite, an der Craiden sitzen würde, vielleicht einen Fingerbreit niedriger war. Der R'Achernon hatte erklärend hinzugefügt, dass diese subtile Art der Beeinflussung noch aus Zeiten stammte, in denen Menschen in sogenannten Burgen gelebt hatten; durch sie sollte sich der jeweilige Besucher auf der anderen Seite kleiner und unterlegen vorkommen, und das Ganze natürlich auf einer unterbewussten Ebene.

Ein durchaus spaßiger Gedanke, fand Arion, und bemerkenswert, welch erstaunliches Wissen über die menschliche Psyche er Menschen attestierte, die praktisch gerade erst von den Bäumen heruntergeklettert waren und die Sonne, den Sturm und sogar Wind und Hagelschauer für das Wirken mythischer Götter hielten. Allerdings glaubte sie nicht, dass Clansmeister Craiden sich von solchen Kinkerlitzchen beeindrucken ließ. Falls er sie überhaupt zur Kenntnis nahm, dann würde er sich allerhöchstens darüber amüsieren.

Arion spürte, wie etwas Großes und sehr Starkes hinter ihr aus dem Schatten trat, und fühlte Duras' beruhigende Präsenz. »Prinzessin?«, fragte er und trat an sie heran.

Also gut, dachte sie. *Wie hatte der R'Achernon es doch so treffend ausgedrückt? Augen zu und drauf?*

***Durch*, Prinzessin. Aber im Prinzip stimmt es schon.**

»Hauptmann Duras, bittet unseren Gast herein«, befahl sie mit ruhiger und sehr klarer Stimme. Es wurde still.

Duras neigte gehorsam das Haupt, richtete sich zu seiner momentanen Größe von gut zwei Metern auf und begann, mit gemessenen Schritten am Tisch vorbeizugehen. Als einziges Zugeständnis an die allgemeine Kostümierung hatte er sich einen schwarzen Umhang um die Schultern geworfen, wirkte aber dennoch authentischer als die allermeisten anderen, was einfach daran lag, dass er in seinem schwarzen Panzer aus Licht fressendem Achern ohnehin aussah wie ein mittelalterlicher Ritter.

Er ging sehr langsam – viel langsamer, als nötig gewesen wäre, um keine unziemliche Hast an den Tag zu legen –, aber das hatte seine Richtigkeit. Denn seit dem Moment, in dem er hinter Arions Stuhl getreten war, geschah im Saal nichts mehr zufällig oder willkürlich, sondern war eine getreuliche Wiederholung des gleichen Zeremoniells, das sich hier alle zwanzig Jahre abspielte, seit jenem Tag vor Tausenden von Jahren, an dem Arions

Urgroßmutter den ersten Frieden mit dem damaligen Clansmeister von *Belagerung* ausgehandelt hatte. Jeder Schritt, jede Bewegung und jedes Wort, ja, selbst die Kostüme und jeweiligen Körper, die die anwesenden Senatoren, Minister und Hofschranzen trugen, waren dieselben wie damals. Komisch, dass Arion sich erst jetzt daran erinnerte, denn eigentlich konnte sie nichts vergessen. Im Lichte dieser plötzlichen Erkenntnis nahm sie wenigstens einen Teil des hämischen Spotts zurück, den sie in Gedanken über Ritter Rost ausgeschüttet hatte; möglicherweise hatte der Träger dieser Rüstung damals einen triftigen Grund für diesen Aufzug gehabt.

Sie fragte sich allerdings, welchen Grund Senatorin Rymer gehabt haben mochte, in den Körper einer fünfzigjährigen Buchhalterin zu schlüpfen, die aussah, als wäre schon ein verstohlener Blick in Richtung der Männerumkleidekabine für sie eine erotische Ausschweifung.

Rymer wandte den Kopf und sah sie einen Moment lang aus ihren eisgrünen Augen an, und Arion begriff, dass sie diesen Gedanken gehört hatte. Wieso eigentlich?

Weil die Prinzessin ihn gedacht hat, nicht Arion.

Arion beeilte sich, ihren Blick wieder auf Duras zu konzentrieren, der das Kopfende des Tisches mittlerweile passiert hatte und eine mächtige zweiflügelige Tür ansteuerte, die vor einem Moment noch genauso wenig dagewesen war wie die Wand selbst. Und genauso erschienen scheinbar aus dem Nichts rechts und links der Tür jeweils drei hünenhafte schwarze Gestalten, die identische Kopien von Duras gewesen wären, hätte er nicht den schwarzen Mantel getragen.

Bevor er die Tür öffnete, drehte sich Duras noch einmal zu Arion herum und warf ihr aus seinen schwarzen Augen einen fragenden Blick zu. Und genau wie es das Protokoll vorschrieb, antwortete sie nur mit einem angedeuteten Nicken. Allmählich begann Arion sich wirklich albern vorzukommen. Wenn jede einzelne Geste und jedes Stirnrunzeln und jedes Wort dasselbe wie damals war, was tat sie dann eigentlich hier? Ebenso gut hätte sie auch eine OmegaKopie schicken oder ihrem unwillkommenen Besucher eine HaloShow präsentieren können. Sie bezweifelte, dass er den Unterschied überhaupt bemerken würde.

Weil sich so etwas ... nicht gehört, Prinzessin. Der Clansmeister mag glauben, unser Feind zu sein, aber er verdient dennoch unseren Respekt.

Er mag glauben, unser Feind zu sein ... Eine interessante Formulierung, über die nachzudenken sich möglicherweise lohnte.

Duras öffnete die Tür, während in den Händen seiner sechs identischen Kriegerkopien große Posaunen erschienen, deren blecherner Schall für einen Moment jeden anderen Laut im Saal übertönte und wahrscheinlich die Ohren der Prinzessin zum Klingeln gebracht hätte, wenn der R'Achernon sie nicht dagegen schützte, indem er die entsprechenden Frequenzen blockierte. Es war trotzdem ekelhaft laut, fand Arion, und reichlich misstönend.

Rymer sah schon wieder in ihre Richtung und runzelte die Stirn, und als sie hastig weg- und dabei zufällig in Senator Wundermeers Gesicht sah, stellte Arion fest, dass Katzen sehr wohl grinsen konnten.

Ich bitte Euch, Prinzessin.

Arion verzichtete vorsichtshalber auf eine Antwort, gab dem R'Achernon aber dann recht und verstieß sogleich ein wenig gegen das Protokoll, indem sie die Schultern straffte und sich etwas gerader aufsetzte, um die Tür im Auge zu behalten, durch die Clansmeister Craiden hereinkommen würde.

Sie war wirklich neugierig. Sie hatte eine Menge über den neuen Herrn von *Belagerung* gehört – eigentlich alles, was es über ihn zu wissen gab –, aber ganz bewusst darauf verzichtet, sich auch ein Bild von ihm anzusehen. Wie man sagte, sollte er nicht der Hässlichste unter den Barbaren sein.

»Der Clansherr und Kriegsmeister von *Belagerung* wünscht die Herrin des R'Achernon zu sprechen«, sagte Duras, nachdem die Posaunen endlich verstummt waren. Schallschutz hin oder her, ihre Ohren klingelten.

»Dann lasst ihn eintreten«, antwortete Arion. *War das die richtige Wortwahl?*

Fast.

Rymers Blick bohrte sich in ihren.

Duras wartete einen Sekundenbruchteil lang darauf, dass sie fortfuhr, drehte sich wieder zur Tür und machte eine übertrieben einladende Geste, woraufhin Clansmeister Craiden eintrat.

Offensichtlich hatte man Arion falsch informiert. Craiden war ganz zweifellos eine beeindruckende Erscheinung, aber gutaussehend …?

Er war ein deutliches Stück größer als Duras in seiner augenblicklichen Gestalt und mindestens genauso massig, bestand aber im Gegensatz zum Kommandanten ihrer Leibgarde aus Fleisch und Blut; woran es auch nicht den geringsten Zweifel geben konnte. Er trug relativ wenig Kleidung – schwarze Stoffhosen, die ihm gerade bis an die Knie reichten, einfache Schnürsandalen und einen hüftlangen schwarzen Umhang – und sonst nichts; es sei denn, sie zählte auch den mit martialischem Schmuck verzierten Waffengurt an seiner Taille als Kleidungsstück. Und die zahlreichen Waffen, die daran befestigt waren. Alles andere an ihm bestand nur aus beeindruckenden Muskelsträngen, die sich wie knotige Stricke unter seiner sonnengebräunten Haut abzeichneten, hart wie Eisen und dennoch auf eine Art geschmeidig, dass es eine Freude war, ihrem Spiel zuzusehen. Selbst seinem Gesicht konnte man eine gewisse brutale Attraktivität nicht absprechen, was insbesondere für seine wachen und intelligent funkelnden Augen galt – aber alles oberhalb dieser Augen machte diesen Eindruck sofort wieder zunichte.

Er war nicht wirklich ein Minotaur, hätte aber gute Chancen gehabt, den Job zu bekommen: Sein Kopf war gleich vierfach gehörnt. Die beiden kleineren Hörner, die nur einen Fingerbreit über seinen Augen direkt aus der Stirn wuchsen, hätten durchaus gefährliche Waffen abgegeben, wären sie länger als nur ein Daumen gewesen und hätten sie nicht abgerundete Spitzen gehabt; die beiden anderen sahen dafür umso beeindruckender aus, wie die eines Steinbocks, mehrfach gedreht, ihre Spitzen nach unten gerichtet – aber damit auch nicht unbedingt waffentauglich.

Clansmeister Craiden …?

Nein, das ist Torman, der Kommandant seiner Leibgarde, belehrte sie der R'Achernon. Er klang … überrascht … oder beunruhigt? Sie wusste es nicht. Aber eines von beidem. **Das ist ungewöhnlich. Der Clansmeister sollte den Thronsaal als Erster betreten.**

Sag nicht, der ach so traditionelle Clansmeister Craiden verstößt gegen das Protokoll, dachte sie belustigt.

Der R'Achernon schwieg, und das war vielleicht die beunruhigendste Art, auf ihre Frage zu reagieren.

Arion verscheuchte den Gedanken und konzentrierte sich ganz auf den gehörnten Riesen. Torman hatte die rechte Hand auf den Schwertgriff gelegt, der aus seinem Gürtel ragte (der R'Achernon informierte sie im Hintergrund darüber, dass es ihm unmöglich sein würde, die Waffe zu ziehen), und sah sich rasch in alle Richtungen aus seinen so bedrohlich wachen Augen um. Zum Abschluss musterte er einen langen Moment den schwarzen Riesen neben sich und nickte dann knapp, als wäre er mit der Situation zwar nicht unbedingt zufrieden, könnte sie aber notfalls akzeptieren. Schließlich drehte er sich mit einem Ruck herum und ging wieder hinaus.

»Und das entspricht jetzt deinem heiß geliebten Protokoll?« Arion stellte die Frage ganz bewusst laut.

Nein. Und es ist nicht witzig, Prinzessin. Ihr könntet in Gefahr sein. Wir sollten dieses ganze Affentheater beenden und Craiden und seine Barbarenhorde festsetzen.

Sie mochte das Wort *Affentheater*. Trotzdem schüttelte sie den Kopf. *Untersteh dich! Das gefällt mir.*

Mir nicht. Aber wie Ihr meint, Prinzessin. Vernahm sie etwa ein resignierendes Seufzen in der lautlosen Stimme in ihrem Kopf?

Die Posaunen schmetterten ein zweites und sogar noch ein drittes Mal, und plötzlich hielt Duras einen fast mannslangen schwarzen Zeremonienstab in der Hand, den er dreimal so wuchtig auf den Boden stieß, dass Arion fast das Gefühl hatte, der mächtige steinerne Tisch hätte im gleichen Takt gezittert. »Lord Craiden, der Meister aller Clans, begehrt, die Königin des R'Achernon und Beherrscherin der Welt zu sprechen!«, verkündete er mit lauter und schon fast übertrieben modulierter Stimme.

Das Tor schwang weiter auf, die Posaunen schmetterten noch einmal, und schließlich – begleitet von Torman und in kurzem Abstand gefolgt von den sechs größten und muskulösesten Quorrl, die Arion jemals gesehen hatte – betrat Clansmeister Craiden den Thronsaal.

Eigentlich war der Barbarenhäuptling kleiner als Torman und schon gar nicht breitschultriger oder gar muskulöser, wirkte aber trotzdem irgendwie größer. Er hatte etwas ... *Beeindruckendes* an sich, das Arion zwar nicht in Worte fassen konnte, das es ihr aber sofort und absolut unmöglich machte, ihn nicht anzustarren. Craiden war komplett in dunkles Leder gekleidet, abgesehen von dem mit Silber verzierten Waffengürtel, aus dem ein schlankes Schwert ragte. Er hatte langes, bis weit über die Schultern fallendes, gewelltes Haar, das von einem schmalen Stirnband mit einem fünfzackigen silbernen Stern mehr schlecht als recht gebändigt wurde, und sein Gesicht war ganz unzweifelhaft das eines Barbaren – wenn auch eines sehr attraktiven Barbaren. Es strahlte ebenso Kraft wie Erbarmungslosigkeit aus und eine Willensstärke, die nahezu so groß zu sein schien wie die Härte des schwarzen Achern, der sie ringsum umgab.

Aber an Craiden war auch noch etwas anderes. Etwas ganz und gar Unerwartetes und zugleich Verwirrendes ... wie auf fast schon unheimliche Weise Vertrautes. Arion sog so überrascht die Luft durch die Nase ein, dass Senatorin Rymer schon wieder den Kopf in ihre Richtung drehte und sie mit einem tadelnden Blick maß.

Prinzessin ...

Arion erwachte aus ihrer Starre, erteilte sich selbst in Gedanken einen scharfen Verweis, bevor der R'Achernon (oder gar Rymer) es tun konnte, und stand eine Spur zu hastig auf. Craiden sah sie mit vollkommen unbewegter Miene an, aber der Blick seiner dunklen Augen wirkte mit einem Male noch sehr viel wacher, und Arion empfand erneut dieses sonderbare Gefühl von Vertrautheit. Das war verrückt. Vielleicht war ihr ja doch ein Bild von ihm untergekommen, ohne dass sie gewusst hatte, wen sie darauf wirklich sah. Oder Craiden verfügte über ein Charisma, das noch ein gutes Stück größer war als der R'Achernon. Schließlich musste es doch irgendeinen Grund dafür geben, dass er in weniger als zehn Jahren zum Herrscher einer Stadt mit dreieinhalb Milliarden Einwohnern aufgestiegen war.

»Clansmeister Craiden«, begann Arion. »Die Herrscherin des R'Achernon und ihre Untergebenen heißen Euch willkommen. Möge der Friede dieses Ortes nicht gestört werden. Seid unser Gast, teilt unser Brot und unseren Wein mit uns und tragt Euer Anliegen vor.«

Es waren die traditionellen Worte, die ihre Urgroßmutter angeblich vor Tausenden von Jahren zum ersten Kriegsherrn der vereinigten Clans gesprochen hatte.

Craiden trat einen weiteren Schritt vor, legte die Hand auf den Schwertgriff an seiner Seite und antwortete ganz und gar nicht protokollgemäß: »Vielen Dank für die Einladung, Majestät. Wir nehmen sie gerne an. Meine Männer und ich sind hungrig. Und könnten wir vielleicht mit diesem Quatsch aufhören?«

Mardu Er hatte zum zweiten Mal an diesem Tag das Unmögliche vollbracht und war den Herrschern des Schwarzen Turms erneut entkommen – allmählich begann Mardu sein eigenes Glück fast ein bisschen unheimlich zu werden.

Aber vielleicht hatte das Ganze mit Glück ja auch weniger zu tun, als er bisher angenommen hatte.

Jegliches Zeitgefühl war General Mardu längst abhandengekommen. Sein Verstand sagte ihm, dass er seit mindestens einer Stunde unterwegs sein musste, wenn nicht gar einem Mehrfachen dieser Zeiteinheit, aber er konnte sich nicht einmal mehr genau erinnern, wie er hierhergekommen war – geschweige denn, wo dieses *Hier* war. Doch mit jedem Moment, der verging, wuchs in Mardu die Überzeugung, ein Auserwählter zu sein, ein

Liebling des Schicksals. Das bewies allein die simple Tatsache, dass er immer noch lebte.

Um an diesem Zustand festzuhalten, würgte Mardu den trotzig wiederkehrenden Gedanken in seinem Kopf ab und spähte über den Rand der vom Feuer geschwärzten Mauer, hinter der er Deckung gesucht hatte, wobei er das nahezu unmögliche Kunststück vollbrachte, sowohl den Himmel über sich als auch die Straße vor ihm zugleich und aufmerksam genug im Auge zu behalten, damit ihm nicht die kleinste Kleinigkeit entging. Was den Himmel anging, war das kein Problem: Er war azurblau, vollkommen wolkenlos und schon fast beunruhigend leer. Die Straße vor ihm war dafür umso belebter … falls man das Treiben darauf wirklich Leben nennen wollte. Mardu war in diesem Punkt nicht ganz sicher, nahm dafür aber an, dass dem Großteil der Überlebenden dort unten ihre Existenz vermutlich nicht mehr wirklich lebenswert erschien.

General Mardu hielt sich im Allgemeinen (und zu Recht) für einen harten Hund, aber das, was er auf der Straße sah, ging ihm nahe. Seine Herzen schlugen schneller, als sie sollten, und unter seiner Zunge sammelte sich bitterer Speichel. Von Zeit zu Zeit spukte er ihn aus, statt ihn ganz instinktiv herunterzuschlucken, wodurch ihm zu allem Überfluss bestimmt auch noch schlecht geworden wäre. Und da war ein sonderbares Nagen in ihm, von dem er mutmaßte, dass es Mitleid war. Weil er dieses Gefühl bisher nur vom reinen Wortklang her kannte, war Mardu fast ein bisschen stolz auf sich, dass er angesichts dieser grauenerregenden Szenerie ein so menschliches Gefühl in sich entdeckt hatte.

Etwas näherte sich, summend und die makellose Unberührtheit des Himmels über Mardu störend, und wie schon ein paarmal zuvor warnte ihn ein geheimnisvoller Instinkt gerade noch rechtzeitig, um sich die Zeit zu verschaffen, die er für seine Flucht brauchte. Er sprang hinter seiner improvisierten Deckung hervor und huschte in ein richtiges Versteck; in diesem Fall hinter eine leicht deformierte Tür, die ins Innere eines zerstörten Gebäudes führte. Mit angehaltenem Atem wartete er, bis der

Libellenschatten über die Stelle hinweggehuscht war, an der er gerade noch gelegen hatte, fügte noch einige Herzschläge hinzu und setzte dann dazu an, sein Versteck wieder zu verlassen. Doch statt es zu tun, wich er einen Schritt von der Tür zurück und strengte die Augen an, um mehr von seiner Umgebung zu erkennen – wenn auch nur mit geringem Erfolg.

Das lag weniger an Mardus Augen als vielmehr daran, dass es in dem verfallenen Gebäude nicht besonders viel zu sehen gab. Der Raum war leer und roch nach Feuer sowie anderen verbrannten Dingen (einige davon mochten geschrien haben, während sie zu Asche zerfielen), und unter seinen Füßen knisterte es, als bewege er sich auf einer dünnen Schicht aus Glas, die unter seinem Gewicht zu zerbrechen drohte. Die Einrichtung, so schäbig sie auch aussah, war zum größten Teil unversehrt geblieben, was den Eindruck bestätigte, den Mardu auf dem letzten Stück des Weges gewonnen hatte: Er war aus der absoluten Todeszone, die Craidens Techmagie-Bombe entfesselt hatte, heraus und in den nächsten Bereich gekommen, für dessen Beschreibung ihm noch das richtige Wort fehlte.

Der Feuersturm hatte auch hier die Straßen leergefegt und alles in Brand gesetzt, was nicht aus Metall, Glas oder einem vergleichbaren Material bestanden hatte, und die Druckwelle war immer noch hart genug gewesen, um die meisten Gebäude ein wenig in Schieflage zu bringen und ausnahmslos alle Fenster von ihren Glasfüllungen zu befreien. Dennoch hatten Hitze und Druck in diesem Teil von *Belagerung* nicht mehr ausgereicht, Stein zu schmelzen und auch innerhalb der Gebäude alles Lebendige auf der Stelle verdampfen zu lassen. Was viele der armen Teufel, die er gerade draußen auf der Straße gesehen hatte, sicherlich zutiefst bedauerten.

Mardu ging schwerfällig ein paar Schritte weiter in diesen sonderbar missgestalteten Raum hinein und fand nahezu auf Anhieb, wonach er suchte. Trotz der Millionen Unterschiede, die es in der Stadt gab, waren sich sämtliche Gebäude in *Belagerung* auch irgendwie gleich. Denn auch hier befand sich eine Wendeltreppe aus schwarzem Metall, die wie ein rostiges Schneckenhaus lotrecht in die Tiefe führte. Und noch etwas war in diesem Haus ganz genauso wie auch sonst überall auf dem Weg hierher.

Mardu fluchte ungehemmt, hob ganz instinktiv die Arme vor das Gesicht und wankte ein paar Schritte zurück, als er den Schwall erstickender Hitze spürte, der ihm aus dem Kellergeschoss entgegenschlug. Die Erde atmete heißen Brodem aus, einen trocken glühenden Hauch, der seine Haut zu verbrennen trachtete wie der Atem eines zornigen Drachen. Vielmehr wütend auf sich selbst (und das Schicksal) als schmerzerfüllt stolperte Mardu einen weiteren Schritt zurück, nahm endlich die Arme herunter und funkelte die Treppe an wie einen persönlichen Feind.

Es war nicht das erste Mal, dass er auf die naheliegende Idee gekommen war, in den Untergrund zu flüchten. Nein, ganz gewiss nicht. Und erst recht nicht, nachdem er aus der Luft gejagt wurde. *Belagerung* war ein Monstrum, das sich über einen ganzen Kontinent erstreckte, das seine Tentakel aber auch tief in den Untergrund grub: Etagen um Etagen ineinandergeschachtelter Keller, Treppen, Gänge, Tunnel und Katakomben, eine Stadt unter der Stadt, ein eigenes Universum voller Raum, in dem alle Heliothopther des anderen Universums ihn vergeblich suchen konnten.

Wäre ihm dieser Weg nur nicht verwehrt gewesen.

Am Anfang hatte Mardu geglaubt, er wäre einfach noch zu nahe am Zentrum der titanischen Explosion, noch innerhalb der inneren Todeszone, in der der Boden die Hitze länger speicherte, der Wind und die Weite des Himmels darüber sie jedoch längst davongetragen hatten. Aber es war überall dasselbe. Mardu hatte es mindestens ein Dutzend Mal versucht und jedes Mal erfolglos, bei jeder Treppe, die er ausprobiert, jeden Abstieg, den er gefunden, und jeder Leiter, die er entdeckt hatte: Überall schlug ihm derselbe, höllische Hauch aus purer Hitze entgegen.

Es war, als hätte die Erde selbst Feuer gefangen. Die Flammen auf der Oberfläche waren erloschen, doch tief unter Mardus Füßen schien sich das Feuer noch immer weiter und weiter zu fressen. Vielleicht würde es dort niemals erlöschen, sondern sich nur tiefer in das Herz des Planeten hineinfressen und ihn zur Gänze aufzehren. Hatte der Clansmeister nicht sogar etwas in dieser Art angedeutet?

Mardu verscheuchte den Gedanken, wandte sich mit einem Ruck um und ging wieder zur Tür zurück. Die allermeisten dieser Gebäude waren miteinander verbunden, wie er wusste, und mit nur ein ganz klein bisschen Glück konnte er Meilen zurücklegen, ohne auch nur einen einzigen Schritt auf die Straße hinaustreten zu müssen. Aber irgendetwas an dieser Vorstellung bereitete ihm großes Unbehagen.

Aufmerksam sah er nach oben, suchte den Himmel ab und entschied nach einem kurzen Moment, das Risiko, draußen zu bleiben, einzugehen. Wahrscheinlich war mittlerweile ein Dutzend Heliothopther hinter ihm her, aber nun hatten sich die Dinge geändert. Er irrte nicht mehr durch menschenleere Straßen, in denen er schon auf den ersten Blick und aus großer Höhe sichtbar war – und Vernunft hin oder her: Hatten die Götter nicht längst bewiesen, dass sie ihre schützenden Hände über ihn hielten?

Mardu schob grimmig die Unterlippe vor, trat auf die Straße hinaus und warf dem leeren Himmel einen fast schon herausfordernden Blick zu, während er sich rasch nach rechts wandte.

Ein warmer, brandig riechender Wind schlug ihm entgegen, und Mardu verzog angeekelt das Gesicht, als ihm klar wurde, woraus ein Gutteil des grauen Staubes bestand, der sich klebrig auf seine Haut legte. Außerdem war das hohle Winseln, das er hörte, nicht nur das Geräusch des Windes, der in leeren Fensterhöhlen, an zerbrochenen Erkern und zwischen eingestürzten Dachgiebeln pfiff, sondern ein echtes Wehklagen und Jammern, das mit jedem Schritt, den er sich dem Tal des Todes näherte, in das sich die Straße verwandelt hatte, lauter zu werden schien.

Auf seine eigene Art war der Anblick gespenstisch: Noch vor wenigen Augenblicken war Mardu durch Straßenschluchten und Alleen gerannt, die vom Feuer sterilisiert worden waren, und vor nicht einmal sehr langer Zeit herrschte auch hier absolute Leere.

Nichts Lebendiges hatte den Feuersturm überstanden, der von Craidens Techmagie-Waffe entfesselt worden war. Zumindest in den Häusern hatte es Überlebende gegeben, die nun nach und nach wieder ins Freie krochen, manche wie durch ein Wunder unversehrt, aber mit leeren Gesichtern, aus denen das Entsetzen jedes Gefühl getilgt hatte, andere auch schrecklich verletzt und verbrannt. Viele weinten oder wimmerten vor Schmerz, die meisten aber litten schweigend, was ihren Anblick sonderbarerweise aber fast noch schlimmer zu machen schien. Da waren leere Gesichter und noch leerere Augen, in denen Mardu einfach nur große Fassungslosigkeit las. Die meisten dieser Menschen, begriff er verwirrt, waren nicht einmal zornig auf das Schicksal, das ihnen ebenso grundlos wie ohne Warnung Schreckliches angetan hatte – sie verstanden es nicht einmal. Sie starrten Mardu einfach mit den großen Augen eines Kindes an, das von seinem geliebten Vater vollkommen grundlos geschlagen worden war und die Ursache dafür nun bei sich suchte.

Mardu schüttelte auch diesen Gedanken ab, der so gar nicht zu ihm passen wollte, beschleunigte seine Schritte noch ein bisschen und versuchte zugleich, einen schlingernden Zickzackkurs einzuschlagen, der ihn unauffällig tiefer in die immer größer werdende Menge der Überlebenden hineinführte, ohne dass er den schrecklich verbrannten Gestalten dabei nahe genug kam, um sie etwa zu berühren. Immer gelang ihm das nicht, und mehr als einmal überkam ihn ein heftiges Ekelgefühl, wenn er mit einer der bedauernswerten Gestalten zusammenstieß. Hände griffen nach ihm, wie um Hilfe zu erbetteln, die er ihnen nicht geben konnte. Manchmal folgten leere Augen seinem Weg ein Stück und verloren dann wieder das Interesse an ihm, falls sie ihn überhaupt wahrgenommen hatten.

Spätestens jetzt, als sich Mardu zwischen den Opfern der Explosion hindurchzwängte, hätte er zumindest einen Anflug von schlechtem Gewissen verspüren sollen – schließlich hatte er höchstpersönlich auf den Knopf gedrückt, durch den das Höllenfeuer entfesselt worden war. Genauso gut, flüsterte eine leise Stimme hinter seiner Stirn, hätte er auch einen Flammenwerfer nehmen und jeden dieser armen Hunde hier höchstpersönlich abfackeln können.

Irgendwie gelang es ihm, die nervige Stimme zum Verstummen zu bringen, und statt aus der Menge dieser ebenso bedauernswerten wie widerwärtigen Kreaturen zu fliehen, schritt er nur noch tiefer in sie hinein. Sie beleidigten sowohl seinen Geruchssinn als auch sein allgemeines Ästhetikempfinden, boten aber einen vorzüglichen Schutz vor einer Entdeckung aus der Luft, der einzigen Richtung, aus der ihm wirklich Gefahr drohte.

Die Straße war mindestens zwei Meilen lang, wenn nicht mehr, und weil die Luft noch immer so voller Staub war, konnte Mardu manche Umrisse nur verschwommen als ineinander gestauchte Schemen wahrnehmen. Wenn er es bis ans Ende der Straße schaffte, dann war er vermutlich in Sicherheit. Hinter ihm lag die Hölle, aber irgendwann würde er wieder in einen Teil der Stadt gelangen, für den der grelle Blitz am Horizont nicht mehr als eine kleine Absonderlichkeit gewesen war, kaum eines Blicks und allenfalls ein Stirnrunzeln wert. Auf dem Weg hierher hatte Mardu Schreckliches gesehen, und im Moment sah er noch ungleich Schrecklicheres, aber verglichen mit der unvorstellbaren Größe von *Belagerung* waren selbst die Verheerungen, die eine explodierende Atombombe anrichtete, nicht mehr als Fliegenschiss. Wenn er es schaffte, dorthin zu gelangen, war er gerettet. Und seine Chancen standen gar nicht einmal so schlecht.

Ein weiterer Libellenschatten strich wie der eines Raubvogels über die Menschenmenge auf der Straße, und Mardu musste mit Macht dagegen ankämpfen, den Kopf zu heben und den verfluchten Gegner nur mit der puren Kraft seines Hasses vom Himmel zu fegen. Er fragte sich, ob die verfluchten Herrscher des ebenso verfluchten Schwarzen Turms noch andere Möglichkeiten hatten, ihn inmitten dieser gewaltigen Menschenmenge aufzuspüren – doch wenn es so wäre, hätte er sich diese Frage wohl schwerlich lebendig stellen können. Nur noch diese knapp zwei Meilen, die er durch die Flut aus sterbendem menschlichem Abschaum waten musste, und er wäre in Sicherheit …

Wieder flog der Heliothopther auf brummenden Flügeln in kaum zehn Metern Höhe über die Straße, und diesmal tat er es so langsam, dass Mardu die bohrenden Blicke fast körperlich zu spüren glaubte, mit denen der Lenker über ihm die Menschenmenge musterte. War es möglich, fragte er sich beunruhigt, dass sie wussten, wie er aussah? Was, wenn eine der drei Monstrositäten, die er erledigt hatte, sein Äußeres auf irgendeine geheimnisvolle Weise aufgefangen und an die anderen Ungeheuer weitergegeben hatte? Mardu konnte sich beim besten Willen nicht vorstellen, wie das funktionieren sollte, aber er wusste auch, dass es auf der Welt viele Dinge gab, die er sich nicht vorstellen konnte, und schließlich sagte man diesen dreimal vermaledeiten Ungeheuern ja die reinsten Wunderkräfte nach.

Aber noch vor einer guten Stunde hatte er auch geglaubt, dass sie unverwundbar seien.

Sein Blick erfasste eine hässliche Quorrl-Frau, deren Beine von den Kniekehlen abwärts nur noch verkohlte Stümpfe waren. Sie lag auf der Seite, und wie es die Art ihres Volkes war, gab sie nicht den geringsten Klagelaut von sich; stattdessen versuchte sie, sich mit der enormen Kraft ihrer beeindruckenden Muskeln in die Höhe zu stemmen. Sie trug einen durchlöcherten Mantel aus schuppigem Leder, der in Mardus Augen verdächtige Ähnlichkeit mit der Haut eines ihrer eigenen Brüder hatte. Mit der rechten Hand umklammerte sie etwas, das irgendwann einmal lebendig gewesen sein musste, jetzt aber genauso verbrannt war wie ihre Füße. Als Mardu sich über sie beugte, maß sie ihn mit einem Blick, der gleichermaßen flehend wie von der angeborenen, ziellosen Wut erfüllt war, die ihr gesamtes Volk auszeichnete und es zu so perfekten Kriegern machte.

Mardu kniete neben ihr nieder, legte die linke Hand in ihren Nacken, wie um ihr bei dem vergeblichen Versuch zu helfen, sich auf die verbrannten Beinstümpfe hochzustemmen, und löste mit der anderen Hand verstohlen den Scanner vom Gürtel. Indem er das abgerundete Ende der Waffe durch eines der zahllosen Löcher ihres Mantels schob und direkt auf ihre schuppige Haut setzte, erfolgte keine verräterische Explosion. Die Quorrl-Frau zitterte nur einmal kurz, als sich ein Gutteil ihrer inneren Organe verflüssigte, und erschlaffte dann so plötzlich in seinen Armen, dass er Mühe hatte, sie zu Boden sinken zu lassen, statt unter ihrem Gewicht einfach begraben zu werden. Trotzdem gelang ihm das Kunststück, die Waffe ebenso unauffällig, wie er sie gezogen hatte, wieder verschwinden zu lassen, und außerdem die Quorrl-Frau auch ihres Mantels zu entledigen und ihn sich selbst um die Schultern zu werfen. Sein Gewicht überraschte ihn, und irgendetwas, das an seiner Innenseite befestigt war, schrammte schmerzhaft über seine wunde Haut. Er wollte nachsehen, sein Blick begegnete aber in diesem Moment dem eines mageren blonden Jungen, der ihn aus großen Augen anstarrte. Er hatte alles gesehen, begriff Mardu.

Einen Moment lang überlegte er, den Jungen ebenfalls zu erschießen, senkte die Hand wieder auf den Scanner und zog sie dann zurück – nicht weil er die plötzliche Furcht in den Augen des Jungen erkannte, sondern weil ein weiterer Schuss einfach zu auffällig gewesen wäre.

Stattdessen trat er mit zwei schnellen Schritten auf den Jungen zu und maß ihn mit einem Blick von Kopf bis Fuß. Sein Alter war unmöglich zu schätzen, aber er war noch jung, und unter dem Entsetzen über das, was er gerade mit angesehen hatte, meinte Mardu noch etwas anderes und sehr Waches zu erkennen.

»Sie hatte Schmerzen und wäre nicht mehr gesund geworden«, sagte er.

»Du wolltest ihren Mantel stehlen«, erwiderte der Junge.

»Ich habe sie erlöst«, verbesserte ihn Mardu beinahe sanft. Seine Hand strich wieder über den Scanner.

Der Blick des Jungen flackerte, löste sich kaum von dem Mantel und versuchte vergeblich, sich auf sein Gesicht zu richten. »Ja, das habt Ihr, Herr«, antwortete er nervös.

»Weißt du, wer ich bin?«

Hastiges Kopfschütteln.

»Hast du schon einmal von General Mardu gehört«, fragte Mardu weiter und bekam diesmal ein nervöses Nicken zur Antwort, von dem er ahnte, dass es gelogen war. Abgesehen davon, dass diese Reaktion gegen seinen Stolz verstieß, hätte Mardu jede andere Antwort auch überrascht. Sie befanden sich nicht in einem Teil der Stadt, in dem Clansmeister Craiden und sein Heerführer besonders bekannt gewesen wären – oder gar beliebt. Craiden war schließlich nicht so dämlich, seine Bombe in einer Gegend zu zünden, in der seine erklärten Anhänger lebten.

»Wie ist dein Name, Junge?«, fragte Mardu.

»Quizzack, Herr.«

Was für ein bescheuerter Name.

»Was für ein hübscher Name, Quizzack«, erwiderte Mardu, »und du scheinst mir auch ein kluger Bursche zu sein. Ich ernenne dich hiermit zu meinem Adjutanten. Ich wurde nämlich von meinen Truppen getrennt und muss wieder zurück ins Hauptquartier. Bring mich dorthin, und du bekommst eine Belohnung.«

»Aber ich weiß doch gar nicht, wo …«

»Kennst du den Weg zum Himmelsbahnhof?«

Der Junge nickte, und Mardu tat dasselbe und fuhr fort: »Dann bring mich dorthin.«

Quizzack begann unruhig von einem Fuß auf den anderen zu treten. »Aber ich habe schon eine Arbeit, Herr, und ich weiß auch gar nicht, was ein Adjutant tut!«

»Alles, was ich sage«, belehrte ihn Mardu grob und legte vorsichtshalber die Hand wieder auf den Scanner, was den Jungen davon abhielt, weitere überflüssige Fragen zu stellen. Stattdessen drehte er sich auf dem Absatz herum und eilte so schnell voraus, dass Mardu alle Mühe hatte, nicht den Anschluss zu verlieren. Wahrscheinlich hoffte der Knabe insgeheim, dass genau das geschah.

Mardu holte mit ein paar energischen Schritten zu ihm auf, warf ihm einen grimmigen Blick zu und legte die Hand wie zufällig erneut auf den Scanner, woraufhin der Junge bewies, dass er tatsächlich so helle war, wie Mardu angenommen hatte, denn er ging jetzt wieder etwas langsamer.

»Kannst du mir sagen, was passiert ist, Mardu?«, fragte er nach einer Weile. »Dieser Blitz! Woher ist er gekommen?«

»*Ihr*«, verbesserte ihn Mardu streng. »Und *General.*«

Quizzack streifte ihn mit einem hilflosen Blick, und Mardu beschloss, ihn ausnahmsweise nicht zu schlagen und einmal Gnade vor Recht ergehen zu lassen. Stattdessen zuckte er nur die Achseln. »Irgendeine verdammte Teufelei des Schwarzen Turms, nehme ich an.«

»Der R'Achernon?« Quizzack blinzelte noch verwirrter. »Aber warum sollten sie das tun? Seine Bewohner geben uns alles, was wir zum Leben brauchen, und schützen uns vor Gefahren!«

Mardu lachte humorlos. »Außer vor sich selbst. Wer hat dir diesen Unsinn erzählt, Junge?«

»Nun, das ... das weiß doch jeder«, antwortete Quizzack unsicher. »Sie haben uns die Mannamaschinen gegeben, sie betreiben die Heiler und bewahren uns vor Krankheiten und Unwetter.«

»Und lassen Feuer vom Himmel regnen, wenn ihnen gerade danach ist«, schnaubte Mardu. »Du musst noch eine Menge lernen, mein junger Freund. Die Dinge sind nicht immer so, wie sie scheinen.« Da er das Gefühl hatte, in diesem Moment könnte ein bisschen Großmut nicht schaden, fügte er hinzu: »Ich werde dich alles lehren, was du über die Welt wissen musst, Junge. Schließlich kann ich keinen dummen Adjutanten brauchen.«

Quizzacks Blick wirkte jetzt so hilflos, dass er Mardu beinahe leidtat. Er setzte sogar zu einer entsprechend verwunderten Frage an, doch in diesem Moment erscholl hinter ihnen ein ebenso lautstarkes wie lang anhaltendes Poltern. Als Mardu erschrocken den Kopf drehte, sah er, wie ebenjenes Gebäude zusammenstürzte, in dem er sich vor wenigen Minuten noch aufgehalten hatte. Anscheinend war er doch nicht so schlecht beraten gewesen, auf sein vermeintlich grundloses Unbehagen zu hören.

Die Fassade war allerdings nicht von selbst zusammengebrochen. Nachdem sich der Staub weitestgehend verzogen hatte und Mardu mehr als nur graue Schlieren wahrnehmen konnte, sah er einen riesigen Schädel mit einem Paar noch größerer Facettenaugen aus den Trümmern auftauchen. Gleich darauf brach ein kleines Stück daneben auch noch ein zweiter Heliothopther durch eine vom Feuer geschwächte Wand, die dem Aufprall seines biomechanischen Monsterleibes nicht mehr viel entgegenzusetzen hatte.

Der Tenor des allgemeinen Wehklagens änderte sich schlagartig, als sich Schreie und entsetzte Rufe unter das anhaltende Geräusch von zusammenbrechendem Mauerwerk mischten. Menschen gerieten in Panik. Wer es noch konnte, rannte oder kroch vor den beiden albtraumhaften Geschöpfen davon, die plötzlich hinter ihnen auftauchten.

Allerdings machten die beiden Ungeheuer keine Anstalten, tatsächlich über die fliehenden Menschen herzufallen, sondern steckten nur sondierend die Köpfe ins Freie, und Mardu hatte das unbehagliche Gefühl, der Blick ihrer kalten Facettenaugen würde aufmerksam über jedes einzelne Gesicht in der Menge tasten.

Gerade noch rechtzeitig drehte er sich herum und war nicht einmal besonders erstaunt, auf der anderen Straßenseite einen weiteren hässlichen Insektenkopf auftauchen zu sehen. Das Ungetüm hatte darauf verzichtet, mit Gewalt durch die Wand zu brechen, sondern glotzte aus einem brandgeschwärzten Fenster, das aussah, als hätte es schon seit einem Jahrhundert keine Glasscheibe mehr. Wie die beiden anderen hatte auch dieser Heliothopther keinen Lenker, aber Mardu meinte, eine schwerfällige Bewegung in den Schatten hinter ihm wahrzunehmen, und hörte ein anhaltendes Poltern und Krachen, als würden dort drinnen Türen zermalmt und Zwischenwände eingerissen werden.

»Was geschieht hier?«, fragte er unsicher. Seine beiden Herzen schlugen wild.

Quizzack hob nur die Schultern. »So etwas … haben sie noch nie getan«, sagte er. Sein Blick löste sich von dem monströsen, insektenköpfigen Wesen und beobachtete Mardus Gesicht. »Es sieht fast so aus, als würden sie etwas suchen.« *Oder jemanden.*

Mardu fiel erst jetzt auf, dass der Junge als einer von sehr wenigen in seiner unmittelbaren Umgebung nicht in Panik geraten war, während sich andere kopflos in Sicherheit zu bringen versuchten. Ganz im Gegenteil – Quizzack wirkte sehr aufmerksam und auch ein bisschen nervös, aber eigentlich nicht wirklich ängstlich. Was zweifellos an Mardus Nähe lag. Der Junge kannte ihn zwar nicht, aber er musste wohl instinktiv spüren, dass ihm nichts zustoßen konnte, solange er in der Nähe des Auserwählten blieb.

»Wenn ich es mir recht überlege«, fuhr Quizzack nach einer weiteren Weile fort, »dann habe ich überhaupt noch nie so viele Heliothopther auf einem Haufen gesehen. Ich frage mich, was das zu bedeuten hat.«

Als ob er überhaupt jemals eines dieser Ungeheuer aus der Nähe gesehen hätte!, dachte Mardu. »Warum gehst du nicht hin und fragst sie selbst?«, gab er höhnisch zurück, schnitt ihm aber sofort mit einer ruppigen Geste das Wort ab und deutete die Straße hinab. So schnell die Panik unter den Überlebenden ausgebrochen war, so rasch legte sie sich wieder. All diese Menschen hatten einfach nicht mehr die Kraft, um wirklich in Panik zu geraten.

»Los, Quizzack! Es ist ein weiter Weg zum Himmelsbahnhof«, erklärte Mardu.

»Und viel zu weit für einen Tag«, korrigierte sein frisch gebackener Adjutant, setzte sich aber dennoch gehorsam in Bewegung.

Nach wenigen Schritten blieb er abrupt wieder stehen.

Die drei Heliothopther in den Häusern rechts und links der Straße waren nicht die einzigen. Eine komplette Patrouille – diesmal *mit* ihren Lenkern! – war am anderen Ende der Straße erschienen und sank mit surrenden Flügeln direkt in die Menschenmenge hinein. Menschen, Quorrl und eine Anzahl anderer, ihm gänzlich unbekannter Stadtbewohner flohen in erneut ausbrechender Panik vor den drei neuen Kolossen. Nicht allen gelang es.

Mardu sah rasch über die Schulter zurück, stellte ohne Überraschung fest, dass sich das Bild spiegelverkehrt hinter ihm wiederholte, und registrierte mit noch sehr viel weniger Überraschung, dass noch einmal drei Heliothopther in der Luft über der Straße erschienen waren, wo sie mit heftig schlagenden Flügeln auf und ab schwirrten, niedrig und deutlich langsamer, als er es überhaupt für möglich gehalten hatte.

Mardu senkte unauffällig den Blick, schlug den Kragen seines Mantels hoch und tastete zuerst ganz instinktiv nach dem Scanner, doch dann streckte er die Hand stattdessen nach der jüngst erbeuteten Lenkerwaffe aus. Sie zu benutzen, wäre in diesem Moment zwar reiner Selbstmord, aber allein sie zu berühren, beruhigte ihn.

Allerdings war dies auch schon das einzig Beruhigende. Denn spätestens, als Mardu klar wurde, was das sonderbare Verhalten der Heliothopther bedeutete, wusste er: Er saß in der Scheiße.

»Das ist beunruhigend«, sagte Quizzack. »Ihr könnt Euch wohl nicht erklären, wonach sie suchen, General?«

Mardu fand nicht, dass dem Burschen (oder sonst jemandem, von Clansmeister Craiden vielleicht einmal abgesehen) ein solch süffisanter Tonfall zustand, aber er würde ihn später für diese Unverschämtheit ihm gegenüber bestrafen. Im Moment hatte er andere Probleme. Die drei Heliothopther blockierten inzwischen die Straße vor ihnen auf ganzer Breite und hatten nur einen schmalen Durchgang freigelassen. Ihre Lenker waren abgesessen. Zwei von ihnen hatten ihre unheimlichen Waffen gezogen und beobachteten die Menge vor sich aufmerksam, während der dritte damit begonnen hatte, einen Flüchtling nach dem anderen durch die schmale Gasse passieren zu lassen, wobei er sich die Zeit nahm, aufmerksam in jedes einzelne Gesicht zu blicken. Sie wussten, wie er aussah, und sie wussten wenigstens ungefähr, wo er war, begriff Mardu schaudernd. Er fragte sich, warum sie nicht einfach das Feuer auf die Menge eröffneten und danach in aller Ruhe nach seiner Leiche suchten. Sie hatten jedes Recht dazu. Auf der Straße hielten sich Hunderte von Überlebenden auf, aber nicht einmal annähernd die dreitausend, die ihnen als Vergeltung zustanden. Das konnte nur eines bedeuten, dachte er verdrießlich. Sie wollten ihn lebend.

»Kennst du einen anderen Weg hier heraus?«, fragte Mardu den Jungen.

»Ihr meint, ohne an denen da vorbeizumüssen?« Quizzack machte eine Kopfbewegung auf die lebende Straßensperre.

Dann registrierte Mardu etwas, was ihm bisher noch nicht aufgefallen war: Nur sehr wenige der Überlebenden zeigten besonderes Interesse daran, freiwillig durch die Lücke zwischen den monströsen Facettenaugen und aufgeregt klappernden Mandibeln hindurchzugehen. Mardu konnte es ihnen nicht verdenken. Die lebendige Straßensperre stand jedoch nicht still, sondern hatte sich ihrerseits langsam in Bewegung gesetzt, wobei die beiden Lenker pedantisch jeden einzelnen Toten und Schwerverletzten in Augenschein nahmen, bevor die chitingepanzerten Beine ihrer monströsen Reittiere über sie hinwegstapften. Mardu musste nicht hinter sich blicken, um zu wissen, dass sich dort genau dasselbe Bild bot. Die beiden Patrouillen bewegten sich aufeinander zu und würden auf diese Weise jeden Einzelnen in diesem Korridor kontrollieren – egal ob lebendig, verletzt oder tot. Diese Prozedur mochte eine Stunde dauern oder auch zwei, änderte aber nichts am Ergebnis.

Mardus Gedanken begannen sich zu überschlagen. Er hatte dank der erbeuteten Waffe noch immer eine böse Überraschung für seine Verfolger, aber dieses Ass wollte er sich für den absoluten Notfall aufheben, und Auserwählter oder nicht, Mardu war nicht größenwahnsinnig genug, um sich im Ernst einzureden, dass er ein Feuergefecht mit gleich *neun* Heliothopthern gewinnen könnte. Die Götter hielten ihre schützenden Hände über die Tapferen, nicht über die Bekloppten.

»Ja«, antwortete er auf Quizzacks Frage, knapp und mit so großer Verspätung, dass der dürre Junge einen Moment brauchte, um überhaupt eine Verbindung zwischen ihr und seiner Antwort herzustellen. Aber dann nickte er, wenn auch zögernd.

»Durch die Katakomben«, sagte er. »Es gibt große Keller dort unten. Ich kann Euch führen. Ich kenne mich gut aus.«

Mardu schüttelte nur traurig den Kopf, und zu seinem Erstaunen beließ es Quizzack dabei und maß ihn nur wieder mit einem seiner sonderbaren Blicke. Mardu schwieg. Lange. Dann kam er zu einem Entschluss.

»Bleib immer dicht bei mir«, sagte er. »Und wenn es losgeht, dann halte dich bereit.«

Quizzacks Blick zeigte nun endgültig Verständnislosigkeit (gemischt mit einer gehörigen Prise Verschlagenheit, was den Burschen schon fast wieder ein bisschen sympathisch machte). Mardu straffte die Schultern und bahnte sich mit kräftig um die Wette klopfenden Herzen seinen Weg durch die wimmernde Menge, die immer dichter zu werden schien, wichen die verängstigten Überlebenden doch im gleichen Maße vor den näher kommenden Ungeheuern zurück, in dem sich die Heliothopther und ihre bewaffneten Lenker auf sie zubewegten. Genau so, wie er es sich gewünscht hatte.

Mardu war vollkommen klar, was für ein schreckliches Risiko er einging, aber allzu viele Optionen hatte er nicht mehr. Und zuallererst wurde auch seine Geduld auf die Probe gestellt.

Auf eine wirklich harte Probe. Es verging kaum mehr als eine halbe Stunde, aber Mardu kam es vor wie eine ganze Ewigkeit, in der er tausend Tode starb und ihm mindestens ebenso viele Gründe einfielen, aus denen sein Plan gar nicht funktionieren konnte. Wahrscheinlich wussten die Heliothopther längst nicht nur, wo er war, sondern auch, was er gerade dachte, und spielten weiter ihr grausames Spiel mit ihnen.

Aber irgendwann hatte er sich den Ungeheuern weit genug genähert, strich noch einmal mit den Fingern fast zärtlich über die erbeutete Waffe und löste stattdessen den Scanner vom Gürtel. Gegen die Heliothopther und ihre Lenker nutzte er herzlich wenig, und die nächste Wand, die er über ihnen zusammenbrechen lassen konnte, war viel zu weit weg, aber Mardu hatte es auch weder auf das eine noch auf das andere abgesehen. Er hob den Scanner so weit, dass ihn immer noch ein Zipfel seines Mantels bedeckte und er damit zumindest nicht auf Anhieb sichtbar war, richtete ihn in die Menge und drückte zweimal hintereinander in unterschiedliche Richtungen ab.

Bei beiden lebenden Straßensperren geschah genau das, was er sich erhofft hatte.

Es war sogar noch viel besser.

Der erste Schuss traf irgendeinen armen Teufel, der sich in einer roten Explosion in seine Bestandteile auflöste und alles und jeden im Umkreis von zehn Metern genau damit überschüttete, woraufhin genau die kreischende Panik losbrach, auf die Mardu spekuliert hatte. Die brodelnde Menschenmenge fuhr in alle Richtungen auseinander, ein Gutteil davon rannte auch kopflos auf die Heliothopther und die vollkommen überraschten Lenker neben ihnen zu, ohne deren drohend erhobene Waffen und die noch drohender schnappenden Mandibeln der Heliothopther auch nur zur Kenntnis zu nehmen.

Mardus zweiter Schuss war sogar noch erfolgreicher.

Er traf einen Quorrl, streifte ihn jedoch nur, sodass er nicht in Stücke gerissen wurde, sondern dem fünfhundert Pfund schweren Reptilienkrieger lediglich einen ausgewachsenen Wutanfall bescherte, der sich als äußerst unangenehm für alles und jeden in seiner Reichweite erwies. Die Panik, die auf dieser Seite ausbrach, war noch viel schlimmer als auf der anderen, und das zusammengenommene Ergebnis übertraf selbst Mardus kühnste Erwartungen. Die Menschenmenge explodierte regelrecht, schrie mit einer einzigen, gellenden Stimme auf und rannte einfach über die Heliothopther und ihre völlig überraschten Lenker hinweg. Mindestens ein Dutzend Flüchtlinge bezahlte dieses Unterfangen mit dem Leben und noch ungleich mehr mit grauenhaften Verletzungen. Aber die drei Riesenlibellen wurden von ihnen einfach hinweggefegt, und wenn schon nicht zur Gänze, so verschwanden doch zumindest ihre Lenker einfach unter der brüllenden, lebenden Woge, die sich über die Straße ergoss.

Mardu ließ sich einfach von ihr mitreißen, fiel ungefähr ein halbes Dutzend Mal hin und fand sich schließlich gute hundert Schritte entfernt und auf der anderen Seite der vermeintlich unüberwindbaren Barriere wieder. Die in Panik geratene Menge raste immer noch weiter und riss Mardu auch noch weiter mit sich, aber irgendwie gelang es ihm immerhin, auf den Beinen zu bleiben, während die Straße endgültig zu einem Hexenkessel wurde.

Und es war nicht nur die von ihm ausgelöste Panik, die daran Schuld trug.

Die Patrouille oben am Himmel war auf dieselbe Idee gekommen wie er und begann, wahllos in die Menge zu schießen. Viele ihrer Schüsse trafen einfach willkürlich und schnitten Wunden aus purer Verheerung in die panische Menge, doch dann wurde die Schussfolge schneller und das Ausmaß der Vernichtung größer, je näher sie sich Mardu und dem Teil der flüchtenden Menschenmenge näherten, der die Sperre überwunden hatte. Entweder kannten die Heliothopther seine Position tatsächlich und trieben ihr grausames Spiel einfach auf die Spitze, oder sie waren richtig gut darin, seine Gedanken zu erraten und jeden seiner raffinierten Schachzüge nachzuvollziehen.

Vielleicht war Mardu auch nicht ganz so clever, wie er sich einbildete.

Egal – ihm blieben allerhöchstens noch Sekunden. Die Welle völliger Vernichtung wurde dichter und näherte sich immer schneller. Die drei zu Boden gegangenen Heliothopther (sowie zu Mardus Entsetzen auch ihre Lenker!) richteten sich in diesem Moment bereits wieder auf und riegelten die Straße erneut ab. Und ihre Kameraden oben am Himmel hatten offensichtlich nicht vor, irgendetwas jenseits dieser Grenze am Leben zu lassen. Zeit für drastische Maßnahmen.

Mardu zog die erbeutete Waffe, visierte den mittleren Heliothopther in der Luft an und drückte ab.

Auch diesmal war weder etwas zu sehen noch zu hören, obwohl der Heliothopther … einfach verschwand, wenigstens zur Hälfte, zusammen mit seinem Reiter. Der verbliebene Rest seines Körpers stürzte in größer werdenden Spiralen und eine fettige Rauchwolke hinter sich herziehend zu Boden. Mardu visierte den zweiten Heliothopther an, drückte ab und traf diesmal nicht ganz so genau. Lediglich der Kopf des Monsters verschwand in einer Wolke aus sprühendem Rot und explodierenden, elektronischen Funken, während sein Reiter rittlings aus dem Sattel kippte und mit wirbelnden Armen gute zehn Meter in die Tiefe fiel. Mardu zweifelte nicht daran, dass er diesen Sturz unbeschädigt genug überleben würde, um hinterher nur noch wütender zu sein.

Der dritte und letzte Heliothopther reagierte sehr viel kaltblütiger, als Mardu es für möglich gehalten hätte. Er war nicht einmal sicher, ob es wirklich der Lenker war, der mit seiner unheimlichen Waffe auf ihn schoss, oder der Heliothopther selbst ... Rechts und links von ihm verschwanden Menschen und Quorrl einfach – zur Gänze oder auch zum Teil –, und genau zwischen seinen Füßen begann der Boden zu brodeln und wurde zu schwarzem Matsch.

Es war Quizzack, der ihn rettete, indem er ihn ganz und gar respektlos am Kragen packte und zur Seite riss. Mardu landete reichlich unsanft auf dem Rücken, sah aber trotzdem, wie der lautlose Tod weiter und genau dort entlangraste, wo er gerade gestanden hatte, hätte der Junge ihn nicht zu Boden gezerrt. Im nächsten Augenblick riss Quizzack ihn mit ganz erstaunlicher Kraft wieder auf die Füße und stieß ihn weiter – Mardu beschloss, ihm dieses ungehörige Benehmen ausnahmsweise zu verzeihen, und stolperte in die angewiesene Richtung. Links von ihm löste sich irgendetwas Großes und Schreiendes in seine blutigen Bestandteile auf, als der Boden unter seinen Füßen bockte und versuchte ihn abzuwerfen wie ein nicht zugerittenes Wildpferd.

»Dorthin, Herr!«, brüllte Quizzack. »Nach links!«

Als Mardu nicht sofort reagierte, versetzte er ihm kurzerhand einen neuen Stoß, der ihn in die entsprechende Richtung stolpern ließ, und zerrte ihn gleich darauf wieder zurück, als sich der Boden dort auftat, wohin er gerade hatte treten wollen. Jemand stolperte hart genug gegen Mardu, um ihn aus dem Gleichgewicht zu bringen. Dürre Hände krallten sich in den gestohlenen Umhang, und eine hysterische Stimme flehte ihn verzweifelt um Hilfe an. Mardu rammte den Ellbogen in das dazugehörige Gesicht und schwenkte die Waffe herum, um auch noch den dritten und letzten Heliothopther vom Himmel zu fegen. Er traf ihn in dem Gedränge nicht und säbelte stattdessen einer Anzahl Flüchtlinge Köpfe und hochgerissene Arme ab. Auf diese Weise vergrößerte sich die allgemeine Panik noch einmal, was ihm durchaus recht war. Die Menschenmenge schwappte zurück wie eine

Woge, die sich an einem Felsen gebrochen hatte, riss einen der gelandeten Heliothopther zum zweiten Mal von den Beinen und büßte etliche weitere Köpfe oder auch das eine oder andere Körperteil ein.

Die schlechte Nachricht war, dass die beiden anderen Lenker in diesem Moment auf die Rücken ihrer bizarren Reittiere kletterten und ebenfalls nach ihren Waffen griffen. Mardu gab einige mehr oder weniger ungezielte Schüsse in die Richtung ab, kappte immerhin einen riesigen schwirrenden Libellenflügel und kam endlich auf die Idee, dem allmählich verzweifelt werdenden Gestikulieren seines Adjutanten zu folgen. Hastig stolperte er zur Seite, nahm es schon fast als selbstverständlich hin, dass sich ein Teil der Mauer über ihm in grauen Staub auflöste, ohne ihm zu schaden, und jagte im Zickzack hinter der kleineren Gestalt her. Quizzack raste auf einen niedrigen Anbau zu, der wie eine steinerne Wucherung an der Wand einer ausgebrannten Ruine lehnte. Das Dach war zur Hälfte eingestürzt, und aus einem der schmalen Fenster leckten immer noch Flammen. Der Junge duckte sich ohne das mindeste Zögern unter dem niedrigen Türsturz hindurch, und auch Mardu folgte ihm. Was hatte er schon zu verlieren?

Wie ein unsichtbarer Hammerschlag traf etwas die verbliebene Dachhälfte und zerschmetterte sie ebenfalls. Mardu wurde von den Füßen gerissen und starrte in das wutverzerrte Gesicht eines Heliothopther-Lenkers hinauf, der auf seinem monströsen Reittier nur wenige Meter über ihm schwebte und mit seiner Waffe auf ihn zielte, aus irgendeinem Grund aber noch zögerte, abzudrücken.

Mardu hingegen hatte deutlich weniger Hemmungen. Ohne sich aufzurichten, schoss er den Kerl aus dem Sattel und rollte blitzartig herum, als der Heliothopther daraufhin den erwarteten Tobsuchtsanfall bekam und nach allem schlug, schnappte und trat, was sich in seiner Reichweite befand. Steine regneten um Mardu herum zu Boden, und eine schmale, überraschend starke Hand griff nach ihm und zerrte ihn noch tiefer in die Dunkelheit hinein.

»Nach unten, Herr!«, keuchte Quizzack. »In den Keller!«

Mardu versuchte sich loszureißen, aber in diesem speziellen Moment war der dürre Junge sogar stärker als er und zog ihn einfach hinter sich her. Vorbei an den brennenden Überresten des Mobiliars und durch einen schon vor langer Zeit gewaltsam in die Mauer gebrochenen Durchgang stolperten sie in einen großen, von rotem Feuerschein erfüllten Raum, der voller Toter und Sterbender war. Der Heliothopther krachte hinter ihnen in den brennenden Anbau und begann brüllend vor Wut, ihn endgültig in Stücke zu schlagen.

Im Zickzack zwischen den kreuz und quer liegenden Leichen hindurch führte der Junge ihn weiter in das Gebäude hinein und auf eine breite Treppe zu, aus der ihnen ein erstickender Schwall entgegenschlug: trockene Hitze, geschmolzenes Fleisch, brennender Stein und heißes Metall. Quizzack stürmte völlig unbeeindruckt weiter, ließ endlich Mardus Arm los und begann jetzt, immer zwei, manchmal auch drei Stufen auf einmal zu überspringen, wodurch er nur noch schneller wurde.

Mardu folgte ihm nach unten. Dort wurde es erstaunlicherweise nicht dunkel. Das Licht änderte lediglich seine Farbe und wechselte in gleichem Maße zu Rot, in dem die Hitze zunahm und ihm das Atmen schwer machte. Auf der Treppe lagen Leichen, viele von ihnen schrecklich verbrannt. Sie waren aus der Tiefe geflohen, das Feuer hatte sie eingeholt und hier auf den Stufen niedergestreckt. Und er und der Junge rannten geradewegs in diesen Höllenschlund hinein?

Ein gewaltiges Krachen und ein noch viel gewaltigeres, unverstellbar zorniges Brüllen irgendwo über ihm überzeugte Mardu davon, dass Quizzack zu folgen vielleicht doch nicht die schlechteste Idee war, und er beschleunigte seine Schritte, sodass er den Jungen fast wieder eingeholt hatte, als sie das untere Ende der Treppe erreichten.

Sie mündete in einen gewaltigen, halbrunden Tunnel, der sich in beide Richtungen weiter erstreckte, als sein Blick reichte: Nach links führte der Schacht in vollkommene Dunkelheit hinein, während Mardu in der anderen Richtung (die, in der das

Zentrum der Techmagie-Explosion gelegen hatte) die höllische Glut erkennen konnte, aus der das Licht und die erstickende Hitze kamen. Unmöglich zu sagen, wie weit sie vom Herzen dieses roten Ungeheuers entfernt waren … aber in jedem Fall nicht einmal annähernd so weit, wie Mardu es sich gewünscht hätte.

Zu seinem nicht geringen Entsetzen schwenkte Quizzack herum und hielt direkt auf die Flammenwand zu.

»Bist du verrückt?«, keuchte Mardu und riss den Jungen mitten in der Bewegung zurück.

Quizzack machte sich los und schüttelte heftig den Kopf. »Da vorne ist ein Tunnel, der nur ein paar Schritte von hier entfernt abzweigt!«, versicherte er. »Ich kenne mich aus, bestimmt! Oder wollt Ihr lieber hier warten?«

Das war überflüssig, dachte Mardu, mindestens genauso überflüssig wie die Kopfbewegung, mit der der Junge auf die Treppe über ihm deutete. Das Rumoren und Poltern war nicht nur lauter, sondern auch näher gekommen, und er konnte spüren, wie etwas über ihnen heranraste. Etwas sehr Großes, sehr Schnelles und sehr Wütendes.

»Wenn du lügst … «, begann er drohend.

»Dann sterbe ich kurz vor Euch, Herr«, sagte Quizzack. Ein dumpfes Poltern und Krachen hinter und über Mardu verlieh seinen Worten noch ein bisschen mehr Nachdruck. Der General warf einen knappen, hoffnungsvollen Blick in die entgegengesetzte Richtung, in der sich der Tunnel in völliger Schwärze verlor. Er griff unter seine Jacke, zog einen Leuchtstab hervor und aktivierte ihn mit einer halben Drehung an seinem unteren Ende, bevor er ihn mit einer schwungvollen Bewegung in den Tunnel warf. Der Leuchtstab glitt sanft auf den Boden zu, fing sich dann und stieg wieder ein Stück hoch, um auf sie zu warten.

Wortlos bedeutete Mardu Quizzack, voranzugehen, und der Junge gehorchte.

Gea Noch bevor Orgons lebloser Körper ganz zu Boden gesunken war, fiel der Fremde neben Gea auf die Knie und streckte die Hände nach ihr aus.

»Ist alles in Ordnung mit dir, Kleines? Hat er dich schwer verletzt?«

»Nein«, murmelte Gea als Antwort auf beide Fragen zugleich, spuckte einen weiteren Mundvoll Blut aus und fuhr sich mit dem Handrücken über die Lippen, bevor sie hinzufügte: »Und nenn mich nicht *Kleines.*«

»Ganz wie du willst«, antwortete er, ohne dass sich an dem Ausdruck besorgter Freundlichkeit in seinen Augen irgendetwas änderte.

Gea stemmte sich in eine halbwegs sitzende Position und blinzelte heftig, damit die roten Schlieren vor ihren Augen endgültig verschwanden. Dann wurde ihr schwindelig. »Und hör auf, meine Brüste anzustarren«, fauchte sie.

Ihr Retter, der bislang keinerlei Anstalten gemacht hatte, etwas Derartiges zu tun, holte es nun ausgiebig nach und deutete dann ein Schulterzucken an. »Ich habe so was schon gesehen«, sagte er. »Aber meistens sind sie größer.«

»Dann kann ich ja wenigstens hoffen, dass du deine Finger bei dir behältst«, giftete Gea ihn an.

Der Dunkelhaarige seufzte, sah einen Moment lang zu dem toten Jungen hin und machte ein Gesicht, als frage er sich ernsthaft, ob er tatsächlich auf der richtigen Seite eingegriffen hatte, dann lächelte er wieder. »Anscheinend ist dir nicht allzu viel passiert. Trotzdem – lass mal sehen.« Ohne auf Geas schwächlichen Protest zu achten, schlug er ihre Hand beiseite, begutachtete den blutigen Schnitt unter ihren Rippen und sah im allerersten Moment ziemlich erschrocken aus, dann überrascht, anschließend verwirrt, und schließlich runzelte er tief und vielsagend die Stirn, während sich sein Blick auf ihr Gesicht richtete.

»Das sieht schlimmer aus, als es ist«, sagte Gea hastig.

»Ja, und ich vermute, in ein paar Minuten wirst du sagen, dass es auch schon gar nicht mehr so wehtut, nicht wahr?«, erwiderte er sarkastisch.

Gea zog es vor, gar nichts darauf zu sagen, was ihrem Retter als Antwort auch vollkommen zu genügen schien. Ohne ein weiteres Wort nahm er ihr Kinn in die Hand, zwang ihren Kopf auf die Seite und zog mit der anderen Hand ihre Unterlippe hinab wie ein Kaufinteressent, der das Gebiss eines Pferdes begutachtete.

»Du hast zwei Zähne verloren«, stellte er fest. »Schätze, du wärst ohne Zahnlücken hübscher. Das werden ein paar harte Tage für dich. Du weißt, wie weh es tut, sich Zähne nachwachsen zu lassen?«

»Isch nisch asch ersche mal«, nuschelte Gea, machte sich mit einem ärgerlichen Ruck los und sagte noch einmal und jetzt schon fast übertrieben akzentuiert: »Ist nicht das erste Mal. Und Schmerzen machen mir nichts aus.«

Wieder sah der Schwarzhaarige sie lange und auf eine nachdenkliche Weise an, die eine Menge von ihrer bisherigen großen Freundlichkeit verloren hatte. »Wie ist dein Name?«

»Gea«, erwiderte sie. »Und deiner?«

Statt zu antworten, streckte ihr unbekannter Retter den Arm aus und grub einen glänzenden Golddinar aus dem Durcheinander aus Glasscherben und Trümmern am Boden. Zwei oder drei Sekunden lang wog er ihn nachdenklich in der Hand, dann stand er auf und half ihr, in die Höhe zu kommen. Es ging, auch wenn sie noch ein bisschen wackelig auf den Beinen war und ihre Seite so wehtat, dass es ihr nicht gelang, ganz gerade zu stehen.

»Du bist tapfer«, lobte der Schwarzhaarige.

»Und unhöflich«, fügte Gea hinzu. »Ich habe mich noch gar nicht bei dir bedankt. Ohne dich wäre ich jetzt tot.«

»Und noch dazu selbst schuld daran«, fügte er hinzu. »Ich beginne mich zu fragen, ob es wirklich richtig war, dir zu helfen.«

»Wieso?«, fragte Gea. Sie versuchte zu lächeln, spürte aber selbst, dass es misslang. Plötzlich kam ihr dieses markante, ungemein starke Gesicht gar nicht mehr so freundlich vor, und sie musste wieder daran denken, wie schnell und gnadenlos er Orgon getötet hatte.

»Du hältst das alles hier für ein großes Spiel, nicht wahr?«, fragte er. »Ein einziges spannendes Abenteuer. Aber das ist es nicht. Du hättest dabei draufgehen können. Endgültig, meine ich.«

»Bin ich aber nicht«, antwortete sie patzig.

»Nein, aber fünf andere sind tot, und drei davon habe ich getötet«, sagte er ernst. »Nicht, dass es mir etwas ausmacht, die Straßen von diesem Gesindel zu befreien, aber es wäre vielleicht nicht nötig gewesen. Und das alles nur, weil ein verwöhntes reiches Kind aus einer besseren Gegend sich langweilt.«

»Woher willst du das wissen?«, fragte Gea.

Der Dunkelhaarige bückte sich nach einer zweiten Münze. »Dass du reich bist?«

»Nein, verwöhnt und aus einer besseren Gegend.«

»Weil es immer dasselbe ist«, antwortete er verärgert. »Glaubst du, du wärst das erste gelangweilte Kind reicher Leute, das hierherkommt, um ein richtiges Abenteuer zu erleben?«

»Aber das wäre doch leichtsinnig, oder?«

»Wenn man reiche Eltern hat, die zur Not ein Lösegeld bezahlen oder eine aufwendige Rekonstruktion?« Er hob die Schultern. »Wie alt bist du? Fünfzehn? Sechzehn?«

Hielt er sie tatsächlich für so jung, oder machte er sich über sie lustig? Gea wusste, dass sie sich gut gehalten hatte, aber *fünfzehn?* Sie schwieg schmollend.

»Wenn diese vier Kerle über dich hergefallen wären, dann wäre nicht mehr viel von dir übrig geblieben, was man hätte rekonstruieren können«, fuhr er fort. »Und du wärst nicht die erste, die einfach verschwindet, ohne je wieder aufzutauchen.« Er schüttelte den Kopf. »Ich sollte dir deinen hübschen Hintern versohlen und dich an den Ohren zu deinen Eltern zurückzerren. Ich wette, sie haben keine Ahnung, was du gerade tust.«

Gea sagte auch dazu nichts. Die Vermutung des Fremden kam der Wahrheit ziemlich nahe – und verfehlte sie trotzdem so weit, wie es überhaupt nur möglich war. Wenn es in diesem Moment etwas gab, das sie wirklich bedauerte, dann die Tatsache, dass sie ihm nicht die Wahrheit sagen konnte; und sei es nur, um sich an seinem dummen Gesicht zu ergötzen.

Natürlich war das ganz und gar ausgeschlossen.

Aber es war trotzdem eine nette Idee.

Nachdem er ein paar Augenblicke vergeblich darauf gewartet hatte, dass Gea irgendetwas zu ihrer Verteidigung vorzubringen versuchte, was er ihr um die Ohren hauen konnte, drehte er sich mit einem resignierenden Seufzen um und ging zur Leiche der alten Frau hinüber. Vielleicht nur, um den Schein zu wahren, wandte Gea sich ebenfalls ab und begann, die verstreuten Golddinare einzusammeln, musterte aber noch einmal den toten Jungen und die beiden Quorrl, um sich davon zu überzeugen, dass sie auch wirklich keine Gefahr mehr darstellten.

Bei dem Quorrl, den der Schwarzhaarige erschossen hatte, stand das außer Frage – nicht einmal ein Quorrl überlebte es, wenn man ihm den Kopf wegpustete –, und auch der zweite Schuppenkrieger war so endgültig tot, wie es nur ging: Das Messer hatte seine Kehle aufgeschlitzt, sein Rückgrat durchschlagen und ihn an der Wand festgenagelt, ungeachtet der eisenharten Schuppen und des knöchernen Rückenpanzers.

Vielleicht hatte Orgon noch eine Chance. Sein eingedrückter Adamsapfel war reparabel, und wenn sein Gehirn nicht länger als eine Stunde ohne Sauerstoffversorgung blieb, war der Schaden vermutlich nicht allzu groß. Wahrscheinlich wäre er hinterher auch nicht viel dämlicher als zuvor.

»Hast du gerade die Wahrheit gesagt, als du ihnen angeboten hast, sie zu einem Rekonstruktor hier in der Gegend zu bringen?«, fragte sie.

»Es gibt einen, nicht weit von hier. Er arbeitet illegal, aber das heißt nicht, dass er schlecht ist. Warum?«

Gea deutete auf den toten Jungen. »Er könnte ihn vielleicht retten. Ich würde dafür bezahlen.«

Sie bekam nicht sofort eine Antwort, und als sie sich wieder zu ihrem Retter herumdrehte, sah der sie mit ehrlichem Erstaunen an. »Das würdest du tun?«

»Er hat genug abgekriegt, oder?«

»Er und seine Freunde haben versucht, dich umzubringen – und du willst dafür bezahlen, dass er wieder aufgebaut wird?«

»Was habe ich davon, wenn er tot ist?«

»Ich schätze, dein schlechtes Gewissen macht dir zu schaffen, weil du allmählich begreifst, was du angerichtet hast, nicht wahr?« Er lachte, schüttelte den Kopf und bedachte den Leichnam der toten Frau mit einem kurzen, aber eindeutig bedauernden Blick, bevor er sich wieder aufrichtete und noch einmal und sehr viel entschiedener den Kopf schüttelte.

»Nein, um diesen Abschaum ist es nicht schade. Wahrscheinlich würde ihn nur ein anderer umbringen. Sammel dein Geld ein, und dann verschwinden wir von hier.«

»Wir?«

»Ich bringe dich bis zur Grenze der Altstadt.« Es war kein Vorschlag.

Die genannte Richtung war der, die Gea vorschwebte, genau entgegengesetzt, aber sie hatte keine Lust, mit ihm zu streiten, und sagte sich auch, dass eine Auseinandersetzung ohnehin sinnlos gewesen wäre. Außerdem war ihr Bedarf an Abenteuern für diesen Tag gedeckt. Und vielleicht war es auch ganz praktisch, auf dem Rest des Weges einen großen, starken Beschützer bei sich zu haben.

Gehorsam machte sich Gea daran, die verstreuten Münzen einzusammeln. Das helle Tageslicht, das vielleicht zum ersten Mal seit einem Jahrhundert oder sogar länger hier hereinfiel, erleichterte ihr die Aufgabe, veränderte ihre Umgebung zugleich aber auch auf fast Furcht einflößende Weise. Der Raum hatte den pittoresken Charme einer Alchimistenküche verloren und sah jetzt nur noch schäbig und alt aus, sodass sie froh war, als sie die letzte Münze gefunden hatte und sie gehen konnten. Wortlos ließ ihr Retter ihr den Vortritt, bedeutete ihr aber, im angrenzenden Raum noch einmal anzuhalten, und gab ihr genauso schweigend noch zwei Golddinare zurück, die er der Toten abgenommen hatte.

»Bist du nebenberuflich auch noch Leichenfledderer?«, fragte sie.

Der schwarzhaarige Riese machte sich nicht einmal die Mühe, darauf zu antworten, sondern bedeutete ihr mit einer jetzt eindeutig befehlenden Geste, weiterzugehen. Der Katzenkäfer schloss sich ihnen an, als sie das verwüstete Labor verließen und auf den Flur hinaustraten, benutzte aber diesmal nicht seine Flügel, sondern trippelte auf klackenden Insektenbeinen neben ihnen her.

Auf dem Weg nach unten begegnete ihnen niemand, auch wenn Gea die unsichtbaren Blicke zu spüren glaubte, die ihnen folgten. Als sie die letzte Treppe in Angriff nahmen, klappte der Käfer seine Flügeldeckel auseinander und brummte davon, und die Schritte ihres hochgewachsenen Begleiters wurden langsamer. In Sichtweite des Ausgangs blieb er endgültig stehen, ignorierte ihre fragenden Blicke und hüllte sich auch weiter in beharrliches Schweigen, bis der Käfer zurückkam und sich wieder auf seiner Schulter niederließ. Erneut hatte Gea das unheimliche Gefühl, dass er auf irgendeinem Wege mit dem Insekt kommunizierte, aber als sie lauschte, hörte sie nichts.

Als sie spürte, dass das lautlose Gespräch beendet war, wollte sie weitergehen, doch der Schwarzhaarige hielt sie noch einmal zurück, schüttelte den Käfer ab, der mit katzenhafter Eleganz zu Boden sprang, und löste in derselben Bewegung den Umhang von den Schultern. Wortlos hängte er ihn ihr um und raffte ihn vor ihrer Brust zusammen.

»Stört dich der Anblick meiner Brüste so sehr, oder sind sie wirklich so peinlich klein?«, fragte sie spitz.

»Da draußen gibt es noch andere wie diesen Orgon und seine Freunde«, antwortete er ungerührt. »Möchtest du ihnen begegnen?«

»Warum nicht?«, fragte Gea. »Was sollte mir schon passieren, wo ich doch einen so starken Beschützer bei mir habe?«

»Eigentlich wollte ich dich nach Hause bringen und deinem Vater gründlich den Kopf waschen«, antwortete er. »Aber ich glaube, er ist schon bestraft genug.« Er machte eine ruppige Handbewegung, und Gea, der ihre dumme Bemerkung bereits leidtat, raffte den Umhang fest zusammen und beeilte sich, das Haus zu verlassen.

Das helle Tageslicht ließ sie im ersten Moment blinzeln.

Trotzdem erkannte sie, dass sie auf der anderen Seite aus dem Gebäude getreten waren. Die Straße war hier breiter und brodelte vielleicht nicht gerade vor Leben, war aber auch nicht verlassen. Die *Wand* war von hier aus nicht zu sehen. Es gab ein paar Verkaufsstände, auf denen Waren – zum größten Teil Lebensmittel, an denen sie nicht einmal freiwillig gerochen, geschweige denn sie gegessen hätte – feilgeboten wurden, und vielleicht ein Dutzend Personen (ausnahmslos Menschen) standen in kleinen Gruppen herum, redeten oder gingen ihrer Wege. Neugierige Gesichter lugten aus offen stehenden Türen oder hinter Fenstern hervor. Ein vielleicht fünf- oder auch sechsjähriges Kind kam ihnen entgegengehüpft, blieb dann mitten im Schritt stehen und wirbelte auf dem Absatz herum, um wie von Furien gehetzt davonzurennen.

Seine Reaktion war nicht die einzige, die Gea sonderbar vorkam. Etliche Männer hatten es plötzlich sehr eilig zu gehen, Gesichter verschwanden hinter den Fenstern, und diejenigen, die sich besser in der Gewalt hatten, bemühten sich so demonstrativ, sie *nicht* zur Kenntnis zu nehmen, dass es schon beinahe peinlich war.

Am Ende der Straße angekommen, bogen sie nach links und in eine breitere und jetzt deutlich belebtere Chaussee ab. Die Häuser waren höher und ausnahmslos bewohnt, allerdings in kaum besserem Zustand als die baufällige Ruine, aus der sie gerade kamen. Auch hier fiel Gea ein gewisses Erschrecken in mehr als einem Gesicht auf, das sich ihnen zuwandte – auch wenn die Reaktionen vielleicht nicht ganz so extrem waren. War es tatsächlich Angst, die sie in so manchem Augenpaar las, oder vielleicht vielmehr – wenn auch auf Furcht begründete – Ehrfurcht?

Nach einer Weile wurde das Schweigen zwischen ihnen so unangenehm, dass Gea mit einer Kopfbewegung auf das bizarre Katzeninsekt deutete, das wieder voraustrippelte und dem Gewirr aus Beinen und stampfenden Füßen mit fast schon magisch anmutendem Geschick auswich. »Das ist ein erstaunliches Tier«, sagte sie. »So etwas habe ich noch nie gesehen. Gehört es dir?«

Der Schwarzhaarige maß sie mit einem seltsamen Blick, der

sie zu der Überzeugung brachte, auch jetzt keine Antwort zu bekommen, dann aber schüttelte er abgehackt den Kopf. »Nein. Mana gehört mir nicht. Er ist mein Freund.«

»Dein Freund?« Das Ding war ein *Insekt!*

»Sei dankbar«, sagte der Schwarzhaarige. »Wenn er mich nicht alarmiert hätte, dann wärst du jetzt tot.«

Tot? Nein, noch nicht. Aber sie würde es sich längst wünschen. »Alarmiert?«, wiederholte Gea verblüfft. Sollte das heißen, dass das Insekt *affin* zu ihm war? Ihr Retter machte keine Anstalten, noch mehr zu sagen, und Gea schluckte auch jede entsprechende Frage herunter. Ihr neuer Freund wurde auf jeden Fall immer interessanter.

»Und dann bist du sofort herbeigeeilt, um einer Dame in der Not beizustehen«, fragte sie stattdessen. »Wie nobel. Was bist du? Ein professioneller Lebensretter?«

»Ich bin Soldat«, antwortete er. »Und manchmal komme ich hierher in die Altstadt, um nach neuen Rekruten Ausschau zu halten.«

»Hier? Wo es doch nur Abschaum gibt?«

Diesmal war der Ärger echt, den Gea in seinen Augen aufblitzen sah; obwohl sie ihn eigentlich nur zitiert hatte. »Das Leben in dieser Gegend ist hart«, sagte er. »Wer hier überlebt, der übersteht auch die Armee. Nicht alle aus diesem Viertel sind schlecht. Und die, die es sind ...« Er zuckte scheinbar gleichgültig mit den Achseln. »Die Armee hat schon so manche schlechte Angewohnheit ausgetrieben.«

»Die Armee?« Gea maß ihn mit noch größerer Neugier. Die *Armee* gab es streng genommen nicht, wie sie sehr wohl wusste, sondern nur ein buntes Sammelsurium kleinerer und größerer Trupps, die den zwei Dutzend Clansherren von *Belagerung* unterstanden und die meiste Zeit damit verbrachten, sich gegenseitig zu bekämpfen, wofür sie nicht immer unbedingt einen Grund brauchten. Vielleicht nur einmal alle fünfzig Jahre schlossen sie sich zu etwas zusammen, das den Namen *Armee* möglicherweise verdiente, aber es schien ihr klüger, dieses Wissen im Moment noch für sich zu behalten.

»Jetzt komm nicht auf dumme Ideen«, sagte er. »Soldaten sind ein raues Volk, und ich bin vielleicht nicht immer da, um dir zu helfen.«

Sie war nicht ganz sicher, was er damit sagen wollte, antwortete aber trotzdem mit gespielter Empörung: »Dumme Ideen? Sehe ich aus, als käme ich auf dumme Ideen?«

Der Schwarzhaarige verdrehte die Augen und schwieg.

Wieder sprachen sie eine geraume Weile lang nicht, aber jetzt legte sich eine andere Art von Schweigen über sie. Die Spannung war gebrochen, und Gea zerbrach sich eine Zeit lang den Kopf über eine Möglichkeit, mehr über ihren geheimnisvollen Retter in Erfahrung zu bringen. Sie ahnte, dass gezieltes Fragen nicht besonders viel Aussicht auf Erfolg hatte. Der Schwarzhaarige war vielleicht nicht mehr ganz so verärgert wie am Anfang, aber auf jeden Fall misstrauisch ihr gegenüber. Vielleicht glaubte er auch die Geschichte nicht, die sie ihm aufgetischt hatte – zumal streng genommen *er* derjenige gewesen war, von dem sie stammte.

Gea dachte weiter über eine Möglichkeit nach, ein Gespräch mit ihm zu beginnen, das möglichst unverfänglich klang, ihr aber trotzdem die gewünschten Informationen lieferte. Sie nutzte die Gelegenheit aber auch, um sich umzusehen und das zu tun, wozu sie eigentlich hergekommen war: die Altstadt von *Belagerung* kennenzulernen.

Diese Stadt entsprach zu gleichen Teilen hundertprozentig wie überhaupt nicht ihren Erwartungen. Alles hier war alt, schmutzig und heruntergekommen, gleichzeitig aber auf eine Art faszinierend, die sie weder erwartet hatte noch wirklich in Worte fassen konnte. Sie hatte all das hier schon tausendfach gesehen, auf Bildern, in Filmen und Sims und fremden Erinnerungen, aber die Realität war … *anders*.

Es gab keinen durchgehenden Baustil, geschweige denn eine zugrundeliegende Idee oder gar einen Plan. Die Stadt war einfach gewachsen, langsam wie ein sehr großer Organismus, und sein Innenleben war chaotisch und wild und wenn überhaupt, dann dem Gesetz des Stärkeren folgend. Gea wusste, dass die Stadt aus einem einfachen Zeltlager entstanden war, doch es sah zumindest aus, als wäre seither eine Million Jahre vergangen, und nur die wenigsten dieser Jahre wären gut zu den Menschen gewesen. Vorhin, als sie vor der unsichtbaren *Wand* gestanden und in den Park *hinabgesehen* hatte, war ihr erneut der Trugschluss bewusst geworden: Die künstliche Waldlandschaft fiel zu einer Senke ab, die sicherlich zwanzig, wenn nicht gar dreißig oder mehr Meter unter dem Straßenniveau der Stadt lag, auch wenn Gea wusste, dass es in Wahrheit genau andersherum war. Der vermeintlich gigantische Krater, aus dessen Zentrum der Höllenturm wuchs wie ein von Menschenhand geschaffener eiserner Berg, lag auf Bodenniveau, und es war die Stadt, die Schicht um Schicht ihre Sedimente am Ufer eines gewaltigen Ozeans aus gestorbener Zeit abgelagert hatte. Unter ihren Füßen lagen Keller und Labyrinthe, die auf den Fundamenten der Vergangenheit errichtet worden waren, Tunnel erhoben sich auf Wohngebäuden, Silos auf Gräberfeldern, Festungen auf Lagerhäusern und Tempel auf gemauerten Kanälen. Generation um Generation hatte entlang der *Wand* gebaut und das Erbe ihrer Vorfahren zu ihren eigenen Erinnerungen gemacht. Und unter jedem Stein, auf den Gea ihren Fuß setzte, befanden sich eine Million unerfüllter Träume.

All das und tausendmal mehr spürte sie, während sie neben ihrem Retter durch die Menschenmenge schritt – und diese Empfindungen vermochte keine simulierte Erinnerung jemals zu vermitteln: das Leben, das mit jedem Atemzug in ihre Lungen strömte, ihren Körper durchdrang, ihre Gedanken mit knisternder Energie füllte, die sich nicht beschreiben und nicht aufzeichnen ließ. Sie hatte das Gefühl, noch niemals so lebendig gewesen zu sein.

»Das mit der Rekonstruktion vorhin …«, sagte der Soldat nach einer Weile, » … war das ernst gemeint, dass du für die Rettung dieses Kerls gezahlt hättest?«

»Ja«, antwortete sie.

Er schwieg einen Moment, während sie an einem weitläufigen Gebäudekomplex vorbeigingen, das aus einer Unzahl von Säulengängen, Arkaden, Spitzbögen und ineinander geschachtelten

Dächern, Erkern und Balustraden bestand, ohne dass eine wirkliche Struktur oder ein bewohnbarer Teil erkennbar geworden wäre. Niemand bewegte sich hinter den verdrehten Säulen und ineinander gerammten Winkeln, und trotzdem hatte sie das immer unbehaglicher werdende Gefühl, aus der Dunkelheit dahinter angestarrt zu werden, von Augen, die nicht wirklich menschlich waren. Ihrem Begleiter schien es ganz ähnlich zu ergehen. Auch wenn sich weder an seiner Haltung noch an seiner Miene irgendetwas änderte, spürte Gea doch seine Anspannung, die erst nachließ, als sie sich ein gutes Stück von dem unheimlichen Bauwerk entfernt hatten.

»Und warum«, fragte er dann, so übergangslos an seine eigenen Worte von gerade anknüpfend, als hätte er sie erst gerade eben und nicht vor Minuten ausgesprochen, »hast du nicht denselben Vorschlag für die Frau gemacht, die sie umgebracht haben?«

Darauf konnte Gea weder antworten, noch schien er eine Antwort erwartet zu haben, denn er schüttelte nur den Kopf und maß sie mit einem Blick, den sie lediglich als *sympathische Verachtung* bezeichnen konnte. Sie hielt seinem Blick auch nur einen Moment lang stand, bevor sie hastig den Kopf senkte und ihre Schritte ein wenig beschleunigte.

Arion Hätte in diesem Moment jemand die berühmte Stecknadel fallen gelassen, hätte dieses Geräusch in dem großen Saal geklungen wie ferner Donnerhall. Doch stattdessen war es vollkommen und absolut still. Niemand atmete. Niemand *dachte*.

Schließlich war es wieder Craiden, der das atemlose Schweigen unterbrach, indem er seinen Mantel zurückschlug, zu dem freien Stuhl am Kopfende der Tafel ging, während sein Schwert über den Boden scharrte, und sich ohne eine weitere Aufforderung darauf niederließ. Eigentlich flegelte er sich hinein, halb schräg und das linke Bein über das rechte Knie geworfen. Trotz der großen Entfernung konnte Arion das spöttische Funkeln in seinen Augen sehen.

Er sollte sie nicht so ansehen.

Er sollte auch noch nicht sitzen, sondern noch endlose Minuten dastehen und einen uralten Text rezitieren, der vielleicht nicht einmal damals eine Bedeutung gehabt hatte, als er zum allerersten Mal gesprochen worden war.

Er sollte der Herrscherin des R'Achernon seine Verachtung kundtun und ihr und jeder einzelnen lebenden Seele hier drinnen mit der vollkommenen Vernichtung drohen und noch hundert andere und noch sehr viel unfreundlichere Dinge sagen.

Und sie sollte mit ebenso gemessenen wie arroganten Worten darauf reagieren, die ihr schon idiotisch vorgekommen waren, während sie sie auswendig gelernt hatte, noch dazu auf die altmodische und mühsame Art, auf die sowohl Plixx als auch der R'Achernon bestanden hatten – selbstverständlich ohne ihr den Grund dafür zu erklären.

Also gut, wie es aussah, schien wohl wenigstens dieser Kelch an ihr vorüberzugehen.

Da wäre ich nicht so sicher. Es könnte ... Komplikationen geben.

Was du nicht sagst. Ich mag *Komplikationen.*

Nicht diese, glaubt mir, Prinzessin.

Arion sah wenig Sinn darin, die lautlose Diskussion fortzusetzen, und versuchte, das andere Ende der Tafel und damit auch Craiden ein gutes Stück näher heranzuzoomen, um besser in seinem Gesicht lesen zu können. Dieser kleine Trick – der ihr einen großen Vorteil bringen konnte – stand Craiden und seinen Begleitern nicht zur Verfügung, aber ihre Gewissensbisse hielten sich in Grenzen. Charisma oder nicht, er *war* ein Barbar, und sie hatte kein Problem damit, ihn genau so zu behandeln. Wozu waren eine Million Jahre Technologievorsprung denn gut, wenn irgendwelche albernen *protokollarischen Gründe* sie daran hinderten, ihre Möglichkeiten auch zu benutzen?

Aber es ging nicht. Craidens Gesicht blieb ein vierzig Meter entfernter Schatten, in dem sie das spöttische Funkeln seiner Augen vielmehr spürte, als dass sie es sah.

He!

Der Einsatz Eurer Naniten während des Zeremoniells ist nicht gestattet. Ihr müsst dem Clansherrn auf gleichem Niveau gegenübertreten, so wie Eure Urgroßmutter seinem Vorfahren.

Das glaubst du doch selbst nicht! Außerdem hat er *das Protokoll als Erster verletzt.*

Das gibt Euch nicht das Recht, dasselbe zu tun.

Ich bin hier der Boss!, erwiderte Arion gereizt. *Ich habe jedes Recht!*

Theoretisch.

Gut, das war nun wirklich nicht das, was sie hören wollte, aber haargenau das, womit sie gerechnet hatte. Arion resignierte endgültig und strengte ihre Augen auf die altmodische Art an, um zu sehen, was Craiden als Nächstes tun würde, um Duras und den Rest ihrer Hofschranzen in den Wahnsinn zu treiben.

Etliche Sekunden lang tat er gar nichts. Er saß einfach nur da, spielte an seinem Schwertgriff herum und sah sie an. Ein vergessener Satz und eine nicht ganz protokollkonforme Bemerkung waren das eine, aber hier lief etwas ganz und gar aus dem Ruder.

Unternimm irgendetwas, R'Achernon!

Und was schlagt Ihr vor, Prinzessin?

Das weiß ich doch nicht, verdammt! Du bist doch hier der Supercomputer, der schlauer ist als Gott!

Der R'Achernon antwortete nicht mehr, aber in die Szene am anderen Ende der Tafel kam nun Bewegung. Arion war wohl nicht die Einzige am Tisch, die damit rechnete, dass sich nun auch Duras' Eisenmänner den Quorrl-Kriegern anschließen würden, um nötigenfalls sofort eingreifen zu können, doch das halbe Dutzend riesenhafter Gestalten rührte sich nicht. Stattdessen … *geschah* etwas mit dem Tisch, das nicht einmal Arion in Worte fassen konnte, obwohl sie wie alle anderen dabei zusah. Obwohl es nicht schien, als würde die Tafel auf irgendeine geheimnisvolle Weise wachsen oder länger werden, tauchten rechts und links vor Craiden mit einem Mal jeweils drei weitere steinerne Stühle auf, deren Dimensionen denen der riesigen Schuppenkrieger angepasst waren. Dann gebar der Tisch auch das dazu passende Geschirr und Essbesteck, ebenfalls für Hände gemacht, die stark genug waren, Türen aus massivem Eichenholz einzudrücken. Aus Versehen.

Arion fragte sich, was Craiden und seine Begleiter beim Anblick dieses nanotechnolgischen Zauberkunststücks empfinden mochten – Techmagie nannten sie es, wenn sie sich richtig erinnerte.

Hast du mir nicht gerade erklärt, dass hier alles ganz genau so ablaufen muss wie zu Zeiten meiner Urgroßmutter?, dachte sie gereizt.

Das habe ich.

Und wie nennst du dann das da?

Schadensbegrenzung, Prinzessin, antwortete der R'Achernon. Clansmeister Craiden hat die Wahrheit gesagt. Seine Begleiter sind hungrig. Sechs hungrige und entsprechend gereizte Quorrl-Krieger könnten durchaus zu einer Situation führen, in der sich Hauptmann Duras zum Eingreifen gezwungen sieht – was zweifellos zu einer noch schwerwiegenderen Verletzung des Protokolls führen würde.

Arion fragte sich, wie diese *gefährliche Situation* eigentlich aussehen sollte. Selbst wenn Craiden und seine Quorrl jeden Einzelnen hier drinnen umbrachten – sie eingeschlossen –, änderte das nicht das Geringste. Für die meisten hier würde der Tod nicht mehr als eine kleine Unbequemlichkeit bedeuten; der Verlust von ein paar Stunden ihrer Erinnerungen. Arion versuchte, sich ins Gedächtnis zu rufen, wann sie ihr letztes MemoBackup ausgeführt hatte. Vor zwei oder drei Tagen, viel zu lange her, zumindest wenn es nach Plixx ging oder gar Duras, der ihre Erinnerungen vermutlich am liebsten im Sekundentakt sichern lassen würde. Zwei oder drei Tage ... ihr Verlust wäre lästig, aber mehr auch nicht. Zumindest könnte sie Rymer und ihre griesgrämige Miene vergessen.

Andererseits würde Arion sich dann aber auch nicht mehr an den Anblick von Plixx mit seiner Narrenkappe erinnern, und das wäre wirklich schade.

»Ja, das wäre es in der Tat«, kommentierte der Mausling neben ihr mit einem säuerlichen Grinsen. »Und das will doch niemand von uns, oder?« Bevor Arion darauf antworten konnte, lief er los in Craidens Richtung und begann, auf ganz und gar lächerliche Art zu hüpfen und zu springen, sodass die kleinen Glöckchen an seinen Schuhspitzen und der Narrenkappe bimmelten und die bunten Bänder an seinem Stab flatterten. Arion nahm an, dass dieses Narrentreiben zu der Rolle gehörte, die er spielte. Sein Aufzug sah trotzdem ziemlich schräg aus.

Hinter Craiden erwachte auch Duras endlich aus der Schockstarre, in die er anscheinend verfallen war, als ihre Besucher auf so ungeheuerliche Weise gegen die Regeln seines heiligen Protokolls verstoßen hatten. Er räusperte sich künstlich und viel zu oft und trat dann mit zwei raschen Schritten wieder in Craidens Blickfeld. Anscheinend kam er dem Clansmeister dabei zu nahe oder bewegte sich zu schnell, denn Torman gab ein drohendes Knurren von sich und legte die Hand auf den Griff seines Schwertes, allerdings konnte er nicht einmal ahnen, dass es zumindest vorübergehend auf submolekularer Ebene untrennbar mit der Schwertscheide verschmolzen war.

Duras ignorierte ihn. »Seid willkommen an unserer Tafel, Kriegsherr«, sagte er, nun wieder vollkommen beherrscht und mit einer angedeuteten Verneigung, der die misstrauischen Augen des gehörnten Riesen neben ihm aufmerksam folgten.

»Das zu glauben, fällt mir ein bisschen schwer, Hauptmann«, antwortete Craiden.

Duras blinzelte. »Was meint Ihr?«

»Dass wir hier willkommen sind«, sagte Craiden lächelnd.

Arion glaubte, den Kommandanten der Königlichen Garde erbleichen zu sehen, doch natürlich wusste sie, dass es unmöglich war: Duras' Gesicht bestand aus schwarzem Eisen. »Wie … kommt Ihr darauf, Clansmeister?«, fragte er verdutzt.

Craiden grinste breit in sein nachtschwarzes Gesicht hinauf, strich wie liebkosend mit der rechten Hand über den Schwertgriff an seinem Gürtel und deutete mit der anderen Hand auf seine Begleiter. »Lässt man willkommene Gäste hungern?«

Duras sah jetzt eindeutig betroffen aus, aber nur für einen ganz kurzen Moment. Dann machte er eine hastig wedelnde Handbewegung, und ein halbes Dutzend spinnengliedriger Drohnen wuselte heran und begann, die Teller und Schalen der Quorrl-Krieger mit Speisen zu füllen, von denen Arion gar nicht so genau wissen wollte, was sie einmal gewesen waren, als sie noch gelebt hatten … falls sie es nicht überhaupt noch taten. Nicht alles fand in Ruhe seinen Weg bis auf die Teller der Quorrl: Der eine oder andere Schuppenkrieger riss den Drohnen das Fleisch einfach aus den Händen (zumindest in einem Fall auch gleich *mit* der dürren Silberhand), und Plixx, der immer noch vergeblich nach Applaus für seine albernen Faxen gierte, wich unauffällig nach hinten, als ihn einer der Quorrl aus seinen senkrecht geschlitzten Schlangenaugen anstarrte und zu sabbern begann.

Craiden verstößt mit Absicht gegen das Zeremoniell, und seine Begleiter auch. Ich habe ihr Alphawellen-Niveau analysiert. Sie sehen aus wie Quorrl. Sie sind Quorrl. Aber sie sind außergewöhnlich intelligent. Durchaus vergleichbar mit Menschen.

Arion ließ ihren Blick kurz über die Versammlung kunterbunt verkleideter Gestalten an der großen Tafel schweifen. Vergleichbar mit Menschen. Was immer das heißen mochte.

Er will provozieren.

Uns?

Euch.

Nein, das überraschte sie kein bisschen. Etwas an diesem Craiden war … sonderbar, ein besseres Wort dafür fiel ihr nicht ein. Irgendetwas an ihm irritierte sie auf eine seltsame, prickelnde Art … als würde er etwas in ihr berühren, von dem sie gar nicht gewusst hatte, dass es da war. Fast ohne ihr eigenes Zutun versuchte sie erneut, sein Gesicht heranzuzoomen, und dieses Mal gelang es ihr.

Noch ein Bruch des Protokolls?

Ich fürchte, das Protokoll ist hinfällig geworden, Prinzessin.

Komisch, dass der angeblich intelligenteste Computer der Galaxis so lange gebraucht hatte, um das zu merken.

Mit einer Mischung aus kindlicher Neugier und fast wissenschaftlichem Interesse sah sie zu, was an der Tafel weiter geschah, während sie zugleich mit sich selbst Wetten abschloss, wer als Erster die Contenance verlieren würde, Duras oder der Graue Mausling. Selbst wenn Craiden kein ungehobelter Barbar mit dem Intelligenzquotienten einer Karotte gewesen wäre, sondern genauso aufgerüstet wie Duras und seine Nachtkrieger, war es unmöglich, das vorherzusagen. Genauso unmöglich war es eigentlich, zu spüren, dass man von Augen beobachtet wurde, die zehnmal besser sahen als man selbst.

Craiden spürte es.

Arion konnte ihm ansehen, dass er ihren Blick fühlte und wie unter der Berührung einer zarten Hand den Kopf in ihre Richtung drehte, um sie auf eine seltsame, vielleicht sogar verschwörerische Art anzusehen – auf jeden Fall aber nicht unfreundlich. Sie fragte sich, ob auch diese Freundlichkeit geschauspielert und nur Teil seines eigenen, akribisch ausgearbeiteten Protokolls war, kam aber zu keinem Ergebnis. Sie musste aufpassen, dass ihr der Bursche aus purem Opportunismus nicht zu sympathisch wurde.

Auch auf den anderen Tellern erschienen nun erlesene Speisen, zum Teil den veränderten Körpern der Gäste angepasst. Bei Craiden und seinen Quorrl hatte der R'Achernon auf dieses weitere kleine Zauberkunststück verzichtet, um sie nicht noch mehr zu erschrecken. Zu Arions Erleichterung verzichtete er allerdings darauf, den ohnehin engen Saal mit einer Hundertschaft wuselnder Drohnen zu überfluten. Irgendein Gericht erschien auch auf ihrem Teller, aber sie würdigte es nicht einmal eines Blickes, sondern beobachtete den Ritter und seinen überdimensionalen Zinnteller, auf dem ein einzig gewaltiges, knusprig gebratenes Stück Fleisch erschienen war. Arion fragte sich, wie er das Kunststück fertigbringen wollte, mit geschlossenem Visier zu essen. Wenn man genau hinsah, konnte man nämlich erkennen, dass es – zunächst – keine Scharniere hatte. Im nächsten Moment hatte sich das jedoch geändert, und der Ritter drehte sich klappernd auf seinem Stuhl herum, sodass Arion sein Gesicht immer noch nicht identifizieren konnte, bevor er das Visir hochklappte und zu essen begann.

Ihr wisst, was man unter einem Nebenkriegsschauplatz versteht, Prinzessin?

Vor allem verstand Arion den leicht tadelnden Unterton in der lautlosen Stimme hinter ihren Gedanken, erteilte sich selbst einen angemessenen Verweis und konzentrierte sich wieder auf Craiden und seine Quorrl. Craiden sah sie immer noch an und immer noch auf dieselbe, seltsame Art. Fünf seiner sechs Quorrl waren vollauf damit beschäftigt, das Essen in sich hineinzuschaufeln, das die Drohnen in ununterbrochener Folge heranschleppten. Der sechste starrte immer noch den Hofnarr-Mausling an und sabberte weiter.

Genau wie Arion rührte Craiden sein Essen nicht an, sondern saß einfach nur da und machte keinen Hehl daraus, wie sehr er die Situation genoss. Sie folgte einer genau einstudierten Abfolge, in der nichts dem Zufall überlassen war – dessen war sich Arion sicher.

Ebenso wenig starrte er sie zufällig an oder nur, weil sie war, wer sie eben war. Etwas … war zwischen ihnen.

Aber das war erstens unmöglich und zweitens vollkommen verrückt. Arion verscheuchte den Gedanken, sah leicht angewidert auf ihren Teller hinab und gab dem R'Achernon die Anweisung, Craiden und seinen Begleitern das Bild einer essenden Arion zu präsentieren.

Aus irgendeinem Grund schien den Clansherrn dieser Anblick zu irritieren, denn nun runzelte er die Stirn und wirkte regelrecht überrascht, aber Arion schüttelte auch diesen Gedanken ab und konzentrierte sich für eine Weile auf ihr virtuelles Essen.

Der R'Achernon hatte ihr versprochen, dass das Schlimmste überstanden wäre, wenn der offizielle Teil des Empfangs vorüber war und das Essen begann, aber das war gelogen. Craiden rührte seinen Teller nach wie vor nicht an, aber seine Quorrl lieferten eine perfekte Sechs-Mann-Show, der der Großteil der Anwesenden mit einer Mischung aus Faszination und wohligem Entsetzen folgte. Craiden starrte weiter Arion an, und das war alles, was in der nächsten Stunde geschah.

Sie lernte die Langeweile kennen, aber auf eine sehr unangenehme, enervierende Art. Etwas würde geschehen, das spürte sie ganz deutlich, aber sie konnte nicht sagen, ob es etwas Angenehmes oder etwas Schlimmes sein würde. Nur etwas Großes. Und es ließ auf sich warten.

Eine weitere geschlagene Stunde verging. Plixx versuchte ohne Pause, die geschuppten Gäste mit allerlei Faxen aufzuheitern, und sah dann irgendwann ein, was er selbst Arion seit Jahren immer wieder predigte, nämlich dass Quorrl nicht einmal eine Spur von Humor hatten, und nahm wieder am Tisch Platz. Musik spielte auf, und Arion lenkte sich eine Weile damit ab, einer Tanzgruppe zuzusehen, die der R'Achernon generierte, und die ... na ja, irgendetwas aufführten, von dem sie vermutete, daß es einen Tanz aus Craidens Heimat darstellen sollte, der Reaktion des Clansherrn nach zu schließen aber kräftig danebenging. Das war verwunderlich. Wusste der R'Achernon denn nicht, dass der Tanz falsch war?

Die Vorführung ist vollkommen korrekt. Es handelt sich um den zeremoniellen Kriegstanz des Sander-Clans, aus dem Craiden stammt. Der Clansherr erweckt bewusst den Eindruck, als wäre er falsch.

Warum?

Das weiß ich nicht.

Es dauerte einen Moment, bis Arion die Bedeutung dieser Antwort vollends aufging. *Liest du denn nicht seine Gedanken?*

Das kann ich nicht.

Wieso?, fragte Arion verwirrt.

Das weiß ich nicht, Prinzessin. Sowohl die Gedanken des Clansmeisters als auch die seiner Begleiter sind mir nicht zugänglich.

Und das war wirklich sonderbar. Der R'Achernon konnte jedermanns Gedanken lesen, ganz gleich, wer und wo er war. Oder sollte es können. Arion wollte gerade eine entsprechende Frage stellen, als die Tanzvorführung endete und Craiden sich mit einem abfälligen Lächeln auf den Lippen wieder zu ihr umdrehte.

Dann tat er etwas ganz und gar Ungeheuerliches – zumindest wenn es nach dem Protokoll ging: Er faltete die Beine auseinander, stand auf und griff nach seinem Teller, was nicht nur ein allgemeines, ebenso ungläubiges wie erschrockenes Raunen und Flüstern überall an der langen Tafel zur Folge hatte. Duras machte einen hastigen Schritt auf ihn zu und erstarrte dann wieder, als Craidens gehörnter Leibwächter dasselbe tat, und für den Bruchteil eines Augenblicks lag Gewaltbereitschaft in der Luft, bevor der R'Achernon den Kommandanten der Königlichen Garde zurückbeorderte und die Luft rings um Craiden und seine Krieger mit beruhigenden Pheromonen und einem unhörbaren Infraschall-Summen sättigte, das die gleiche Wirkung hatte.

Was hat er vor?

Der R'Achernon antwortete Arion nicht, aber sie konnte es beobachten: Craiden nahm seinen Teller in die linke und den schweren Trinkbecher in die rechte Hand und kam auf sie zu. Duras machte einen weiteren Schritt und blieb wieder stehen, als ihm diesmal Arion einen scharfen gedanklichen Befehl erteilte, ging aber dann doch weiter, als sich auch Torman von seinem Platz hinter Craidens Stuhl löste und seinem Herrn folgte. Arion zog erstaunt die Augenbrauen hoch.

Fast gemächlich, aber eine Kielspur aus erschrockener Bewegung, Keuchen, Stühlerücken, Flüstern und scheuer Blicke erzeugend, der wiederum ein gehörnter Riese und ein noch einmal ein gutes Stück größerer schwarzer Eisenmann folgte, schlenderte Craiden auf sie zu und versuchte, ihren Blick einzufangen. Da war etwas seltsam Erwartungsvolles in seinen Augen, das sie ganz und gar nicht verstand. Aber irgendwie gefiel es ihr.

Ganz automatisch wollte Arion aufstehen, tat es aber dann doch nicht. Stattdessen drehte sie sich nur halb auf ihrem Sitz um (ein Protokollverstoß, den ihr der R'Achernon hoffentlich durchgehen lassen würde) und sah ihn so nichtssagend-freundlich an, wie sie es gerade noch konnte.

An ihrer linken Seite erschien ein weiterer, steinerner Stuhl, nur eine Winzigkeit kleiner als der monströse Thronsessel, auf dem sie seit Stunden saß, und Craiden nahm so unaufgefordert darauf Platz, als wäre dies sein ureigenstes angestammtes Recht – was ein neuerliches Raunen und Stirnrunzeln an der großen Tafel zur Folge hatte. Arion hob rasch die Hand, und es wurde still. Craiden blickte sie anerkennend an, und im nächsten Moment hatte Arion alle Mühe, ein amüsiertes Lächeln von ihren Lippen zu verbannen, als auch Torman hinter den Stuhl trat, um seinen Herrn wie ein gewaltiger, vierfach gehörnter Berg zu überragen. Allerdings nur für einen kurzen Moment; dann war der Stuhl plötzlich größer, sodass die steinerne Lehne bis über das Gesicht des riesigen Leibwächters aufragte. Sie hatte noch gar nicht gewusst, dass der R'Achernon über einen so subtilen Sinn für Humor verfügte.

Ich passe mich nur unseren Gästen an, Prinzessin. Das gebietet schon allein die Höflichkeit.

Heißt das, dass ich mich jetzt wie ein Bauerntrampel in den Sessel fläzen und rülpsen und sabbern muss, um nicht unhöflich zu sein?

Der R'Achernon war diplomatisch genug, nicht darauf zu antworten, doch in Craidens Augen blitzte es so amüsiert auf, als hätte er den lautlosen Dialog gehört – was unmöglich war. Arion war dennoch einen winzigen Augenblick lang wirklich irritiert; fast schon ein bisschen erschrocken. Niemand konnte ihre Gedanken lesen, wenn sie es nicht wollte (also gut, *fast* niemand, abgesehen von Plixx, dem R'Achernon, Duras, dem kompletten Thronrat und vielleicht ein paar tausend anderen Bewohnern des schwarzen Himmelsturms), und dieser ungebildete Barbar schon gar nicht.

In Craidens Augen blitzte es nur noch amüsierter auf, und Arion fragte sich noch einmal und jetzt allen Ernstes, ob er nicht doch irgendwie ihre Gedanken las oder doch zumindest so genau erriet, dass es auf dasselbe Ergebnis hinauslief.

Beunruhigenderweise sagte der R'Achernon dazu nichts.

Craiden wartete einen Moment lang vergeblich darauf, dass Arion das allmählich peinlich werdende Schweigen von sich aus unterbrach, beugte sich schließlich vor und begann, das gebratene Hühnchen auf seinem Teller (Arion redete sich mit mehr oder weniger Erfolg ein, dass es ein Hühnchen war, das der R'Achernon täuschend ähnlich generiert hatte) mit den bloßen Händen auseinanderzureißen. Die meisten anderen Gesichter am Tisch wandten sich angewidert ab, während Arion sich zwang, dem Anblick tapfer standzuhalten. Wenigstens so lange, bis Craiden einen fetttriefenden Flügel abriss und ihn Arion mit noch fettigeren Fingern und einem breiten Grinsen hinhielt.

»Nein danke«, sagte sie hastig. »Das ist sehr freundlich von Euch, Clansmeister, aber ich ... äh ... möchte nicht.«

»Aber es ist gut«, erwiderte Craiden mit einem noch breiteren Grinsen. »Mein Kompliment an Eure Küchenmägde.«

»Ich weiß«, antwortete Arion. Sie spürte, wie sich ihre Lippen angewidert verziehen wollten, konnte nichts dagegen tun und wandelte es in ein angedeutetes Lächeln ab – das Craiden ganz bestimmt nicht überzeugen konnte. *Was hatte der Kerl eigentlich vor?* »Aber trotzdem: Nein danke.«

»Oder stimmt etwas damit nicht?«, fragte Craiden. Sein Lächeln erlosch im gleichen Maße, in dem er den gebratenen Flügel auf seinen Teller sinken ließ.

Es wurde sehr still. Arion sah nicht einmal in Richtung der Quorrl, aber sie konnte beinahe körperlich spüren, wie das halbe Dutzend Krieger am anderen Ende der langen Tafel in seinem Schmatzen und Schlemmen innehielt und misstrauisch in ihre Richtung blickte. Torman versuchte, sich an Craidens Sessellehne vorbeizuschieben, aber aus irgendeinem Grund wollte es ihm nicht gelingen. Kein Zweifel: Der R'Achernon *hatte* Humor.

»Glaubt Ihr wirklich, Ihr wärt lebend bis in diesen Raum gelangt, wenn ich oder irgendjemand hier Euren Tod im Sinn hätten, Clansmeister?«, fragte Arion.

Craiden starrte sie an. Lange. Entschieden zu lange für ihren Geschmack. Dann schüttelte er den Kopf und griff wieder nach seiner barbarischen Mahlzeit, um herzhaft hineinzubeißen. Fett und Bratensaft liefen an seinem Kinn herunter und tropften auf den Tisch, und Arion wurde ein ganz kleines bisschen übel. »Wahrscheinlich nicht«, sagte er mit vollem Mund.

»Und selbst wenn es Gift wäre«, fuhr Arion mit eisiger Miene fort, »könnte ich es mit großem Appetit essen. Haben Euch Eure Erinnerer nicht gesagt, dass man uns nicht töten kann?«

Es wurde noch stiller. Arion bildete sich ein, Duras hinter sich erschrocken die Luft anhalten zu hören, doch sie wusste, dass es unmöglich war – schließlich atmete er nicht.

»Unsere Erinnerer«, antwortete Craiden nach einer geraumen Weile und während er seine beeindruckend weißen Zähne in das Fleisch schlug, »haben mir viel über Euch erzählt.«

Gut, sie wusste, dass das noch viel unmöglicher war, aber sie konnte wirklich hören, dass er das *Euch* mit einem großen »E« aussprach.

»Dann solltet Ihr wissen, dass es unmöglich ist, mich zu vergiften.«

»Warum esst Ihr dann nicht?« Craiden wedelte mit seinem Hühnerbein, und Fettspritzer flogen in alle Richtungen. Die, die Arion und ihr kostbares Kleid zum Ziel hatten, verschwanden einfach, bevor sie sie berühren konnten, und für einen winzigen Moment glaubte sie, einen Hauch Blumenduft wahrzunehmen. »Es ist nicht vergiftet, und es ist wirklich gut.«

»Das freut mich, Clansmeister«, antwortete Arion. »Aber ich esse kein Fleisch.« Genau genommen aß sie gar nicht.

»Und was ist das da?« Craiden machte eine Kopfbewegung in Richtung ihres Tellers.

»Proteine«, antwortete Arion. »Der R'Achernon generiert sie aus künstlicher DNS und bringt sie in jede gewünschte Form und Geschmacksrichtung.« Und ganz genau genommen war es nur ein *Masse-Hologramm,* das wie ein Stück Fleisch aussah. Allem Anschein nach wussten Craidens Erinnerer wohl doch nicht alles.

»Proteine«, wiederholte Craiden, während er abwechselnd ihren und seinen eigenen Teller betrachtete. »Und esse ich dann hier? Auch … *Proteine?*« So, wie er das Wort aussprach, konnte man meinen, dass er es noch nie gehört hatte. Doch sie wusste mit unerschütterlicher Sicherheit, dass das nicht stimmte, und nickte.

Craiden zögerte noch einen winzigen Moment, biss dann erneut in das Fleisch und kaute genüsslich. »Man schmeckt gar keinen Unterschied«, sagte er mit vollem Mund. Das Gefühl von Übelkeit in Arion wurde stärker, aber da war auch noch etwas anderes und ... Irritierendes, das sie erschreckte.

»Genau genommen gibt es auch keinen«, sagte sie. »Ich würde Euer Kompliment ja gerne an den R'Achernon weitergeben, aber er hat es bereits gehört. Doch ich bin sicher, dass er Eure Anerkennung zu schätzen weiß.«

Es schmeckt ihm nicht im Mindesten. Er bevorzugt sein Fleisch gerade tot genug, dass es nicht vom Teller läuft. Wenigstens nicht schneller, als er es aufspießen kann.

»Warum hören wir nicht mit diesen Mätzchen auf, Prinzessin?«, fragte Craiden mit vollem Mund. »Meine Männer und ich wissen Eure Gastfreundschaft zu schätzen, und ich fühle mich sehr geehrt, an dieser Tafel sitzen zu dürfen, noch dazu in der Gesellschaft einer so schönen und charmanten Frau.« Er schluckte, stopfte sich eine weitere gewaltige Portion künstliches Protein zwischen die Zähne und fuhr ungeniert und mit voller Absicht schmatzend fort: »Doch sosehr ich all das genieße, Prinzessin, fürchte ich, dass uns keine Zeit für den Austausch von Freundlichkeiten bleibt.«

»Ihr wollt also lieber Unfreundlichkeiten austauschen?«

»Ich bin hierhergekommen, um unsere Forderungen vorzubringen«, erinnerte Craiden, noch immer lächelnd und kauend und doch in vollkommen verändertem Ton.

Es fiel Arion nicht unbedingt leicht, ihn weiter mit freundlicher Miene anzusehen. »Aus keinem anderen Grund haben wir Euch in diesen Saal gebeten, Clansmeister«, erinnerte sie.

»Nein, Prinzessin«, antwortete Craiden. Jetzt verschwand das Lächeln von seinem Gesicht und machte etwas anderem Platz, das Arion nicht richtig einordnen konnte. Aber es beunruhigte sie.

»Vielleicht haben Euch Eure Erinnerer nicht richtig informiert, Clansmeister Craiden«, antwortete sie vorsichtig. »Aber dieser Tag ...«

»Unsere Erinnerer«, fiel ihr Craiden ins Wort, »mussten mich über nichts informieren, so wenig wie einen einzigen meiner Krieger oder auch nur einen Mann oder eine Frau unseres Volkes. Jeder in der Stadt, die Ihr so verächtlich *Belagerung* nennt, kennt die Bedeutung dieses Tages. Es ist nicht nötig, sie weiterzuerzählen. Es reicht, den Kopf in den Nacken zu legen und in den Himmel hinaufzublicken, um zu wissen, weshalb wir hier sind. Aber wisst Ihr es auch, Prinzessin?«

Das war kein bloßer Bruch des Protokolls mehr, sondern eine schiere Provokation. Arion blieb äußerlich vollkommen ungerührt, aber hinter ihrer Stirn begann eine ganze Phalanx misstönender Alarmglocken zu schrillen. Dass Craiden nicht mit seinen Vorgängern zu vergleichen war, sondern … nun ja, eben *Craiden* war, wusste sie, und bis zu einem gewissen Grad hatte sie sein herausforderndes Benehmen nicht nur kaum überrascht, sondern sogar erwartet. Aber das hier war … etwas anderes. Craiden strahlte nicht nur die naive Zuversicht der Jugend aus (und die eines Heerführers, der ohne besondere Anstrengung Millionen Soldaten in die Schlacht werfen konnte). Da war auch eine Zuversicht, die eben nicht nur auf sich selbst gründete. Aber wie konnte das sein? War Craiden einfach nur ein hervorragender Schauspieler, oder wusste er etwas, das sie (und vor allem der R'Achernon und auch Plixx) nicht wussten? Das sollte eigentlich unmöglich sein.

Das *ist* unmöglich, Prinzessin.

Diesmal war sie sicher, einen leicht beleidigten Unterton in der lautlosen Stimme des R'Achernon zu hören.

Ihr solltet Euch nicht von Craidens äußerer Erscheinung täuschen lassen.

Wie kommst du darauf, dass ich das tue?

Weil er ein durchaus charmanter und gut aussehender junger Mann ist, Prinzessin. Und Ihr eine gesunde junge Frau mit ganz natürlichen Bedürfnissen.

Willst du damit andeuten, dass ich scharf auf ihn bin?

So etwas würde ich mir nie herausnehmen, Prinzessin.

Und das ist auch besser für dich.

Tatsache ist aber, dass sich Euer Hormonhaushalt in einem gewissen Aufruhr befindet, seit der Clansmeister den Saal betreten hat. Es sei denn, Ihr reagiert auf die Anwesenheit seiner Quorrl. Oder die Tormans.

Arion beschloss, dem R'Achernon mindestens eine dieser beiden Alternativen übel zu nehmen, und ihre tachyonengesteuerte Gouvernante entblödete sich natürlich nicht, hinzuzufügen: **Ich kann Euren Hormonspiegel regulieren, wenn Ihr es wünscht, Prinzessin.**

Untersteh dich, mich unsittlich anzufassen, Blechkiste.

Eine körperliche Berührung wäre nicht notwendig, und bei allem Respekt, Prinzessin, bin ich keine Blech ...

»Vielleicht habt Ihr recht, Clansmeister«, sagte sie, und die lautlose Stimme in ihren Gedanken verstummte beleidigt mitten im Wort, »und unser beider Zeit ist zu kostbar, um sie mit Belanglosigkeiten und dem Austausch ohnehin nicht ernst gemeinter Höflichkeitsfloskeln zu vergeuden.«

»Ist sie das?«, erkundigte sich Craiden.

Arion nickte. »Ihr habt eine Stadt zu befehligen, Clansmeister. Eine große Stadt. Und ich ein Sternenreich zu verwalten. Ein noch viel größeres Sternenreich.«

»Wo Sterne doch so klein sind, wenn man sie dort oben am Himmel betrachtet.«

»Dafür gibt es sehr viele davon«, antwortete sie. »Das dürfte sich ausgleichen.«

Craiden nickte. Dann zog er ein fragendes Gesicht. »Und was macht Ihr mit all diesen Sternen?«

Plixx hüstelte, ebenso übertrieben wie unecht, und Arion registrierte erst jetzt, dass auch rechts neben ihr ein zusätzlicher Stuhl aufgetaucht war, auf dem der Mausling nun hockte; mittlerweile ohne sein albernes Hofnarren-Kostüm.

»Was man eben mit Sternen macht«, antwortete sie. »Man verwaltet sie. Oder schmiedet sich aus dem Schönsten ein Schmuckstück. Oder ein Haus.«

Plixx hüstelte noch lauter, und auch unter den Gästen an der Tafel kam eine Art ... gehemmte Unruhe auf, anders konnte sie es nicht beschreiben. Sie meinte Rymers Entsetzen regelrecht *hören* zu können. Recht so. Warum sollte sie eigentlich die einzige hier sein, die sich unwohl fühlte?

»Ein ... *Haus?*«, fragte Craiden.

»Schaut Euch um, Clansmeister«, antwortete Arion mit einem Nicken und einer ausholenden Geste mit der Hand, die den gesamten Raum einschloss. »Ihr befindet Euch in einem.«

Craiden blinzelte. »Ich bin nicht sicher, ob ich das wirklich verstehe.«

»Wie auch?«, unterbrach ihn Arion. »Ich verstehe es selbst nicht, so wenig wie irgendjemand hier am Tisch – Plixx vielleicht einmal ausgenommen. Ich meine, es ist wirklich, *wirklich* kompliziert. Wenigstens behauptet der R'Achernon, dass es außer uns noch keiner anderen Spezies in dieser Galaxis gelungen ist, das Herz eines toten Sternes zu bergen und etwas wie ihn daraus zu formen.«

»Tatsächlich?« Craiden klang ein bisschen unsicher, und genau das war auch der Sinn der Sache.

»Ja«, bestätigte Arion. »Und er behauptet auch, er könne nicht lügen.«

»Ach ja?«

Arion nickte. »Ich glaube ihm. Er hat es nicht nötig, zu lügen, weißt du?«

Sie erschrak, als sie das vertraute *du* hörte, das ihr wie von selbst über die Lippen gekommen war. Aber zu ihrer Erleichterung schien weder Craiden noch sonst jemand im Thronsaal den kleinen Fauxpas bemerkt zu haben.

»Der ... R'Achernon?«, wiederholte Craiden. »Was soll das sein?«

Arion überlegte einen Moment. »Ihr würdet ihn ... den Geist dieses Turms nennen«, erklärte sie dann.

Das schien der Clansmeister zu verstehen. Er nickte. Und schwieg.

»Clansmeister«, mischte sich Plixx ein. »Bitte verzeiht Prinzessin Arion. Es ist ihr erster Kriegstag ...«

»So wie meiner«, sagte Craiden. Er wirkte ein kleines bisschen irritiert, vielleicht durch die Tatsache, von einer *Maus* angesprochen zu werden.

»... und vielleicht ist sie noch nicht mit dem Protokoll vertraut genug. Ich bitte Euch, dieses Versäumnis zu entschuldigen. Wenn jemanden die Schuld trifft, sie nicht hinlänglich unterrichtet zu haben, dann mich.«

Dazu sagte Craiden nichts mehr. Arion war auch recht sicher, dass es Plixx nicht gefallen hätte, was er zu sagen hatte.

Plixx wartete noch einen Moment auf irgendeine Reaktion des Clansmeisters, seufzte dann sehr leise und glitt von seinem Stuhl, was zwar zur Folge hatte, dass er nun gerade noch groß genug war, um über die Tischplatte zu sehen. Dennoch wirkte sein Anblick nicht annähernd so lächerlich, wie man hätte annehmen sollen. Im Gegenteil. Etwas geschah mit Plixx, was weder wirklich sichtbar noch Arion ganz neu war, sie aber stets mit einer Mischung aus Erstaunen und Erschauern erfüllte. Es war unsichtbar und schon gar nicht in Worte zu fassen: Der Mausling wirkte plötzlich ... beeindruckend, auf eine unterschwellige Weise Furcht einflößend, die nichts mit seinem Äußeren zu tun hatte und ihn fast so gefährlich wirken ließ, wie er tatsächlich war. Selbst sein Lächeln strafte sich selbst Lügen.

»Meister der Clans, Herr von *Belagerung* und Beherrscher der beiden Kontinente«, begann Plixx mit ruhiger, kraftvoller Stimme und sprach dabei die Worte aus, die eigentlich Arion hätte sagen sollen, und zwar schon vor einer ganzen Weile. »Ihr habt um Aufnahme in unser Haus gebeten und um Speise und Trank für Euch und Eure Begleiter, und beides wurde Euch gewährt. Nun nennt Euer Begehr, auf dass wir darüber entscheiden können.«

Craiden zog die linke Augenbraue hoch, biss in sein Fleisch und fragte: »Wie?«

Jemand am Tisch lachte, aber nur kurz, und für den Bruchteil eines Atemzugs schien sogar Plixx die Selbstbeherrschung zu verlieren. Seine Augen wurden groß, und für eine unendlich kurze Zeitspanne – aber auch unübersehbar – hatte er nicht mehr die geringste Ähnlichkeit mit einem Mausling, sondern sah nur noch aus wie eine sehr große, sehr wütende Ratte. Und dann vernahm Arion das Knistern von blauem Elmsfeuer, das sie an seinen Barthaaren und den aufgestellten runden Ohren für einen kurzen Moment zu sehen glaubte.

Plixx räusperte sich, trat unbehaglich von einem Fuß auf den anderen und schaffte es irgendwie, zugleich verlegen sowie ganz leicht spöttisch auszusehen. »Bitte verzeiht, geehrter Clansherr«, sagte er, »aber die korrekte Antwort auf diese Frage lautet …«

»Nur, was uns zusteht«, unterbrach ihn Craiden, lächelnd und noch immer ungeniert mit vollem Mund kauend, aber mit einer Kälte in den Augen, die selbst die Last eines Eisschleppers noch einmal hätte gefrieren lassen. Er schluckte das Fleisch hinunter, warf den Rest seines Hühnerbein-Imitats so wuchtig auf seinen Teller, dass Sauce und kleine Gemüsestückchen in alle Richtungen spritzten, und richtete sich zum ersten Mal gerade in seinem Stuhl auf. Er wandte sich an Arion, als er weitersprach, nicht an den Mausling.

»Warum beleidigt Ihr mich, Prinzessin, indem Ihr mich mit einem Tier sprechen lasst?«

»Ich versichere Euch, Clansmeister, Plixx ist alles andere als ein …«, begann Arion, doch Craiden unterbrach sie in noch schärferem Ton.

»Ihr wollt wissen, was mein Begehr ist? Nicht das meines Vaters und auch nicht das dessen Vaters oder aller Clansführer, die vor ihnen auf diesem Stuhl gesessen haben, um sich von den Herren dieses verfluchten Schwarzen Turms demütigen zu lassen!«

»Niemand will Euch demütigen, Clansherr«, antwortete Arion irritiert. »Im Gegenteil, wir alle …«

»Nein, natürlich nicht«, fiel ihr Craiden abfällig ins Wort. »Wie komme ich nur auf diese Idee? Ihr erweist uns die unvorstellbare Gnade, uns in Euer Haus einzuladen, nicht wahr? Mich und meinen Leibwächter und ein ganzes Dutzend meiner Krieger! Das ist tatsächlich ungeheuer großzügig von Euch. Wie konnte ich das nur übersehen? Und damit nicht genug! Wir durften sogar an Eurem Tisch sitzen und von Euren kostbaren

Proteinen essen! Bitte verzeiht, Herrscherin des R'Achernon und Verwalterin eines Sternenreichs, dass ich das nicht zu würdigen weiß.«

Es wurde noch stiller im Thronsaal, obwohl Arion das noch vor einer Minute gar nicht für möglich gehalten hatte. Und es war auch nicht Arion, die die fast atemlose Stille endlich unterbrach, sondern der Mausling.

»Ich ... bin nicht ganz sicher, ob ich verstehe, wovon Ihr sprecht, geehrter Clansmeister«, sagte er schleppend.

Craidens Blick ließ den Arions nicht los, und das auf eine durch und durch unheimliche Art. In seinen Augen waren eine Härte und ein Fordern, denen sie nur sehr wenig entgegenzusetzen hatte, aber auch noch mehr. Er sah sie auf eine Art an, als erwarte – verlange! – er eine ganz bestimmte Reaktion von ihr. Aber sie wusste einfach nicht, welche. Oder warum.

Und als wäre sein Verhalten noch nicht absurd genug, wirkte Craiden im nächsten Moment enttäuscht.

»Das sage ich Euch, *Prinzessin*«, antwortete er, noch immer, ohne den Mausling auch nur eines Blickes zu würdigen. »Nur das, was uns zusteht.«

Arion sah aus den Augenwinkeln, wie Plixx zu einer jetzt vermutlich schon deutlich weniger geduldigen Antwort ansetzte, und brachte ihn mit einem rasch gedachten Befehl zum Schweigen. »Und was wäre das?«, fragte sie.

»Nur das, was uns zusteht.« Craiden machte eine Handbewegung in die Runde, die so verblüffend ihrer Geste von gerade ähnelte, als hätten sie sie gemeinsam einstudiert. »Hiervon.«

Das Raunen, das jetzt durch den Raum lief, war nicht einmal lauter als das zuvor, aber es klang irgendwie ... empörter.

»Hiervon?«, vergewisserte sich Arion. »Was genau meint Ihr damit, Clansmeister?«

Aus irgendeinem Grund wirkte Craiden noch enttäuschter. Er schwieg eine geraume Weile, und als er weitersprach, klang seine Stimme anders, offizieller.

»Was Menschen zu allen Zeiten wollten und meistens doch nur bekommen haben, wenn sie es sich mit Gewalt nahmen«, antwortete er. »Gerechtigkeit. Wir verlangen das, was schon unseren Vorfahren zugestanden hat und deren Vorfahren und all den Generationen davor. Unseren Anteil an den Reichtümern des Himmelsturms.«

»Habt Ihr deshalb versucht, ihn zu zerstören?«, fragte Plixx.

Craiden verzog nur geringschätzig die Lippen. »Zerstören? Aber werdet Ihr denn nicht müde, uns immer wieder zu erzählen, dass er nicht zerstört werden kann?«

»Und das ist auch wahr«, antwortete Arion anstelle des Mauslings. »Dennoch habt Ihr es versucht, Clansherr. Und Euer Volk hat einen hohen Preis für diesen Versuch bezahlt.«

Craiden blickte fragend, und Arion sah ihn ihrerseits eine kleine Weile erwartungsvoll an, bis sie endlich begriff, dass sein verständnisloser Blick nicht gespielt war und was er bedeutete. »Ihr wisst es nicht?«

»Was?«, fragte Craiden.

Er weiß es wirklich nicht? Aber das ... kann doch nicht sein, oder?

Möglicherweise hatte er keine Ahnung von der tatsächlichen Zerstörungskraft der Waffe, die er eingesetzt hat.

Tatsächlich? Du meinst, er wusste gar nicht, dass es ein Planetenkiller *war?*

Euer Sarkasmus ist unangebracht, Prinzessin. Niemand wusste, dass es diese Waffe überhaupt noch gibt. Schon gar nicht hier auf der Erde. Aber der Clansmeister und seine Begleiter befanden sich bereits hier, als die Waffe gezündet wurde. Vielleicht weiß er noch gar nicht, was passiert ist.

»Ihr wisst wirklich nicht, was Ihr mit Eurer kleinen Machtdemonstration angerichtet habt?«, wiederholte Arion. Craiden wollte antworten, doch sie schnitt ihm mit einer so scharfen Geste das Wort ab, dass es in seinen Augen zornig aufblitzte; er war es nicht gewohnt, Befehle entgegenzunehmen, schon gar nicht von einer Frau und wohl erst recht nicht von einem Mädchen, das zumindest aussah, als könnte es seine Tochter sein. Sie stand auf. »Dann sollten wir es Euch vielleicht zeigen.«

Haltet Ihr das für eine kluge Idee, Prinzessin?

»Was? Ihm zu zeigen, dass er die Hälfte seiner eigenen Stadt niedergebrannt hat?«

Erst als sie den betroffenen Ausdruck auf seinem Gesicht sah, wurde Arion klar, dass sie die Frage laut ausgesprochen hatte. Selbst das Schweigen des R'Achernon wirkte betroffen.

»Prinzessin?«, fragte Craiden schließlich.

»Ich ... ähm ... habe mich ungeschickt ausgedrückt«, sagte sie unbeholfen. Womit sie die Situation natürlich nur noch schlimmer machte, denn in den Ausdruck von Verwirrung in Craidens Augen mischte sich prompt wieder ein Funke von Misstrauen. »Aber manchmal ist es wirklich leichter, etwas zu zeigen, statt es umständlich erklären zu wollen«, fuhr sie – nicht wirklich weniger ungeschickt – fort und stand auf. »Wenn Ihr mir folgen wollt, Clansmeister?«

Craiden erhob sich ebenfalls, und irgendwie gelang es Torman nun, an seinem Stuhl vorbeizukommen und hinter seinen Herrn zu treten. Parallel dazu stellte sich Duras hinter Arion, und am anderen Ende der langen Tafel entstand Unruhe, als auch das halbe Dutzend Quorrl klappernd aufstand.

Arion schüttelte rasch den Kopf. »Nur Ihr und ich, Clansmeister«, sagte sie. »Oder habt Ihr Angst, allein mit einem kleinen Mädchen zu sein?«

»Ich fürchte, das kann ich nicht zulassen, Hoheit«, schaltete sich Duras hinter ihr ein. Torman knurrte etwas in einer Sprache, die sie nicht kannte, und der R'Achernon verzichtete zu ihrem Erstaunen darauf, seine Worte zu übersetzen. Vermutlich hatte er in seiner Sprache nichts anderes gesagt als Duras.

»Ja, das dachte ich mir, Duras«, seufzte Arion. Als sie weitersprach, musste sie ein wenig die Stimme heben, denn ihr Vorschlag hatte einen regelrechten Tumult an der langen Tafel ausgelöst. »Da trifft es sich doch gut, dass ich hier die Prinzessin bin und Ihr nur der Kommandant meiner Leibwache, nicht wahr?«

Der schwarze Riese mit dem Eisengesicht senkte zwar demütig das Haupt, sagte aber trotzdem: »Und als der habe ich das Recht, Eure Befehle zu verweigern, wenn Ihr Euch in Gefahr begebt. Was ich hiermit tue, Hoheit, bei allem Respekt.«

Arion wandte sich zu Craiden. »Gebt Ihr mir Euer Wort, mir nichts zu tun, Clansherr?« Craiden wirkte noch immer ein bisschen hilflos, aber er nickte, und Arion fügte hinzu: »Und ich verspreche Euch umgekehrt, Euch nichts zuleide zu tun.«

Torman knurrte wieder etwas, das sie weder verstand noch vom R'Achernon übersetzt bekam, und Craiden antwortete mit einem einzelnen, gezischelten Wort in derselben Sprache. Der gehörnte Riese widersprach zwar nicht, aber er schüttelte trotzig den Kopf und verschränkte noch trotziger die Arme vor der Brust. Craiden selbst sah zornig aus, aber auch ein bisschen resignierend. Offenbar, dachte Arion amüsiert, teilten selbst die Mächtigen dieser Welt manchmal dasselbe Schicksal.

»Also gut«, seufzte sie. »Dann nehmt Euer Kindermädchen mit, und ich meines. Aber sonst niemanden.«

Craiden nickte, und Duras sagte: »Ich muss auf ein Backup bestehen, Hoheit.«

Und ich auch.

Arion resignierte. Es *gab* Dinge, gegen die selbst die mächtigste Frau des Universums machtlos war.

Mardu Vor Urzeiten (und diese Altersbezeichnung schien auf den allergrößten Teil von *Belagerung* zuzutreffen) mussten diese Tunnel wohl zu einem Transportsystem gehört haben, das weiter auseinanderliegende Teile der Stadt miteinander verbunden hatte. Massive rostige Schienen, die auf längst zu Stein gewordenen Holzschwellen genagelt worden waren, bedeckten den Boden und verloren sich in vollkommener Dunkelheit auf der einen und verzehrender roter Glut auf der anderen Seite des Tunnels.

Was die Abzweigung anging, hoffte Mardu für Quizzack, die Wahrheit gesagt zu haben. Je länger sie sich in Richtung Höllenfeuer bewegten, desto heftiger bezweifelte er, dass sie es bis dorthin schaffen würden: Die Hitze war schon jetzt so unerträglich, dass er sich zu jedem einzelnen Atemzug zwingen musste, und als er versehentlich mit dem Fuß an eine der Schwellen stieß, hörte er ein deutliches Zischen – jetzt wusste er auch, woher der Gestank nach verbranntem Fleisch kam. Sein Fuß tat so weh, dass er kaum auftreten konnte.Wenn sie sich nicht nach wie vor an dem Licht des vor ihnen schwebenden Leuchtstabs hätten orientieren können, wäre Mardu wahrscheinlich einfach stehen geblieben. In den wenigen Momenten, in denen es ihm gelang, die Tränen vor seinen Augen weit genug wegzublinzeln, um zumindest halbwegs klar sehen zu können, meinte er, irgendwo vor ihnen einen verschwommenen Schatten zu erkennen, auf halbem Wege bis zu der Stelle, an der sich die Welt endgültig in roter Höllenglut auflöste.

»Meinst du nicht, dass wir besser umkehren sollten?«, fragte Mardu. Seine Stimme zitterte hörbar, aber das schob er auf die Hitze und die immer größere Mühe, die ihm das Luftholen bereitete.

»Es gibt … gefährliche Dinge dort«, antwortete Quizzack. »Schlimme Dinge. Vielleicht sind sie verbrannt, aber ich bin nicht sicher.«

Und um diesen *schlimmen Dingen* nicht zu begegnen, zog der Junge es offensichtlich vor, selbst zu verbrennen?, fragte sich Mardu. Ja, ein wahrhaft genialer Plan.

Dennoch folgte er Quizzack weiter. Und tatsächlich: Die Abzweigung war vielleicht noch zwanzig Schritte entfernt – und damit etwa dreißig mehr, als er es gerne gehabt hätte –, und die Hitze schien sich mit jedem Schritt zu verdoppeln. Doch selbst wenn vor ihnen schlimme Dinge lagen, die sich Quizzack vielleicht nur einbildete, warteten hinter ihnen ebenso schlimme Dinge, die Mardu selbst gesehen hatte und die sich noch immer lautstark Zugang zu den Tunneln verschaffen wollten. Also biss er die Zähne zusammen und folgte ihm weiter.

Auf den letzten Metern war er nicht mehr sicher, ob sie es wirklich schaffen würden. Die Hitze war ganz und gar unvorstellbar und noch viel unerträglicher. Die letzten fünf oder sechs Schritte stolperte er mit angehaltenem Atem hinter dem Jungen her, weil er ernsthaft befürchtete, sich die Lungen zu verbrennen. Sein

Mantel schwelte, und hätte er auch nur noch ein einziges Haar auf dem Kopf gehabt, dann wäre es längst zu Asche zerfallen.

Ganz wie Quizzack behauptet hatte, wurde es deutlich besser, kaum dass sie den abzweigenden Stollen erreicht hatten. Schon auf den ersten paar Schritten nahm die Temperatur spürbar ab, und nach dem ersten Dutzend Schritten wagte Mardu es, wieder zu atmen. Die Luft war immer noch heiß und schmeckte nach geschmolzenem Stein und brennendem Metall, und vor seinen Augen tanzten bunte Punkte, von denen er nicht sicher war, dass sie jemals wieder verschwinden würden. Immerhin lebte er, und das war mehr, als er noch vor ein paar Augenblicken auch nur zu hoffen gewagt hatte. Also entschied er, dass ein wenig Großmut vielleicht angebracht war.

»Du scheinst tatsächlich die Wahrheit gesagt zu haben«, polterte er. »Wohin führt dieser Gang?«

Quizzack sah ihn komisch an, antwortete aber dann trotzdem und mit einem Schulterzucken: »In einem anderen Gang.«

Mit diesen Rekruten war es immer dasselbe: Kaum zeigte man auch nur eine Spur von freundlichem Interesse, wurden sie unverschämt. Mardu hatte schon vor einer geraumen Weile die Regelung eingeführt, neue Rekruten in den ersten vier Wochen ihrer Ausbildung spätestens jeden zweiten Tag verprügeln zu lassen, und nahm sich fest vor, diese Anordnung auf eine tägliche Tracht Prügel zu ändern. Und mit seinem missratenen Adjutanten würde er anfangen. Schließlich sollte ihm niemand nachsagen, dass er seine persönlichen Bediensteten bevorzugte.

Als hätte er seine Gedanken gelesen, sah Quizzack ihn noch komischer an und fuhr dann unaufgefordert fort: »Dahinten sind noch viel mehr Gänge. Eine ganze Menge, aber ich kenne mich aus, keine Angst. Da können wir sie abschütteln.« Er kniff das linke Auge zusammen. »Was springt denn eigentlich für mich dabei raus?«

Mardu verpasste ihm als Anzahlung schon mal eine kräftige Kopfnuss und wedelte herrisch mit der anderen Hand, und Quizzack war immerhin klug genug, seine Frage nicht zu wiederholen, sondern eiligen Schrittes weiterzugehen.

Der Tunnel führte in sanfter Neigung nach unten (was Mardus Unbehagen noch einmal zusätzliche Nahrung verlieh) und musste irgendwann einmal Teil desselben seltsamen Transportsystems gewesen sein; vielleicht ein Flucht- oder Versorgungstunnel. Die Wände waren uralt, verrottet und einmal mit eisernen Streben abgestützt gewesen, hatten jetzt aber weit mehr Ähnlichkeit mit dem Skelett irgendeiner gigantischen Kreatur, die hier unten gestorben war. Vom Alter zerfressene und längst unkenntlich gewordene Gerätschaften ragten im unruhigen Licht des Leuchtstabs wie versteinerte Organe aus der Dunkelheit, und immer wieder musste Mardu den Kopf einziehen, um nicht gegen eines von unzähligen verrotteten Kabeln zu stoßen, die wie zerrissene Arterien und Sehnen von der Decke hingen. Als es einmal doch geschah, zerfiel das handgelenkdicke Kabel lautlos zu Staub.

Wie Quizzack behauptet hatte, führte der Gang nur ein paar hundert Schritte geradeaus und verzweigte sich dann. Der Junge schwenkte so selbstverständlich nach links, dass Mardu nicht einmal der Gedanke kam, an seiner Entscheidung zu zweifeln, doch bevor er ihm folgte, blieb er trotzdem noch einmal stehen und sah in die Richtung zurück, aus der sie gekommen waren. Der Tunneleingang loderte wie ein böses rotes Auge hinter ihnen, und er meinte eine Bewegung inmitten des roten Lichts wahrzunehmen, war sich zugleich aber auch beinahe sicher, dass sie nur seiner Einbildung entsprang. Mit seinen Nerven stand es nicht mehr zum Besten.

Der Gang, durch den sie eilten, war so niedrig, dass Mardu nur noch gebückt gehen konnte und trotzdem ununterbrochen gegen Gegenstände stieß, die von der Decke hingen.

»Warum sind die eigentlich hinter dir her?«, fragte Quizzack, nachdem sie eine Weile unterwegs waren. Fast augenblicklich verbesserte er sich: »*Euch*, meine ich natürlich, Herr.« Er räusperte sich. »General.«

»Wie kommst du auf die Idee, sie könnten hinter mir her sein?«

Quizzack sah ihn noch schräger an.

»Weil ich drei von ihnen getötet habe«, sagte Mardu schließlich.

»Das habe ich gesehen, aber …«

»Vorher«, sagte Mardu. »Kurz nach dem Blitz.«

»Ihr lügt!«, entfuhr es Quizzack.

Mardu nahm ihm die Bemerkung nicht einmal übel; nicht in dem Ton vollkommenen Erstaunens, in dem sie ihm entschlüpft war. Ganz im Gegenteil, sie schmeichelte ihm sogar fast.

»Es war kurz nach dem Blitz«, sagte er stolz. »Sie sind aus ihrem verdammten Turm herausgekommen, wahrscheinlich um nachzusehen, wie viele sie von uns umgebracht haben. Aber ich habe sie dafür bezahlen lassen. Wenigstens diese drei.«

Quizzack blieb stehen und drehte sich zu ihm um, und jetzt las Mardu in seinen Augen blankes Entsetzen. »Du hast …?«

»*Ihr*«, verbesserte ihn Mardu fast sanft, half ihm aber, großmütig, wie er nun einmal war, dennoch aus: »Drei.«

»Du hast *drei* Heliothopther getötet?«, ächzte Quizzack. Er wurde sogar noch blasser.

»Und es überlebt«, bestätigte Mardu.

»Aber du weißt, was das bedeutet!«, keuchte der Junge. »Sie … sie werden dafür *dreitausend* von uns hinrichten!«

»Und was glaubst du, wie viele sie umgebracht haben mit diesem verdammten Blitz?«, gab Mardu scharf zurück. »Und wie viele sie noch töten werden, einfach so, weil ihnen gerade danach ist? Hast du vergessen, was oben auf der Straße geschehen ist?«

Quizzack setzte zu einer Antwort an, klappte den Mund dann wieder zu und starrte ihn aus nur noch größeren Augen an. Vielleicht erinnerte er sich daran, wer vor wenigen Minuten den ersten Schuss abgegeben und damit das Gemetzel ausgelöst hatte. Wenn, war er klug genug, diese Erkenntnis für sich zu behalten; wenigstens für den Moment.

»Bring mich hier raus«, fuhr Mardu fort. »Wenn du mich zu meinen Leuten zurückbringst, dann drücke ich ein Auge zu, was deine Unverschämtheit angeht. Vielleicht bekommst du sogar eine Belohnung, wer weiß?« Eine Tracht Prügel, die nicht ganz so schlimm war, wie sie ihm eigentlich zustand, zum Beispiel.

»Wenn sie hinter Euch her sind, dann werden sie mich auch töten, falls sie uns zusammen erwischen«, sagte Quizzack.

»Ein Grund mehr, mich möglichst schnell hier herauszubringen«, stimmte Mardu zu.

Der Junge dachte angestrengt über dieses Argument nach, kam zu dem einzigen Schluss, den Mardu akzeptiert hätte, und wandte sich schließlich schweigend ab, um weiterzugehen. Mardu folgte ihm dichtauf, sah aber immer wieder über die Schulter zurück.

Nichts rührte sich hinter ihnen, aber gerade das war es, was Mardu in zunehmendem Maße beunruhigte. Seine Verfolger waren dicht hinter ihm gewesen, und nach allem, was sie gerade dort oben angestellt hatten, um seiner habhaft zu werden, konnte er sich nicht vorstellen, dass sie jetzt so einfach aufgeben und ihn ziehen lassen würden. Mardu wusste so viel über Heliothopther wie jeder andere Bewohner von *Belagerung* – nämlich so gut wie nichts –, aber er zog immerhin die Möglichkeit in Betracht, dass der insektoide Teil dieser biomechanischen Konstrukte einfach die Hitze nicht ertrug, durch die sie sich in den Tunnel gekämpft hatten. Für deren Lenker jedoch galt das nicht. Sie waren nun einmal Menschen und sollten keine Probleme damit haben, ihm auf demselben Weg zu folgen, den auch er genommen hatte. Und wenn sie es gewollt hätten, dann hätten sie ihn längst eingeholt, da war er sicher.

Quizzack bewegte sich zwar zügig, vertrödelte nach Mandus Dafürhalten aber dennoch viel zu viel Zeit, indem er immer wieder anhielt und Mühe zu haben schien, sich zwischen den unterschiedlichen Abzweigungen und Tunneln zu entscheiden. Mardu konnte es ihm nicht verdenken. Für ihn sah hier unten ohnehin alles gleich aus, und wenn ihm nicht der kurz vor ihnen schwebende Leuchtstab Orientierung gegeben hätte, wäre für ihn dieses ganze Labyrinth sowieso in grauschwarzer, erstickender Dunkelheit versunken.

Schließlich blieb der Junge endgültig stehen und sah immer wieder von einer Abzweigung zur anderen. Nicht, dass Mardu irgendeinen Unterschied gesehen hätte. Sie waren beide niedrig, beide dunkel und machten ihm beide Angst.

»Du hast dich verlaufen«, stellte er fest.

Quizzack schüttelte den Kopf. »Das ist der richtige Weg«, behauptete er, indem er auf die linke Abzweigung deutete. »Er bringt uns hier raus.«

»Und warum nehmen wir ihn dann nicht?«, fragte Mardu, dem es allmählich immer schwerer fiel, sich zu beherrschen. Er sollte dem Burschen vielleicht doch eine kräftige Abreibung verpassen, nur so.

»Weil etwas … nicht stimmt«, antwortete Quizzack zögernd. »Spürt Ihr es nicht?«

Das einzige, was Mardu spürte, war das heftige Bedürfnis, ihm eine weitere Kopfnuss zu verpassen. Mit einem verächtlichen Schnauben schob er den Jungen aus dem Weg und bückte sich unter dem niedrigen Tunneleingang durch.

Und schon nach den ersten Schritten spürte er es auch. Es wurde wieder wärmer. Da der Mantel überall auf seiner Haut scheuerte und sein Gesicht sowie seine Hände mit zahllosen Brandblasen und Wunden nur so übersät waren, hatte er im ersten Moment Mühe, die körperliche Hitze, die quälend aus seinem Inneren aufstieg, von der zu unterscheiden, die von außen auf ihn einwirkte. Doch nach einer Weile *sah* er auch etwas: einen ganz schwachen, rötlichen Hauch, irgendwo vor ihnen – und formlose Bewegung. Und hörte er nicht ein leises Rascheln, Schaben und Trippeln wie von unzähligen, winzigen, harten Füßchen, die über den Boden scharrten?

Mardu verscheuchte den Gedanken, und Quizzack, der nur wenige Schritte hinter ihm ging, sagte nervös: »Sollten wir nicht doch lieber umdrehen, Herr?«

Mardu schüttelte den Kopf, wandte ihm aber ganz bewusst nicht das Gesicht zu, damit Quizzack sein Lächeln nicht sah. Der Junge war nervös und hatte Angst, und das war verständlich, denn er war noch ein unerfahrenes Kind. Aber er musste ja nicht gleich sehen, was für ein warmherziger und großmütiger Mann Mardu war.

Schon deshalb, weil er es ganz gewiss ausnützen würde.

Mardu straffte die Schultern und ging schneller. Durch den

sanften Schein des Leuchtstabs schimmerte rotes Licht durch, dessen Quelle irgendwo vor ihnen lag, und er fühlte Wärme. Irgendetwas brannte. Na und? Irgendwo in diesem Moloch von Stadt brannte es immer. Wenn es zu schlimm wurde, konnten sie immer noch kehrtmachen.

»Mardu?«, fragte Quizzack hinter ihm.

»General«, verbesserte er den Jungen automatisch und in vielleicht nicht mehr ganz so geduldigem Ton. Allmählich könnte der Bursche es wirklich lernen. Er ging ganz bewusst noch ein gutes Dutzend Schritte weiter, bevor er langsam den Kopf drehte und ihm einen strengen, fast väterlichen Blick zuwarf. »Was ist denn?«

Quizzack hob die Hand und deutete absurderweise an ihm vorbei nach vorne. Hielt der Bursche ihn für blind, oder wollte er sich über ihn lustig machen? Vielleicht hatte er einfach nur die besseren Augen. Mardu drehte missmutig wieder den Kopf und erblickte etwas, was Quizzack offensichtlich schon längst aufgefallen war: Das Rot vor ihnen war nicht so homogen, wie er bisher angenommen hatte. Der Tunnel stand offensichtlich nicht zur Gänze in Flammen, auch wenn die Hitze inzwischen schon wieder weit genug zugenommen hatte, um mehr als nur ein bisschen unangenehm zu sein.

Mardu ging trotzdem weiter, konnte aber nichts dagegen tun, dass seine Schritte immer langsamer wurden. Unbewusst nahm er noch immer dieses Rascheln und Schaben wahr, aber er konnte es nicht zuordnen.

Allmählich erkannte er mehr in dem Dämmerlicht vor sich. Das Feuer war kein Feuer, sondern glimmende, rote Glut, die sich einem leuchtenden Spinnennetz gleich über die gesamte rechte Wand ausgebreitet hatte und bereits dünne, leuchtende Finger über Decke und Boden ausstreckte. Die Hitze war grausam. Schließlich blieb er stehen.

»Was ist das?«, flüsterte er.

Statt zu antworten, ging der Junge an ihm vorbei, trat, die schreckliche Hitze ignorierend, dichter an die Wand heran und hob sogar die Hand, wie um das unheimlich leuchtende Spinnennetz zu berühren. Mardu sah einen Augenblick interessiert zu und fragte sich, was wohl passieren würde, aber dann gewann doch das bisschen Vernunft die Oberhand, das sich noch in Quizzacks Spatzenhirn befand, und der Junge ließ die Hand wieder sinken.

»Unheimlich«, flüsterte er nur.

»Dann hast du so etwas noch nie gesehen?«, vergewisserte sich Mardu.

Quizzack schüttelte heftig den Kopf. »Noch nie!«, versicherte er. »Das ist wirklich unheimlich.« Er trat ein paar Schritte zurück und beobachtete die Ausmaße des Netzes, das sich tiefer in den Gang erstreckte. »Es sieht fast aus, als ... als würde es wachsen.«

Es sah nicht nur danach aus, dachte Mardu schaudernd. Er hatte eine der haardünnen leuchtenden Ranken im Auge behalten, die sich zitternd die Decke hinaufschoben, und er konnte *sehen*, dass sie wuchs; sehr langsam nur, vielleicht eine halbe Fingerbreite pro Minute, aber sie wuchs. Und noch schlimmer: Es schien ihr vollkommen gleich zu sein, was sie verschlang. Sie fraß sich unterschiedslos durch Stein, Erdreich, Metall oder Holz und verwandelte es in düsterrot-glühende Lava.

»Wenn wir vorsichtig sind, kommen wir daran vorbei«, murmelte Quizzack. In seiner Stimme lag nicht besonders viel Überzeugung. »Dort hinten wird es besser.«

Mardu sah in dieselbe Richtung und kam endgültig zu dem Schluss, dass der Junge wohl über schärfere Augen verfügen musste als er. Dass es dort hinten besser wurde, konnte er nicht erkennen. Denn so weit er sehen konnte, erstreckte sich das leuchtende Netz über die rechte Tunnelwand und hatte hier und da schon begonnen, sich über den Boden auszubreiten.

Quizzack schien sein Schweigen als Zustimmung zu werten, denn er ging wieder nach vorne, ließ sich vor einer der leuchtenden Ranken in die Hocke sinken und streckte erneut die Hand danach aus. Seine Finger schwebten nur wenige Zentimeter über der Glut, als wolle er die besondere Art ihrer Hitze prüfen, dann hob er die Hand, sah sich stirnrunzelnd um und las schließlich einen handlangen Splitter aus rostigem Metall vom Boden auf.

Unendlich behutsam berührte er damit den glühenden Faden, entfernte den Splitter wieder und runzelte noch nachdenklicher die Stirn, als er sah, dass dessen Spitze ebenfalls zu glühen begonnen hatte. Er schwenkte ihn hin und her, um die Glut zu löschen, aber erreichte damit rein gar nichts. Schließlich stieß er die glühende Spitze ein paarmal und mit wachsender Kraft auf den Boden. Funken stoben, und eine Anzahl kleiner Glutherde blieb auf dem Stein zurück. Mardu wartete darauf, dass sie erloschen, aber auch das geschah nicht. Der Splitter glühte weiter.

»Das ist unheimlich«, sagte Quizzack zum wiederholten Mal. Er wedelte erneut mit seinem Splitter, ohne irgendetwas damit zu bewirken – Mardu fiel auf, dass sich die Glut einen Fingerbreit weiter in ihn hineingefressen hatte –, legte ihn schließlich sehr sorgfältig auf den Boden und sah zu, wie das rote Lodern sich langsam daranmachte, den schmutzigen Stein darunter zu erobern.

Es war, als hätte die Erde selbst Feuer gefangen … Dieser Gedanke ließ Mardu nicht mehr los und besaß nun eine erschreckende und irgendwie … *endgültige* Dimension.

»Ich finde, wir sollten zurückgehen«, sagte Quizzack und stand auf. »Herr«, fügte er hinzu.

Mardu antwortete nicht. Er verzichtete sogar darauf, den Jungen ganz automatisch zu verbessern und ihn anzublaffen, dass sein Rang *General* war und nicht *Herr*. Er starrte in den Tunnel vor ihnen und versuchte, das Muster zu erkennen, das dem löchrigen Spinnennetz auf dem Boden zugrunde lag. Es war noch nicht sehr dicht, und auch wenn die Lücken sich nach und nach schlossen, würden bis dahin noch Stunden vergehen, wenn nicht Tage. Mardu war sicher, dass es mehr als einen Pfad gab, der sicher durch die Tunnel führte, ohne der Glut nahe zu kommen …

Er nickte.

»Dieses Feuer geht nicht aus«, sagte Quizzack – was vollkommen überflüssig war, wie Mardu fand –, als sie sich umwandten und nebeneinander den Weg zurückzugehen begannen.

»Jedenfalls nicht von selbst«, pflichtete ihm Mardu widerwillig bei. »Ich schicke einen meiner Alchimisten her, damit er sich die Sache ansieht, sobald wir wieder bei meinem Heer sind.«

»Ihr befehlt über einen eigenen Alchimisten?« Quizzack sah ihn aus großen Augen an, doch noch bevor Mardu sich richtig in der unübersehbaren Bewunderung seines Blicks, sonnen konnte, erlosch sie schon wieder und machte einem mindestens genau so großen Schrecken Platz. »Ihr habt Angst, dass das Feuer gar nicht ausgehen und die ganze Stadt in Brand setzen könnte!«

Diese Vorstellung war so widerlich, dass Mardu sie gar nicht erst zuließ. Andererseits … zumindest vom militärischen Standpunkt aus bot die Idee eines Feuers, das sich nicht löschen ließ, einen gewissen Reiz.

Mardu setzte gerade zu einer entsprechenden Bemerkung an, als das Rascheln und Schaben wieder an sein Bewusstsein drang. Es war die ganze Zeit über da gewesen, aber für einige Momente hatte er es verdrängt. Er blieb stehen. »Was ist das eigentlich für ein Geräusch?«

Sein Adjutant übte sich schon wieder in der Disziplin Befehlsverweigerung, indem er ihm die Antwort auf diese Frage schuldig blieb, und zuckte auch jetzt wieder nur hilflos mit den Schultern, doch eine Antwort war auch gar nicht nötig. Jetzt sah Mardu es selbst – oder eben auch nicht. Die Schatten vor ihnen waren in Bewegung geraten.

Er konnte keine Einzelheiten erkennen, sondern nur ein allgemeines Wogen und Huschen, was auf seine Art beunruhigend war. Hätte Mardu nicht gewusst, wie lächerlich allein die Vorstellung war, der Auserwählte könne ein solches Gefühl auch nur kurz empfinden, dann hätte ihm der Anblick eindeutig Angst gemacht.

Die Bewegung wurde deutlicher und irgendwie härter, und auch das Rascheln und Scharren klang jetzt eindeutig bedrohlicher. Er konnte die unzähligen winzigen gepanzerten Beinchen regelrecht hören, die über den harten Boden schrammten. Und nur einen kleinen Moment später sah er sie auch, kaum eine Sekunde nachdem Quizzack neben ihm scharf die Luft zwischen den Zähnen eingesogen hatte.

Es waren Käfer – jedenfalls war das die allererste Bezeichnung, die Mardu dafür einfiel –, ungefähr so groß wie sein Daumen und schwarz gepanzert, mit sechs winzigen, meißelnden Beinchen und ohne Augen, dafür aber schon fast grotesk großen, klickenden Mandibeln. Die Viecher waren wirklich winzig, aber sie waren auch wirklich viele. Ein paar Millionen, schätzte Mardu. Der gesamte Boden vor ihnen und sogar ein Teil der Wände war zu insektoidem Leben erwacht. Eine schwarze Woge aus klickenden Beinchen und reißenden Mandibeln, die direkt auf sie zuraste.

»*Weg!*«, brüllte er.

Allzu viele Alternativen, wohin sie fliehen konnten, gab es nicht mehr. Quizzack und er fuhren herum und jagten den Weg zurück, den sie gerade gekommen waren, und dem leuchtenden Spinnennetz entgegen, das Mardu plötzlich viel dichter vorkam als noch vor einem Augenblick und geradezu unüberwindlich. Er hätte sich ohne Weiteres zugetraut, sich sehr vorsichtig und auf Zehenspitzen an ihm vorbeizudrücken, ohne mit einem der tödlichen leuchtenden Fäden in Berührung zu kommen – aber in dem Tempo, in dem die Käfer sie vor sich herjagten? Unmöglich!

Sie erreichten das glühende Netz sowieso nicht. Die Käfer waren noch ungleich schneller, als er ohnehin befürchtet hatte, und holten sie ein, als sie etliche Schritte von der brennenden Wand entfernt waren. Die klickende Masse teilte sich einfach hinter ihnen und floss in einer Zangenbewegung um Quizzack und ihn herum. Für einen winzigen Moment schöpfte Mardu sogar Hoffnung, dass die Insekten kein Interesse an ihnen hätten, aber das galt wirklich nur für den Moment. Etwas berührte seine Beine und begann, wie eine Woge aus mikroskopisch kleinen (und unendlich vielen) Rasierklingen daran emporzusteigen, dann war es plötzlich unter seinen Füßen. Mardu verlor endgültig den Halt und fiel mit wild rudernden Armen nach vorne.

Der Aufprall war nicht so hart, wie er erwartet hatte, denn er fiel nicht auf Stein, sondern auf eine wimmelnde Decke aus Käfern, die den Boden zur Gänze bedeckte. Im gleichen Sekundenbruchteil war die Hauptmasse der Käfer heran und schwappte wie eine hungrige Woge über Quizzack und ihn hinweg.

Mardu schloss die Augen und wartete darauf, bei lebendigem Leibe gefressen zu werden, aber das geschah nicht. Die Berührung der Käfer tat weh, ganz schrecklich weh sogar, denn ihre eisenharten Beinchen schrammten erbarmungslos über jeden Quadratmillimeter seiner ohnehin geschundenen Haut, und das eine oder andere Beißwerkzeug schnappte wohl auch zu, schien aber keinen rechten Geschmack an ihm zu finden. Mardu ließ zehn doppelte Herzschläge verstreichen, in denen er darauf wartete, dass das Aufgefressenwerden begann, gestand sich endlich (und mit einem Gefühl erheblicher Verwunderung) ein, dass das wohl nicht geschehen würde, und versuchte, sich in dem Gewimmel hochzustemmen.

Die enorme Masse der Käfer sorgte dafür, dass er drei Anläufe brauchte, um sich auch nur in eine sitzende Position zu erheben, doch während ihre dunklen Leiber an ihm vorbeifluteten, konnte er eine feste Position finden und wurde mit einem wirklich erstaunlichen Anblick belohnt: Der Boden vor ihnen brodelte, Hunderttausende, Millionen Käfer bildeten eine fast wadenhohe Decke aus krabbelnder Bewegung, die in diesem Moment das glühende Netz erreichte und es ebenso schnell überflutete, wie es die Woge mit Quizzack und ihm getan hatte.

Neben Mardu raschelte es. Ein Buckel entstand in der kribbelnden Masse und wurde zu dem Jungen, der sich umständlich (und mit sehr viel mehr Mühe als er zuvor) aufsetzte. Käfer liefen wie eine klumpige Flüssigkeit an ihm herab und verschmolzen wieder mit der wimmelnden Masse, und Mardu blickte in ein leicht mitgenommenes Gesicht, auf dem ein Ausdruck derselben vollkommenen Fassungslosigkeit lag, die auch er empfand.

»Was … ist denn jetzt … los?«, stammelte Quizzack.

Er musste dem Burschen abgewöhnen, Fragen zu stellen, die er nicht beantworten konnte, dachte Mardu. Statt etwas zu sagen, stemmte er sich vollends in die Höhe und sah sich blinzelnd um. Die Käfer hatten den glühenden Teil des Tunnels überflutet, aber ihre Bewegung verlor nun rasch an Schwung, als sie in Brand gerieten und zu Asche zerfielen.

Wieso eigentlich?, dachte Mardu.

Erst jetzt fiel ihm auf, dass er zuvor nirgendwo im Tunnel Asche gesehen hatte. Wo die Glut Stein und Metall verzehrt hatte, da gab es nur glimmende Hitze, keine Asche und nicht einmal Rauch.

Statt zu tun, was sein Verstand mit immer hysterisch werdender Stimme von ihm verlangte, nämlich auf der Stelle kehrtzumachen und von diesem Ort des Schreckens zu verschwinden, bewegte er sich ganz im Gegenteil weiter auf das Feuer zu. Es fiel ihm nicht leicht. In die wimmelnde Käfermasse zu treten, kostete ihn enorme Überwindung und tat auch immer noch reichlich weh – es war beinahe, als versuche er, durch zähen Schlamm zu waten, der seinen Bewegungen immer gerade ein ganz kleines bisschen mehr Kraft entgegensetzte, als er selber aufwandte. Außerdem fürchtete er, auf eine der glühenden Linien im Boden zu treten, die sich nun zum Großteil unter der wimmelnden Masse verbargen. Was er tat, war sehr, sehr unvernünftig. Aber darin war Mardu schließlich geübt.

Überall brodelte und zischte es, die Luft war voll ätzendem Rauch, der seinen Lungen vermutlich den Rest geben würde, wenn er noch länger hierblieb. So nahe an der brennenden Wand, wie er sich gerade noch heranwagte, hielt Mardu an und beugte sich neugierig vor. Was er bisher für eine Täuschung gehalten hatte, mit der seine überreizten Nerven und das unstete Licht ihn narrten, erwies sich nun als wahr: Wo die Selbstmörder-Käfer der Glut zu nahe kamen, zerfielen sie zu Hunderten zu grauer Asche, wenn nicht zu Tausenden. Die Käfer wichen dem Feuer aber weder aus, noch liefen sie mit der Sturheit der dummen Tiere, die sie nun einmal waren, blindlings in ihr Verderben. Sie schienen es ganz im Gegenteil gezielt zu suchen. Und das Unglaubliche: Da, wo sie über das Feuer herfielen und verbannten, hatte das leuchtende Netz aufgehört zu wachsen, und auch die größeren Glutnester … veränderten sich, auch wenn Mardu nicht genau sagen konnte, wie.

»Wir sollten … wirklich gehen, General«, sagte Quizzack nervös. »Das hier … gefällt mir nicht.«

»Schweig, Soldat!«, fauchte Mardu, ohne ihn auch nur eines Blickes zu würdigen. Immerhin gehorchte der Bursche.

Mardu nahm all seinen Mut zusammen, brachte sein Gesicht noch näher an die Wand heran und versuchte, mehr Einzelheiten zu erkennen, aber es gelang ihm erst, als er sich einen der emsig wuselnden Käfer aussuchte und ihn bis zu seinem unvermeidlichen Ende im Auge behielt. Das Geschöpf (es fiel Mardu plötzlich sonderbar schwer, es weiter *Käfer* zu nennen) wuselte über die Masse der anderen hinweg, erreichte einen der roten Fäden, grub sofort die Mandibeln in die glühende Materie und riss ein winziges Bröckchen davon heraus, um es sich in das emsig mahlende Maul zu stopfen. Unverzüglich begannen seine Mandibeln zu glühen, und auch sein Kopf und gleich darauf der ganze Körper begannen zu schwelen und zerfielen nach einem Augenblick zu Asche. Aber der winzige Funke, den das Geschöpf aus dem lodernden Faden herausgebissen hatte, war verschwunden.

»Wie interessant«, murmelte Mardu.

»General?«, fragte Quizzack hinter ihm.

»Wirklich ungemein interessant«, pflichtete Mardu sich selbst bei. Auch wenn er nicht ganz genau wusste, wieso eigentlich. Und ebenfalls, ohne genau zu wissen, warum, streckte er die Hand aus und nahm eines der winzigen Käferwesen zwischen Daumen und Zeigefinger, um es einzustecken und später von einem seiner Alchimisten genauer untersuchen zu lassen.

Allerdings blieb es bei dem Versuch, denn der Käfer zwickte ihm so kräftig in die Fingerspitze, dass Mardu ihn mit einem Fluch losließ und so heftig die Hand schüttelte, dass er um ein Haar die Balance verloren und ein zweites Mal kopfüber in die Käfermasse gefallen wäre; und allem, was sich darunter verbergen mochte. Es war Quizzack, der ihn rettete, indem er blitzschnell zugriff und ihn festhielt.

Zum Dank verzichtete Mardu darauf, ihn zu züchtigen, was ihm eigentlich für die Unverschämtheit zustand, seinen kommandierenden General unaufgefordert berührt zu haben, richtete sich aus eigener Kraft vollends auf und verpasste Quizzack einen derben Knuff zwischen die Schultern, damit er losstolperte. Der Junge murmelte etwas, das Mardu freundlicherweise überhörte, und beeilte sich endlich, den Tunnel zu verlassen.

Wenigstens versuchte er es, aber gegen den Strom der immer noch in Massen heranwogenden Käfer anzukämpfen, erwies sich als viel schwieriger, sodass sie unendlich lange brauchten, um wieder zur Abzweigung zurückzukommen.

Sie nahmen den Tunnel, aus dem ihnen weniger Käfer entgegenkamen – ihre Zahl schien buchstäblich endlos zu sein –, und Mardu schritt endlich wieder etwas schneller aus. Gerne hätte er auch die Schultern gestrafft, um wenigstens in den Augen seines (momentan einzigen) Untergebenen etwas würdevoll auszusehen, aber dafür fühlte er sich einfach zu miserabel.

»Kommen wir auf diesem Weg nach oben?«, fragte er.

Quizzack antwortete für seinen Geschmack eine Spur zu spät und vielleicht auch nicht ganz mit der Überzeugung in der Stimme, die seinen Worten angemessen schien.

»Irgendwann führen alle Wege nach oben, General.«

»Danach habe ich nicht gefragt«, sagte Mardu streng.

Quizzack sah zuerst ihn, dann den von Schatten erfüllten Tunnel vor ihnen an, und schließlich nickte er.

Mardu maß ihn mit einem neuerlichen und noch strengeren Blick, den der Junge aber beharrlich ignorierte, indem er so tat, als müsse er jeden Quadratfuß Boden vor sich aufmerksam begutachten, bevor er ihm sein Gewicht anvertraute. Vielleicht gab es dafür sogar einen guten Grund, dachte Mardu. Aber wenn, dann wollte er ihn gar nicht so genau kennen.

»Hast du so etwas schon einmal erlebt?«, fragte er, nachdem sie eine Weile schweigend nebeneinander hergegangen waren.

»Dieses Feuer oder die Käfer?«, fragte Quizzack.

Das war etwas, was er ihm dringend abgewöhnen musste, dachte Mardu. Fragen mit Gegenfragen zu beantworten statt mit Antworten. »Beides«, sagte er.

»Noch nie«, antwortete Quizzack. Er schauderte demonstrativ. »Das war wirklich unheimlich.« Er maß Mardu mit einem fast scheuen Blick. »Und Ihr wollt wirklich hierher zurück?«

»Zurück?«, japste Mardu. Hatte der Bursche den Verstand verloren?

»Zusammen mit Euren Alchimisten«, erinnerte Quizzack.

»Das ... kommt darauf an«, erwiderte Mardu ausweichend.

»Worauf?«

Mardu gewann ein wenig Zeit, indem er mit einem staksenden Schritt über eine kleine Masse von Käfern hinwegtrat, die wohl so etwas wie die Nachhut bildeten. Quizzacks fragender Blick ließ ihn jedoch nicht los.

»Darauf, was meine Alchimisten sagen, wenn ich ihnen davon erzähle«, meinte er. »Vielleicht schütteln sie ja nur die Köpfe, weil sie genau wissen, was hier passiert ist.« Was er bezweifelte.

»Aber wenn Ihr sie zurückschickt, dann darf ich mitkommen?«, fragte Quizzack.

»Warum willst du das denn?«, erkundigte sich Mardu.

»Weil es mir Angst macht, Herr ... General«, gab Quizzack zu. »Was, wenn die Käfer es nicht schaffen, das Feuer zu löschen? Das ganze Stadtviertel könnte abbrennen ... oder sogar die ganze Stadt!«

»Wohl kaum«, antwortete Mardu milde. »Du hast doch gesehen, wie viele Käfer es sind. Sie schicken bestimmt genug, um das Feuer zu löschen.«

»Sie?«, fragte Quizzack prompt. »Wen meint Ihr?«

Woher zum Teufel sollte er das wissen? Er wechselte das Thema. »Erzähl mir mehr von dir«, verlangte er. »Wieso kennst du dich hier so gut aus?«

Quizzack versuchte nicht einmal, auch nur einen Hehl aus seiner Enttäuschung zu machen, antwortete aber dennoch. »Ich bin hier aufgewachsen.«

»Hier unter der Erde?«

»Auch«, antwortete der Junge, wenn auch nach einem fast unmerklichen Zögern. »Ich bin oft hier unten. Manchmal führe ich Leute, die einen schnelleren Weg aus dem Viertel suchen, durch die Tunnel, oder Metalldiebe ... Sammler, meine ich.«

Mardu überhörte den kleinen Versprecher großzügig. Metalldiebe waren eine elende Pest, aber wenn es sie hier tatsächlich gab, dann waren sie Dummköpfe. Das einzige (ehemalige) Metall, das er bisher hier unten zu Gesicht bekommen hatte, war Rost.

»Und deine Familie?«, fragte er.

»Sie sind alle tot«, antwortete Quizzack, ohne dass seiner Stimme allzu große Trauer anzuhören gewesen wäre. »Die Nali haben sie umgebracht, vor fünf Jahren, im Krieg.«

Welchem Krieg?, wollte Mardu automatisch erwidern, schluckte die Frage aber im allerletzten Moment herunter. Er hatte weder von den Nali noch ihrem Krieg gegen wer-weiß-wen jemals gehört, aber was bedeutete das schon? Es gab unendlich viele Völker in *Belagerung* und Kriege beinahe noch mehr. »Dann bist du also völlig allein?«, fragte er.

»Ich bin nicht allein!«, widersprach Quizzack. »Ich habe Freunde, die auf mich aufpassen und gut für mich sorgen. Wir alle sorgen füreinander und passen gegenseitig auf uns auf«, fügte er hörbar stolz hinzu.

»Eine Bande also«, sagte Mardu verächtlich. Dass er selbst in einer solchen aufgewachsen war, änderte nichts daran, dass seine Verachtung echt war.

»Keine Bande!«, protestierte Quizzack. »Wir sind Freunde! So wie eine … eine große Familie. Nur viel besser.«

»Mach dir keine Sorgen, mein Junge«, antwortete Mardu mit einem warmherzigen Lächeln. »Das wird sich ändern. Ab sofort hast du eine richtige Familie.«

»Aber ich habe eine …«

»Die Armee kümmert sich um ihre Soldaten«, fuhr General Mardu fort. »Du wirst sehen, du bekommst alles, was du brauchst. Gutes Essen, bessere Kleidung, als du sie jemals auch nur gesehen hast, ärztliche Versorgung und eine ganz hervorragende Ausbildung. Um die ich mich in deinem Fall sogar persönlich kümmern werde«, fügte er hinzu.

Quizzack maß seinen zerfledderten Mantel und sein ramponiertes Gesicht mit einem langen Blick.

»Gibt es Sold?«, fragte er dann.

»Wir sind keine Söldner, mein Junge«, belehrte ihn Mardu. »Wir kämpfen für unseren Clansmeister und die Gerechtigkeit und die Ehre.«

»Aber kommt das Wort Soldat nicht irgendwo auch von Sold?«, wollte Quizzack wissen.

Mardu schluckte alles herunter, was ihm zu dieser neuerlichen Unverschämtheit auf der Zunge lag, schlug den Mantel zurück und legte die Hand auf das schwarze Toroid des Scanners an seinem Gürtel. »Du würdest lernen, mit so etwas umzugehen«, sagte er. »Ich weiß, es sieht harmlos aus, aber manchmal sind es gerade die harmlosesten Dinge, die sich am Ende als die gefährlichsten herausstellen. Glaub mir, in der Hand eines Mannes, der wirklich damit umzugehen weiß, ist es eine furchtbare Waffe.«

Quizzack maß den Scanner einige Momente lang mit einem Ausdruck angemessener Bewunderung. Dann nickte er. »Ein Mark-II-Modell«, sagte er. »So einen hatte ich auch mal. Hab ihn eingetauscht gegen einen Mark III. Der ist leichter und hat eine viel größere Reichweite. Und die Zielerfassung ist auch besser.«

Mardu starrte ihn an. Ziemlich lange. »Ich werde mich um deine Ausbildung kümmern«, versprach er dann. »Und zwar höchstpersönlich.«

»Ich kann Euch einen Mark IIIer besorgen«, fuhr Quizzack fort. »Freunde von mir wissen, wo ein ganzes Lager davon ist. Ich kann Euch bestimmt einen guten Preis machen … oder wir tauschen.« Er machte eine Kopfbewegung auf die zweite und viel klobigere Waffe, die Mardu unter seinen Gürtel geschoben hatte. »Zwei Kisten Mark IIIer gegen das da. Wenn ich ein bisschen handele, vielleicht sogar zweieinhalb, wer weiß. Zerreißer sind bei den richtig harten Jungs heiß begehrt, und …«

»Wirst du wohl auf der Stelle den Mund halten!«, fuhr Mardu ihn an. »Was fällt dir ein, deinem General Diebesgut anzubieten wie einem …«

Quizzack brachte ihn mit einer so herrischen Geste zum Verstummen, dass Mardu sich zwar ganz instinktiv fragte, wer hier eigentlich der General war, dennoch aber gehorsam die Klappe hielt und den Jungen einfach nur anglotzte.

»Still!«, zischte Quizzack. »Keinen Laut mehr!«

Also schön, das war des Guten dann doch eindeutig zu viel. »Was fällt dir eigentlich ein, du unverschämter Bursche?«, keuchte Mardu. »Ich werde dich lehren …«

»Jemand kommt!«, unterbrach ihn Quizzack. »Hört Ihr das denn nicht?«

Mardu hörte tatsächlich nichts, und er sah auch nichts in der Richtung, in die Quizzack so aufgeregt zeigte. Er entschied dennoch, den Jungen später zu züchtigen und sich auch jetzt wieder darauf zu verlassen, dass seine Augen und Ohren einfach noch jünger und damit vielleicht ein bisschen besser waren. Er schwieg und ließ sich auf ein Knie herabsinken, gebot Quizzack mit einer heftigen Geste zu schweigen und zog mit der anderen Hand den Scanner, während er zugleich aus angestrengt zusammengekniffenen Augen nach vorne starrte. Tatsächlich bewegte sich dort etwas. Etwas, das …

Mardu steckte den Scanner wieder weg und zog stattdessen die erbeutete Waffe. Quizzack ächzte und seine Augen wurden groß. Dann besaß der Bengel doch tatsächlich auch noch die Unverschämtheit, die Hände auszustrecken, um nach der Waffe zu greifen.

Mardu begriff in einem einzigen Sekundenbruchteil gleich zweierlei: Erstens, dass Quizzack tatsächlich vorhatte, ihm die Waffe zu entreißen. Und zweitens, was der monströse Schatten vor ihm wirklich bedeutete. Und er reagierte auf beide Erkenntnisse.

Mit der einen Hand versetzte er Quizzack einen Schlag ins Gesicht, der ihn zurück und zu Boden warf, mit der anderen drückte er ab.

Dunkel, wie es hier tief unter der Erde war, hatte er nicht wirklich zielen können, aber das war mit einer Waffe wie dieser auch nicht notwendig. Weder fühlte noch hörte er irgendetwas, aber dafür sah er im nächsten Augenblick umso mehr. Denn plötzlich explodierten die starrenden Facettenaugen des Heliothopthers in einem so grellen Blitz, dass sich dieses Bild regelrecht in Mardus Netzhäute einbrannte; samt des ziemlich belämmerten Gesichtsausdrucks des Lenkers, der nicht wirklich damit gerechnet zu haben schien, etwas von seiner eigenen Medizin zu schmecken zu bekommen. Vor allem keine so gewaltige Überdosis.

Mardu fand nicht wirklich Zeit, sich an dem Anblick zu erfreuen, denn der Heliothopther und sein unglückseliger Lenker waren nicht alles, was explodierte und sich in rotschwarzen Matsch und brodelnden Elektromüll verwandelte. Nur einen Moment später zerbarsten etliche der metallenen Stützpfeiler an den Wänden in einer rasenden Folge peitschender Knalle, dann brach die halbe Tunneldecke vor ihm zusammen und begrub die kümmerlichen Überreste des Heliothopthers unter sich und riss gleich auch noch seinen Leuchtstab mit ins Verderben.

Mardu riss schützend die Arme über das Gesicht und hustete qualvoll, als sich jedes einzelne Luftmolekül in seiner Umgebung schlagartig in erstickenden Staub zu verwandeln schien. Vollkommene Schwärze umgab ihn, nachdem er mit dem Tunnel auch alles Licht abgeschnitten hatte, das von seinem anderen Ende gekommen war.

Allerdings nur für einen Moment, dann raschelte und kollerte es neben ihm, ein Husten erklang, und plötzlich stach ein dünner und fast schon schmerzhaft greller Lichtstrahl durch die Dunkelheit.

»Wie lange hast du diese Lampe schon?«, grollte Mardu.

Das war nun wirklich eine dämliche Frage, wie er zugeben musste, und Quizzack machte sich nicht einmal die Mühe, darauf zu antworten. Er rappelte sich vollends hoch, wedelte hustend mit der freien Hand vor dem Gesicht herum und richtete den Strahl seines Scheinwerfers auf den eingestürzten Tunnel vor ihnen. Sehr weit reichte er nicht: Keine zehn Meter vor ihnen blockierte eine massive Mauer aus heruntergefallenem Schutt und Steinbrocken den Weg.

»Das war vielleicht ein Tick zu viel«, sagte Quizzack miesepetrig.

Mardu wedelte mit der erbeuteten Waffe. »Was kann ich dafür? Ich habe das Ding nicht gebaut.«

Quizzack sah ihn beinahe vorwurfsvoll an, schüttelte den Kopf und berührte zum zweiten Mal – vorsichtig – die Waffe. Diesmal ließ Mardu es zu, behielt ihn aber misstrauisch im Auge. Er konnte dennoch nicht sehen, was der Junge tat, aber immerhin meinte er, so etwas wie ein leises Klicken zu hören.

»Und?«, fragte er.

Quizzack machte eine Kopfbewegung auf die Wand hinter sich, woraufhin Mardu – ohne genau zu wissen, was oder gar warum er es tat – die Waffe hob und einen Schuss abgab. In der Wand entstand eine gut mannsgroße und halb so tiefe Delle, in der die Materie einfach *verschwunden war*; ein beeindruckender Anblick, aber nicht zu vergleichen mit dem Fußtritt eines zornigen Riesen, der den Heliothopther zerschmettert und den gesamten Tunnel über ihm zum Einsturz gebracht hatte.

»Allmählich wirst du mir unheimlich, Junge«, grollte Mardu.

»Die Zerreißer verbrauchen ziemlich viel Energie«, antwortete Quizzack, ohne auf Mardu einzugehen. »Noch ein paar solcher Schüsse, und er wäre leer.« Er sah demonstrativ zur Decke hoch und sparte sich den Rest von dem, was er wahrscheinlich noch hatte sagen wollen, aber Mardu hörte es trotzdem.

»Du weißt eine Menge über Waffen«, sagte er missmutig. Und auch ein wenig lauernd.

»Stimmt, sonst wäre ich nicht mehr am Leben«, antwortete der Junge ernst. »Sie sind wirklich hinter Euch her, was?«

Mardu blickte die Schutthalde an, die den Tunnel blockierte. Das mochte sein, aber auf *diesem* Weg würden sie ihn nicht mehr kriegen.

»Du kennst noch einen anderen Weg hier raus.«

Es war keine Frage, sondern eine Feststellung. Quizzack antwortete auch gar nicht darauf, sondern drehte sich um und deutete in die einzige Richtung, die es gab.

Mardu stemmte sich endgültig hoch und folgte ihm in deutlich geringerem Abstand, als nötig gewesen wäre. Angestrengt kramte er in seinem Gedächtnis. Waren sie nur einmal abgebogen, seit sie den Feuertunnel verlassen hatten? Er wusste es nicht, und sein Stolz verbot es ihm auch, Quizzack danach zu fragen. Er folgte dem Jungen einfach, und sein Groll auf ihn wuchs.

Gea Zu Geas Enttäuschung verschwand der Katzenkäfer, kaum dass sie ein paar Minuten unterwegs waren. Sie stellte ihrem dunkelhaarigen Retter auch eine entsprechende Frage, bekam – ganz wie sie es erwartet hatte – keine Antwort. Als sie sie wiederholte, fuhr er sie beinahe an: »Woher soll ich wissen, was im Kopf eines Käfers vorgeht, Mädchen? Mana kommt und geht, wie und wann er will. Aber wenn ich ihn brauche, ist er da, und das ist alles, was zählt.«

»Gea«, antwortete sie, zwar ein wenig überrascht von der Schärfe seiner Antwort, aber keineswegs bereit, so schnell nachzugeben. »Und nicht *Mädchen.*«

»Gea«, murmelte er achselzuckend. »Unter übermäßiger Bescheidenheit haben deine Eltern nicht gelitten, wie?«

»Nein«, antwortete Gea. »Und du?«

»Ich auch nicht.« Seine Blicke tasteten ruhig, aber sehr aufmerksam über die Gebäude beiderseits der Straße, und sie fragte sich, ob seine Hand nur aus Gewohnheit auf dem Schwertgriff an seinem Gürtel lag oder es einen Grund dafür gab. Ihre Umgebung hatte sich verändert, seit sie sich von der *Wand* entfernten – wenn man es genau nahm, dann veränderte sie sich sozusagen mit jedem Schritt, den sie taten –, aber die Gegend hier war … irgendwie anders. Sie konnte nicht einmal sagen, warum, aber es war so. Und auf eine unangenehme Art. Und vielleicht auch gefährlich.

»Das meine ich nicht«, sagte Gea. »Dein Name. Du hast ihn mir noch nicht genannt.«

»Vielleicht will ich das ja nicht«, antwortete er. »Und vielleicht gibt es einen guten Grund dafür.«

»Mir deinen Namen nicht zu nennen?«

»Möglicherweise bin ich ein berühmter Mann, der inkognito hier ist?«, schlug er vor. »Oder ein gesuchter Verbrecher. Dann müsste ich dich töten, sobald ich dir meinen Namen verraten habe, und das willst du doch sicher nicht.«

»Darauf lasse ich es ankommen«, sagte Gea. »Schließlich muss ich doch wissen, wer der tapfere Krieger war, der mir das Leben gerettet hat.«

Nach einem kurzen Moment des Schweigens antwortete der schwarzhaarige Krieger: »Craiden.«

»Craiden?« Gea runzelte übertrieben die Stirn. »Das klingt nicht nach dem Namen eines berüchtigten Verbrechers ... aber auch nicht nach dem eines berühmten Kriegers.« Aber er klang gut, fand sie. Und es war ein Name, der irgendwie zu ihm passte.

»Schade«, seufzte Craiden. »Dann war die ganze Mühe umsonst.«

»Welche Mühe?«

»Dir das Leben zu retten. Ich habe dich gewarnt.« Seine Hand umschloss demonstrativ den Schwertgriff. »Jetzt muss ich dich umbringen. Und diese armen Teufel gerade habe ich ganz umsonst erschlagen.«

»Ja, das ist ärgerlich«, pflichtete ihm Gea bei. »All dieses Blut und die Unordnung, die du angerichtet hast, und alles war vollkommen umsonst.«

Sie wartete darauf, dass Craiden seinerseits mit einer spöttischen Bemerkung antwortete oder wenigstens schmunzelte, aber er tat weder das eine noch das andere, sondern maß sie nur mit einem Blick, der sie ihre Worte von gerade beinahe bedauern ließ. In ihrem Kopf hörte sie plötzlich eine dünne, hässliche Stimme, die ihr die noch viel hässlichere Frage stellte, ob sie eigentlich vollkommen sicher war, dass er tatsächlich nur einen lahmen Scherz gemacht hatte. Was, wenn nicht? Dass sie seinen Namen noch nie gehört hatte, bedeutete nicht viel. Sie kannte den Namen von *niemandem* in dieser Stadt.

Dann sah sie das spöttische Funkeln in seinen Augen, und ihre Verunsicherung schlug von einem Atemzug zum nächsten in Ärger um. Auf sich selbst ein ganz kleines bisschen, aber vor allem auf ihn.

»Craiden also?«, vergewisserte sie sich. »Den Namen werde ich mir merken.«

»Das solltest du tun, mein Kind«, antwortete Craiden. »Ich hoffe nur, du hast noch etwas davon.«

»Gea«, verbesserte sie ihn erneut, blinzelte und fragte dann: »Wie meinst du das?«

Statt zu antworten, bedeutete ihr Craiden mit einer herrischen Geste, still zu sein. Und dann geschah etwas, was sie – wenn auch mit einer Sekunde Verzögerung – wirklich beunruhigte.

Mana kam zurück. Der Katzenkäfer stürzte auf summenden Flügeln nahezu senkrecht auf Craidens Schulter herab, krallte sich mit vier seiner sechs Beinchen in seinen schwarzen Mantel und begann mit den Mandibeln zu klappern. Die Straße vor ihnen war leer, aber das Geschöpf gebärdete sich, als hätte es einen furchtbar gefährlichen Gegner entdeckt. Und hatte Craiden nicht gesagt, Mana käme zuverlässig zurück, wenn er ihn brauchte?

Gea versuchte den Gedanken abzuschütteln, konzentrierte sich wieder auf einen angenehmeren Anblick (Craiden) und erreichte damit das genaue Gegenteil. Sein Gesicht blieb vollkommen ungerührt, aber seine Augen blickten mit neuer und – zumindest für sie – unübersehbar besorgter Aufmerksamkeit über die Straße. Seine Hand lag noch immer auf dem Schwert.

»Was ist los?«, fragte Gea geradeheraus.

»Du bist eine gute Beobachterin«, sagte er. »Aber ich weiß es nicht«

»Dafür, dass alles in Ordnung ist, siehst du aber beunruhigt aus«, erwiderte Gea.

»Ich habe nicht gesagt, alles wäre in Ordnung«, antwortete Craiden. »Ich mag zum Beispiel keine dummen Fragen.«

»Wie gut, dass niemand etwas Dummes gefragt hat«, spottete Gea.

Craiden bedachte sie nun mit einem eindeutig ärgerlichen Blick, enthielt sich aber jeden Kommentars, sah sich noch einmal um und deutete dann nach rechts. »Dort entlang, schnell.«

Gea gehorchte zwar, aber sie war nicht einmal sicher, ob die Worte wirklich ihr gegolten hatten, denn Mana erhob sich augenblicklich von seiner Schulter und brummte davon, und Craiden rannte zwar noch nicht, schritt aber so schnell aus, dass Gea Mühe hatte, nicht zurückzufallen.

Unter einer schmalen, aber schon fast absurd hohen Tür angekommen, hielt Craiden an und wartete auf sie. Gea versuchte, in seinem Gesicht zu lesen, aber es gelang ihr nicht. Etwas stimmte mit ihm nicht, das war alles, was sie sagen konnte, und das allein war schon genug, um ihr Angst zu machen. Schließlich hatte sie gesehen, wozu er fähig war.

»Meinst du nicht, dass es an der Zeit wäre, mir zu sagen, was hier los ist?«, fragte sie erneut. Ihr Atem ging ein wenig schwer.

»Eigentlich nichts«, antwortete Craiden. »Es ist eher die Gegend. Sie ist gefährlich. Ich hätte nicht herkommen sollen.«

»Und warum hast du es dann getan?«

»Weil Mana mir gesagt hat, dass hier irgendwo ein Kind in Gefahr ist«, antwortete Craiden. Gea zog es vor, nichts dazu zu sagen.

Craidens Blick huschte noch einen Moment lang aufmerksam über die Straße hinter ihr, dann drehte er sich um und sah sehr lange und noch aufmerksamer in das Gebäude hinein. Gea tat dasselbe, konnte aber nicht mehr als Schatten und allenfalls die vage Ahnung von Bewegung erkennen, vielleicht Mana, der das Treppenhaus erkundete.

»Komm.« Craiden lief los, ohne sich auch nur mit einem Blick davon zu überzeugen, ob sie ihm folgte oder nicht. Gea zögerte tatsächlich einen Moment, beeilte sich dann aber umso mehr, zu ihm aufzuschließen, bevor er endgültig in den Schatten verschwand.

Das Gebäude war … unheimlich. Ein Wort, mit dem sie normalerweise sehr sparsam umging, wusste sie doch, wie viele Dinge in Wahrheit einfach nur schwer zu verstehen und noch schwerer in das Gerüst menschlicher Logik zu pressen waren, dennoch aber rein gar nichts Übernatürliches an sich hatten. Aber für diese Umgebung fiel ihr einfach keine andere Beschreibung ein.

Allein der Geruch war schon unheimlich. Er war intensiv und sehr unangenehm, aber mit nichts zu vergleichen, was sie kannte. Und es war auf eine so befremdliche Weise ruhig, dass die Stille regelrecht in ihren Ohren zu dröhnen schien. Sie spürte, dass es hier keine Menschen gab – schon seit langer Zeit nicht mehr –, aber etwas lebte hier, lautlos und unsichtbar und sehr, sehr gefährlich. Sie hatte es immer für Unsinn gehalten, wenn jemand behauptete, dass er spüren konnte, wenn er angestarrt wurde. Jetzt wusste sie, wie es sich anfühlte.

»Wo sind wir hier?«, flüsterte sie, als sie zu Craiden aufgeschlossen hatte. Die unsichtbaren Wände ringsum warfen ihre Worte auf eine Weise zurück, die ihr einen noch heftigeren Schauer über den Rücken jagte: wattig und – sie konnte es nicht anders ausdrücken – staubig. Als hätte etwas den Klang einer menschlichen Stimme angenommen und auf eine unbeschreibbare Weise verändert und verdreht.

»An einem Ort, an dem man besser nicht reden sollte«, antwortete Craiden scharf. Er flüsterte, sodass Gea seine Worte eher erriet, als dass sie sie verstanden hätte. »Bleib dicht hinter mir, egal was passiert.«

Gea gehorchte, sie hätte ohnehin nichts anderes getan. Etwas bewegte sich in der Dunkelheit vor und beunruhigenderweise ein gutes Stück *über* ihnen, und sie glaubte, ein träges Wogen und Gleiten auszumachen wie ein riesiges Segel, das aus nichts anderem als Schatten bestand und sich in einem gar nicht vorhandenen Luftzug bewegte. Etwas kroch darüber hinweg, etwas sehr Großes und Haariges mit viel zu vielen Beinen, das sie aus mindestens ebenso vielen Augen anstarrte.

Mit einem plötzlichen Satz sprang das Geschöpf auf sie zu, und Gea erkannte im buchstäblich allerletzten Moment Mana, aus dem ihre außer Rand und Band geratene Phantasie ein Albtraummonster gemacht hatte. Offenbar hatte sie einen erschrockenen Laut ausgestoßen, denn Craiden, auf dessen Schulter Mana Platz genommen hatte, wandte kurz den Kopf und sah sie unübersehbar besorgt an. Er sagte jedoch nichts, sondern deutete nur stumm auf einen Fleck in der Dunkelheit vor ihnen, der irgendwie heller erschien als das farbenfressende Schwarz.

Als sie weiter darauf zugingen, wurde dieser Fleck noch heller, dann zu einem zerbrochenen Fenster, aus dessen Rahmen scharfkantige Glasscherben wie gefährliche Dolche ragten. Vermutlich ohne es auch nur selbst zu merken, beschleunigte Craiden seine Schritte, zog sein Schwert, mit dem er die größten Scherben entfernte, und stieg hindurch. Gea wartete nicht einmal, bis er sich herumgedreht und ihr die Hand entgegengestreckt hatte, bevor sie ihm folgte.

Sie fanden sich in einem schmalen, allseits von Hauswänden umschlossenen Innenhof wieder. Es gab keine Tür, und die allermeisten Fenster waren mit Brettern vernagelt oder sogar zugemauert. Wer oder was auch immer hier lebte, legte offensichtlich keinen besonderen Wert auf Tageslicht oder Frischluft.

Craiden machte eine kaum sichtbare Bewegung mit der freien Hand, woraufhin der Katzenkäfer sich von seiner Schulter erhob und in einem der wenigen offenen Fenster auf der anderen Hofseite verschwand. Schon nach ein paar Augenblicken kam er zurück, summte in den rechten Gebäudeteil und schließlich auch nach links. In diesem Haus blieb er länger verschwunden, und Gea nutzte die Gelegenheit, Craiden noch einmal unauffällig zu mustern, und das nicht nur mit den Augen. Sie spürte rein gar nichts (was sonderbar war), aber auf seinem Gesicht erschien ein Ausdruck angespannter Konzentration, den er vor den meisten anderen vielleicht sogar hätte verbergen können, aber nicht vor ihr. Sie war jetzt sicher, dass das seltsame Tier affin zu ihm war. Und das war noch sonderbarer. Ein ganz normaler Soldat? Ja, bestimmt.

Schon einen Sekundenbruchteil bevor Mana zurückkam, setzte sich Craiden in Bewegung, und aus Geas Verdacht wurde Gewissheit – auch wenn sie nicht einmal eine Vorstellung davon hatte, wie die Verbindung zwischen ihm und dem Katzenkäfer überhaupt möglich war.

Das nächste Fenster mussten sie nicht einmal mehr einschlagen. Jemand hatte das schon für sie erledigt, und zwar vor sehr langer Zeit. Unter ihren Stiefeln knackten Glassplitter, die unter einer Staubschicht verborgen waren, die mindestens fünfzig Jahre alt, wenn nicht doppelt so alt sein musste, und dazwischen meinte Gea, etwas zu gewahren, das sie an menschliche Knochen erinnerte. Aber sie war nun wirklich nicht in der Stimmung, genauer hinzusehen. Diesmal nahm sie Craidens Hilfe an, als er sich herumdrehte und ihr die Hand entgegenstreckte.

Das Haus war ebenso still wie das, aus dem sie erst vor wenigen Augenblicken geflüchtet waren, und der fremdartige Geruch stand auch hier beißend in den Räumen. Aber das Gebäude war nicht ganz so dunkel, und das Gefühl, von etwas angestarrt zu werden, das sie als Beute sah und nur noch nicht entschieden hatte, ob sie den Aufwand und das Risiko wirklich wert waren, war noch immer vorhanden, wenn auch nicht mehr annähernd so schlimm. Trotzdem wünschte sich Gea nichts mehr, als einen der Scanner mitgenommen zu haben, mit denen Orgon und seine Kumpane auf sie gezielt hatten.

Craiden hatte sein Schwert nicht wieder in die Scheide gesteckt, und seine Haltung verriet eher noch größere Anspannung. Was auch nicht gerade dazu angetan war, sie in irgendeiner Form optimistisch zu stimmen.

Gea versuchte sich selbst damit zu beruhigen, dass ihr zwar nicht gerade *nichts* passieren konnte, es aber letzten Endes nicht einmal besonders schlimm wäre, wenn sie von irgendetwas Großem und Unfreundlichem aufgefressen würde, wenn auch vermutlich äußerst unangenehm. Scheinbar half dieser Gedanke sogar – aber wieso atmete sie dann so erleichtert auf, als sie nach einer schieren Ewigkeit wieder hinter Craiden auf die Straße hinaustrat?

Ihr schwarzhaariger Führer machte noch ein paar Schritte, während derer er sich aufmerksam in alle Richtungen umsah, schob schließlich das Schwert wieder in die Scheide an seinem Gürtel und drehte sich kopfschüttelnd zu ihr um.

»Du bist wirklich ein erstaunliches Mädchen«, sagte er. »Was genau bist du? Ganz besonders tapfer oder ganz besonders leichtsinnig?«

»Gibt es da einen Unterschied?«

»Nicht wenn man unsterblich ist«, antwortete Craiden gelassen. »Komm.« Er wandte sich um, ging weiter und überließ es auch diesmal Gea, zu entscheiden, ob sie ihm folgen sollte oder nicht. Sie entschied sich dafür, wenn auch aus vollkommen anderen Gründen, als er annehmen mochte.

Sie befanden sich auf der anderen Seite des Häuserblocks, und die Straße hier schien sich auf den ersten Blick nicht von der auf der anderen Seite zu unterscheiden, außer dass sie ihr ungewöhnlich leer vorkam. Nur ein paar Schritte entfernt lümmelten ein paar Quorrl herum, die für einen kurzen Moment ihr Gespräch unterbrachen und in ihre Richtung sahen, aber auch fast sofort wieder das Interesse an ihnen verloren. In der anderen Richtung entdeckte Gea einen bizarren, einrädrigen Karren, dessen sonderbares Zugtier gleich sechs Beine hatte. Von weit her drang Kindergeschrei an ihr Ohr, ohne dass sie seinen Verursacher zu Gesicht bekam. Nach schmorendem Kunststoff riechender Qualm drang aus einem vergitterten Kellerfenster auf der anderen Straßenseite, ohne dass es jemanden zu kümmern schien.

Sie waren ein Dutzend Schritte weit gegangen, als Gea fragte: »Da in dem Haus. Was war das?«

»Das willst du nicht wissen, Kindchen«, sagte Craiden.

»Doch.«

»Aber *ich* will es nicht wissen«, erwiderte Craiden. »Und deshalb habe ich auch niemals genau nachgesehen.«

»Eine interessante Antwort …«, sagte Gea, ließ ein paar Augenblicke verstreichen und fügte dann hinzu: »… für einen Krieger.«

»Manchmal ist es besser, nicht zu viel zu wissen«, erwiderte Craiden ungerührt. »Wir leben, und das sollte dir reichen. Und jetzt sollten wir dafür sorgen, dass das auch so bleibt.«

»Und das soll mich jetzt beruhigen?«

»Bist du denn beunruhigt?«

»Sollte ich es denn sein?«

Craiden verdrehte die Augen, blieb stehen und wandte sich

ganz zu ihr um. »Du willst mir ein Gespräch aufzwingen, Kleines, aber eigentlich will ich gar nicht reden«, seufzte er. »Aber wie es aussieht, habe ich dich nun einmal am Hals, und wahrscheinlich gibst du sowieso keine Ruhe, bevor du nicht weißt, was du wissen willst.«

Gea nickte. Was er gerade über sie behauptet hatte, traf ganz offensichtlich auch auf ihn zu. Er war ein ausgezeichneter Beobachter. Wenn auch vielleicht ein bisschen einsilbig.

»Also?«, fragte er störrisch.

»Wohin bringst du mich?«

»Aus diesem Viertel heraus«, antwortete er gereizt. »Jedenfalls versuche ich es. Anscheinend hast du mir nicht richtig zugehört, Mädchen. Lass dich nicht von dem täuschen, was du zu sehen glaubst. Die Gegend hier *ist* gefährlich.«

»Wieso?«

Sie konnte ihm ansehen, dass er zu einer nun wirklich zornigen Entgegnung ansetzte, sich im letzten Moment anders besann und dann nur trotzig die Lippen schürzte. Er ging weiter, fuhr aber dennoch fort: »Die Leute hier fürchten sich. Man munkelt, dass es Krieg geben könnte. Es ist nur natürlich, dass sie Fremden gegenüber noch misstrauischer sind als ohnehin schon.«

»Ein Krieg?« Das war grotesk. »Gegen wen?«

»Irgendeinen benachbarten Clan«, erwiderte Craiden. »Vielleicht auch nur eine Räuberbande ... was meistens ohnehin kein großer Unterschied ist.«

»Du weißt es nicht?«, wiederholte sie zweifelnd.

Craiden machte ein Geräusch, von dem sie nicht genau sagen konnte, ob es ein Lachen war. »Dafür, dass du hergekommen bist, um ein kleines Abenteuer zu erleben, weißt du ziemlich wenig über diese Gegend, Mädchen.«

»Gea.«

»Es gibt hier mehr Clans und verfeindete Banden als Einwohner«, fuhr er vollkommen ungerührt fort. »Ständig führt einer gegen den anderen Krieg, und die Hälfte weiß vermutlich nicht einmal, warum. Und es spielt im Grunde auch keine Rolle.«

»Wieso?«

»Weil hier sowieso niemand sehr alt wird, Mädchen«, erwiderte Craiden. »Die Frau, die du umgebracht hast – was glaubst du, wie alt sie war?«

»Mein Name ist *Gea*«, antwortete sie betont, »und ich habe sie nicht *umgebracht*!«

»Vielleicht war sie vierzig und vermutlich nicht einmal das«, fuhr er so unbeeindruckt fort, als hätte sie gar nichts gesagt. »Und wahrscheinlich hast du ihr einen Gefallen getan. Das hier ist kein Spielplatz, Mädchen.«

»Gea.« Dann begriff sie. »Und deshalb bist du hier!«

»Wo findet man bessere Rekruten als in einem Krieg?«, fragte er gelassen. »Vorausgesetzt, man muss seine Zeit nicht damit vergeuden, weggelaufene kleine Mädchen nach Hause zu bringen.«

»Das musst du auch nicht«, sagte Gea spröde. »Ich komme schon irgendwie nach Hause.«

Craiden maß sie auf eine neue Art, von der sie nicht ganz sicher war, ob sie ihr nun schmeicheln oder sie besser überlegen lassen sollte, ob es wirklich so klug gewesen war, sich seiner Führung anzuvertrauen. »Hast du Angst vorm Fliegen, Mädchen?«, fragte er plötzlich.

»Fliegen?«

»Ich kann dich zum Himmelsbahnhof bringen«, sagte er. »Von dort aus kommst du sicher nach Hause, nehme ich an. Oder ich lasse deinem Vater eine Nachricht zukommen, damit er dich von dort abholen lässt.«

Der Himmelsbahnhof? Gea hatte davon gehört, war aber noch nie dort gewesen und hatte es bisher auch nicht für nötig befunden, sich genauer über diesen Ort zu informieren. Entsprechend hatte sie auch nur eine eher vage Vorstellung davon – aber immerhin wusste sie, dass es bis dorthin ein guter Tagesmarsch war. Sie schwieg.

Craiden schien das als Antwort jedoch vollkommen auszureichen, denn er nickte, als hätte sie tatsächlich etwas gesagt, drehte sich um und steckte zwei Finger in den Mund, um einen

Pfiff auszustoßen, der so schrill war, dass er fast in ihren Ohren schmerzte.

Gea wartete, bis das schrille Klingeln in ihren Gehörgängen verebbt war, sah Craiden auffordernd an und bekam nichts als ein Grinsen zur Antwort, das ihren Ärger auf diesen arroganten Kerl eigentlich noch mehr schüren sollte, es aber nicht tat.

»Und?«, fragte sie.

»Nur Geduld, Mädchen.«

»Gea.«

»Wo kommst du eigentlich genau her?«, wollte er wissen. »Aus einer besseren Gegend, nehme ich an?«

Gea wusste nicht genau, was er meinte. Das war erst ihr zweiter Ausflug in diesen Teil der Welt, und sie hatte nicht den Eindruck, dass es in *Belagerung* so etwas wie eine bessere Gegend gab. Aber sie hatte auch nicht das Gefühl, dass diese Antwort bei ihrem Lebensretter und selbsternannten Beschützer besonders gut ankommen würde. Sie nickte.

»Vielleicht sollte ich dich doch besser hierbehalten«, sagte er nachdenklich. »Ich könnte dich an einen sicheren Ort bringen und deinem Vater eine Nachricht schicken, damit er dich abholen lässt.«

Oder um ein Lösegeld zu erpressen?

Mana, der nach Craidens Pfiff wieder auf seiner Schulter Platz genommen hatte, richtete sich auf seine beiden hinteren Beinpaare auf und klapperte drohend mit den Mandibeln, woraufhin auf Craidens Stirn eine senkrechte, tiefe Falte erschien. Gea fragte sich einen Moment lang ernsthaft, ob er ihre Gedanken las, tat diese Idee aber fast augenblicklich wieder als unsinnig ab. Sie hätte gewusst, wenn jemand in dieser Stadt in der Lage wäre, Gedanken zu lesen. Selbst ein Soldat. Gerade ein Soldat.

»Er weiß nicht, dass ich hier bin«, antwortete sie – was ja nicht einmal gelogen war.

»Ich verstehe«, sagte Craiden. »Und das sollte auch so bleiben, nehme ich an.«

Der Katzenkäfer zog die Mandibeln wieder in sein so täuschend sanftmütiges Gesicht zurück und ließ sich erneut auf alle drei Beinpaare sinken. Dieses Tier war wirklich … seltsam. Eigentlich hätte sie ihm misstrauen müssen, und spätestens seit sie gesehen hatte, wozu dieses *Ding* imstande war, sollte sie es zumindest ein bisschen fürchten. Aber weder das eine noch das andere wollte ihr wirklich gelingen.

»Was stimmt nicht mit dir, Mädchen?«, fragte Craiden, plötzlich und geradeheraus.

»Außer dass ich gerade beinahe umgebracht worden wäre, mir irgendein Idiot vier Zähne ausgeschlagen und ein anderer ein paar Rippen gebrochen hat, ich nicht die geringste Ahnung habe, wo ich bin, und mich allmählich zu fragen beginne, was mit *dir* nicht stimmt? Nichts.«

Craiden schüttelte so heftig den Kopf, dass sein halblanges schwarzes Haar durch die Luft flog. »Siehst du!« Aus seinem Kopfschütteln wurde ein Nicken, sehr langsam und sehr nachdenklich, und er sah sie schon wieder auf diese sonderbare Art an, aus der sie immer noch nicht schlau wurde. »Genau das meine ich.«

Gea setzte zu einer Antwort an, doch in diesem Moment erscholl über ihnen ein kreischendes Krächzen, und ein riesiger dreieckiger Schatten huschte über die Straße.

Gea legte instinktiv den Kopf in den Nacken, und ihr stockte der Atem. Es *war* eine Falle.

Und jetzt schnappte sie zu.

Rymer »Es ist ja nicht so, als hätte ich Euch nicht gewarnt, geehrte Senatorin«, sagte Plixx. »Mindestens drei- oder viermal, wenn ich mich richtig erinnere.«

Rymer war nicht ganz sicher, worüber sie sich mehr ärgern sollte: über den Umstand, dass Plixx das mindestens zum fünften Mal sagte, seit er hereingekommen war, den süffisanten Ton von Selbstgefälligkeit, den er nicht einmal aus seiner Stimme zu verbannen *versuchte*, oder über die simple Tatsache, dass er recht hatte.

Wahrscheinlich von allem ein bisschen, dachte Rymer – und am allermeisten ärgerte sie sich natürlich über sich selbst.

Plixx hatte sie nicht nur gewarnt und mit unheimlicher Sicherheit genau die Katastrophe vorausgesagt, die nun eingetreten war; es wäre ganz und gar nicht nötig gewesen. Jetzt, im Nachhinein, war ihr klar, dass sie es genauso gut hätte wissen müssen. Abgesehen von Plixx selbst war sie schließlich diejenige im R'Achernon, die Prinzessin Infinity am allerbesten kannte.

Oder es zumindest behauptete.

»Über begangene Fehler zu jammern hat noch nie irgendeinen Nutzen gebracht«, sagte sie. Das klang nach einer Verteidigung, was es ganz und gar nicht sein sollte, und natürlich ließ der Mausling die Gelegenheit nicht ungenutzt verstreichen.

»Es sei denn, es hilft einem, in Zukunft denselben Fehler nicht zu wiederholen«, erwiderte er.

»Ich werde es mir für die Zukunft merken«, sagte sie säuerlich. »Am nächsten Angriffstag ersetze ich sie durch eine Omega-Kopie … was ich schon dieses Mal hätte tun sollen.« Tatsächlich hatte sie sogar mit diesem Gedanken gespielt, ihn dann aber aus Furcht und übertriebenem Optimismus (gemischt mit einer kleinen Prise Leichtfertigkeit) wieder verworfen. Bei allem gerechten Zorn, den sie nur zu oft Arion gegenüber empfand, war sie immerhin Rymers zukünftige Königin (in drei Tagen, um genau zu sein) und trotz allem eine vernünftige, junge Frau. Wenigstens hatte sie das bis vor einer Stunde geglaubt.

»Ihr behaltet sie und diesen grässlichen Barbaren im Auge?«, fragte Plixx.

»Duras ist bei ihr«, beruhigte sie den Mausling. »Und wir haben ein Backup crstellt.«

»Obwohl sie es nicht wollte?«

»Das muss Duras irgendwie überhört haben«, sagte Rymer und kam einer neuerlichen spöttischen Bemerkung des Mauslings zuvor, indem sie aufstand und an das deckenhohe virtuelle Fenster herantrat, durch das sie auf den verheerten Teil der Stadt hinaussehen konnte. An zahllosen Stellen brannte es noch immer, und überall stiegen schwarze und graue Rauchsäulen aus dem, was von eingestürzten und geschmolzenen Gebäuden noch übrig war. Über dem gesamten Bild lag ein sachtes Flimmern, als betrachte sie es durch einen Vorhang aus überhitzter Luft. Seltsam, denn eigentlich hätte der R'Achernon diese Störung automatisch kompensieren sollen.

Es ist keine Störung. Die Lufttemperatur über dem gezeigten Gebiet beträgt zur Zeit dreiundachtzig Grad Celsius, mit steigender Tendenz. Zweiunddreißig Meter unter dem Straßenniveau befindet sich ein Brandherd. Die Bekämpfung läuft, aber sie gestaltet sich schwieriger als erwartet.

»Wieso?«, fragte Rymer. *Schwierig? Der R'Achernon kennt keine Schwierigkeiten!*

Ich wollte, es wäre so. Der Bedarf an Brandkäfern ist nahezu fünfmal höher als erwartet. Die Produktion läuft auf Hochtouren, aber selbst meinen Möglichkeiten sind Grenzen gesetzt. Eure Vorfahren haben leider äußerst effektive Waffen gebaut, Senatorin.

Und Sie haben vergessen, dir zu sagen, wie man sich dagegen verteidigt?

Der Sinn eines Planetenkillers besteht gerade darin, jede nur denkbare Verteidigungsstrategie zu unterlaufen, Senatorin.

Ja, den oberlehrerhaften Ton in der lautlosen Stimme des Turms hatte sie wohl verdient. »Wie viele dieser Brandherde gibt es?«, fragte sie laut, damit auch Plixx ihre Worte verstand.

Es war auch der Mausling, der antwortete, nicht der R'Achernon. »Bisher haben wir vier große und nahezu zwei Dutzend kleinere Brandherde ausgemacht, aber ich fürchte, dass das längst nicht alles ist. Unsere Sensoren entdecken praktisch stündlich neue.«

»Und wieso?«

Plixx seufzte. »Leider hat der R'Achernon vollkommen recht, Senatorin. Unsere Vorfahren waren sehr gut darin, diese Waffen zu entwerfen. Der Kernbrand breitet sich praktisch kalt aus, bis er ein Ausmaß erreicht hat, das eine effektive Bekämpfung so gut wie unmöglich macht. Selbst der R'Achernon stößt bei dieser Aufgabe an die Grenzen seiner Möglichkeiten.«

Rymer sagte nichts dazu, aber sie verspürte ein kleines nagendes Gefühl von Sorge, das sie so nicht kannte.

»Beruhigt Euch, Senatorin«, sagte Plixx. »Wir werden damit fertig. Aber es wird Monate dauern, und über die Größenordnung der Ressourcen, die wir aufwenden müssen, weigere ich mich nachzudenken. Es wird ein harter Winter für die Bewohner von *Belagerung.*« Er lachte böse. »Und wisst Ihr, was das Schönste ist, Senatorin? Sie werden *uns* die Schuld daran geben.«

Und irgendwie sogar zu Recht, fügte Rymer in Gedanken hinzu, hütete sich aber, die Worte laut auszusprechen. Das war ein anderes Thema und ein Disput, den sie und Plixx schon länger führten, als sie sich zurückerinnern konnte – was lange war.

Sie drehte sich demonstrativ von der virtuellen Darstellung einer nur zu realen Katastrophe ab. »Ihr seid nicht zu mir gekommen, um über die Waffentechnik unserer paranoiden Vorfahren zu diskutieren, Mausling«, vermutete sie.

»Ohne deren Paranoia stünden wir jetzt nicht hier, und den R'Achernon gäbe es wahrscheinlich auch nicht«, sagte Plixx, gab ihr zugleich aber mit einem heftigen Kopfnicken recht und trippelte um den großen Tisch herum, um aus dem Fenster zu sehen. Als Rymer es ihm widerwillig gleichtat, zeigte es nicht mehr das Abbild der brennenden Stadt, sondern etwas, das Rymer wie ein Verlies, ein Pferdestall oder eine Truppenunterkunft erschien. Vielleicht auch eine Mischung aus allem.

»Es war ihr eigener Wunsch«, sagte Plixx. Anscheinend hatte er den zweifelnden Gesichtsausdruck der Senatorin bemerkt und richtig gedeutet. »Das scheint wohl ihrer gewohnten Umgebung am nächsten zu kommen.«

Was das anging, hatte Rymer den einen oder anderen Zweifel, auch wenn sie natürlich wusste, dass der R'Achernon jegliches Ambiente erschaffen konnte, das seine Gäste brauchten – nicht nur zum Überleben, sondern auch, um sich wohlzufühlen. Sie hatte eine vage Vorstellung, wie er das tat, außer dass er keine Fragen stellen musste, um die Bedürfnisse seiner Gäste zu erkennen. Es hatte etwas mit Körpersprache und Chemie zu tun, Pupillenreflexen, Pheromonen und Alphawellen … sie hätte es herausfinden können, wenn sie es wirklich interessiert hätte; was es aber nicht tat.

Und vielleicht war genau das das Problem, flüsterte eine Stimme in ihren Gedanken, von der sie nicht ganz sicher war, ob es die des R'Achernon war oder vielleicht doch ihre eigene. Rymer war gut in dem, was sie tat, vermutlich die Beste. Aber sie tat es nun schon so lange, und wenn sie ganz ehrlich zu sich war (was selten genug vorkam), dann hatte sie im Grunde immer nur interessiert, *dass* etwas funktionierte, nicht *wie*. Ihre beliebteste Ausrede dafür war, dass sie einfach nicht die Zeit hatte, sich über dieses *wie* den Kopf zu zerbrechen, und bis zu einem gewissen Punkt stimmte das sicherlich auch. Aber wo befand sich dieser Punkt? Sie lebte nun schon so lange in einer Welt der Wunder, dass sie es als ganz selbstverständlich annahm, ihre Wünsche auch in Erfüllung gehen zu sehen, sofort und ohne Einschränkungen oder irgendwelches Wenn und Aber. Was, wenn sie eines Tages einen Wunsch äußerte, der nicht ganz selbstverständlich und sofort in Erfüllung ging? Wie zum Beispiel der, dass ihr Heimatplanet nicht Feuer fangen und wie ein Blatt trockenes Herbstlaub im Sturm einer Nova zu Asche zerfallen würde?

»Ein beunruhigender Gedanke, nicht wahr?«, fragte Plixx.

»Habt Ihr ihn mir eingegeben?«, erwiderte Rymer spröde. Plixx hatte ihre Gedanken gelesen. Natürlich. Der Mausling las ständig jedermanns Gedanken, ohne sich auch nur einen Dreck um Intimsphäre oder Privates zu kümmern. Jedermann wusste das (auch sie), jedermann ärgerte sich darüber (auch sie), und irgendwann hatten es alle aufgegeben, dagegen zu protestieren; Rymer eingeschlossen. Wenigstens hatte sie sich das eingeredet, aber natürlich stimmte es nicht.

»Nein«, antwortete Plixx. »Ich denke ihn manchmal selbst – viel zu selten, wie ich zugeben muss –, und ich finde, jeder sollte ihn dann und wann einmal denken. Man nennt es Demut, wisst Ihr? Ab und zu ist das ein ganz nützliches Gefühl.«

»Aha«, sagte Rymer uninteressiert.

Plixx grinste. »Ich bin gekommen, um mich nach den Ergebnissen Eurer Nachforschungen zu erkundigen«, wechselte er das Thema. »Der Schlüssel.«

Rymer seufzte. Plixx war anscheinend wild entschlossen, seinem Ruf als Spielverderber gerecht zu werden. Als ob sie nicht schon genug Sorgen hätte. Sie antwortete trotzdem. »Ich habe bereits ein Schiff losgeschickt, um die Datensilos zu kopieren und herbringen zu lassen. Sobald es zurück ist und die Ergebnisse ausgewertet sind, kann ich Eure Frage endgültig beantworten. Bis dahin kann ich nur wiederholen, was ich schon einmal gesagt habe: Es war der Königliche Schlüssel.«

»Der diesen Ort nachweislich nicht verlassen hat.«

Rymer bemühte sich, möglichst beiläufig mit den Achseln zu zucken. »Wie es scheint.«

Und bevor Ihr fragt: Es ist unmöglich, eine Kopie davon anzufertigen. Nicht ohne dass ich es bemerkt hätte.

»Dann darf ich mir also aussuchen, welche von zwei unmöglichen Erklärungen mir lieber ist?« Plixx zog eine Grimasse, zu der das Gesicht einer Maus eigentlich gar nicht fähig sein sollte, machte aber zugleich auch eine ablehnende Geste, dass er die Antwort gar nicht hören wollte. Rymer glaubte auch nicht, dass er eine bekommen hätte. Der R'Achernon mochte das Wort *unmöglich* nicht besonders.

»Wieso ein Schiff?«, fragte er stattdessen. »Es kann Wochen dauern, bis es zurück ist.«

»Eher Monate«, antwortete Rymer. »Wollt Ihr tatsächlich einer Datenfernübertragung vertrauen, von der wir wissen, dass sie schon einmal manipuliert wurde? Oder einem Schlüssel, von dem wir *nicht* wissen, ob er echt ist ... oder funktioniert?«

Plixx verdrehte die Augen, ging aber auch darauf nicht weiter ein. Stattdessen trat er kopfschüttelnd einen Schritt zurück und betrachtete nachdenklich und mit auf die Seite gelegtem Kopf die sonderbare Szenerie, die das virtuelle Fenster zeigte. Es winkte nach wie vor ... befremdlich. Um es vorsichtig auszudrücken.

Der R'Achernon hatte einen gemauerten Pferdestall für die Quorrl und ihre Tiere generiert, wobei dem, was die Schuppenkrieger anscheinend für Pferde hielten, eindeutig mehr Platz (und auch ein weitaus größeres Maß an Bequemlichkeit) zugestanden wurde als ihren Reitern. Die Unterkunft bestand aus schwarzem Stein und niedrigen Gewölben. Einige wenige rauchende Fackeln an den Wänden sorgten für etwas, das man mit viel gutem Willen als Licht bezeichnen konnte, und Rymer konnte sich ausmalen, wie schlecht die Luft dort war. Auf dem Boden lag Stroh, das Mensch und Tier gleichermaßen als Lager zu dienen schien, und der einzige Ausgang war eine halbrunde Tür aus rostigen schweren Eisenplatten, die mit einem ebenfalls eisernen Riegelbalken gesichert war, der aussah, als wöge er mindestens eine Tonne, wenn nicht zwei. Trotzdem hielten zwei riesige Quorrl-Krieger mit Schild und Speer beiderseits davon Wache. So viel zum Thema Paranoia.

»Sie sind mir unheimlich«, sagte Rymer.

»Nicht so sehr wie mir, Senatorin«, erwiderte der Mausling. »Wir hätten ihm nicht erlauben dürfen, sie mitzubringen.«

»Es sind nur ein paar Quorrl«, meinte Rymer. »Duras allein könnte mit ihnen fertigwerden.«

»Ich kann ihre Gedanken nicht lesen«, sagte Plixx.

Rymer blickte zuerst den Mausling und dann noch einmal die riesigen Schuppenkrieger an. Sie sahen beeindruckend aus, selbst in dieser verkleinerten Darstellung. Aber beeindruckend oder nicht, letzten Endes waren sie nur stumpfsinnige Monster, die taten, was ihr Herr und Meister ihnen auftrug. Sie nahm sich dennoch vor, sich irgendwann einmal eingehender mit dieser Spezies zu befassen, und zwar nicht nur mit ihren legendären Fähigkeiten als Krieger. Plixx konnte ihre Gedanken nicht lesen? Das war interessant.

»*Das* habe ich gehört, Senatorin«, sagte Plixx, bleckte kurz und übertrieben drohend seinen beeindruckenden Nagezahn und fuhr dann mit umso größerem Ernst fort: »Dem R'Achernon gelingt es übrigens auch nicht.«

»Das ist unmöglich«, antwortete Rymer. *Es sei denn, die Quorrl denken nicht.*

Oh, sie denken schon. Aber der geehrte Mausling hat recht. Etwas scheint mit ihnen nicht zu stimmen.

Mit dem, was sie denken?

»Mit dem, *wie* sie es denken«, antwortete Plixx. »Ich kann es nicht begründen, aber diese Schuppenfressen ... machen mich nervös.«

»Wieso?«

Plixx hob die Schultern. »Sie denken ausschließlich das, was man erwartet, wenn ein Quorrl denkt: an Essen, an Kämpfe und Siege, ihre Weibchen und das, was sie mit den Weibchen ihrer besiegten Feinde tun werden. Das irritiert mich ...«

»Und was ist daran so ungewöhnlich?«

»Nichts«, antwortete Plixx. »Vielleicht ist es auch gerade das. Kann etwas zu normal sein?«

»Ihr meint, sie machen uns etwas vor?«

»Wenn, dann lügen sie so überzeugend, dass sie es nicht einmal selbst merken«, sagte der Mausling. »Das ist beunruhigend. Ich werde diese Quorrl im Auge behalten, solange sie hier sind.«

»Nur noch bis morgen früh«, sagte Rymer. Das sollte ermutigend klingen, hatte diese Wirkung aber nicht einmal auf sie selbst.

»Eine lange Zeit, Senatorin, in der eine Menge passieren kann«, erwiderte Plixx. »Eine sehr lange Zeit.«

Arion Es war nicht derselbe Balkon, auf dem sie vor wenigen Stunden gestanden hatte und um ein Haar Augenzeugin des Weltuntergangs geworden wäre. Die Aussichtsplattform lag ein gutes Stück tiefer (aber immer noch gute zwei oder auch zweieinhalb Meilen über den höchsten Dächern der Stadt) und in einer etwas anderen Richtung, sodass sie direkt auf das gewaltige Loch hinabsehen konnten, das das schwarze Loch nahezu bis zum Erdkern in den Boden gestanzt hatte. Und natürlich auf das, was dahinter lag.

Welchen Unterschied doch lächerliche zwei Meilen machten, dachte Arion bedrückt. Von der obersten Aussichtsplattform des R'Achernon aus, dem Himmel näher als der Erde, war der Schacht ein beunruhigender, dennoch aber fast ästhetischer Anblick gewesen, ein kleiner, perfekt gezirkelter Kreis vollkommener Leere, umgeben von einem deutlich größeren Bereich chaotischer Unordnung, wo der Feuersturm einfach alles hinweggefegt hatte und Gebäude sowie ganze Straßenzüge stehen geblieben waren, sich aber in allen nur denkbaren Stadien der Zerstörung befanden. Irgendwo weit dahinter begannen die Bereiche der Stadt, die unversehrt schienen, aber die Strecke bis dorthin war entsetzlich weit, und dass sie den Tod von hier aus nicht mehr sah, bedeutete ganz und gar nicht, dass es ihn nicht gab. Arion war unvorsichtig genug gewesen, auf dem Weg hier herauf eine militärische Datenbank abzurufen, um sich auf das Gespräch mit Craiden vorzubereiten, und das war eine wirklich dumme Idee gewesen. Sie wusste jetzt, was eine Zwölf-Kilotonnen-Bombe im Detail anrichten konnte, die mitten in einer dicht bevölkerten Großstadt explodierte. Noch dazu in einer, deren Bausubstanz zwar zur einen Hälfte aus Stahl und Granit oder noch härteren Materialien bestand, zur anderen aber aus Holz und Leder oder auch Papier. Es *war* eine dumme Idee gewesen.

Vielleicht genauso dumm wie die, Clansmeister Craiden hier herauf zu bitten. Unten im Thronsaal war es ihr noch wie eine hervorragende Idee vorgekommen, aber vielleicht war das auch das Problem mit solchen Ideen: Manchmal sahen sie nur hervorragend aus, solange man sie aus einem ganz bestimmten Blickwinkel betrachtete. Trat man auch nur einen halben Schritt zur Seite, dann veränderten sie sich völlig.

Arion hatte sich auf das betroffene Gesicht des Clansmeisters gefreut, wenn er sah, was er angerichtet hatte. Von Betroffenheit war allerdings in seinem Blick nicht einmal eine Spur zu sehen. Was sie stattdessen darauf beobachtete, war blankes Entsetzen.

Das einzig Positive an dieser Situation war vielleicht, dass sie aus diesem Monstrum von Kleid heraus durfte und wieder ihr gewohntes schwarzes Gewand aus nanitischem Stoff trug. Aber sonst ...? Sie waren jetzt seit fünf Minuten hier oben, und Craiden hatte kein Wort gesagt und keinen Muskel gerührt, seit er an die Brüstung herangetreten war und die Hände auf den schwarzen Achern gelegt hatte. Unter seiner sonnengebräunten Haut hatte sein Gesicht jegliche Farbe verloren, und sie konnte sehen, dass all seine Muskeln bis zum Zerreißen angespannt waren.

Duras sah es offensichtlich auch, denn als Arion zu Craiden gehen wollte, um ihn anzusprechen, schüttelte er rasch den Kopf und setzte dazu an, ihr den Weg zu versperren.

Sie führte die Bewegung nicht zu Ende und ersparte ihm damit die Peinlichkeit, sich ihrem Willen öffentlich zu widersetzen, aber sie sah aus den Augenwinkeln, wie sich auch Torman von seinem Platz neben der Tür löste und Duras nicht aus den Augen ließ.

Beruhige diese beiden Testosteron-Junkies, dachte sie ärgerlich. *Bevor ich einen Arenakampf organisiere und sie die Sache ein für allemal klären lasse.*

Sie tun nur ihre Pflicht, Prinzessin. Und ich wäre nicht so sicher, was den Ausgang eines solchen Zweikampfes angeht.

Dies war nicht der richtige Moment, aber Arion nahm sich fest vor, den R'Achernon bei nächstmöglicher Gelegenheit diese kryptische Bemerkung erklären zu lassen. Sie räusperte sich. Einmal. Zweimal. Dann noch ein drittes Mal und lauter. Craiden reagierte nicht.

»Clansherr«, sagte sie.

Es vergingen noch ein paar Sekunden, in denen Craiden wie zur Statue erstarrt dastand und mit steinernem Gesicht auf die verheerte Stadt hinabsah, doch dann antwortete er, wenn auch so leise, dass Arion fast Mühe hatte, die Worte überhaupt zu verstehen.

»Craiden, Prinzessin. Nennt mich Craiden. Ich bin nicht mehr sicher, ob ich den Titel Clansherr noch verdiene.«

Seine Worte ließen sie ganz sacht zusammenzucken, was sie im allerersten Moment kaum verstand. War das denn nicht ganz genau die Reaktion gewesen, die sie sich vorhin gewünscht hatte?

»Wie ... viele?«, fragte Craiden schleppend. Er sah noch immer auf die geschmolzene Stadt hinab, und in seinem Gesicht rührte sich nach wie vor kein Muskel. Aber sie konnte seinen Schmerz spüren, als wäre es ihr eigener.

»Ich verstehe nicht, was …«

»Wie viele *Tote?*«, fragte er. Und dann, so plötzlich, dass sowohl Duras als auch Torman erschrocken zusammenfuhren und eine kampfbereite Haltung einnahmen, stieß sich Craiden von der Brüstung ab, fuhr herum und schrie Arion an: »*Wie viele habe ich umgebracht?*«

Etwa dreihundertfünfzigtausend bis jetzt. Aber die Zahl steigt stündlich und dürfte sich mindestens noch verdreifachen, die Langzeitopfer durch Strahlenschäden nicht berücksichtigt.

Dreihundertfünfzigtausend? Waren es wirklich so viele? Arion spürte ein kaltes Entsetzen, das keinerlei logischen Grund hatte und sie dennoch für einen Moment vollkommen paralysierte. Und das absolut sichere Wissen, dass das nicht hätte passieren dürfen. Dass es *falsch* war.

»Wie viele?«, fragte er noch einmal, zwar nicht mehr schreiend, aber nun in einem Ton, der sie beinahe noch mehr traf.

»Ich weiß es nicht«, log sie. »Die genaue Zahl steht noch nicht fest, aber ich fürchte, es gab zahlreiche Opfer.«

»Aber wieso? Das … das kann nicht sein! Wir haben sie weggeschafft. Niemand war mehr da, und …«

Seine Stimme versagte, und hätte Arion nicht gewusst, dass es bei einem Mann wie Craiden vollkommen und ganz und gar ausgeschlossen war, dann hätte sie geglaubt, tief in seinen Augen Tränen schimmern zu sehen.

Sie wollte antworten, doch der R'Achernon kam ihr zuvor und schaltete sich in Craidens Gedanken.

Eure Evakuierungsmaßnahmen sind uns nicht verborgen geblieben, Clansmeister. Vermutlich habt Ihr die konventionelle Sprengkraft der Waffe falsch eingeschätzt. Die absolute Todeszone bei einer Zwölf-Kilotonnen-Bombe beträgt knapp eine halbe Meile. Unsere Schutzfelder werfen jedoch sowohl thermische als auch kinetische Energie zu einhundert Prozent zurück und können unter gewissen Umständen sogar zu einer enormen Verstärkung …

»Das hätte nicht passieren dürfen«, sagte Craiden. »Wir haben die Leute weggebracht, und die Waffe war *schwach.*« Und plötzlich schrie er Arion an: »*Warum hast du das getan?*«

Arion wich instinktiv einen Schritt zurück, nicht vor der körperlichen Bedrohung, die er gar nicht darstellte, sondern vor seinem Zorn. Dann wurde sie selbst wütend. »Nur, falls Ihr es vergessen haben solltet, Clansmeister«, sagte sie kalt. »Wir haben diese Bombe nicht gezündet und haben Euch auch nicht gebeten, es zu tun.«

»Nein, *natürlich* nicht.« Craidens Schmerz wich etwas anderem, das sich wie ein glühendes Messer in Arions Brust grub. Kaltem Sarkasmus. »Bitte verzeiht meine Anmaßung, Hoheit. Wie konnte ich das nur vergessen? Nichts von alledem hier ist Eure Schuld oder die dieses verfluchten Schwarzen Turms. Ihr habt nicht von mir verlangt, die Waffe zu benutzen. Alles, was Ihr erwartet habt, war, dass ich vor Euch krieche und mich und mein ganzes Volk erniedrige, damit eine weitere Generation von den Brotkrumen leben darf, die von Euren Tischen fallen.«

»Wir sind allein, Clansmeister«, sagte Arion. »Der Empfang ist vorüber. Und so ganz nebenbei gibt es hier kein Publikum. Es ist nicht notwendig, melodramatisch zu werden.«

»Ich bin nicht hierhergekommen, um mich beleidigen zu lassen … Hoheit«, sagte Craiden kühl, und nun wich tatsächlich jedes Gefühl aus seinem Blick. Seine Augen schienen zu Kugeln aus poliertem Eisen zu werden.

»Und warum seid Ihr dann hier, Clansmeister?«, fragte sie, hob aber zugleich auch die Hand, als er antworten wollte. »Nicht, um den Angriffstag zu zelebrieren wie Eure Vorgänger, das habe ich inzwischen verstanden. Ihr wollt tatsächlich etwas ändern. Das ist löblich. Aber was genau?«

»Ändern?« Craiden schien mit dem Wort nicht wirklich etwas anfangen zu können. Dann hob er die Schultern. »Vielleicht alles?«

»Habe ich schon erwähnt, dass wir hier kein Publikum haben, Clansmeister?«, fragte Arion. »Es gibt keinen Grund für Polemik. Die einzige, die Euch zuhört, bin ich.«

Und da war er wieder, dieser verstörende Ausdruck in seinem Blick, den sie weder benennen noch deuten konnte und der sie trotzdem bis ins Mark erschreckte. Ein mit Schmerz gepaarter

Vorwurf, der nicht den mindesten Grund hatte (und schon gar keine Berechtigung) und der sie trotzdem mit geradezu paralysierender Wucht traf.

»Also: Was genau wollt Ihr, Clansherr?«, fragte sie, als Craiden keinerlei Anstalten machte, zu antworten.

Er tat es auch jetzt nicht, sondern drehte sich wieder herum, legte die Hände mit gespreizten Fingern auf die schwarze Brüstung und sah erneut auf die schwelende Stadt hinab. Es war, als könne Arion ihm ansehen, dass er jeden einzelnen Todesschrei hörte, der heute Morgen dort unten ausgestoßen wurde.

»Was wir wollen?«, murmelte er. »Was alle wollen, Hoheit. Leben. Sicherheit. Eine Zukunft für unsere Kinder.« Seine Haltung veränderte sich nicht, aber er drehte den Kopf, um sie anzusehen. »Freiheit.«

»Freiheit«, wiederholte Arion. Seine Worte – jedes einzelne – trafen sie wie Fausthiebe, und dass sie sich nicht erklären konnte, warum das so war, machte sie nur noch zorniger. »Ein großes Wort, Clansmeister.«

Craiden wartete – vergebens – auf irgendeine weitere Reaktion von ihr, warf Duras einen mahnenden Blick zu und trat dann mit zwei schnellen Schritten auf sie zu. Duras sog hörbar die Luft zwischen den Zähnen ein und zitterte eine Sekunde lang am ganzen Leib, wie um gegen den Druck unsichtbarer Fesseln anzukämpfen. Torman hingegen blieb vollkommen gelassen, was daran liegen mochte, dass Craiden doppelt so groß wie Arion war, viermal so schwer und hundertmal so stark. Doch wie es aussah, wussten Craiden und sein Leibwächter nicht so viel über den R'Achernon und seine Prinzessin, wie sie glaubten.

Arion spürte ein flüchtiges Kribbeln, als sich ihr Körperschild einschaltete, und drückte fast zornig auf die Schnalle ihres schmalen Silbergürtels, um das Kraftfeld wieder zu deaktivieren. Es blieb trotzdem bestehen, bis sie den R'Achernon mit einem scharfen gedanklichen Befehl anwies, ihren Schild abzuschalten. Sie spürte den Widerwillen der Super-KI, aber nach einer Sekunde (einer Ewigkeit für die Rechenkapazität des Tachyonengehirns) erlosch der Schild. Sollte Craiden sie doch umbringen, wenn er es wirklich wollte! Es würde sie nur ein paar (wirklich unangenehme) Augenblicke kosten, Craiden und seine Begleiter aber das Leben, und diese ganze ebenso hässliche wie allmählich wirklich unangenehm werdende Geschichte wäre vorbei.

Craiden stand vor ihr und sah auf Arion herab. Der verwunderte Ausdruck in seinen Augen machte ihr jenseits aller Zweifel klar, dass er wusste, was sie gerade getan hatte. Auch wenn das ganz und gar unmöglich war.

»Freiheit«, sagte sie noch einmal. »Aber was genau meint Ihr damit?« Sie machte eine ausladende Bewegung, die die ganze Stadt einschloss. »Die Freiheit zu sterben? Die Freiheit, euch gegenseitig umzubringen? Die habt ihr doch schon. Oder die Freiheit, vom nächsten Sonnensturm verbrannt zu werden, im nächsten Winter zu erfrieren oder zu verdursten, weil eure Wasservorräte erschöpft sind? Wenn es das ist, was Ihr wollt, dann muss ich Euch enttäuschen. Davor beschützt Euch der R'Achernon. Und er wird es selbst dann tun, wenn ich ihm befehlen würde, es zu unterlassen. Diesen Wunsch kann ich Euch also nicht erfüllen.«

Craiden starrte sie an. Seine Mundwinkel zuckten, und da war noch immer dieser bittere Vorwurf in seinen Augen, der sie so sehr verwirrte. »Der R'Achernon«, wiederholte er mit einem halblauten, kehligen Lachen. Er legte den Kopf in den Nacken, sodass sein Blick an der schwarzen Flanke des Turms hinaufwandern konnte, bis er sich im Dunst der Entfernung verlor. »Ihr habt diesem verfluchten Ding sogar einen Namen gegeben.«

»Hat Euer Palast nicht auch einen Namen?«, fragte Arion. Craidens Nähe übte eine sonderbare Wirkung auf sie aus. Sie blieb auf der Hut – umgebracht zu werden war nie besonders angenehm –, aber das war nicht alles.

»Ihr meint den Sturmpalast«, bestätigte er »Aber wir reden nicht mit ihm, als hätte er eine Seele.«

Die Existenz dessen, was die Menschen Seele nennen, wurde nie bewiesen, Clansmeister. Allerdings verfüge ich durchaus über einen Intellekt und in gewissen Grenzen auch über einen freien Willen.

Wie schon beim ersten Mal reagierte Craiden nicht auf die lautlose Stimme des R'Achernon. »Nun gut, Ihr fragt mich, was ich will, Prinzessin«, fuhr er fort. »Ich will es Euch sagen. Nur das, was uns zusteht. Jedem Mann und jeder Frau und jedem Kind unseres Volkes. Unser Erbe.«

»Euer Erbe?« Warum hatte sie eigentlich das Gefühl, genau zu wissen, wovon er sprach – wo er doch all diesen Unsinn redete?

»Ihr habt dieses Monstrum gebaut und dabei die Ressourcen eines ganzen Volkes verbraucht«, antwortete Craiden. In seiner Stimme erklang ein Beben wie das Summen eines straff gespannten Stahlseils. »Ihr lebt hier in immerwährendem Luxus, in Sicherheit und Frieden. Ihr altert nicht. Ihr kennt keinen Hunger, keine Kälte und keinen Durst, keinen Krieg und keine Furcht.«

Auch wenn alles, was er sagte, der Wahrheit entsprach, machten seine Worte Arion wütend. »Und das neidet Ihr uns?«

»Nein«, erwiderte er. »Aber ihr lebt dieses Leben auf unsere Kosten. Generation um Generation unseres Volkes leidet und arbeitet, um dieses Monstrum zu erhalten, das ihr Turm nennt. Unsere Kinder verhungern, damit ihr eure Tafeln mit Köstlichkeiten füllen könnt. Wir führen Krieg um Wasservorkommen, und ihr legt Seen an, weil sie so *schön aussehen*! Unsere Krieger töten einander, weil sie sich um ein Stück Eisen streiten, und ihr besitzt ...« Er schlug mit der flachen Hand auf die Brüstung. »*Das hier!*«

Er glaubte das, dachte Arion erschrocken. Sie hätte ihm sagen können, was für einen schrecklichen Unsinn er redete, aber sie sparte sich den Atem. »Achern«, sagte sie stattdessen. »Ist es das, was Ihr wollt, Clansmeister?« Sie machte eine einladende Geste. »Dann bedient Euch, seid mein Gast. Nur keine Hemmungen. Nehmt, so viel Ihr wollt.« Craiden starrte sie nur an, und ein Ausdruck von Verachtung erschien in seinen Augen, der sie schmerzte. Sie fuhr trotzdem fort: »Nehmt alles, Clansmeister. Niemand wird versuchen, Euch oder Eure Begleiter zu hindern, darauf gebe ich Euch mein Wort.«

Craiden starrte sie weiter an. Seine Augen brannten. »Macht es Euch Spaß, Hoheit?«, fragte er.

»Was?«

»Mich zu verhöhnen«, erwiderte er. »Ihr wisst, dass ich das nicht kann. Und dass ich nicht gekommen bin, weil ich Reichtümer suche.«

»Ach nein?« Arion lachte leise. »Strebt nicht jeder nach dem, was er nicht hat?«

Sie rechnete mit einem weiteren Ausbruch, aber Craiden schüttelte ganz im Gegenteil den Kopf und lächelte beinahe sanft. »Ich bin reich genug, Prinzessin«, sagte er. »Ich besitze mehr Reichtümer und Kostbarkeiten, als ich in zehn Leben ausgeben könnte.«

»Einzig den größten Schatz habt Ihr noch nicht, nicht wahr?«, fragte sie. »Macht.«

Craiden seufzte, und sein Lächeln wurde noch eine Spur wärmer. Wieder legte er den Kopf in den Nacken und sah die schwarze Himmelsklippe über sich an. Sehr lange und sehr nachdenklich. »Was Ihr vorhin gesagt habt, Prinzessin«, fragte er, »dass dies einst das Herz einer sterbenden Sonne war … ist das wahr?«

Arion nickte.

»Dann ist das hier der kostbarste Stoff des Universums«, sagte er.

»Und der gefährlichste«, fügte sie hinzu.

Craiden blickte sie kurz und zweifelnd an und entschied wohl, ihre letzten Worte zu ignorieren. »Wir könnten Häuser daraus bauen«, sagte er. »Häuser, die wirklichen Schutz bieten, Werkzeuge, um den Boden zu bearbeiten und ihn wieder zu einem Material machen, das Leben spendet.«

»Häuser«, wiederholte Arion und runzelte die Stirn. »Und Werkzeuge. Das ist … eine noble Idee. Sie gefällt mir. Ich meine: Sie gefällt mir wirklich. Endlich einmal eine wirklich nutzbringende Verwendung für das hässliche Zeug, nicht wahr? Dass ich nicht selbst darauf gekommen bin! Und erst alle meine Berater und Wissenschaftler! Ich frage mich, wozu ich dieses nutzlose und überbezahlte Pack all die Jahre eigentlich beschäftigt habe? Ich sollte sie allesamt hinrichten lassen … oder wenigstens auspeitschen. Was meint Ihr, Clansherr?« Sie schnitt ihm mit einer scharfen Handbewegung das Wort ab, bevor er es überhaupt ergreifen konnte. »Ich wiederhole mein Angebot, Clansherr: Nehmt so viel Achern, wie Ihr braucht. Ihr wollt Häuser daraus bauen? Und Wagen? Und Pflugschare? Nur zu! Das Geheimnis des Sternenantriebs? Nehmt ihn und schmiedet eine Schaufel daraus! Das Heilmittel gegen Krebs? Warum machen wir nicht einen Nachttopf daraus oder eine Deichsel aus der Formel für Langlebigkeit? Die Konstruktionspläne für die Mannamaschinen? Warum nicht eine hübsche Regentonne daraus bauen, davon hätten doch alle etwas!«

Ihr Zorn prallte von Craiden ab wie Regen von Duras' schwarzem Eisengesicht. »Habt Ihr Euch diese hübsche Rede selbst ausgedacht oder stammt sie von Eurem lustigen, kleinen Berater – dieser Ratte?«, fragte er.

»Dieses Wort solltet Ihr in Plixx' Gegenwart besser nicht benutzen«, sagte Arion. »Er ist in diesem Punkt ziemlich empfindlich.«

Craiden ging nicht einmal darauf ein. »Es ist ja nicht so, als verlangten wir den Turm von euch«, erklärte er. »Nur ein bisschen mehr Gerechtigkeit, Prinzessin. Dieses Gebilde ist so … gigantisch.«

»Fünf Meilen, bis er den Himmel berührt«, bestätigte Arion. »Und noch einmal dasselbe unter der Erde. Ich glaube nicht, dass Menschen jemals etwas Größeres gebaut haben.«

Vielleicht möchtet Ihr dem Heerführer unserer Feinde noch ein paar andere geheime Informationen preisgeben? Wie wäre es zum Beispiel mit den Abschaltcodes der *Wand*?

Arion ignorierte das spöttische Flüstern hinter ihrer Stirn. Sie war zornig, und nun, einmal damit angefangen, war sie nicht mehr sicher, ob sie sich noch bremsen konnte. Oder wollte. »Unsere Vorfahren haben hunderttausend Jahre gebraucht, um den R'Achernon zu erschaffen, Craiden. Nicht nur unsere, sondern auch eure! Unzählige Generationen haben ihr Leben darauf verwendet, dieses Wunder zu erschaffen! Ein Stern musste sterben, um es zum Leben zu erwecken, und Ihr erwartet, dass wir *Kochgeschirr* aus ihm machen?«

Craiden blieb so ruhig, als hätte er mit genau diesem Argument gerechnet. »Gehört er dann nicht ebenso uns wie euch, Prinzessin?«, fragte er.

»Selbstverständlich«, erwiderte Arion. »Und er dient euch ebenso wie uns.« Gereizt zeigte sie zum Himmel hinauf. »Es sind seine Maschinen, die die Sonne daran hindern, diese ganze Welt zu Asche zu verbrennen! Es ist seine Technik – die ihr so verächtlich *Techmagie* nennt –, die euch zu essen gibt, und sie liefert euch jeden Schluck Wasser, den ihr trinkt! Dieselbe *Wand*, die ihr so verzweifelt niederzureißen versucht, hindert die giftige Luft der Großen Ebenen daran, in die Stadt zu strömen und jeden einzelnen von euch zu ersticken, und sie hält die Ungeheuer fern, die sich nur zu gern an Euren Untertanen gütlich tun würden! Dieselben Kräfte, die Ihr so verachtet, Clansmeister, hindern diesen ganzen verdammten Planeten seit einer Million Jahre daran, einfach in Stücke zu brechen – also was zum Teufel *wollt Ihr eigentlich von mir?*«

»Ihr seid so wenige, Prinzessin«, antwortete Craiden beinahe sanft. »Ihr habt es gerade selbst gesagt: Dieser Turm ist so unvorstellbar groß, und ihr seid so wenige, während wir so viele sind. Ist es unbillig, wenn ich verlange – nein, wenn ich Euch darum *bitte* –, auf ein wenig von dem Luxus zu verzichten, den ihr gar nicht braucht?«

»Ihn nicht zu brauchen, ist genau die Definition von Luxus, Clansmeister«, sagte Arion kühl.

»Würdet ihr es merken, wenn ihr auf einen eurer tausend Ballsäle verzichten müsstet?«, fuhr Craiden unbeeindruckt fort. »Auf einen dieser hundert Balkone, die niemand benutzt? Gebt uns den tausendsten Teil Eures Achern, und wir ziehen in Frieden ab. Wir könnten Freunde werden statt Herrscher und Beherrschte.«

Beinahe hätte Arion gelächelt. Sie fragte sich, ob er eigentlich selbst hörte, wie naiv das klang. »Ich glaube Euch, dass Ihr das ernst meint, Clansmeister«, sagte sie. »Ihr würdet gehen und all das Achern nehmen, das ich Euch gebe, um Eurem Volk zu helfen. Aber was dann?« Es war keine Frage, auf die sie eine Antwort erwartete, aber sie legte dennoch eine bedeutungsvolle Pause ein. »Irgendwann hättet Ihr es verbraucht, Clansherr, und wenn nicht Ihr, dann Euer Nachfolger oder dessen Nachfolger, und er käme zu meiner Nachfolgerin und würde einen weiteren tausendsten Teil für sich und sein Volk verlangen. Was, wenn irgendwann der tausendste Clansherr kommt, und es ist nichts mehr da, was wir ihm geben können?«

»Wann soll das sein?« Craiden sah sich demonstrativ um und schürzte verächtlich die Lippen. »In einer Million Jahre? Ihr verlangt, dass die Menschen heute sterben, damit die leben können, die noch längst nicht geboren sind?«

»Und weil die, die vor so langer Zeit vor uns hier waren, genauso gedacht haben, ist die Welt heute so, wie sie ist, Clansherr«, sagte Arion leise und schüttelte den Kopf. »Wollt Ihr wirklich, dass zukünftige Generationen Euren Namen als Fluch auf den Lippen haben? Als den Namen des Mannes, der ihre Zukunft aufgezehrt hat, um seine Gegenwart ein bisschen bequemer zu gestalten?«

Craiden gab einen sonderbaren, fast verächtlichen Laut von sich, und etwas in seinem Blick änderte sich. Es tat Arion fast weh, in seine Augen zu sehen. »Ja, man hat mich davor gewarnt, mich mit Euch auf eine Diskussion einzulassen«, schnaubte er.

»Weil ich recht haben könnte?«

Craiden blieb seiner bisherigen Taktik treu und ignorierte das, was ihm nicht gefiel. »Als ich Euch das erste Mal gesehen habe, vorhin in Eurem Thronsaal, da dachte ich, es wäre nicht wahr«, sagte er. »Ihr seid eine wunderschöne junge Frau, Prinzessin Infinity, fast noch ein Mädchen. Aber Euer Herz ist so hart wie das dieses verfluchten Schwarzen Turms.«

Arion wollte auffahren, aber ihre Kehle war mit einem Male wie zugeschnürt. Sie hätten es nicht gedurft, aber seine Worte taten ihr weh.

»Ich hatte wirklich gehofft, das Schlimmste vermeiden zu können«, sagte er.

»Ihr versteht es immer noch nicht, Craiden«, seufzte Arion. »Vielleicht habt Ihr sogar recht, und mein Herz ist so hart wie das des R'Achernon … doch selbst wenn es anders wäre, würde es nichts ändern. Ich habe nichts, was ich Euch geben könnte. Der R'Achernon ist eine Einheit. Er funktioniert ganz oder gar nicht.« Sie schüttelte traurig den Kopf. »Und selbst wenn das nicht so wäre, Craiden – Ihr könntet nichts mit dem Achern anfangen. Unsere Vorfahren haben den R'Achernon erschaffen, aber sein Geheimnis ist mit ihnen gestorben. Niemand weiß, wie. Ihr verlangt Achern, um die Stadt damit sicherer zu machen und die Große Ebene zu erobern? Glaubt Ihr denn wirklich, ich würde auch nur eine Sekunde zögern, es Euch zu geben, wenn ich es könnte? Niemand weiß, wie man das Material teilt! Ich habe das gerade ehrlich gemeint! Nehmt Euch, so viel Ihr wollt! Aber glaubt mir, Ihr könntet es nicht einmal von hier wegschaffen! Nicht das kleinste Stück!«

Craidens Gesichtsausdruck wurde nur noch verächtlicher, aber in seinem Blick war auch eine Spur von Enttäuschung, die Arion zwar nicht verstand, die ihren eigenen Schmerz aber nur noch schürte, ob er nun grundlos und unsinnig war oder nicht.

Und dann, aus einem Grund, den sie noch sehr viel weniger verstand, tat sie etwas, was den R'Achernon wenig begeistern und Plixx vermutlich auf der Stelle zu einem Herzanfall verhelfen würde – falls er ein Herz hatte –, ihr in diesem Moment aber einfach *richtig* erschien. Sie hob die linke Hand, zögerte noch einen winzigen Moment und zog dann den schmalen Ring aus Licht fressendem Achern vom Mittelfinger, das einzige Symbol ihres Ranges und ihrer wahren Macht, das sie wirklich mit Stolz trug. Craidens Augen wurden groß vor Staunen, als sie eine auffordernde Geste machte und den Ring dann auf seine ausgestreckte Handfläche fallen ließ.

»Nehmt ihn«, sagte sie. »Er gehört Euch.«

»Ihr wollt Euch …«

»… über Euch lustig machen?« Arion schüttelte heftig den Kopf. »Keineswegs, Clansmeister. Der Ring gehört Euch.«

Craiden blickte abwechselnd sie und den unscheinbaren und

doch so unvorstellbar wertvollen Ring auf seiner Handfläche an. »Ich verstehe nicht …«

Abschalten.

Seid Ihr sicher, Prinzessin?

Nein, ich erteile meine Befehle nur zum Spaß, weil ich sonst nichts Besseres zu tun habe. Natürlich!

Der R'Achernon widersprach nicht mehr, aber er legte ihren Befehl so rücksichtsvoll aus, dass Craiden seine Hand behielt.

Der Clansherr sah weiter abwechselnd Arion und den Ring an, schien etwas sagen zu wollen und zog dann stattdessen die Augenbrauen hoch. Einen Moment später wurde Erstaunen aus seiner Verblüffung, dann Schrecken und schließlich Unglauben. Seine Hand begann zu zittern, und sie konnte sehen, wie er die Muskeln anspannte und die Sehnen plötzlich wie straff gespannte Drähte durch seine Haut traten.

»Was …«, murmelte er, brach mit einem Ächzen ab und nahm nun auch noch die andere Hand zu Hilfe, um seinen Arm zu stützen. Nicht dass es irgendetwas nutzte. Sie konnte sehen, wie er seine ganze gewaltige Körperkraft mobilisierte und jedes bisschen Willensstärke aufbot, das er besaß. Trotzdem drückte das zunehmende Gewicht des Ringes seine Hand unbarmherzig weiter nach unten, und Arion fragte sich ganz ernsthaft, was wohl eher brechen würde: sein Wille oder sein Handgelenk. Vielleicht auch sein Bein, denn Craiden gab zwar ein tiefes, fast gequältes Stöhnen von sich, und sein Gesicht begann allmählich rot anzulaufen, aber er gab immer noch nicht auf, sondern ließ sich auf ein Knie sinken und legte den Arm auf den Oberschenkel, um ihn zu stützen. Arion war ehrlich erstaunt, dass er den Ring noch eine geschlagene Sekunde lang hielt. Er musste mittlerweile eine halbe Tonne wiegen, wenn nicht mehr.

Seid Ihr sicher, dass ich Euren Befehl weiter ausführen soll, Prinzessin? Der Druck nähert sich der Belastungsgrenze seiner Knochen. Der Clansmeister könnte sich ernsthafte Verletzungen zuziehen.

Ich frage mich nur, was schlimmer für ihn ist. Ein gebrochener Arm oder verletzter Stolz.

Der R'Achernon setzte die ebenso fruchtlose wie (für Craiden) gefährliche Diskussion nicht fort, sondern bemühte sich um Schadensbegrenzung, indem er die Gravitationsachse des Rings um eine Winzigkeit kippte, sodass er von seiner Handfläche herunterzurutschen begann. Craiden keuchte vor Anstrengung und Zorn, versuchte die Faust zu schließen und verlor mit einem überraschten Schrei das Gleichgewicht, als der Ring endgültig von seiner Hand glitt und so schnell zu Boden fiel, dass er praktisch unsichtbar wurde. Das Geräusch, mit dem er auf dem schwarzen Achern des Balkons aufschlug, klang wie das Dröhnen eines Schmiedehammers von der Größe eines Schlachtkreuzers, und Arion sah aus den Augenwinkeln, wie Torman einen erschrockenen Schritt in ihre Richtung machte und dann abrupt und wie von einer unsichtbaren Hand aufgehalten wieder stehen blieb. Arion wartete ab und unterdrückte den Impuls, zu Craiden zu gehen und ihm die Hand entgegenzustrecken, um ihm aufzuhelfen. Stattdessen schüttelte sie nur sacht den Kopf und streckte den linken Arm nach dem Ring aus, der schwerelos in die Höhe stieg und an seinen angestammten Platz an ihrem Mittelfinger zurückkehrte.

Craiden stemmte sich umständlich auf Hände und Knie und dann vollends in die Höhe. Sein Gesicht war immer noch rot vor Anstrengung, und an jeder Seite seines Halses pochte eine Ader; jede in einem anderen Rhythmus. Zuallererst wandte er sich in Richtung seines Leibwächters, um eine beruhigende Geste zu machen, dann erst drehte er sich zu ihr um und verzog abfällig die Lippen.

»Billige Techmagie!«, schnaubte er. »Sollte mich das beeindrucken?«

»Ja«, antwortete Arion ernst. »Das sollte es, Clansherr.« Sie hob die Hand mit dem Ring. »Egal ob es billige Techmagie oder etwas anderes ist, es ist die Wahrheit. Ihr wollt das große Geheimnis des Achern kennenlernen? Es gibt keines! Niemand weiß, wie man es formen kann! Niemand weiß, wie man es transportieren kann! Bringt auch nur einen winzigen Teil von hier fort! Versucht es, und es passiert ...«, sie deutete auf die Stelle, an der der Ring gelegen hatte, »... das gleiche!«

Für einen winzigen Moment wirkte Craiden tatsächlich erschüttert. Aber dann erschien in seinem Blick erneut Verachtung, als er Arion ansah und vor allem den Ring an ihrem Finger.

»Wirklich beeindruckend«, sagte er. »Ihr könnt stolz auf Eure Tricks sein, Prinzessin.«

»Es war kein Trick«, antwortete sie ruhig. »Begreift es doch, Craiden! Selbst wenn Ihr diesen Kampf gewinnen könntet, an dem Euch so viel zu liegen scheint – es gibt nichts zu gewinnen!«

»Dann lasst Ihr uns keine andere Wahl, Hoheit«, sagte er traurig. Wieder drehte er sich herum, um die Hand auf die Brüstung aus schwarzer Sternenmaterie zu legen, aber diesmal tat er es sanft, fast wie ein Streicheln.

»Es ist lange her, Prinzessin«, fuhr er nach einer Pause fort, »da habe ich ein Mädchen getroffen, das mir eine Geschichte erzählt hat. Eine ziemlich verrückte Geschichte, aber sie ist mir nie wieder aus dem Kopf gegangen.« Er deutete nach oben. »Sie hat behauptet, dort oben gäbe es andere Welten, auf denen Menschen wie wir leben können.«

»Und jetzt wollt Ihr von mir wissen, ob sie wahr ist?«

Craiden schüttelte den Kopf, ohne dass sein Blick den Himmel losließ. »Ich weiß nicht, ob sie wahr ist oder nicht, und es spielt auch keine Rolle. Was ich weiß, ist, dass *diese* Welt stirbt. Sie tötet jeden, der die schützenden Mauern der Stadt verlässt. Dabei ist sie gewaltig, hundertmal größer, als unsere Vorstellung reicht, und noch mehr. Wir könnten sie wieder zum Leben erwecken.« Seine Finger strichen über die Brüstung. »Damit.«

Und auf eine gewisse Weise entsprach das sogar der Wahrheit, dachte Arion. Nur dass der Preis, den sie dafür zahlen mussten, viel zu hoch wäre.

»Und Ihr glaubt, Ihr wärt der erste, der auf diese Idee kommt?« Arion war selbst erstaunt über den sanften Klang ihrer Stimme.

»Vielleicht bin ich der Erste, der sie durchsetzen kann«, erwiderte Craiden.

»Das könnt Ihr nicht, Clansmeister«, sagte sie und fuhr dann mit Worten fort, für die ihr Plixx wahrscheinlich den Hals herumdrehen würde, von dem Tobsuchtsanfall, den Rymer bekommen musste, gar nicht erst zu reden. »Wir kennen Eure Vorbereitungen. Wir wissen, dass Eure Truppen dieses Mal nicht nur zum Schein in Stellung gegangen sind, sondern sich tatsächlich zum Angriff bereitmachen. Und wir wissen, dass sie über so moderne und schlagkräftige Waffen verfügen wie noch kein Heer zuvor.«

»Ach ja?«, fragte Craiden spöttisch.

»R'Achernon, zeig Craiden seine Aufmarschpläne«, befahl Arion. »Und eine Inventarliste seiner Truppen. Alles, was du weißt. Anzahl, Ausrüstung, Waffen und Angriffspläne.«

Craidens Lächeln wurde nun eindeutig spöttisch – und geriet dann zur Grimasse, als der R'Achernon tat, was sie ihm befohlen hatte und ihm sämtliche Informationen überspielte, die seine Spionagedrohnen in den letzten Stunden gesammelt hatten; ganz wie sie es gesagt hatte: seine kompletten Aufmarschpläne, Truppenstärke und Strategie sowie eine Inventarliste seiner Truppen bis hin zum buchstäblich letzten Hosenknopf. Vermutlich erfuhr er in dieser einen Sekunde eine ganze Menge über seine eigene Armee, was er bisher nicht einmal selbst gewusst hatte. Sein Gesicht erstarrte zu Stein.

»Ihr hättet uns die ganze Zeit über vernichten können«, sagte er. »Ich hoffe, Ihr habt es genossen, mit uns zu spielen.«

Arion hätte um ein Haar den Kopf geschüttelt. Der R'Achernon hatte nicht einmal eine Stunde gebraucht, um all diese Daten herauszufinden und zu verifizieren – aber erst, nachdem er überhaupt gewusst hatte, dass es da etwas gab, wonach er suchen musste. Der Clansmeister und seine Generäle waren bei der Geheimhaltung nicht nur geschickt, sondern auch äußerst behutsam vorgegangen.

»Warum hätten wir es tun sollen?«, fragte sie. »Ich will Euch nicht verhöhnen, Clansherr, und ganz gewiss nicht demütigen, das versichere ich Euch. Aber Tatsache ist, dass keine Eurer Waffen uns gefährlich werden kann.« Sie deutete auf den Kreis aus schwelender Vernichtung. »Das dort unten bedaure ich ebenso sehr wie Ihr, Craiden. Wir wünschen weder Euren Tod noch den Eurer Soldaten oder gar Eures Volkes. Und doch war diese Katastrophe auf eine Art vielleicht hilfreich.«

»Ach?«, fragte Craiden. »War sie das?«

»Ihr habt Eure stärkste und geheimste Waffe gegen uns eingesetzt, und sie hat versagt«, antwortete sie.

»Seid Ihr sicher, dass es unsere stärkste war?«

Arion antwortete nicht gleich. Obwohl sie wusste, dass Craiden bluffte, verunsicherte sie seine Frage weit mehr, als sie sollte. »Es gibt nichts Schlimmeres«, sagte sie schließlich.

»Es gibt *immer* etwas Schlimmeres!«

»R'Achernon«, seufzte sie. »Erklär ihm, was ein Planetenkiller anrichtet.«

Obwohl die lautlose Stimme des Turms nicht widersprach, glaubte sie zu spüren, dass er mit dieser Anweisung nicht einverstanden war. Aber natürlich gehorchte er trotzdem, und sie konnte sehen, dass Craiden noch einmal ein bisschen blasser wurde.

»Das … glaube ich nicht«, sagte er stockend. »So eine Bombe kann es nicht geben. Wer sollte so verrückt sein, eine solche Waffe zu konstruieren?«

»Unsere Vorfahren, Clansmeister«, seufzte Arion. »Und Eure.«

»Wenn das wahr ist, warum leben wir dann noch?«, fragte Craiden.

»Weil Eure und meine Vorfahren zugleich auch klug genug waren, den R'Achernon zu erschaffen«, antwortete Arion. »Derselbe Turm, den Ihr so sehr hasst, hat uns alle gerettet.«

»Ja, natürlich«, schnaubte Craiden.

»Ihr glaubt mir nicht.« *Natürlich nicht.* Arion an seiner Stelle hätte es wahrscheinlich auch nicht getan. »Dann kommt mit, Clansmeister. Vielleicht gibt es einen anderen Weg, Euch zu überzeugen.«

Mardu Wie lange sie unterwegs waren und wie oft sie in Seitentunnel und Abzweigungen eindrangen, die Mardu nicht einmal bei besseren Lichtverhältnissen gesehen hätte, wusste er nicht. Vielleicht Stunden. Der Weg führte willkürlich hierhin und dorthin, aber im Großen und Ganzen aufwärts (wenn auch zu seinem Leidwesen alles andere als kontinuierlich). Ihre Umgebung hatte längst nichts mehr mit den großzügigen Tunneln des ehemaligen Transportsystems zu tun oder dem rostigen Skelett einer eisernen Schlange. Es waren einfach nur dreckige Gänge und Schächte, durch die sie nur zu oft kriechen mussten, und Mardu vermied es ganz bewusst, zu intensiv darüber nachzudenken, wozu manche dieser Schächte und mit verrostetem Eisen ausgekleideten Röhren ursprünglich einmal gedient haben mochten.

Aber irgendwann endet schließlich auch der schlimmste Albtraum, und irgendwann war der hin und her huschende, bleiche Strahl von Quizzacks Lampe nicht mehr das einzige Licht. Vor und über ihnen schimmerte es grau, und allein die Hoffnung, wieder an die Erdoberfläche zurückzugelangen, gab Mardu schon das Gefühl, freier atmen zu können.

Auf dem letzten Stück wurde es deutlich besser. Der Stollen erweiterte sich, sodass sie nicht mehr auf Händen und Knien kriechen mussten und auf dem allerletzten Stück sogar aufrecht gehen konnten.

Und natürlich spielte Quizzack den Spielverderber.

»Hier stimmt etwas nicht«, sagte er.

Ja, und zwar mit dir, dachte Mardu. Wann lernte der Bursche endlich, nicht andauend ungefragt das Wort zu ergreifen? Ärgerlich wollte er ihn zur Seite schieben und einfach weitereilen, doch Quizzack setzte seiner Unverschämtheit noch die Krone auf, indem er ihn grob zurückriss.

»Wartet hier!«, zischte er.

Mardus Unterkiefer klappte herunter, und er konnte spüren, wie seine Augen vor Unglauben ein Stück weit aus den Höhlen quollen. Aber davon bekam Quizzack schon gar nichts mehr mit, denn er war bereits vorausgeeilt, huschte lautlos wie ein Schatten zum Ausgang der schmalen Metallröhre und brachte es irgendwie fertig, mit seiner Umgebung zu verschmelzen, sodass selbst Mardu Mühe hatte, ihn zu sehen, obwohl sich seine Umrisse eigentlich deutlich gegen das trübe Licht dahinter abzeichnen sollten. Für jeden, der draußen stand, musste er vollkommen unsichtbar sein, ganz egal, wie scharf seine Augen waren.

Schon nach einem kurzen Augenblick kam er zurück. Er wirkte angespannt, und seine Stimme sank zu einem zischenden Flüstern herab. »Vier, Herr. Und in der Luft sind noch mehr. Ihr müsst sie wirklich richtig wütend gemacht haben.«

Na, das wollte er doch hoffen. »Heliothopther?«, fragte er. Die Auskunft war vollkommen überflüssig, doch Quizzack nickte trotzdem.

»Und da sind auch noch ein paar andere Krieger. Solche habe ich noch nie gesehen.«

Mardu war zwar angemessen beunruhigt, aber auch seine Neugier war geweckt. Rasch (und nicht einmal annähernd so lautlos wie Quizzack vor ihm) huschte er zum Ausgang, ließ sich auf den Bauch sinken und spähte mit angehaltenem Atem und klopfenden Herzen hinaus.

Der Gang – der in Wahrheit ein gewaltiges eisernes Rohr mit quadratischem Querschnitt war – endete gute drei Meter über dem Boden einer gewaltigen Halle, von der Mardu unmöglich sagen konnte, ob sie einmal als Lager, Fabrikationshalle oder einfach hoffnungslos vollgestopfter Wohnraum für sehr viele Menschen gedient hatte. Überall standen große Maschinen unbekannten Zwecks und zum Teil fremdartig anmutender Konstruktion, aber da waren auch gewaltige Stapel aus Kisten, Fässern und Säcken und sonderbar geformten Transportbehältern, und dazwischen erhoben sich Zelte, grob aus Brettern, Blech und Kunststoffteilen zusammengefügte Behausungen oder auch einfache Lager, die direkt auf dem nackten Boden aufgeschlagen worden waren. An einer Stelle stand etwas, von dem Mardu nicht sagen konnte, ob es nur eine besonders bizarr geformte Behausung war oder ein sehr großes und lebendiges Wesen, das hier Schutz gesucht hatte – oder vielleicht sogar beides.

Von den vier Heliothopthern, von denen der Junge gesprochen hatte, sah er nur einen einzigen am Boden, der aber war unangenehm nahe: Er hockte fast unmittelbar unter dem abgebrochenen Rohr, sodass sich Kopf und Schultern des Lenkers nahezu auf gleicher Höhe mit Mardus Gesicht befanden. Hätte sich das unheimliche Geschöpf umgedreht, dann hätte Mardu seinem Reiter direkt in die Augen geblickt.

So leise er konnte, zog Mardu den erbeuteten Zerreißer, legte mit beiden Händen auf den Hinterkopf des Lenkers an, wobei er die Ellbogen auf dem rostigen Eisen aufstützte, um die schwere Waffe ruhig zu halten, und versuchte, eine Schussbahn zu berechnen, mit der er nicht nur den kahl geschorenen Schädel des Burschen erwischen würde, sondern auch den Nacken des biomechanischen Rieseninsekts.

Quizzack berührte ihn an der Schulter, legte den ausgestreckten Zeigefinger über die Lippen und schüttelte zugleich hastig den Kopf. Beinahe schon aus Trotz wollte Mardu jetzt erst recht abdrücken, aber dann sah er, worauf der Junge ihn aufmerksam machen wollte, und ließ es nicht nur bleiben, sondern senkte fast erschrocken die Waffe.

In einiger Entfernung war ein zweiter Heliothopther zwischen den Kistenstapeln aufgetaucht, der sich auf die typisch mühsame Art dahinschleppte, auf die sich diese riesigen Kreaturen am Boden bewegten, so pfeilschnell und elegant sie auch in der Luft sein mochten. Sein Lenker war abgesessen und ging neben ihm, aber die beiden waren nicht allein, sondern befanden sich in Begleitung des Furcht einflößendsten Wesens, das Mardu je zu Gesicht bekommen hatte.

Auf den ersten Blick schien es sich um einen Menschen zu handeln, aber er war – mindestens! – zweienhalb Meter groß und so breitschultrig, dass er fast wie ein wandelndes Quadrat wirkte. Alles – wirklich alles, bis hin zu seinem Gesicht – an ihm war schwarz und aus Eisen, und alles schien in ununterbrochener, fließender Bewegung zu sein, als wäre er gar nicht massiv, sondern nur aus Schatten geformt, die ihrer gewaltsam aufgezwungenen Form immer wieder zu entfliehen versuchten.

Mardu versuchte zu ergründen, warum ihn der Anblick dieses schwarzen Giganten eigentlich so sehr erschreckte. Er hatte viel

Furcht einflößendere Geschöpfe gesehen und mit zehnmal schrecklicheren Kreaturen gekämpft (und sie besiegt), Ungetüme mit Zähnen und Klauen und Schnäbeln und Panzerplatten, die einen Menschen binnen eines Sekundenbruchteils zu Hackfleisch verarbeiten konnten – und dies auch mit großem Vergnügen taten, wenn man ihnen die Gelegenheit dazu gab –, aber er hatte niemals ein Wesen gesehen, das ihn so in Panik versetzte. Der Riese schien Angst zu verströmen wie eine düstere Aura, die alles und jeden in seiner Umgebung berührte und jeglichen Mut aus den Herzen tilgte. Er war nicht einmal besonders beeindruckend bewaffnet: Auf dem Rücken trug er ein sonderbar schlankes Gewehr und eine kleinere Handfeuerwaffe am Gürtel, dazu ein gewaltiges Schwert, das selbst in seinen gewaltigen Pranken als Bihänder geführt werden musste. Eigentlich war seine Bewaffnung ein Witz gegen die gebändigte Verheerung, die Mardu in Händen hielt. Aber sein Zerreißer kam ihm plötzlich erbärmlich vor. Allein die Idee, damit auf den schwarzen Reiter anzulegen, war absurd.

»Was … ist das?«, flüsterte er. Seiner Stimme war die Furcht anzuhören.

Quizzack hob nur die Schultern. Er selbst war sehr blass. Mardu wollte eine weitere Frage stellen, wagte es aber dann doch nicht. Der schwarze Koloss war noch ein gutes Stück entfernt, aber er wusste nicht, wie scharf sein Gehör war, und es mochte sogar sein, dass er allein seine bloße Anwesenheit spürte, so wie Mardu umgekehrt mit bloßer Furcht auf seine Nähe reagierte.

Er senkte die Waffe endgültig, begann, rückwärts in das Rohr zu kriechen, und erstarrte dann mitten in der Bewegung, als der Heliothopther unter ihm zitterte und sich dann auf klickenden Gliedmaßen entfernte. Seine riesigen Libellenflügel raschelten wie trockenes Papier, und Mardu hielt erschrocken den Atem an, als der Hinterleib des Ungetüms nervös hin und her peitschte und seinem Versteck dabei nahe genug kam, um ihn fast zu berühren. Die knöcherne Zange daran war durchaus groß genug, um ihm den Kopf abzuknipsen, so beiläufig, wie er sich eines zu lang gewachsenen Fingernagels entledigt hätte.

Das Ungeheuer bewegte sich davon, und auch der andere Heliothopther und der schwarze Gigant näherten sich seinem Versteck nicht weiter. Mardu war kein bisschen beruhigt, dafür aber mehr als nur ein bisschen verstimmt. Nach der haarsträubenden Odyssee durch diese sterbende Stadt, ihren unheimlichen Untergrund und allen Gefahren, die er dabei überstanden und gemeistert hatte, war es ihm als sein gutes Recht vorgekommen, nun die Belohnung einzustreichen und endlich frei zu sein, aber das Schicksal drehte ihnen eine lange Nase, und das genaue Gegenteil war der Fall. Sollte das etwa fair sein?

Mardu wartete, bis die beiden Heliothopther und der schwarze Gigant außer Hörweite waren (wenigstens hoffte er es), und wandte sich dann leise an Quizzack. »Gibt es noch einen anderen Weg hier raus?« Er machte eine Kopfbewegung hinter sich. »Können wir ausweichen?«

Allein der Gesichtsausdruck des Jungen machte eine Antwort schon beinahe überflüssig. »Es gibt viele Wege«, sagte er. »Aber ich bin ... nicht mehr sicher ...«

» ... wie du mich am besten reinlegen kannst?«, grollte Mardu.

Quizzack ignorierte die Frage. »Alles hat sich verändert«, sagte er unbehaglich. »Dieses Feuer. Und ... manche Tunnel scheinen eingestürzt zu sein.«

»Und was genau heißt das?«, bohrte Mardu nach.

Quizzack wand sich regelrecht unter seinem Blick. »Wir könnten uns verirren«, gestand er schließlich.

»Na, das wäre doch mal was«, maulte Mardu, schüttelte aber auch rasch den Kopf, um den Jungen am Weiterreden zu hindern, und ließ seinen Blick aufmerksam durch die Halle schweifen.

So groß und vollgestopft sie auch war, und so deutlich man auch spürte, wie sehr sie noch vor Kurzem vor Leben nur so gebrodelt hatte, so leer kam sie ihm andererseits jetzt vor. Hier und da bewegte sich etwas – meistens war es groß und mit schwarzem Chitin gepanzert und hatte raschelnde Libellenflügel –, aber der allergrößte Teil dieser gewaltigen Halle schien einfach tot zu sein.

»Was war das hier einmal?«, fragte er.

»Seit dem Krieg kommen viele hierher, deren Häuser zerstört worden sind«, antwortete Quizzack. Er deutete nach oben. »Gestern war das Dach noch ganz und hat guten Schutz vor Wind und Kälte geboten.«

Jetzt tat es das nicht mehr, dachte Mardu. In der sanft gewölbten Konstruktion hoch über ihren Köpfen gähnten eine Anzahl großer Löcher, zwei davon gewaltig genug, um ein ganzes Bataillon Daktylen zugleich hereinzulassen. Ganze Landschaften aus haushohen Trümmern hatten Altes darunter zerschmettert und unter Schutt und geborstener Transparentkeramik begraben; und jetzt, wo Mardu einmal darauf aufmerksam geworden war, sah er auch, dass das gesamte Gebäude ein wenig schief zu stehen schien – als hätte ein vorbeigehender Riese ihm einen ärgerlichen Tritt versetzt. Die Druckwelle hatte dem Gebäude wirklich übel mitgespielt, selbst hier, so viele Meilen vom Zentrum der Explosion entfernt.

»Ist ja nicht so, als hätte ich ihn nicht gewarnt«, murmelte Mardu.

»Herr?«, fragte Quizzack.

»Nichts«, sagte Mardu rasch. Er hatte nur laut gedacht. »Und wie kommen wir jetzt hier raus?«

Quizzack sah einen Moment genauso konzentriert und schweigend vor sich hin, wie er es zuvor getan hatte, und deutete dann nach links in die Halle. Mardu sah in die angegebene Richtung und entdeckte dort rein gar nichts, was man einen Fluchtweg hätte nennen können; außer eines gepanzerten Ungetüms mit glotzenden Facettenaugen, das zwischen den Kistenstapeln herumkroch. Fragend und schon wieder misstrauisch sah er den Jungen an.

»Wenn wir es bis dahin schaffen, haben wir eine gute Chance«, behauptete Quizzack.

»Wieso?«

Sein Adjutant verdrehte die Augen, antwortete aber pflichtbewusst: »Auf der anderen Seite liegt der Kanal. Er bringt uns von hier weg.«

»Den sie gewiss am strengsten überwachen«, vermutete

Mardu. Jedenfalls hätte er das getan, wäre er an der Stelle ihrer Verfolger gewesen.

Quizzack starrte ihn an, als würde er ernsthaft an seinem Verstand zweifeln. »Ganz gewiss nicht«, sagte er dann überzeugt. »Die sind doch nicht verrückt.«

Mardu schwieg. Wieso hatte er plötzlich das Gefühl, dass ihm das, was Quizzack als Kanal bezeichnet hatte, nicht gefallen würde?

»Dann geh voraus«, befahl er.

Quizzack wirkte wenig begeistert, hob aber trotzdem nur die Schultern und machte sich nach einem letzten sichernden Blick daran, aus ihrem Versteck herauszukriechen. Mit einer Lautlosigkeit und einem Geschick, das in Mardu ein heftiges Gefühl von Neid aufflackern ließ, schloss er die Hände um den rostigen Rand des Rohres, rollte sich nach vorne und vollführte einen Zeitlupensalto, bis er wie ein Reckturner an den ausgestreckten Armen dahing, die Zehenspitzen noch immer gute anderthalb Meter über dem Boden. Als Mardu sah, wie elegant und vollkommen lautlos er die restliche Distanz überwand, hatte er plötzliche Sorge, dass Quizzack einfach mit den Schatten unter sich verschmolz und unsichtbar wurde. Was, wenn der Bursche die Gelegenheit beim Schopf ergriff und sich verkrümelte? Allein hatte er hier keine Chance, das wusste er.

Nur einen Moment später tauchte jedoch ein wedelnder Arm unter ihm auf, und Quizzacks Stimme zischte: »Rasch, Herr! Sie sehen gerade nicht hin!«

Also gut, was dieser Bengel schaffte, das konnte er schon lange. Mardu schloss die Hände um den Rand des Rohres, ließ sich behutsam nach vorne kippen und verlor den Halt. Er brauchte eine gute halbe Minute, um wieder zu Atem zu kommen, so hart, wie er aus drei Metern Höhe auf dem Rücken aufgeschlagen war. Bunte Punkte tanzten vor seinen Augen, und er erkannte Quizzack im ersten Moment nur an seiner Stimme.

»Ist alles in Ordnung mit Euch, General?«

Mardu rappelte sich mühsam auf, schüttelte den Kopf und wartete, bis sich die Welt wieder aus den tausend Splittern zusammensetzte, in die sie vor seinen Augen zerbrochen war.

»Wir müssen weiter, Herr«, sagte Quizzack. »Sie kommen bestimmt zurück.«

Gut, dass er ihn darauf hingewiesen hatte. Mardu stemmte sich mühsam hoch, ignorierte stolz Quizzacks hilfreich ausgestreckten Arm und rieb sich schmerzhaft beide Handgelenke, mit denen er versucht hatte, seinen Sturz aufzufangen.

Quizzack war klug genug, nichts dazu zu sagen. Geduckt und mit schon fast unheimlichem Geschick jede noch so kleine Deckung ausnutzend, eilte er voraus, und Mardu wartete, bis er ihm mit Gesten zu verstehen gab, dass die Luft rein war und er ihm folgen konnte. Ein wenig unbehaglich war ihm dabei schon zumute, lieferte er sich dem Jungen damit doch auf Gedeih und Verderb aus. Aber wenn Quizzack ihn hätte ans Messer liefern wollen, dann hätte er schon mehr als einmal Gelegenheit dazu gehabt ... ganz abgesehen davon, dass nicht einmal eine Kreatur wie Quizzack es wagen würde, den Auserwählten zu verraten.

Er folgte dem Jungen in einem willkürlich anmutenden Zickzackkurs zwischen gewaltigen Kistenstapeln und noch gewaltigeren Maschinen hindurch, von denen einige noch in Betrieb zu sein schienen; Mardu hörte zwar nicht das mindeste Geräusch, aber manchmal glaubte er, etwas zu spüren, wenn er ihnen zu nahe kam – etwas wie das Wirken einer enormen Kraft, deren bloße Existenz ihm schon Unbehagen bereitete. Sie brauchten lange, um sich dem anderen Ende der Halle auf diese Weise zu nähern, und ein paarmal wurde es wirklich eng. Durch die enorme Größe dieses seltsamen Gebäudes fiel es nicht sofort auf, aber nach und nach wurde Mardu klar, dass mindestens ein Dutzend Heliothopther samt ihrer Reiter nach ihm suchte und dazu noch der unheimliche Eisenmann – falls es nicht sogar mehrere der unheimlichen Gestalten waren. Immer wieder mussten sie sich hastig zurückziehen und manchmal minutenlang in provisorischen Verstecken ausharren, bis Quizzack es für risikolos genug hielt, weiterzugehen.

Allmählich begann sich General Mardu ernsthaft zu fragen, wieso er es überhaupt bis hierher geschafft hatte. Seine Verfolger meinten es bitterernst, das bewies nicht nur die große Zahl, in der sie hier nach ihm suchten. Aber wenn sie so scharf auf ihre Rache waren, warum brannten sie dann nicht einfach die gesamte Halle nieder oder gleich das ganze Stadtviertel? Sie hatten jedes Recht dazu, und selbst wenn nicht, so hatten sie auf jeden Fall die Macht, es zu tun, was für Mardu so ungefähr dasselbe bedeutete. Ein weiteres Rätsel, um das er sich kümmern musste ... sobald sie hier heraus waren. Er war mittlerweile nicht mehr hundertprozentig davon überzeugt, dass sie ihn wirklich nur für den Tod ihrer Kameraden zur Rechenschaft ziehen wollten.

Sie hatten die Halle fast durchquert, als es noch einmal wirklich gefährlich wurde. Da alles hier so monströs und riesig war, hatte Mardu auch einen dazu passenden Ausgang erwartet, aber Quizzack deutete stattdessen auf eine schmale Holztür, die in der gewaltigen Wand nur wie ein Schmutzfleck wirkte. Bis dahin waren es mindestens vierzig oder fünfzig Meter, und natürlich hatte sich das Schicksal die Gelegenheit nicht entgehen lassen, ihm wieder eins auszuwischen: Nicht nur, dass es auf dem ganzen Stück nicht die winzigste Deckung gab, der Bereich lag auch noch direkt über einer der gewaltigen Breschen, die die Druckwelle ins Dach gerissen hatte, und *natürlich* waren sämtliche Trümmerstücke überallhin gefallen, nur nicht dorthin, wo sie sie hätten gebrauchen können.

»Das wird schwierig«, sagte Quizzack.

»Ach, tatsächlich?«, schnaubte Mardu. »Wäre mir gar nicht aufgefallen.«

Quizzack war entweder nicht besonders empfänglich für Sarkasmus oder noch blöder, als Mardu inzwischen sowieso schon glaubte. Er reagierte gar nicht auf seine Worte, sondern schob sich behutsam ein Stück zur Seite und legte den Kopf in den Nacken, um den Himmel über dem riesigen gezackten Loch abzusuchen. Mardu hätte nicht einmal hinsehen müssen, um zu wissen, dass dort oben Heliothopther kreisten und jeden Quadratfuß Boden mit ihren so schrecklich scharfen Augen beobachteten. Er tat es trotzdem und stellte fest, dass es gleich drei waren.

»Sehr lange können wir hier nicht bleiben«, fuhr Quizzack fort. »Sie werden jede einzelne Kiste hier umdrehen, bis sie uns gefunden haben.«

»Hm«, murmelte Mardu. Seine Hand strich über die Waffe in seinem Gürtel, aber diesmal blieb die beruhigende Wirkung aus, auf die er gehofft hatte.

»Dafür sind es zu viele«, sagte Quizzack, dem seine Bewegung nicht entgangen war.

»Ich weiß«, gestand Mardu übellaunig. »Aber hast du eine bessere Idee?«

Statt zu antworten, hob der Junge den Kopf und suchte lange den Himmel mit Blicken ab. »Da ist ein Muster«, sagte er.

»In den Sternen?«

»In ihren Bewegungen.« Quizzack deutete nun auch mit der Hand nach oben. »Sie suchen den Boden auf eine ganz bestimmte Weise ab, in Linien, die sich überschneiden, sodass es kein Durchkommen gibt. Aber bei jedem siebten oder achten Mal gibt es eine kleine Unterbrechung. So etwas wie einen blinden Fleck. Es wird knapp, aber wenn wir schnell genug sind ...« Er sah Mardu auf eine Art an, die beinahe schon wieder ein bisschen unverschämt war. »Könnt Ihr rennen?«

»Schnell genug«, antwortete Mardu.

»Auf der anderen Seite der Tür werdet Ihr es müssen«, sagte Quizzack. »Denn sobald wir hier raus sind, sehen sie uns ganz bestimmt.«

Mardus Hand schloss sich fester um die Waffe. »Und was haben wir dann davon?«

»Es sind nur ein paar Schritte bis zum Kanal«, antwortete Quizzack. »Aber die Helis sind schnell, das weiß ich. Wenn sie uns zu früh sehen, haben wir keine Chance.«

Er konzentrierte sich auf das trapezförmige Stück Himmel, das über der Bresche im Dach sichtbar war. Mardu tat es ihm gleich und versuchte insbesondere, das Muster in den Bewegungen der drei Heliothopther zu erkennen, von dem Quizzack gesprochen hatte, aber vergeblich. Vielleicht machte der Junge sich ja auch nur wichtig.

»Du kennst dich gut aus mit Heliothopthern«, sagte er.

»Nicht so gut, wie ich es gern hätte«, antwortete Quizzack. Er sprach langsam und legte immer wieder kurze Pausen ein, in denen sich seine Lippen jedoch lautlos weiterbewegten, als würde er zählen.

»Was meinst du damit?«

»Sie sind schreckliche Geheimniskrämer, aber man kann trotzdem eine Menge von ihnen lernen, wenn man gut genug hinsieht und hinhört.«

»Lernen? Was denn? Wie man Leute umbringt?«

»Manchmal treiben wir Handel mit ihnen«, antwortete Quizzack, auch jetzt wieder mit großen Unterbrechungen, in denen sich seine Lippen weiterbewegten. »Man muss aufpassen. Sie sind gerissen und machen sich einen Spaß daraus, jeden über den Tisch zu ziehen, der nicht wirklich auf der Hut ist.«

Jetzt war Mardu sicher, dass sich der Bursche nur wichtig machte. Und einem solchen Kind vertraute er sein Leben an?

»Aber wenn man ein bisschen aufpasst, dann kann man schon seinen Schnitt machen«, fuhr Quizzack nach einer neuerlichen Pause und stockend fort. Sein Blick ließ die unablässig am Himmel patrouillierenden Schemen am Himmel nicht los. »Einmal habe ich ein komplettes …« Er sprang auf, ergriff Mardu fest am Handgelenk und zerrte ihn mit solcher Kraft hinter sich her, dass er fast ein halbes Dutzend Schritte brauchte, um sich zu fangen, und noch einmal so lange, um aus seinem unbeholfenen Stolpern etwas zu machen, das wenigstens so aussah wie Laufen. Danach versuchte er, nicht nur mit Quizzack Schritt zu halten, sondern ihn zu überholen, aber das gelang ihm nicht. Rasend schnell jagten sie dem rettenden Ausgang entgegen. Es waren nur dreißig oder vierzig Schritte, wenige Sekunden, aber sie wurden zu einer schieren Ewigkeit, und der Boden war nicht annähernd so glatt, wie Mardu zuvor geglaubt hatte. Bei jedem einzelnen Schritt erwartete er, einen gellenden Warnruf zu hören und den erheblichen Schmerz zu fühlen, mit dem ihm der Strahl eines Zerreißers einen Arm oder auch ein Bein abschnitt.

Er ertönte erst, als sie die rettende Tür schon beinahe erreicht zu haben glaubten, und sein Effekt war nicht ganz so schlimm, aber schlimm genug. Der Schrei, den Mardu hörte, kam nicht vom Himmel, sondern erscholl irgendwo links von ihnen und hörte sich an, als käme er aus einer Kehle aus rostigem Gusseisen, und der Strahl war nicht der unsichtbare Tod eines Zerreißers, sondern ein giftgrüner Blitz aus kaltem Licht, der ihn um Haaresbreite verfehlte und stattdessen einen Hochdruckschlauch an der Wand vor ihnen traf, dessen Wasser nun mit voller Wucht austrat.

Mardu warf sich nach links und praktisch aus der gleichen Bewegung heraus nach rechts und dann schon wieder in die andere Richtung, und dieses Mal verfehlte ihn der grüne Lichtblitz noch knapper. Seine Haut begann zu prickeln, und ein fast wohliges Gefühl von Müdigkeit wollte sich seines linken Armes bemächtigen und verschwand wieder, als Mardu sich mit aller Willensstärke dagegen wehrte.

Verzweifelt verdoppelte er seine Anstrengungen, die Tür zu erreichen, warf sich unmittelbar hinter Quizzack hindurch, aus einem Gefühl heraus erneut zur Seite und entging so dem grünen Blitz, der gierig hinter ihm herzüngelte.

Quizzack hatte weniger Glück. Der Blitz streifte sein rechtes Bein, und der Junge kippte mit einem spitzen Schrei auf die entsprechende Seite. Mardu warf die Tür mit einer ebenso hysterischen wie vollkommen nutzlosen Bewegung hinter sich zu, sprang genauso instinktiv über den gestürzten Jungen hinweg und machte noch drei weitere große Schritte, bevor ihm aufging, dass er nicht die geringste Ahnung hatte, wohin er eigentlich lief.

Fluchend machte er kehrt, raste zu Quizzack zurück und zerrte ihn unsanft auf die Beine. Quizzack wimmerte vor Schmerzen, und er humpelte auch sichtbar, als er sich in Bewegung setzte, aber immerhin kam er vorwärts. Hatte er nicht selbst behauptet, dass es nur wenige Schritte bis zum Kanal waren?

Von dem Mardu überdies immer noch nichts sah. Vor ihnen ragte etwas auf, das wie ein uralter und hoffnungslos löcheriger

Zaun aussah, und die Häuser dahinter kamen ihm irgendwie … weiter entfernt vor, als sie sein sollten, aber er war viel zu aufgeregt, um wirkliche Einzelheiten zu erkennen.

»Lauf!«, brüllte er, indem er Quizzack einen derben Stoß versetzte. »Und stell dich nicht so an! Wo ist dieser verdammte Kanal?«

Quizzack wimmerte eine Antwort und schaffte es irgendwie, noch ein bisschen schneller zu humpeln, und Mardu wartete mit klopfenden Herzen darauf, dass die Tür hinter ihnen aus den Angeln gerissen wurde und irgendeine brüllende Abscheulichkeit auftauchte.

Sein Wunsch wurde erfüllt, gerade als sie den Zaun erreichten und durch eine Lücke stolperten, in die bequem ein Haus gepasst hätte. Die Tür flog nicht wirklich aus den Angeln, sondern löste sich einfach in eine Wolke aus zahnstochergroßen Holzsplittern auf, und ein Heliothopther vergrößerte die Türöffnung mit purer Gewalt, indem er seinen gepanzerten Körper durch die eigentlich viel zu kleine Öffnung rammte. Sein Lenker war klug genug, sich hinter den gewaltigen Libellenschädel zu ducken, um nicht aus dem Sattel gefegt zu werden, und Mardu wartete geduldig, bis er sich wieder aufgerichtet hatte, bevor er den Zerreißer hob und ihn samt seines Tieres erschoss. Blieben nur noch ungefähr zwanzig. Oder auch hundert.

»Weiter, Herr!«, keuchte Quizzack. »Schnell! Folgt mir!«

Mardu suchte kampflustig den Himmel ab und gewahrte gleich drei Heliothopther, die sich in rasendem Sturzflug näherten, aber sie waren noch zu weit entfernt für einen sicheren Schuss. Und auch hinter dem toten Ungeheuer, das die Tür blockierte, meinte er schon wieder Bewegung wahrzunehmen. Außerdem hatte er für diesen Tag schon genug Heldentaten vollbracht, um seinen Ruf als Auserwählter zu festigen. Auf einen toten Heliothopther mehr oder weniger kam es jetzt wirklich nicht an.

Er schob die Waffe wieder unter den Gürtel und fuhr herum, um zu Quizzack aufzuschließen, der zwar immer noch humpelte, dabei aber ein ganz erstaunliches Tempo an den Tag legte. Sie näherten sich nun tatsächlich irgendeiner Art von Kanal, denn nur ein paar Schritte vor ihnen hörte der Boden einfach auf, um sich erst mindestens eine halbe Meile entfernt fortzusetzen. Dazwischen war nichts zu sehen, und Mardu konnte weder Wasser hören noch riechen. Im Gegenteil: Die Luft roch schon wieder leicht verbrannt. Quizzack zögerte trotzdem nicht, auf die Kante zuzuhumpeln und erst im allerletzten Moment stehen zu bleiben und sich heftig mit beiden Armen wedelnd umzudrehen.

»Schnell!«, kreischte er. »Sie sind gleich da!« Mardu schloss rasch zu ihm auf, hielt dann aber abrupt an und beugte sich umso behutsamer vor, um einen Blick in die Tiefe zu werfen. Quizzack packte ihn jedoch einfach am Handgelenk, ließ sich nach hinten fallen und riss ihn mit sich.

Mardu kreischte vor Schrecken und stieß dann schmerzhaft die Luft zwischen den Zähnen aus, als seine Kiefer so hart aufeinanderschlugen, dass er sein eigenes Blut schmecken konnte. Der Abgrund war kein unendlicher Abgrund, sondern nur knappe anderthalb Meter tief, wo sich ein steinerner Sims befand, der sich am eigentlichen Kanal entlang in beide Richtungen erstreckte, bis er sich im Dunst der Entfernung verlor. Die Wand neben ihnen war nicht glatt, sondern an zahllosen Stellen durchbrochen, zum Teil mit roher Gewalt, zum Teil mit großer Sorgfalt eingerahmt. Dahinter waren Hohlräume unterschiedlicher Größe zu erkennen, in manchen davon bewegte sich etwas.

Der Hieb eines unsichtbaren Vorschlaghammers traf den Boden in einigen Schritten Entfernung, biss ein gehöriges Stück aus dem Sims heraus und schleuderte eine fünf Meter hohe Staubwolke in die Luft. Mardu schoss zurück, war selbst vielleicht am meisten überrascht, die schwarze Riesenlibelle am Himmel über sich in Stücke brechen zu sehen, und raste hinter Quizzack her, der trotz seines Humpelns beinahe schneller war als er.

»Wohin?«, brüllte er.

»Folg mir!«, schrie Quizzack. »Schnell! Und hör endlich auf zu schießen!«

Mardu verlängerte die Liste diverser Strafdienste, die Quizzack sich mittlerweile verdient hatte, noch einmal um ein gehöriges Stück, verwandte seine Energien aber lieber darauf, den Jungen einzuholen; zumal am Himmel über ihnen schon wieder ein fliegendes Ungeheuer erschien und das Feuer auf ihn eröffnete, diesmal wieder mit diesem sonderbaren, grünen Licht, das wie Wasser an den Wänden hinablief, wenn es ihn verfehlte. Quizzack verschwand genau in diesem Moment in einer halbrunden Öffnung in der Wand. Mardu war nahezu sicher, eine weitere Bewegung dahinter zu erkennen. Die Höhle war jedoch leer, als er dicht hinter Quizzack hineinstürmte – sah man von den ganzen Bergen von zerbrochenen Möbeln, Krempel und Müll ab, die sich auf dem Boden stapelten.

»Was jetzt?«, fragte Mardu.

Statt zu antworten, verschwand der Junge mit einem regelrechten Hechtsprung in dem Müllberg. Formlose Dinge flogen in alle Richtungen davon, und draußen erbebte der Sims unter einem weiteren Hammerschlag der Götter, und in der Decke über seinem Kopf zeichnete sich ein gezackter Riss ab, aus dem Staub rieselte.

»Quizzack!«, brüllte er.

Der Junge tauchte aus einem Berg von … *irgendwas* auf. »Hab's schon«, sagte er. »Hier! Zieht das an!«

Mardu konnte gerade noch zugreifen, als er ihm etwas sehr Großes und Schwarzes entgegenwarf, etwas, das so schwer war, dass er unter seinem Aufprall zurückstolperte und um ein Haar wieder hingefallen wäre.

»Schnell!«, rief Quizzack. Mardu wusste nicht einmal genau, was er meinte, und drehte das *Ding*, das der Junge ihm zugeworfen hatte, nur umso verwirrter in den Händen. Es hatte zumindest entfernte Ähnlichkeit mit einem Kleidungsstück – einem Mantel, um genau zu sein –, war aber viel zu schwer dafür. Hilflos sah er zu, wie Quizzack ein gleichartiges schwarzes Etwas aus dem Durcheinander vor sich ausgrub und sich um die Schultern warf. Etwas klickte, raschelte und klickte wieder und jetzt lang anhaltend, und Quizzack kam mit sonderbar staksenden Schritten auf ihn zu.

»Stillhalten«, befahl er grob. Mardu gehorchte ganz automatisch, weniger seinen Worten als vielmehr dem scharfen Befehlston seiner Stimme, den der Soldat in ihm nur zu gut kannte.

Schnell und alles andere als behutsam (von respektvoll gar nicht zu reden) streifte Quizzack ihm das plumpe Kleidungsstück über und begann mit fliegenden Fingern, mit irgendwelchen Schnallen, Verschlüssen und Riemen zu hantieren. Der Mantel war so schwer, dass Mardu unter seinem Gewicht ächzte, und schien mit dicken Metallstangen gefüttert zu sein. Außerdem war er viel zu groß.

»Was soll denn das?«, stammelte Mardu. »Was hast ...?«

Quizzack stieß ihn so derb herum und aus dem Höhlenausgang, dass er gerade noch den Kopf einziehen konnte und schon wieder mit wild rudernden Armen um sein Gleichgewicht gekämpft hätte, wäre der Mantel nicht zu schwer dafür gewesen. Grüne Blitze griffen nach ihnen und verfehlten sie um Haaresbreite, und in der Luft lag ein wütendes Brummen und Surren wie von einem ganzen Schwarm zu groß geratener Hornissen. Quizzack stieß ihn weiter, riss ihn plötzlich herum sowie ein gutes Stück weit auf den Abgrund zu und machte sich zugleich an seinem Mantel zu schaffen. Mardu hatte nicht einmal eine Vorstellung von dem, was er da trieb, doch seine Arme wurden plötzlich nach oben und zur Seite gezwungen. Etwas klickte und ratterte, Gestänge und eiserne Verbindungen rasteten ein, und dann tat der Junge etwas ganz und gar Unglaubliches: Er wirbelte Mardu abermals herum und stieß ihm die flachen Hände mit solcher Wucht in den Rücken, dass er einen stolpernden Schritt auf den Abgrund zu machte. Und dann noch einen zweiten. Und dann fiel er direkt hinein.

Dieses Mal lag der Boden nicht nur wenige Meter unter ihm. Es gab überhaupt keinen Boden. Unter ihm war nichts als grundlose Schwärze, in die Mardu mit einem gellenden Schrei und sich immer schneller überschlagend hineinfiel. Reine Panik krallte sich in seine Gedanken, brachte seine beiden Herzen aus dem

Takt und zwang ein Kreischen über seine Lippen, das sich zu einem Heulen steigerte, das zerbrochen und immer schriller werdend von den unsichtbaren Wänden des Abgrunds widerhallte, in den er – immer schneller und schneller werdend – hineinstürzte. Der Himmel raste wie ein leuchtend blauer Strich über ihn hinweg und war wieder verschwunden, und dann war plötzlich Quizzack neben ihm. Aus irgendeinem Grund hatte er mit einem Mal Ähnlichkeit mit einem Vogel, und seine Lippen bewegten sich, als versuche er Mardu verzweifelt etwas zuzuschreien, aber seine Worte gingen in Mardus Schrei und dem immer lauter werdenden Brausen seines Sturzes unter.

Sein Fallen nahm immer noch an Geschwindigkeit zu, und auch die Panik wurde nicht schwächer, sondern begann, ihm im Gegenteil nun auch noch den allerletzten klaren Gedanken zu verwehren. Vielleicht verspürte er noch einen flüchtigen Zorn auf Quizzack, der aber im Grunde eher Verwunderung war und vollkommenes Unverständnis, warum er ihm das antat, nach allem, was sie in den letzten Stunden gemeinsam durchgestanden hatten.

Die Umgebungstemperatur stieg, es wurde wärmer, dann heiß. Der Himmel schmolz zu einem schmalen azurblauen Band über ihm zusammen, der in immer rasenderer Folge aufblitzte und wieder verschwand. Quizzack brüllte ihm noch immer irgendetwas zu, das er nicht verstand – wahrscheinlich Schmährufe oder Beschimpfungen. Der Junge kam wieder näher, prallte zum dritten oder vierten Mal gegen ihn und streckte die Hände aus, um etwas an seinem Rücken zu tun. Ein brutaler Ruck ließ Mardu noch lauter aufstöhnen, als seine Arme von einer unwiderstehlichen Kraft noch weiter auseinander und nach vorne gezwungen wurden. Etwas rastete mit einem metallischen Scheppern ein. Eine unsichtbar glühende Hand schlug ihm ins Gesicht, und plötzlich hörte sein Sturz auf, als sich der Mantel in ein gewaltiges Flügelpaar verwandelte, in dem sich die heiße Luft fing, die ihnen brüllend aus der Tiefe entgegenschlug.

Mardu begann zu trudeln, versuchte die Arme zu bewegen, um seine Schlingerbewegung irgendwie zu beeinflussen (was ihm gelang – er machte es allerdings schlimmer), und verdrehte sich den Hals, um nach Quizzack Ausschau zu halten. Der Junge schwebte nur ein kleines Stück neben und unter ihm und bewegte sich so elegant sowie scheinbar mühelos wie ein riesiger schwarzer Vogel – zweifellos nur, um ihn zu demütigen –, und seine Lippen bewegten sich weiter, ohne dass auch nur ein einziges Wort Mardus Ohren erreichte.

Er versuchte hochzusehen, kippte nach rechts und links, fing sich wieder und schlug einen kompletten Salto, aber ganz langsam begann er so etwas wie ein Gefühl für seine bizarren Flügel zu entwickeln.

Er begriff auch, dass er immer noch fiel.

In den wenigen Augenblicken, seit dieser höllische Sturz begonnen hatte, mussten sie schon mehrere hundert Meter zurückgelegt haben, und es ging immer noch weiter abwärts. Die künstlichen Flügel bremsten seinen Sturz, machten aber immer noch keinen Flug daraus, und auch die Gefahr durch ihre Verfolger war noch immer nicht gebannt.

Mardu sah nach oben und erschrak bis ins Mark, als er gleich drei der halb mechanischen Riesenlibellen über sich sah; weit über sich, aber trotzdem nicht einmal annähernd so weit, wie er es sich gewünscht hätte.

»Nur noch … Augen … blick … Herr!«, drang Quizzacks Stimme, in einzelne Silben zerhackt, über das Heulen des Höllensturzes an sein Ohr, dem sie immer noch entgegenfielen. »Weiter unten … wagen nicht … dorthin … zu folgen!«

Mardu rekonstruierte den Rest dieser Worte in Gedanken und war nicht ganz sicher, ob ihm das Ergebnis gefiel. Es wurde noch heißer mit jedem Meter, den sie in stumpfem Winkel in die Tiefe rasten. Was nutzte es ihnen, wenn die Heliothopther die Verfolgung aufgaben, weil sie wenig Sinn darin sahen, zwei verbrannten Leichen hinterherzujagen, die an den ausgeglühten Resten altertümlicher Fluganzüge hingen?

Quizzack steuerte dichter an Mardu heran, sodass sich ihre

Flügelspitzen jetzt beinahe berührten. Er musste immer noch schreien, um das Getöse ihres Sturzes zu übertönen, aber immerhin verstand Mardu ihn jetzt.

»Ihr macht das gut, Herr!«, brüllte er. »Nur noch einen Moment, und wir haben es geschafft! Wenn wir erst auf heiße Luft stoßen, fliegen wir wirklich!«

Heiße Luft?, dachte Mardu beinahe hysterisch. Was glaubte der Bursche denn, was sie umgab? Mardu hatte jetzt schon das Gefühl, bei lebendigem Leibe gegrillt zu werden!

Er versuchte zu antworten, schnappte einen Mundvoll glühend heißer Luft und verwendete seine Energie lieber darauf, flach zu atmen, sah aber nun auch zum ersten Mal wirklich aufmerksam nach unten. Der Schacht erschien ihm nach wie vor grundlos, aber er war nicht so leer, wie er bisher angenommen hatte. Unter ihnen – *sehr tief* unter ihnen – bewegte sich etwas, ohne dass er den Ursprung dieser Bewegung genau erkennen konnte, und er meinte, ein Licht wahrzunehmen, eine unheimliche, düsterrote Glut, die ihn an das schreckliche Feuer in den Stollen erinnerte.

Ein grüner Blitz hackte nach ihm, durchschlug seinen Mantel nur eine Handbreit neben seinen Rippen, ohne ihn zu beschädigen, und verschwand in der Tiefe. Quizzack ließ sich blitzschnell über den rechten Flügel abkippen und ging in einen tosenden Sturzflug über, und Mardu versuchte dasselbe Kunststück in entgegengesetzter Richtung. Fast zu seiner eigenen Überraschung gelang es ihm. Zwar nicht annähernd so elegant wie Quizzack, aber er schoss ebenso schnell in die Tiefe, und der nächste grüne Blitz, den die Heliothopther auf ihn abfeuerten, kam ihm nicht einmal nahe.

Mühsam – und trotz des an Sicherheit grenzenden Gefühls, dass ihm nicht gefallen würde, was er sah – drehte Mardu den Kopf und sah nach oben. Einer der Heliothopther hatte die Verfolgung aufgegeben und entfernte sich schnell, aber die beiden anderen blieben ihnen hartnäckig auf den Fersen. Ihr Flug war lang nicht mehr so anmutig, wie Mardu es von diesen biomechanischen Geschöpfen gewohnt war, aber sie dachten dennoch nicht daran, zurückzufallen. Ganz im Gegenteil schossen ihre Lenker immer intensiver auf Quizzack und ihn. Doch sie waren alles andere als zielsicher: Die meisten der giftgrünen Lichtblitze kamen ihnen nicht einmal nahe, aber wenn sie es nur oft genug versuchten, dann würden sie früher oder später einen Zufallstreffer landen.

Und wie es aussah, wohl eher früher.

Hätte Mardu es nicht schon längst getan, so hätte er wohl spätestens in diesem Moment damit begonnen, an die Macht von Omen und negativem Denken zu glauben, denn er hatte diesen Gedanken kaum gedacht, da hämmerte einer der grünen Blitze direkt in Quizzacks Rücken. Er konnte den gequälten Schrei des Jungen selbst über das Heulen des Sturmes hinweg hören. Quizzack begann zu torkeln, überschlug sich und fiel dann wie ein Stein in die Tiefe.

Mardu wich mit mehr Glück als Können einem weiteren grünen Blitz aus, schaffte es, seinen Kurs zu verändern und Quizzack zu folgen, und stellte erleichtert fest, dass der Junge nicht nur noch lebte, sondern seinen Sturz auch aufgefangen hatte. Er glitt jetzt wieder in stumpfem Winkel nach unten, statt zu fallen.

»Ist alles in Ordnung?«, brüllte er, als er auf Rufweite an ihn herangekommen war.

»Meine Beine sind taub«, antwortete Quizzack gepresst. »Aber wir haben es gleich geschafft!«

Das hatte er schon ein paarmal behauptet, aber Mardu sah wenig Sinn darin, ihn jetzt darauf hinzuweisen. Sie fielen noch immer, wurden aber merklich langsamer, und auch die Hitze nahm nicht mehr ganz so rasend schnell zu wie bisher, was auch gut war, denn die Temperaturen waren schon jetzt vollkommen unerträglich. Noch ein paar Grad mehr, und er brauchte sich um seine Verfolger keine Sorgen mehr zu machen.

Oder vielleicht doch, denn auch die Strafe für diesen Gedanken folgte auf dem Fuß. Zwei weitere, grüne Blitze verfehlten Mardu um Haaresbreite und verschwanden in der roten Dunkelheit unter ihnen. Quizzack fluchte in einer Sprache, die er noch nie gehört hatte, versetzte ihm einen Schubs, der ihn wie ein torkelndes Blatt zur Seite schleuderte, und bewegte sich trotz seiner gelähmten Beine immer noch ungefähr zwanzigmal eleganter als Mardu.

Wieder züngelte ein grüner Blitz nach ihm, verfehlte ihn jetzt um ein gehöriges Stück und prallte von einer Wand ab, die er bisher noch nicht einmal gesehen hatte. Wütend starrte er nach oben, verfluchte seinen fliegenden Mantel dafür, dass er ihn daran hinderte, seine Waffe zu ziehen und den Kerl einfach vom Himmel zu pusten, und versuchte dasselbe stattdessen mit der puren Kraft seines Blickes.

Es funktionierte sogar – wenigstens hätte man das meinen können, denn einer der beiden Heliothopther gab genau in diesem Moment die Verfolgung auf und schoss wie ein Pfeil in die Höhe.

Der dritte und letzte Heliothopther erwies sich als sturer, als gut für ihn war. Trotz des brüllenden Sturmwindes, der ihnen aus der Tiefe entgegenschlug, zwang ihn sein Lenker noch einmal ein gutes Stück dichter heran, stützte sich mit dem linken Arm auf dem monströsen Libellenschädel ab und beugte sich im Sattel vor, um genauer zielen zu können. Mardu sah es sogar noch vor ihm: Winzige rote und gelbe Funken erschienen mit einem Mal in den schirmenden Libellenflügeln des gigantischen Insekts, zuerst vereinzelt und auf der Stelle wieder erlöschend, aber ihre Zahl wuchs. Binnen Sekunden begannen die Flügel des Heliothopthers zu glühen, und der Schuss seines Lenkers verfehlte Mardu hoffnungslos, als das Monstrum zu torkeln begann. Einer seiner Flügel löste sich in einem Funkenschauer auf, und ein anderer brach einfach ab und verschwand in der Höhe. Die beiden Übriggebliebenen reichten nicht mehr aus, um das Gewicht des biomechanischen Ungeheuers zu tragen. Es torkelte, prallte gegen dieselbe Wand, die gerade den grünen Blitz aufgefangen hatte, und kippte auf den Rücken. Sein Lenker verschwand lautlos in der Tiefe, nur einen Moment später gefolgt vom Heliothopther selbst.

Mardu blieb keine Zeit, sich über diesen kleinen Sieg zu freuen. Die Hitze hatte die Grenzen des Vorstellbaren längst überschritten und nahm immer noch weiter zu. Er spürte, wie sein Gesicht Blasen zu schlagen begann und seine Haut überall dort verbrannte, wo sie nicht von Stoff oder Leder geschützt war. Die einzige Möglichkeit, überhaupt noch zu atmen, war, die Luft mühsam zwischen zusammengebissenen Zähnen einzusaugen. Er verbrannte bei lebendigem Leib, begriff er. Vielleicht hatten es der Heliothopther und sein unglückseliger Lenker ja besser getroffen als er.

Ein Schatten tauchte neben ihm auf, schrie ihm etwas zu, was er nicht verstand, und glitt dann über ihn, um irgendetwas an seinem Mantel zu tun. Seine Arme und nun auch seine Beine wurden noch weiter auseinandergezwungen, und obwohl sich die Fläche des bizarren Flugmantels dadurch allenfalls geringfügig vergrößerte, schien diese Winzigkeit doch den Ausschlag zu geben, denn zumindest stürzte Mardu jetzt nicht mehr weiter, sondern glitt nun fast waagerecht durch die kochende Luft. Nach einer Weile meinte er, sogar zu spüren, wie er an Höhe gewann, war aber nicht sicher, ob er es sich nicht nur einredete. Quizzack schrie ihm etwas zu, das er wieder nicht verstand, glitt ein zweites Mal über ihn und begann erneut an seinem Mantel herumzufummeln. Dann wurde alles um Mardu dunkel und schwer, vielleicht verlor er sogar für eine Zeit lang die Besinnung. Er schmeckte (heißes) Blut, als sich sein Denken wieder halbwegs klärte, und sein ganzer Körper war ein einziger, kreischender Schmerz.

Aber er konnte atmen. Er war sogar noch am Leben, und mit beidem hatte er nicht mehr ernsthaft gerechnet. Er nahm seine Umgebung sogar wieder halbwegs wahr – zumindest so weit es etwas wahrzunehmen gab: Dabei handelte es sich vor allem um Schwärze. Quizzack schwebte irgendwo neben ihm, nur ein Klecks aus nicht ganz so vollkommener Dunkelheit, und der Himmel war endgültig zu einem bleistiftdünnen Strich aus verwaschenem Blau zusammengeschrumpft. Die rote Glut tief unter ihnen war heller geworden. Er meinte auch noch immer, eine Bewegung zu erkennen, aber sie blieb vage und ihr Ursprung rätselhaft. Quizzack und er ritten mit weit ausgebreiteten ledernen Schwingen auf den Wellen der Thermik dahin, und obwohl er nichts sehen konnte, was als Vergleichspunkt herhielt, spürte er, wie unglaublich schnell sie waren.

Quizzack glitt wieder an seine Seite, und Mardu erschrak, als er in sein Gesicht sah. Es war übel verbrannt, mit Blasen bedeckt und nässenden Wunden, und hier und da kam auch das rohe Fleisch zum Vorschein. Dasselbe galt für seine Hände, und das strähnig-blonde Haar des Burschen war zur Gänze verschwunden. Mardu fragte sich, ob er einen ähnlich erschreckenden Anblick bot, kam zu einer ähnlich erschreckenden Antwort und lenkte sich damit ab, noch einmal nach unten zu sehen, um die Dunkelheit irgendwie zu durchdringen.

Da war etwas, ein regelmäßiger Wechsel von rotem Licht und Schwärze, als drehten sich dort unten gewaltige Ventilatoren, um den feurigen Atem noch viel gewaltigerer Maschinen zu kühlen. Wenn, dann mussten es wahrhaft monströse Maschinen sein. Vielleicht blickte er gerade in das schlagende Herz der Welt.

Mardu verscheuchte diesen ebenso verrückten wie albernen Gedanken und zwang sich, doch lieber in Quizzacks verheertes Gesicht zu sehen. Der Anblick war nahezu genau so furchtbar, aber er verstand ihn wenigstens.

»Was ist das hier?«, fragte er. Seine verbrannten Lippen platzten auf und begannen zu bluten, genau wie die Quizzacks, als der antwortete.

»Der Kanal«, antwortete er. »Er führt durch die halbe Stadt, sagt man«

»Sagt man?«

Quizzack brachte es fertig, trotz des klobigen Fluganzuges mit einem deutlichen Schulterzucken zu antworten. »Ich bin nie bis zu seinem Ende geflogen«, schrie er. »Niemand hat das je getan, jedenfalls niemand, der zurückgekommen wäre, um davon zu berichten. Aber er ist sehr lang. Er wird uns den halben Weg bis zum Himmelsbahnhof bringen. Vielleicht noch ein Stück weiter.«

»Und dann?«, fragte Mardu.

»Müssen wir laufen, aber ich kenne den Weg.«

Das hatte Mardu nicht gemeint. Er fragte sich vielmehr, wie sie wieder an die Oberfläche kommen sollten. Selbst vorsichtig geschätzt waren sie eine halbe Meile tief gefallen, bevor sie in den Bereich heißer Luft eindrangen, in dem die Thermik ausreichte, um ihre Flugmäntel zu tragen. Erwartete dieser verrückte Bengel etwa von ihm, dass er eine halbe Meile an der Wand emporkletterte? Er verbot es sich, die Frage laut zu stellen. Er würde es früh genug erfahren.

»Und wie lange brauchen wir?«, fragte er stattdessen.

»Bis morgen früh«, schrie Quizzack zurück. »Vielleicht bis Mittag!«

Mardu bildete sich wenigstens ein, zu spüren, wie er blass wurde. Er war schon mehr als erstaunt, es überhaupt bis hierher geschafft zu haben, und Quizzack erwartete allen Ernstes, dass er diesen Höllenritt eine ganze Nacht lang durchstand? Er schwieg, die einzige Antwort, von der er im Moment meinte, dass sie Sinn machte. Brüllende Hitze trug sie weiter; irgendetwas Riesiges und Formloses bewegte sich weiter unter ihnen und erweckte den Eindruck schrecklicher Gier.

Irgendwann hielt Mardu den Anblick nicht mehr aus und sah wieder nach oben. Er hatte erwartet, den schmalen Himmelsstreifen leer vorzufinden, aber das war nicht der Fall. Etwas Schwarzes und Dreieckiges schwebte nahezu direkt über ihnen, und Mardu meinte, den Blick unsichtbarer, starrender Augen mit schon beinahe körperlicher Intensität zu spüren.

»Was ist das?«, brüllte er.

Quizzack sah ebenfalls nach oben und schüttelte dann den Kopf. »Ein Jäger-Killer«, rief er. »Ihr habt Euch wirklich eine Menge Feinde gemacht, General.«

»Viel Feind, viel Ehr«, antwortete Mardu ganz automatisch, fügte aber sofort hinzu: »Und was tun sie?«

»Jagen«, antwortete Quizzack.

»Und töten, vermute ich?« Mardu überlegte, ob es das Risiko wert war, eine Hand aus dem Gestänge des Flugmantels zu lösen, um dem Burschen eine neuerliche Kopfnuss zu verpassen.

»Ja, aber macht Euch keine Sorgen«, erwiderte Quizzack. »Sie haben scharfe Augen, aber hier im Kanal können sie uns nicht sehen. Ihre Sensoren werden gestört.«

»Von der Hitze?«, vermutete Mardu.

Quizzack schüttelte den Kopf. »Die Strahlung. Sie überlastet ihre Sensoren.«

Mardu glotzte. »Strahlung?«

»Jäger-Killer haben keine Schilde«, antwortete Quizzack überschlau. »Das macht sie schneller, aber auch sehr anfällig für Strahlung. Macht Euch keine Sorgen, General. Sie sind hier unten so gut wie blind.« Und was sollte sie daran hindern, einfach auf gut Glück auf sie zu feuern, bis sie sie den Gesetzen der guten alten Statistik zufolge treffen mussten?, dachte Mardu. Jedenfalls bis Quizzack ihm ein verbranntes Lächeln schenkte und mit einem Kopfschütteln antwortete: »Das wagen sie nicht. Sie könnten die Maschine beschädigen.«

»Aha«, rief Mardu. *Welche Maschine?* Die nächste Frage stellte er wieder laut, schon weil sie ihm wirklich auf der Seele brannte – und das nicht nur im übertragenen Sinn. »Aber diese Strahlung ...«

»Sie ist sehr heftig«, sagte Quizzack. »Wirklich schlimm.«

»Aber sie schädigt nur die Sensoren der Jäger-Killer? Ich meine, uns tut sie nichts?«

»Nicht sofort«, antwortete Quizzack. »Nur, wenn man ihr zu lange ausgesetzt ist.«

»Aha«, murmelte Mardu. »Und wie lange ist *zu lange?*«

Quizzack musste ein paar Sekunden über diese Frage nachdenken. »Vielleicht zehn Minuten«, sagte er dann. »Oder auch etwas weniger.«

Mardu ächzte. »Aber so lange sind wir doch schon hier!«

»Stimmt«, antwortete Quizzack. Es klang beinahe fröhlich. »Aber macht Euch keine Sorgen. Die Strahlung verbrennt uns von innen heraus, aber wir haben noch viel Zeit, bevor es wirklich unangenehm wird. Ich meine, bis die Schmerzen anfangen und die Krämpfe und das Blut und das alles.«

»Oh«, stöhnte Mardu. Nachdem eine geraume Weile verstrichen war, fragte er: »Und wie viel Zeit bleibt uns bis dahin?«

Diesmal dachte Quizzack deutlich länger über die Antwort nach. »Bestimmt zwei Tage«, sagte er. »Vielleicht sogar drei.«

»Oh«, stöhnte General Mardu noch einmal.

Gea Das Geschöpf war riesig, groß wie ein Heliothopther, mit mindestens der doppelten Spannweite und schien zur Gänze aus Zähnen, Klauen und gewaltigen, peitschenden Schwingen zu bestehen, die die Straße von einem Ende zum anderen ausfüllten und deren Sturmwind wie mit unsichtbaren Fäusten an ihrem Haar und ihren Kleidern zerrte.

Gea musste ihre Muskeln anspannen, um nicht zu wanken, und ihre Ohren klingelten schon wieder, so schrill und laut war der Schrei der Bestie. Ihr Herz machte einen Sprung bis in ihren Hals hinauf, und eine Welle aus purem Entsetzen spülte jeden Ansatz von klarem Denken weg. Sie schrie auf, prallte einen Schritt zurück und schlug die Hand vor den Mund, um nicht noch lauter und jetzt in reiner Panik loszukreischen. Das Monster stieß auf sie herab, den grässlichen Schnabel weit aufgerissen und die Krallen weit gespreizt, riesig und scharf genug, um ein Pferd zu zerreißen. Gea wusste, dass sie jetzt sterben würde, weil ihr vermeintlicher Lebensretter sie am Ende doch in eine Falle gelockt hatte.

Doch dann sah sie das spöttische Funkeln in seinen Augen, ballte wütend die Hand zur Faust und war die nächsten Sekunden voll und ganz damit beschäftigt, sich einfach nur dämlich vorzukommen. Sie *war* in eine Falle getappt, aber sie galt nicht ihrem Leben, sondern ihrem Stolz – was sie in diesem Moment aber mindestens genauso wütend machte.

»Alles klar«, maulte sie. »Das war lustig.«

»Ich wollte nur sichergehen«, sagte Craiden.

»Dass ich kein schwaches Herz habe?«

»Dass du wirklich so tapfer bist, wie du zu sein vorgibst.«

»Bin ich nicht«, knurrte Gea. »Du hast mich zu Tode erschreckt, wenn es das ist, was du hören willst. Ich hoffe doch, du bist stolz darauf.«

»Die Hälfte aller Männer, die ich kenne, ist davongelaufen, als sie Crusher das erste Mal gesehen haben«, antwortete Craiden. »Und die andere hat einen Schreikrampf bekommen.«

»Ich habe auch geschrien«, sagte Gea.

»Aber nur ein bisschen.« Craiden lachte, wandte sich um und ging die wenigen Schritte zu dem geflügelten Ungeheuer hin, das inzwischen gelandet war und die riesigen Schwingen an den Körper legte – mit einer Bewegung, die deutlich unbeholfener wirkte, als sie wirklich war.

Natürlich war das Geschöpf nicht einmal annähernd so groß, wie es sie ihre Furcht im allerersten Moment hatte glauben machen wollen. Weder hatten seine ausgebreiteten Schwingen die komplette Straße ausgefüllt, noch war es länger als ein Heliothopther. Aber es wirkte hundertmal bizarrer und auf eine Art wild und Furcht einflößend, gegen die sie sich unmöglich wehren konnte; als berühre sein bloßer Anblick etwas so tief in ihr, dass ihr Verstand keinerlei Einfluss mehr darauf hatte.

Die Kreatur (es war ihr nicht möglich, sie auch nur in Gedanken einen *Vogel* zu nennen, obwohl sie nur zwei Beine, Flügel und einen gewaltigen Schnabel hatte) ragte gute drei Meter weit in die Höhe, wenn nicht mehr – wobei ihr langer, in einer pfeilförmigen Quaste endender Schwanz noch nicht mitgezählt war, der sich auf dem rostigen Eisen der Straße ringelte wie eine schuppenlose Schlange – und changierte in einer Farbe irgendwo zwischen Schwarz und Braun, die unmöglich genau zu fassen war. Ihre muskulösen Beine, die nicht in Furcht, sondern *Panik* einflößenden Klauen endeten, trugen einen ebenso muskulösen Leib, der mindestens so groß war wie der eines ausgewachsenen Quorrl, und darüber erhob sich ein oberschenkeldicker Schlangenhals, der in einem wahren Albtraum von Schädel endete. Kleine, tückische Augen blickten sie über einen mehr als armlangen spitzen Spechtschnabel hinweg an, in dem buchstäblich Hunderte von Zähnen kreuz und quer wuchsen, jeder einzelne davon länger als ihre Fingernägel und ungefähr tausendmal schärfer. Hinter der beunruhigend hohen, gewölbten Stirn hörte der Albtraumschädel noch lange nicht auf, sondern wuchs sich noch einmal zu einem knöchernen Fortsatz aus, der beinahe noch einmal so lang sein musste wie der Ehrfurcht gebietende Schnabel.

»Was … ist das?«, murmelte Gea.

»Eine Daktyle«, antwortete Craiden, während er dem monströsen Geschöpf den Hals tätschelte. Obwohl er selbst sehr groß war, musste er sich dazu auf die Zehenspitzen stellen. »Es gibt nicht mehr sehr viele von ihnen und noch weniger, die es wagen, auf ihnen zu reiten.«

Daktyle. Das Wort berührte etwas in ihr. Sie hatte das Gefühl, seine Bedeutung eigentlich kennen zu müssen, aber je angestrengter sie in ihrem Gedächtnis grub, desto weniger schien dabei herauszukommen.

»Aber *was* ist es?«, fragte sie.

Craiden tätschelte weiter den Hals des gewaltigen Ungetüms, und er schien es auf eine ganz bestimmte Art zu tun, denn Crusher stieß plötzlich einen sonderbaren, fast vogelartigen Laut aus, senkte zuerst den Kopf und dann den Körper und streckte dann eine seiner riesigen Schwingen zur Seite. Sie sah nicht aus wie die eines Vogels, sondern erinnerte eher an den Flügel einer grotesk vergrößerten Fledermaus, mit dem einen Unterschied vielleicht, dass die verlängerten Fingerknochen, die das vernarbte Leder trugen, in rasiermesserscharfen gebogenen Krallen endeten, jede einzelne davon länger als ein Dolch. Gea riss ungläubig die Augen auf, als sie den ledernen Sattel sah, der auf dem Rücken der Daktyle festgeschnallt war.

»Sie galten lange Zeit als ausgestorben«, fuhr Craiden fort, warf ihr einen aufmunternden Blick zu und kletterte dann mit geschickten Bewegungen über den ausgestreckten Flügel auf Crushers Rücken. »Manche behaupten, Daktylen wären die ersten Geschöpfe gewesen, die auf diesem Planeten überhaupt geflogen sind. Ich weiß nicht, ob das stimmt, aber sie sind mit Sicherheit die stärksten.«

»Hm«, murmelte Gea.

Craiden winkte sie zu sich, woraufhin Gea tatsächlich einen einzelnen Schritt auf Crusher zu machte und sofort wieder stehen blieb. »Du meinst das nicht ernst, oder?«, krächzte sie.

»Ich habe dich gefragt, ob du Angst vorm Fliegen hast. Und du hast nein gesagt.«

»Aber doch nicht *darauf*«, ächzte Gea.

»Nur keine Angst.« Craiden wiederholte seine auffordernde Geste und begann, mit der anderen Hand den Hals dieses hässlichsten aller hässlichen Riesenvögel zu kraulen; ganz so, wie andere Reiter es wohl bei einem Pferd getan hätten. »Crusher hat noch nie jemandem etwas zuleide getan. Außer ich befehle es ihr.«

Wie ungemein beruhigend. Gea schluckte hart, machte einen zweiten, ebenso zögernden Schritt und raffte dann all ihren Mut zusammen, um die restliche Distanz zu der gelandeten Daktyle zu überbrücken und ihren Flügel emporzusteigen. Ihr Herz klopfte schon wieder bis zum Hals, als sie neben Craiden anlangte und hastig die Arme ausstreckte, um auf dem ausgebreiteten Flügel nicht die Balance zu verlieren.

»Nur Mut.« Craidens Grinsen war nun eindeutig unverschämt, was sie noch mehr ärgerte. Schadenfreude war etwas Schönes, aber doch nicht auf ihre Kosten!

»Es ist wirklich nicht gefährlich, glaub mir. Und vielleicht macht es dir sogar Spaß.«

Das bezweifelte Gea. Sie bezweifelte auch, dass wie durch Zauberhand hinter Craiden plötzlich ein zweiter Sattel auftauchen würde, wenn sie nur lang genug hinsah. Trotzig balancierte sie weiter, glitt dann hinter ihm in den Sattel und sog erschrocken die Luft zwischen den Zähnen ein, als Crusher nun auch die zweite Schwinge ausstreckte und sich zugleich aufrichtete.

»Halt dich fest!«, rief Craiden überflüssigerweise.

Ach ja? Und wo, bitte schön? Gea verkniff es sich im allerletzten Moment, die Frage laut auszusprechen, schnappte noch einmal nach Luft und umschlang seine Hüften dann umso hastiger mit den Armen, als die Daktyle mit fast komisch aussehenden, watschelnden Schritten loslief, die Schwingen noch weiter ausbreitete und immer schneller und schneller wurde. Mit einem krächzenden Schrei warf sie den Kopf in den Nacken, machte einen gewaltigen Hopser und landete so hart wieder auf dem

Boden, dass alle von Geas verbliebenen Zähne aufeinanderschlugen. Natürlich taten die am meisten weh, die sie nicht mehr hatte.

Crusher machte einen zweiten Satz, schlug zugleich träge mit den Flügeln und gewann dann schwerfällig an Höhe. Ein zweiter, noch unbeholfenerer Flügelschlag stülpte Geas Magen endgültig um, dann schoss die Daktyle so pfeilschnell in die Höhe, dass sie einen spitzen Schrei nicht mehr ganz unterdrücken konnte.

»Ich habe dir doch gesagt, dass es Spaß macht!«, rief Craiden.

Gea verzichtete auf jede Antwort – schon in seinem eigenen Interesse –, klammerte sich mit aller Kraft an ihn und presste die Augenlider so fest zusammen, dass bunte Lichtblitze über ihre Netzhäute zu jagen begannen. Ihr Magen rebellierte nur umso heftiger, und endlich meldete sich auch ihr Verstand wieder zu Wort: mit der Frage, ob man ihren Körper wohl auch noch dann rekonstruieren konnte, wenn er aus zwölf Meilen Höhe auf Stahlkeramik aufgeschlagen war.

Ungefähr anderthalb Lichtjahre vergingen, bis sich ihre revoltierenden Innereien so weit beruhigt hatten, dass sie es wagte – ganz vorsichtig –, die Augen wieder zu öffnen.

Belagerung lag unter ihnen, keine zwölf, aber sicherlich zwei Meilen tief, was bedeutete, dass selbst seine höchsten Gebäude und Turmspitzen nicht einmal halb zu ihnen heraufragten. Hunderte, Tausende von Gebäuden breiteten sich wie eine Spielzeugstadt unter ihr aus, ein komplettes Universum aus akkurat gebauten Miniaturgebäuden und Ruinen, Straßen, Plätzen, Brücken und Kanälen, auf denen sich noch winzigere Boote und Lastkähne bewegten, fingernagelgroße und von einem Dutzend Ochsen gezogene Wagenkolonnen. Und trotz der großen Höhe konnte Gea sogar Menschen, Quorrl und andere bizarre Geschöpfe ausmachen, ein Heer aus Staubkörnern, das sich durch die Straßen wälzte und eigentlich ununterbrochen miteinander kollidieren musste, es aber nur sehr selten tat.

»Sieh nach links!«, rief Craiden über das Rauschen der gewaltigen Schwingen Crushers hinweg, auf denen sie scheinbar schwerelos durch die Luft glitten. Gea gehorchte und sah sofort, was er meinte. Noch mehr Staubkörner, die sich dem Teil der Stadt näherten, aus dem sie kamen, aber nicht nur schneller, sondern auch in geordneten Kolonnen und fast militärisch anmutender Präzision.

»Dein Heer?«, fragte sie.

»Nicht meines«, antwortete Craiden. »Ich weiß nicht, wer sie sind. Aber ich hatte recht. Sie sammeln sich. Du hast Glück gehabt, Mädchen. Sie werden heute Nacht angreifen. Spätestens morgen früh!«

»Glück?«

»Du hättest dich auch mitten in einer Schlacht wiederfinden können. Dann hättest du das Abenteuer gehabt, auf das du aus warst! Aber es wäre sehr kurz gewesen.«

Statt zu antworten, sah Gea noch einmal auf das Heer hinab. Sie waren zu hoch, um Einzelheiten zu erkennen – sie konnte nicht einmal sagen, ob es sich um Menschen oder Quorrl handelte –, aber es mussten Tausende sein. Das war keine Räuberbande, wie Craiden behauptet hatte, sondern ein richtiges Heer und kein kleines.

Sie drehte sich noch weiter im Sattel herum und sah an der zerklüfteten Flanke des R'Achernon hinauf, der sie selbst in dieser Höhe noch um mehr als das Doppelte überragte. Er war kein Turm, sondern ein gewaltiger schwarzer Lavapfeiler, der den Himmel daran hinderte, auf die Erde zu fallen. Sie waren der *Wand* noch immer nahe genug, um sie erahnen zu können, wie eine Barriere aus beinahe, aber eben doch nicht ganz unsichtbarem Glas. Dutzende mikroskopisch kleiner schwarzer Punkte umgaben den Turm wie Fliegen einen Mammutbaum, und sie glaubte, die Blicke einer Million unsichtbarer Augen zu fühlen, die jeder ihrer Bewegungen misstrauisch folgten.

»Du siehst aus, als wüsstest du, was dahinter ist.«

Gea fuhr erschrocken zusammen. Craiden hatte sich ebenfalls halb im Sattel herumgedreht und sah sie an. Ihre Gesichter waren sich ganz nahe.

»*Wo* hinter?«, fragte sie.

»Hinter dieser verdammten Techmagie-Wand, hinter der sie sich verkriechen, unsere sogenannten Beschützer!«

»Ich habe keine Ahnung, wovon du sprichst«, behauptete sie. »Ich habe mich nur gefragt, wer sie sind.«

»*Wer*?«

»Die Soldaten«, antwortete Gea. »Das ist nicht nur eine Bande und auch kein Nachbarschaftsstreit zwischen verfeindeten Clans. Das ist ein ausgewachsener Krieg! Warum tun sie nichts dagegen?«

»Wer?«, fragte Craiden erneut. Seine Verwirrung war echt oder perfekt gespielt.

»Die Herren des Turms.«

Craiden lachte. Vielleicht war es auch ein verächtliches Schnauben. »Weil sie nie irgendetwas tun, Mädchen. Hier tobt ständig irgendein Krieg und meistens ein Dutzend oder mehr zugleich. Aber das interessiert die Herren dieses Schwarzen Turms nicht, solange wir gehorsam für sie arbeiten und pünktlich unsere Abgaben entrichten.« Er wandte sich wieder nach vorne. »Und das ist auch gut so. Denn wenn es keine Kriege mehr gäbe, dann wäre ich arbeitslos, und wir wären uns nie begegnet … und du wärst vielleicht tot.«

Das musste wohl seine Vorstellung von einer schlüssigen Kausalkette sein. Gea verzichtete darauf, ihn auf die Fehler in seinen Argumenten hinzuweisen, und sagte stattdessen: »Das klingt, als wärst du kein Freund des Turms.«

Craiden sah wieder zu ihr, aber nur so lange, wie er brauchte, um die Lippen zu einem abfälligen Grinsen zu verziehen. »Sollte ich das?«

»Mein Vater sagt, dass der Turm das einzige ist, was unsere Welt überhaupt noch am Leben erhält«, antwortete sie. »Seine Bewohner geben uns Essen und Wasser und schützen uns vor den Gefahren der Natur.«

»Dein Vater muss ein sehr kluger Mann sein«, sagte Craiden. Crusher wurde von einer plötzlichen Windböe getroffen und schlug ein paarmal heftig mit den Flügeln, um seinen Kurs und die Höhe zu halten. Craiden schwieg, bis sich sein Flug wieder beruhigt hatte, bevor er fortfuhr: »Auf jeden Fall klug genug, um alles nachzuplappern, was sie ihm vorgesagt haben.«

»Niemand hat ihm irgendetwas *vorgesagt*!«, widersprach Gea empört. »Er ist ein sehr kluger Mann. Und ein sehr reicher Mann.«

Craiden seufzte laut genug, dass sie es sogar über das Rauschen des Windes und das schwere, lederne Flappen von Crushers Flügeln hören konnte. »Warum überrascht mich das nicht?«

Gea wollte etwas darauf erwidern, doch Craiden schnitt ihr mit einem Kopfschütteln das Wort ab und fuhr dann in verändertem Ton und lauter fort: »Genug davon. Irgendwann wirst du erwachsen, Mädchen, und dann kommst du vielleicht von selbst darauf, was ich meine. Genieß bis dahin lieber den Flug.«

Und das tat sie. Mehr, als sie sich selbst hätte vorstellen können.

Fliegen war nichts Neues für sie, aber das hier war … etwas Besonderes. Sie konnte es nicht einmal wirklich in Worte fassen. Crusher glitt nahezu lautlos dahin und schlug nur dann und wann mit den gewaltigen Lederschwingen. Die meiste Zeit überließ sie es der heißen Luft, die aus den Straßenschluchten der Stadt aufstieg, sie einfach auf ihrer Thermik zu tragen, und bewegte die Flügel und den langen Quastenschwanz nur kurz, um den Kurs um eine Winzigkeit zu korrigieren. Trotzdem war der Fahrtwind, der ihnen in die Gesichter schlug und ihre Kleider flattern ließ, angenehm kühl, und abgesehen von seinem monotonen Raunen war es vollkommen still. Und vielleicht war das das Faszinierendste an diesem Flug überhaupt, denn schon bald hatte Gea das Gefühl, nicht nur laut-, sondern auch schwerelos dahinzugleiten wie in einem Traum, in dem die Naturgesetze keine Gültigkeit mehr für sie hatten. Die Stadt mit all ihrem Schmutz und Verfall und ihrer ungebändigten Gewalt schien unendlich tief unter ihnen zu liegen und verlor durch die Distanz nicht nur ihren Schrecken, sondern auch ihre Hässlichkeit.

Und dazu kam natürlich Crusher selbst, die schwerelose Eleganz, mit der das scheinbar plumpe Tier durch den Himmel glitt, und seine urtümliche Kraft, die es mit jeder noch so kleinen Bewegung ausstrahlte. Gea verstand jetzt, was Craiden gemeint hatte, als er mit so großer Begeisterung von der Daktyle sprach. Vielleicht waren diese Geschöpfe nicht wirklich die ersten, die den Himmel für sich erobert hatten, aber sicherlich hatten sie ihn am perfektesten zu ihrem ureigensten Element gemacht. Es war nicht mehr wirklich wie Fliegen. Sie wurden zu einem Teil des Himmels, nur noch eine Winzigkeit davon entfernt, sich in dem unendlichen strahlenden Blau über der Stadt einfach aufzulösen.

Dann und wann drehte sich Gea noch einmal im Sattel herum und sah zum R'Achernon zurück. Die Distanz zu dem gewaltigen Turm schien sich nicht wirklich zu verändern, und Gea wusste auch, dass das so bleiben würde, ganz egal, wie lange und wie weit sie auch fliegen mochten. Es gab keinen Punkt in dieser ganzen Stadt, von dem aus der schwarze Himmelsturm nicht zu sehen war, wenn man den Kopf in den Nacken legte und in seine Richtung blickte. Und zugleich hatte sie das Gefühl, sich immer schneller und schneller von ihm zu entfernen – in eine Richtung, von der sie bis jetzt noch gar nicht gewusst hatte, dass es sie gab.

»Wo genau kommst du eigentlich her?«, fragte sie Craiden nach vielleicht einer halben Stunde, vielleicht auch mehr. Schließlich schien Zeit hier oben keine Bedeutung mehr zu haben. Craiden drehte wieder den Kopf und sah sie ein wenig misstrauisch an, zugleich aber auch durchaus freundlich. Er antwortete nicht laut auf ihre Frage, machte aber eine deutende Geste, die nahezu die halbe Stadt abzudecken schien.

»Du willst es mir nicht sagen«, vermutete sie.

»Was würde es dir schon nutzen, Mädchen?«, erwiderte er. »Ich bin Soldat. Wir sind niemals lange am selben Ort, sondern ziehen umher.«

»Als Schlachtenbummler?«, erkundigte sich Gea.

Craidens Blick wurde fragend, und Gea fügte hinzu: »Von einer Schlacht zur anderen.«

Craiden lachte. »Ja, so könnte man es nennen. Humor hast du also auch noch. Aber den wirst du auch brauchen, wenn dein Vater erfährt, wo du gewesen bist.«

»Ich habe nicht vor, es ihm zu sagen«, antwortete Gea.

Craiden seufzte. Er sah sie jetzt ein bisschen tadelnd an, aber das Lächeln blieb in seinen Augen. »Du bist wirklich ein sonderbares Mädchen.«

»Gea.«

»Verrätst du mir, wie alt du bist?«

»Sicher«, sagte Gea.

Craiden drehte den Kopf noch ein bisschen weiter, wodurch sein Haar vollends in den Fahrtwind geriet und ihr Gesicht zu kitzeln begann.

»Irgendwann einmal«, sagte sie.

Erstaunlicherweise reagierte er nicht verärgert, sondern sah jetzt eher auf eine gutmütige Art resignierend aus. Zwei oder drei Atemzüge lang sah er sie noch auf eine Art an, die eine seltsame Wärme in ihr aufsteigen ließ, und mit einem Male fiel ihr auf, wie angenehm sich sein flatterndes Haar auf ihrem Gesicht anfühlte und wie gut es roch.

»Es wird kein *irgendwann* geben, Mädchen«, sagte er. »Ich werde meiner Wege gehen und du deiner. Auf mich wartet ein Krieg, und wenn du lange genug lebst, dann wartet auf dich eine mindestens genauso schwere Aufgabe, auf die du dich konzentrieren solltest.«

»Und welche sollte das sein?«

»Erwachsen werden«, antwortete er.

»He!«, protestierte sie. »Ich bin …«

»… schon lange erwachsen und eine richtige Frau, ich weiß«, unterbrach sie Craiden. »Und außerdem bist du unbesiegbar, unsterblich, und die ganze Welt wartet nur darauf, dass du kommst und sie dir nimmst … kommt das so ungefähr hin?«

Gea zog eine beleidigte Schnute, und Craiden lachte noch einmal und lauter, bevor er sich wieder nach vorne wandte und sacht an Crushers Zügeln zog. Die mächtige Daktyle reagierte mit einem krächzenden Laut und einer Kopfbewegung, die Gea beinahe wie zustimmendes Nicken vorkam, und legte sich in eine sanfte Linkskurve. Gea klammerte sich instinktiv fester an Craiden (und deutlich fester, als eigentlich notwendig war) und schmiegte schließlich ihren Kopf an seine Schulter. Es gelang ihr sogar fast, sich selbst davon zu überzeugen, dass sie das nur tat, um auf diese Weise ihr Gesicht vor dem scharfen Fahrtwind zu schützen.

Das scheinbar chaotische Durcheinander aus Schatten und dunklen Farben unter ihnen machte es schwer, ihre Flughöhe genau zu ermitteln, aber nach einer Weile meinte Gea doch zu bemerken, dass Crusher allmählich an Höhe verlor. Hatten die spitzen Nadeln und abgebrochenen Türme der Stadt bisher nicht einmal halb zu ihnen herauf gereicht, schienen sie sich ihnen nun mehr und mehr entgegenzurecken wie ein Wald aus zahllosen missgestalteten Fingern, der nach der Daktyle griff, und es verging auch nicht einmal mehr viel Zeit, bis sie zwischen den Spitzen der höchsten Gebäude hindurchglitten, dann unter ihnen hindurch. Ihr Flug näherte sich seinem Ende, dachte sie enttäuscht. Einen Moment lang spielte sie mit dem Gedanken, Craiden zu bitten, den Flug noch zu verlängern, aber da sie die Antwort kannte, sparte sie sich auch gleich die Frage.

Dann lag ihr Ziel vor ihnen, und Crusher ging in einen sanften Gleitflug über. Gea hatte den Himmelsbahnhof noch nie gesehen, und im allerersten Moment war sie beinahe enttäuscht. Einst musste er einen beeindruckenden Anblick geboten haben (und auf eine vollkommen andere Art tat er das auch immer noch): eine gewaltige Halbkugel, aus einer Million blitzender Sechsecke zusammengesetzt, die früher Licht und Wärme ins Innere hatten strömen lassen, jetzt aber blind und geborsten waren. Ein zorniger Riese hatte große Stücke aus der Kuppel herausgebissen und andere Teile verbrannt und verdreht und zerschmolzen zurückgelassen. Rings um den verheerten Kuppelbau erstreckte sich ein Areal von sicherlich einer halben Meile, auf dem nicht das ansonsten überall übliche Chaos aus Lagern und Zelten und Bretterbuden stand, sondern nahezu völlige Leere herrschte, vielleicht die größte unbebaute Fläche in dieser ganzen Stadt. Gea hätte ihrem Führer sogar erklären können, warum das so war, selbst nach all der Zeit noch, aber sie bezweifelte, dass es ihn interessierte oder er es verstehen würde.

Auf dem letzten Stück ging Crusher in einem jähen Sturzflug über, umkreiste den Kuppelbau noch einmal und steuerte dann eine der zahllosen Lücken in der beschädigten Wabenkonstruktion an. Zu Geas Entsetzen keine der wirklich großen Breschen, durch die bequem ein ganzes Geschwader Heliothopther gepasst hätte, sondern ein einzelnes, herausgebrochenes Sechseck, das ihr eindeutig und ganz zweifellos *nicht* groß genug vorkam, um der gewaltigen Spannweite der Daktyle zu genügen.

Sie war auch nicht groß genug. Gea spürte, wie ein Schrei puren Entsetzens in ihrer Kehle emporsteigen wollte, doch bevor er über ihre Lippen kam, faltete Crusher die Schwingen an den Leib und schoss wie ein Pfeil so knapp durch die Öffnung, dass sie Funken sprühen zu sehen glaubte.

Graues Halbdunkel umgab sie, hier und da durchdrungen von turmdicken Säulen aus umso blendenderem Licht, in denen Staub und Schatten tanzten. Selbst ihre aufgerüsteten Augen benötigten einige Sekunden, um sich an die veränderten Lichtverhältnisse zu gewöhnen, aber es nutzte ihr nicht viel. Unter ihr erstreckte sich ein unentwirrbares Chaos aus Schatten und Umrissen, zerborstenen Wänden und Trümmern und den Resten bizarrer Gebäude, die irgendwann einmal eine Stadt innerhalb dieses riesigen Kuppelbaus gebildet hatten, jetzt aber genauso in Trümmern lag wie der allergrößte Rest der Welt.

Trauer überkam sie, eine sonderbare Melancholie, die ihr umso schlimmer erschien, weil sie so fremd war. *Belagerung* war ein Moloch, die größte Stadt, die es jemals auf diesem Planeten gegeben hatte, vielleicht die größte Stadt des Universums. Aber sie starb einen langsamen, stillen Tod, der schon am Tag ihrer Grundsteinlegung begonnen hatte und seit einer Million Jahre andauerte. Und für einen ganz kurzen Moment glaubte sie, die Bitterkeit zu verstehen, die sie in Craidens Stimme gehört hatte, denn sie wusste, dass die Herren des R'Achernon durchaus die Macht besaßen, diesen Tod nicht nur aufzuhalten, sondern sogar rückgängig zu machen und die ganze, gewaltige Stadt wieder zu ihrer alten Pracht zu erwecken und all ihren Milliarden Bewohnern wieder zu einem Leben zu verhelfen, das dieses Wort auch verdiente.

Warum taten sie es nicht?

Sie kannte die Antwort auf diese Frage, aber das machte es nicht besser. Ein blasser Schatten dieser Trauer blieb, auch als die Daktyle weiter an Höhe verlor und schließlich überraschend sanft landete.

Crusher richtete sich auf, sodass Gea ganz von selbst aus dem Sattel glitt und einen reichlich uneleganten Ausfallschritt machen musste, um nicht auf dem Hinterteil zu landen. Hinter ihr sprang Craiden deutlich schneller (und eleganter) vom Rücken der Daktyle, grinste schon wieder unverschämt und streckte hilfreich (und vollkommen überflüssig) die Hand aus. Gea revanchierte sich mit einem giftigen Blick, der sein unverschämtes Feixen aber nur noch unverschämter werden ließ.

»Du hast dich tapfer gehalten, Mädchen«, sagte er. »Das hätte ich gar nicht erwartet.«

»Gea«, sagte sie.

»Dort drüben steht ein Terminal«, fuhr Craiden unbeeindruckt fort. »Geh und ruf deinen Vater an … oder sonst jemanden, der dich abholen kann.« Er unterstrich seine Worte mit einer entsprechenden Geste, der Gea mit einem widerwilligen Blick folgte. Sie brauchte kein Terminal, um nach Hause zu kommen, aber das musste er nun *wirklich* nicht wissen.

Sie erkannte im ersten Moment auch dort nur Schatten, von denen sich einige zu bewegen schienen. Ein ganz leichter Raubtiergeruch stieg ihr in die Nase, und sie hörte ein Scharren wie von Metall, das aus einer ledernen Umhüllung gezogen wurde. Quorrl, vermutete sie. Und sie war ziemlich sicher, dass es nur Craidens Anwesenheit war, der die Schuppenkrieger davon abhielt, näher zu kommen und dieses harte Metall an ihrem weichen Fleisch auszuprobieren. Und natürlich die seines gewaltigen Tieres.

Sie fokussierte ihre Augen neu, entdeckte die hüfthohe Säule aus rostigem Metall und ging mit schnellen Schritten zum Terminal, ohne auf Craiden zu warten. Einen Moment lang sah es sogar so aus, als würde er einfach stehen bleiben und aus der Ferne über sie wachen, dann schloss er mit wenigen schnellen Schritten zu ihr auf, legte Gea die flache Hand auf die Säule und unterdrückte ein resignierendes Seufzen. Der Terminal erwachte zu mattblau leuchtendem, pulsierendem Leben, versuchte ihre DNS zu scannen und geriet für eine Sekunde aus dem Takt, als es ihm nicht gelang. Craiden runzelte die Stirn.

»Die Dinger waren auch schon einmal zuverlässiger«, knurrte Gea, wich einen halben Schritt zurück und versetzte dem Terminal einen wütenden Tritt. Das blaue Licht färbte sich rot, begann noch hektischer zu flackern und wurde dann zu einem beruhigenden gleichmäßigen Grün. Craidens Stirnrunzeln wurde allerdings eher noch tiefer.

»Alles fällt auseinander«, seufzte sie.

»Ja, und nicht nur hier.« Craiden nickte zwar, aber er wirkte nicht überzeugt.

»Darf ich dich noch um einen letzten Gefallen bitten?«, fragte sie nervös.

Craiden nickte. Er schwieg.

»Wartest du noch, bis ich abgeholt werde? Es wird nicht lange dauern.«

Der Blick seiner dunklen Augen tastete aufmerksam über die Schatten hinter ihr, aus denen immer noch scharrende und schleichende Laute drangen; seine Hand lag auf dem Schwert. »Das hatte ich sowieso vor.«

Und auch das gewiss nicht aus demselben Grund, aus dem sie diese Bitte geäußert hatte … aber welchen Unterschied machte es schon? Was zählte, war, dass er noch eine Weile blieb. Um genau zu sein, so lange, wie sie wollte. »Danke.«

Craiden nickte ebenso knapp wie stumm, zog das Schwert eine Handbreit aus der Scheide und rammte es dann lautstark wieder hinein. Gea konnte hören, wie sich die Schatten hinter ihr wieder zurückzogen; sie hatte nichts anderes erwartet, aber trotzdem war sie beeindruckt. Sollte sie jemals in eine Situation geraten, einen Leibwächter aus Fleisch und Blut zu benötigen, dann käme Craiden sicher in die engere Wahl.

Eine Weile standen sie in immer unbehaglicher werdendem Schweigen da, und jeder wartete darauf, dass der andere etwas sagte. Schließlich räusperte sie sich und fragte: »Und wohin gehst du von hier aus?«

»Zurück in unser Lager«, antwortete Craiden.

»Von dem du mir immer noch nicht sagen willst, wo es sich befindet.«

»Eine Flugstunde westlich von hier«, antwortete er. »Und dass ich es dir verschweige, hat wenig mit Wollen zu tun. In wenigen Tagen ziehen wir weiter, und ich weiß selbst nicht, wohin. Warum fragst du?«

Gea zuckte mit den Schultern, woraufhin sich Craiden kopfschüttelnd umdrehte und zu Crusher zurückging. Gea folgte ihm eilig. Noch vor einer Stunde hatte sie schon der bloße Anblick der Daktyle mit schierer Todesangst erfüllt, doch jetzt vermittelte ihr ihr Anblick ganz im Gegenteil ein Gefühl von Sicherheit.

Sie suchte Craidens Augen, aber er wich ihr aus und drehte sich weg. Sein Blick irrte durch die von Schatten erfüllte Halle und blieb an einer Ansammlung geometrischer Umrisse hängen, die sich halbmeilenhohen, aufrecht stehenden Schubladen gleich fast in der gesamten Kuppel auftürmten. Er zog die Stirn kraus.

»Starttuben«, sagte Gea.

Craiden sah sie verständnislos an, und Gea musste zwar gegen das plötzliche Verlangen ankämpfen, sich selbst zu ohrfeigen, nickte aber trotzdem heftig und wiederholte: »Das sind Starttuben – oder waren es irgendwann einmal. Früher sind von hier aus die großen Orbitalfähren gestartet, um Passagiere und Fracht in die Weltraumstädte und zu den benachbarten Planeten zu bringen. Daher stammt auch der Name Himmelsbahnhof.«

»Du weißt eine Menge, Mädchen«, sagte Craiden.

»Ich kann lesen«, antwortete Gea. »Ich bin ein schlaues Mädchen.«

»Jedenfalls glaubst du eine Menge zu wissen«, sagte Craiden; sie hätte nicht sagen können, ob sanft oder spöttisch. »Weltraumstädte und andere Planeten?«

Gea nickte, und nun wurde sein Lächeln ganz eindeutig spöttisch, wenn auch nicht im Geringsten verletzend. »Du liest sonderbare Bücher. Ich hätte dich für klüger gehalten.«

»Du meinst, ich rede Unsinn?«, fragte sie beleidigt.

»Ich hätte es vielleicht anders ausgedrückt, aber wenn das deine Worte sind ...« Craiden zuckte mit den Schultern und deutete zu dem zerborstenen Kuppeldach hinauf. »Städte im Weltraum und andere Planeten, auf denen Menschen wie wir leben können? Wenn es das alles wirklich gäbe, Mädchen ...«

»Gea.«

»... warum sind wir dann noch hier? Diese Stadt ist schon lange zu klein, um auch nur die Hälfte von denen zu ernähren, die in ihr leben, und das Land jenseits ihrer Grenzen tötet jeden binnen einer Stunde.«

»Ich weiß«, sagte Gea, »aber was hat das mit ...«

»Wenn es also diese Städte im Weltraum geben würde oder gar ganze Welten, die so groß sind wie diese, warum sind wir dann nicht schon vor langer Zeit dorthin gegangen, sondern hiergeblieben, um zu sterben?«

»Weil der Weltraum ein feindseliger Ort ist voll feindseligem Leben«, antwortete Gea.

»Wenn das stimmt, warum ist dieses feindselige Leben dann nicht schon längst hergekommen, um uns zu besuchen?«, fragte er.

Einen halben Atemzug lang war Gea ernsthaft in Versuchung, ihm zu sagen, dass genau *das* der Grund war, aus dem die Menschen nicht nur aufgehört hatten, zu den Sternen zu reisen, sondern auch der, aus dem es den R'Achernon gab und letzten Endes auch diese ganze Stadt. Stattdessen hob sie nur die Schultern.

»Ich nehme an, das steht nicht in deinen Büchern, Mädchen?«, fragte Craiden und beantwortete seine eigene Frage gleich mit einem heftigen Nicken. »Hast du schon einmal darüber nachgedacht, warum es nicht drinsteht?«

»Nein«, antwortete Gea und zog einen beleidigten Schmollmund. »Aber ich bin ganz sicher, dass du es mir gleich verraten wirst.«

»He, spiel nicht die Beleidigte«, erwiderte Craiden in versöhnlichem Ton. »Ich wollte dich nicht verspotten.«

»Ach nein?«

Es schüttelte den Kopf. »Ganz im Gegenteil, Mädchen. Aber ich kenne solche Bücher wie die, von denen du sprichst.«

»Du liest Bücher?«

»Nur solche über Waffen, Militärtechnik und ausgefeilte Foltermethoden, versteht sich«, erwiderte Craiden todernst. »Aber ich habe von diesen sonderbaren Büchern gehört. Genug, um sie einzuschätzen. Ich glaube, sie sind aus keinem anderen Grund geschrieben worden als dem, Menschen wie dich zu verwirren.«

»Menschen, die lesen können?«

»Kluge Menschen«, antwortete Craiden. »Einen klugen Menschen zu verwirren, ist leichter als einen Dummkopf.«

»Wieso?«, fragte Gea, indem sie sich um einen möglichst dümmlichen Gesichtsausdruck bemühte; dem spöttischen Funkeln in Craidens Augen nach zu schließen mit beachtlichem Erfolg.

»Dumme Menschen sind leicht zu belügen, aber je länger eine Lüge andauert, desto schwerer ist es meistens, sie aufrechtzuerhalten, weil sie immer größer und größer wird. Und irgendwann durchschauen sie sie meistens doch.« Er kam auf Gea zu, sodass sie sich jetzt beinahe so nahe waren wie gerade auf Crushers Rücken.

»Einen klugen Menschen zu belügen ist also einfacher? Warum?«

»Weil man es nicht einmal selbst tun muss«, antwortete Craiden. »Du musst ihm nur genügend Informationen geben, an die er glauben *will*, und am Ende belügt er sich selbst. Das ist viel sicherer.«

Gea machte ein nachdenkliches Gesicht. »Du meinst, je mehr Fehler ich mache, desto klüger bin ich in Wahrheit?«

Craiden blinzelte, sah sie einen Augenblick lang einfach nur verdutzt an und begann dann, schallend zu lachen.

»Hab ich was Falsches gesagt?« Gea blinzelte weiter so treuherzig zu ihm hoch, wie sie nur konnte, und aus seinem Gelächter wurde ein amüsiertes Glucksen.

»Nein, Mädchen«, sagte er. »Du hast dir nur gerade selbst bewiesen, dass ich recht habe. Kein Wunder, dass du auf diese Geschichten hereinfällst. Darf ich dir noch einen guten Rat mit auf den Weg geben? Hör auf, dir dein hübsches Köpfchen mit diesem Unsinn vollzustopfen, und konzentrier dich auf das richtige Leben. Das ist spannend genug.«

»Zumindest wenn man dabei Männern wie dir begegnet.«

Das war der falsche Ton. Craiden lächelte zwar weiter, aber mit einem Mal erschien auch wieder ein Ausdruck von Misstrauen in seinen Augen, und er wich ein kleines Stück vor ihr zurück. »Männern wie mir?«

»Tapferen Soldaten«, sagte Gea. »Großen Kriegern und noch größeren Helden.«

»Ich muss dich enttäuschen, Mädchen. Ich bin nur ein kleiner Hauptmann in der Armee meines Vaters, und die Zahl meiner Heldentaten lässt sich an nicht mal einer Hand abzählen. Wenn ich mich recht erinnere, dann hat meine größte wohl darin bestanden, einem ziemlich leichtsinnigen kleinen Mädchen die vorwitzige Nase zu retten.«

Gea wollte etwas darauf erwidern, doch er unterbrach sie mit einer Geste und wich zu ihrer Enttäuschung nun um gleich mehrere Schritte vor ihr zurück. »Genug. Erzähl mir ein bisschen von dir ... Gea.«

»Gea«, widersprach sie ganz automatisch, blinzelte überrascht, und dann lachten sie beide.

»Eigentlich hättest du jetzt *Mädchen* sagen müssen«, schmunzelte Craiden. Er legte den Kopf auf die Seite. »Oder war das nur ein Trick, weil du nicht über dich sprechen willst?« Er war wirklich ein guter Beobachter.

»Unsinn. Da ist nur nicht viel, was einen Mann wie dich interessieren könnte.«

»Wer weiß ... fangen wir mit deinem Vater an. Du sprichst so viel von ihm, dass ich allmählich neugierig auf ihn werde. Wer ist er, und was tut er – außer, nicht auf dich aufzupassen, meine ich?«

Streng genommen war *er* es, der sie schon ein paarmal auf ihren Vater angesprochen hatte, den es gar nicht gab. »Mein Vater eben. Und er sorgt sich gut genug um mich.«

»Weswegen du ja auch hier bist.«

»Die Gouvernante, der ich nicht entwische, ist noch nicht geboren worden«, antwortete Gea überzeugt.

»Was macht er?«

»Geschäfte«, antwortete Gea. Hatte *sie* nicht eigentlich *ihn* aushorchen wollen?

»Geschäfte«, wiederholte Craiden. »Was für Geschäfte?«

»Er ist … Händler«, antwortete Gea, gerade zögernd genug, um ihn vermutlich davon zu überzeugen, dass das gelogen war. Craiden ging jedenfalls nicht weiter auf das Thema ein.

»Und wie alt bist du?«

»Wer weiß«, erwiderte Gea schnippisch. »Vielleicht älter, als ich aussehe.«

Craidens Blick wurde bohrend, wenn auch nur für einen ganz kurzen Moment. Dann schüttelte er den Kopf. »Fünfzehn«, sagte er, »oder allerhöchstens sechzehn. Du hast dich nicht verjüngen lassen.«

»Und woher willst du das wissen?«

»Sagen wir: Man kann es hören«, schmunzelte Craiden, wurde aber sofort wieder ernst. »Was wolltest du ausgerechnet in der Altstadt? Auch ohne diesen Krieg ist das eine gefährliche Gegend. Du hättest umkommen können.«

»Bin ich aber nicht. Und selbst wenn – ich habe noch neun Schwestern und elf Brüder.«

»Dein Vater ist offensichtlich nicht nur ein sehr reicher Mann, sondern auch sehr fleißig.« Jetzt sah Craiden sie ganz eindeutig misstrauisch an. »Verrätst du mir, wo ich ihn finde?«

»Warum?«

»Er klingt nach jemandem, den ich wirklich gerne einmal kennenlernen würde.«

Ganz bestimmt nicht, dachte Gea. »Wenn du mir verrätst, wo ich deinen Vater finde«, erwiderte sie. »Ich könnte mir vorstellen, dass er und mein Vater sich gut verstehen.«

»Wohl kaum«, seufzte Craiden. »Niemand versteht sich mit …«

Ein tiefes, an- und abschwellendes Dröhnen erklang, wurde lauter und steigerte sich zu einem Wummern, das mindestens genauso deutlich in Zwerchfell und Bauch zu spüren wie zu hören war, und als sie hochsahen, erblickten sie einen gewaltigen dreieckigen Umriss, der sich langsam über eine der größeren Lücken im Kuppeldach schob und zitternd in der Luft anhielt. Craidens Hand glitt zum Schwertgriff, und auch Crusher hob nervös den Kopf und schrie der Erscheinung eine kreischende Herausforderung entgegen.

»Keine Angst«, sagte Gea rasch. »Sie kommen nur, um mich abzuholen.«

Der Schatten sank tiefer, bis er das halb zerstörte Kuppeldach fast zu berühren schien, hielt abermals an, und eine rechteckige Klappe öffnete sich in seinem hinteren Drittel. Es war ein Jäger-Killer, uralt und so voller Flecken, Brandspuren und schlampig ausgeführter Schweißnähte, dass seine ursprüngliche Lackierung kaum noch zu erahnen war – falls er überhaupt jemals eine gehabt hatte. Die Waffen waren ausgebaut und die Torpedoschächte zugeschweißt worden, die Triebwerke stotterten und hatten Mühe, das Schiff in seiner Position über dem Kuppeldach zu halten. Trotzdem war es ein beeindruckender Anblick. Oder vielleicht gerade deshalb.

»Das Schiff … gehört deinem Vater?«, murmelte Craiden ungläubig.

»Ich habe dir doch gesagt, dass ich schon einmal geflogen bin«, grinste Gea.

Arion Der Schacht reichte nicht wirklich bis zum Mittelpunkt der Erde. Kein geheimnisvolles Flüstern in ihrer Seele wollte sie dazu bringen, den entscheidenden Schritt zu weit zu machen und sich in die lockende Tiefe zu stürzen. Ganz im Gegenteil – sie wäre nicht einmal dazu imstande gewesen, wenn sie es gewollt hätte. Ein ganzes Geflecht ebenso unüberwindlicher wie unsichtbarer Schutzschirme und Kraftfelder umgab sie, außerdem trug sie einen Körperschild, einen Schwebegürtel, der leistungsstark genug gewesen wäre, sie in den Orbit zu katapultieren, und noch dazu stand Duras zwar in respektvollem Abstand zu ihr da und tat sein Möglichstes, trotz seiner zwei Meter großen Erscheinung aus schwarzem Eisen unsichtbar zu sein, war aber dennoch nahe genug, um blitzschnell zuzugreifen, sollte das Unvorstellbare geschehen.

Und schließlich war da auch noch Craiden selbst, dessen bloße Nähe Arion ein Gefühl von Sicherheit gab, das zwar vollkommen absurd war, sie aber dennoch zutiefst beruhigte.

»Das ist … beeindruckend, Prinzessin«, sagte Craiden. Es waren die ersten Worte, die er sprach, seit sie aus den Sätteln gestiegen und die letzten paar Dutzend Schritte hierher gegangen waren. In seiner Stimme lag ein Ton, den sie nicht genau einordnen konnte, der aber dazu angetan gewesen wäre, ihr einen eisigen Schauer über den Rücken zu jagen, hätte sie es zugelassen.

Sie schob den veränderten Klang seiner Stimme ebenso auf die seltsame Akustik hier am Rande des Schachtes, wie sie die Blässe seines Gesichts dem schwindenden Tageslicht anlastete. Beides war kompletter Blödsinn, aber anscheinend waren auch Prinzessinnen nicht davor gefeit, dann und wann den bequemeren Weg zu gehen und sich selbst zu belügen.

»Das ist es in der Tat, Clansmeister«, antwortete sie mit einiger Verspätung und genauso belegter Stimme wie er. »Auch wenn ich ein anderes Wort vorgezogen hätte.«

Craiden ließ einige Sekunden verstreichen, bevor er seinen Blick von dem gewaltigen, klaffenden Höllenschlund losriss (was ihn einige Mühe abzuverlangen schien) und sich langsam zu ihr herumdrehte. »Und welches, Prinzessin?«

»Erschreckend?«, schlug sie vor. »Und entsetzlich dumm.«

»Entsetzlich dumm«, wiederholte Craiden. Er klang nicht einmal verletzt oder gar beleidigt. Aber in seiner Stimme (und viel mehr noch in seinen Augen) war schon wieder dieser seltsame Vorwurf.

Ihr solltet ihn vielleicht nicht unnötig provozieren, Prinzessin. Craidens emotionaler Zustand ist höchst angespannt. Es war nicht besonders klug, ihn hierherzubringen. Den psychischen Druck noch weiter zu erhöhen, könnte sich als kontraproduktiv erweisen. Die Friedensverhandlungen gestalten sich ohnehin schwieriger als erwartet.

Arion sparte sich und dem R'Achernon die Frage, was es da eigentlich zu verhandeln gab. Stattdessen hielt sie Craidens bohrendem Blick weiter so lange stand, bis ihr klar wurde, dass sie sich in dieser albernen Disziplin vollkommen ebenbürtig waren und vermutlich noch bis zum nächsten Morgen hier stehen und sich gegenseitig niederstarren konnten. Vielleicht hatte der R'Achernon ja recht, und es brachte wirklich wenig, ihn noch weiter zu quälen. Und aus irgendeinem Grund *wollte* sie ihm auch nicht wehtun.

»Aber ich nehme auch an, Ihr habt nicht gewusst, was Ihr wirklich tut, Clansherr«, fuhr sie fort. »Wollt Ihr mir verraten, wer Euch diese Waffe gegeben hat?« Sie hatte weder mit einer Antwort gerechnet, noch machte Craiden Anstalten, irgendetwas zu sagen. Deshalb fuhr sie mit einem angedeuteten Lächeln fort: »Meine Frage muss Euch sonderbar vorkommen, ich weiß. Mir an Eurer Stelle würde es wohl auch nicht anders ergehen. Aber ich erwarte nicht, dass Ihr Eure Freunde verratet oder mir Eure militärischen Geheimnisse offenbart. Ich stelle diese Frage aus einem ganz bestimmten Grund.«

»Und ich nehme an, Ihr werdet ihn mir gleich mitteilen«, sagte Craiden. Kam es Arion nur so vor, oder wurde seine Stimme mit jedem Wort eine Spur kälter?

»Sobald Ihr mir die Frage beantwortet, aus welchem Grund Ihr diese Bombe gegen uns eingesetzt habt«, sagte sie. »Um uns zu beeindrucken, nehme ich an?«

Craiden schwieg. Er legte den Kopf auf die Seite, und die warme Luft, die aus der Tiefe des Schachtes emporstieg, begann mit seinem schulterlangen, schwarzen Haar zu spielen, sodass es aussah, als sträube es sich vor Zorn.

Arion sprach weiter: »Eure Kriegsvorbereitungen sind uns so

wenig entgangen wie Euer fester Wille, mit den alten Traditionen zu brechen und tatsächlich etwas zu verändern. Ihr wolltet uns zeigen, dass Ihr fest entschlossen seid. Ihr wolltet die *Wand* durchbrechen, um uns zu demonstrieren, wie wenig wir uns auf ihren Schutz verlassen können. Aber ich nehme nicht an, dass Ihr wirklich vorgehabt habt, den R'Achernon zu zerstören oder gar Eure eigene Stadt.«

Craiden schwieg. An seiner Schläfe begann eine Ader zu pochen, und obwohl er sich weit genug in der Gewalt hatte, die Hände nicht zu Fäusten zu ballen, konnte sie seine Anspannung beinahe körperlich spüren.

»Vorhin, dort oben auf dem Balkon, da war ich vielleicht ein wenig zu hart zu Euch, Clansherr.« Sein Blick ließ ihr Gesicht nicht los. »Wenn es so gewesen sein sollte, so tut es mir leid, und ich entschuldige mich dafür«, fuhr sie fort. »Doch meine Erregung war nur Ausdruck meines Erschreckens. Ihr und ich, wir stehen auf verschiedenen Seiten, wir verfolgen unterschiedliche Ziele, und doch wollen wir im Grunde dasselbe, nämlich ein besseres Leben für die Menschen, die uns vertrauen. Was wir gewiss nicht wollen, ist ihr Tod.«

Craidens Blick wurde noch härter, und Arion begriff erst im Nachhinein, dass er praktisch gar keine andere Chance hatte, als ihre Worte falsch zu verstehen.

»Nein, *das* meine ich nicht.« Sie deutete fast hastig auf die Überreste der verheerten Stadt fernab auf der anderen Seite des Schachtes. Nun, wo die Sonne zu sinken begonnen hatte, begannen die verbrannten Ruinen und feuergeschnäuzten Türme zu einer Mauer aus geduckten schwarzen Schatten zu verschmelzen, über denen der Atem des Todes lag wie eine unsichtbare, aber dennoch fast greifbare Bedrohung. Arion hatte das unheimliche Gefühl, einer Armee großer, schweigender Tiere zuzusehen, die sich rings um den R'Achernon zusammenrottete und auf das Signal zum Angriff wartete. »Was passiert ist, ist entsetzlich, und ich weiß, dass es Euch mindestens ebenso leidtut wie mir. Aber so schlimm es auch ist und so entsetzlich es auch klingen mag, so etwas kommt vor, wenn man Krieg führt.« Sie deutete auf den Bombenschacht. »Was nicht vorkommen darf, ist *das da.*«

»Ich bin nicht ganz sicher, ob ich verstehe, was Ihr damit meint, Prinzessin«, antwortete Craiden langsam.

Statt sofort zu antworten, machte Arion einen weiteren (vorsichtigen) Schritt auf den Rand des Abgrundes zu, den sie nun nicht nur tatsächlich erreichte, sondern über den ihre Stiefelspitzen etliche Zentimeter weit hinausragten. Noch sehr viel behutsamer ließ sie sich in die Hocke sinken und beugte sich so weit vor, bis ihr Gleichgewichtssinn ihr signalisierte, dass es genug war. Und nicht nur er. Alles in ihr rebellierte. Ihr Verstand mochte ihr noch so oft und mit unwiderlegbaren Argumenten klarmachen, dass ihr nichts passieren konnte: Menschen waren nun einmal nicht dafür gemacht, am Rand eines dreihundert Meilen tiefen Abgrunds zu hocken.

Ihr Körperschild knisterte leise, als ihn eine heiße Windböe aus der Tiefe traf, und ganz kurz zeichnete blaues Elmsfeuer ihre Gestalt nach und erlosch, bevor ihr Blick es genau erfassen konnte. Schweigend wartete Arion, bis Craiden neben sie getreten war und dieselbe Haltung eingenommen hatte. Sein Mantel bauschte sich, vom gleichen heißen Luftzug getroffen wie sie, ohne von einem unsichtbaren Kraftfeld aufgefangen zu werden.

»Was schätzt Ihr, wie tief dieser Schacht ist?«, fragte sie.

Craiden hob die Schultern und beugte sich tatsächlich noch ein weiteres Stück vor. Er wirkte ein bisschen nervös, aber Arion kam auch nicht umhin, seinen Mut zu bewundern. Selbst sie konnte sich eines immer größer werdenden Unbehagens nicht erwehren, obwohl sie von unsichtbaren Riesenhänden umschlossen und beschützt wurde. Craiden hatte nichts von alledem.

»Von hier bis zur Singularität sind es mehr als dreihundertfünfundzwanzig Meilen«, fuhr sie fort und wurde mit genau dem verständnislosen Blick belohnt, den sie erwartet hatte. »Es sieht aus, als wäre der Schacht vollkommen glatt, ich weiß, aber das stimmt nicht. Dieser Eindruck entsteht nur durch seine enorme Größe. In Wahrheit wird er nach unten hin schmaler … wie ein Reißzahn, wisst Ihr?«

Es wäre vielleicht klug, den mächtigsten Mann der ganzen Stadt mit solchen Erklärungen nicht noch weiter zu beschämen, Prinzessin.

Sie hatte nichts dergleichen vor. Arion wusste einfach, dass sie auf die richtige Art mit ihm sprach. Sie war nicht schlechter oder primitiver als ihre, nur weil sie anders war.

»Und das ist die Wirkung der Waffe, die wir … «, Craiden verbesserte sich, » … die *ich* eingesetzt habe?«

Arion schüttelte den Kopf. »Nur indirekt.« Sie machte eine ausholende Geste. »Der Schacht durchschneidet zwar die *Wand,* aber Eure Waffe hat sie nicht einmal angekratzt. Was Ihr seht, ist der Ereignishorizont des Nullfeldes, das der R'Achernon generiert hat, um die Wirkung Eurer Waffe zu kompensieren.«

Craiden sah sie weiter vollkommen verständnislos an, aber auch ein wenig vorwurfsvoll.

»Ich verstehe es auch nicht genau«, sagte sie. »Man hat es mir so erklärt, dass praktisch ein Stück aus der Wirklichkeit herausgerissen wird, um noch größeren Schaden zu verhindern.«

»Ich verstehe«, sagte Craiden. »Eure Techmagie hat ein temporäres Schwarzes Loch erschaffen, das den Großteil der Explosion aufgesogen hat. Auf seinem Weg nach unten ist es allmählich kollabiert und schließlich zu einer Singularität geworden, die am Schluss ganz verschwunden ist.« Er schnippte mit den Fingern. »Und nicht einmal eine Million Jahre Techmagie können erklären, wohin. Eine von sehr wenigen Fragen, auf die Ihr noch keine Antwort gefunden habt.« Er hob die Schultern. »Das muss Euch nicht unangenehm sein, Prinzessin. Ich persönlich finde den Gedanken irgendwie … tröstlich, dass es trotz allem immer noch einige wenige Fragen gibt, auf die niemand eine Antwort weiß.«

Arion starrte ihn an. Irgendwie brachte sie es fertig, ihren Unterkiefer am Herunterklappen zu hindern … aber vielleicht lag das auch nur daran, dass sie gerade noch rechtzeitig das spöttische Glitzern tief in seinen Augen sah. Sie hatte ein seltsames und noch dazu vollkommen grundloses Gefühl, als hätte sie das schon einmal erlebt.

»Aber Ihr wolltet mir von dieser Waffe erzählen«, fuhr Craiden nach einem angemessenen Schweigen fort. »Sie muss wirklich verheerend gewesen sein, wenn sich Euer Techmagie-Turm zu solch drastischen Maßnahmen gezwungen gesehen hat, Prinzessin. Und Ihr seid sicher, dass Eure *Wand* Euch trotzdem davor beschützt hätte?«

»Uns ja«, erwiderte Arion ernst und zeigte in den Schacht. »Seht Ihr das dort unten? Die Feuer?«

Das spöttische Funkeln wich zwar nicht aus Craidens Augen, aber sein Blick folgte nach kurzem Zögern ihrer deutenden Geste. Nach ein paar Momenten nickte er, auch wenn Arion bezweifelte, dass er dort tatsächlich mehr als ein Chaos aus verglastem und geschmolzenem Erdreich erkannte, zerfetzten Rohrleitungen und eingestürzten Tunnelröhren, geschmolzenen Transportsystemen und unterirdischen Wohnanlagen, die zusammen mit ihren Bewohnern zu radioaktivem Staub geworden waren; das unterirdische *Belagerung,* das sich so viele Meilen tief in die Erde hinabgrub, dass nicht einmal der R'Achernon ganz genau wusste, wie weit es sich erstreckte. Selbst Arion hatte Mühe, das, was sie sah, von dem zu unterscheiden, was sie zu sehen erwartete, und Craidens Augen waren nicht annähernd so aufgerüstet wie ihre.

»Es brennt«, sagte er, als sie ihm nicht den Gefallen tat, von sich aus weiterzusprechen. »Nach einer Atomexplosion soll das vorkommen. Jedenfalls hat man mir das gesagt.«

»Das ist kein normales Feuer, Clansmeister«, antwortete sie. »Deshalb habe ich Euch gerade gefragt, wer Euch diese Bombe geliefert hat. Wenn es ein Freund war, dann solltet Ihr Euch Eure Freunde in Zukunft vielleicht ein wenig genauer ansehen.«

»Warum?«, fragte Craiden.

»Es war ein Planetenkiller«, antwortete sie. »Eine Waffe, die gebaut wurde, um eine ganze Welt zu zerstören. Habt Ihr das gewusst, bevor Ihr sie eingesetzt habt?«

»Das ist lächerlich«, erwiderte Craiden. Er stand mit einem Ruck auf, machte einen Schritt nach hinten und sah dann wieder in die Tiefe – zu Arions Überraschung tatsächlich genau dorthin, wo sie das Nest winziger roter Funken entdeckt hatte. Von hier oben aus betrachtet boten sie einen fast ästhetischen Anblick, wie ein Schwarm roter Leuchtkäfer, die in einem geheimnisvollen Gleichklang pulsierten. Nur dass jeder dieser so harmlosen roten Funken ein lodernder Feuerherd war, der sich immer noch weiter und weiter in die Erde hineinfraß, allen Anstrengungen des R'Achernon zum Trotz.

»Man hat es mir so erklärt«, fuhr sie fort, »dass diese Waffe ein Feuer auf subatomarer Ebene entzündet, das mit normalen Mitteln nicht zu löschen ist.«

»Auf subatomarer Ebene ...« Craiden machte ein übertrieben grüblerisches Gesicht. »Lasst mich raten, Prinzessin: Das sind die ganz kleinen Teile, aus denen alle Materie zusammengesetzt ist?«

Arion nahm sich die Zeit, ebenfalls aufzustehen und ihren Ärger herunterzuschlucken, bevor sie antwortete: »Eine ultralangsame Kettenreaktion auf subatomarer Ebene, ganz recht. Und hört auf mit Eurem Spott, Clansherr. Das erste Mal hatte ich ihn wahrscheinlich verdient ...«

Stimmt.

Und du hast das gewusst?

Ich weiß alles.

»... aber ein Scherz wird nicht besser, wenn man ihn ständig wiederholt.«

»Ich wollte Euch nicht verspotten, Prinzessin.« Craidens Lächeln erlosch so schnell und spurlos, als hätte es nie existiert. »Ich frage mich nur, warum Ihr mir das alles sagt. Um mir zu zeigen, wie dumm ich bin?«

»Um mit Euren eigenen Worten zu antworten, Clansmeister«, erwiderte Arion ernst. »Weil es allmählich Zeit wird, dass wir mit diesem Unsinn aufhören.«

»Wenn Ihr mir genau erklärt, was Ihr damit meint, Prinzessin.« Craiden klang eher verwirrt als gekränkt. Sein Blick irrte immer wieder in den Schacht und suchte das rote Höllenfeuer, das den Leib der Erde verzehrte, und Arion fragte sich, warum es eigentlich so lange gedauert halte, bis ihr klar wurde, dass er wirklich *Angst* hatte.

»Dieser Krieg muss aufhören, Clansmeister«, sagte sie. »Ruft Eure Truppen zurück. Lasst nicht zu, dass noch Schlimmeres geschieht. Keiner von uns hat in diesem Krieg irgendetwas zu gewinnen, aber Ihr und Euer Volk habt alles zu verlieren.«

Craiden schnitt eine Grimasse. Er wich einen weiteren Schritt vom Rand des Schachtes zurück und verschränkte die Arme vor der Brust, und obwohl er Arion in dieser Haltung fast um das Doppelte überragte und sich die gewaltigen Muskeln an seinen nackten Oberarmen beeindruckend wölbten, verlieh sie ihm zugleich etwas von einem trotzigen Kind.

»Wenn wir gar nichts zu gewinnen und so wenig zu behalten haben, vielleicht reicht es uns dann ja schon, euch zu zerstören«, sagte er kalt.

Und er meint das ernst. Ich spüre Verzweiflung in ihm.

Weil er weiß, dass ich recht habe. Sie empfand etwas, womit sie so wenig gerechnet hatte, dass es sie selbst überraschte: Mitleid.

»Und nicht einmal das könntet Ihr«, sagte sie. Die Worte taten ihr vermutlich mehr weh als ihm, und sie hasste sich dafür. Aber sie fuhr dennoch fort: »Ich weiß nicht, was Euch das unglückselige Geschöpf versprochen hat, von dem Ihr diese Waffe bekommen habt, Craiden. Vielleicht noch schlimmere, noch viel gefährlichere Waffen. Es spielt keine Rolle: Selbst wenn Ihr den gesamten Planeten vernichtet, würde der R'Achernon überleben, und auch alle, die sich in seinem Schutz aufhalten.« Sie machte eine Geste auf die wie mit einem Skalpell gezogene Trennlinie zwischen zu Glas verbrannter Erde und unberührter Parklandschaft beiderseits der *Wand*. »Ihr glaubt, es wäre die *Wand*, die uns schützt? Sie beschützt das Gras, die Bäume und die Tiere, die in diesem Park leben. Das, was Ihr vorhin *Luxus* genannt habt. Der R'Achernon hat diesen Schutz jedoch nicht nötig. Er ist unzerstörbar, haben Euch das Eure Erinnerer nicht gesagt? Er bliebe unversehrt, selbst wenn dieser ganze Planet wie eine Sonne explodieren würde.«

»Wenn das wahr ist, warum fürchtet ihr uns dann so?«, wollte Craiden wissen.

»Tun wir das?«

»Warum wäre ich hier, wenn es nicht so ist?«

Arion setzte zu einer scharfen Entgegnung an, beließ es stattdessen bei einem leisen Seufzen und wandte sich dann mit einem Ruck um. »Das Protokoll sieht vor, dass Ihr und ich eine gemeinsame Nacht allein in einem Zimmer verbringen, so wie es meine Urgroßmutter und einer Eurer Vorfahren getan haben, als sie den ersten großen Frieden zwischen *Belagerung* und dem R'Achernon ausgehandelt haben«, sagte sie. »Darf ich Euch stattdessen zu einem Ausritt in den Park einladen, Clansherr? Nur Ihr und ich?«

»Und wozu sollte das gut sein?«

»Nicht um Euch zu verführen, Clansmeister«, antwortete sie amüsiert. »Ich gebe Euch mein Wort, dass Eure Tugend nicht in Gefahr ist.«

Craiden sah ganz so aus, als hätte er gern mit »Schade« geantwortet, sparte sich diesen albernen Scherz dann aber und bedeutete ihr mit einem Nicken, vorauszugehen. Arion gehorchte und schloss mit sich selbst eine Wette ab, welcher ihrer beiden Leibwächter zuerst sein Veto gegen dieses ungeheuerliche Sicherheitsrisiko einlegen würde. Sie hätte in jedem Fall verloren, denn Torman und Duras bewegten sich so absolut synchron wie zwei ungleiche Spiegelbilder und vertraten ihrem jeweiligen Schutzbefohlenen den Weg.

»Das kann ich nicht zulassen, Hoheit«, sagte Duras. Neben ihr sagte der gehörnte Riese wieder etwas in der fremd klingenden Sprache zu Craiden, dessen Bedeutung aber unschwer zu erraten war.

»Ich weiß, dass du das sagen musst, Duras«, antwortete Arion. »Aber ich gebe dir mein Wort als Prinzessin, dass ich unserem geehrten Gast nicht zu nahe treten werde.«

Duras blieb ernst. »Ich fürchte nicht um Eure Sicherheit, Prinzessin«, sagte er, »aber …«

»Jetzt bin ich enttäuscht«, unterbrach ihn Arion. »Ist es nicht deine vornehmste Pflicht, über deine Herrin zu wachen?«

»Ich meine es ernst, Hoheit«, erwiderte der Eisenmann. »Die Situation ist angespannt genug, auch ohne …«

»In einer halben Stunde geht die Sonne unter, Duras«, fiel ihm Arion ins Wort, nicht einmal lauter, aber eine Spur schärfer. »Ein Ausritt bei Nacht hat zweifellos seinen eigenen Reiz, aber im Moment steht mir nach dieser Art von Vergnügen nicht der Sinn. Also warum tust du nicht, wofür du bezahlt wirst, und suchst nach irgendwelchen Fieslingen, die mit einem Messer zwischen den Zähnen durch die Schatten schleichen und deiner zukünftigen Prinzessin Übles antun wollen?«

»Hoheit, ich …«

»Ich befehle es dir«, fiel ihm Arion ins Wort. »Ich weiß, dass du diesen Befehl verweigern darfst, und deshalb rate ich dir ehrlich, dir genau zu überlegen, ob du deine zukünftige Königin wirklich verärgern willst. Nicht, dass ich nachtragend wäre … aber du weißt, dass ich auch niemals etwas vergesse.«

Auf Duras' schwarzem Eisengesicht zeigte sich nicht die mindeste Regung (und wie auch?), aber Arion spürte, wie schwer ihm die Entscheidung fiel. Doch schließlich deutete er ein gehorsames Kopfnicken an und trat beiseite, um den Weg freizugeben. Arion würdigte ihn in diesem Moment nicht einmal mehr eines Blickes, aber sie nahm sich fest vor, ihm zu danken, sobald dieser ganze Irrsinn vorüber und sie allein waren.

Craiden saß bereits im Sattel, und Arion wäre am liebsten in einem großen Bogen um sein Pferd herumgegangen, als sie sich ihrem eigenen Tier näherte. Das geschuppte Ungetüm reagierte mit einem spöttischen Schnauben und bleckte sein beeindruckendes Raubtiergebiss, und sie bildete sich wohl nicht nur ein, den Blick seiner tückischen Augen zu fühlen, als sie sich mit einer fließenden Bewegung in den Sattel zog. Torman und sein eiserner Gegenpart saßen danach auf, Torman auf einem Schlachtross, das höchstens eine Winzigkeit kleiner war als das seines Herrn, Duras auf einem Monstrum aus schwarzem Eisen, aus dessen Nüstern Dampf quoll, wenn es seine hydraulisch angetriebenen Beine bewegte. Beide folgten ihnen, wenn auch in gehörigem Abstand zueinander und in noch größerem zu Craiden und ihr, der auch allmählich wuchs, je weiter sie sich vom Rand des Schachtes entfernten.

»Euer Leibwächter nimmt seine Aufgabe sehr ernst«, begann Craiden, nachdem sie eine Weile schweigend nebeneinander hergeritten waren. »Das ehrt ihn.«

»Er hat keine Wahl«, antwortete Arion.

»Weil er der Kommandant Eurer Leibgarde ist?«

»Weil er mich liebt. Mit jeder Faser seines eisernen Herzens. Er würde für mich sterben, ohne auch nur einen Sekundenbruchteil zu zögern«, fuhr Arion fort, »und dasselbe gilt für jeden einzelnen seiner Männer. Sie lieben mich. Nicht weil ich ihre Königin bin oder die Herrin der Welt, sondern weil ich *ich* bin. Ich bin die einzige Frau in ihrem Leben und werde es immer sein, ganz egal, was auch geschieht, wen immer sie treffen sollten und wie alt und hässlich ich eines Tages sein werde.«

»Was niemals geschehen wird«, vermutete Craiden. »Dass Ihr alt und hässlich werdet, meine ich.«

»Danke für das Kompliment.«

»Ich nehme an, Euer Schwarzer Turm würde das verhindern.«

Arion schenkte ihm einen schrägen Blick und nahm eine Menge von dem zurück, was sie in den letzten Augenblicken über ihn gedacht hatte, wenn auch nicht alles. »Sie haben keine andere Wahl, wisst Ihr?«

»Wer?«

»Duras und seine Eisengarde«, antwortete sie. »Ihnen bleibt gar nichts anderes übrig, als mich zu lieben. Sie werden so gezüchtet.« Sie verbesserte sich. »Gemacht.«

Jetzt war es Craiden, der ihr einen sonderbaren Blick zuwarf. »Ist das nicht kompliziert?«

»Duras und seine Eisengarde?«

»Nein, Duras und seine Hingabe«, schränkte Craiden ein. Er drehte sich halb im Sattel herum, um zu Torman und ihm zurück zu sehen. Der Abstand war größer geworden, aber Arion konnte das mechanische Stampfen von Duras' eisernem Schlachtross noch immer hören, und ihr war auch klar, dass er umgekehrt jedes Wort verstehen konnte, das Craiden und sie sprachen. Was allerdings auch der Fall gewesen wäre, hätte die Distanz eine Meile betragen. Oder zwei oder drei. »Ich frage mich nur, ob ich einen Leibwächter haben wollte, der unsterblich in mich verliebt ist«, fuhr Craiden nach einigen weiteren Augenblicken fort. »Gibt es da keine Probleme, wenn Ihr … na ja, jemanden kennenlernt?«

Arion fragte sich zwar, was zum Teufel ihn das eigentlich anging, antwortete aber trotzdem. »Eifersucht gehört nicht zu den Empfindungen, zu denen sie fähig sind. Das wäre auch ziemlich dumm, nicht wahr – eine Bande von unbesiegbaren Kriegern zu züchten, die jeden umbringen, der mich auch nur verliebt ansieht?« Sie schüttelte heftig den Kopf. »Und sollte ich mich irgendwann einmal unsterblich in einen Prinzen in einer silbernen Rüstung verlieben, der auf einem weißen Pferd aus dem Sonnenuntergang geritten kommt …«, sie maß Craidens riesiges Kriegspferd mit einem stirnrunzelnden Blick, »… dann würde es Duras' schwarzes Herz mit Freude erfüllen, mich glücklich zu sehen. Aber bis dahin vergeht bestimmt noch eine Menge Zeit.«

Craiden legte den Kopf schräg. »Wieso?«

»Ihr habt es doch vorhin selbst gesagt, Clansherr«, erinnerte ihn Arion. »Ich bin fast noch ein Mädchen.« Craiden legte fragend die Stirn in Falten und sah noch einmal zu Torman und Duras zurück, woraufhin Arion fragte: »Und wie habt Ihr Euren Leibwächter davon überzeugen können, Euch ganz allein mit einer so gefährlichen Kreatur wie mir reiten zu lassen?«

»Ich habe ihm gesagt, dass ich ihm beide Beine breche, wenn er uns zu nahe kommt«, antwortete Craiden.

»Und das hat er Euch geglaubt?«

»Warum nicht? Es wäre nicht das erste Mal. Und verratet Ihr mir jetzt, wohin wir reiten und was Ihr von mir wollt?«, fragte Craiden.

»Das Zeremoniell, Clansmeister. Die gemeinsame Nacht, die wir miteinander verbringen müssen. Ich finde es hier draußen viel angenehmer als in einem fensterlosen Loch … auch wenn Eure Männer eine solche Umgebung zu schätzen scheinen.«

»Wie kommt Ihr auf diese Idee?«

»Ich habe die Unterkünfte Eurer Quorrl gesehen.«

»Die Euer Turm für sie erschaffen hat.«

»Und zwar nach ihren Wünschen und Sehnsüchten«, versetzte Arion. »So etwas kann er. Techmagie. Oder auch Zauberei. Sucht Euch das Wort aus, das Euch lieber ist.«

»Quorrl mögen weder Mauern noch Verliese, Prinzessin«, sagte Craiden. »Das solltet Ihr eigentlich wissen.«

»Wie kommt Ihr darauf?«

»Wisst Ihr denn nicht alles?«

»Euer Vertrauen in mich ist wirklich schmeichelhaft«, seufzte sie, »aber wenn ich alles wüsste, dann müssten wir dieses Gespräch jetzt nicht führen, und unsere beiden Leibwächter müssten nicht in Sorge um ihre Herren vergehen.«

Craiden lachte. »Torman vergeht nicht in Sorge um mich, Prinzessin. Er verachtet mich. Er war schon der Leibwächter meines Vaters, und er hat es mir bis heute nicht verziehen, dass ich seinen Herrn getötet habe.«

»Weil er ihn geliebt hat?«

»Weil er ihn nicht beschützen konnte«, antwortete Craiden. »Torman liebt niemanden. Dazu ist er so wenig in der Lage wie Euer Duras dazu, Euch nicht zu lieben. Was er mir übel nimmt, ist nicht der Umstand, dass ich seinen früheren Herrn getötet habe, sondern dass er nicht dazu in der Lage war, mich daran zu hindern.«

Arion fand es … nun ja: bemerkenswert, dass Craiden von Tormans ehemaligem Herrn sprach und nicht von seinem Vater, der der frühere Herr seines Clans gewesen war. Stattdessen fragte sie jedoch: »Und es macht Euch nichts aus, ausgerechnet den Mann Euren Rücken decken zu lassen, dessen früheren Herrn Ihr getötet habt?«

»Einen Besseren könnte ich mir nicht wünschen«, antwortete Craiden ernst. »Er würde eher sterben, bevor er ein zweites Mal versagt.« Er legte den Kopf auf die Seite, und vielleicht zum allerersten Mal, seit sie sich begegnet waren, glaubte Arion ein wirklich ehrlich gemeintes Lächeln in seinen Augen zu erkennen. »Also? Warum sind wir hier? Nicht um über unsere Leibwächter zu sprechen, oder?«

»Ich möchte Euch etwas zeigen, Clansherr«, antwortete Arion.

»Nein, kein weiteres Techmagie-Wunder, um Euch zu beeindrucken, und auch keine weitere Waffe, mit der ich Euch bedrohen will, sondern etwas … anderes.«

»Und zwar?«

»Das kann ich Euch nur zeigen, Clansherr«, antwortete sie, »nicht erklären. Aber es ist noch ein gutes Stück bis dorthin, und wir haben nicht mehr allzu viel Tageslicht. Ich könnte den R'Achernon anweisen, die Dämmerung zu verlängern, aber das wäre nicht dasselbe.«

»Weil man den Unterschied merken würde?«

»Nicht einmal ich würde ihn bemerken«, antwortete Arion. »Aber ich wüsste es.« Sie maß sein Pferd mit einem langen, abschätzenden Blick. »Ein beeindruckendes Tier habt Ihr da, Clansherr. Ist es so … ähm … stark, wie es aussieht?«

Craiden nickte. »Und Ihr ein wunderschönes Pferd, Prinzessin. Ist es so schnell, wie es aussieht?«

»Probieren wir es aus!«

Rymer »Was zum Teufel hat sie eigentlich vor?«, fragte Senatorin Rymer. Sie hatte sowohl ihre normale, schmucklose Alltagskleidung wieder angelegt als auch ihren gewohnten Körper, und sie hätte selbst nicht genau sagen können, was davon sie mehr erleichterte. Das Kleid war unpraktisch gewesen und hatte an den unmöglichsten (und peinlichsten) Stellen gezwickt; einen anderen Körper überzustreifen war hingegen etwas, was sie von jeher verabscheut hatte. Es tat nicht einmal wirklich weh, aber es war verdammt unangenehm, und Rymer wusste aus leidvoller Erfahrung, dass ihr der schlechte Geschmack, das benommene Gefühl hinter den Schläfen und die Taubheit in Finger- und Zehenspitzen noch eine ganze Weile erhalten bleiben würde. Tage, wenn sie Pech hatte.

Und sie konnte noch nicht einmal genau sagen, warum sie sich auf diesen Unsinn überhaupt eingelassen hatte.

Gebracht hatte es jedenfalls gar nichts. Dieses dumme Gör

von Prinzessin hatte sie erkannt, noch bevor sie sich auch nur richtig an den Tisch gesetzt hatte, und den Rest der kunterbunten Schar hatte sie mit ihrem autoritären Aufzug nicht halb so sehr beeindruckt, wie sie gehofft hatte. Vermutlich hatte sie ganz im Gegenteil für die nächsten Wochen den Stoff für dumme Bemerkungen und ganz und gar nicht witzige Witze geliefert – und das nur, weil sie wenigstens einen Hauch von Seriosität in eine Veranstaltung bringen wollte, die von einer Maus in einem Hofnarrenkostüm geleitet wurde!

»Also? Hat irgendjemand eine Idee, was unsere geliebte Prinzessin in ihrer unergründlichen Weisheit nun schon wieder plant?«

Rymer bekam auch jetzt keine Antwort – jedenfalls nicht gleich –, obwohl ihre Stimme nun den Großteil ihrer bisherigen Schärfe verloren hatte und jetzt eher müde klang. Ihr Blick tastete nacheinander über das halbe Dutzend virtueller Schirme, das die Prinzessin und ihren archaischen Begleiter aus ebenso vielen Perspektiven zeigte, kehrte dann noch einmal und in umgekehrter Reihenfolge zurück und schwenkte schließlich zusammen mit ihrem Körper herum, nachdem der Stuhl ihre Absicht erkannte und sich drehte.

Obwohl auch bisher niemand etwas gesagt hatte, schien es für einen Moment noch stiller zu werden, und nicht zum ersten Mal fragte sich Senatorin Rymer, warum das eigentlich so war. Ihre Zornesausbrüche waren fast so gefürchtet wie die von Plixx, aber anders als bei dem Grauen Mausling pflegten bei ihr diejenigen, die sich ihren Unmut zugezogen hatten, nicht einfach zu verschwinden. Auch wenn sie im Moment durchaus in der Stimmung gewesen wäre, den einen oder anderen hier am Tisch einfach mit ihren Blicken zu vaporisieren.

Rymer unterdrückte das bittere Lächeln, das sich bei diesem Gedanken auf ihren Lippen breit machen wollte, und fragte stattdessen zum dritten Mal: »Also?«

»Vielleicht gar nichts, Senatorin.«

Rymer war nicht einmal überrascht, dass es ausgerechnet Wundermeer war, der als einziger nicht nur den Mut aufbrachte, ihrem Blick standzuhalten, sondern sogar eine Antwort zu formulieren – oder zu knurren, um genau zu sein. Er trug noch immer seinen Löwenkörper, was Rymer in einer Umgebung wie dieser unpassender denn je vorkam. Und ein bisschen albern.

Sie unterstellte zu seinen Gunsten, dass er bisher einfach noch keine Zeit gefunden hatte, seine normale Erscheinungsform wieder anzunehmen (falls er überhaupt noch wusste, wie sie einmal ausgesehen hatte), zwang ein halbwegs neutrales Lächeln auf ihre Lippen und zog die linke Augenbraue hoch.

»Prinzessin Infinity ist noch sehr jung, Senatorin«, fuhr Wundermeer fort. »Das wird immer gerne vergessen, auch von uns.«

Von mir nicht, dachte Rymer ärgerlich. *O nein, ganz bestimmt nicht.* Aber sie schluckte ihren Ärger herunter. Immerhin war Wundermeer der einzige von all den Feiglingen hier drinnen, der es überhaupt wagte, das Offensichtliche auszusprechen. Statt ihn anzufahren, forderte sie ihn mit einem angedeuteten Nicken auf, weiterzureden.

»Wir alle vergessen gerne, dass sie zwar in wenigen Tagen zur Königin des R'Achernon und damit auch zu unser aller unumschränkten Herrscherin gekrönt wird, zugleich aber auch noch immer eine junge Frau ist«, fuhr Wundermeer fort. »Wenn Ihr versteht, was ich meine.«

Jeder hier drinnen verstand, wovon er sprach – was allerdings auch niemanden davon abhielt, ihn mit gebührender Entrüstung anzublicken.

»Ihr sprecht von unserer zukünftigen Königin, Senator«, sagte Senator Kinn prompt. Jedenfalls nahm Rymer an, dass es Kinn war. Er trug noch immer die martialische Rüstung eines vorzeitlichen Ritters, deren Scheppern und Knarren schon das gesamte Bankett gestört hatte, und sie spürte allmählich wirklichen Ärger in sich aufsteigen. Es gehörte sich einfach nicht, in einer Runde wie dieser sein Gesicht nicht zu zeigen!

Aber wenn man es genau nahm, dann galt das für Wundermeer und mindestens die Hälfte der anderen Anwesenden auch … und wenn man es *ganz genau* nahm, sogar für sie. Rymer hob besänftigend die Hand.

»Ich glaube, wir alle verstehen, was Ihr damit sagen wollt, Senator«, sagte sie. »Und gewiss habt Ihr damit nicht vollkommen unrecht. Dieser Craiden ist ...«

»Ein verdammt gut aussehender Bursche«, fiel ihr Wundermeer mit einem grollenden Lachen ins Wort – was ihm diesmal nicht nur einen ärgerlichen Blick von Rymer einbrachte, sondern auch von etlichen anderen. Anscheinend war ihm sein Löwenaussehen zu Kopf gestiegen, dachte Rymer. Oder in irgendein anderes Körperteil.

»Ja, auch das«, sagte sie. »Aber der geehrte Senator Kinn hat recht: Wir sprechen über unsere zukünftige Königin.«

»Und über eine junge Frau, die gerade einen Aspekt des Lebens entdeckt, von dem sie bisher noch nichts wusste«, grollte Wundermeer. »Ich bitte Euch, Senatorin! Auch wenn es lange her sein mag, so wart Ihr doch irgendwann auch einmal jung.« Allgemeines Gelächter kam auf und brach genau so abrupt wieder ab, als Rymer ihren Blick mit eisiger Schärfe über die Runde schweifen ließ. Doch Wundermeer gab sich damit nicht zufrieden. »Habt Ihr niemals für einen jungen Burschen geschwärmt, nur weil er gut ausgesehen hat?«

Nein, dachte Rymer wahrheitsgemäß. Wie denn auch? Schließlich war sie niemals jung gewesen.

»Das ist nicht das Thema«, sagte sie laut. »Wie Ihr wisst, habe ich mich neben meinen zahlreichen anderen Pflichten in den letzten Jahren auch um die Erziehung der Prinzessin gekümmert, und ich kann Euch versichern, dass sie über ausreichend Erfahrung auch auf diesem Gebiet verfügt. Genügend jedenfalls, um eine jugendliche Schwärmerei von etwas anderem zu unterscheiden.«

Diesmal war das Schweigen, das sich an dem langen Tisch ausbreitete, fast ein bisschen peinlich.

»Was genau meint Ihr mit *etwas anderem,* Senatorin?«, fragte Hezzekk. Es dauerte einen Moment, bis Rymers suchender Blick ihn überhaupt fand. Der schwarze Mausling hatte am gegenüberliegenden Ende des langen Tisches Platz genommen und wirkte auf dem gewaltigen Stuhl mit der noch viel gewaltigeren

Rückenlehne winziger und verlorener, als er ohnehin aussah, aber auf eine Art, als suche er diese Verlorenheit.

Beinahe hätte sie gelächelt, als ihr darüber hinaus Hezzekks Nervosität auffiel. Jeder einzelne in diesem Raum war so mächtig, dass Menschen vergangener Zeiten sie (zu Recht) für Götter gehalten hätten. Aber zehn Äonen Evolution schienen nichts daran geändert zu haben, dass sich eine anderthalb Meter große Maus einfach nicht besonders wohl dabei fühlte, mit einer doppelt so großen *Katze* an einem Tisch zu sitzen.

»Das Liebesleben unserer Prinzessin geht uns so wenig an, wie uns das unserer zukünftigen Königin zu interessieren hat«, blaffte sie eine Spur schärfer, als sie selbst beabsichtigt hatte. Dann schüttelte sie heftig den Kopf. »Mir macht etwas ganz anderes Sorgen.«

Zwei oder drei Sekunden vergingen, dann tat ihr Wundermeer den Gefallen, zu fragen: »Und was?«

Statt direkt zu antworten, wedelte Rymer unwillig mit der Hand, und über dem Tisch erschien ein leicht unscharfes Hologramm des R'Achernon und der ihn umgebenden Stadtviertel. Eine zweite Handbewegung von Rymer ließ eine Anzahl großer und eine deutlich gewaltigere Ansammlung kleinerer, bösartig pulsierender roter Punkte rings um den Turm auftauchen, ein nahezu perfekter Belagerungsring, in dem Craidens versammelte Armeen aufmarschiert waren, um zum Sturm auf den R'Achernon anzusetzen. Er wäre sogar wirklich perfekt gewesen, hätte dieser Trottel nicht einen Teil seiner eigenen Truppen ins Nirwana gepustet.

»Craidens Aufmarschpläne«, erkannte Kinn, nachdem er das Hologramm einige Sekunden lang durch die schmalen Sehschlitze seines Helms hindurch betrachtet hatte. Er klang ein ganz kleines bisschen verwundert. »Beeindruckend, aber …« Sein poliertes Metallgesicht drehte sich knirschend in Rymers Richtung. »Warum zeigt Ihr uns das, Senatorin? Jeder hier drinnen kennt diese Pläne.«

»Das ist nicht das Problem.« Rymer wedelte noch einmal mit der Hand, und eine wahre Flut von Daten und Zahlen erschien neben jedem der funkelnden Punkte, die meisten davon so winzig, dass sie selbst für das verbesserte Sehvermögen ihrer Mitsenatoren kaum mehr als unleserliche Farbkleckse darstellen konnten. Aber darauf kam es nicht an.

»Das Problem ist, dass auch die Prinzessin diese Pläne kennt, und zwar in allen Details. Sehen Sie genau hin, und folgen Sie mir bei einem kleinen Gedankenspiel. Was, wenn Craidens Bombe die *Wand* tatsächlich durchbrochen hätte? Dann hätten wir es mit ein paar Millionen bis an die Zähne bewaffneten und zu allem entschlossenen Kriegern zu tun, die an unsere Tore klopfen.«

»Und die hätten wir zugemacht«, sagte Kinn. Er klang noch verwunderter.

»Folgen Sie mir noch ein Stück weiter bei meiner kleinen Was-wäre-wenn-Exkursion«, fuhr Rymer fort. »Was, wenn der R'Achernon nicht unzerstörbar wäre und wir nicht über genug Orbitalwaffen und Kampfdrohnen verfügen würden, um dieser Barbarenbande in den Hintern zu treten?«

»Ich fürchte, ich kann Euch nicht ganz folgen, Senatorin«, sagte Kinn. »Gebt den Befehl, und die da …«, er deutete auf die Ansammlung pulsierender roter Punkte, »… sind Geschichte.«

»Und was für eine«, bestätigte Rymer. »Das ist eine ganz hervorragende Idee, geehrter Senator Kinn. Ich kann gar nicht verstehen, warum ich nicht von selbst darauf gekommen bin. Wir bringen mal eben ein paar Millionen Quorrl um und erwarten dann auch noch, dass sie uns dafür lieben.« *Und ich wette, es würde dir auch noch Spaß machen, mal wieder ein hübsches kleines Blutbad anzurichten.*

Kinn schwieg beleidigt.

»Worauf wollt Ihr hinaus, Senatorin?«, piepste Hezzekk.

»Ich hatte gehofft, vielleicht nicht die Einzige in diesem Raum zu sein, die begreift, wie bitterernst Clansmeister Craiden es meint«, seufzte sie. »Ich weiß, die meisten von uns waren einfach nur empört, dass sich dieser Wilde nicht an das vorgeschriebene Zeremoniell gehalten hat.« Allgemeines, zustimmendes Nicken folgte, abgesehen vielleicht von Hezzekk, dem es einfach nicht gelingen wollte, seinen Blick ganz von Wundermeers Klauen und Reißzähnen zu lösen. Rymer fuhrt fort: »Aber was ist dieses Zeremoniell eigentlich?«

Diesmal trafen sie eher verwirrte Blicke.

»Ein leeres Zeremoniell«, fuhr Rymer fort, »das keinerlei Bedeutung mehr hat, weder für uns noch für sie. Wir haben diesen zweifelhaften Frieden vor so langer Zeit geschlossen, dass wir seine Bedeutung schon längst vergessen haben.«

»Senatorin?«, fragte Wundermeer verwirrt.

»Craiden meint es ernst«, antwortete sie. »Natürlich hat er mit seinem Angriff keine Chance, nicht einmal mit zehnmal so vielen Truppen und hundertmal besserer Bewaffnung, aber das *weiß er nicht!* Begreift denn hier außer mir niemand, was das bedeutet?«

»Nein«, antwortete Kinn.

Rymer seufzte. Sehr tief. Vielleicht erwartete sie tatsächlich zu viel. Es gab da das eine oder andere Detail aus der Vergangenheit der Prinzessin, das nur ihr bekannt war. Und das war vermutlich auch gut so.

»Selbstverständlich habt Ihr recht, geehrter Senator«, wandte sie sich direkt an den Ritter. »Selbst wenn es Craiden tatsächlich gelingen sollte, die *Wand* zu durchbrechen ...«

»Was nicht geschehen wird!«

»... machen wir nur einfach die Tür zu, schalten den Stasisgenerator ein und sehen in ein paar hundert Jahren nach, was von Craidens kleiner Revolution übrig geblieben ist. Aber das weiß er nicht. Er kann nicht wissen, dass er die *Wand* niemals durchbrechen wird, und er kann erst recht nicht wissen, dass der R'Achernon tatsächlich unzerstörbar ist. Und selbst wenn er es wüsste, würde er es vermutlich trotzdem versuchen. Dieser Mann meint es ernst. Und die, die ihm folgen, auch.« Sie deutete auf das Hologramm. »Das ist keine Operettenarmee, die zu einer hübschen bunten Parade aufmarschiert ist. Das ist eine Armee, die uns vernichten will!«

»Aber sie kann es nicht, und das weiß auch die Prinzessin«, sagte Wundermeer fast sanft.

»Und welche Rolle spielt das?«, fauchte Rymer. »Unsere hochgeehrte Prinzessin ist gerade dabei, sich bis über beide Ohren in einen Mann zu verlieben, der uns den Untergang geschworen hat. Der unseren Tod will, Wundermeer. Euren, meinen, den jedes Einzelnen in diesem Raum und im gesamten R'Achernon!« Sie schlug mit der flachen Hand auf den Tisch, dass es klatschte. Der Laut klang in der fast vollkommenen Stille nicht nur so scharf wie ein Peitschenhieb, sondern hatte ein Gewicht, das ihm nicht zustand. »In ein paar Tagen ist sie unsere *Königin* und damit imstande, zu tun und zu lassen, wonach immer ihr der Sinn steht, und nicht einmal ich kann sie dann noch davon abbringen. Bin ich eigentlich die Einzige hier, der die Vorstellung missfällt, dass ein kleines Mädchen mit der Macht einer Göttin etwas mit einem Mann anfängt, der uns alle am liebsten am Spieß braten würde?«

Wieder wurde es still. Ziemlich lange. Dann räusperte sich Wundermeer und sagte grollend: »Dann wird es vielleicht Zeit für eine kleine Revolution.« Rymer war nicht die Einzige, die ihn schockiert anstarrte. »Das war natürlich nur ein Scherz«, beeilte sich Wundermeer zu versichern.

»Natürlich«, sagte Rymer kühl, und die Stille wurde noch tiefer.

»Wahrscheinlich ist es ohnehin nur eine jugendliche Schwärmerei«, fuhr Wundermeer fort. »Auch wenn Ihr Euch vielleicht nicht mehr daran erinnert, Senatorin, aber so etwas ist ganz normal in diesem Alter. Diese Gefühle vergehen meist genauso schnell, wie sie gekommen sind.«

»Dann sollten wir hoffen, dass sie nur noch zwei Tage anhalten«, sagte Rymer. Sie wedelte wieder mit der Hand, das Hologramm des R'Achernon verschwand und machte dem Abbild von Prinzessin Infinity und des Herrn von *Belagerung* Platz. Darüber hinaus hatte sich die Szenerie vollkommen verändert. Rymer zog überrascht die linke Augenbraue hoch, als sie die beiden ungleichen Gestalten sah, die auf ihren noch viel ungleicheren Pferden nebeneinander herjagten, und das in ganz erstaunlichen Tempo.

»Was ist da los?«, fragte sie. »R'Achernon, was treiben die beiden da? Worüber reden die Prinzessin und unser Gast?«

Die Prinzessin hat den Privatmodus angeordnet, Senatorin.

Rymer verspürte zwar eine Aufwallung von heftigem Ärger, aber sie sparte sich jedes weitere Wort. Solange die Prinzessin noch die Prinzessin war und nicht die Königin, stand ihr so ziemlich als Allerletzte in diesem ganzen Turm so etwas wie Privatsphäre zu. Das Problem war nur, dass der R'Achernon das offensichtlich ein wenig anders sah und auf Rymers Befehle ebenso pfiff wie auf ihre Wünsche.

»Wo ist eigentlich das Problem?«, fragte Senator Kinn. »Meine Interessen sind zwar normalerweise anders gelagert ...« Seine gepanzerte Hand klatschte auf den Griff des gewaltigen Breitschwerts, das aus seinem Gürtel ragte. Rymer hatte heftige Zweifel, dass an diesem Griff auch die dazugehörige Klinge hing – und falls doch, dass Kinn irgendetwas damit anzufangen wusste (außer sich selbst in die Füße zu schneiden) –, doch es sah mächtig beeindruckend aus. » ... aber selbst ich weiß, dass diese ganze verliebte Jungmädchen-Geschichte letzten Endes auf eine einzige Injektion mit den richtigen Hormonen hinausläuft.« Er zuckte scheppernd mit den Achseln. »Oder sich auch damit erledigt.«

Rymer hätte ihn am liebsten mit einem einzigen Blick getötet, was aber aus irgendeinem Grund nicht funktionierte. Im Prinzip hatte Senator Kinn sogar recht – wäre Arion nicht Prinzessin Infinity und als solche nicht nur die designierte Königin des R'Achernon, sondern für besagten R'Achernon auch unantastbar. Und damit ganz automatisch auch für sie.

Manchmal bedauerte Rymer wirklich, nicht mehr in der guten alten Zeit zu leben, in der man ein störrisches pubertierendes Balg einfach übers Knie legen und ihm Vernunft einbläuen konnte.

Doch dann kam ihr eine Idee.

»R'Achernon«, befahl sie. »Erzähl mir alles, was du über dieses Pferd weißt, das der Clansmeister gerade reitet.«

Arion Selbstverständlich war Sturmwind schneller als das hässliche Ungeheuer, das Craiden ritt, und wie hätte es auch anders sein können? Hunderttausend Generationen konsequenter Zucht der besten Pferderassen der Welt (und ein bisschen Herumgebastel an seiner DNS) mussten schließlich zu irgendetwas gut sein. Arion hatte ihre Liebe zu den Pferden im gleichen Alter entdeckt wie die meisten anderen Mädchen – nämlich vor drei oder vier Jahren – und den R'Achernon um das schnellste und ausdauerndste Tier gebeten, das es auf dem ganzen Planeten gab. Und selbstverständlich hatte der R'Achernon ihr das schnellste und ausdauerndste (und schönste) Pferd eines ganzen Planeten geschenkt. Für einen wirklich ganz kurzen Moment war sie sich sogar ein bisschen schäbig vorgekommen, den Clansmeister zu diesem zugegebenermaßen unfairen Wettrennen herausgefordert zu haben, aber andererseits ... er hatte es nicht besser verdient.

Am Schluss wurde es dann trotzdem eng: Sturmwind hatte seinem Namen alle Ehre gemacht und war Craidens hässlichem Monstrum mit Leichtigkeit davongelaufen, aber irgendwie war dem trotzdem gelungen, nicht ganz den Anschluss zu verlieren, sondern ganz im Gegenteil Stück für Stück wieder zu ihr aufzuholen, und auf dem *allerletzten* Stück war ihr dann auch noch ein ebenso dummer wie überflüssiger Fehler unterlaufen: Um die Strecke abzukürzen, war sie vom Weg abgewichen und das letzte Stück bis zur Hügelkuppe hinauf quer durch den Wald geritten. Doch während das schwieriger werdende Gelände Sturmwind deutlich abbremste, walzte Craidens gepanzerte Abscheulichkeit einfach durch Gestrüpp und Unterholz hindurch und schien statt langsamer sogar schneller zu werden, je steiler es bergauf ging.

Einen guten Steinwurf unterhalb der Hügelkuppe und der gewaltigen Eiche angekommen, die darauf wuchs, schwenkte Arion nach links, visierte eine Lücke im Unterholz an und war kein bisschen überrascht, als Craiden den plötzlichen Kurswechsel nicht nur getreulich nachvollzog, sondern die vermeintliche Chance auch ausnutzte, um an ihr vorbeizupreschen. Arion gönnte ihm den kleinen Triumph nicht nur, sondern nahm Sturmwinds Tempo sogar um eine Winzigkeit zurück, ließ dem Clanführer erst eine, dann zwei komplette Pferdelängen Vorsprung gewinnen und riss Sturmwind dann mit einer so abrupten Bewegung herum, dass der Hengst protestierend aufschrie und eine oder zwei Sekunden ihres so mühsam ergaunerten Vorsprungs gleich wieder damit verschwendete, um sein Gleichgewicht zu kämpfen, bevor er endlich Tritt fasste und das letzte Stück zur Hügelkuppe hinaufjagte.

Arion schaffte es, aber wirklich nur *gerade so*. Craiden durchschaute ihre kleine List und riss sein Tier mit einem ungleich härteren Ruck herum, aber das gepanzerte Monstrum war einfach zu massig, um schnell genug zu reagieren. Irgendwie brachte es das Kunststück fertig, sich nicht nur nicht zu überschlagen, sondern auf der Stelle herumzuwirbeln und mit fast hundeartig wirkenden Sätzen hinter ihr herzujagen und sogar Boden gutzumachen. Doch da hatte Arion die Hügelkuppe bereits erreicht, brachte ihren Hengst zum Stehen und glitt aus dem Sattel. Ihr blieb sogar noch genug Zeit, sich zu Craiden herumzudrehen und mit einem triumphierenden Lachen ihr Haar in den Nacken zu werfen.

»Gewonnen, Clansherr!«

Sie war nicht ganz sicher, ob Craiden sie überhaupt hörte. Sein Schlachtross jagte auf sie zu wie ein zum Leben erwachter Panzerwagen. Erdbrocken und losgerissenes Gras spritzten unter seinen wirbelnden Hufen in die Höhe, und etwas Metallisches stob in einer Wolke aus Funken und kleinen elektrischen Blitzen auseinander. Dieses Monstrum würde sie einfach in den Boden stampfen – und hätte es wahrscheinlich auch getan, hätte Craiden es nicht im buchstäblich allerletzten Moment und mit solcher Gewalt zur Seite gerissen, dass sein Reittier ins Straucheln geriet und ein paar ungelenke hastige Schritte seitwärts machte, um nicht zu stürzen.

Und als wäre das allein noch nicht genug, begann es in heller Panik zu schnappen. Seine gewaltigen Zähne kamen so dicht an Arions Gesicht heran, dass sie sogar meinte, den Luftzug zu spüren. Doch die Prinzessin rührte sich keinen Millimeter von der Stelle. Und als Craiden aus dem Sattel glitt und sein Pferd ein gutes Stück von ihr wegzerrte, wagte sie es sogar wieder, zu atmen.

»Das war unfair, Prinzessin«, sagte er. »Ihr habt mich ausgetrickst.«

Viel unfairer fand Arion es, dass sie sich gerade ein Fünf-Meilen-Rennen über Stock und Stein geliefert hatten und Craiden nicht einmal den Anstand besaß, wenigstens so zu tun, als wäre er außer Atem. »Was wieder einmal beweist, dass rohe Gewalt doch nicht ausnahmslos über den Geist siegt«, antwortete sie.

»Mag sein«, sagte Craiden, indem er sich demonstrativ umsah. »Und das Ziel eines Rennens zu kennen hilft doch manchmal ungemein dabei, es als Erster zu erreichen. Oder habt Ihr diesen Ort willkürlich zum Ziel erklärt, nur weil Ihr zuerst hier wart?«

Der Gedanke, dass er ihr eine solche Heimtücke tatsächlich zutraute, empörte Arion ein bisschen. Sie würdigte ihn nicht einmal einer Antwort, sondern drehte sich mit einem Ruck weg und ging zu Sturmwind.

Der Hengst hatte sich einige weitere Schritte entfernt und beäugte misstrauisch Craiden – und vor allem dessen monströses Reittier –, senkte den Kopf und stieß ein halblautes Schnauben aus, als Arion seine Nüstern zu tätscheln begann. Flockiger weißer Schaum tropfte von seinen Lippen, seine Flanken zitterten, und er war so erschöpft, dass er nicht still stehen konnte. Arions schlechtes Gewissen meldete sich, aber auch ein Anflug von kindischem Stolz. Ganz egal wie, sie hatten gewonnen, und war das schlussendlich nicht alles, was zählte?

»Das ist wirklich ein prachtvolles Tier.« Craiden war ihr gefolgt, ohne dass sie es gemerkt hatte, blieb in respektvollem Abstand hinter ihr stehen und maß den weißen Hengst mit einem Blick, der den Kenner verriet. »Ich habe selten ein schöneres Pferd gesehen. Hat Euer Turm ihn für Euch gebastelt?«

»Sturmwinds Stammbaum ist älter als der R'Achernon«, antwortete sie. »Und niemand hat ihn für mich *gebastelt.*«

»Also eine Rückkreuzung.« Craiden nickte beeindruckt. »Umso erstaunlicher.«

»Was?«

Craiden antwortete nicht unverzüglich, sondern ging an ihr vorbei, streckte die Hand aus und zögerte einen ganz kurzen Moment, bevor er sie auf Sturmwinds Stirn legte und dann vollends neben den Hengst trat. Sturmwind schnaubte nervös, machte aber keine Anstalten, vor ihm zurückzuweichen oder gar nach seinen Fingern zu schnappen; weder das eine noch das andere hätte Arion überrascht, und mit mindestens einem von beiden hatte sie sogar gerechnet.

»Verräter«, murmelte sie.

»Weil er sich sonst von niemandem anfassen lässt?« Craiden lachte.

»Woher wisst Ihr das?«

»Das höre ich öfter«, antwortete er. »Ich komme gut mit Tieren aus. Und wie es den Anschein hat, umso besser, je zickiger sie sind.« Irgendwie hatte sie das Gefühl, dass er am liebsten hinzugefügt hätte: Und das gilt auch für Prinzessinnen. Stattdessen fuhr er fort: »Ich habe es ernst gemeint. Ihr habt ein prachtvolles Tier. Da muss es Euch nichts ausmachen, dass Ihr das Rennen nicht gewonnen habt.«

»Ich dachte, das hätte ich«, sagte Arion.

»Es war nicht besonders fair«, fuhr Craiden mit einer Kopfbewegung auf sein eigenes Tier fort. »Wir züchten sie seit tausend Generationen auf Kraft und Schnelligkeit. Sie hat zwei Herzen und vier Lungenflügel, und ihre Muskeln sind biometrisch verstärkt. Kein auf natürliche Weise entstandenes Pferd hätte eine Chance gegen sie.«

»Sie?« Arion sah noch einmal zu Craidens stachelbewehrter Bestie hin. »Das ist eine Stute?« Sie musste ein Schaudern unterdrücken. »Wie sehen denn dann die Hengste aus?«

»Nicht so hübsch wie Eurer«, erwiderte Craiden. »Sie sind zu wild, um sie zu reiten. Wir verwenden sie ausschließlich zur Zucht.«

Er versetzte Sturmwind einen letzten herzhaften Klaps,

wandte sich ganz zu ihr um und legte fragend den Kopf auf die Seite. »Aber wir sind nicht hier, um über Pferde zu reden, nehme ich an.«

Bevor Arion antwortete, überzeugte sie sich davon, dass sie auch tatsächlich allein waren. Fast schon zu ihrer Überraschung hatte Duras am Fuß des Hügels und außerhalb seiner Hörweite angehalten. Der Einzige, der ihnen jetzt noch zuhörte, war der R'Achernon selbst, wogegen sie erstens ohnehin machtlos war und was ihr zweitens nichts ausmachte.

»Eigentlich wollte ich Euch nur diesen Platz hier zeigen«, sagte sie.

Craiden sah sie fragend an, während Arion ihn einfach stehen ließ, das letzte halbe Dutzend Schritte zur Hügelkuppe ging und sich mit untergeschlagenen Beinen neben der gewaltigen Eiche niederließ, die dort wuchs. Craiden folgte ihr, blieb aber auch jetzt wieder in gebührendem Abstand stehen und sah sich um.

»Wir haben nicht mehr allzu viel Tageslicht«, sagte er schließlich.

»Ein paar Minuten«, bestätigte sie.

Craiden nickte. »Ich hoffe, Ihr habt daran gedacht, eine Kerze mitzubringen, Prinzessin. Eine Decke, ein bisschen Wein und Brot … was man eben so für ein Picknick braucht … «

Statt zu antworten, rutschte sie ein kleines Stück zur Seite, lehnte sich mit Schultern und Hinterkopf gegen den mächtigen Baumstamm und genoss das vertraute Gefühl der groben Rinde, die sich durch Kleidung und Haar hindurchdrückte. Ein sachter Wind war aufgekommen, zart wie eine streichelnde Hand auf der Haut, und der Geruch von frischem Gras und lebendigem Erdreich hüllte sie ein und verdrängte wenigstens für einige wenige Sekunden all die düsteren Gedanken, die ihren Kopf füllten. Nach kurzer Zeit setzte sich Craiden neben sie, hielt aber noch immer eine gute Armeslänge Abstand.

»Das hier ist mein Lieblingsplatz«, sagte sie. »Ich komme so oft hierher, wie ich kann … na ja, zumindest manchmal.«

»Weil Euch Eure Staatsgeschäfte so wenig Zeit dafür lassen?«

Arion entging der spöttische Klang seiner Worte keineswegs,

aber sie verbot es sich, sich darüber zu ärgern. Sie hatte ihn nicht hierhergebracht, um ihren zeremoniellen Streit fortzusetzen.

»Zeit, geehrter Clansmeister«, sagte sie betont, aber freundlich, »ist so ziemlich das Einzige, was uns der R'Achernon nicht in beliebiger Menge zur Verfügung stellen kann.«

Sie spürte Craidens spöttischen Blick. »Ihr meint, es gibt tatsächlich etwas, worüber Euer künstlicher Gott keine Macht hat? Immerhin.«

Wieder wollte Ärger nach ihr greifen, aber sie verzichtete darauf, ihn zu belehren, dass der R'Achernon weder ein Gott noch im eigentlichen Sinn des Wortes künstlich war. »Selbst der Tag einer Prinzessin hat nur achtundzwanzig Stunden«, bestätigte sie. »Ist der eines Clansmeisters länger?«

»Manchmal kommt es mir so vor.« Craiden lachte. »Und oft genug wünsche ich es mir.«

»Weil Euch Eure Staatsgeschäfte so wenig Zeit lassen?«, erwiderte sie amüsiert.

»Jedenfalls nicht für die wirklich wichtigen Dinge«, bestätigte er. »Ständig muss ich irgendwelche lästigen Pflichten erfüllen, wisst Ihr? Todesurteile unterzeichnen, Hinrichtungen beaufsichtigen und mich davon überzeugen, dass meine Truppen auch ordentlich brandschatzen und plündern.« Er wartete, bis sie den Kopf drehte und ihn stirnrunzelnd ansah, bevor er mit einem Nicken und in sehr ernstem Ton fortfuhr: »Das Leben eines Clansherrn ist hart, Prinzessin, und es lässt mir sehr wenig Zeit für Privates. Ich kann mich gar nicht mehr erinnern, wann ich das letzte Mal nur zum Vergnügen ein paar Sklaven auspeitschen oder ein paar Frauen und Kinder erschlagen durfte. Das ist der Preis der Macht, Prinzessin. Man muss auch persönliche Opfer bringen.«

Sollte das komisch sein? »Warum hasst Ihr uns so, Clansherr?«, fragte sie.

»Euch, Prinzessin?«

Arion machte eine ausholende Geste. »Uns alle. Unser Volk. Den R'Achernon. Unsere Art zu leben. Verabscheut Ihr uns nur, weil man Euch gesagt hat, dass Ihr es tun sollt, oder gibt es tatsächlich einen Grund dafür? Was haben wir Euch und Eurem Volk angetan, dass Ihr uns den Tod wünscht?«

Sie rechnete fest mit einer weiteren zynischen Antwort, aber er sah sie nur wieder auf diese gleichermaßen vorwurfsvolle wie leicht verwirrte Art an; als versuche er, etwas in ihr zu entdecken, das nicht da war. Sie war nicht sicher, ob dieser sonderbare Ausdruck, den sie seit dem allerersten Moment in seinen Augen erblickt hatte, überhaupt jemals ganz daraus gewichen war.

»Tue ich das?«, fragte er schließlich.

»Vielleicht habe ich da ja auch nur etwas falsch interpretiert«, antwortete Arion mit einem angedeuteten Schulterzucken. »Ich versuche nur zu verstehen, warum Ihr dort draußen eine Million Soldaten aufmarschieren lasst, wenn nicht, um uns umzubringen.«

»Soldaten sind ein unberechenbares Völkchen, Prinzessin«, antwortete Craiden. »Man muss ihnen etwas zu tun geben, bevor sie anfangen, sich zu langweilen. Gelangweilte Soldaten neigen dazu, unberechenbare Dinge zu tun. Schlimme Dinge. Außerdem ...«, fügte er mit einem angedeuteten Lächeln hinzu, » ... sind es zwei Millionen.«

Und wenn es zwanzig wären – was würde das ändern? »Also: Warum?«, fragte sie.

»Warum was?« Craiden wirkte fast ein bisschen verärgert über diese Frage, als wäre er ganz selbstverständlich davon ausgegangen, dass sie die Antwort kannte und nun glaubte, sie würde sie nur stellen, um ihn zu reizen.

»Warum tut Ihr das, Clansherr?« Sie hob die Hand, als er antworten wollte. »Nein, ich will nicht das hören, was Ihr Plixx antworten würdet oder dem Kronrat oder auch Euren eigenen Anhängern. Warum tut Ihr es wirklich? Nur weil Ihr der Kriegsherr der Stadt seid und es nun einmal die Aufgabe eines Kriegsherrn ist, Krieg zu führen?«

»Daran herrscht bei uns kein Mangel, Prinzessin«, antwortete er. »Wir bräuchten die Hilfe des R'Achernon nicht, um einen Grund zum Kriegführen zu finden.«

Das überzeugte sie. »Warum dann?«

»Vielleicht damit es eines Tages keinen Grund mehr gibt?«

Das wiederum verstand sie nicht – was Craiden ihr auch anzusehen schien. »Ihr habt mich gerade gefragt, was die Aufgabe eines Kriegsherrn ist, Prinzessin«, fuhr er fort. »Warum beantwortet Ihr Euch nicht Eure eigene Frage? Was glaubt Ihr? Ist es nur meine Aufgabe, den Status quo zu bewahren?«

»Was ist schlimm an einem Status quo?«, wollte sie wissen; ein ganz kleines bisschen überrascht, dass er dieses Wort kannte und es ihm so selbstverständlich über die Lippen kam.

Craidens Blick verdüsterte sich. »Heute Morgen, Prinzessin«, sagte er, »als wir gekommen sind, da habt Ihr mich mit den Bildern der letzten großen Schlacht empfangen. Ich musste mir ansehen, wie die Blüte unseres Volkes ermordet wurde, niedergemetzelt von Euren Maschinen und Eurer Techmagie.«

»Und ich dachte, der Tod auf dem Schlachtfeld ist die höchste Ehre, die ein Krieger erfahren kann«, antwortete Arion, ohne dass sie selbst genau wusste, warum. Es war dumm, aber Craiden ging gar nicht darauf ein.

»Es war kein fairer Kampf«, sagte er. »Welche Ehre liegt darin, von einer Maschine getötet zu werden? Sie hatten keine Chance. Es war Mord, nichts anderes.«

»Das tut mir leid«, sagte Arion.

»Dass Ihr all diese Krieger umgebracht habt?«

»Dass Euch diese Bilder so verletzen«, antwortete sie. »Ich werde diesen Vorgang ändern. Ein dummes Relikt, das abgeschafft gehört. Beim nächsten Mal wird es diese Bilder nicht mehr geben, das verspreche ich Euch.«

»Na, dann hat sich der Aufwand ja gelohnt«, schnaubte er. »Es wird keinen nächsten Angriff geben, Prinzessin. Nicht *so.*«

Arion zwang sich, wenigstens äußerlich ruhig zu bleiben. Warum musste sie ihm eigentlich das Offensichtliche erklären?

»Ihr müsst es mir nicht glauben, Clansmeister«, sagte sie, »aber ich bin der festen Überzeugung, dass meine Urgroßmutter eine sehr kluge Frau war und derjenige Eurer Vorfahren, der diesen Frieden mit ihr ausgehandelt hat, ein ebenso kluger Mann.«

»Weil er unser Volk in eine Ära der Schande geführt hat?«

»*Belagerung* führt Krieg gegen den Turm, seit die ersten Quorrl ihre Jurten vor seinen Toren aufgebaut haben und zu den Waffen griffen«, sagte Arion. »Ein Krieg, der schon länger dauert, als das Gedächtnis unserer beiden Völker zurückreicht. Wie viele Millionen – wie viele *Milliarden* – eurer Krieger sind in diesen ungezählten Jahrtausenden gegen seine schwarzen Mauern angerannt und haben den Tod gefunden?« Sie schüttelte, plötzlich zornig und auch nicht mehr willens, diesen Zorn zu unterdrücken, den Kopf. »Jahr für Jahr, Kriegsherr, Jahrzehnt für Jahrzehnt und Jahrhundert für Jahrhundert, bis der R'Achernon die *Wand* erschaffen hat, um so wenigstens das Schlimmste zu verhindern!«

»Oder um Platz für diesen wunderschönen Park zu machen, in dem Ihr den Sonnenuntergang genießen könnt, während unsere Kinder dort draußen verhungern?«, fragte Craiden böse.

Arion ignorierte das. »Daraufhin wurden eure Waffen stärker, eure Heere größer und eure Taktik ausgefeilter«, fuhr sie unbeirrt fort, »und es gab noch mehr Tote. Euer Vorfahr und meine Urgroßmutter haben das beendet. Nennt es meinetwegen ein Zeitalter der Schande. Ich nenne es ein Zeitalter des Friedens. Zwanzig Generationen, in denen niemand sterben musste.«

»Und das glaubt Ihr wirklich ...«, murmelte Craiden. Er klang enttäuscht.

»Ich weiß, dass Ihr mich für ein Kind haltet«, sagte Arion, »für dumm oder bestenfalls naiv. Aber sogar ich weiß, wie wichtig Worte wie Ehre und Mut für Euer Volk sind.«

»Vielleicht weil sie das Einzige sind, was wir noch haben«, erwiderte Craiden, doch auch das ignorierte sie.

»Schande hingegen können nur die Lebenden empfinden, Clansherr«, sagte sie ernst. »Was ich Euch gerade gesagt habe, ist wahr. Diese Bilder, die man Euch und Euren Begleitern gezeigt hat, sind grässlich. Es liegt weder Ehre darin, sie zu betrachten, noch sie zu zeigen. Aber vielleicht sind sie trotzdem nötig, damit wir nicht vergessen, wie es einmal war. Es war die letzte große Schlacht um einen Preis, der nicht zu erringen ist. Und seither ...«

»… sind wir nur noch zu eurer Belustigung da?«, fiel ihr Craiden gereizt ins Wort. »Ein netter Zeitvertreib, einmal alle zwanzig Jahre? Wir marschieren vor euren Toren auf, versprühen ein bisschen Testosteron und gehen dann wieder?« Er schüttelte so heftig den Kopf, dass sein Haar gegen den Baumstamm peitschte. »Vielleicht wollen wir nicht mehr nur noch zu eurem Zeitvertreib aufmarschieren?«

»Man muss Soldaten etwas zu tun geben, damit sie keinen Unsinn machen«, antwortete sie in kaum weniger scharfem Ton. »Waren das nicht gerade Eure eigenen Worte, Kriegsherr?« Die Worte taten Arion schon leid, bevor sie sie ausgesprochen hatte. Aber sie war auch nicht imstande, sie zurückzuhalten, und warum erwartete sie auch, dass es ihr anders erging als ihm? Weil sie eine Prinzessin war und er nur ein Barbar? »Verzeiht«, sagte sie rasch, bevor er etwas darauf erwidern konnte. »Das war dumm und ungehörig. Vielleicht habt Ihr recht, und wir sollten über eine… «, sie suchte nach dem passenden Wort, »… Veränderung nachdenken.«

»Und wie sollte die aussehen?«

Da Arion nicht die geringste Ahnung hatte, was er hören wollte, sagte sie einfach das Erste, was ihr in den Sinn kam. »Um es mit Euren Worten auszudrücken, Clansmeister: Vielleicht sollten wir mit diesem ganzen Unsinn aufhören. Verkünden wir das Ende der Feierlichkeiten.« Sie versuchte, sich in ein Lächeln zu retten, und spürte selbst, wie kläglich es misslang. »Der halbe Hofstaat wird komplett durchdrehen, aber in ein paar Tagen bin ich die Königin, und dann kann es mir herzlich egal sein, was sie denken oder sagen.«

Craiden antwortete nicht, sondern sah sie sehr lange und nachdenklich an, bevor auch er Kopf und Schultern gegen den Baumstamm lehnte und in Richtung der immer rascher untergehenden Sonne sah. Arion war gar nicht aufgefallen, wie weit die Dämmerung schon fortgeschritten war. Die Schatten waren längst lang genug geworden, um zu ihnen heraufzukriechen und das Gleichgewicht von Licht und Dunkelheit kippen zu lassen. Einen Moment lang überlegte sie ernsthaft, den R'Achernon darum zu bitten, diesen magischen Moment noch für eine Weile auszudehnen, entschied sich aber sofort dagegen. Sie hatte es einmal getan, und es war genau so gewesen, wie sie es vorhin zu Craiden gesagt hatte: Der Unterschied war weder zu sehen noch irgendwie zu spüren, aber sie wusste, dass es nicht echt war, und das allein zerstörte den Moment.

»Es ist schon eine Weile her«, sagte Craiden unvermittelt, »da habe ich einmal einen Alchimisten hinrichten lassen. Wisst Ihr, warum?«

»Ihr werdet es mir gleich sagen, nehme ich an.« Konnte er denn über gar nichts anderes reden als über Tod und Töten?

»Irgendwoher hatte er ein Relikt aus alter Techmagie«, sagte Craiden. »Ein Gerät, das denen, die mit Schmerzen und Gebrechen zu ihm gekommen sind, diese Schmerzen und Gebrechen nahm.«

»Und deshalb habt Ihr ihn hinrichten lassen? Weil er zu gut war?«

»Nein. Denn was er niemandem gesagt hat und vielleicht selbst nicht wusste, war, dass er den Kranken nur die Schmerzen genommen und damit die Gebrechen nur scheinbar geheilt hat. Die meisten, die zu ihm gegangen sind, sind dennoch gestorben. Manche von ihnen hätten gerettet werden können, hätte der Alchimist ihnen nicht den Schmerz genommen und die Illusion gegeben, gesund zu sein.«

Arion schwieg dazu. Etwas sagte ihr, dass es diesen Alchimisten und seine Alte Technik nie gegeben hatte und dass Craiden auch kein Mann war, der eine solche Hinrichtung nur aufgrund eines Irrtums oder schlichten Unwissens anordnen würde. Aber das spielte keine Rolle. Sie wusste, warum er ihr diese Geschichte erzählt hatte.

»Vielleicht hättet Ihr Euch dieses Relikt genauer ansehen sollen«, sagte sie. »Vielleicht hätte man es ja umbauen können. Schließlich sind die Dinge manchmal mehr, als sie auf den ersten Blick scheinen.«

»Wer weiß«, meinte Craiden. Sie spürte seinen Blick, obwohl sie sich selbst verbot, zu ihm zu sehen. Sie spürte auch, dass er ein ganz kleines Stück näher zu ihr gerückt war. »Ihr hättet es sicher gekonnt. Wir nicht. Kennt Ihr den Grund, aus dem wir das, was Ihr als Alte Technik bezeichnet, *Techmagie* nennen, Prinzessin?«

Sie nickte. »Weil sie euch wie Zauber vorkommt.«

»Weil es Zauber *ist«*, antwortete Craiden betont. »Für mich, für unsere Alchimisten und Heiler und Erinnerer – für unser ganzes Volk. Niemand dort draußen hat auch nur eine Vorstellung davon, wie sie funktioniert. Und glaubt nicht, wir hätten nicht versucht, es herauszufinden! Unzählige Jahre haben unsere klügsten Köpfe versucht, ihr Geheimnis zu lüften, ohne Erfolg.«

»Vielleicht sind eure klügsten Köpfe einfach nicht klug genug«, erwiderte Arion, jetzt aber im Ton einer gutmütigen Stichelei, den Craiden auch mit einem flüchtigen Lächeln quittierte. Aber sein Blick wurde ganz im Gegenteil eher noch ernster.

»Es gibt nicht wenige unter uns, die glauben, ihr hättet uns so gemacht«, sagte er.

»Was meint Ihr mit *gemacht?«*

Craiden hob die Hand an die Schläfe. »So, dass wir eure Technik nicht verstehen können. Damit sie *Techmagie* für uns bleibt.«

Arion wusste im ersten Moment nicht einmal, was sie darauf antworten sollte, so vollkommen absurd kam ihr dieser Vorwurf vor. Und außerdem – glaubte er denn, es ginge ihr anders?

Sie hatte sich niemals ernsthaft mit diesem Thema beschäftigt, aber sie glaubte nicht, dass es außer dem R'Achernon irgendjemanden gab, der die Alte Technik auch nur zu reparieren vermochte, geschweige denn sie verstand. Vielleicht Plixx und die anderen Mauser, aber nicht einmal dessen war sie sich sicher. Sie hatte ihn zwei- oder dreimal gefragt und ebenso viele unterschiedliche Antworten bekommen.

»Und was ist damit?«, fragte sie mit einer Kopfbewegung auf den Scanner an seinem Gürtel.

Craiden griff dann nach dem schwarzen Toroid. Arion hätte nicht sagen können, wer von ihnen überraschter war, dass es ihm gelang, die Waffe aus ihrer Magnethalterung zu lösen. Allerdings glaubte sie kaum, dass sie funktionieren würde, sollte Craiden tatsächlich etwas Verrücktes versuchen.

»Was soll damit sein?« In seiner kräftigen Hand wirkte der Scanner so klein und harmlos wie das, was er vor so unendlich langer Zeit einmal gewesen war, dennoch – und trotz des Wissens, dass ihr Körperschild sie selbst auf diese kurze Distanz vor einem Volltreffer beschützen würde – erfüllte sie der Anblick der Waffe in seiner Hand mit einem heftigen Unbehagen, als wollte er die Erinnerung an etwas in ihr wachrufen, das sie niemals erlebt hatte. Sie musste sich beherrschen, um ruhig weiterzusprechen.

»Ihr wisst, dass das hier streng genommen gar keine Waffe ist?«, sagte Arion. Craiden sah sie ausdruckslos an. In seinem Gesicht bewegte sich kein Muskel. »Ihr produziert sie selbst, nicht wahr? Und besser und leistungsfähiger als wir. Vielleicht sind diese Geräte das einzig technische Artefakt auf dieser Welt, das noch älter ist als der R'Achernon.« Sie lächelte flüchtig. »Ein Gegenstand des täglichen Gebrauchs. Ein Scanner, ursprünglich gemacht, um Dinge zu identifizieren. Ihre Größe, ihr Gewicht, ihren Zweck, ihre genaue Zusammensetzung …« Sie hob die Schultern, wie um anzudeuten, dass sie diese Aufzählung noch beliebig lange fortsetzen konnte. »So simpel und nützlich, dass ihn früher praktisch jeder mit sich geführt hat. Keine Waffe, sondern eine technische Spielerei, die das tägliche Leben ungemein erleichtert.«

Jetzt runzelte Craiden fragend die Stirn, auch wenn sie das sichere Gefühl hatte, dass er es aus einem vollkommen anderen Grund tat, als sie annahm.

»Niemand weiß mehr, wer auf die Idee gekommen ist, ein so harmloses Gerät derart zu modifizieren, dass es zu einer so tödlichen Waffe wurde«, fuhr sie fort. »Aber jemand hat es getan. Jemand von euch, kein Zauberer aus dem Schwarzen Turm.«

»Weil die Idee ja auch nahelag«, bestätigte Craiden. Er begann mit dem Scanner zu spielen, bis sein spitzes Ende direkt auf sie wies, und Arions Unbehagen wuchs. Sie wusste, dass die Waffe nicht funktionierte – das würde der R'Achernon niemals zulassen –, und sie wusste mit noch sehr viel größerer Sicherheit, dass er niemals auf sie schießen würde (woher eigentlich?), und dennoch war der Anblick ihr so unheimlich, dass Craiden den Scanner rasch zur Seite drehte, ihn aber nicht einsteckte. »Wenn man die Eigenresonanz eines Objekts erst einmal genau ermittelt hat, dann bedarf es nur noch einer relativ schwachen Gegenresonanz, um die Verbindung zwischen den Molekülen aufzubrechen und es auf diese Weise explodieren zu lassen.«

Arion sah ihn vorwurfsvoll an. »Ihr kennt diese Geschichte!«

»Jeder bei uns kennt sie«, antwortete Craiden amüsiert. »Und jeder weiß, wer aus diesem harmlosen Werkzeug eine so tödliche Waffe gemacht hat.«

»Dann wisst Ihr mehr als ich.«

»Jedes Kind in *Belagerung* weiß, dass es ein einfacher Bauer war.«

»Ein Bauer?«

»Oder auch ein Zimmermann, ein Schweinezüchter oder ein verarmter Alchimist«, antwortete Craiden ernsthaft. »Das kommt immer darauf an, zu welchem Clan derjenige gehört, der Euch diese Geschichte erzählt. Aber Tatsache ist, dass es ein Mann aus dem einfachen Volk war, der den Ausgebeuteten und Unterdrückten eine Waffe gegeben hat, um sich endlich gegen ihre Peiniger aufzulehnen.«

Arion verdrehte die Augen. »Ja, das ist eine tolle Geschichte«, sagte sie. »Wann habt Ihr sie Euch ausgedacht? Gerade eben oder schon vor einer Weile?«

Craiden betrachtete den Scanner noch eine Sekunde lang, befestigte ihn dann wieder an seinem Gürtel und nutzte die Gelegenheit, um ein kleines Stück näher an Arion heranzurücken. »Genau so wird sie bei uns erzählt«, sagte er.

»Und Ihr glaubt daran?«

»Natürlich nicht«, antwortete er. »Wahrscheinlich war es ein Zufall. Jemand hat einfach ein bisschen herumgebastelt. Ein Genie. Oder ein Idiot in einem glücklichen Moment.« Er hob die Schultern. »Vielleicht ist es auch ein Naturgesetz, nach dem alles, was erfunden werden kann, irgendwann einmal auch erfunden wird. Wenn die Natur etwas so Sinnvolles wie die Evolution hervorgebracht hat, warum dann nicht auch die Technik? Irgendwann musste es wahrscheinlich einfach passieren.«

»Aber die Geschichte von dem einfachen Bauern, der sein Volk aus der Knechtschaft führt, klingt einfach besser.«

Craiden seufzte. »Ihr wisst nichts über uns, Prinzessin.«

»Dann erzählt mir mehr von Euch, Clansherr«, antwortete sie. »Über Euch und Euer Volk.«

»Wozu sollte das gut sein?«, fragte Craiden.

»Weil ich Euch darum gebeten habe?«

»Das ist ein Argument«, bekannte der Clansmeister, schüttelte aber trotzdem den Kopf. »Aber die Zeit würde nicht ausreichen. Eure Urgroßmutter und mein Vorfahre haben eine einzige Nacht miteinander verbracht, in der sie geredet haben. Ich fürchte, bei uns würde ein Jahr nicht ausreichen.«

»Haltet Ihr mich für so dumm?«, fragte sie.

»Ich kenne Euch nicht gut genug, um Euch für irgendetwas halten zu können«, antwortete Craiden ehrlich, aber trotzdem hatte ein Teil von ihr etwas anderes hören wollen. »Ihr hingegen seid mir immer noch die Antwort auf die Frage schuldig, was wir hier eigentlich tun – außer über Pferde zu reden.«

»Und über waffenbastelnde Schweinezüchter.«

Craiden lächelte. Gegen das fast blutfarbene Rot der untergehenden Sonne verblasste sein Gesicht zu einer scharf geschnittenen Silhouette, von der etwas ebenso Vertrautes wie gleichermaßen aufregend Fremdartiges ausging. Er irrte sich. Er mochte recht damit haben, dass sie praktisch nichts über ihn und seine Welt wusste, aber er täuschte sich, zu glauben, dass sie ihn nicht verstand. Möglicherweise waren sie sich ähnlicher, als er ahnte.

»Vielleicht habe ich gehofft, dass es Euch hier genauso gut gefällt wie mir«, antwortete sie.

»Und dann?«

»Nichts dann«, antwortete sie. »Vielleicht ist es nach all diesen unzähligen Jahren einfach nur an der Zeit, dass wir anfangen, miteinander zu reden, statt uns gegenseitig die Schädel einzuschlagen.«

»Das ist eine hervorragende Idee«, lobte Craiden.

Arion nahm erneut seinen spöttischen Ton wahr und fuhr fort: »Um ehrlich zu sein, hatte ich erwartet, dass wir uns für ein paar Stunden zurückziehen und dann mit einer Lösung zurückkehren, die uns alle glücklich macht. Eine von diesen genialen Ideen, bei denen sich jeder mit der Hand vor die Stirn schlägt und ausruft: Warum ist mir das nicht schon längst eingefallen?« Craiden warf ihr einen seltsamen Blick zu und schwieg. »Ich will wirklich etwas ändern, Clansherr«, sagte sie.

»Ich auch, Prinzessin«, antwortete er schließlich und fügte dann mit einem rauen Lachen hinzu: »Ich glaube, das habe ich bewiesen. Auch wenn es .... etwas anders geplant war.«

»Dann sollten wir dafür sorgen, dass dieses schreckliche Unglück nicht umsonst war«, erwiderte sie. Eine Spur von Dunkelheit kehrte in seine Augen zurück, und Arion fügte hastig hinzu: »Ich weiß, dass Ihr das nicht wolltet, Clansherr. Ich weiß, dass Ihr nicht wusstet, was diese Bombe anrichtet, und ...«

»Woher?«, unterbrach Craiden sie scharf. Plötzlich befand sich eine Wachsamkeit in seinem Blick, die sie zur Vorsicht mahnte.

»Hättet Ihr sie denn eingesetzt, wenn Ihr es gewusst hättet?«, fragte Arion.

Craiden ließ sich nicht dazu herab, diese Frage zu beantworten. Er sah sie nur weiter forschend an, als suche er nach einer verborgenen Bedeutung in ihren Worten. Die Dunkelheit zog sich aus seinen Augen nicht zurück.

»Ich weiß, dass wir beide keine Wunder vollbringen können«, sagte sie. »Wer weiß, vielleicht erreichen wir überhaupt nichts. Aber wir könnten es wenigstens versuchen, meint Ihr nicht auch, Clansmeister?«

»Craiden«, sagte er. »Vergesst den Clansmeister. Wenigstens solange wir hier sind.«

»Dann nennt mich Arion«, erwiderte sie. »Nicht Prinzessin.«

»Arion? Nicht *Prinzessin Infinity?*«

Arion machte eine wegwerfende Handbewegung. »Prinzessin bin ich sowieso nur noch drei Tage, und so viel Gips gibt es im ganzen Sonnensystem nicht, um all die Zungen zu schienen, die bei dem Versuch gebrochen wurden, diesen Namen richtig auszusprechen.«

»Arion.« Das Wort ging Craiden so glatt über die Lippen, als hätte er es zeit seines Lebens geübt. »Das ist ein sehr schöner Name, finde ich. Er klingt ein bisschen …« Er machte eine Kopfbewegung zum R'Achernon hinauf. »… danach. Hat er eine Bedeutung?«

»Irgendetwas Mystisches«, antwortete sie. »Der Name irgendeiner Elfenkönigin aus einer Zeit, als es noch Legenden gab. Meine Mutter hat aus irgendeinem Grund für diese alten Geschichten geschwärmt, aber mich hat es niemals interessiert.«

Das ging ungefähr so weit an der Wahrheit vorbei wie die Behauptung, der R'Achernon wäre ein etwas höheres Haus. Ihre Mutter und auch der R'Achernon selbst hatten ihr die Geschichte der Herrin vom See und ihrer verlorenen Töchter so oft erzählt, dass sie sie im Schlaf herunterbeten konnte. Aber sie hatte hier und jetzt ganz bestimmt keine Lust, darüber zu reden, und außerdem hatte sie ihren Namen tatsächlich niemals leiden können. Es gab eine Menge, was man ihr mit einigem bösen Willen nachsagen konnte, aber bestimmt nicht, dass sie wie eine Elfenkönigin aussah. Oder sich gar so benahm.

»Ihr wollt also wirklich Frieden, Clans- … Craiden?«, verbesserte sie sich.

»Euer Hofstaat wird von dieser Idee nicht begeistert sein«, sagte er und bildete sich womöglich sogar ein, dass ihr nicht auffiel, dass er *ihre* Frage nicht beantwortet hatte. »Und meine Generäle würden mir den Kopf abreißen – vorausgesetzt, ich wäre nicht schneller als sie und käme ihnen zuvor.«

»Dann schlage ich vor, Ihr schickt Eure Generäle zusammen mit meinem Hofstaat in die Wüste, und sie regeln diese Kleinigkeit unter sich«, sagte sie amüsiert.

Craiden seufzte. »Auch auf die Gefahr hin, dass Ihr mich jetzt endgültig für einen Schwarzseher haltet, Arion, aber ich fürchte, ganz so einfach dürfte es nicht werden.«

»Wir könnten ihnen Waffen geben und zusehen, wer gewinnt«, schlug Arion vor.

»Das wäre dann wiederum zu leicht«, sagte Craiden. »Meine Feinde sagen mir eine Menge nach, aber nicht, dass ich unfair kämpfe.«

Arion widerstand der Versuchung, ihn darüber aufzuklären, wie dieser vermeintlich so unfaire Kampf tatsächlich ausgehen würde. Das gehörte nicht hierher. Irgendwann.

Etwas raschelte zwischen ihnen im Gras, und Craiden griff mit einer so blitzartigen Bewegung zu, dass sie sie nicht einmal wirklich sah. Als seine Hand wieder hochkam, hielt sie etwas Kleines und Glänzendes mit sechs heftig zappelnden Metallbeinchen.

»Das ist nur eine Gärtnerdrohne«, sagte Arion. »Sie ist völlig harmlos.«

Craiden blickte sie nur kurz an und wandte sich dann wieder der zappelnden Drohne zu. Einige Momente lang drehte er sie mit nachdenklichem Gesichtsausdruck hin und her, sah sie noch einmal und irgendwie fragend an und riss der Drohne dann zuerst die beiden vorderen Beine und dann den mit winzigen Scheren und Tastwerkzeugen bewehrten Kopf ab. Funken sprühten, und ein haardünner elektrischer Lichtbogen sprang auf seine Hand über und erlosch. Es roch ein bisschen nach verbranntem Haar.

»He!«, protestierte Arion. »So war das nicht gemeint!«

»Eine Maschine«, sagte Craiden. »Interessant. Alte Technik?«

»Kaputte Technik«, erwiderte sie säuerlich. »War das nötig?«

Statt zu antworten, warf Craiden die demolierte Drohne ins Gras zurück und sah interessiert zu, wie es überall um sie herum schon nach wenigen Augenblicken zu wuseln und huschen begann, als Dutzende noch sehr viel winzigere Maschinen auftauchten, um die Einzelteile aufzusammeln und wegzutragen. Es verging kaum eine Minute, bis alles verschwunden war. Die Drohne an Ort und Stelle wieder instand zu setzen, hätte vermutlich kaum länger gedauert, aber sie nahm an, dass der

R'Achernon absichtlich darauf verzichtet hatte, um Craiden nicht noch mehr zu verunsichern.

»Interessant«, sagte Craiden noch einmal. »Ich habe mich immer gefragt, wie es auf dieser Seite der *Wand* ist. Irgendwie … seltsam.«

»Findet Ihr?«

»Wusstet Ihr, dass es keinen Platz in der ganzen Stadt gibt, von dem aus man diesen Turm nicht sehen kann, vorausgesetzt, dass einem nicht irgendetwas die Sicht verstellt?« Das überraschte Arion. Der R'Achernon war gigantisch, aber dasselbe galt auch für *Belagerung,* die sich immerhin über einen ganzen Kontinent erstreckte. »Ich weiß, wie das klingt«, fuhr er fort, fast als hätte er ihre Gedanken gelesen; wahrscheinlicher war allerdings, dass er ihr ihre Zweifel einfach ansah. »Ich weiß auch, dass das eigentlich unmöglich ist. Wahrscheinlich wieder irgendein Techmagie-Trick, damit niemand in dieser Stadt jemals vergisst, wer unsere wahren Herrscher sind und vor allem, wo. Und es vergeht kein Tag, an dem sich nicht jeder dort draußen mindestens einmal die Frage stellt, wie es hier wohl sein mag. So wie ich.«

»Und?«, fragte Arion. »Wie ist es?«

»Anders«, antwortete Craiden, nachdem er einige Sekunden lang angestrengt nachgedacht hatte.

»Aber es gefällt Euch nicht.«

»Was soll ich sagen nach lediglich einer Stunde, die wir hier sind?«, erwiderte er. »Es ist eben anders.« Craiden sah wieder auf die Stelle im Gras hinab, an der die zerstörte Drohne gelegen hatte. »Warum lasst Ihr Maschinen die Arbeit machen, die ein Mann erledigen könnte?«, fragte er.

Weil niemand scharf darauf ist, Rasen zu mähen? »Weil es hier nicht genug Menschen gibt, um alle Arbeiten zu erledigen«, sagte sie, was genau so der Wahrheit entsprach.

»Und bei uns gibt es zu viele Menschen«, antwortete er. »Und nicht genug Arbeit, die sie tun könnten.«

Arion machte ein nachdenkliches Gesicht. »Dann sollten wir vielleicht Handzettel in der Stadt verteilen und ein paar Gärtner anstellen«, schlug sie vor.

»Das wäre ein Anfang«, stimmte Craiden genauso ernsthaft zu. Dann lachte er und wollte ihr wie ganz selbstverständlich die Hand auf die Schulter legen, ließ den Arm jedoch wieder sinken, als ihr Körperschild zischte und ein einzelner, hellblauer Funke auf seine Finger übersprang. Diesmal zuckten seine Mundwinkel leicht vor Schmerz.

»Immerhin funkt es schon zwischen uns«, sagte sie.

Craiden lachte und begann seine versengten Finger mit der anderen Hand zu massieren, ging aber nicht weiter darauf ein, sondern strich abermals mit der Hand durch das saftige Gras. »Und das hier?«, fragte er. »Ist das auch ... künstlich?«

Statt zu antworten, wies Arion mit einer Kopfbewegung auf Sturmwind, der sich zwar ein paar Schritte entfernt hatte und immer wieder misstrauisch zu ihr (und vor allem Craiden) herüberäugte, sich darüber hinaus aber ausgiebig an dem saftigen Gras gütlich tat.

»Er ist vielleicht nicht so schnell wie dein gepanzertes Ungeheuer, aber Plastikgras frisst er trotzdem noch nicht.« Sie erschrak, wie selbstverständlich ihr das vertraute *du* über die Lippen kam (und verstand es auch nicht so ganz), aber falls Craiden den kleinen Fauxpas überhaupt bemerkte, dann überging er ihn diskret.

»Dann ist der hier auch echt?« Er deutete auf die ausladende Baumkrone über ihnen. »Einen Baum wie diesen habe ich noch nie gesehen.«

»Das ist eine Eiche«, bestätigte Arion. »Und wahrscheinlich die einzige auf diesem ganzen Planeten. Jedenfalls wieder.«

»Eine Rückkreuzung.«

»Meine Mutter mochte solche Dinge«, bestätigte sie. »Irgendwie mochte sie alles, was alt ist und mit Geistern und Mythen zu tun hatte. Man sagt Bäumen magische Kräfte nach. Es soll Glück bringen, sich in ihrer Nähe aufzuhalten, und ...« Nein, das konnte sie nicht sagen. So gut kannten sie sich schließlich noch nicht.

»Und?«, wollte Craiden wissen.

»Der hier hat jedenfalls keine magischen Kräfte«, sagte sie. »Wenn doch, wäre ich ziemlich überrascht. Er stammt aus den

Genlabors des R'Achernon. Aber er ist beinahe tausend Jahre alt. Angeblich hat meine Mutter ihn eigenhändig hier oben gepflanzt, als sie so alt war wie ich. Er gefällt mir einfach.«

Ein Hauch Spott erschien in Craidens Blick (was sie ihm eigentlich übel nehmen sollte, es aber nicht tat), und sie hatte das Gefühl, dass er zu einer ganz bestimmten Antwort Luft holte, es sich aber dann im letzten Moment anders überlegte. Sein Kriegspferd schnaubte – ein Laut, der sich tatsächlich anhörte, als käme er aus einem Kehlkopf aus Eisen –, scharrte mit den gespaltenen Vorderhufen im Gras und drehte sich dann herum, um davon zu traben. Sturmwind sah dem Tier einen Moment lang nach und äste dann genüsslich weiter.

»Ich glaube, ich verstehe jetzt, warum das hier Euer Lieblingsplatz ist, Arion«, sagte Craiden. Er deutete nach Westen.

Und es war tatsächlich genau jener magische Moment, wegen dem sie hierhergekommen war: Hinter den weit entfernten Türmen und Zitadellen von *Belagerung* ging die Sonne unter, und obwohl in den Straßenschluchten und hinter Millionen Fenstern bereits ebenso viele rote, gelbe und weiße Lichter angegangen waren, versank die Stadt für die Dauer von zwei oder drei Atemzügen in vollkommener Dunkelheit, sodass sie zu einer tiefschwarzen Silhouette vor einem in düsterem Rot brennenden Himmel wurde.

Für einen Moment vergaß Arion sogar Craiden, denn der Zauber dieses seltenen Augenblicks nahm sie vollkommen in Beschlag. Vielleicht hatte sie gerade nicht ganz die Wahrheit gesagt, als sie behauptet hatte, dass an diesem Baum nichts Magisches war. Nicht jene Magie, von der ihre Mutter so geschwärmt hatte, oder das, was Craiden verächtlich *Techmagie* nannte, sondern etwas anderes und unmöglich in Worte zu Fassendes, das älter war als sie, älter als der R'Achernon und vielleicht sogar älter als die Menschheit.

»Das hier ist vielleicht der schönste Platz, den ich kenne«, antwortete sie mit einiger Verspätung auf Craidens Worte. »Vielleicht der schönste, den es gibt.«

»Obwohl Ihr Euch doch jede beliebige Umgebung erschaffen

könnt?« Diesmal war kein Vorwurf in Craidens Stimme oder gar Neid, sondern allenfalls eine Spur von Verwunderung.

»Vielleicht gerade deshalb«, erwiderte sie. Craiden zog fragend die linke Augenbraue hoch, und Arion ließ noch einmal einige Sekunden verstreichen, um den allerletzten Moment des Sonnenuntergangs zu genießen, in dem sich Licht und Dunkelheit in einer fast perfekten Balance befanden. Sie verspürte ein leichtes Schaudern, eine plötzliche Attacke ebenso kindischer wie alberner Romantik, für den sich ein Teil von ihr beinahe schämte, den ein weitaus größerer Teil von ihr aber einfach genoss.

»Muss ich mich bei Euch bedanken, dass Ihr mich in Euer Geheimnis eingeweiht habt?«, fragte Craiden.

»Es ist kein Geheimnis«, erwiderte sie, ohne den Blick von der gezahnten Silhouette der Stadt zu nehmen. Die Sonne erlosch, und eine Million Sterne glommen hinter Fenstern und Türen auf und begannen, mit den teilnahmslos funkelnden Gegenstücken am Himmel zu wetteifern.

»Ich bedanke mich trotzdem dafür, dass Ihr es mir gezeigt habt«, sagte Craiden. »Und jetzt verratet Ihr mir, warum wir außerdem hier sind.«

»Vielleicht um einen Anfang zu machen«, antwortete sie. Seine Frage verärgerte sie ein bisschen, zerstörte sie doch den Zauber dieses ganz besonderen Augenblicks. Obwohl er natürlich recht hatte. Niemand würde es wagen, sie zu stören oder gar zu bedrängen. Aber sie zweifelte auch nicht daran, dass Duras sich längst sämtliche Fingernägel bis zu den Handgelenken herunter abgeknabbert hätte, hätte er denn welche gehabt.

Der Gedanke ließ ein flüchtiges Lächeln auf Arions Lippen erscheinen. »Irgendwann müssen wir zurück, und mein Hofstaat und Eure durchgeknallten Generäle werden Antworten von uns erwarten.« Sie seufzte. »Sollen wir ihnen sagen, dass wir uns darauf geeinigt haben, uns nicht zu einigen, und uns in zwanzig Jahren wieder hier treffen, um die Toten zu zählen, die dieser Irrsinn in der Zwischenzeit gekostet hat?«

Ihr war klar, dass ihre Worte schon wieder einen Vorwurf

enthielten, was sie ganz und gar nicht beabsichtigt hatte. Aber vielleicht war das bei diesem Thema auch einfach unvermeidbar.

Craiden schien es ihr nicht übel zu nehmen. »Mir ist gerade klar geworden, wie wenig ich eigentlich über Euch weiß«, sagte er. »Fast so wenig wie Ihr über uns.« Arion sah ihn an. Obwohl sie der Versuch amüsierte, würde sie ihm ganz bestimmt nicht den Gefallen tun und ein zweites Mal in eine rhetorische Falle tappen. »Vielleicht wäre das ein Anfang«, sagte er schließlich.

»Ihr wünscht eine Führung durch den R'Achernon?«, fragte sie.

Craiden zuckte die Schultern. »Wenn Ihr mich im Gegenzug auf einen Ausflug in die Stadt begleitet.«

Arion versuchte, sich vorzustellen, wie Duras auf diesen Vorschlag reagieren würde ... oder nein, lieber nicht. »In die Stadt?«

Craiden nickte. »Wart Ihr schon einmal dort?« Sein Blick wurde auf eine fast beunruhigende Art forschend.

»Natürlich nicht«, erwiderte sie fast schockiert. »Das würde Duras niemals zulassen.«

»Aber das sollte er«, sagte Craiden ernst. »Vielleicht solltet Ihr diejenigen kennen, die Ihr bekämpft.«

»Wir bekämpfen euch nicht«

»Nein«, sagte Craiden. »Ihr seht nur zu, wie wir sterben.« Jetzt schien er es zu sein, der das Gefühl hatte, zu vorwurfsvoll zu klingen, denn er bemühte sich um ein besänftigendes Lächeln und fuhr in verändertem Ton fort: »Wir müssen keine Feinde sein, Arion. Niemand erwartet, dass wir über Nacht Freunde werden, aber vielleicht können wir anfangen, miteinander zu reden.«

Das war albern oder bestenfalls naiv, und weder das eine noch das andere wollte zu dem Bild des kriegslüsternen Heerführers passen, als den man ihr Craiden beschrieben hatte. Vermutlich, dachte sie, hatte er diese Worte sorgsam eingeübt und passte sie nun einfach der Situation an.

Aber vielleicht war er auch einfach nur das, was ihm so viele abzusprechen versuchten. Zweifellos war er ein harter Mann, fast der Archetyp des Kriegers, dessen Handwerk das Töten war, das er ebenso emotionslos ausübte wie ein Tischler, der ein Stück Holz bearbeitete. Und ebenso zweifellos würde er den R'Achernon, jeden, den sie kannte, und vermutlich auch Arion selbst vernichten, wenn sich ihm auch nur die geringste Chance dazu bot.

Doch bedeutete das, dass er nicht trotzdem ein Mensch sein konnte?

Der Gedanke verstörte sie. Craiden war und blieb ein Fremder für sie – ihr *Feind*, und das sollte sie besser keine Sekunde lang vergessen! –, ein Mann, von dem sie nichts wusste und den sie vor wenigen Stunden zum ersten Mal gesehen hatte, aber ein winziger Teil von ihr, den sie weder mit Vernunft noch mit schierer Willenskraft zum Verstummen bringen konnte, suchte etwas in ihm, von dem sie nicht einmal wusste, was es war. Das war verrückt, zugleich aber auch ein bisschen aufregend. Und im nächsten Augenblick tat sie etwas noch sehr viel Verrückteres.

Sie stand auf, schlug ihren Mantel zurück und legte die Hand auf den schmalen Silbergürtel um ihre Taille. Ganz kurz glaubte sie, so etwas wie Unmut zu spüren, der nicht ihr eigener war, doch das war auch schon alles, worauf sich der Protest des R'Achernon beschränkte. Ihr Körperschild erlosch mit einem kaum hörbaren Knistern und einem kurzen Funkenschauer Elmsfeuer, der ihre Silhouette nachzeichnete. Jetzt sollte sie sich eigentlich nackt und sehr verwundbar vorkommen, aber darauf wartete sie vergeblich. Aller Logik und allen Warnungen zum Trotz *wusste* sie einfach, dass er ihr nichts tun würde.

Craiden sah sie nun eindeutig überrascht an … aber auch misstrauisch, wie ihr keineswegs entging, und als er ebenfalls aufstand, lag seine Hand beunruhigend nahe neben dem Scanner an seinem Gürtel. Plötzlich kam er ihr größer vor als noch vor einem Augenblick, und ganz unzweifelhaft auch gefährlicher. Und woher zum Teufel nahm sie eigentlich die Überzeugung, dass er ihr nichts tun würde, wenn sie ihm doch so großzügig die Gelegenheit dazu bot?

Weil er kein Dummkopf war, beantwortete sie ihre eigene

Frage. Sie zu töten, würde ganz automatisch auch seinen Tod bedeuten, und er hatte dabei weder für sich noch für seine Sache irgendetwas zu gewinnen, denn im Gegensatz zu ihrem wäre *sein* Tod endgültig.

»Es scheint Euch tatsächlich ernst zu sein«, sagte er. »Ihr beschämt mich, Prinzessin. Ich habe leider keinen Schutz, den ich ablegen kann. Aber er würde mir auch nichts nutzen, nehme ich an?«

»Nein«, antwortete sie ehrlich. »Und Ihr wärt gar nicht hier, wenn Ihr Schutz bräuchtet.« Sie lachte und machte dann eine einladende Geste. »Gehen wir ein paar Schritte?«

Duras »Euch ist klar, geehrter Senator, dass Prinzessin Infinity wenig begeistert von dem sein dürfte, was Ihr da tut?«, fragte Duras. »Einmal ganz abgesehen von der Frage, *was* Ihr da tut.«

»Meine Pflicht, Eisenmann«, antwortete Kinn, ohne den Blick auch nur für eine Sekunde von dem halben Dutzend virtueller Schirme zu nehmen, das über dem Tisch schwebte. Einem – wirklich sehr aufmerksamen – Beobachter wäre vielleicht aufgefallen, dass ihre Anzahl in Wahrheit mindestens fünfmal so groß war, weil die gezeigten Bilder in so schneller Folge wechselten, dass das Auge ihnen kaum noch folgen konnte, und zudem von einer Flut von Daten und Zahlen flankiert wurden, die selbst das aufgerüstete Auffassungsvermögen des Senators hoffnungslos überfordern musste.

Duras (der nun wirklich ein *sehr* aufmerksamer Beobachter war und gar nicht anders konnte, als rein gar nichts zu übersehen) fiel zudem auf, dass Kinn sich zwar alle Mühe gab, den gegenteiligen Eindruck zu erwecken, in Wahrheit aber nicht einmal richtig hinsah. Darüber hinaus fragte er sich, was dieser Unsinn eigentlich sollte. Kinn war dafür bekannt, sich gerne aufzuspielen und noch lieber wichtig zu machen – umso mehr, je zahlreicher die Zuschauer waren. Doch hier gab es kein Publikum. Als Duras hereingekommen war, wäre er fast mit einem aufrecht gehenden Löwen zusammengeprallt – Wundermeer, der sich nicht einmal entblödet hatte, mit einem seiner Rolle entsprechenden zornigen Fauchen und einem angedeuteten Tatzenhieb auf die Beinahe-Kollision zu reagieren. Abgesehen von Senator Kinn und einem Hauch von Rymers Anwesenheit, der noch in der Luft hing, war der Raum leer, wenn auch alles andere als still. Überall blinkte und flackerte es, Dutzende von verchromten Drohnen unterschiedlicher Bauart und Bestimmung machten sich an mindestens ebenso vielen Schaltpulten und Computerterminals zu schaffen, und ein nervöses elektrisches Summen hing in der Luft; für Duras mit seinem zur Gänze aus Metall gefertigten Körper noch sehr viel deutlicher zu spüren als zu hören. Der Raum summte vor Aktivität und Hektik.

»Und was genau *ist* Eure Pflicht, Senator?«, fragte er, als ihm nach einer Weile klar wurde, dass Kinn nicht von allein weitersprechen würde. »Genau in diesem Moment, meine ich?« Er deutete zu den Monitoren. »Und für was braucht Ihr die?«

Für einen ganz kurzen Moment war Duras beinahe sicher, auch jetzt keine Antwort zu bekommen. Kinn starrte weiter auf die immer schneller wechselnden Bilder vor sich, und wäre Duras' Physiognomie dazu in der Lage gewesen, dann hätte er jetzt möglicherweise die Stirn gerunzelt. Kinn wirkte tatsächlich hoch konzentriert und ganz eindeutig besorgt, und das mehr als nur ein bisschen. Sein Gesicht war nahezu ausdruckslos, aber Duras vermochte viel deutlicher in seiner Körpersprache und seinen Pheromonen zu lesen. Der Senator war nicht nur besorgt. Er war nur noch eine Winzigkeit davon entfernt, wirklich *Angst* zu haben. Doch wovor?

»Meine Pflicht ist es, für die Sicherheit unserer zukünftigen Königin zu sorgen, Hauptmann«, antwortete er gereizt. »Obwohl das eigentlich eher Eure Aufgabe wäre.«

»Wie witzig«, grollte Duras. »Ich wollte gerade dasselbe sagen. Ihr seid mir zuvorgekommen.«

Kinn funkelte ihn an. »Wenn Ihr so besorgt um das Wohl der Prinzessin seid, was tut Ihr dann hier, statt ...«Er brach mitten im Wort ab, maß Duras mit einem etwas aufmerksameren Blick und nickte dann. »Oh. Ihr seid nur eine OmegaKopie.«

Duras beschloss, das *nur* zu überhören. »Senatorin Rymer hat mein Original gebeten, mich zu erschaffen«, antwortete er kühl. »Warum, weiß ich nicht. Ich war eigentlich auf der Suche nach ihr. Habt Ihr sie gesehen?«

»Schon seit Stunden nicht mehr«, antwortete Kinn.

Das war gelogen. Rymer war noch vor wenigen Minuten hier gewesen. Ihre Gegenwart wurde kaum von der Wundermeers überlagert, mit dem er an der Tür beinahe zusammengestoßen wäre, und er versuchte vergebens, zu ergründen, warum Kinn ihn belog. Einmal ganz davon abgesehen, dass sogar er wissen sollte, wie vollkommen unmöglich das war.

Duras sah nun doch etwas aufmerksamer auf die flackernden Schirme, filterte die wirklich relevanten Informationen heraus und sah den kleinwüchsigen Senator dann überrascht an. »Die Aufmarschpläne der Quorrl?«

Kinn nickte eifrig. »Ihr wart vorhin nicht dabei, aber ich nehme an, Euer Original hat Euch über den Inhalt des Gespräches zwischen der Senatorin und uns informiert?«

Das hatte es nicht, aber Duras holte es nach, indem er sich vom R'Achernon die entsprechende Erinnerung überspielen ließ, und überhörte auch die neuerliche Beleidigung, zu der sich Kinn aus irgendeinem Grund bemüßigt fühlte. Nach einem Sekundenbruchteil nickte er.

»Ihr kennt ja Rymer«, fuhr der Senator fort. »Bei allem Respekt für ihre unbestrittenen Fähigkeiten wissen wir doch alle, dass sie manchmal etwas … nennen wir es: übereifrig ist.«

Duras wusste das nicht. Seiner Meinung nach konnte man bei der Erfüllung seiner Pflicht gar nicht eifrig genug sein. »Ihr meint, Rymer überschätzt die Gefahr, die von Clansmeister Craiden und seiner Armee ausgeht?«

Kinn machte irgendwie den Eindruck, mit einer anderen Reaktion gerechnet zu haben, nickte aber nur und deutete zu den wild flackernden Schirmen hoch. »Bis vor ein paar Minuten waren wir alle dieser Meinung«, sagte er. »Wie gesagt: Wir kennen

Rymer und ihren angeborenen Pessimismus. Denken Sie nur an den Zwischenfall auf Titan, als wir um ein Haar ...«

»Bis vor ein paar Minuten?«, unterbrach ihn Duras.

Der Senator blinzelte und sah nun fast ein bisschen eingeschnappt aus, während Duras unauffällig näher an ihn herantrat – nicht so nahe, dass er Kinns angeborene Fluchtdistanz tatsächlich unterschritt, ihn in Panik versetzte oder einfach nur Trotz in ihm hervorrief, aber gerade nahe genug, um ihn nervös zu machen, ohne dass er wusste, warum.

Menschen waren schon seltsame Wesen, dachte Duras. Kinn war – bei allen Vorbehalten, die er gegen ihn hatte – zweifellos ebenso intelligent wie klug. In früheren Jahrtausenden wäre er als Genie durchgegangen; was für die allermeisten Bewohner des R'Achernon galt, die nicht unter der Last der Zeit zusammengebrochen waren und innerhalb der ersten Jahrtausende den Verstand verloren hatten. Und doch gab es kaum einen unter ihnen, der nicht auf die eine oder andere ganz subtile Weise zu manipulieren war. Nicht zum ersten Mal fragte sich Duras, warum Gott den Menschen zugleich so perfekt und mit so vielen Fehlern geschaffen hatte. Und nicht zum ersten Mal fand er nicht nur keine Antwort darauf, sondern schämte sich auch, sich diese Frage überhaupt gestellt zu haben. Wer war er, Gottes Entscheidungen zu hinterfragen oder gar zu kritisieren? Er würde Buße tun müssen für diesen Frevel. Später.

»Ich habe mir die Daten noch einmal angesehen«, fuhr Senator Kinn fort. Sein Unwohlsein stand ihm ins Gesicht geschrieben. »Und spart Euch den Hinweis, dass das nicht nötig gewesen wäre, weil der R'Achernon diese Analyse sehr viel schneller und gründlicher durchführen kann. Das weiß ich selbst, Eisenmann. Aber manchmal ... muss man die Dinge aus einem anderen Blickwinkel betrachten, um die Wahrheit zu sehen.«

»Und habt Ihr sie gesehen?«, fragte Duras. Er hatte längst erkannt, was den Senator so über die Maßen zu beunruhigen schien. Aber er verstand es nicht.

Kinn wiederholte seine deutende Geste. »Ich bin Rymers kleinem Gedankenspiel gefolgt, Duras«, sagte er. »Und wisst Ihr was? Sie hat recht! Seht Euch diesen Aufmarschplan an und die Ausrüstung seiner Truppen.«

»Sie sind gut«, sagte Duras, ohne hinzusehen.

»Sie sind nicht gut«, rief Kinn nervös. »Dieser Craiden ist ein Genie! Gäbe es die *Wand* nicht und wäre dieser Turm nicht, was er ist, dann würde er gewinnen! Duras legte ebenso fragend wie zweifelnd den Kopf auf die Seite. *Gäbe* und *wenn* waren keine Worte, die er normalerweise benutzte.

»Dort draußen sind mehr als eine Million Soldaten aufmarschiert«, erklärte Kinn. »Und das ist kein Haufen wilder Barbaren, sondern eine disziplinierte Armee, die hervorragend ausgerüstet ist. Das da hat nichts mehr mit den Quorrl-Horden zu tun, die wir kennen, Duras. Ich weiß nicht, wie dieser Craiden es geschafft hat, aber er hat innerhalb von weniger als zehn Jahren aus einer Bande dämlicher Barbaren einen ernst zu nehmenden Gegner gemacht.«

»Für wen?«, fragte Duras.

»Für uns, wenn es die *Wand* nicht gäbe«, antwortete Kinn.

»Es gibt sie aber«, sagte Duras. »Ich sehe beim besten Willen keinen Sinn in dieser Diskussion.«

»Es macht genauso wenig Sinn, sie nicht zu führen«, erwiderte Kinn beinahe trotzig. Dann kam er endlich auf die Idee, wieder ein kleines Stück vor dem Hauptmann zurückzuweichen, um auf diese Weise vielleicht das unerklärliche Unwohlsein loszuwerden, das ihn ergriffen hatte – und wurde sofort wieder zu dem charmanten Kotzbrocken, als den ihn jeder im R'Achernon kannte. »Natürlich setzt man andere Prioritäten, wenn man nur eine begrenzte Existenzdauer hat.«

Duras hätte sowohl das Wort *Lebensspanne* vorgezogen als auch ihm sagen können, dass die Angelegenheit vielleicht nicht ganz so simpel war, wie Kinn zu meinen schien (obwohl er es besser wissen sollte), aber er beließ es bei einem angedeuteten Achselzucken. Rymers Bitte hatte dringend geklungen, und auch wenn das nicht so gewesen wäre, sah er wenig Sinn darin, sich mit dem Senator zu streiten. In diesem einen Punkt waren Kinn und er einer Meinung: *Jegliche* Lebensspanne war zu kurz, um sie mit einem solchen Unsinn zu verschwenden. Er entschied, dass es das Klügste war, einfach zu gehen, wandte sich halb um und blieb dann noch einmal stehen, als ihm etwas auffiel.

»Was soll das?«, fragte er mit einer Geste auf einen der Schirme.

»Wie ich bereits sagte, Hauptmann«, antwortete Kinn kühl, »sorge ich mich um das Wohl der Prinzessin und damit auch das des gesamten R'Achernons.«

»Und deshalb bereitet Ihr einen *Angriff* auf Craidens Truppen vor?«, fragte Duras. »Ist das nicht ein wenig übereilt?«

»Ich habe ihn darum gebeten, Hauptmann.«

Eine halbe Sekunde lang – eine Ewigkeit angesichts der normalen Reaktionszeit des Eisenmannes – war Duras einfach nur perplex und zermarterte sich vergeblich sein zum Teil mechanisches Gehirn über die Frage, wie es der Senatorin eigentlich gelungen war, den Raum zu betreten, ohne dass er es merkte. Das hätte nicht passieren dürfen. Dann verschob er die Antwort auf diese Frage auf später und drehte sich ganz zu Rymer um. »Einen Angriff auf die Heere der vereinigten Clans vorzubereiten?«

»Auf alle Eventualitäten vorbereitet zu sein, trifft es eher«, erwiderte Rymer. »Und mir missfällt Euer Ton, Hauptmann.«

»Soweit ich weiß, sind Prinzessin Infinity und Clansmeister Craiden gerade dabei, zum ersten Mal seit langer Zeit ernsthafte Friedensgespräche zu führen oder diese zumindest vorzubereiten. Das da …« Duras deutete auf den Schirm, »… dürfte einer Entspannung wenig zuträglich sein.«

»Euer Ton missfällt mir nicht nur, Hauptmann«, gab Rymer spröde zurück. »Er steht Euch außerdem nicht zu.«

»Alles, was die Sicherheit der Prinzessin betrifft, steht mir zu«, erwiderte Duras. »Wenn der Clansherr von Euren Aktivitäten erfährt, könnte das die Situation verschlechtern. Es könnte die Prinzessin sogar in Gefahr bringen, solange er sich in ihrer unmittelbaren Nähe aufhält.«

»Er wird wohl kaum davon erfahren, wenn ihm niemand davon erzählt«, antwortete Rymer. »Und ich nehme nicht an, dass Ihr das vorhabt, Hauptmann.«

»Schon gar nicht«, fügte Kinn hinzu, »weil es dem Hauptmann vermutlich kein besonderes Vergnügen bereiten dürfte, dem Kriegsherrn von *Belagerung* so ausnehmend gute Nachrichten zu überbringen.«

Rymer sah den Senator mindestens so überrascht an wie Duras. Kinn genoss den Moment sichtlich, bevor er mit angemessen betrübter Miene fortfuhr: »Immer vorausgesetzt, wir folgen weiter Senatorin Rymers kleinem Gedankenspiel und nehmen sowohl die *Wand* als auch die Unzerstörbarkeit des Achern aus der Gleichung heraus, gingen Craidens Truppen als eindeutige Sieger aus einer theoretischen Konfrontation hervor.«

»Unsinn«, entfuhr es Rymer.

»Und weiter vorausgesetzt, natürlich«, fuhr Kinn fort, »wir verzichten auch auf den Einsatz von Massenvernichtungswaffen.« Er gab sich keine besondere Mühe zu verhehlen, wie sehr er es genoss, nicht nur Duras, sondern vor allem Rymer zu verblüffen. »Die Barbaren gewinnen.«

»Das ist doppelter Unsinn«, fauchte Rymer. »Warum um alles auf der Welt sollten wir …«

Senator Kinn hat recht, fürchte ich. Meine Berechnungen bestätigen seine Einschätzung. Uns stehen im Augenblick weder genügend Kampfdrohnen noch eine ausreichende Anzahl konventioneller Waffensysteme zur Verfügung, um einen so massiven Angriff zurückzuschlagen. Und der Einsatz von Massenvernichtungswaffen verbietet sich angesichts der zivilen Opfer, die dabei zu erwarten wären.

»Und was sagt Plixx dazu?«, fragte Duras.

»Das wüsste ich auch gern«, antwortete Rymer finster. »Er ist seit dem Bankett verschwunden. Niemand weiß, wo er ist.«

»Niemand?«, vergewisserte sich Duras. *Auch du nicht?*

Nach meinen Erkenntnissen hält sich der Graue Mausling nicht im Inneren meiner Struktur auf – oder hat sich abgeschirmt.

Duras war unschlüssig, ob er überrascht oder besorgt sein sollte. Wie alle Mauser war auch Plixx imstande, sich selbst vor den Sensoren des R'Achernon zu verbergen – vielleicht als die einzigen lebenden Wesen auf diesem ganzen Planeten –, und es war nun wirklich nicht das erste Mal, dass er dieses Privileg nach Kräften ausnutzte und für ein paar Stunden oder auch Tage verschwand. Aber *jetzt?* Duras fragte sich, ob er vielleicht Grund hatte, sich Sorgen zu machen.

Möglicherweise.

»Es ist doch nur ein Gedankenspiel«, sagte Kinn nervös, um die Senatorin zu beruhigen. »Wir haben die *Wand*, und Achern bleibt Achern.«

»Wir sollten trotzdem zusätzliche Kampfdrohnen produzieren«, sagte Rymer, ohne dass das irgendjemanden überraschte, den R'Achernon wohl am allerwenigsten. »Und wir brauchen das eine oder andere Waffensystem, das uns nicht zwingt, die halbe Stadt einzuäschern, nur um ein paar von Craidens Schildkröten auszuschalten.«

Das ist im Moment leider nicht möglich, Senatorin. Die Produktionskapazität reicht augenblicklich kaum aus, um die Brände zu bekämpfen. Und um Eurer nächsten Frage zuvorzukommen: Dieser Zustand könnte noch über Wochen anhalten. Oder auch Monate. Im Augenblick bleibt uns wohl keine andere Wahl, als auf das Verhandlungsgeschick der Prinzessin zu bauen.

»Ach«, sagte Rymer. Duras musste ihre Gedanken nicht lesen, um zu erkennen, dass sie den Optimismus des R'Achernon nicht vollständig teilte, was Arion anging. Sie seufzte sehr tief, starrte die flimmernden Monitorbilder noch einen halben Atemzug lang an und seufzte dann noch einmal – jetzt eindeutig besorgt. »Irgendetwas *stimmt* hier nicht«, murmelte sie.

»Senatorin?«, fragte Duras.

»Nichts.« Rymer riss sich mit sichtlicher Mühe von den immer noch hektisch flackernden Bildern über dem Tisch los und wandte sich mit nun wieder gewohnt beherrschter Miene direkt an den Hauptmann.

»Ich habe Euch aus einem anderen Grund rufen lassen, Duras Omega«, sagte sie. »Es gibt ein Problem, und ich brauche jemanden wie Euch, der sich darum kümmert.«

»Ein Problem?«

Rymer seufzte und machte eine knappe Bewegung mit der linken Hand, woraufhin die Schirme aufhörten zu flackern und nun ein vollkommen anderes Bild zeigten. »Um genau zu sein, sind es *sechsundzwanzig* Probleme«, sagte sie.

Gea Der Gleiter hatte sie in einem toten Winkel abgesetzt, den es nur so lange gab, wie sie ihn brauchte. Gea, der diese Technik zwar nicht neu war, die sie aber noch nie in Aktion erlebt hatte, hatte sie sorgfältig und mehrmals im Palast ihrer Schwestern ausprobiert und nicht nur zwei ihrer jüngeren Brüder als unfreiwillige, aber äußerst lehrreiche Studienobjekte dienstverpflichtet, sondern auch ihre Gouvernante (die es im Gegensatz zu ihrem angeblichen Vater wirklich gab) beinahe zu Tode erschreckt, indem sie buchstäblich aus dem Nichts vor ihr auftauchte und genauso spurlos wieder verschwand. Fast zu ihrem eigenen Erstaunen verspürte sie sogar einen Anflug schlechten Gewissens.

Aber es hatte funktioniert, und das war das Wichtigste. Die Tarnkappendrohne, die sie sich aus dem Lagerhaus unter dem Palast ihrer Schwestern *ausgeliehen* hatte, war vermutlich älter, als ihr gesamter Familienstammbaum zurückreichte, funktionierte aber dennoch so zuverlässig, wie man es von Alter Technik erwarten konnte.

Gea war dennoch nervös, sie zögerte sehr lange und überzeugte sich mindestens dreimal davon, dass niemand in ihre Richtung sah, bevor sie den toten Winkel verließ und sich mit schnellen, aber nicht hastigen Schritten auf den Weg ins Lager machte.

Die Ansammlung aus Zelten, vielrädrigen Wohnwagen und Biwaks war so gewaltig, dass sie mancherorts schon als kleine Stadt durchgegangen wäre, und auf den schmalen Gässchen, die zwischen den zahllosen transportablen Behausungen frei geblieben waren, herrschte reges Treiben. Bei den meisten Gestalten, die ihr entgegenkamen oder sie auch eiligen Schrittes überholten, handelte es sich um Soldaten: große Männer mit

Mänteln und Waffen, die mit ernsten Gesichtern voranschritten und den unterschiedlichsten Völkern angehörten. Die meisten waren Menschen, doch es gab auch eine große Anzahl Quorrl, etliche Finden und mindestens drei Vertreter unterschiedlicher Spezies, die sie weder jemals gesehen noch von denen sie jemals gehört hätte.

All das kam ihr jedoch nur recht, denn auf diese Weise löste sich auch das Problem, das ihr das größte Kopfzerbrechen bereitet hatte, in Luft auf: Niemand nahm Notiz von ihr. Von außen betrachtet wirkte das Feldlager wie eine grimmige Festung, von einer zweieinhalb Meter hohen Palisadenwand und einem Zahnkranz doppelt so hoher Wachtürme gesäumt und von noch weitaus grimmigeren Wächtern (zum allergrößten Teil Quorrl) nur so strotzend; doch nun, wo sie diesen äußeren Verteidigungswall einmal überwunden hatte, nahm offensichtlich jeder ganz selbstverständlich an, dass sie auch das Recht hatte, hier zu sein.

Niemand sprach Gea an oder fragte sie gar nach einem Passierschein oder irgendwelchen Papieren, und die allermeisten, denen sie begegnete, schienen nicht einmal Notiz von ihr zu nehmen. Allenfalls traf sie manchmal ein vage interessierter Blick, der allerdings mehr den beiden Wölbungen unter ihrem schmucklosen Kleid galt als irgendwelchen *Papieren*. Ein paarmal wurde sie angeknurrt, beiseitezutreten, und einmal auch grob weggestoßen, als sie dieser Aufforderung nicht schnell genug nachkam. Ein anderes Mal sprach sie ein betrunkener Soldat an und schwenkte einen kleinen Lederbeutel in ihre Richtung, in dem es hörbar klimperte. Die andere Hand hatte er in den Schritt gelegt. Gea ignorierte ihn, berechnete schon einmal den Winkel, aus dem heraus sie ihn am härtesten treten konnte, und widerstand gerade noch der Versuchung, nach dem Mark-VII-Scanner zu tasten, den sie unter ihrem Kleid verbarg. Zu ihrer Erleichterung wurde der Mann jedoch von einem etwas weniger betrunkenen Kameraden weggezerrt, bevor die Sache wirklich gefährlich werden konnte, und sie setzte ihren Weg unbehelligt fort.

Das Problem war, dass sie nicht genau wusste, wohin dieser Weg führte.

Das Heerlager bedeckte nicht nur die Grundfläche einer kleinen Stadt, es beherbergte mehr als zehntausend Krieger und dazu vermutlich noch einmal dieselbe Anzahl an Priestern, Schamanen, Zauberern (die mindestens hundert unterschiedliche und einander zum Teil widersprechende Religionen, Kulte und Weltanschauungen vertraten), Ärzten, Handwerkern, Köchen, Tierpflegern und Huren. Und die waren wirklich *viele*.

All diese Zahlen waren ihr wohl bekannt gewesen, als sie aufgebrochen war, aber etwas zu wissen und es zu sehen, das waren dann doch zwei Paar Schuhe. Gea gestand sich ein, dass es wohl reichlich ... nun ja, *optimistisch* von ihr gewesen war, einfach anzunehmen, dass sie Craiden schon irgendwie finden würde.

Aber schließlich war sie nicht irgendwer, und ihr stand noch die eine oder andere Möglichkeit offen, von der die schlangenäugigen Quorrl-Wächter an den Toren dieser beweglichen Festung nicht einmal zu träumen wagten.

Gea hätte gerne darauf verzichtet, die NanoSpione einzusetzen, aber ohne sie war ihre Suche vergebens. In dieser labyrinthischen Zeltstadt musste es Hunderte von Hauptmännern geben, und sie konnte noch nicht einmal sicher sein, dass Craiden ihr seinen richtigen Namen genannt hatte.

So selbstverständlich, als hätte sie jedes Recht dazu, betrat sie ein kleineres Zelt, das sie für leer hielt, stellte erleichtert fest, dass es das auch tatsächlich war, und trat in den Schatten neben dem Eingang, bevor sie unter ihr Kleid griff.

Als sie die Hand wieder hervorzog, lagen drei fingergroße, rotgelb gestreifte Geschöpfe mit nahezu durchsichtigen Flügeln darauf, die wie eine Kreuzung zwischen einer Wespe und einem (zu klein geratenen) Heliothopther aussahen. Ihre Köpfe mit den startenden Facettenaugen waren ein wenig zu groß, was an der Unmenge von Mikroelektronik, optischen Verstärkern, Sende- und Empfangstechnik und ein paar kleinen, aber außergewöhnlich hässlichen Waffen lag, die darin untergebracht war. Doch wenn die NanoSpione einmal in der Luft waren und in rasend schneller Bewegung, zu der diese winzigen Maschinen fähig waren, würde niemand den Unterschied merken.

Techmagie, dachte sie und verzog spöttisch die Lippen, als ihr bewusst wurde, dass sie damit dasselbe Wort benutzte, das sie zum ersten Mal aus Craidens Mund gehört hatte.

Gea rief sich zur Ordnung, aktivierte die NanoSpione mit einem gedanklichen Befehl und kontrollierte noch einmal das aus ihrem Gedächtnis extrahierte Bild des schwarzhaarigen Hauptmanns, das sie ihnen eingab. Es war perfekt, aber Gea wusste dennoch, dass es selbst mit drei zusätzlichen Augenpaaren Stunden dauern konnte, bis sie Craiden fand.

Falls sie ihn überhaupt fand. Vielleicht war er nicht einmal im Lager, sondern irgendwo in der Stadt unterwegs, um einen kleinen Krieg zu führen, Quorrl zu jagen, ein armes, unschuldiges Mädchen aus einer lebensgefährlichen Situation zu retten, in die es sich selbst gebracht hatte, für die Armen und Entrechteten zu kämpfen … oder was gut aussehende, stramme Soldaten eben sonst taten, um die Zeit totzuschlagen. Oder er war gerade mit einer nicht mehr lange unschuldigen Jungfrau beschäftigt und …

Nein, solche Überlegungen waren wenig konstruktiv. Gea schickte die Drohnen los, wartete, bis sie zu halb verschwommenen Schemen geworden und aus dem Zelt gesummt waren, und ging dann genauso selbstverständlich wieder heraus, wie sie hereingekommen war. Um ein Haar wäre sie mit einem Quorrl zusammengestoßen, der im Sturmschritt herankam und sie wahrscheinlich nicht einmal dann bemerkt hätte, wäre sie ihm wirklich unter die mit eisernen Dornen besetzten Füße geraten. Gea schickte ihm einen giftigen Blick hinterher und konzentrierte sich dann wieder auf ihre Umgebung.

Alle *vier* Umgebungen, um genau zu sein. Ihr linkes Auge sah normal, doch das Blickfeld ihres rechten war dreigeteilt und zeigte das, was ihre winzigen Spione in diesem Moment wahrnahmen: Im Prinzip glich ihr Sichtfeld dem ihren (nämlich schmale Gassen zwischen den Zelten und Biwaks, die voller Soldaten und Zivilisten waren), nur dass sie wie betrunken hin und her torkelten (und das selbstverständlich in drei unterschiedliche Richtungen, alles leicht verzerrt wirkte und die Farben nicht stimmten). Sofort wurde ihr schwindelig, und nur einen Moment später gesellte sich Übelkeit hinzu.

Hastig schaltete sie die virtuelle Darstellung ab, wies die NanoSpione an, sich bei ihr zu melden, sobald sie auf ein Gesicht mit hinlänglicher Übereinstimmung gestoßen waren, und wartete, bis das Schwindelgefühl wieder verschwand – deutlich langsamer, als es gekommen war, versteht sich. Als sie sich das nächste Mal wieder umsehen konnte, ohne dass sich ihr der Magen umstülpte, blinkten drei winzige orangefarbene Punkte am oberen Rand ihres Blickfeldes. Die NanoSpione waren unterwegs.

Darüber hinaus fühlte sich Gea irgendwie nur hilflos. Dass sich hier niemand für sie zu interessieren schien, hatte möglicherweise ihren Blick dafür getrübt, wie riesig dieses Lager wirklich war. Einfach aufs Geratewohl loszustürmen und zu hoffen, dass sie früher oder später schon über Craiden stolpern würde, war vielleicht doch ein bisschen zu optimistisch gewesen.

Aber welche andere Wahl blieb ihr schon?

Gea gestand sich ein, dass sie vermutlich gut damit beraten war, keine Karriere als Detektivin oder Kopfgeldjägerin ins Auge zu fassen, machte sich aber trotzdem auf den Weg. Einer der drei orangefarbenen Punkte in ihrem Augenwinkel begann zu pulsieren und beruhigte sich fast augenblicklich wieder. Falscher Alarm. Wahrscheinlich der erste von hundert, dachte sie missmutig.

Gut. Blieben nur noch neunundneunzig.

Sie begann, das Lager zu erkunden, ohne sich dabei zu auffällig zu benehmen. Sie blickte in Zelte, sah in schmale Gassen, die von dem nicht sehr viel breiteren Hauptweg abzweigten, lugte in hölzerne Karren, von denen einige größer waren als so manches Haus, das sie kannte, und blieb immer wieder einmal stehen, um einen Blick in ein Gesicht oder unter eine Kapuze zu erhaschen oder Leuten zuzusehen, deren Verhalten ihr zum Großteil fremd war.

Es war eine im gleichen Maße erschreckende wie faszinierende Welt, in der sie sich wiederfand: All die Soldaten, Krieger, Quorrl und Fremdweltler sahen genauso aus, wie sie es erwartet hatte, und etliche von ihnen benahmen sich auch ganz genauso. Sie erblickte Krieger, die mit Schwert, Schild und Speer übten und sich mehr oder weniger erbitterte Zweikämpfe lieferten (bei einigen davon war sie nicht sicher, dass es sich nur noch um ein rein freundschaftliches Kräftemessen handelte), exerzierende Soldaten, die von Offizieren angebrüllt wurden, und Männer, die mit ihren Pferden oder anderen Berittenen übten, offene Zelte, aus denen Musik und Gelächter und das Grölen von Betrunkenen drang, Handwerker, die an großen Schleifsteinen saßen und Funken aus Schwertklingen und Messern sprühen ließen, Bogensehnen flochten und metallene Schilde hämmerten. Aber sie sah auch gänzlich andere Szenen, die sie in einem Heerlager wie diesem zuallerletzt erwartet hätte. Männer, die Babys auf den Knien schaukelten oder beteten, ganze Horden von Kindern, die lärmend umherrannten und spielten oder von sichtlich überforderten Frauen beaufsichtigt wurden, und offen stehende Zelte, die eher dem gemütlichen Heim einer Familie ähnelten als dem, was man sich im Allgemeinen unter dem Feldlager eines Soldaten vorstellte.

Es gab Plätze, auf denen seltsame Zeremonien abgehalten wurden, die Gea zwar nicht verstand, die aber nicht unbedingt militärisch wirkten, und Koppeln voller Schlacht- und Nutzvieh. Sie entdeckte eine Sattlerei und mindestens zwei Alchimistenwerkstätten, Bäckereien und einen Tischler, vor dessen Zelt tatsächlich Tische, Stühle und gedrechselte Kinderbetten feilgeboten wurden anstelle der Waffen, die sie erwartet hätte. Einmal kam sie an einem kleinwüchsigen Männchen vorbei, das an einem Tisch vor seinem Zelt in der Sonne saß und eine halb auseinandergenommene Scannerwaffe vor sich ausgebreitet hatte. Sein rechtes Auge war absurd vergrößert und hatte eine unheimlich irisierende Pupille, und er hatte an jeder Hand gleich sechs schlanke Finger sowie zwei Daumen, die sich so schnell an der zerlegten Waffe zu schaffen machten, dass sie zu verschwimmen schienen. Gea sah trotzdem, was sie taten, und beschleunigte ihre Schritte, als ihr klar wurde, dass die Chancen dieses Trottels nicht schlecht standen, sich selbst in die Luft zu jagen. Und mit jeder Sekunde stiegen.

Sie ging noch ein bisschen schneller, bog wahllos zweimal ab und wurde erst wieder langsamer, als sie sicher war, die Explosion, die ganz bestimmt in wenigen Augenblicken erfolgen würde, halbwegs zu überstehen. Schwer atmend blieb sie stehen, sah sich um und begegnete dem Stirnrunzeln eines Kriegers, der sie misstrauisch ansah. Allmählich begann sie, Aufsehen zu erregen. Sie reagierte mit einem nervösen (und ganz und gar nicht überzeugenden) Lächeln, wandte sich mit einem noch auffälligeren Ruck um und ging langsam weiter. Sie konnte die Blicke des Kriegers fast körperlich spüren wie eine warme Hand, die sie zwischen den Schulterblättern berührte und erst verschwand, als sie das nächste Mal abbog.

Gea rief sich in Gedanken scharf zur Ordnung. Sie war jetzt so weit gekommen – was an sich schon an ein kleines Wunder grenzte –, da wäre es nun wirklich dumm, wenn sie durch eigene Schuld scheiterte.

Craiden selbst hatte sie sich allerdings noch keinen Schritt genähert.

Was sie am meisten ärgerte, war die Vorstellung, dass sie möglicherweise schon an ihm vorbeigelaufen war, ohne es zu wissen. Die Hälfte der Zelte und Unterkünfte war verschlossen, und sie konnte unmöglich in jedes einzelne hineinsehen und sich einbilden, nicht früher oder später Antworten auf einige wirklich unangenehme Fragen geben zu müssen.

Einmal ganz davon abgesehen, dass sie eine Woche dafür brauchen würde, so groß, wie das Lager war.

Sie konzentrierte sich einen Moment lang auf die drei orangeroten Punkte in ihrem Blickfeld, stellte fest, dass sich an ihrem gleichmäßigen Pulsieren nichts geändert hatte (was nichts anderes hieß, als dass sie noch nicht fündig geworden waren), und schlenderte frustriert weiter. Ein unangenehmer Geruch schlug ihr entgegen wie nach fauligem Wasser und noch etwas anderem und vielleicht Schlimmerem. Vor ihr lag jetzt ein schmaler Streifen ohne Zelte oder Biwaks, auf dem sich aller mögliche Abfall und Unrat stapelte, vielleicht der Müllplatz dieses Heerlagers. Dahinter brach der Boden ab und setzte sich erst gute hundertfünfzig oder zweihundert Schritte weiter auf der anderen Seite fort, wo wieder die Ruinen und verfallenen Unterkünfte der Stadt begannen. Auf dieser Seite des Lagers gab es keine Palisade, und als sie vorsichtig an den Rand des Grabens trat und sich noch vorsichtiger vorbeugte, wusste sie auch, warum. Der Graben war kein Graben, sondern ein gemauerter Kanal, in dem sich eine übelriechende, schlammige Brühe vorwärtswälzte. Unter den in Regenbogenfarben schillernden Schlieren auf ihrer Oberfläche bewegten sich schlängelnde Schatten, mit Tentakeln und vielleicht auch Schnäbeln und glotzenden Augen, aber sie riskierte nur einen einzigen flüchtigen Blick, denn ihre Lungen begannen fast augenblicklich zu brennen, als sie den ersten Atemzug nahm.

Hastig sprang sie zurück, blinzelte ein paarmal, und als sie die Augen wieder aufschlug, war einer der drei pulsierenden orangefarbenen Punkte verschwunden. Einer der NanoSpione war ausgefallen oder vielleicht auch nur außerhalb ihrer Reichweite. Wenigstens hoffte sie es. Ihre Schwester würde sie umbringen, wenn sie eines dieser unendlich kostbaren Produkte Alter Technik verlor.

Gea rief die Koordinaten der beiden anderen NanoSpione auf, verglich sie mit ihrem eigenen Standort und wies die winzigen Maschinen an, sich nicht von der Stelle zu rühren, während sie sich rasch auf den Weg machte. Eine der beiden Spione war nur zwei oder drei Zeltreihen entfernt. Gea hielt mit raschen Schritten – aber nicht rennend – darauf zu, doch das pulsierende Licht erlosch, gerade als sie das Ende der schmalen Zeltgasse erreicht hatte.

Gea legte die letzten Schritte nun doch rennend zurück, blieb wieder stehen und sah sich mit klopfendem Herzen um. Ein paar Männer saßen an einem Tisch und spielten Karten, und nur ein kleines Stück weiter war eine junge Frau damit beschäftigt, Flicken auf ein Kleid zu nähen, das ohnehin nur aus verschiedenfarbigen Stoffresten zu bestehen schien. Kinder spielten – sie waren nicht zu sehen, aber deutlich zu hören –, und am Ende der Gasse tauchte ein Reiter auf, sah sich einen Moment lang aufmerksam um und verschwand dann wieder.

Gea musste sich beherrschen, um wenigstens halbwegs ruhig weiterzugehen und sich zur Position des letzten verbliebenen Lichtpunkts zu bewegen. Sie besaß keine Karte des Lagers, sodass sie zweimal umkehren und ein Stück des Weges zurückgehen musste, als sie sich in einer Sackgasse wiederfand, doch schließlich bog sie in eine etwas breitere Gasse ein und hätte jetzt die winzige Maschine eigentlich sehen müssen.

Stattdessen erblickte sie gleich drei Reiter auf Pferden, die das Ende der Gasse blockierten und fröhlich miteinander schwatzten. Aus einem Zelt zur Rechten drang ausgelassenes Gelächter, und auf der anderen Seite hockte ein betrunkener Quorrl mit untergeschlagenen Beinen und starrte ins Leere.

Kein NanoSpion. Der winzige Lichtpunkt in ihrem Auge behauptete, dass er sich hier aufhielt, aber sehen konnte sie ihn nicht. Aber schließlich war es der Sinn einer solchen Maschine, nicht gesehen zu werden.

Hinter Gea erklang ein Scharren sowie eine Mischung aus Zischeln und Kichern, doch als sie erschrocken herumfuhr, konnte sie im allerersten Moment den Ursprung des Geräuschs nicht erkennen. Dann senkte sie den Blick und hob erstaunt die linke Augenbraue, als sie sich einer Kreatur gegenübersah, die sie an eine absurde Mischung aus einem Käfer und einer Katze erinnerte.

»Mana?«, fragte sie überrascht.

Die Käferkatze gurrte, kaute mit einem Geräusch, das an das Zerbersten von Eiswürfeln zwischen stählernen Kiefern erinnerte, auf irgendetwas herum und spie ihr dann ein Durcheinander aus elektronischen Trümmerteilen und schwarz-gelb gestreiften Plastiksplittern vor die Füße. So viel zu ihren NanoSpionen, dachte Gea schaudernd. Ihre Schwester würde sie umbringen. Ganz langsam und vermutlich mehrmals hintereinander.

»Mana?«, murmelte sie noch einmal. Sie war beinahe sicher, dass es sich um dasselbe seltsame Geschöpf handelte, das sie in Craidens Begleitung gesehen hatte … aber eben nur beinahe. Immerhin waren seither gute drei Monate vergangen.

Der Katzenkäfer gurrte auf ganz und gar uninsektenhafte Art und setzte sich schwerfällig in Bewegung. Nach ein paar Schritten hielt er jedoch an, drehte sich trippelnd zu ihr herum und ließ zum dritten Mal dieses keckernde Gurren hören. Allerdings vergingen noch ein paar Augenblicke, bis ihr klar wurde, dass die Kreatur keinen Hals hatte und dies wahrscheinlich ihre Art war, ihr einen auffordernden Blick über die Schulter zuzuwerfen.

Tatsächlich machte Gea einen Schritt in Richtung des Katzenkäfers, doch als sie dabei auf die Reste des NanoSpions trat und diese mit ihrem Gewicht endgültig zerkrümelte, bohrte sich der Laut wie ein rot glühender Draht durch ihre Eingeweide.

Als sie Mana schließlich folgen wollte, kam sie nicht einmal einen Schritt weit. Das Gelächter aus dem Zelt hatte aufgehört, und zwei hochgewachsene Männer in schwarzen Mänteln und mit gezückten Schwertern waren herausgetreten. Der Quorrl, der vielleicht doch nicht ganz so betrunken war, wie sie bei flüchtigem Hinsehen angenommen hatte, war aufgestanden und starrte sie aus plötzlich beunruhigend klaren Augen an, und auch die drei Reiter waren noch da. Nur dass sie nicht mehr am Ende der Gasse standen, sondern unmittelbar hinter ihr, um von der Höhe ihrer Sättel mit finsteren Gesichtern auf sie herabzustarren. Sie hatten ihre Waffen nicht gezogen, aber ihre Hände lagen demonstrativ auf den Schwertgriffen.

»Oh«, murmelte sie. »Also das ist jetzt … ich meine: Es sieht wahrscheinlich nach etwas ganz anderem aus, aber ich … ähm … also ich suche eigentlich nur nach einem alten Freund. Er ist Soldat, wisst ihr, und vielleicht kennt ihr ihn ja. Eigentlich bin ich sogar sicher, dass ihr ihn kennt, denn er ist nicht irgendein Soldat, sondern ein berühmter Krieger und ein richtiger Held und …«

Der mittlere der drei Reiter schnitt ihr mit einer herrischen Geste das Wort ab, aus der heraus er zugleich sein Schwert zog, um die Klinge quer vor sich über den Sattel zu legen. Sein Pferd schnaubte und entblößte dabei ein Ehrfurcht gebietendes Raubtiergebiss, dessen bloßer Anblick ihr einen eisigen Schauer über den Rücken laufen ließ.

»Also ich glaube, ihr habt da etwas wirklich falsch verstanden«, murmelte sie. »Ich meine, ganz schrecklich falsch verstanden. Ich will wirklich nur …«

»Wer bist du?«, unterbrach sie der Reiter. Seine Stimme war nicht einmal laut, aber so erbarmungslos wie geschliffener Stahl. »Wie ist dein Name, und wie bist du in das Lager gekommen? Wer schickt dich?«

»Niemand«, antwortete Gea. »Ich bin wirklich nur hier, um einen …«

Sie hatte den Schlag des Quorrl nicht einmal kommen sehen. Bis zu diesem Moment war Gea zu Recht stolz auf ihre Reflexe gewesen, doch nachdem sie das Blitzlichtgewitter vor ihren Augen weggeblinzelt hatte und sich benommen auf die Ellbogen hochstemmte, begann sie daran zu zweifeln. Dennoch hatte er sie mit solcher Wucht getroffen, dass sie nicht sicher war, nicht sogar für ein paar Augenblicke das Bewusstsein verloren zu haben. Ihr Gesicht schmerzte höllisch, war zugleich aber auch vollkommen taub, sodass sie am liebsten mit den Fingerspitzen darüber getastet hätte, um sich davon zu überzeugen, dass es noch da war.

»Willst du jetzt vernünftig mit mir reden, Mädchen?«, fragte der Reiter. »Ich will dir wirklich nicht wehtun, Kind, glaube nicht, dass mir das Spaß macht. Aber du musst wissen, dass ich es tun werde, wenn es sein muss, und glaube mir auch, dass du reden wirst. Es ist ganz allein deine Entscheidung, wie lang es dauert und wie weh es tut.«

Das hörte sich ganz so an, als würde er seine Drohung ernst meinen, dachte Gea besorgt. Sie suchte nach einer Spur von Mitleid in seinen Augen – oder wenigstens *irgendeines* Gefühls –, aber da war rein gar nichts.

Langsam stieg der Reiter vom Pferd, schob die armlange Klinge wieder in die Scheide aus feinem Leder an seinem Gürtel und sah aus ausdruckslosen Augen zu, wie sie sich mühsam aufrappelte und mit dem Handrücken das Blut von ihren Lippen wischte. »Also?«, fragte er.

»Gea«, antwortete Gea. »Mein Name ist Gea.«

»Und wer hat dich geschickt?«

»Niemand«, erwiderte Gea. »Es ist so, wie ich es gesagt habe. Ich bin auf der Suche nach einem Freund. Ich meine, Ihr … Ihr könnt Mana fragen. Sie wird es Euch bestätigen.« Gleichzeitig drehte sie sich halb herum, deutete auf den Katzenkäfer und konnte sogar selbst spüren, wie ihre Gesichtszüge entgleisten. Mana war nicht mehr da.

»Du suchst also nur einen Freund, wie?«, fuhr der Reiter fort. »Und wie bist du ins Lager gekommen?«

»Daran sind Eure Wachen schuld«, erwiderte Gea spöttisch. »Also das war nun wirklich kein besonderes Kunststück.«

Also gut, *diese* Antwort war nicht besonders clever.

Arion Sie waren das ganze Stück zum See zu Fuß gegangen, nicht nur ein paar Schritte, wie Arion geplant und Craiden wohl angenommen hatte, sondern gute anderthalb Meilen – eine Distanz, die selbst eine verhätschelte Sternenprinzessin bewältigen konnte, ohne an ihre körperlichen Grenzen zu stoßen. Die Strecke war aber so unwegsam, dass Arion es normalerweise vorgezogen hätte, sie auf Sturmwinds Rücken zurückzulegen oder sich schlichtweg transportieren zu lassen. Dazu kam die Dunkelheit, die den Weg quer durch Wald und wild wucherndes Unterholz wirklich gefährlich machte.

Trotzdem kam ihr nicht einmal der Gedanke, etwas gegen die Dunkelheit zu tun oder Craiden und sich einfach zu ihrem Ziel transportieren zu lassen. Es wäre ihr einfach … *falsch* vorgekommen.

Sturmwind war ihnen ein kleines Stück weit gefolgt und irgendwann zurückgefallen, als das Gelände zu schwierig und das Unterholz zu dicht geworden war, und ein paarmal hatte sie auch einen deutlich größeren, kantigen Umriss in der Dunkelheit wahrgenommen, der stets verschwand, sobald sie ihn mit Blicken zu erfassen versuchte. Wahrscheinlich Craidens stacheliges Ungeheuer, das seinem Herrn genauso treu folgte wie Sturmwind ihr.

Sie hatten wenig gesprochen, nur über dies und das, Belanglosigkeiten ohne Bedeutung – und selbst dabei hatten sie auf kein Thema mehr als einige wenige Sätze verwandt, als scheuten sie beide davor zurück, auch nur eine Winzigkeit zu sehr in die Tiefe zu gehen und den Panzer des anderen anzukratzen, aber das machte nichts. Ganz im Gegenteil erschien es ihr immer wichtiger, einfach nur in seiner Nähe zu sein, und das in einem Schweigen, das vertrauter war, als alle Worte es gekonnt hätten. Es war seltsam (und hätte eigentlich ein wenig beunruhigend sein sollen), aber Arion hatte mit jedem Schritt mehr und mehr das Gefühl, nicht nur das Selbstverständlichste der Welt zu tun, sondern es auch schon unzählige Male getan zu haben. Da war etwas Vertrautes zwischen ihnen, das sie ungemein irritierte, aber auf eine angenehme und fast schon erregende Weise.

Ein paar Augenblicke lang erwog sie den hässlichen Gedanken, ob Craiden sie vielleicht auf irgendeine Weise beeinflusste, wies diesen Gedanken aber fast empört von sich. Zum einen war es unmöglich, und zum anderen kam sie sich … schäbig dabei vor, ihm so etwas auch nur zu unterstellen.

Kühle und feuchtere Luft kündigte eine Veränderung an, und das nachfolgende Missgeschick verriet ihr selbst vielleicht mehr über ihre Verfassung, als ihr recht war. Sie hatten sich dem See von der falschen Seite genähert. Vor ihr lag nicht der flache Sandstrand, der zwei Drittel seines Umfangs ausmachte, sondern eine fünf Meter tiefe Klippe, in die Tausende winzige Düsen eingelassen waren und einen feinen Wassernebel versprühten, der sich einen Meter über dem See zu einem sprudelnden Vorhang vereinte und auf dem allerletzten Stück einen tosenden Miniatur-Wasserfall bildete, dessen weiße Nebelgischt fast bis zur Mitte des Sees stob.

Arion realisierte einen halben Atemzug zu spät, wo sie war.

Denn schon trat ihr Fuß ins Leere, und sie spürte den bitteren Geschmack des Adrenalins auf ihrer Zunge. Praktisch im gleichen Sekundenbruchteil legte sich eine starke Hand um ihren Oberarm und hielt sie mit gerade so viel Kraft fest, dass es noch nicht wehtat.

»Gebt acht, Arion«, sagte Craiden amüsiert. »Ihr wollt doch nicht …«

Er verstummte mitten im Satz und auf eine Weise, die sie alarmiert aufsehen ließ.

Craiden sah … bestürzt aus, fast schon entsetzt, als hätte er tatsächlich um ihr Leben gefürchtet oder zumindest um ihre Unversehrtheit – und das bei einem so lächerlichen Sturz von kaum fünf Metern, und das noch dazu ins Wasser. Dann begriff sie ihren Irrtum. Craiden war *eindeutig* bestürzt, aber er sah nicht ihr Gesicht an, sondern etwas unter ihr. Arion folgte seinem Blick und fuhr erschrocken zusammen, als sie sah, dass ihr Fuß scheinbar im Nichts schwebte, gehalten von einer unsichtbaren Kraft. Craiden ließ ihren Arm so abrupt los, dass sie allein dadurch die Balance verloren hätte und gestürzt wäre, hätte der R'Achernon sie nicht mit seiner unsichtbaren Hand gehalten.

Craiden wich einen Schritt von ihr zurück. Mit seinem Gesicht (und vor allem seinem Blick) geschah etwas, das ihr ganz und gar nicht gefiel. »Verzeiht, Prinzessin«, sagte er. »Das war ungehörig. Es tut mir leid.«

»Was?«, fragte Arion, während sie hastig einen Schritt vom Abgrund weg machte, sodass sie nun mit beiden Füßen wieder auf sichtbarem Boden stand. Nicht, dass der Schaden nicht schon angerichtet gewesen wäre. »Dass Ihr mir helfen wolltet?«

»Dass ich Euch angefasst habe. Das steht mir nicht zu.«

Arion sah ihm an, dass er etwas vollkommen anderes meinte. Nur nicht, was. Ohne es selbst zu merken, begann sie, ihren Oberarm zu massieren, wo er sie gepackt und festgehalten hatte, und ließ die Hand dann hastig wieder sinken, als in seinem Blick ein fast verletzter Ausdruck erschien. Aber das war nicht die einzige Regung. Aus einem Grund, den sie beim besten Willen nicht nachvollziehen konnte, wirkte Craiden regelrecht zornig.

Arion schluckte alles herunter, was ihr dazu auf der Zunge lag, schenkte ihm noch einen spöttischen Blick und ging dann weiter, indem sie sich nach links wandte und einen schmalen Pfad zum Ufer hinabging, der aus dem Nichts vor ihr entstand und genau so spur- wie lautlos hinter Craiden wieder verschwand, als er ihr folgte.

Lass das. Ich weiß nicht, warum, aber es scheint ihn zu erschrecken.

Wie Ihr wünscht, Prinzessin.

Arion stolperte, als an der Stelle, wo sie festen Boden erwartete, mit einem Mal ein Gewirr aus losem Geröll und von der Feuchtigkeit rutschig gewordenem Gras war, fand mit einem raschen Schritt (und im letzten Moment) ihr Gleichgewicht wieder und nahm sich vor, bei nächster Gelegenheit ein längeres Gespräch mit dem R'Achernon über die genaue Bedeutung des Wortes *Humor* zu führen. Dann musste sie selbst ein Lächeln unterdrücken, als es hinter ihr im Dämmerlicht krachte und Craiden einen wüsten Fluch in seiner Muttersprache ausstieß, den sie zwar nicht verstand, sich aber vorstellen konnte, was er bedeutete.

»Es tut mir leid, Clansherr«, sagte sie. »Ich dachte, Ihr seid Wildnis gewohnt.«

»Keine, die ich selbst gemacht habe«, grollte Craiden.

Irgendwie gelang es ihm, nicht der Länge nach neben ihr hinzufallen, aber seine Bewegungen sahen trotzdem so tollpatschig aus, dass Arion gar nicht mehr versuchte, ein spöttisches Grinsen zu unterdrücken. »Ich verstehe«, sagte sie. »Ihr seid es nur gewohnt, verbrannte Erde zu hinterlassen.«

Craiden schenkte ihr keine Antwort, sondern machte einen ungelenken Schritt zur Seite, um sein Gleichgewicht vollends zurückzuerlangen, und versuchte, die Bewegung zu kaschieren, indem er sich mit beiden Händen glättend über den Mantel fuhr. Das Kleidungsstück hatte das letzte Stück des Marsches genauso wenig unbeschadet überstanden wie der Stolz seines Besitzers. Laub und abgebrochene Äste hatten sich in dem groben Stoff verfangen, und über seiner linken Schulter entdeckte sie einen gut handlangen Riss, was sie ein bisschen erstaunte. Sollte ein Krieger nicht Kleidung tragen, die etwas mehr aushielt?

Ohne auch nur darüber nachzudenken, gab sie dem R'Achernon den Befehl, den Schaden zu reparieren, doch es geschah rein gar nichts.

Wie Ihr selbst gerade so richtig angemerkt habt, Prinzessin – es könnte ihn erschrecken.

Ja, sie *mussten* sich unterhalten. Dringend.

»Verzeiht«, sagte sie. »Das war dumm.«

Craiden schwieg, und Arion wartete noch einen winzigen Moment auf irgendeine Reaktion (die nicht kam) und hob dann die Hand, um ein halb vertrocknetes Blatt wegzuschnippen, das sich in seinen Haaren verfangen hatte. Craiden schrak nicht vor der bevorstehenden Berührung zurück, aber sie konnte ihm ansehen, wie schwer es ihm fiel. Warum eigentlich?

Verlegen ließ sie die Hand wieder sinken, ohne die Bewegung zu Ende gebracht zu haben, wandte sich dem Seeufer zu und trat so weit an dessen Rand heran, bis ihre Stiefelsohlen im Wasser standen. Zu ihrer Erleichterung verzichtete der R'Achernon darauf, sie übers Wasser wandeln zu lassen.

»Irgendwie ... läuft unser Ausflug zum See nicht so, wie ich ihn mir vorgestellt habe«, sagte sie unbeholfen.

»Was hattet Ihr Euch denn vorgestellt, Prinzessin?«, fragte Craiden. Er zupfte das Blatt selbst aus seinem Haar, betrachtete es einen Moment lang stirnrunzelnd und zerrieb es dann zwischen den Fingerspitzen.

»Eigentlich gar nichts«, gestand sie. »Ich dachte, es wäre vielleicht nicht das Dümmste, wenn wir uns wie ganz normale Menschen unterhalten.«

»Bisher hatte ich nicht den Eindruck, dass Ihr nicht normal seid, Prinzessin«, antwortete Craiden.

»Ich meine nicht wie die Herrscherin des R'Achernon und der Kriegsherr von *Belagerung*«, fuhr sie fort, »sondern einfach nur wie zwei Menschen, die sich um die Zukunft ihrer Völker sorgen.«

»Große Worte, Prinzessin«, sagte Craiden.

»Eben nicht *Prinzessin.* Und nicht *Kriegsherr.*«

»Arion.« Irgendwie brachte er es fertig, ihren Namen so auszusprechen, dass es beinahe wehtat. Wieso eigentlich?

»Dass Euer Mantel gerissen ist, tut mir leid«, sagte sie kühl. »Wenn Ihr gestattet, lasse ich ihn für Euch reparieren.«

»Wenn Ihr selbst zu Nadel und Faden greift, würde ich das Angebot vielleicht sogar annehmen.«

»Das kann ich nicht«, erwiderte sie.

»Nein, sicher nicht. Ihr seid die Prinzessin. Ihr müsst nicht …«

»… nähen können?« Arion schüttelte heftig den Kopf. Was sollte dieser Unsinn? »Ich pflege meine Kleider nicht selbst zu nähen. So wenig wie Ihr Euer Schwert selbst geschmiedet habt, nehme ich an.«

Craiden lächelte beinahe geringschätzig, zog die schlanke Klinge aus der Scheide und hielt ihr das Schwert mit dem Griff voran hin, sodass sie das verschlungene »C« sehen konnte, das in die Parierstange eingraviert war. Unheimlich. Sie hatte beinahe erwartet, den Buchstaben dort zu sehen. Und vielleicht noch unheimlicher war, dass sie auch der Anblick der kleinen Narbe auf seinem Handgelenk nicht überraschte, auf die er mit der Linken deutete. »Diese Verbrennung habe ich mir zugezogen, als ich Flammenbiss geschmiedet habe«, sagte er.

Flammenbiss. Er hatte seinem Schwert einen Namen gegeben. Wie ungemein *männlich.*

»Das muss wehgetan haben.«

»Nicht annähernd so sehr wie die Tracht Prügel, die mir mein Vater verpasst hat, nachdem ich den ersten Rohling verdorben habe«, antwortete Craiden. Er hielt ihr sein Schwert auffordernd hin, und Arion überwand ihren instinktiven Widerwillen und griff mit beiden Händen nach dem Tschekal, unendlich behutsam, da sie um die phantastische Schärfe dieser Waffe wusste.

Es war ein sonderbares Gefühl, aufregend und ein bisschen Furcht einflößend zugleich. Die Klinge war kaum breiter als zwei nebeneinandergelegte Finger, dabei aber länger als ihr Arm, und obwohl sie ihr enormes Gewicht spürte, schien sie gleichzeitig nahezu schwerelos zu sein, so perfekt, wie sie ausbalanciert war. Craidens Initialen auf beiden Enden der Parierstange und ein winziger fünfstrahliger Stern dazwischen waren der einzige Schmuck, darüber hinaus war die Klinge schlicht und vollkommen glatt. Sie wies nicht einmal eine Blutrinne auf und sah auch nicht sonderlich scharf aus; und beides musste sie auch nicht.

Sie warf Craiden einen fragenden Blick zu, bekam ein angedeutetes Nicken (und ein spöttisches Funkeln seiner Augen) zur Antwort und machte zwei Schritte zur Seite, bevor sie einen unbeholfenen Hieb ausführte. Die Waffe fuhr mit einem Zischen durch die Luft, das an das Geräusch zerreißender Seide erinnerte, und es kostete Arion etliche Mühe, nicht schon wieder das Gleichgewicht zu verlieren. Craidens Augen funkelten noch spöttischer, wenn auch auf gutmütige Art, in der sie keine verletzende Absicht erkannte.

Trotzdem ärgerte es sie.

»Seid vorsichtig, Prinzessin. Diese Waffe ist gefährlich. Es ist nicht leicht, damit umzugehen.«

Er streckte die Hand aus, was Arion noch ein bisschen mehr verärgerte. Sie gab ihm das Schwert zurück, erteilte dem R'Achernon einen kurzen gedanklichen Befehl und machte zugleich eine auffordernde Geste. Um die wenigen Sekunden Wartezeit zu überbrücken, nicht weil sie an seinen Fähigkeiten zweifelte. »Ein Tschekal, geschmiedet aus Sternenstahl«, sagte sie. »Abgesehen von unserem Achern vielleicht das härteste Metall des Universums … Man sagt, es schneidet Stahl wie ein heißes Messer Fett. Ist das wahr?«

Craiden nickte. »Ihr kennt Euch gut aus.«

»Die traditionelle Waffe eines Satai«, antwortete Arion. »Ich wusste die ganze Zeit, dass mich Eure Kleidung an etwas erinnert, aber nicht, woran. Gibt es einen Grund, aus dem Ihr Euch wie ein Satai kleidet?«

Hinter ihrer Stirn begann sich ein ganz sachtes Schwindelgefühl breitzumachen, und ihre Finger- und Zehenspitzen kribbelten, als wären sie eingeschlafen.

»Vielleicht weil ich einer bin?« Craiden machte einen spielerischen Ausfall mit dem Tschekal, und Arion kam nicht umhin, die fließende Eleganz seiner Bewegung zu bewundern.

»Unsinn«, sagte sie. »Die Satai sind schon vor langer Zeit ausgestorben. Sie sind nur noch eine Legende, an die sich kaum jemand erinnert.«

»Ihr ganz offensichtlich schon.« Craiden vollführte eine weitere Attacke gegen einen unsichtbaren Gegner, und dieses Mal waren seine Bewegungen so fließend und schnell, dass sie einem Tanz ähnelten. Einem tödlichen Tanz. »Nur weil die Männer gestorben sind, die einmal diese Kleider getragen und diese Waffen geführt haben, heißt das nicht, dass ihr Geist mit ihnen gestorben ist oder die Ideen, für die sie standen.«

Das Schwindelgefühl war fort, und auch das Kribbeln wich allmählich aus Arions Gliedern. Noch ein paar Sekunden und er würde eine wirklich böse Überraschung erleben. »Und Ihr wollt diese alten Ideen wieder aufleben lassen?«

Craiden enthauptete mit einer einzigen fließenden Bewegung gleich zwei imaginäre Gegner und sprang zurück, um einem ebenso imaginären Konter auszuweichen. »Ich dachte, Ihr kennt die Antwort.«

»Woher?«

»Wisst Ihr denn nicht alles?« Craidens Waffe beschrieb einen Dreiviertelkreis aus flackerndem Sternenlicht, der sie um wenig mehr als eine Handbreit verfehlte, dann wechselte er das Schwert ein paarmal blitzschnell von der rechten Hand in die linke und wieder zurück, führte einen abschließenden, geraden Stich ins Leere und beendete das uralte Kata, indem er die Klinge wieder in die schmucklose Scheide an seinem Gürtel rammte.

»Nehmt an, ich weiß es nicht«, antwortete sie, »außer dass Eure Vorstellung gerade wirklich beeindruckend war.«

»Die Schwertkunst der Satai«, bestätigte er. »Es dauert lange, sie zu lernen. Manche versuchen es ein Leben lang, ohne jemals Perfektion zu erreichen.«

»Aber Ihr seid perfekt?«

»Von sich selbst zu glauben, man hätte die Perfektion erreicht, ist der erste Schritt zur Niederlage«, antwortete Craiden. »Aber ich bin zufrieden.«

»Dann seid Ihr also gut?«

Craiden sah sie fragend an, als Arion den Arm vor ihm ausstreckte. Nichts geschah.

He!

Ich rate davon ab, Prinzessin.

Weil du mir unzureichende Daten heruntergeladen hast?

Meine Analyse des Kata, das er soeben vollführt hat, lässt mich zu dem Schluss kommen, dass Clansmeister Craiden ein wirklich hervorragender Schwertkämpfer ist. Ein Meister.

Das bin ich doch auch, oder?

Er ist mehr als doppelt so schwer wie Ihr, Prinzessin. Und sehr viel stärker. Und ich bin nicht sicher, dass Eure Kleidung Euch vor einem Treffer mit seinem Schwert schützt.

Dieses … Brotmesser? Sei nicht albern! Die Naniten sind aus Achern.

Sie sind damit beschichtet, Prinzessin, und die Kraft, mit der der Clansherr zuschlägt, kombiniert mit der außergewöhnlichen Härte seiner Waffe …

Dann sollte ich besser dafür sorgen, dass er mich nicht trifft, richtig?, dachte Arion ärgerlich. *Und hoffen, dass mein Lehrer so gut ist, wie er es von sich behauptet. Schluss jetzt!*

Ganz wie Ihr befehlt, Prinzessin.

Das lautlose Gespräch hatte gerade so lange gedauert, wie sie gebraucht hatte, um den Arm ganz auszustrecken, und Craidens Gesicht hatte nicht einmal genug Zeit, einen fragenden Ausdruck anzunehmen; er wurde dann auch eher verwirrt. Als eine armlange Klinge in ihrer Hand erschien, nicht breiter als zwei nebeneinandergelegte Finger, vollkommen schmucklos und von einem matten Schwarz, das Farbe und Licht fraß, blickte Craiden sie ungläubig an. »Das … ist jetzt nicht dein Ernst«, entfuhr es ihm.

Arion beschloss, das respektlose *du* genauso zu überhören, wie er es vorhin bei ihr getan hatte. »Ihr habt doch nicht etwa Angst vor einem kleinen Mädchen, Kriegsherr?«, fragte sie. »Und keine

Sorge wegen der Klinge: Ihre Härte entspricht exakt der von Sternenstahl.«

»Habt Ihr nicht behauptet, dass niemand Euer Achern bearbeiten kann?«, fragte Craiden.

Ich dachte, ich hätte Euch gewarnt, Prinzessin. Er ist kein Dummkopf.

»Jetzt habt Ihr mich erwischt, Clansmeister«, sagte Arion. »Ich mache Euch einen Vorschlag: Wenn Ihr mich besiegt, verrate ich es Euch. Wenn nicht, bleibt es mein Geheimnis.«

»Ich will Euch nicht wehtun, Arion«, antwortete Craiden.

»Wie nobel von Euch«, erwiderte sie, machte einen unbeholfenen Ausfallschritt und zielte linkisch mit der Spitze ihres schwarzen Tschekal nach ihm. Craiden machte sich nicht einmal die Mühe, seine eigene Waffe zu ziehen, sondern drehte nur den Oberkörper zur Seite und machte einen fast gemächlichen Schritt nach hinten.

»Eine Waffe allein bedeutet gar nichts, Prinzessin«, sagte er in jenem sanft-tadelnden Ton, den man einem uneinsichtigen Kind gegenüber anschlagen mochte, das einfach nicht verstehen will, warum es seine Hand nicht in einen Topf mit kochendem Wasser tauchen sollte. Arion zweifelte auch nicht daran, dass er diesen Ton ganz bewusst wählte, um sie zu ärgern.

Es funktionierte.

Ihr zweiter Hieb war schon nicht mehr ganz so ungelenk und zwang Craiden, einen deutlich hektischeren Schritt nach hinten zu machen, wodurch er sich in den Ästen des nahen Unterholzes verhedderte. Der Riss in seinem Mantel wurde länger, als er sich mit einer ärgerlichen Bewegung losmachte.

»Übertreib es nicht, Mädchen«, sagte er.

»Mädchen?« Arion gab einen Laut gespielter Verärgerung von sich, schlug noch ungeschickter als bisher mit dem Schwert nach ihm und geriet in ihrer Hast vermeintlich ins Stolpern. Irgendwie gelang es ihr im allerletzten Moment, sich auf den Beinen zu halten, aber dabei gebärdete sie sich so tollpatschig, dass sich ihr Tschekal zur Seite bewegte und über Craidens Unterarm schrammte; nicht heftig genug, um ihn ernsthaft zu verletzen, aber doch ausreichend, ihm einen langen, blutenden Kratzer zuzufügen.

Craiden runzelte die Stirn. »Das ist jetzt genug«, sagte er. »Nicht dass Ihr Euch am Ende noch verletzt.«

»Bis jetzt blutet nur Ihr«, sagte Arion selbstgefällig, ergriff das Tschekal mit beiden Händen und sprang mit einem albernen Kampfschrei auf ihn zu. Craiden nahm sich tatsächlich die Zeit, noch einmal tief zu seufzen und sogar resignierend den Kopf zu schütteln, bevor er seine eigene Waffe zog und ihren Hieb parierte.

Oder es wenigstens versuchte.

Arions Schwert traf seine Klinge genau im richtigen Winkel, prellte sie ihm aus der Hand und verwandelte sie in einen silberfarbenen Blitz, der in einen nahen Baum fuhr und sich bis zum Heft in den Stamm grub. Craiden starrte seine leere Hand an, dann sie und dann wieder seine Finger. Arion nahm an, dass sie ziemlich wehtaten.

»Das … ähm … tut mir leid, Kriegsherr«, sagte sie und blickte ihn so treuherzig-verlegen an, wie sie nur konnte. »Ich habe Euch doch nicht wehgetan, oder? Das wollte ich nämlich nicht.«

»Ja, sehr komisch«, sagte Craiden, ohne dass sich auch nur der Schatten eines Lächelns auf seinem Gesicht zeigte. »Lasst mich einen Moment nachdenken. Vielleicht fällt mir auch der eine oder andere Scherz ein.« Er betrachtete stirnrunzelnd seinen Arm, wischte mit dem Handballen das Blut weg und ging dann zu dem Baum, in dem sein Schwert steckte. Er musste einen Gutteil seiner nicht unbeträchtlichen Muskelkraft aufwenden, um die Klinge aus dem Stamm zu ziehen. Aber Arion fiel die veränderte Art auf, auf die er das Schwert hielt. Das Spiel war vorbei. Noch einmal würde er nicht auf die Kleinmädchen-Nummer hereinfallen. Gut.

»Ich glaube, ich nehme Euer Angebot an, Prinzessin«, sagte er. »Wenn ich Euch besiege, verratet Ihr mir das Geheimnis des Achern.«

»Und wenn ich Euch besiege, beantwortet Ihr mir ganz ehrlich eine Frage?«

»Und welche?« Craiden zeichnete mit seinem Tschekal ein paar komplizierte Muster in die Luft.

»Das entscheide ich, wenn ich gewonnen habe.«

»Klingt wie ein faires Angebot«, sagte Craiden lächelnd.

Und griff an.

Er meinte es nicht wirklich ernst – schon der Ansatz seiner Bewegung machte Arion klar, dass er keinen tödlichen Angriff startete –, aber ernst genug, um ihr die Waffe aus der Hand zu prellen und sie möglicherweise mehr als nur ein bisschen zu verletzen. Craiden kam mit genau dem vom R'Achernon vorausgesagten Ungestüm über sie, dass sie mit einem überraschten Keuchen zurückstolperte und einen Augenblick lang um ihr Gleichgewicht kämpfte, bevor sie dieses ungleiche Duell verlor und nach hinten auf den Rücken fiel. Craiden setzte ihr nach, um ihr die Waffe aus der Hand zu schlagen, übersah aus irgendeinem Grund ihren hochgerissenen Fuß (der eigentlich wie aus dem Nichts genau an der richtigen Stelle erschien, statt sich nach oben bewegt zu haben) und segelte im hohen Bogen über sie hinweg. Sein Schrei klang viel mehr wütend als wirklich überrascht, und er dauerte auch nur eine halbe Sekunde, bevor er in dem gewaltigen Platschen unterging, mit dem er hinter ihr im Wasser versank.

Ich glaube, jetzt habt Ihr ihn zornig gemacht.

Ach?, dachte Arion, nahm die Warnung aber dennoch ernst genug, um so schnell aufzuspringen und herumzufahren, wie sie es überhaupt nur konnte. Was wirklich *schnell* war.

Trotz allem reichte das aber gerade nur so, um ihr den Hals zu retten.

Craiden *explodierte* regelrecht aus dem Wasser, war mit einem einzigen, ganz und gar unmöglichen Schritt bei ihr und schlug zu, ein triefender Dämon aus Gestalt angenommener Wut, von dem sie plötzlich gar nicht mehr so sicher war wie noch vor ein paar Sekunden, dass er sie *nicht* umbringen würde, wenn sie ihm auch nur die winzigste Chance dazu gab. Vielleicht auch, wenn sie es nicht tat.

Ohne die Kampfprogramme, die der R'Achernon in ihr Unterbewusstsein geladen hatte, hätte sie nicht einmal die ersten zwei oder drei Sekunden überstanden.

Craidens Hiebe prasselten so erbarmungslos wie silberner Hagel aus Sternenlicht auf sie herab, unvorstellbar schnell und mit einer Gewalt, die ihr schon beim ersten Schlag die Handgelenke gebrochen hätte, wären ihre Knochen nur unwesentlich weniger hart als Stahlkeramik gewesen. Aber auch so stolperte sie schon unter der Wucht des ersten Hiebes zurück, kämpfte schon wieder um ihr Gleichgewicht und gewann zumindest diesen Kampf nur, indem sie die mörderische Wucht seines Schlages in zwei hastige Stolperschritte rückwärts umwandelte. Mit dem dritten landete sie in haargenau dem Gestrüpp, in dem Craiden sich vor ein paar Sekunden verfangen hatte, ahnte seinen nächsten Schwerthieb mehr, als sie ihn kommen sah, und ließ sich blitzschnell in die Hocke fallen. Craidens Klinge zischte über ihr durch die Luft, kappte ohne den geringsten sichtbaren Widerstand den oberschenkeldicken Baum neben ihr, und Craiden war unhöflich genug, noch aus derselben Bewegung heraus mit dem Knie nach ihrem Gesicht zu stoßen. Arion fing den Stoß mit der flachen Hand ab, ließ sich nach hinten kippen, registrierte fast schon beiläufig, dass der Tritt hart genug gewesen wäre, ihr den einen oder anderen Gesichtsknochen (oder auch alle) zu zerschmettern, hätte er getroffen, und fegte ihn mit einem blitzschnellen Sicheltritt von den Füßen.

Ich schlage vor, dass Ihr Euren Körperschild wieder einschaltet, Prinzessin.

Nein! Arion kam im gleichen Sekundenbruchteil wie Craiden wieder in die Höhe, schlug beidhändig zu und brachte es zwar nicht fertig, ihn zu entwaffnen (oder um eine Hand oder einen Arm zu erleichtern, was sie in diesem Moment nicht nur billigend, sondern durchaus *wohlwollend* in Kauf genommen hätte), nahm seinem ungestümen Angriff aber immerhin genug Schwung, um sich mit einem weiteren wuchtigen Hieb frei zu machen und einen keuchenden Atemzug nehmen zu können. Irgendwo neben ihm kippte ein weiterer Baum um und verfing sich mit seinen Ästen in den anderen Baumkronen, sodass er in einem unmöglichen Winkel erstarrte, aber sie hätte nicht einmal sagen können, wessen Klinge es gewesen war, die ihn gefällt hatte. Dafür sah Arion umso deutlicher die Mordlust, die plötzlich in Craidens Augen aufblitzte. Vielleicht war es nicht einmal wirkliche Mordlust; sehr wohl aber der unbedingte Wille zu gewinnen, koste es, was es wolle. Und wenn der Preis ihr Leben war.

Ich rate Euch noch einmal dringend, diesen Kampf zu beenden oder wenigstens Euren Schild einzuschalten. Eine Analyse des bisherigen Kampfverlaufs zeigt, dass Ihr verlieren werdet.

Untersteh dich!

Sie *konnte* nicht verlieren. Sie war Prinzessin Infinity, Herrscherin des R'Achernon und der Welt und überhaupt des ganzen restlichen Universums, und sie würde sich ganz bestimmt nicht von diesem dahergelaufenen *Bauerntölpel* demütigen lassen!

Sie konnte nicht sagen, ob es dieser Gedanke war, der aus einem groben Spiel endgültig Ernst machte, oder ob es einfach zwangsläufig war, weil die Situation gar nicht anders enden konnte. Sie hörte auf, zu denken, versuchte weder, seine Attacken vorauszuahnen noch ihre eigene Reaktion irgendwie zu planen – oder gar mit seinen Bewegungen zu koordinieren, um ihm irgendwie zuvorzukommen –, sondern ließ sich einfach fallen und schien von einem Atemzug auf den anderen kaum mehr als eine unbeteiligte Beobachterin zu sein, als die Kampfprogramme, mit der der R'Achernon sie ausgestattet hatte, endgültig die Kontrolle über ihren Körper und vor allem ihre Reflexe und Reaktionen übernahmen. Aus ihren Bewegungen wurde derselbe fließende, tödliche Tanz, den sie gerade so sehr an ihm bewundert hatte – vielleicht nur mit einem Bruchteil seiner brutalen Kraft und dem unbedingten Willen zu siegen, aber beinahe noch schneller und mit noch größerer Präzision der Bewegungen, in dem tausend Kampftechniken aus tausend Millennien zusammenkamen: längst vergessene Techniken und nie gelehrte Finten und Konter, in denen sie schlug und geschlagen wurde, auswich und täuschte, attackierte und attackiert wurde. Ihre Schwerter schlugen Funken sprühend aufeinander, prallten zurück und stießen wie angreifende Schlangen vor, zerteilten Gebüsch und die kalte Nachtluft ebenso mühelos wie handgelenksdicke Äste und ganze Baumstämme. Schon nach wenigen Augenblicken waren sie beide in Schweiß gebadet, und auch Craidens Atem ging fast so schnell und keuchend wie der Arions. Sie waren wie Schatten, die sich mit der Schnelligkeit tanzender Trugbilder umkreisten, die der Sturm über der Wüste erschuf, und ihre Klingen schienen plötzlich beinahe immateriell, als wäre ihr Zorn groß genug, selbst sie in Gestalt gewordene Wut zu verwandeln.

Wie jeder wirklich ernst gemeinte Kampf dauerte auch ihr verbissenes Ringen nur wenige Augenblicke, auch wenn sie Arion wie eine schiere Ewigkeit voll reiner Bewegung und Gewalt vorkamen. Und wie in fast allen ernst gemeinten Kämpfen siegte am Schluss die reine Gewalt gegen ausgefeilte Technik; sie spürte es, den Bruchteil einer Sekunde, bevor es geschah. Ihre Schläge waren präziser, ihre Techniken ausgefeilter und ihre Finten und Konter raffinierter, aber all das nutzte nichts gegen den einen, urgewaltigen Hieb, mit dem Craiden ihre Deckung durchbrach. Ihr Schwert, unzerstörbares Achern hin oder her, flog in hohem Bogen davon und verschwand im Wasser. Und sie sah das Entsetzen in Craidens Augen explodieren, als er selbst begriff, was passierte. Weder seine Kraft noch seine Reaktionen reichten aus, um den Hieb zurückzureißen oder ihm wenigstens seine tödliche Wucht zu nehmen.

Ohne sie noch einmal um Erlaubnis zu fragen, rettete der R'Achernon ihr das Leben, indem er ihren Körperschild aktivierte, aber das war auch schon alles.

Arion registrierte auf einer Ebene außerhalb des normalen Zeitverlaufs und mit ebenso vollkommenem wie eisigem Entsetzen, wie Craidens Tschekal gegen ihren erst hochfahrenden Schild prallte und ihn in einem Feuerwerk mikroskopisch feiner hellblauer elektrischer Lichtfäden durchschlug. Auf derselben, tausendfach verlangsamten Wahrnehmungsebene fand sie sogar noch Zeit, sich mit der Gewissheit zu beruhigen, dass keine Macht des Universums stark genug war, um ihre Kleidung aus achernbeschichteten Naniten zu durchdringen, dann holte sie der normale Zeitablauf doch wieder ein, und Prinzessin Infinity erhielt eine Lektion sowohl in Demut als auch in einem der fundamentalsten Gesetze der Natur, vor dem sie nicht einmal die gottgleiche Macht des R'Achernon beschützen konnte.

Energie geht niemals verloren.

Das Licht fressende Gewebe aus ineinander verhakten Naniten absorbierte den Schlag auf die einzige Weise, die ihm möglich war, indem es sich im Bruchteil einer Sekunde zu einer starren Hülle versteifte, die den allergrößten Teil der kinetischen Energie in eine Schockwelle verwandelte, die um Arions Körper herumlief und sich in zischend-aktinischen Funken und einem zitternden Wellenmuster kochender Luft entlud – und einem sonderbar klagenden Laut wie dem einer gläsernen Harfe.

Doch nicht alles entlud sich auf diese Weise.

Der verbliebene Rest raste als Schockwelle durch ihren Körper, beschädigte ein halbes Dutzend Organe, zertrümmerte ihr ebenso viele Rippen auf der Seite, an der sie die Schwertklinge traf, und ungefähr halb so viele auf der anderen Seite, ließ eine größere Anzahl von Arterien platzen und tat noch ein paar andere und deutlich unappetitlichere Dinge mit ihren Innereien, die sie gar nicht so genau wissen wollte.

Außerdem bescherte ihr die Energiewelle eine Explosion von Schmerzen, die sie sich bis zu diesem Augenblick nicht einmal hätte *vorstellen* können.

Die übrig gebliebene Wucht des Hiebes, die weder ihre Kleidung noch ihre weichere innere Struktur hatte aufzehren können, reichte nicht nur aus, um sie nach hinten und von den Füßen zu reißen, sondern schleuderte sie ins Wasser, in dem sie wie ein Stein versank, gelähmt vor Schmerzen und zugleich von unvorstellbaren Krämpfen geschüttelt, die wie eine nicht endende Folge dumpfer Explosionen durch ihren Körper rasten. Alles wurde schwarz, dann rot, und wäre sie in diesem Moment in der Lage gewesen zu atmen, hätte sie die Lungen voller Wasser gesogen und wäre ertrunken. Der winzige Ausschnitt des Universums, in dem sie gefangen war, ein Kokon aus reiner, pulsierender Qual, begann zu verblassen, und die Schmerzen wurden zwar kein bisschen weniger schlimm, verloren aber irgendwie an Bedeutung. Arion begann, eine gewaltige Schwärze zu fühlen, die sich unter ihr auftat, um sie zu verschlingen.

Doch statt in diesem dunklen Schacht zu versinken, fühlte sie sich im nächsten Augenblick gepackt und von starken Armen in die Höhe und aus dem Wasser gerissen. Licht umgab sie, und während Craiden herumfuhr und sie so mühelos zum Ufer trug wie ein Kind, konnte sie endlich wieder atmen – auch wenn sie es beinahe bedauerte, denn die Luft, die in ihre geschundene Kehle und ihre gequetschten Lungen strömte, war wie Säure, die sie von innen heraus zu verbrennen schien.

Craiden rief etwas, das sie nicht verstand, und der Schmerz wurde unglaublicherweise noch einmal schlimmer, bis sich der R'Achernon ihrer endlich erbarmte und ihn abschaltete. Ihre Haut begann zu kribbeln, und rhythmische Wellenmuster jagten über ihre Kleidung, als sich ein Teil der Naniten verflüssigte und in ihren Körper eindrang, um sofort mit den allernotwendigsten Reparaturen zu beginnen.

Craiden drehte sie auf die Seite, tat irgendetwas mit ihren Gliedmaßen, das sie nicht verstand, aber sehr unangenehm war, und bog ihren Kopf in den Nacken, sodass sie schon wieder kaum atmen konnte und zudem noch gegen einen heftigen Brechreiz ankämpfen musste.

»O nein!«, keuchte er. »Das ... das wollte ich nicht! Gea, das tut mir leid, bitte glaub mir!«

Sie verstand nicht, was er meinte, aber obwohl er ihr mittlerweile wirklich *wehzutun* begann und sich nach Kräften bemühte, die Arbeit der Naniten in ihrem Körper gleich wieder zunichtezumachen, spürte sie die gute Absicht dahinter und seine an Panik grenzende Furcht.

»Gea!«, stammelte er. »Bitte, das ... das wollte ich nicht!« Seine Hände machten sich weiter an ihr zu schaffen, zupften und zerrten ziellos an ihr herum und fügten ihr nur noch weiteres Unbehagen zu. Aus seiner Angst wurde endgültig Panik. »Gea, du ...«

Ihr Schild erwachte zischend und mit einem Feuerwerk grellblauer Funken wieder zum Leben *(warum zum Teufel hatte das so lange gedauert?)*, woraufhin Craiden mit einem schmerzhaften Keuchen zurückprallte und die Hände gegen den Leib presste. Sein Gesicht war verzerrt, aus seinem Mantel kräuselte grauer Rauch in die Luft, aber der Ausdruck von Panik blieb in seinen Augen. Er war gestürzt, versuchte sich aber sofort wieder hochzustemmen und fiel wieder auf Hände und Knie, als seine verkrampften Muskeln ihm den Dienst verweigerten. Unverzüglich versuchte er es noch einmal, sank abermals zurück und biss stöhnend die Zähne zusammen – und setzte zu einem dritten Anlauf an.

Arion raffte ihrerseits all ihre Kräfte zusammen und setzte sich auf, um den Kopf zu schütteln und eine abwehrende Geste zu machen. »Lasst es, Clansherr«, brachte sie mühsam hervor. »Ihr schadet Euch ... nur selbst. Es vergeht in ... in ein paar ... Minuten.«

Ihre Kraft reichte nicht, um seine Antwort – falls es eine gab – mitzubekommen. Sie sank wieder zurück, schloss die Augen und registrierte ohne Überraschung, dass sich die Welt weiter um sie drehte, obwohl sie sie gar nicht mehr sah. Dass sie keine Schmerzen mehr hatte, schloss nicht aus, dass sie sich so hundeelend fühlte wie noch nie zuvor im Leben. Sie hatte das Gefühl, all ihre Organe hätten sich verflüssigt und würden zugleich von einer Million winziger, gieriger Ameisen aufgefressen. Und am Rand dieses Gefühls stand schon wieder jene erschreckende Dunkelheit, die an ihren Gedanken zerrte. Vielleicht sollte sie einfach sterben, um dieser Qual zu entgehen.

Ist das wirklich Euer Wunsch, Prinzessin?

Einen einzigen, verlockenden Augenblick lang dachte sie wirklich ernsthaft über diesen Vorschlag nach, verwarf ihn aber sofort wieder. Denn sie würde nicht nur die Erinnerung an diesen schrecklichen Schmerz und die Demütigung verlieren, sondern auch an Dinge, die sie nicht vergessen wollte.

Ich kann eine Drohne schicken, die ein Backup durchführt. Es dauert nur wenige Augenblicke.

Ein bisschen wunderte es sie fast, dass der R'Achernon diese Maßnahme – oder etwas noch deutlich Drastischeres – nicht schon längst ergriffen hatte, doch sie glaubte, die Gründe dafür zu erahnen, und schwieg, was ihrem unsichtbaren Beschützer als Antwort zu genügen schien. Ihre Organe kochten und brodelten weiter, und aus der Million gieriger Ameisen wurde eine Milliarde. Das Wissen, in Wahrheit nicht von innen heraus aufgefressen zu werden, sondern im Gegenteil zu spüren, wie die mikroskopischen Helfer des R'Achernon zerrissene Arterien zusammenschweißten, gebrochene Knochen aneinanderfügten sowie beschädigtes Muskel- und Organgewebe wieder aufbauten, half ihr nicht im Mindesten dabei, die nächsten Minuten besser zu ertragen.

Mardu So unglaublich ihm der Gedanke vorgekommen war, hatte er doch einen großen Teil der Nacht tatsächlich geschlafen, während er an seine ledernen Flügel geschnallt auf einer unsichtbaren Welle aus heißer Luft dahinraste.

Nicht besonders gut, versteht sich.

General Mardu erinnerte sich verschwommen an eine ganze Reihe vollkommen unterschiedlicher, aber ausnahmslos grässlicher Träume, aus denen er immer wieder stöhnend oder auch heulend vor Schmerz aufgewacht war, und ein paarmal hatte er die Nähe von etwas sehr Großem und Gefährlichem gespürt, aber immer nur Quizzack gesehen, der näher kam, um ihn wieder auf den richtigen Kurs zu bringen, wenn er zu sehr an Höhe verlor oder in Richtung Wand glitt.

Als Mardu endgültig aufwachte, umgab sie noch immer fast vollkommene Dunkelheit, aber er spürte trotzdem, dass sie dem nächsten Morgen näher waren als dem vorangegangenen Abend. Er hatte schrecklichen Durst, und sein Gesicht schmerzte, als hätte man ihn bei lebendigem Leibe gehäutet (was ja irgendwo auch der Fall war). Quizzack schwebte rechts und ein Stück unter ihm und regte sich nicht – im ersten Moment fragte sich Mardu, ob er überhaupt noch lebte. Hatte der Junge nicht gestern etwas von *Strahlung* erzählt?

Mardu lauschte in sich hinein und spürte tatsächlich eine ungewohnte Hitze, fast ein Brennen. Es tat nicht weh und war noch nicht einmal wirklich unangenehm, aber es gehörte ganz eindeutig nicht in seinen Körper.

Mühsam drehte er den Kopf weit genug, um den erschreckend schmalen Streifen schwarzen Himmels über sich zu betrachten, und suchte aus verquollenen Augen nach dem zerbrochenen Mond. Seine Teile waren nicht zu sehen, was bedeutete, dass es entweder noch eine geraume Weile vor oder schon ein gutes Stück nach Mitternacht sein musste, aber es gab keine Möglichkeit, diesen Unterschied irgendwie festzustellen.

Es musste Morgen sein, entschied er, denn alles andere hätte bedeutet, dass sie noch immer viele Stunden von ihrem Ziel entfernt waren und noch bis Mittag in dieser gefährlichen Strahlung zubringen mussten (von der Hitze ganz zu schweigen) – Stunden, von denen ihm jede einzelne vermutlich Jahre seines Lebens kostete. Quizzack spekulierte möglicherweise darauf, dass er einen Rekonstruktor in seinem Hauptquartier hatte (was stimmte), der Mardu und auch ihm nach dieser Strapaze helfen konnte (was zumindest in Quizzacks Fall ganz gewiss nicht geschehen würde). Aber auch die besten Rekonstruktoren vollbrachten keine Wunder. Und wenn sie es nicht lebend bis ins Hauptquartier schafften, dann spielte das ohnehin keine Rolle.

»Ihr seid wach, Herr. Das ist gut.« Quizzack rührte sich immer noch nicht, aber seine Stimme klang geradezu unanständig frisch. »Ich hatte schon angefangen, mir Sorgen um Euch zu machen.«

»Das ist nicht notwendig«, antwortete Mardu. Eigentlich krächzte er es. Seine Kehle war wie ausgedörrt und schmerzte bei jedem Wort. Er fuhr dennoch fort: »Sag mir lieber, wie weit es noch ist.«

»Nicht mehr sehr weit, Herr«, antwortete Quizzack.

Eine Stunde später behauptete er dasselbe noch einmal, und

auch eine weitere Stunde darauf, und ein viertes Mal stellte Mardu die Frage erst gar nicht.

Seine Einschätzung die Tageszeit betreffend erwies sich als richtig. Selbst nachdem er zum dritten Mal dieselbe Antwort von Quizzack bekommen hatte, verging noch eine geraume Weile, bevor die Sonne am Himmel über dem Kanal erschien, und Mardu nutzte die Gelegenheit, um vielleicht ein bisschen mehr von seiner wirklich seltsamen Umgebung wahrzunehmen; wenn auch mit bescheidenem Erfolg, denn das dämmrige Licht löschte alle Farben aus und verbarg beinahe mehr, als es verhüllte. Die Wand, neben der sie dahinglitten, war noch immer so gut wie unsichtbar. Er meinte zu erkennen, dass sie aus etwas wie grobem Eisen bestand und von Rost zerfressen war. Hier und da gähnten gewaltige Löcher in der schwarzen Klippe, und da waren … Dinge, die in unregelmäßiger Anzahl und Form aus ihr herauswuchsen, aber er vermochte sie genauso wenig zu erkennen wie die seltsame Bewegung tief unter ihnen. Etwas in diesem Kanal fraß das Sonnenlicht, aber wenn Mardu ganz ehrlich war, dann wollte er gar nicht mehr sehen.

»Jetzt ist es nicht mehr weit«, sagte Quizzack irgendwann. Mardu schätzte, dass es mindestens eine Stunde nach Mittag sein musste, wenn nicht zwei. »Haltet Euch bereit, Herr. Passt gut auf und macht einfach dasselbe wie ich. Könnte ein bisschen kniffelig werden, aber Ihr schafft das schon!«

Mardu war noch damit beschäftigt, sich zwischen Erschrecken und Empörung zu entscheiden, als Quizzack pfeilschnell und elegant wie ein schwarzer Raubvogel mit starren Flügeln auf einen sonderbar eckigen Vorsprung zujagte, der überhaupt nur sichtbar war, weil sich das Sonnenlicht auf einer glänzenden Bruchstelle spiegelte, die noch nicht vollkommen vom Rost zerfressen war. Deutlich langsamer und deutlich weniger elegant änderte Mardu seine Flugbahn, wäre um ein Haar mit einer rostigen Metallnase kollidiert, die ihn heimtückisch aus den Schatten heraus ansprang, und folgte mit den Augen nicht nur Quizzack, sondern entdeckte auch einen gewaltigen, klaffenden Riss in der eisernen Klippe, drei oder vier Meter hoch und so lang, dass er sein jenseitiges Ende nicht mehr erkennen konnte. Quizzack steuerte noch immer ohne das mindeste Zögern darauf zu, erreichte den Rand der Kante und raste wie ein Pfeil hinein in den Spalt.

Mardu setzte alles auf eine Karte, visierte den Riss an, so gut er konnte, und jagte nur wenige Meter hinter ihm hindurch. Plötzlich umgab ihn eine andere Art von Dunkelheit und die Weite eines gewaltigen, eisernen Domes. Quizzack setzte ein Stück vor ihm zur Landung an, kam auf den Füßen auf und machte ein paar ungeschickt hoppelnde Schritte, mit denen er tatsächlich die Balance behielt. Mardu hingegen schoss an ihm vorbei, starrte ihn aus großen Augen an und benutzte anders als er Knie, Brust und Nase, um die restliche Energie seiner Bewegung aufzuzehren. Das Schicksal (oder seine eigene Leidensfähigkeit) waren gnädig mit ihm: Er verlor nicht vollends das Bewusstsein, blieb aber so lange benommen liegen, bis Quizzack sich aus seinem Flugmantel befreit hatte und zu ihm geeilt war. Wie er auf dem Bauch dalag, mit weit ausgestreckten Armen und gespreizten Beinen an dem metallenen Gestänge festgebunden, musste der Junge seine gesamte Körperkraft aufbieten, um ihn auf den Rücken zu drehen, und brauchte drei (für Mardu äußerst schmerzhafte) Anläufe, aber schließlich hatte er es geschafft, fiel neben ihm auf die Knie und begann, irgendeinen beruhigend gemeinten Unsinn zu brabbeln, während er sich ungeschickt an den Schnallen des Geschirrs zu schaffen machte.

Nach all den Stunden, die Mardu hilflos an dem Gestänge festgebunden gewesen war, taten die ersten Bewegungen so weh, dass ihm die Tränen in die Augen schossen und er vielleicht nur deshalb nicht aus Leibeskräften losbrüllte, weil seine Kehle einfach zu trocken dafür war.

Ihm wurde übel. Mit einiger Mühe gelang es ihm, sich nicht auf Quizzacks Füße zu übergeben, aber als er sich hochzustemmen versuchte, gaben seine Knie unter ihm nach, und Quizzack musste ihn auffangen.

»Kommt, General, setzt Euch.« Der Junge bugsierte ihn in der Dunkelheit auf irgendetwas, worauf er sich setzen konnte und das seinen Rücken stützte wie ein sehr harter metallener Stuhl, verschwand für einen Moment und drückte ihm dann einen zerbeulten Metallbecher in die Hand, als er zurückkam. Mardu kostete vorsichtig von seinem Inhalt, stellte fest, dass er nichts als staubig schmeckendes, lauwarmes Wasser enthielt, und trank dann mit gierigen Schlucken weiter. Seine ausgedörrte Kehle schien die Flüssigkeit einfach aufzusaugen wie trockener Wüstenboden, bevor sie auch nur eine Chance hatte, seinen Magen zu erreichen – und er war hinterher eindeutig durstiger als vorher. Gern hätte er Quizzack gebeten, ihm mehr Wasser zu bringen, doch der Junge war erneut verschwunden und polterte irgendwo außerhalb seines Sichtbereichs herum.

Mardu ließ den leeren Becher fallen, lauschte eine Weile auf das lang anhaltende, scheppernde Echo und zwang seine verklebten Augenlider dann weiter auseinander, um seine Umgebung zu erkennen. Es bereitete ihm Mühe. Seine Augen pochten, als schlügen Zwerge von innen mit winzigen Fäusten dagegen, und er hatte große Schwierigkeiten, Farben zu sehen – was aber auch daran liegen mochte, dass es keine gab. Sie waren in einer ausgedehnten, sehr hohen Halle, die tatsächlich zur Gänze aus uraltem schwarzem Gusseisen zu bestehen schien. Der Boden war übersät mit Unrat, Trümmern und allen möglichen, formlosen Dingen. Und gerade am Rande des Bereiches, den er noch überblicken konnte, erhob sich ein großes und sonderbar geometrisches Etwas, das ihm das Gefühl gab, es eigentlich erkennen zu müssen.

Quizzack tauchte wie aus dem Nichts vor ihm auf, und Mardu brauchte eine gute Sekunde (oder auch zehn), um zu begreifen, dass das nichts mit Zauberei oder Techmagie zu tun hatte, sondern er kurz eingeschlafen sein musste. Ein wenig erschrocken lauschte er in sich hinein. Seine Herzen schlugen schnell und kraftvoll, waren aber nicht mehr vollkommen im Einklang, er hatte einen schlechten Geschmack im Mund und seine Zunge war geschwollen und pelzig. Es fühlte sich an, als hätte er Fieber, ohne tatsächlich Fieber zu haben, und ein bisschen Blut lief ihm aus der Nase. Vorboten der Strahlenkrankheit? Oder war er einfach nur vollkommen fertig?

»Ist alles in Ordnung, General?«, fragte Quizzack.

»Nein«, grollte Mardu. »Wo sind wir hier?«

»Wir haben es beinahe geschafft, Herr«, antwortete Quizzack, was eigentlich keine Antwort war. »Nur noch die Treppe hoch, und wir sind in Sicherheit. Oben finden wir Essen und eine Transportmöglichkeit. Ich hab mir da schon was überlegt. Mit ein bisschen Glück sind wir am Himmelsbahnhof, bevor die Sonne untergeht.«

»Und mit ein bisschen Pech sind wir tot, bevor die Sonne untergeht, wie?«, grollte Mardu. »Bring mir noch mehr Wasser. Ich bin durstig.«

»Es ist nichts mehr da«, erwiderte Quizzack bedauernd. »Das war alles, was ich gefunden habe.«

Hieß das etwa, der Junge hatte selbst nichts getrunken, sondern ihm auch seinen Anteil gegeben? Quizzack schien lernfähiger zu sein, als er ihm zugetraut hatte. Mardu schenkte ihm trotzdem – rein prophylaktisch – einen drohenden Blick, streckte die Hand aus und ließ sich von ihm aufhelfen. »Dann bring mich hier raus.«

Quizzack zog ihn gehorsam auf die Beine und führte ihn in Richtung einiger Vorrichtungen, die im Dunklen verborgen waren. Mardu tappte schwerfällig los, stützte sich dabei noch schwerer auf Quizzacks Schulter und sah nach rechts und links. Zu seiner Überraschung gewahrte er eine Art grob gefertigten Kleiderständer, auf dem der Junge seinen und auch Mardus Flugmantel aufgehängt hatte … und daneben noch mindestens ein halbes Dutzend weiterer.

»Dann sind wir wohl nicht die Ersten, die hierherkommen«, vermutete er.

»Jeder, der hier Zuflucht findet, ersetzt das, was er verbraucht – das ist die Regel«, sagte Quizzack. »Aber der Letzte hat die Wasservorräte nicht erneuert … das wird Folgen haben, dafür sorge ich. Wasser ist wichtig.«

Wie wahr, dachte Mardu. Er konnte sich nicht erinnern, jemals im Leben so durstig gewesen zu sein. In seinen Eingeweiden brannte ein kaltes Feuer, das ihn von innen heraus verzehrte.

Das *war* die Strahlenkrankheit, begriff er. Er starb. Was für ein erbärmliches Ende für einen Mann wie ihn!

»Und wie kommen wir jetzt nach oben?«, fragte er.

Quizzack maß ihn mit einem seltsamen Blick und schwieg, während Mardu noch einmal an die gute halbe Meile dachte, die sie in die Tiefe gestürzt waren. Vielleicht war es auch eine ganze gewesen. Er blieb stehen, legte den Kopf in den Nacken und begriff, dass er es ziemlich präzise herausfinden könnte, wenn er sich die Mühe machte, die Stufen vor ihm zu zählen. *Stufen*?

»Das … ist jetzt nicht … dein Ernst«, krächzte er.

Quizzack deutete schüchtern auf die schmale, eiserne Wendeltreppe, die unmittelbar vor ihnen begann und mindestens eine gute halbe Meile weit nach oben führte. Vielleicht auch eine ganze. Zumindest auf dem kurzen Stück, das Mardu genau erkennen konnte, verfügte die Treppe nicht über den Luxus eines Geländers, und irgendetwas sagte ihm, dass das auch weiter oben nicht der Fall sein würde.

»Es ist nicht so schlimm, wie es aussieht, General«, versicherte Quizzack. »Es sind eine Menge Stufen, ich weiß, aber hinaufzugehen ist der leichtere Teil, glaubt mir. Mir wird immer ganz schlecht, wenn ich nach unten steigen muss.«

Mardu beäugte die Treppe misstrauisch und bemühte sich, die Anzahl der Stufen zu überschlagen. Ungefähr sechs pro Meter, multipliziert mit …

Nein, wenn er es sich genau überlegte, dann wollte er es doch nicht wissen.

»Und einen anderen Weg gibt es nicht?«

»Bis zum nächsten Eingang sind es noch Stunden«, antwortete Quizzack kopfschüttelnd. »Und er ist sehr viel schmaler. Ich bin nicht sicher, ob Ihr die Landung dort schaffen würdet. Nicht, dass Ihr Euch ungeschickt angestellt hättet, das will ich damit nicht sagen, ganz gewiss nicht. Im Gegenteil. Ich finde wirklich, Ihr habt das gerade sehr gut gemacht, vor allem für jemanden, der zum ersten Mal geflogen ist.«

»Ach ja?«, grummelte Mardu. Er spürte noch immer jeden Fingerbreit Boden, über den er geschlittert war.

»Bestimmt!«, versicherte der Junge hastig. »Ich habe andere gesehen, die sich beim ersten Mal nicht einmal annähernd so gescheit angestellt haben. Erst im vergangenen Monat ist einer gleich hinter mir gegen die Wand geprallt und abgestürzt.«

»Und was ist passiert?«, fragte Mardu.

»Es war eine Tragödie«, antwortete Quizzack. »Wir haben ein komplettes Geschirr verloren. Sie sind sehr schwer zu ersetzen, müsst Ihr wissen. Es gibt kaum noch Leute, die sie herstellen, und manche Geschirre sind von schlechter Qualität.«

Mardu setzte entschlossen den Fuß auf die erste Stufe, stellte fest, dass sie sein Gewicht trug, und ging eine zweite, dritte und sogar noch vierte hoch, bevor er zu dem Schluss kam, dass es Zeit für die erste Rast war. Ächzend ließ er sich auf das gerippte Metall sinken, atmete tief durch und sah sich aus der Höhe in der von Schatten erfüllten Halle um. Quizzack blickte ihn an, als läge ihm etwas ganz Besonderes auf der Seele, zog es aber dann doch vor, zu schweigen, woraufhin Mardu seine unterbrochene Inspektion fortsetzte. Allzu viel war immer noch nicht zu sehen. Die Halle war einfach groß, dunkel sowie voller Schatten, und es roch durchdringend nach Rost und anderem Verfall, nach …

Er hatte den Eindruck, als hörte er ein Kollern wie von einer Handvoll Glasmurmeln in einer Blechdose, begriff aber, dass es lediglich seine eigenen Gedanken waren, und vernahm dann ein Klicken, als sie sich zu einem bestimmten Muster ordneten. Was bedeuteten die Ständer mit den Flugmänteln, das Wasser und die Vorräte, die nicht ersetzt worden waren, und das, was der Junge über die Treppe gesagt hatte?

»Das ist nicht die einzige Halle dieser Art«, schlussfolgerte Mardu.

»Nicht alle Hallen sind wie diese, aber Einstiege gibt es alle paar Meilen«, bestätigte Quizzack. »Warum?«

Einstieg. Hatte er *Einstieg* gesagt?

»Du meinst«, vergewisserte er sich mit leiser, aber plötzlich fast gefährlich klingender Stimme, »da hätte es eine Treppe gegeben?«

Quizzack nickte.

»Wir hätten … nach unten *gehen* können, statt uns eine Meile kopfüber ins Nichts zu stürzen?«, vergewisserte sich Mardu.

»Schon«, antwortete Quizzack.

»Und warum haben wir es dann nicht getan?!«

»So ging es doch schneller, oder nicht?«, fragte Quizzack mit einem treuherzigen Augenaufschlag. Mardu starrte ihn an, überlegte, ihn von der Treppe zu stoßen, und entschied, es lieber ein gutes Stück weiter oben zu tun. Stattdessen rückte er zur Seite, wartete, bis der Junge sich auf der schmalen Stufe irgendwie an ihm vorbeigeschoben hatte, und streckte dann die Hand aus, um sich von ihm aufhelfen zu lassen. Die Stufen dröhnten unter ihren Schritten und kamen ihm mit einem Mal gar nicht mehr so stabil und sicher vor.

»Was meinst du, wie lange wir brauchen?«, fragte er.

»Nicht lange«, versicherte Quizzack. »Vielleicht zwei Stunden, allerhöchstens drei.«

Es wurden mehr als vier, und sie kamen Mardu vor wie zweihundert.

Auf dem ersten Stück versuchte er, die Stufen zu zählen, kam aber schon bald durcheinander und sah darüber hinaus auch rasch ein, wie wenig hilfreich es war, stieg die Anzahl der zurückgelegten Stufen doch nicht annähernd im gleichen Maße an, in dem seine Kräfte nachließen. Immer wieder blickte er nach oben, und es dauerte nicht mehr lange, bis er einen Klecks aus verwaschenem, grauem Licht weit über sich entdeckte. Die Treppe war also zumindest nicht endlos, wie ihm ein Teil seiner außer Rand und Band geratenen Phantasie weiszumachen versuchte.

Das Problem war nur, dass das Licht nicht näher kam.

Die Halle war vielleicht fünfundzwanzig oder dreißig Meter hoch, und die Wendeltreppe mündete in einen ebenfalls kreisrunden Schacht, dessen Durchmesser aber viel größer war als der der Treppe, sodass zwischen der Wand und den Stufen ein immer noch gut meterbreiter Spalt gähnte, der jeden unvorsichtigen Schritt zu einem lebensgefährlichen Abenteuer machte. Indem er mit der linken Hand an der eisernen Mittelsäule entlang strich und permanent in ihre Richtung schielte, gelang es Mardu, die Furcht nicht übermächtig werden zu lassen, aber sie nagte auf einer tieferen Ebene dennoch weiter an seinen Kräften, und kam zu der Einschätzung, dass seine Zeit allmählich ablief – nicht nur die, die er dank Quizzack und seiner tödlichen Strahlung noch zu leben hatte. Wenn er nicht bald zu seinem Heer kam, würde er sterben. Das war nicht nur in höchstem Maße unerfreulich, sondern noch viel schlimmer, weil sich auch dieser Tag allmählich dem Ende zuneigen musste. Und wenn er beim nächsten Sonnenaufgang nicht bei seinen Truppen war, dann waren diese führerlos, was letztendlich zum Scheitern ihres gesamten Planes führen würde.

Dieser Gedanke war noch dramatischer, bedeutete er doch, dass Clansmeister Craiden ihn als Versager im Gedächtnis behalten würde und – schlimmer noch – sich niemand an das erinnern würde, was er in seiner Rolle als Auserwählter getan hatte.

Das durfte auf gar keinen Fall geschehen!

Schon dieser Gedanke gab Mardu die Kraft, die nächsten paar hundert Stufen durchzuhalten, aber irgendwann waren auch diese geheimen Reserven aufgebraucht, und er wusste, dass er einfach zusammenbrechen würde, wenn er seine Beine zwang, auch nur eine einzige weitere Stufe hochzusteigen. Er würde zusammenbrechen und einfach in die Tiefe stürzen, um irgendwo hundert Meilen weiter unten auf dem eisernen Boden der Halle zu zerschmettern. Zumindest wenn es nach seinen verkrampften Wadenmuskeln und seinem Rücken ging, erschien diese Alternative mit jedem Schritt ein bisschen verlockender.

Weder das eine noch das andere geschah, aber er war nun wirklich am Ende seiner Kräfte. Alles drehte sich um ihn, seine Herzen hatten immer mehr Mühe, das Blut durch seine Adern zu pumpen, das plötzlich so dick wie Sirup zu sein schien, und wo seine Muskeln sein sollten, war nur noch ein einziger, schmerzhafter Krampf.

»Gleich, Herr«, sagte Quizzack, als hätte er seine Klage laut hervorgebracht. Vielleicht hatte er es. »Nur noch ein paar Stufen.«

Mardu sah aus blutunterlaufenen Augen nach oben. Der Fleck aus grauer Helligkeit war nicht sichtbar näher gekommen. Wollte der Junge ihn auf den Arm nehmen?

Nein! Es waren zwar nicht nur ein paar Stufen, sondern gute zwei oder vielleicht auch drei *Dutzend*, aber danach hatten sie es tatsächlich geschafft: Die Treppe ringelte sich über ihnen weiter in endlose Höhen, aber mit einem Male war da sicherer Boden, wo zuvor noch ein tödlicher Abgrund gegähnt hatte. Der Untergrund knirschte, ächzte und zitterte auf eine Art, die Mardu gewiss Sorgen bereitet hätte, wäre er nicht viel zu erschöpft gewesen, um ein so kompliziertes Gefühl zu empfinden. Japsend vor Schwäche und Durst taumelte er hinter Quizzack her, sank zu Boden und lehnte Hinterkopf und Rücken gegen die raue Wand. Alles drehte sich um ihn, auch als er die Augen schloss. Selbst die Dunkelheit hinter seinen geschlossenen Lidern schlug fröhlich weiter Purzelbäume.

»Ruht Euch einen Moment aus, Herr«, drang Quizzacks Stimme an sein Ohr, leise und verrauscht wie ein schlecht eingestellter Radiosender. »Ich bin gleich zurück.«

Was bildete er sich denn ein, wohin er gehen würde? Mardu ließ sich bewusst in die Arme der tiefen Erschöpfung fallen und hörte den Jungen irgendwo in mehreren Lichtjahren Entfernung herumpoltern. Dann, nach weiteren zwei oder drei Lichtjahren begann Quizzack, aufgebracht zu fluchen.

»Diese Mistkerle! Dafür reiße ich ihnen die Köpfe ab, das schwöre ich!«

Mardu hörte, wie er zurückkam, und zwang seine tonnenschweren Augenlider in die Höhe. Quizzacks Gesicht schwebte in einem Nebel aus grauen und roten Schlieren vor ihm und wirkte sehr, *sehr* wütend. Seine Augen erinnerten Mardu an die einer angriffslustigen Ratte.

»Was?«, brachte er mühsam heraus.

»Kein Wasser«, fauchte Quizzack, im ersten Moment so aufgebracht, als wäre es Mardus Schuld. »Und kein Essen! Die Mistkerle haben alles verbraucht und die Vorräte nicht wieder aufgefüllt!«

Mardu legte den Kopf in den Nacken und blinzelte zu dem münzgroßen Fleck aus Grau hinauf. War er kleiner geworden? »Und was bedeutet das jetzt?«

»Dass wir nichts zu trinken haben?«, schlug Quizzack vor.

Mardu war zu müde, um ihn für diese Unverschämtheit zu züchtigen, machte sich aber in Gedanken die nächste Notiz, es später nachzuholen. Für den Moment funkelte er den Jungen nur böse an.

»Wenigstens könnt Ihr ein bisschen ausruhen«, fuhr Quizzack fort. »Es ist jetzt nicht mehr weit.«

»Und wie weit genau?«, fragte Mardu matt.

»Wir haben schon fast die Hälfte«, antwortete Quizzack stolz. »Na ja, nicht ganz … aber beinahe.«

»Ach so«, murmelte Mardu.

Dann richtete er sich mit einem Ruck kerzengerade auf und starrte ihn an. *Die Hälfte?!*

»Ist alles in Ordnung mit Euch, Herr?«, fragte Quizzack. Das musste wohl sein neuer Lieblingssatz sein.

»Ja«, blaffte Mardu. »Ich brauche nur ein bisschen Ruhe, eine kleine Pause.« Vielleicht eine Woche oder auch zwei.

»Dann ruht Euch einen Moment aus«, sagte Quizzack mit einem Verständnis in der Stimme, das ihm ganz und gar nicht zustand. »Darauf kommt es jetzt auch nicht mehr an.«

Wahrscheinlich nicht, dachte Mardu niedergeschlagen. Wenn auch aus einem völlig anderen Grund, als der Junge auch nur ahnen konnte. Statt etwas zu sagen, schob er seinen Rücken an der rauen Wand ein Stück weiter in die Höhe und blickte nach links, dann nach rechts. Was er bisher für einen halbwegs stabilen Boden gehalten hatte, das entpuppte sich bei genauerem Hinsehen als mehr oder weniger wild zusammengestümpertes Provisorium aus Brettern, Balken und Stangen, dem er unter normalen Umständen nicht einmal das Gewicht seines Proviantbeutels anvertraut hätte, geschweige denn sein eigenes. Eine behelfsmäßige Zwischenetage, die frühere Benutzer dieser Treppe gebaut hatten, um auf halbem Wege Rast zu machen. Mardu versuchte ganz objektiv über die Frage nachzudenken, ob seine Kräfte wohl noch ausreichten, erneut dieselbe Anzahl von Stufen zu bewältigen, und kam zu dem Schluss, dass ihm Objektivität nicht gefiel.

»Wollt Ihr mir nun erzählen, warum die Heliothopther wirklich hinter Euch her sind, General?«, fragte Quizzack. Er hatte sich neben ihm gegen die Wand sinken lassen und die Knie angezogen.

»Das habe ich dir schon gesagt.«

»Weil Ihr drei von ihnen erschossen habt, ich weiß«, meinte Quizzack. »Aber das glaube ich nicht.«

»Willst du behaupten, dass ich lüge?«, fuhr Mardu ihn an.

»Natürlich nicht«, erwiderte Quizzack hastig. »Aber das ist nicht alles, habe ich recht?« Er drehte müde den Kopf an der Wand und sah Mardu durchdringend an. »Da muss noch mehr sein. Ihr habt mir schließlich noch nicht erzählt, warum Ihr sie überhaupt erschossen habt.«

»Dazu brauche ich keinen Grund.«

Mardu sah Quizzack an, dass er in diesem Punkt nicht unbedingt derselben Meinung war, doch wenn das stimmte, dann behielt der Junge seine Einwände für sich. Nach einer Weile sagte er nur: »Sie waren hinter Euch her. Deshalb habt Ihr sie getötet.«

Mardu schwieg.

»Und warum?«

»Weil sie sonst mich getötet hätten.«

Quizzack schüttelte fast sanft den Kopf. »Warum waren sie hinter Euch her?«

Einmal ganz davon abgesehen, dass Mardu nichts ferner lag, als militärische Geheimnisse auszuplaudern, hätte der Junge sowieso nichts von dem verstanden, was sie getan hatten oder warum.

»Es hat etwas mit dem Blitz zu tun, nicht wahr?«, fragte Quizzack nach einer Weile.

»Unsinn!«, antwortete Mardu automatisch, schwieg dann eine ganze Zeit und rang sich schließlich zu einem fast verlegenen Schulterzucken durch. »Jedenfalls nicht ausschließlich.«

Quizzack strahlte. »Ich wusste es!«

»Was?« Mardu fragte sich, ob er dem Jungen nicht schon zu viel verraten hatte – was nichts anderes bedeutete, als dass er ihn würde töten müssen, sobald sie den Himmelsbahnhof erreicht hatten. Aus einem Grund, der sich ihm selbst noch nicht zur Gänze erschlossen hatte, war da ein (höchst kleiner) Teil in ihm, der das bedauert hätte.

»Dass Ihr ein sehr bedeutender Mann sein müsst«, antwortete Quizzack. »Das merkt man gleich, wisst Ihr?«

Wenn der Bursche etwa meinte, ihm mit Offensichtlichkeiten schmeicheln zu können, dann irrte er sich aber gewaltig. Er sah Quizzack schweigend an.

»Dieser Blitz«, fuhr der Junge fort, jetzt in ebenso nachdenklichem wie eindeutig von Ehrfurcht erfülltem Ton. »Das wart … Ihr?«

Was sollte er tun? Es war nicht die Schuld des Jungen, wenn er den Auserwählten erkannte. Jeder hätte das. »Ja«, gestand Mardu. »Nun ja, vielleicht nicht nur ich«, schränkte er nach ein paar Sekunden ein. »Es war der Plan des Clansmeisters. Ein kluger Plan, wie ich gestehen muss. Aber ich habe ihm dabei geholfen.«

»Clansmeister Craiden?«

»Du hast von ihm gehört?«

»Nein«, antwortete Quizzack. »Aber Ihr habt von ihm gesprochen. Gestern.«

»Du *musst* von Clansmeister Craiden gehört haben«, sagte Mardu. »Jeder hat das!«

»Ich nicht«, beharrte Quizzack.

»Er ist der Herrscher über alle Clans! Der mächtigste Mann der Stadt!«

»Die Mächtigen interessieren mich nicht«, sagte Quizzack.

»Warum nicht?«

»Interessieren sie sich etwa für mich?«, gab Quizzack nicht nur zurück, sondern beantwortete seine eigene Frage auch unverzüglich mit einem heftigen Kopfschütteln. »Warum also sollte ich mich für sie interessieren? Ich lebe mein Leben und kümmere mich um meine Angelegenheiten, und sie kümmern sich um ihre.«

Mardu seufzte lautlos. Das war vielleicht weder der richtige Ort noch der passende Moment für eine politische Belehrung, aber andererseits hatten sie gerade auch nichts Besseres zu tun. »Und wenn eure Angelegenheiten die Angelegenheiten der Mächtigen sind?«, fragte er.

»Ihr meint, wenn sie die Steuern und Abgaben erhöhen können und den wievielten aus jeder Familie zum Militärdienst pressen?« Quizzack hatte sich offensichtlich vorgenommen, seine Geduld auf eine möglichst harte Probe zu stellen.

»Aber das Militär ist wichtig, mein Junge«, antwortete Mardu mit einer Sanftmut, die ihn selbst vielleicht am meisten überraschte.

»Wozu?«

Mardu schluckte die ehrliche Antwort herunter, die ihm auf der Zunge lag, und erschauerte selbst ein bisschen, als ihm das ganze Ausmaß seines Großmuts klar wurde. »Um euch alle zu beschützen«, sagte er.

Quizzack nickte. Endlich begriff er. »Vor wem?«, fragte er dann.

»Du hast doch den Blitz gesehen«, fuhr Mardu fort. »Das war in der Tat die Idee des Clansmeisters. Er zeigt seine ganze Genialität.«

»Dann hat er auch den Feuersturm ausgelöst, der die halbe Stadt zerstört und so viele verbrannt hat?«

»Nein, das war eine Techmagie-Waffe«, antwortete Mardu. »Mach uns nicht verantwortlich für den verfluchten Zauber des noch viel verfluchteren Turms! *Sie* haben diese Bombe erbaut.«

»Aber dein Clansmeister hat sie gezündet?«

Wenn man es ganz genau nahm, dann hatte *er* im entscheidenden Moment auf den Knopf gedrückt, aber er glaubte nicht, dass den Jungen solche Kleinigkeiten interessierten. Er nickte und fuhr fort: »Ein genialer Plan. Ich bin fast ein bisschen neidisch, dass er *mir* nicht eingefallen ist. Sie beherrschen uns seit so langer Zeit, und noch nie konnten wir ihnen etwas anhaben, dank ihrer verfluchten Techmagie!«

»Warum sollten wir auch?«, fragte Quizzack.

Mardu ignorierte ihn. »Aber jetzt wendet sich das Blatt«, versprach er. »Jetzt bekämpfen wir sie mit ihrer eigenen Magie. Und du wirst sehen, dass dieser erste Schlag nur der Anfang war. Die Waffen sind jetzt gerechter verteilt.«

»Aber der Turm steht noch«, erinnerte ihn Quizzack.

»Ja, weil Craiden viel zu…« Mardu biss sich auf die Unterlippe, was keine gute Idee war, denn sie platzte auf und begann zu bluten.

»Ja?«, fragte Quizzack.

»Clansmeister Craiden ist ein kluger Mann«, antwortete Mardu, ohne den Jungen anzusehen. »Ein sehr kluger Mann, musst du wissen, und ein sehr mächtiger Mann. Er hat nur einen kleinen Teil der Magie eingesetzt, die ihm zur Verfügung steht. Glaub mir, mein Junge, er könnte diesen verfluchten Turm mit einem einzigen Fingerschnippen hinwegfegen!«

»Und warum hat er es dann nicht getan?«

»Weil er zu weich ist!«, entfuhr es Mardu, fast gegen seinen Willen, nichtsdestotrotz aber aus tiefstem Herzen.

Quizzack blinzelte und sah plötzlich wieder ein bisschen verschlagen aus. »Zu weich? Ein so gewaltiger Krieger?«

»Ich weiß, das klingt widersinnig«, sagte Mardu, »und natürlich kann ein so einfacher Junge wie du das nicht verstehen. Doch es ist genau das, was wahre Größe ausmacht, verstehst du?«

»Ja«, sagte Quizzack, was natürlich gelogen war.

»Nur ein wahrhaft großer Herrscher vereint so perfektes strategisches Geschick mit Ehre und seiner tief empfundenen Sorge für die einfachen Menschen«, fuhr Mardu fort. »Clansmeister Craiden ist der mächtigste Krieger, den ich kenne, aber er ist auch ein Mann, der an andere denkt und der niemals das Blut Unschuldiger vergießen würde.«

»Wenigstens nicht mehr als unbedingt notwendig.«

»Er befindet sich eben jetzt im Schwarzen Turm…«

»Ihr meint den *verfluchten* Schwarzen Turm.«

»… um seinen Herrschern die Bedingungen für ihre Kapitulation zu überbringen«, fuhr Mardu völlig unbeeindruckt fort.

»Er könnte sie vernichten, auf der Stelle und mitsamt all ihrer Heliothopther und Jäger-Killer und aller anderen Techmagie-Ungeheuer, die sie noch gegen uns aufbieten könnten, aber Clansmeister Craiden ist ein Mann von Ehre, der selbst seinem ärgsten Feind noch eine Chance lässt. Und ich will dir nichts vormachen: Es würde ein schrecklicher Kampf werden. Du hast den Blitz gesehen und was er angerichtet hat. Clansmeister Craiden möchte nicht, dass noch mehr Unbeteiligte unter dem Terror des Schwarzen Turms leiden müssen. So einfach ist das.«

Und so anstrengend. Mardu hatte mit einem Mal Mühe, die Augen weiter offen zu halten. Der Marsch diese endlose Treppe hinauf hatte ihn wohl mehr angestrengt, als er bisher verspürt hatte.

»Aber Ihr seht das anders«, vermutete Quizzack.

Jetzt sollte Mardu eigentlich wütend werden, aber dazu war er einfach zu erschöpft. Und außerdem: Wie konnte er von einem so einfachen Burschen erwarten – selbst wenn es sich um seinen eigenen Adjutanten handelte –, die großen Zusammenhänge zu verstehen?

»So einfach ist das nicht, mein Junge«, sagte er in verständnisvollem Ton. »Siehst du, ich bin Soldat – genau wie du, nebenbei bemerkt –, und die vornehmste Pflicht eines Soldaten ist es, die Menschen in dieser Stadt zu beschützen. Das bedeutet, dass wir manchmal sogar unser Leben riskieren müssen.« Er bemühte sich, einen möglichst angemessenen, ernsthaften Ton in seine Stimme zu legen. »Mehr noch. Die Menschen in dieser Stadt – die Unschuldigen, wie du sie nennst – erwarten von uns, dass wir für sie sterben, wenn es sein muss, und weißt du was? Sie erwarten es mit Recht. Aber manchmal reicht das nicht. Manchmal sind die Dinge so groß, dass unser Leben allein nicht reicht, und dann müssen auch die Unschuldigen ihren Teil beitragen. Das klingt brutal, ich weiß, aber das Leben eines Soldaten ist manchmal brutal.«

»Und Craiden … «

»*Clansmeister* Craiden«, korrigierte ihn Mardu scharf, lächelte aber auch gleich darauf verständnisvoll, »versucht den Anteil dessen, was die *Unschuldigen* zu unserem Krieg beitragen müssen, so klein wie möglich zu halten. Das ehrt ihn, und ich bewundere ihn dafür, so wie alle seine Soldaten.«

»Aber Ihr würdet es anders halten.«

»Diese Entscheidung steht mir nicht zu«, antwortete Mardu. »So wenig wie dir.«

Quizzack setzte zu einer neuerlichen Frage an, seufzte dann nur und sah ihn dann auf eine vollkommen andere Art an. Mit einem Mal wirkte er wieder besorgt. »Wir müssen weiter, General«, sagte er.

Mardu nickte, versuchte sich hochzustemmen und biß die Zähne aufeinander, als alle seine Muskeln schon auf den bloßen *Gedanken* mit einem einzigen wütenden Krampf reagierten.

»Möglicherweise solltet Ihr doch noch einen Moment ausruhen, Herr«, schlug Quizzack vor.

Und vielleicht war das nicht einmal die schlechteste Idee, die der Junge bisher gehabt hatte, dachte Mardu. Und schlief ein.

Gea Vielleicht lag es daran, dass ihr so etwas nun wirklich nicht zum ersten Mal passierte, vielleicht gab es auch einen vollkommen anderen Grund oder gar keinen, aber als sie erwachte, wusste sie mit unerschütterlicher Gewissheit, dass nicht sehr viel Zeit vergangen war; allenfalls ein paar Minuten, obwohl der Kerl wirklich *hart* zugeschlagen hatte. Ihr Mund war voller Blut, das noch nicht einmal halb geronnen war, ihr Gesicht war angeschwollen und fühlte sich zugleich taub an, als stände es in Flammen – eine wirklich mehr als nur unangenehme Mischung.

Gea tastete behutsam mit der Zungenspitze nach ihren Zähnen, stellte fest, dass sie noch vollzählig (wenn auch nicht mehr alle ganz fest) waren, und öffnete ganz vorsichtig die Augen, und auch das nur einen kaum haarbreiten Spalt. Sie war nicht allein. In dem schwachen Licht erkannte sie kaum mehr als Schatten und eine vage Bewegung im rechten Augenwinkel. Außerdem war sie nicht mehr ganz sicher, ob sie überhaupt bewusstlos gewesen war oder vielleicht nur so benommen, dass ihre Bewacher sie für ohnmächtig gehalten hatten. Sie glaubte, sich vage daran zu erinnern, grob über einen staubigen Weg gezerrt und noch grober hier herein gestoßen worden zu sein, an raue Stimmen und derbe Hände, die nach ihr grabschten, und ein einzelnes Wort, das immer wieder gerufen wurde, ohne dass sie seine Bedeutung verstand.

Es spielte allerdings auch keine Rolle. Und es änderte auch rein gar nichts an ihrer nicht besonders erfreulichen Lage. Gea saß rittlings auf einem Stuhl, die Hände mit einem eindeutig zu fest zugezogenen Knoten auf den Rücken gefesselt, und ein zusätzlicher Strick fesselte ihre Brust an die Lehne. Die vier Kerle, die es immerhin mit vereinten Kräften geschafft hatten, sie zu überwältigen, mussten einen gehörigen Respekt vor ihr haben, denn sie hatten es sogar für nötig befunden, ihr die Stiefel auszuziehen und ihre Fußgelenke mit groben Stricken an den Stuhlbeinen festzubinden. Sie konnte ein paar Muskeln bewegen, die Zehen und den Kopf, und das war auch schon alles. Ihre Finger waren taub und weigerten sich, ihren Befehlen zu gehorchen, weil der Strick um ihre Handgelenke so fest zugezogen war, dass er ihr das Blut abschnitt. Eine Stunde, schätzte Gea, vielleicht anderthalb, bis ihre Hände lange genug nicht durchblutet waren, um mit ernsthaften Gewebeschäden zu rechnen. Das waren keine erfreulichen Aussichten. Neue Finger waren verdammt teuer, und außerdem würde es ganz ekelhaft wehtun.

Was bedeutete, dass sie sich diese kleine Show allerhöchstens eine halbe Stunde lang ansehen würde, bevor sie verschwand.

Sie stellte ihre innere Uhr auf einen entsprechenden Countdown und machte die Augen ganz auf, als sie in einem der Schemen zur Rechten die spindeldürre Gestalt eines Finden erkannte. Weiter die Bewusstlose zu spielen, hätte jetzt sowieso keinen Sinn mehr.

Als hätte sie ihre Gedanken gelesen, stakste die groteske Kreatur vollends in ihr Blickfeld und wandte Gea ihr noch viel groteskeres Gesicht zu. Dieses bestand lediglich aus einem winzigen dreieckigen Mund ohne Zähne und zwei nicht nennenswert größeren und fast ebenso nutzlosen Augen sowie einem bienenwabenähnlichen Gebilde, das sie allerdings eher an ein obszön buntes Krebsgeschwür erinnerte und so etwas wie eine Nase darstellte. Unter anderem. Gea wusste genauso wenig wie sonst irgendwer auf dem ganzen Planeten, wozu dieses Organ wirklich diente, und es gelang ihr auch nicht, dem Anblick länger als einige wenige Atemzüge standzuhalten, ohne sich ihren Ekel anmerken zu lassen.

»Du bist also wach. Ein bisschen früh, aber gut.« Eine weitere Gestalt trat in ihr Blickfeld, das aber (und ganz gewiss nicht zufällig) so, dass sie direkt vor der zurückgeschlagenen Plane stand, die den Eingang des Zeltes bildete. Gea konnte kaum mehr als einen schwarzen Umriss erkennen, wusste aber trotzdem, wer der Fremde war, denn sie erkannte die Stimme wieder. Es war der Mann, der sie niedergeschlagen hatte.

»Ich nehme nicht an, dass du mir jetzt sagen wirst, wer du bist, wer dich geschickt hat und wozu?«

Gea sah das unsichtbare Gesicht über sich nur wortlos an und rechnete fest damit, nun wieder geschlagen zu werden. Doch der Mann sah sie lediglich einen Moment lang schweigend an und drehte sich dann genauso wortlos weg, um wieder zu gehen. Der Finde blieb, wo er war, blinzelte weiter aus seinen kurzsichtigen Augen auf sie herab und machte ein komisches Geräusch, das alles bedeuten konnte oder auch nichts. So wenig wie jemand wusste, was Finden überhaupt waren und wo sie herkamen, konnte irgendjemand sagen, was sie sagten, wenn sie etwas sagten, oder ob es überhaupt etwas bedeutete. Gea würde dieses Rätsel hier und jetzt genauso wenig lösen wie die hunderttausend anderen, die es vor ihr versucht hatten.

Statt ihren Magen weiter mit dem Anblick dieses widerlichsten aller Gesichter zu malträtieren, drehte sie vorsichtig den Kopf und sah sich im Zelt um, nur um nach ein paar Augenblicken zu dem Ergebnis zu kommen, dass es eigentlich nichts zu sehen gab. Das Zelt war groß, aber praktisch leer, und mit Ausnahme des Finden und des freundlichen Burschen, dem sie ihr geschwollenes Gesicht verdankte, war sie allein. Anscheinend war man doch zu dem Schluss gekommen, dass diese beiden im allerschlimmsten Notfall mit ihr fertigwerden konnten, wo sie doch immerhin gefesselt und an einen Stuhl gebunden war.

Gea war weit davon entfernt, wirkliche Angst zu haben, aber sie wurde allmählich immer wütender, und zwar vor allem auf sich selbst. Allem Anschein nach hatte sie diese *dummen Barbaren* sträflich unterschätzt, und ohne die Drohne, die noch immer unsichtbar über dem Lager schwebte und auf ihren Befehl zum Eingreifen wartete, säße sie jetzt wirklich in der Patsche. Von ihrer großen Klappe, die sie um ein Haar schon wieder ein paar Zähne gekostet hätte, ganz zu schweigen.

Aber gut (oder auch nicht), für Manöverkritik war später immer noch Zeit – am besten, bevor ihre Schwestern ihr den Kopf abrissen, weil sie die unersetzlichen NanoSpione verloren hatte.

Gea wandte sich wieder dem Eingang zu und zwang ihre Augen, dem grellen Licht so lange standzuhalten, bis sie sich wenigstens daran gewöhnt hatten, um mehr als einen wabernden Tümpel aus schmerzhaft intensiver Helligkeit zu erkennen. Allzu viel gab es draußen dennoch nicht zu sehen: ein Stück eines plumpen Wagens mit mächtigen Ballonreifen auf der anderen Seite der Gasse und vorüberhastende Umrisse, von denen längst nicht alle menschlich waren. Die normalen Laute eines so großen Feldlagers wie dieses schwappten wie das Geräusch entfernter Brandung zu ihr herein, nur dann und wann durchschnitten von einem scharfen, krächzenden Schrei, der ihr bekannt vorkam, ohne dass sie ihn allerdings erkannte. Beiderseits des Eingangs standen Wachen. Gea konnte durch den dicken Stoff der Zeltbahn hindurch nur ihre Umrisse erkennen, aber es handelte sich entweder um Quorrl oder um wirklich große Männer.

»Ich habe Durst«, sagte sie. »Könnte ich einen Schluck Wasser bekommen?«

Sie rechnete nicht wirklich mit einer Antwort oder gar, dass ihrer Bitte entsprochen wurde. Umso überraschter war sie, als sich ausgerechnet der Finde herumdrehte, auf seinen drei dürren Beinen aus dem Zelt stakste und nur einen Moment später zurückkam, um ihr einen gesprungenen Porzellanbecher zu reichen, in dem lediglich ein Rest abgestandenes Wasser schwappte.

Gea hob den Kopf, so weit es ihre Fesseln zuließen, und blinzelte in das asymmetrische Gesicht des Finden hoch. »Ja, danke auch, du hässliches Scheusal«, maulte sie. »Auf den Arm nehmen kann ich mich selbst.«

Der Finde piepste, schnalzte, gluckste oder gab sonst ein undefinierbares Geräusch von sich, während sein zurückgekehrter menschlicher Begleiter ihr Haar packte, ihren Kopf in den Nacken zwang und ihr den Becher an die Lippen setzte. So weit, wie er ihren Hals streckte, war es Gea fast unmöglich, zu schlucken, aber sie versuchte es trotzdem, schon weil sie sonst vermutlich erstickt wäre.

»Habt Ihr sonst noch Wünsche, Mylady?«, fragte er. »Vielleicht etwas zu essen oder ein wenig Musik, um Euch die Zeit zu vertreiben?«

Gea hustete und würgte verzweifelt nach Luft – die einzige Antwort, die sie in diesem Moment herausbekam –, als im Eingang eine weitere, geradezu monströs riesenhafte Gestalt erschien und in scharfem Ton sagte: »Was soll dieser Unsinn, Pandormann? Seit wann gehen wir so mit unseren Gefangenen um? Noch dazu, wenn es noch halbe Kinder sind?«

Die Gestalt kam näher und zerfiel nach zwei Schritten zu zwei unterschiedlichen Umrissen, die jede auf ihre Art vielleicht das Beeindruckendste darstellten, was Gea seit Langem gesehen hatte. Der Mann, dessen (nicht minder beeindruckende) Stimme sie gehört hatte, war sehr hochgewachsen und von überaus kräftigem Wuchs, er wirkte neben seinem Begleiter, der einen Schritt hinter und ein kleines Stück neben ihm ging, aber beinahe zwergenhaft. Allerdings hätte das vermutlich jeder getan, denn dieser war wirklich riesig; weit über zwei Meter groß und schon fast absurd breitschultrig. Er trug nichts als lose sitzende Kniehosen und einen schwarzen Umhang, der weit genug um ihre Schultern hing, um jedem, der es wollte (oder auch nicht), einen hervorragenden Blick auf seine schon fast absurd großen Muskelpakete zu gewähren. Ein breiter Waffengurt mit einem verchromten

Zerreißer an der einen und einem mindestens ebenso absurd großen Schwert an der anderen Seite vervollständigte seine martialische Aufmachung, und sein Kopf …

Gea hätte ihn gerne als Albtraum bezeichnet, aber sie war nicht sicher, ob es das traf, und schon gar nicht, dass dieses Wort *ausreichte.*

Sein Gesicht war nicht wirklich zu erkennen, denn es war über und über mit bizarren Tattoos in düsterem Rot und Violett übersät, aber Gea hatte das Gefühl, dass sich hinter seinen wulstigen Lippen spitze Reißzähne und den tätowierten Lidern sehr wache und stets misstrauische Augen verbargen. Gekrönt wurde dieses Furcht einflößende Gesicht von gleich zwei Paar gewaltiger Hörner, die der Erscheinung etwas von einem Faun verliehen; wenn auch des bösartigsten und gefährlichsten Fauns, der jemals über diesen Planeten gewandelt war. Gea zerbrach sich einen Moment lang den Kopf über die Frage, welcher Spezies dieser unheimliche Krieger angehören mochte, und kam zu dem Schluss, dass zumindest die Hörner implantiert sein mussten.

Und dass es absolut keine Rolle spielte. Vielleicht sollte sie die Drohne doch lieber gleich rufen, damit sie sie hier heraus brachte? Bevor die Geschichte wirklich unangenehm zu werden begann.

»Ich sehe, dass Tormans Anblick dich beeindruckt«, sagte der kleinere der Neuankömmlinge – der auch an die zwei Meter maß und die Statur eines sehr kräftigen Mannes hatte, der vor sehr vielen Jahren noch sehr viel kräftiger gewesen sein musste, bevor die Zeit sein Haar weiß gefärbt und seine Schultern gebeugt hatte.

»Torman?« Es gelang Gea mit einiger Mühe, ihren Blick vom Gesicht des Gehörnten loszureißen und sich dem Weißhaarigen zuzuwenden. Wenigstens halbwegs. Da war etwas an Tormans Präsenz, das sie immer wieder zwingen wollte, zu ihm hochzusehen.

»Mein Leibwächter«, antwortete der Weißhaarige. »Ich bin Tarkar, der Kommandant dieses Lagers und Clansherr des End-Clans. Ich vermute, du bist meinetwegen hier?« Ohne ihre

Reaktion abzuwarten, wandte er sich an Pandormann und fuhr ihn an: »Und nehmt ihr endlich diese albernen Stricke ab, Ihr Narr! Oder habt Ihr Angst vor einem Kind?«

Pandormann trat zwar gehorsam (und sehr schnell) hinter sie und legte ihr die Hand auf die Schulter, aber sie wartete vergeblich darauf, dass er ihre Fesseln löste. »Ich weiß, dass es mir nicht zusteht, Clansherr, aber …«

»Das ist wahr«, unterbrach ihn Tarkar. »Es steht dir nicht zu.«

Pandormann zögerte zwar noch einen winzigen Augenblick, aber dann hatte er es umso eiliger, zuerst den Strick um ihre Schultern und dann die Fesseln an ihren Fußknöcheln zu lösen. Den Knoten an ihren Handgelenken bekam er nicht auf, sodass er nach einem Moment ungelenken Herumfummelns sein Messer zog und die Stricke einfach durchschnitt. Etwas Warmes und Klebriges lief über ihre Hand. Gea nahm an, dass er sie geschnitten hatte, aber sie spürte keinen Schmerz.

»Gut«, sagte Tarkar zu Pandormann. »Du kannst gehen. Und melde dich bei deinem Hauptmann wegen einer Belobigung. Das war gute Arbeit.«

Der Krieger verschwand hastig, und Gea richtete sich vorsichtig auf ihrem Stuhl auf und nahm die Hände nach vorne. Pandormann hatte ihr tatsächlich einen hässlichen Schnitt am Handgelenk verpasst und ihre Arterie dabei nur um eine Winzigkeit verfehlt, aber sie nahm an, dass es nicht besonders viel bringen würde, sich zu beschweren, also ließ sie es gleich bleiben.

»Danke«, sagte sie.

Tarkar machte eine wegwerfende Geste. »Ich muss mich bei dir entschuldigen …«

»Gea«, sagte sie.

Tarkar nickte. »Pandormann ist ein guter Mann und ein treuer Krieger. Manchmal ist er nur etwas übereifrig. Aber besser als andersherum, nicht wahr?«

Gea massierte ihre Handgelenke, und ganz wie sie es erwartet hatte, begannen ihre Finger zuerst zu kribbeln und dann zu schmerzen. Immerhin waren sie noch nicht schwarz geworden. Auf Tarkars Worte reagierte sie vorsichtshalber gar nicht. Sie erwog immer noch die Idee, auf der Stelle zu verschwinden. Tarkars nicht einmal überzeugend aufgesetzte Freundlichkeit täuschte sie keine Sekunde, und sein schweigsamer Leibwächter wurde ihr mit jedem Moment unheimlicher.

»Dein Name ist also Gea«, fuhr der Clansherr fort, nachdem sie auch nach etlichen weiteren Sekunden keine Anstalten machte, etwas zu sagen. »Und von welchem Clan bist du?«

»Von keinem«, antwortete sie.

»Kein Clan?«, vergewisserte sich Tarkar. Er schien die Antwort auf seine eigene Frage aber gar nicht hören zu wollen, denn er hob unverzüglich die Hand und schüttelte zusätzlich den Kopf. »Dein Name ist also Gea, und du gehörst zu keinem Clan«, wiederholte er. »Und wer hat dich geschickt?«

»Niemand«, antwortete sie. Ihre Hände kribbelten und pieksten jetzt nicht mehr, sondern pochten, doch ihre Stimme begann ganz sacht zu zittern. Vermutlich hielt Tarkar das für ein Zeichen von Angst, aber das sollte ihr nur recht sein. Sie versuchte irgendwie, den Schnitt an ihrem Handgelenk zusammenzudrücken, damit er nicht mehr ganz so heftig blutete, machte es damit aber nur schlimmer.

»Aber ich nehme an, du wolltest mit mir reden?«, fragte der Clansherr.

»Mit Euch? Ich kenne Euch doch gar nicht.«

Tarkar lächelte wie ein Vater, der gerade eine besonders naive, aber auch irgendwie rührende Antwort von seinem Lieblingskind bekommen hatte, und zum ersten Mal begann sich eine Spur von wirklicher Furcht in Gea zu regen. Tarkar gab sich keine Mühe, irgendwie bedrohlich oder auch nur einschüchternd zu wirken, und vielleicht war es genau das, was ihr Angst machte. Sie wusste nicht, wer dieser Mann war, nicht einmal, ob er wirklich der Herr dieses ganzen Clans war oder nur ein höherer Offizier, der sie beeindrucken wollte, aber er machte ganz und gar nicht den Eindruck eines Mannes, der es gewohnt war, eine Frage zweimal zu stellen oder gar seinen Willen nicht zu bekommen. Während sie darauf wartete, dass er weitersprach und ihr möglicherweise sogar die Gelegenheit gab, seine Fragen zu beantworten, versuchte sie unauffällig in seiner Mimik zu lesen. Es gelang ihr nicht. Sein Gesicht war ganz eindeutig das eines alten, aber auch sehr starken Mannes, doch sie wagte nicht zu beurteilen, ob es auch das eines erbarmungslosen Mannes war. Sie hatte ein bisschen Angst vor der Antwort … was für sich genommen schon beinahe bewies, dass sie sie längst gefunden hatte.

Aber da war auch noch etwas in Tarkars Gesicht. Ein fast vertrauter Zug, der sie verwirrte.

»Ich meine natürlich nicht mich, den Mann. Aber ich nehme doch an, dass du den Clansherrn sprechen wolltest oder doch zumindest den Kommandanten dieses Lagers, weil du ihm etwas sehr Wichtiges mitzuteilen hast?«

Gea starrte ihn an.

»Ich meine: Warum sonst solltest du dir so große Mühe machen und dein Leben riskieren, um ungesehen hier hereinzukommen, wenn es sich nicht um eine Angelegenheit von wirklich allergrößter Wichtigkeit handelt?«

»Mein … Leben?«, murmelte Gea. Gut, er hatte gewonnen. Jetzt hatte sie Angst.

»Wir sind im Krieg, mein Kind«, antwortete Tarkar. »Und das hier ist ein Heerlager. Wir ziehen morgen, spätestens übermorgen los, und du schleichst dich herein und erwartest, dass es hier nicht lebensgefährlich ist?« Er schüttelte heftig den Kopf. »So dumm kannst du doch nicht sein. Vor allem, wo du dir wirklich sehr große Mühe gemacht hast, um unentdeckt zu bleiben. Dir ist klar, dass ich die Wachen am Tor auspeitschen, wenn nicht gar hinrichten werde, weil sie dich durchgelassen haben?«

»Dafür können sie nichts«, antwortete Gea. »Sie konnten mich nicht sehen.«

Tarkar nickte und griff unter seinen Mantel. »Weil du das hier bei dir hattest.« Er streckte die Hand aus, auf der eine Anzahl mikroskopisch kleiner Elektroniktrümmer und ein paar etwas größere, schwarz-gelb gestreifte Plastiksplitter lagen.

»Was … ist das?«, fragte sie.

Sie wäre nicht überrascht gewesen, hätte er ärgerlich reagiert oder sie gar geschlagen – oder seinem gehörnten Muskelprotz befohlen, es zu tun, was wahrscheinlicher war –, aber er nickte lediglich und fuhr mit einer erklärenden Geste der anderen Hand fort: »Techmagie oder was davon übrig ist. Sehr alt und sehr teuer.«

»Alte Technik«, sagte Gea.

»Ja, manche nennen sie so«, bestätigte Tarkar. Er betrachtete die traurigen Überreste des NanoSpions noch einen Moment lang mit nachdenklich gerunzelter Stirn, ließ sie dann fallen und rieb die Handflächen aneinander, um sich von dem Elektromüll zu befreien. »Nur sehr wenige kennen diesen Ausdruck. Und noch sehr viel weniger verstehen sich darauf, sie zu benutzen. Eigentlich sogar niemand, den ich kenne.« Schon wieder hob er die Hand und brachte Gea zum Schweigen, als sie etwas sagen wollte. »Ich erzähle dir das alles aus einem ganz bestimmten Grund, mein Kind«, sagte er. »Ich werde dir jetzt ein paar Fragen stellen, und es wäre wirklich besser, wenn du sie wahrheitsgemäß beantworten würdest. Tust du es, dann lasse ich dich vielleicht sogar am Leben.«

Wie ungemein großzügig, dachte Gea. Sie machte sich bereit, die Drohne zu rufen. Bisher hatte sich dieses kleine Abenteuer ja als ganz lustig (wenn auch schmerzhaft) erwiesen, aber allmählich reichte es. Sie war ohnehin schon längst zu dem Schluss gekommen, dass ihre Suche nichts anderes als eine gewaltige Schnapsidee gewesen war. Ganz schmeichelhaft ausgedrückt.

Das Einzige, was sie ein bisschen bedauerte, war, dass sie die dummen Gesichter der beiden nicht sehen konnte, wenn sie sich vor ihren Augen buchstäblich in Luft auflöste.

Sie gab der Drohne den Befehl.

»Ich weiß wirklich nicht, was Ihr von mir …«, begann sie und natürlich nur, um sofort wieder von Tarkar unterbrochen zu werden.

»Wer hat dich geschickt und wozu? Solltest du mich töten oder unsere Stärke und Aufstellung ausspionieren?«

Der Kerl nahm sich eindeutig zu wichtig, dachte Gea. Und wo blieb eigentlich diese verdammte Drohne?

Tarkar tauschte einen langen Blick mit dem gehörnten Ungetüm, der vermutlich keinem anderen Zweck diente außer dem, ihr Angst einzujagen, und machte dann eine fast unmerkliche Handbewegung. Torman drehte sich um und verließ das Zelt.

Gea rief zum zweiten Mal nach der Drohne und bekam auch jetzt keine Antwort, aber auf Tarkars Gesicht erschien ein Ausdruck, der ihr überhaupt nicht gefiel, etwas, das als Lächeln getarnt daherkam, in Wahrheit aber das genaue Gegenteil war.

»Du solltest anfangen zu reden, Kind«, sagte er. »Dir ist anscheinend der Ernst deiner Lage nicht klar. Man hat dich gefangen genommen, während du in unserem Lager spioniert hast. Wer auch immer dir erzählt haben mag, dass das hier nicht mehr als ein aufregendes Spiel ist, hat dich belogen. Weißt du, dass wir Spione töten?«

»Spione?«, murmelte sie.

»Wusstest du das nicht?«

Das Einzige, was Gea genau wusste, war, dass es Zeit wurde, von hier zu verschwinden. Dass sich die Drohne nicht meldete, war für sich allein genommen noch kein Grund zur Besorgnis. Sie hatte das Techmagie-Fragment auf vollen Tarnmodus programmiert, was bedeutete, dass sie unter allen nur denkbaren Umständen unsichtbar bleiben und auch nicht auf ihre Kommandos antworten würde; aber eigentlich hatte Gea erwartet, dass sie wenigstens darauf *reagierte*. Was, wenn …

Torman kam zurück. Er trug etwas auf den Armen, das sie im grellen Gegenlicht des Eingangs im allerersten Moment nicht erkennen konnte, aber es war nicht besonders groß und dunkel, und ihre ohnehin Amok laufende Phantasie ergriff die Gelegenheit selbstverständlich am Schopf, sie die qualmenden Überreste der Tarndrohne darin vermuten zu lassen.

Gea sprang mit einem halb erstickten Schrei auf, prallte zurück und hielt mitten in der Bewegung wieder inne, als Tarkar die Hand hob, um nach ihr zu greifen. Allein das versetzte sie in Panik.

»Keine Angst«, sagte er rasch. »Das geschah ohne mein Wissen, und ich hätte es auch niemals gestattet. Der Verantwortliche wurde streng bestraft.«

Gea zwang sich, noch einmal und genauer hinzusehen und zugleich ihre immer noch Amok laufende Phantasie zu zügeln. Tarkars Leibwächter hatte nicht die zerstörten Überreste der Drohne gebracht, sondern etwas, das nur ihrer ungefähren Größe entsprach und im allerersten Moment einen beinahe noch erschreckenderen Anblick bot.

Zuerst dachte sie, es wäre ein totes Kind, erkannte ihren Irrtum aber beinahe augenblicklich. Es war ein Zwerg, kaum größer als ein Kind und mit dem typischen, übergroßen Kopf, zu langen Armen und zu kurzen Beinen. Tot war er trotzdem, und allein bei der Vorstellung, was er erlitten haben musste, bevor er starb, drehte sich Gea der Magen um. Es war nicht das erste Mal, dass sie jemanden sah, der gefoltert worden war, aber noch nie so *grausam*.

»Du darfst das jetzt nicht falsch verstehen«, fuhr Tarkar fort, indem er auf den toten Zwerg deutete und auch einen entsprechend mitfühlenden Ton in seine Stimme legte. »Ich zeige dir das nicht, um dir Angst zu machen.«

Ach nein? Warum denn sonst?

Als hätte sie die Frage laut ausgesprochen, antwortete Tarkar: »Aber du solltest begreifen, wie ernst deine Lage ist, mein Kind. Sag mir, was wir wissen wollen, und dir geschieht nichts, darauf gebe ich dir mein Wort als Oberhaupt des End-Clans.«

Gea fuhr sich nervös mit der Zungenspitze über die Lippen, die sich plötzlich so spröde und rissig anfühlten, als hätte sie seit Tagen nichts mehr getrunken. *Wo bleibt diese verdammte Drohne?* »Wenn man es genau nimmt, dann habt Ihr mir bisher noch gar keine Frage gestellt«, sagte sie, registrierte Tormans verärgertes Stirnrunzeln und fügte hastig hinzu: »Clansherr.«

Tarkar schenkte ihr ein Lächeln, das keines war. »Wie weise, mein Kind«, sagte er. Er gab Torman einen Wink, woraufhin der gehörnte Gigant den verstümmelten Leichnam einfach fallen ließ. Er schlug mit einem weichen Laut auf dem festgetretenen Lehmboden auf, der die Übelkeit in Geas Magen noch ein bisschen schlimmer werden ließ, und der Körper bewegte sich auf eine Art, als gäbe es nicht mehr allzu viele unversehrte Knochen darin. Aber sie meinte, zugleich auch etwas wie eine verschwommene Bewegung aus den Augenwinkeln heraus wahrzunehmen. Vielleicht war es auch nur die *Ahnung* von etwas, das einmal eine Bewegung werden wollte. Eine vorsichtige Spur von Erleichterung machte sich in ihr breit.

»Du weißt, was das für ein Wesen ist?« Tarkar deutete auf den Finden, der sich ein kleines Stück weiter in die Schatten im hinteren Teil des Zeltes zurückgezogen hatte, als schäme er sich für seine Hässlichkeit. Gea schüttelte behutsam den Kopf und nutzte die Bewegung, um unauffällig zum Ausgang hinzusehen. Die Beinahebewegung war immer noch da, nur für sie sichtbar, aber dennoch deutlicher geworden. Warum zum Teufel kam dieses verdammte Mistding nicht herein?

Der Finde piepste, woraufhin Tarkar lächelnd den Kopf schüttelte. »Du lügst«, sagte er.

»Herr?«, fragte Gea verunsichert.

»Du sagst nicht die Wahrheit«, wiederholte Tarkar. »Du hast ein solches Geschöpf schon gesehen.« Wieder schnitt er ihr das Wort ab, bevor sie etwas sagen konnte. »Ich will es dir leicht machen, Kind. Diese Geschöpfe sind wirklich hässlich, und wenn man es genau nimmt, zu rein gar nichts nutze … mit einer Ausnahme. Weißt du, welcher?«

Gea schüttelte zögernd den Kopf. Die vermeintliche Bewegung vor dem Eingang war noch immer da, aber sie kam nicht näher, und sie glaubte das Problem nun auch erkannt zu haben. Und es war kein geringes. Die Drohne arbeitete in vollem Tarnmodus, was bedeutete, dass sie nicht nur für die allermeisten elektronischen Überwachungsgeräte (die es hier nicht gab), sondern auch für das bloße Auge (außer dem ihren) so gut wie unsichtbar war. Darüber hinaus achtete sie auch unter allen Umständen darauf, nicht einmal in die Nähe einer potenziellen Gefahr zu kommen – wie zum Beispiel eines zweieinhalb Meter großen, mit Hörnern und Reißzähnen bewehrten Fauns. Oder um es anders auszudrücken: So lange Gea nicht an die Bedienelemente kam und die Programmierung änderte, hielt diese Techmagie-Idioteineinheit großen Sicherheitsabstand zu jedem als feindlich eingestuften Lebewesen – was mit Ausnahme ihrer selbst für absolut jedes Geschöpf in diesem Lager galt. Und in diesem Zelt war einfach nicht genug Platz für Tarkar, seinen Leibwächter und den Finden. Und die Drohne.

Nun gut. Gea hatte gerade wieder etwas gelernt, nämlich dass man es mit der Vorsicht durchaus übertreiben konnte. Darauf musste sie das nächste Mal achten. Falls sie diesen Tag überlebte, hieß das.

Tarkar fuhr fort: »Man kann sie nicht belügen, wusstest du das?«

Nein, das wusste sie nicht – und woher auch? Sie hatte bisher wirklich Besseres zu tun gehabt, als sich mit den erwiesenermaßen hässlichsten Kreaturen des Universums zu beschäftigen. Außerdem interessierte sie sich im Augenblick sehr viel mehr für die Frage, wie sie diese verdammte Drohne hier hereinbekam.

»Sie sind nicht besonders intelligent«, fuhr der Clansherr fort, »und zum Arbeiten kaum zu gebrauchen, aber sie merken sofort, wenn man sie belügt. Niemand weiß genau, wie sie das machen. Ich persönlich nehme an, dass sie es riechen.« Er lachte, nicht besonders überzeugend. »Ich meine: Für irgendetwas müssen diese riesigen Nasen schließlich gut sein, oder? Aber das nur am Rande. Du verstehst, warum ich dir das erzähle?«

»Nein«, antwortete Gea.

Der Finde stieß einen blubbernden Pfiff aus.

Tarkar schüttelte mit einem enttäuschten Seufzer den Kopf und schlug ihr mit dem Handrücken ins Gesicht. Nicht einmal besonders hart, aber dennoch fest genug, um sie zwei Schritte rücklings stolpern und ihre Unterlippe aufplatzen zu lassen. »Das war gelogen«, sagte er in unverändert freundlichem Ton. »Du solltest mir besser die Wahrheit sagen, Kind.«

Gea fuhr sich mit dem Handrücken über den Mund, um das Blut wegzuwischen. Sie sagte immer noch nichts, sondern zermarterte sich verzweifelt das Hirn, wie sie die Drohne hier hereinbekam – oder sich selbst aus dem Zelt und damit in ihre Reichweite.

»Ich werde dir jetzt ein paar ganz einfache Fragen stellen, die du nur mit Ja oder Nein beantwortest, hast du das verstanden?«

Gea beeilte sich, zu nicken, obwohl sie nicht einmal ganz sicher war, was dieser Unsinn sollte. Aber sie musste Zeit gewinnen.

»Ich weiß, dass dir das vielleicht sonderbar vorkommt, aber wie gesagt: Diese Kreaturen sind leider nicht sonderlich intelligent.«

Etwas bewegte sich unter dem Eingang des Zeltes; doch nicht der virtuelle Schatten der Drohne, sondern etwas sehr viel Kleineres mit sechs Beinen, einem schimmernden Chitinpanzer und einem Katzengesicht, das nur kurz hereintrippelte, sich umsah und dann ebenso schnell wieder verschwand.

»Mana?«, murmelte Gea überrascht.

»Du kennst dieses Tier?« Der Clansherr sah sie noch ein bisschen misstrauischer an, und Gea nickte hastig. Ob mit oder ohne den Finden hätte Leugnen wohl wenig Sinn gehabt.

»Woher?«, fragte Tarkar.

»Ich … bin ihm einmal begegnet«, antwortete sie unbehaglich. »Vor einer ganzen Weile.«

»Unter welchen Umständen?«

»Ich war in der Altstadt und … nun ja, in Schwierigkeiten«, antwortete sie.

»Worin du eine gewisse Übung zu haben scheinst«, kommentierte der Clansherr trocken.

Gea lächelte schüchtern, was Tarkar – fast schon zu ihrer Überraschung – wenigstens nicht zum Anlass nahm, sie erneut zu schlagen. Aber er erwiderte ihr Lächeln nicht, und seine Augen blickten eher noch misstrauischer.

»Und?«

»Ein Krieger ist aufgetaucht und hat mich gerettet«, antwortete sie. »Er hatte dieses Tier bei sich. Deshalb weiß ich auch, wie es heißt.«

Tarkar sah zu dem Finden hin und schien eine halbe Sekunde lang auf irgendetwas zu warten, bevor er sich mit einem angedeuteten Schulterzucken und einem auffordernden Nicken wieder an sie wandte. »Und dieser Krieger? Weißt du auch seinen Namen?«

»Craiden«, antwortete Gea. »Sein Name war Craiden.«

Diesmal sah der weißhaarige Clansherr den Finden deutlich länger an, bevor er sich wieder zu ihr herumdrehte. Er wirkte ein ganz kleines bisschen irritiert. Vielleicht auch erschrocken.

»Craiden. Bist du sicher?«

»Ja, und … und wegen ihm bin ich auch hier«, fügte sie ungefragt hinzu. »Ich wollte mich bei ihm bedanken.«

»Und deshalb schleichst du dich hier herein und riskierst dein Leben?«, fragte Tarkar zweifelnd. »Er muss einen gewaltigen Eindruck auf dich gemacht haben.«

»Er war sehr nett«, sagte sie. Der Schatten vor dem Ausgang bewegte sich hektischer, und sie glaubte regelrecht zu spüren, wie das künstliche Gehirn der Drohne immer hektischer arbeitete, um eine Lösung für Geas Problem zu finden, für das es möglicherweise keine gab.

»Und deshalb bist du hier?«, fragte Tarkar. »Nur um ihn wiederzusehen und dich bei ihm zu *bedanken?* Antworte einfach nur mit Ja oder Nein.«

»Ja«, sagte Gea.

Tarkar blickte sie an, dann sehr lange den Finden und schließlich wieder sie. Sie mochte sich irren, aber sie hatte das ungute Gefühl, dass er beinahe enttäuscht war, als ihm die groteske Kreatur nicht mit einem schrillen Pfiff signalisierte, dass sie log.

»Wieso setzt du dein Leben aufs Spiel, nur um einen Mann wiederzusehen, den du nur ein einziges Mal zuvor getroffen hast?«, fragte Tarkar.

Gea wollte antworten, aber Torman kam ihr zuvor, indem er ein paar Worte in einer ihr nicht geläufigen Sprache knurrte. Tarkar grinste knapp – wahrscheinlich war es eine Anzüglichkeit gewesen –, wurde aber auch fast sofort wieder ernst und sah sie dann umso nachdenklicher an.

»Verzeih Tormans ungebührliche Bemerkung«, sagte er. »Manchmal merkt man eben doch noch, dass er ein Barbar ist.« Offenbar nahm er an, dass Gea die Worte des Gehörnten verstanden hatte. »Mit seiner zweiten Anmerkung hat er mich jedoch ein wenig nachdenklich gemacht. Deine Geschichte scheint zu stimmen – aber ist das ein Beweis, dass du nicht trotzdem hergeschickt worden bist, um uns auszuspionieren?«

Gea verstand im allerersten Moment nicht wirklich, wovon er sprach … aber fast meinte sie zu hören, wie das Gespinst aus glaszarter Hoffnung, an das sie sich tatsächlich für ein paar Augenblicke geklammert hatte, wie unter einem Hammerschlag zerbarst. »Das verstehe ich nicht«, sagte sie.

Der Finde trällerte misstönend.

Tarkar schüttelte den Kopf und seufzte schon wieder auf diese beinahe schon väterliche (und durch und durch verlogene) Art. »Das ist nicht wahr, mein Kind, und das war nun unwiderruflich die letzte Lüge, die ich dir ungestraft durchgehen lasse. Hast du das verstanden?«

Sie nickte.

»Gut. Du bist hier, um Craiden zu sehen?«

»Ja.«

»Und niemand hat dich geschickt?«

»Nein«, antwortete sie. Der Finde schwieg, und sie hatte das sichere Gefühl, dass zumindest Torman nicht besonders erfreut darüber war.

»Du bist nicht hier, um zu spionieren oder einem aus meinem Clan oder irgendeinem meiner Krieger Schaden zuzufügen?«

»Abgesehen von Pandormann?« Sie schüttelte den Kopf. »Nein.«

Der Finde sagte auch dazu nichts, und Tarkar hatte für einen Moment sichtbar Mühe, ein Lächeln zu unterdrücken.

»Ich glaube ihr trotzdem nicht«, sagte Torman, diesmal in einer Sprache, die sie verstand und auch verstehen sollte.

»Aber sie sagt die Wahrheit«, gab Tarkar zu bedenken. Der Finde schwieg zustimmend.

Torman starrte sie so teilnahmslos und doch durchdringend an, dass sich Gea fast den latenten Hass auf alles Lebende zurückwünschte, den sie im ersten Moment in seinen Augen gelesen hatte. Schweigend bückte er sich, hob einen der winzigen Plastiksplitter auf und betrachtete ihn so intensiv, als glaubte er, ihn nur lange genug anstarren zu müssen, damit er ihm die Antworten auf alle seine Fragen verriet. »Das ist sehr viel Aufwand, nur um einen Mann zu treffen, den du kaum kennst.«

Gea schwieg, schon weil sie darauf schwerlich mit Ja oder Nein antworten konnte.

»Worauf willst du hinaus?«, fragte Tarkar.

»Jemand könnte sich ihrer bedienen, ohne dass sie selbst es weiß«, sagte der gehörnte Riese. »Gibt es einen besseren Lügner als den, der nicht einmal weiß, dass er lügt?«

»Aber das ist doch Unsinn!«, protestierte Gea. »Ich habe die Wahrheit gesagt. Das wisst Ihr doch!«

Weder Torman noch sein weißhaariger Dienstherr nahmen auch nur Notiz von ihrem Einwand. Der Finde schwieg. Wenigstens das.

»Ihr wisst, wie unglaublich kostbar Techmagie ist«, fuhr Torman fort. »Würde ein verliebtes, kleines Mädchen einen solchen Schatz aufs Spiel setzen, nur um einen jungen Burschen wiederzusehen, in den es sich verguckt hat?«

»He!«, protestierte Gea.

Vom Eingang her erklang eine amüsierte Stimme: »Niemand anderes als ein verliebtes, kleines Mädchen würde so etwas tun, Hornkopf. Aber das gehört zu den Aspekten des richtigen Lebens, von denen du vermutlich keine Ahnung hast.«

Craiden trat kopfschüttelnd zwischen Torman und dem weißhaarigen Clansherrn hindurch. Er ging zu Gea, ergriff ihr Kinn und drehte ihren Kopf zuerst nach links, dann nach rechts. Er betrachtete sie sehr aufmerksam und ungefähr so, wie ein Kaufinteressent das Gebiss eines Pferdes inspizierte.

»Ich hatte recht«, sagte er.

»Womit?«, nuschelte Gea.

Craiden hielt ihr Kinn noch eine Sekunde lang gerade so fest, dass es ein bisschen wehtat, ließ sie dann los und sagte: »Dass du hübscher bist ohne Zahnlücken.«

»Du kennst dieses Mädchen also wirklich?«, fragte Tarkar.

»Sie sagt die Wahrheit«, antwortete Craiden, sah sie aber weiter aus amüsiert funkelnden Augen an, wenn auch zugleich ein ganz kleines bisschen tadelnd. »Ich habe sie vor ein paar Wochen in der Altstadt getroffen. Sie ist harmlos … wenn auch anscheinend nicht besonders klug.« Nun wandte er sich direkt an sie. »Das ist eine ziemlich aufwendige Art, sich umzubringen, Mädchen. Was soll ich jetzt mit dir tun? Mich geschmeichelt fühlen oder dich übers Knie legen und dir den Hintern versohlen?«

»Die Frage ist eher, was *wir* …«, begann Torman, doch der Clansherr brachte ihn mit einer ärgerlichen Geste zum Schweigen.

»Ist die Geschichte wahr, die sie erzählt?«, wandte er sich an Craiden.

Er nickte. »So unglaublich es mir selbst vorkommt, ja. Ich hatte sie ganz vergessen … und ehrlich gesagt auch gehofft, ihr nicht mehr zu begegnen.«

Der Finde gurrte, aber niemand ging darauf ein – niemand außer Gea, die sich eines flüchtigen Lächelns nicht ganz erwehren konnte.

»Und das hier?« Torman hob anklagend die Hand, mit der er den Splitter des NanoSpions hielt.

»Sie hat mir erzählt, ihr Vater wäre ein reicher Kaufmann, der mit allem Möglichen handelt. Wer weiß, vielleicht auch mit Techmagie?«

»Ist das wahr?«, fragte Tarkar, an Gea gewandt.

Um ein Haar hätte sie genickt, erinnerte sich aber gerade noch rechtzeitig an die Anwesenheit des Finden und schüttelte schüchtern den Kopf. Torman schnaubte, sein Herr sah sie mit schon wieder neu aufkeimendem Misstrauen an, und Craiden wirkte ein bisschen verletzt.

»Mein Vater ist schon lange tot«, sagte sie. »Aber er war wirklich Händler, und er … er hat meinen Schwestern und mir eine Menge hinterlassen.«

»Und die Techmagie haben sie dir einfach so gegeben, damit du hierherkommen kannst?«, fragte Torman verächtlich. »Wer soll das glauben?«

»Wie wäre es mit ihm?« Gea deutete auf den Finden, war aber klug genug, rasch den Kopf zu schütteln und fortzufahren: »Ich habe nie behauptet, dass sie sie mir einfach so gegeben hätten.«

Craiden verdrehte mit einem lautlosen Seufzen die Augen, während der Clansherr amüsiert wirkte.

Nur Torman schüttelte noch einmal und noch grimmiger den gehörnten Schädel. »Dass sie die Wahrheit zu sagen glaubt, beweist nicht, dass sie es auch tut«, beharrte er. Er deutete mit einem Grunzen auf die Plastikkrümel am Boden. »Wer mit so etwas umzugehen versteht, wozu mag der wohl noch fähig sein? Wurde sie durchsucht, um zu prüfen, ob sie nicht noch mehr Techmagie bei sich trägt, die uns schaden kann?«

»Hast du noch mehr Techmagie an dir, mein Kind?«, fragte Tarkar.

An mir? Nein. Sie schüttelte den Kopf.

Der Finde schwieg.

»Das beweist gar nichts«, grollte Torman.

»Und ich nehme an, du würdest sie am liebsten aufschneiden und nachsehen, ob sie vielleicht etwas *in sich* trägt, das uns allen gefährlich werden kann«, sagte Craiden amüsiert.

Torman war klug genug, dem Finden lediglich einen finsteren Blick zuzuwerfen und darüber hinaus zu schweigen, doch Craiden fuhr in noch spöttischerem Ton fort: »Eines Tages wirst du dich noch selbst umbringen, mein Freund. Nicht aus Versehen, sondern mit voller Absicht, weil du dir selbst nicht mehr traust.«

»Craiden«, seufzte Tarkar.

»Ich traue ihr«, sprach Craiden weiter, nun an den Clansherrn gewandt, aber in kaum respektvollerem Ton. »Sie sagt die Wahrheit. Du kannst Manas Erinnerung lesen, wenn du dich selbst überzeugen willst. Das Mädchen ist harmlos. Vielleicht ist sie nicht die Klügste, aber bestimmt keine Spionin.«

»Du magst das Mädchen«, sagte Tarkar. »Das kann ich verstehen. Sie ist auch wirklich hübsch. Aber Tormans Argumente lassen sich nicht so einfach von der Hand weisen. Techmagie ist sehr mächtig. Ich traue niemandem, der sich damit abgibt.«

»Ein Grund mehr, sich vielleicht nicht mit ihrer Familie anzulegen«, sagte Craiden. »Seit wann töten wir Kinder, nur weil sie etwas Dummes tun?«

»Wir töten andauernd Erwachsene, nur weil sie etwas Dummes tun«, antwortete Tarkar. »Niemand wird sie vermissen … außer dir, vielleicht?«

»Lasst sie mich verhören«, verlangte Torman. »Sie wird mir die Wahrheit sagen, Techmagie hin oder her.«

»Ja, da bin ich sicher«, sagte Craiden. »Nach ein paar Minuten allein mit dir wird sie vermutlich alles zugeben, was du von ihr hören willst. Genug!« Er machte eine ärgerliche Geste, fuhr mit einem noch heftigeren Ruck auf dem Absatz herum und wandte sich direkt an Tarkar. »Ich verbürge mich für sie, Vater.«

Vater? Hatte *er* gerade … Vater gesagt?

Tarkar seufzte, überlegte einen Moment und warf seinem Leibwächter einen fast um Verzeihung bittenden Blick zu. Erst dann wandte er sich direkt an Craiden, und nun, wo sich die beiden Männer Auge in Auge gegenüberstanden, fragte sich Gea, wie sie ihre Verwandtschaft eigentlich auch nur eine einzige Sekunde lang nicht hatte erkennen können. Tarkar und Craiden ähnelten sich wie eineiige Zwillinge, die nur durch eine kleine Nachlässigkeit des Schicksals im Abstand von vierzig Jahren geboren worden waren. Dennoch war sie ein bisschen erschüttert.

»Also gut«, sagte Tarkar, allerdings erst nach ein paar Sekunden und in unbehaglichem Ton. »Aber ich nehme dich beim Wort. Solange sie in unserem Lager ist, bist du für sie verantwortlich.«

»Das wird nicht mehr lange der Fall sein«, versprach Craiden. »Ich bringe sie zum Tor, und sie wird ganz bestimmt nicht wiederkommen.«

»Habe ich dazu vielleicht auch noch etwas zu sagen?«, fragte Gea.

»Nein«, antworteten Torman, Craiden und sein Vater wie aus einem Mund. Selbst der Finde zwitscherte irgendetwas.

»Bring sie nicht nur aus dem Lager, sondern nach Hause und zu ihren Schwestern«, sagte Tarkar. »Wo immer das sein mag. Sprich mit ihnen. Wenn ihnen etwas daran liegt, dass ihre Schwester noch ein wenig länger lebt, dann sollten sie in Zukunft vielleicht ein bisschen besser auf dieses dumme Kind aufpassen.«

Craiden nickte, warf Gea einen auffordernden Blick zu und deutete zugleich zum Ausgang. »Komm.«

»Aber …«

»Nutze deine Chance und folge meinem Sohn«, fiel ihr der Clansherr ins Wort, »solange ich noch Vater genug bin, auf mein Herz zu hören, und nicht Clansherr genug, um auf meinen Verstand zu hören oder meinen Leibwächter – der überdies vermutlich recht hat.«

Gea reagierte nur mit einem angedeuteten Nicken und beeilte sich, Craidens auffordernder Geste zu folgen und hinter ihm das Zelt zu verlassen. Die schemenhafte Bewegung in ihren Augenwinkeln flackerte stärker und zog sich zurück, als zwei riesenhafte Quorrl, die in rostiges Eisen gepanzert und bis an die Zähne bewaffnet waren, auf sie zutraten. Zwei weitere, nicht minder martialisch herausgeputzte Schuppenkrieger schlossen sich ihnen an, um die Eskorte zu komplettieren, die sie wohl bis zum Tor begleiten würde.

Nachdem sie ein paar Schritte gegangen waren, drehte Gea den Kopf und stellte ohne die leiseste Überraschung fest, dass Torman ihnen in einigem Abstand folgte – allerdings nicht nur er. Ein Stück hinter ihm stakste der Finde aus dem Zelt. Im hellen Tageslicht sah er mit seiner für das menschliche Auge so vollkommen ungewohnten Dreier-Symmetrie noch bizarrer aus, aber solange man nicht den Fehler beging, ihm direkt ins Gesicht zu sehen, drehte einem der Anblick zum Glück nicht den Magen um.

Dennoch fragte sich Gea einen kurzen Moment lang angestrengt, welche Evolution eine solche Kreatur in ihrer Welt hervorbringen mochte und vor allem, wozu. Das Geschöpf konnte sich auf seinen drei Beinen mit den viel zu vielen Gelenken nur langsam bewegen und war so schwach, dass es nicht einmal ein etwas schwereres Werkzeug handhaben konnte, und niemandem auf dieser Welt war es jemals gelungen, die Sprache der Finden zu entschlüsseln. Und dennoch – und trotz ihrer abstoßenden Hässlichkeit – wurden sie bei den meisten Völkern geduldet und waren auch fast überall zu finden, wenn auch niemals in großer Zahl.

»Warum folgt uns dieses hässliche Ding?«, fragte sie und deutete auf den Finden.

Craiden maß sie mit einem abwertenden Blick. »Ohne dieses *hässliche Ding* …«

»Wäre ich jetzt tot?«, fiel ihm Gea ins Wort.

»Nein«, antwortete er. »Aber du würdest anfangen, es dir zu wünschen, glaub mir.«

»Pfffft«, machte Gea. »Und ich hatte gehofft, dass du dich freust, mich zu sehen.«

»Das hätte ich vielleicht sogar getan, wenn du mir vorher Bescheid gegeben hättest«, antwortete er. »Das war einfach dumm, Mädchen.«

»Gea.«

»Du hättest umkommen können, hast du das eigentlich immer noch nicht begriffen?«

»Bin ich aber nicht«, antwortete sie trotzig. »Und es war schwer genug, dich zu finden. Weißt du überhaupt, wie viele Clans es gibt?«

»Dreizehn«, sagte er.

»Richtig, dreizehn große«, fügte Gea hinzu. »Und Hunderte kleinere. Und dazu noch ein paar tausend Banden, die sich auch *Clans* nennen.«

»Aber du hast mich gefunden«, beharrte Craiden. »Das war gar nicht schlecht. Und warum hast du nicht einfach am Tor nach mir gefragt?«

»Nach irgendeinem Hauptmann in einem Heerlager von zehntausend Mann?«

»Fünfzigtausend«, verbesserte er sie lakonisch, »und jeder kennt mich hier. Ich bin der Sohn des Clansherrn.«

»Und woher sollte ich das wissen?«, fauchte Gea. »Du hattest es ja nicht nötig, mir diese Kleinigkeit zu verraten!«

»Nein«, sagte Craiden. »Warum auch?«

Gea setzte zu einer noch schärferen Entgegnung an, schüttelte dann jedoch den Kopf und lachte leise, während Craidens Stirnrunzeln noch tiefer wurde.

»Was ist so komisch?«, fragte er.

»So wie wir uns streiten, könnte man meinen, dass wir uns schon seit Jahren kennen«, antwortete Gea.

Craiden seufzte. Er schüttelte den Kopf, setzte zu einer Antwort an und ging dann doch einfach weiter; eine Winzigkeit schneller, sodass sie es im ersten Moment kaum merkte und dann größere Schritte machen musste, um nicht zurückzufallen. Erneut nahm sie dieses Flackern in ihren Augenwinkeln wahr, das näher zu kommen versuchte, ohne dass es ihm gelang. Gea fiel mit Schrecken nicht nur die Drohne wieder ein, sondern auch, dass diese sich nach wie vor in voller Alarmbereitschaft befand und sie bei der ersten sich bietenden Gelegenheit einfach verschwinden lassen würde. Hastig befahl sie ihr, wieder auf normale Bereitschaft zurückzugehen, und begegnete schon wieder Craidens misstrauischem Stirnrunzeln. Offensichtlich hatte sie sich ein wenig zu lange mit ihrem unsichtbaren Schutzengel beschäftigt, und er hatte die Leere in ihrem Blick bemerkt.

»Was?«, fragte er geradeheraus.

»Ach, ähm … nichts«, antwortete sie, und hinter ihr gab der Finde ein schrilles und sehr lautes, misstönendes Blubbern von sich. Craidens Stirnrunzeln wurde noch einmal tiefer und sah jetzt fast aus wie drei dünne Narben, die seine Stirn teilten. Er ähnelte seinem Vater mit einem Male noch mehr.

»Wie du meinst«, seufzte er. »Beeilen wir uns. Es ist ein weiter Weg.« Er bog nach rechts in eine der schmaleren Gassen ab, wartete, bis Gea wieder zu ihm aufgeschlossen hatte, und fragte dann beiläufig: »Wie weit ist der Weg genau?«

Gea konnte gerade noch ein amüsiertes Lächeln unterdrücken. »Vielleicht zwei Stunden«, sagte sie. »Etwas weniger, wenn Crusher schnell fliegt.«

»Und noch einmal dieselbe Zeit zurück.« Craiden wirkte wenig begeistert. »Das kostet mich fast den gesamten restlichen Tag, Mädchen.«

»Gea. Und hattest du etwas Wichtigeres vor?«

»Stell dir vor, ja«, antwortete er.

»Ach? Und was?«

Der Blick, mit dem Craiden sie nun maß, war jetzt schon fast wütend. Er sparte es sich jedoch, zu antworten, bog bei der nächsten Gelegenheit wieder ab und beschleunigte noch einmal seine Schritte, sodass nunmehr selbst die schnaubenden Quorrl rascher ausgreifen mussten und der Finde sich zu immer grotesкeren Verrenkungen gezwungen sah, um auf seinen drei Beinen mit ihnen Schritt zu halten.

Ihre Umgebung kam Gea irgendwie vertraut vor, aber sie tat den Gedanken fast augenblicklich wieder ab. In dieser Stadt sah jede Gasse gleich aus, und bei zehntausend Zelten konnte sie schwerlich erwarten, auch auf zehntausend unterschiedliche Designs zu treffen. Dennoch blieb ein ungutes Gefühl, das sie sich zwar nicht erklären konnte, aber beharrlich weiter am Rande ihres Bewusstseins nagte.

Dann entdeckte sie etwas, was sie ihre Umgebung augenblicklich vergessen ließ: Mana kam ihnen entgegen, hüpfte mit einem Satz auf Craidens Schulter, zu dem er nicht einmal seine Flügel zu Hilfe nehmen mußte, und Craiden bog mit raschen Schritten in die Gasse ab, aus der der Katzenkäfer gekommen war. Nach wenigen Schritten weitete sich der Pfad zu einem Platz, der von einem mannshohen Gatter umgeben war und auf dem sich mindestens hundert Daktylen tummelten, wenn nicht mehr. Dieser Anblick war so unerwartet und vor allem so *unglaublich*, dass Gea mitten im Schritt innehielt und Mund und Augen aufriss. Einer der Quorrl-Gardisten hinter ihr registrierte die Bewegung um ein Haar zu spät und kam mit dem lauten Scheppern eines abbremsenden Panzerwagens gerade noch im letzten Moment zum Stehen, bevor er sie in den Boden rammen konnte, aber das bemerkte Gea genauso wenig wie sein unwilliges Knurren oder das irgendwie amüsiert klingende Blubbern des Finden.

»Ja«, feixte Craiden. »Genau das würde ich an deiner Stelle jetzt auch denken.«

»Was?«, murmelte Gea. Genau genommen dachte sie gar nichts, sondern glotzte einfach nur.

Craidens Grienen wurde noch breiter. »Du hättest dir eine ganze Menge Ärger erspart, wenn du einfach nur nach ihr gesucht hättest.« Craiden grinste und pfiff schrill auf den Fingern. Eine der riesigen geflügelten Kreaturen begann, sich aus der brodelnden Masse aus Klauen und Schnäbeln zu lösen, und kam näher, wobei sie nicht nur auf ihren krallenbewehrten Füßen hoppelte, sondern auch die Flügel zu Hilfe nahm; ein ebenso erschreckender wie fast komischer Anblick, der ein wenig an einen missgestalteten Menschen erinnerte, der sich auf den Ellbogen vorwärts zu ziehen versuchte.

»Mein Zelt ist übrigens gleich dort drüben«, fuhr Craiden mit einer deutenden Geste fort, eifrig darum bemüht, Salz in ihre Wunden zu streuen. »Ich dachte, ich hätte dir erzählt, dass ich Crusher selten allein lasse.«

Gea konnte sich nicht an eine entsprechende Bemerkung erinnern, aber sie begriff sehr wohl, warum er das sagte, und revanchierte sich mit einem entsprechend zornigen Blick. Craiden lächelte nur noch breiter.

»Und wenn ich mich nach dir erkundigt hätte, hätte man mich einfach so zu dir gelassen?«, fragte sie. »Dem Sohn des Clansherrn?«

»Das ist nichts Besonderes«, antwortete Craiden. »Mein Vater hat beinahe so viele Söhne wie du Geschwister, Mädchen.«

»Gea.«

»Angeblich.«

»Ich heiße wirklich Gea!«

Der Finde gab einen schrillen, protestierenden Pfiff von sich. Craiden runzelte schon wieder und jetzt beinahe bestürzt die Stirn.

Plötzlich geschah alles gleichzeitig und so schnell, dass Gea hinterher nicht einmal mehr sagen konnte, was nun die eigentliche Katastrophe ausgelöst hatte oder ob es vielleicht sogar mehrere Gründe gegeben hatte: Denn auf einmal loderte hinter dem Finden und Torman ein giftgrüner Blitz zwischen den Zelten auf. Crusher schrie und breitete die Flügel aus, wie um sich in die Luft zu schwingen, während ein dumpfer, sonderbar trockener Knall jeden anderen Laut übertönte. Torman knurrte, fuhr auf dem Absatz herum und zog gleichzeitig seine Waffe. Dann erklang ein brüllendes Grollen, das im Bruchteil einer Sekunde zu einer Lautstärke anwuchs, die ihre Trommelfelle zum Zerreißen zu bringen schien.

Gea konnte die Druckwelle sogar *sehen* – so unmöglich das auch eigentlich sein sollte, raste sie doch annähernd mit Schallgeschwindigkeit auf sie zu. Zelte und Wagen verschwanden einfach, von einer unsichtbaren Riesenfaust niedergewalzt, dann jagte eine gewaltige Staub- und Trümmerwolke heran und fegte Mensch und Tier von den Füßen. Gea sah noch, wie Crusher von einer unsichtbaren Gewalt ergriffen und mit weit ausgebreiteten Flügeln auf den Rücken geworfen wurde, während unter den übrigen Daktylen Panik ausbrach. Dann wurde auch Gea zu Boden geschmettert, und alles wurde grau und nur den millionsten Teil einer Sekunde später schwarz. Für einen kurzen Moment war sie ebenso blind wie taub, dann setzte ein gewaltiges, schmerzhaft schrilles Klingeln ein, und sie spürte, wie sie aus Nase und Ohren und sogar den Augen zu bluten begann. Das alles geschah binnen weniger als einer halben Sekunde.

Während der zweiten Hälfte derselben Sekunde schleuderte die Druckwelle Staub, Trümmerteile und ganze Zelte (und ein paar Quorrl) über sie hinweg.

In der ersten Hälfte der zweiten Sekunde stemmte sich Gea hustend und würgend hoch, blinzelte sich den Staub aus den Augen und stellte mit einem Gefühl unendlicher Erleichterung fest, dass Craiden offensichtlich nicht schwer verletzt worden war. Zwar war er genau wie sie und alle anderen von den Füßen gerissen worden, aber auch er war bereits wieder dabei, sich benommen aufzusetzen. Über das Klingeln und Rauschen in ihren Ohren hinweg vernahm sie jetzt ein hundertstimmiges Kreischen und Lärmen: Unter den Daktylen war Panik ausgebrochen, und diejenigen der gewaltigen Tiere, denen die Druckwelle nicht die Flügel zerfetzt oder die Knochen gebrochen hatte, gingen nun mit Schnäbeln und Klauen aufeinander los. Gea registrierte außerdem, dass es ausgerechnet der Finde war, der als Einziger weit und breit noch auf seinen drei Beinen stand.

In dem Augenblick tauchte die Drohne auf.

Seit der Explosion waren noch nicht einmal zwei Sekunden vergangen – was genau genommen eine schiere Ewigkeit für das kybernetische Gehirn der Drohne war. Vielleicht waren ihre uralten Systeme voll und ganz damit beschäftigt gewesen, sich selbst vor den unmittelbaren Auswirkungen der Druckwelle zu beschützen, jetzt aber gab sie ihre Tarnung auf und tat genau das, worauf Gea selbst sie am Morgen programmiert hatte: Sie schaltete auf vollen Kampfmodus, um sie zu beschützen.

Gea begriff nicht nur mit entsetzlicher Klarheit, was geschehen war, sondern auch mit noch viel größerer Hilflosigkeit, was nun geschehen *würde*. Und dass es rein gar nichts gab, was sie dagegen tun konnte. Die Drohne mochte älter sein als sämtliche Krieger in diesem Lager zusammen und ihre besten Tage schon hinter sich gehabt haben, bevor der Hammerschlag der Verdandi den Mond gespalten hatte, aber sie war Alte Technik, deren Reaktionen noch immer beinahe mit Lichtgeschwindigkeit erfolgten und die einen einmal angenommenen Auftrag zu Ende führte, koste es, was es wolle. Und die Drohne hatte registriert, dass die Person, die sie beschützen sollte, in unmittelbarer Gefahr war, und handelte entsprechend.

Mittlerweile schien die Zeit zu ihrem alten Rhythmus gefunden zu haben: Die Ereignisse liefen wieder mit normaler Schnelligkeit ab, schienen aber zugleich fast schon absurd verlangsamt, als lege das Schicksal ganz besonderen Wert darauf, dass Gea nicht das winzigste Detail des kleinen Scherzes versäumte, den es sich für sie ausgedacht hatte. Die Drohne, ein schmuckloser schwarzer Zylinder von der Größe und den Proportionen eines antiken Ölfasses, begann, in einem Chaos lautloser elektrischer Funken nur ein paar Schritte hinter und ein Stück über ihr Gestalt anzunehmen, und schwebte auf sie zu. Irgendjemand schleuderte etwas nach ihr, das funkensprühend von ihrem Schutzschirm abprallte; Gea sah aus den Augenwinkeln, wie Craiden aufsprang und ein kleines schwarzes Gerät von seinem Gürtel löste, mit dem er auf die Drohne zielte, und wollte ihm noch eine Warnung zurufen, aber es war viel zu spät. Auch wenn sie alles mit zehnfacher Schnelligkeit sah und hörte, blieben ihre Reaktionen die eines normalen Menschen.

Craiden feuerte den Scanner ab, noch bevor Geas Schrei ihre Kehle verließ und ihre Lippen erreichte, woraufhin die Drohne in einer Explosion aus weißen und orangefarbenen Blitzen verschwand, mit der ihr Kraftfeld die zerstörerische Resonanzwelle der Waffe auffing und in harmloses Licht umwandelte. Praktisch gleichzeitig folgte sie der zweitobersten Priorität ihrer Programmierung und ergriff geeignete Maßnahmen zum Selbstschutz, die in diesem Fall daraus bestanden, dass sie den Scanner in Craidens Hand explodieren ließ – zu seinem großen Pech zusammen mit all seinen Fingern und einem nicht unbeträchtlichen Teil der Hand selbst. Craiden kippte mit einem schrillen Schmerzensschrei nach hinten. Die Drohne kam lautlos näher, hielt zwei Meter über Gea schaukelnd an, und sie spürte ein elektrisches Kribbeln am ganzen Körper – sie glaubte sogar, einen schwachen Blumenduft wahrzunehmen. Rings um sie herum begann die Realität zu verblassen, und das war genau der Moment, in dem der Himmel auf die Drohne fiel.

Wenigstens ein Teil davon, der aus gewaltigen, peitschenden Schwingen, gefährlichen Krallen und einem monströsen Spechtschnabel bestand. Funken sprühten, und blaue sowie hellgrüne, elektrische Blitze umgaben die Drohne wie ein schützendes Gewitter und sprangen auf Crushers Leib und Flügel über. Die Luft roch jetzt nicht mehr nach Blumen, sondern schmorendem Leder, Blut und verbranntem Horn.

Nicht einmal die unvorstellbare Kraft der Daktyle reichte, um den Schild der Alten Maschine zu durchbrechen, aber die Drohne wankte, und das noch im Aufbau begriffene ZT-Feld verlor für einen Moment sein Ziel – und mehr war auch nicht nötig. Gea sprang einen halben Schritt zur Seite, um vollends aus ihrem Erfassungsbereich zu kommen – jetzt konnte sie hier nicht weg! Sie musste zu Craiden, denn er war verletzt und *starb* möglicherweise, und sandte der Drohne einen fast schon hysterischen, lautlosen Befehl zu, mit diesem verdammten Unsinn aufzuhören … auf den die Maschine selbstverständlich nicht reagierte. Sie war darauf programmiert, sie zu beschützen, wenn sie in Gefahr geriet, und sie gab einen feuchten Dreck darauf, ob ihre Schutzbefohlene diesen Schutz wollte oder nicht. Aber vielleicht gewann Gea auf diese Weise wenigstens ein paar Sekunden, um sich davon zu überzeugen, dass Craiden noch lebte.

Die Drohne ließ ein ärgerliches Brummen hören, sank ein Stück tiefer und zugleich wieder auf sie zu, doch ein smaragdgrüner Blitz hämmerte auf ihren Schild und schleuderte sie davon.

Gea fiel neben Craiden auf die Knie und drehte ihn mit der Kraft der Verzweiflung auf den Rücken. Er hatte noch nicht einmal das Bewusstsein verloren, aber seine Augen waren trüb, und Geas Magen zog sich zu einem schmerzhaften Ball zusammen, als sie sah, was von seiner rechten Hand übrig geblieben war.

Grünes Licht flackerte erneut über sie hinweg, und das Brummen der Drohne klang jetzt nicht nur lauter, sondern anders … bedrohlich. Gea sah zu ihr hoch und erblickte Wellen aus flackerndem Licht und optischen Verzerrungen, die in rasender Folge über ihr Kraftfeld jagten. Die Drohne schwankte. Etwas … geschah mit ihr, das ganz und gar nicht in Ordnung war.

Dem dritten Blitz folgte Geas Blick bis zu seinem Ursprung zurück. Torman hatte sich nicht nur wieder hochgekämpft, sondern stand breitbeinig und in kaum fünfzehn Metern Entfernung da, hatte die Schultern gebeugt und die Arme gerade ausgestreckt, um in perfekter Kampfhaltung auf die Drohne zu zielen. Der verchromte Zerreißer in seinen Händen schleuderte einen vierten und fünften grellgrünen Blitz gegen das Kraftfeld der Drohne.

Der sechste ließ es mit einem Knistern zusammenbrechen, das in Geas Ohren fast wie ein resignierendes Seufzen klang, und der siebente Energiestoß jagte in die plötzlich ungeschützte Flanke der Maschine und verwandelte sie in einen rot glühenden Schrotthaufen, der wie ein Stein zu Boden fiel.

Gea hatte keine Zeit, um sich davon zu überzeugen, dass die Drohne nicht im nächsten Moment explodieren und sie und einen nicht unbeträchtlichen Teil dieses Heerlagers atomisieren würde, sondern beugte sich hastig über Craiden und ergriff seine unversehrte Hand. Ihr Herz jagte so schnell, dass sie fast nur noch stammeln konnte.

»Craiden!«, wimmerte sie. »Bitte! Kannst du mich hören? Bitte … bitte sag doch etwas!«

Tatsächlich reagierte er mit einem schmerzerfüllten Stöhnen, und sein Blick begann zu flackern. Gea presste seine Hand mit aller Kraft gegen ihre Brust, sah ein, dass sie ihm *so* nun wirklich nicht half, und zwang sich, den verbrannten Stumpf anzusehen, der einmal seine andere Hand gewesen war. Er blutete heftig und bestand nur noch aus verbranntem Fleisch und roten Fetzen, aus denen weiße Knochensplitter ragten. Der Gestank war Übelkeit erregend, und Craiden lag bereits in einer erschreckend großen Lache aus dampfendem Blut, die immer noch größer wurde.

Gea überwand ihren Widerwillen, griff nach seinem zerstörten Arm und tastete nach der Arterie, um sie abzudrücken. Sofort waren auch ihre Hände so glitschig von seinem warmen Blut, dass sie das Blutgefäß im ersten Moment nicht fand und im zweiten davon abglitt. Dann packte sie entschlossener zu, fand den richtigen Punkt und drückte die Arterie mit aller Kraft ab.

Doch dann packte eine unmenschlich starke Hand ihre Schulter und riss Gea in die Höhe. Dieses Mal sah sie die Faust wenigstens kommen, die sie bewusstlos schlug.

Arion Es waren tatsächlich nur wenige Minuten – fünf, wenn überhaupt. Aber so lange befand sie sich in der Hölle, in der sie sich tausendmal dafür verfluchte, sich auf diesen Unsinn eingelassen zu haben, und sich mindestens ebenso oft wünschte, zu sterben, nur um dieser Qual zu entkommen … doch offensichtlich nicht ernsthaft genug, damit der R'Achernon ihr diesen Wunsch erfüllte.

Als die Rekonstruktion vorbei war, blieb Arion noch ein paar

Momente einfach mit geschlossenen Augen liegen und genoss das Gefühl, wieder aus eigener Kraft atmen zu können, und das Wissen, wenigstens nicht in der Mitte durchzubrechen, sollte sie etwa tollkühn versuchen, sich aufzusetzen …

Etwas raschelte, und irgendwo am Rande dessen, was einmal ihr Bewusstsein gewesen war, tauchte eine lästige Erinnerung auf, die darauf beharrte, dass die Welt aus mehr bestand als dem Luxus, dem Schlagen ihres eigenen Herzens zu lauschen und sich daran zu erfreuen, dass sie noch lebte. Sie wollte diese Einsicht abschütteln, erreichte damit aber nur das genaue Gegenteil und gab es schließlich auf. Dann stemmte sie sich hoch, begegnete Craidens Blick und erstarrte.

In seinen Augen stand das blanke Entsetzen geschrieben.

»Ist alles in Ordnung, Clansherr?«, fragte sie.

»Sollte ich diese Frage nicht eigentlich Euch stellen, Prinzessin?« Craidens Stimme war so leer wie sein Gesicht. Nur die Fassungslosigkeit in seinen Augen flackerte heller. Was hatte er eigentlich gesehen? »Ich dachte, ich hätte Euch getötet.«

»Ich könnte zwar behaupten, dass es mir gut geht, aber das wäre gelogen.« Sie zwang ihr Gesicht zu einer Grimasse, die er unter anderen Umständen für ein Lächeln gehalten hätte, und stand auf. Vielleicht hatte sie ihre Kräfte überschätzt, denn ihr wurde prompt schwindelig, und sie strauchelte. »Aber ich lebe noch, wie Ihr seht.«

»Ich war *überzeugt*, ich hätte Euch getötet.«

»Sehr viel hat auch nicht gefehlt«, gestand Arion. »Aber selbst das wäre nicht besonders schlimm gewesen. Höchstens ziemlich unangenehm. Aber das alles ist meine eigene Schuld.«

Haltet Ihr solche Anmerkungen für klug? Er ist wirklich nervös genug.

Ich etwa nicht?

Craiden sah sie weiter aus weit aufgerissenen Augen an, in denen sich nun die unterschiedlichsten Emotionen einen stummen Kampf lieferten. Der R'Achernon hatte recht: Sie musste vorsichtig sein. Was immer Craiden auch gesehen hatte, es hatte ihn bis ins Mark erschüttert.

»Ich dachte, ich hätte dich getötet«, murmelte er.

»Und Ihr habt es nicht«, beruhigte sie ihn. »Es war nicht Eure Schuld. Ihr habt mich gewarnt, und ich habe nicht auf Euch gehört. Das tut mir leid.«

»Aber ich habe Euch wehgetan.«

»Und nicht zu knapp«, bestätigte Arion und versuchte noch einmal zu lächeln. Diesmal gelang es ihr sogar. »Aber Ihr müsst Euch keine Vorwürfe machen. Das hatte ich verdient.«

Während er sie einfach nur weiter anstarrte, begann Arion sich unter seinen Blicken zunehmend unwohler zu fühlen; und sei es nur, weil sie die Bestürzung in seinen Augen nicht verstand. Sehr vorsichtig machte sie einen Schritt zur Seite, stellte fest, dass es ihr tatsächlich gelang, ohne unverzüglich auf der Nase zu landen, und blickte dann zum ersten Mal an sich herab. Sie sah ungefähr so aus, wie sie sich fühlte: nämlich grauenhaft. Ihr Gewand hatte die schützende Form eines einteiligen, schwarzen Anzugs beibehalten, aber es starrte vor Schmutz und wässerigem Blut, was die Naniten aus irgendeinem Grund noch nicht entfernt hatten. Sie versuchte, ihr Versäumnis mit den Händen nachzuholen, machte die Schweinerei damit aber nur noch größer, und warf Craiden einen vorsichtigen Blick zu, bevor sie sich umdrehte und bis zu den Hüften zurück ins Wasser watete.

Craiden rührte sich nicht, sondern stand jetzt mit fast trotzig vor der Brust verschränkten Armen am Ufer und sah zu ihr herüber. Sie konnte seine Blicke fast mit der Intensität einer Berührung spüren. Schweigend sah er zu, wie sie ihren Anzug säuberte, sich dann kurz in die Hocke sinken ließ und schließlich sogar kurz mit dem Kopf untertauchte. Im allerersten Moment war das Wasser so eisig, dass es Arion den Atem nahm, aber sie änderte das, indem sie ihren Körper anwies, die Temperatur einfach nicht mehr zur Kenntnis zu nehmen. Im Wasser schmiegte sich der Anzug so perfekt an ihren Körper wie eine zweite Haut – sich jetzt zu Craiden herumzudrehen, hätte peinlich werden können. Aber andererseits … warum eigentlich?

»Es tut mir wirklich leid, Prinzessin«, sagte er, als sie sich wieder zu ihm umwandte. »Ich muss mich in aller Form bei Euch entschuldigen. Nur Euer Schild hat dafür gesorgt, dass ich Euch nicht getötet habe.«

»Es gibt keinen Grund für eine Entschuldigung, Clansherr«, erwiderte sie ruhig. »Ihr habt mich gewarnt, und ich war dumm genug, nicht auf Euch zu hören. Eine Waffe allein macht noch keinen guten Kämpfer.«

Craiden tat ihr nicht den Gefallen, ihr zu widersprechen, was sie ein bisschen ärgerte. Sie hatte wirklich meisterhaft gekämpft – vermutlich besser als die allermeisten anderen Gegner, mit denen er es je zu tun gehabt hatte.

»Es war dennoch unverzeihlich«, sagte er. »Ich hätte wissen müssen, was geschehen würde.«

»Dass Euer Tschekal meinen Schild durchschlägt?« Arion schüttelte so heftig den Kopf, dass ihr nasses Haar flog und ihr selbst unangenehm ins Gesicht klatschte. Sie veränderte die Oberflächenstruktur ihres Haars, sodass das Wasser einfach aus ihm herauslief und es binnen weniger Augenblicke wieder trocken war. Craidens Pupillen weiteten sich um eine Winzigkeit, aber er sagte nichts.

Tut das nicht, Prinzessin. Sein emotionales Gleichgewicht ...

... würde wahrscheinlich noch weit mehr gestört, wenn er wüsste, was er mir wirklich angetan hat, dachte Arion zornig. In ihrem Körper tobte noch immer eine ganze Armee von Naniten und kämpfte gegen die Folgen der inneren Verletzungen an, die sie davongetragen hatte. *Erklär mir lieber, wieso dieser verdammte Schild nicht funktioniert hat!*

Wie Ihr es gerade gesagt habt: Sein Schwert hat ihn durchschlagen.

Du weißt genau, dass das unmöglich ist!

Die Erklärung für ein bestimmtes Vorkommnis nicht zu kennen, bedeutet nicht zwangsläufig, dass es keine gibt, Prinzessin. Dieser Sternenstahl ist ein wirklich bemerkenswertes Material.

»Prinzessin?«, fragte Craiden, als ihr Schweigen andauerte.

»Nichts«, sagte sie rasch. »Ich war ... in Gedanken.«

»Ihr habt Zwiesprache mit Eurem Turm gehalten.«

»So würde er es vermutlich nicht nennen«, antwortete sie säuerlich. »Ich habe ihm eine Standpauke gehalten, weil der Schild nicht funktioniert hat.«

»Techmagie, die versagt?«, fragte Craiden zweifelnd.

»Lass die Magie weg, und es bleibt Technik übrig«, antwortete Arion. »Und Technik hat nun mal die unangenehme Eigenschaft, irgendwann genauso zu versagen wie alles andere.«

Sie spürte das Entsetzen des R'Achernon über dieses Eingeständnis, das so gar nicht zu Craidens Weltanschauung passen konnte, empfand aber nur sehr wenig Bedauern (oder gar Schuld), sondern eher so etwas wie reichlich deplatzierte Schadenfreude.

»Aber ich bin Euch noch eine Antwort schuldig, glaube ich«, sagte sie. »Plixx.«

In ihren Gedanken erscholl so etwas wie ein lautloses Ächzen, und Craiden runzelte verständnislos die Stirn. »Prinzessin?«

»Ihr wolltet wissen, wie es uns gelingt, Achern in jede Form zu bringen, die wir wollen«, erinnerte sie ihn. »Das war der Preis, um den wir gekämpft haben, nicht wahr?«

Craiden nickte.

»Es sind die Mauslinge«, sagte Arion. »Plixx habt Ihr ja schon kennengelernt, aber er ist längst nicht der Einzige seiner Art – wenn auch vermutlich der Mächtigste. Die Mauslinge sagen dem Achern, welche Form es annehmen soll.«

»Das verstehe ich nicht«, meinte er.

»Ich auch nicht«, erwiderte Arion mit einem knappen Lächeln. »Niemand weiß, wie sie es machen. Ich glaube, nicht einmal Plixx selbst – obwohl er das natürlich ganz entschieden abstreiten würde. Es ist irgendeine Psi-Geschichte, nehme ich an.«

»Psi?«, wiederholte Craiden verständnislos.

Arion seufzte. »Magie«, sagte sie. »Keine Technologie, sondern ganz normale, altmodische Magie sozusagen.« Sie lächelte schief. »Versteht Ihr? Keine Hardware oder Software, sondern … *Wetware.*«

Craiden starrte sie an, und in ihren Gedanken kommentierte der R'Achernon sehr ernst: **Dieses Geheimnis hättet Ihr ihm nicht verraten dürfen, Prinzessin.**

Dann lass dir etwas einfallen, um den Schaden zu begrenzen, dachte sie schnippisch. Sie war weit davon entfernt, auch nur einen Hauch schlechten Gewissens zu spüren – sie hatte Craiden ihr Wort gegeben (wenn auch in der festen Überzeugung, es nicht halten zu müssen) und gedachte nicht, es zu brechen. Dennoch fuhr sie fort: »Aber bevor Ihr auf komische Ideen kommt, Craiden: Die Mauslinge verlassen den R'Achernon niemals. Ich bin nicht einmal sicher, ob sie es überhaupt können. Vielleicht beherrschen sie nicht nur das Achern, sondern das Achern beherrscht auch sie.«

Craiden schien einen Moment lang ernsthaft über diese Möglichkeit nachzudenken. »Ein Grund mehr, diesen Ort zu erobern«, sagte er dann.

Ja, das hatte sie wahrscheinlich verdient.

»Und jetzt kommt meine Frage«, sagte sie dann.

Craiden legte überrascht den Kopf auf die Seite. »Was für eine Frage? Ihr habt den Kampf verloren, Prinzessin.«

»Das kann man so oder so sehen«, antwortete Arion. »Ich habe gegen einen Schwertmeister aus *Belagerung* gekämpft und lebe noch. Ich finde, das kann man durchaus als einen kleinen Sieg werten.«

Craiden seufzte. Er ließ die Arme sinken und setzte zu einer vermutlich ärgerlichen Antwort an, beließ es dann aber bei einem resignierenden Nicken. »Eine einzige Frage.«

»Gea«, sagte Arion. »Wer ist das?«

»Gea? Wer … soll das … sein?« Craiden wirkte ein ganz kleines bisschen nervös. Aber auch irgendwie … lauernd.

»Das frage ich Euch, Clansherr«, erwiderte Arion. »Ihr habt mich gerade so genannt, als Ihr dachtet, Ihr hättet mich getötet.«

Eine Sekunde lang war sie fast sicher, dass er nicht antworten würde, doch dann nickte er. »Ein Mädchen, das ich einmal kannte. Es ist lange her.«

»Und Ihr habt sie ebenfalls niedergeschlagen?«

Das war unpassend (und vermutlich gemein), und Arion bedauerte die Worte, bevor sie sie auch nur ausgesprochen hatte. Craiden funkelte sie an, und sie las in seinen Augen, mit wie viel

Schmerz die Erinnerung an diesen Namen für ihn verbunden sein musste. Sofort meldete sich ihr schlechtes Gewissen.

»Verzeiht«, sagte sie. »Ich wollte nicht …«

Mit einem Ruck wandte Craiden sich ab, um sich einige Augenblicke lang raschelnd am Waldrand zu schaffen zu machen. Als er zurückkam, hielt er den schwarzen Zwillingsbruder seines Tschekal in der Hand, und der Schatten war aus seinen Augen verschwunden.

»Das ist erstaunlich«, sagte er. »Selbst das Gewicht stimmt.« Er führte ein paar vorsichtige Probeschläge durch und war sichtbar beeindruckt. »Und es ist perfekt ausbalanciert.«

»Bei meinem Schwert gibt es nur einen Unterschied«, sagte Arion, wartete, bis er sie interessiert ansah, und fügte dann hinzu: »Es schneidet wirklich alles. Hättet Ihr mich *damit* getroffen, dann wäre ich jetzt wirklich tot.« Wenn auch nicht für lange.

»Mein Tschekal hat ihm aber standgehalten.«

Was tat sie hier eigentlich? Sie redete über *Schwerter*, statt sich bei ihm zu entschuldigen?

Ihr versucht, Euer schlechtes Gewissen zu beruhigen, Prinzessin. Mit wenig Erfolg, wenn Ihr mir die Bemerkung gestattet.

Nein, tue ich nicht.

»Jetzt nicht mehr«, erwiderte sie, an Craiden gewandt und sehr ernst. Der sah sie unverhohlen zweifelnd an, und Arion gab dem R'Achernon nicht nur einen lautlosen Befehl, sondern meinte, auch den Widerwillen zu spüren, mit dem er ihn befolgte. Aber er führte ihn aus, und das war es schließlich, was zählte.

»Probiert es«, sagte sie.

Craiden zögerte noch einen winzigen Moment lang, zog dann mit der anderen Hand seine eigene Waffe und führte die Klingen fast behutsam aneinander vorbei. Ein leises Quietschen erklang, ein Laut, der kaum zu hören war, aber sogar in den Zähnen schmerzte – und in der bisher makellos silberfarbenen Sternenklinge blieb ein fingerlanger Kratzer zurück.

»Euer Schwert ist unglaublich«, murmelte er.

»Es gehört Euch«, sagte Arion.

Diesmal glaubte sie so etwas wie ein lauteres Ächzen in ihren Gedanken zu hören. Gut.

»Das … ist ein Schwert aus Achern«, murmelte Craiden. Er klang weniger erfreut und ungläubig, sondern nur verstört.

»Vollkommen unzerstörbar«, bestätigte Arion. »Ihr könntet es in das Herz der Sonne tauchen, und es würde nicht einmal warm werden.«

»Das … kann ich nicht annehmen«, murmelte er.

»Aber ich bestehe darauf«, sagte sie, von einer fast kindlichen Freude an dem verblüfften Ausdruck auf seinem Gesicht erfüllt. »Nehmt es als kleine Wiedergutmachung für den Schrecken, den ich Euch eingejagt habe.«

Eine reichlich *große* kleine Wiedergutmachung für eine kleine Taktlosigkeit.

»Und als Zeichen meines guten Willens. Und keine Sorge«, fuhr sie fort, als sie Craidens Zögern bemerkte, »so etwas wie mit dem Ring droht Euch mit dem Schwert nicht. Ihr könnt es ohne Bedenken annehmen. Die Käfer werden Euch schützen.«

Craiden blickte sie weiter verblüfft und zugleich fast hilflos an, dass er ihr jetzt beinahe leidtat. Aber nur beinahe.

Wenn ich vielleicht einen Vorschlag machen dürfte, Prinzessin …

Nein, darfst du nicht.

Arion erteilte dem R'Achernon ganz im Gegenteil einen Befehl, der ihn vermutlich noch sehr viel mehr ärgerte; was sich allein daran zeigte, dass gute zwei oder auch drei Sekunden vergingen, bis die Schatten zu Craidens Füßen lebendig wurden und wie eine Armee winziger schwarzer Käfer an seinen Beinen hinaufkrochen. Craiden keuchte vor Schrecken und sprang zurück, aber es ging zu schnell, als dass ihm noch Zeit für irgendeine andere Reaktion geblieben wäre.

Die NanoMaschinen krochen wie lebendig gewordene Schatten an ihm hoch und gerannen zu einem schwarzen Waffengurt mit einer schlanken Scheide.

»Nur, damit Ihr nicht immer mit dem Schwert in der Hand herumlaufen müsst, Clansherr«, sagte Arion amüsiert. »Ich finde das ungemütlich.«

Craiden starrte sie an. *Er* wirkte nicht amüsiert, sondern sah ganz im Gegenteil eher schon verletzt aus, was sie nun wirklich nicht verstand. Sie hatte ihm doch nur eine Freude machen wollen!

Wie Rymer in diesem Moment sagen würde, Prinzessin: Ihr müsst noch eine Menge lernen. Vor allem über Menschen.

Eher über Männer. Und jetzt will ich nichts mehr von dir hören, bis ich es dir sage.

Der R'Achernon schwieg, während Craiden sie noch einige weitere Sekunden lang auf dieselbe, sonderbare Art anstarrte, bevor er die beiden ähnlichen und doch so verschiedenen Schwerter gleichzeitig in ihre Umhüllungen schob – und das mit einer so fließenden Bewegung, als hätte er nie etwas anderes getan.

»Ich danke Euch, Prinzessin. Ihr habt mir ein sehr kostbares Geschenk gemacht, das ich zu würdigen weiß.«

Das war nun wirklich nicht, was sie hatte hören wollen, aber sie gab sich Mühe, sich ihre Enttäuschung nicht zu deutlich anmerken zu lassen. »Jetzt müsst Ihr ihm nur noch einen Namen geben«, sagte sie.

Craiden schwieg, und in ihren Gedanken erklang etwas wie ein lautloses, resignierendes Seufzen. Nach einer Weile, scheinbar zusammenhanglos und vermutlich aus keinem anderen Grund als dem, das Thema zu wechseln, sagte er: »Dann war es also Euer Anzug, der Euch vor meinem Schwert beschützt hat, und nicht Eure Techmagie.«

»Mein Anzug beschützt mich vor jeder Gefahr«, sagte sie. »Nicht einmal Euer neues Schwert könnte ihn durchdringen.«

»Ein sehr nützliches Kleidungsstück«, erwiderte er, noch immer sonderbar distanziert.

Was war eigentlich los mit ihm?, dachte Arion verwirrt und fast schon ein bisschen ärgerlich. Was zum Teufel musste sie denn noch tun, damit er aufhörte, den Holzklotz zu spielen?

»Und es kann noch sehr viel mehr«, sagte sie mit einem Lächeln, das ihr schon beinahe schwerfiel. Statt endlich aus dem Wasser heraus und ans Ufer zu waten, ließ sie sich ganz im

Gegenteil rücklings ins Wasser gleiten und bewegte die Hände gerade heftig genug, um nicht unterzugehen. Zugleich wurde aus ihrem hauteng sitzenden Anzug ein genauso enganliegender Badeanzug, der so raffiniert geschnitten war, dass er gerade noch das Allernotwendigste verdeckte. Leider.

He! So habe ich das nicht gemeint!

Doch, Prinzessin. Ihr wisst es nur nicht.

Arion war klug genug, die lautlose Diskussion nicht fortzusetzen (vor allem weil sie wusste, dass der R'Achernon vermutlich recht hatte), sondern planschte einen Moment einfach weiter herum und machte dann ein paar langsame Schwimmzüge, die sie bis in die Mitte des kleinen Sees brachten, wo sie wassertretend wieder anhielt. Sie war sich der Tatsache bewusst, dass Craiden sie anstarrte – und auch *wie* er sie anstarrte – und ließ ihn auch noch eine ganze Weile gewähren, bevor sie sich zu Craiden herumdrehte und seinen Blick suchte.

»Das ist der Grund, aus dem ich so gerne hierherkomme, Clansherr«, sagte sie. »Das Wasser ist herrlich. Warum kommt Ihr nicht herein und probiert es selbst aus?«

»Prinzessin?«

Arion lachte hell und stieß die Handflächen nach vorn ins Wasser, wie um ihn nass zu spritzen. Nicht ein einziger Tropfen kam auch nur in seine Nähe. Trotzdem wich er einen halben Schritt zurück. »Seid Ihr wasserscheu? Dann habe ich die Lösung für unser Problem gefunden«, sagte Arion belustigt. »Duras wird mich dafür noch mehr lieben. Wir lassen es einfach regnen, und Ihr und all Eure Krieger ergreifen panisch die Flucht.«

Craiden lachte nicht, und er sah immer noch auf diese seltsame Art verletzt aus … aber nach einem weiteren Moment hob er die Schultern, legte seinen Mantel und beide Schwertgurte ab und watete entschlossen ins Wasser. Seine Pupillen weiteten sich ganz leicht, und ihr verbessertes Sehvermögen zeigte ihr, dass ein rasches, fast schon krampfartiges Schaudern über seinen ganzen Körper lief und er das bekam, was man wohl als Gänsehaut bezeichnete. Trotzdem ließ er sich nach vorn sinken und war mit zwei oder drei kraftvollen Schwimmzügen bei ihr. Arion kam schon wieder nicht umhin, die kraftvolle Eleganz seiner Bewegungen zu bewundern.

Zieht jetzt keine falschen Schlüsse, Prinzessin. Das Wasser hat elf Grad. Dass Ihr die Kälte nicht spürt...

... heißt nicht, dass es ihm genauso geht, ich weiß, antwortete Arion gereizt, aber auch ein ganz kleines bisschen schuldbewusst. *Dann hilf ihm.*

Craiden planschte noch einige Momente stumm (und bibbernd) neben ihr im Wasser herum und konnte seine Überraschung dann nicht mehr ganz verhehlen, als die Wassertemperatur in seiner unmittelbaren Umgebung fühlbar stieg.

»Besser?«, fragte sie lächelnd.

Nein, seinem Gesichtsausdruck nach zu schließen nicht. Was um alles in der Welt machte sie eigentlich *falsch?*

Ich könnte Senatorin Rymer bitten, es Euch zu erklären, Prinzessin.

»Warum tut Ihr das, Prinzessin?«, fragte Craiden. »Nur um mir all das zu zeigen, was mein Volk niemals haben kann?«

»Vielleicht will ich einfach herausfinden, wie lange Ihr das durchhaltet?«

»Was?«

»Solche gewichtigen Worte zu sprechen«, antwortete sie. »Muss man so reden als Kriegsherr aller Clans?« Sie spritzte ihn spielerisch nass. »Oder darf man dann und wann auch einmal ein ganz normaler Mann sein? Zum Beispiel, wenn man nachts und ganz allein mit einem nicht ganz hässlichen Mädchen in einem einsamen See badet?«

Als Craiden sie nur noch verwirrter ansah, langte es Arion endgültig. Sie versuchte, ihn zu berühren, aber er wich ihr mit einer unerwartet raschen Bewegung aus.

»Wir sind nicht allein«, sagte er. Arion wollte widersprechen und ihn darauf hinweisen, dass sowohl Duras als auch sein eigener Leibwächter mindestens ein paar Meilen entfernt waren, doch dann registrierte sie seinen Blick und folgte ihm nach oben zu dem nachtschwarzen Schatten des R'Achernon, der Himmel und Erde miteinander verband.

»Ich verstehe«, sagte sie.

»Tut Ihr das wirklich?«

Statt zu antworten, fragte sie: »Seid Ihr gläubig, Clansherr?«

»Was meint Ihr mit gläubig?«

»Hängt Ihr einer Religion an, einem Kult ... glaubt Ihr an etwas wie einen allmächtigen Gott, der uns alle erschaffen hat und über uns alle wacht?« Craiden nickte, wenn auch erst nach einem spürbaren Zögern, das ihr klarmachte, dass die Antwort vielleicht nicht ganz so einfach war. Dennoch fuhr sie mit einem Lächeln fort: »Wenn das stimmt, dann seid doch auch Ihr niemals allein. Dann ist da immer jemand, der alles sieht und hört.«

»Heißt das, Ihr haltet Euren Schwarzen Turm für Gott?« Craiden klang ein bisschen schockiert.

»Nein«, antwortete Arion, war mit einer so plötzlichen Schwimmbewegung bei ihm, dass er diesmal keine Zeit fand, vor ihr zurückzuweichen, und schlang die Arme um seinen Hals. »Und jetzt halt endlich die Klappe, du Dummkopf.«

Sie küsste ihn, zuerst stürmisch und fordernd, dann – als sie spürte, wie er sich unter der Berührung erschrocken versteifte und sie um ein Haar von sich gestoßen hätte – behutsamer, sanft, fast schon scheu. Craiden schauderte fühlbar, was diesmal nicht an der Wassertemperatur lag, griff in seinen Nacken und nach ihrem Handgelenk, wie um sich aus ihrer Umarmung zu befreien. Aber dann hielt er inne und schloss sie stattdessen seinerseits in die Arme, und seine Lippen wurden weich. Als seine Zungenspitze über ihre Zähne strich und Einlass zu fordern begann, machte sich Arion von ihm los und schob ihn mit sehr sanfter Gewalt ein kleines Stück von sich weg.

»Keine Sorge«, sagte sie. »Er macht die Augen zu.«

»Tut er das?« Craidens Fingerspitzen strichen über ihr Gesicht, und eine vollkommen andere Armee mikroskopisch kleiner Insekten erwachte unter ihrer Haut zu kribbelndem Leben.

»Wenn ich es ihm befehle, ja«, antwortete sie.

Ein winziger Schatten von Zweifel blieb in seinen Augen, sodass sie mit einer Kopfbewegung zum Ufer wies. »Aber dort im

Wald ist es trockener, und es gibt Bäume mit Kronen. Sehr dichten Kronen.«

Was rein gar nichts nutzte, aber sie hoffte zumindest, dass der Clansherr das nicht wusste.

Craiden rang noch einen Moment mit sich, aber dann deutete er ein Nicken an, und sie schwammen so dicht nebeneinander zum Ufer, dass sich ihre Körper berührten. Dort angekommen trat er mit einem raschen Schritt auf den Streifen aus staubfeinem weißem Sand und streckte Arion die Hand entgegen, um ihr aus dem Wasser zu helfen – was absolut nicht nötig war, sie aber trotzdem ungemein freute. Hand in Hand liefen sie auf die nahen Bäume zu, und als Craiden stehen blieb und sich zu ihr herumdrehte, um sie in die Arme zu schließen, verwandelte sich ihr Badeanzug in etwas anderes und noch sehr viel Aufreizenderes.

Doch im gleichen Sekundenbruchteil, in dem sich ihre Lippen trafen, drang ein unerträglich qualvolles, gepeinigtes Kreischen an Arions Ohr. Craiden stieß sie so heftig von sich, dass sie um ein Haar das Gleichgewicht verloren hätte. Seine Hand zuckte zum Gürtel und suchte eine Waffe, die nicht da war, und das Kreischen wiederholte sich, noch lauter und gequälter.

»Was bedeutet das?«, fauchte er. »Prinzessin, was …?« Dann wurden seine Augen groß, und ein gehauchtes »O nein!« kam über seine Lippen. Noch bevor der Laut verklungen war, fuhr er auch schon herum und verschwand mit weit ausgreifenden Sätzen im Wald.

Arion folgte ihm nur einen Sekundenbruchteil später, und obwohl sich ihr Gewand wieder zu einem undurchdringlichen Panzer verhärtete, an dem sich Gestrüpp und Zweige einfach brachen, weil sie wirklich *schnell* rannte, fiel sie mit jedem Schritt weiter zurück. Schon nach ein paar Sekunden war Craiden zu einem formlosen Schatten in der Dunkelheit geworden und dann ganz verschwunden. Sie hörte nur noch seine Schritte und das splitternde Geräusch, mit dem er rücksichtslos durch das dichte Unterholz brach.

Was ist da los? Verdammt noch mal, was bedeutet das?

Zu ihrer Beunruhigung antwortete der R'Achernon nicht auf

ihre Frage, doch dafür erklang das gepeinigte Kreischen zum dritten Mal. Erst jetzt und mit einem Gefühl jähen Entsetzens wurde Arion klar, dass sie *wusste*, was dieser Laut bedeutete.

Das Splittern und Stampfen von Craidens Schritten in der Dunkelheit hörte auf, und auch der Klagelaut erklang kein weiteres Mal, aber nun, wo sie wusste, was er bedeutete, empfand sie die plötzliche Stille als noch schlimmer. Sie versuchte, schneller zu laufen, registrierte einen Sekundenbruchteil zu spät, dass sie Craiden eingeholt hatte, und prallte so hart gegen ihn, dass sie vermutlich gestürzt wäre, hätte er nicht blitzschnell nach ihr gegriffen und sie festgehalten.

Nicht, dass sie es auch nur merkte.

Craidens gepanzertes Schlachtross stand nur ein kleines Stück vor ihnen. In dem schwachen Mondlicht, das durch die Baumkronen drang, schimmerten seine Panzerplatten, gefährlichen Stacheln und Hornklingen wie geschliffener Stahl, und Blut tropfte von seinen Lefzen und den schrecklichen Raubtierzähnen schwarz wie Teer zu Boden.

Alles begann sich um Arion zu drehen. Zugleich schrumpfte ihr Gesichtsfeld immer weiter zusammen, bis sie durch einen endlos langen Tunnel auf einen winzigen Ausschnitt der Welt zu blicken schien, in dem nur noch das bluttriefende Monstrum und pures Entsetzen existierten.

»Nein«, flüsterte Craiden. »Aber das … das ist unmöglich. So etwas … kann sie nicht tun!«

Aber seine Stute hatte es getan.

Arion fühlte, wie unter dem Schmerz und dem allumfassenden Entsetzen in ihrer Seele noch etwas anderes und Zerstörerisches erwachte, während sie weiter das gewaltige Kriegspferd anstarrte, das immer mehr Fleischfetzen aus dem blutigen Kadaver herausriss, der von Sturmwind noch übrig geblieben war.

Arion befreite sich aus Craidens Griff, fuhr auf dem Absatz zu ihm herum und begann zu schreien und mit den Fäusten auf seine Brust einzuhämmern.

Rymer »Na also«, sagte Rymer in einem Ton, der irgendwo zwischen abgrundtiefer Erleichterung und einem ehrlichen Groll auf das Schicksal angesiedelt war, der keines speziellen Grundes bedurfte.

»Was, also?«

Allerhöchstens einem wirklich sehr aufmerksamen Beobachter, der noch dazu genau wusste, worauf er zu achten hatte, wäre das fast unmerkliche Zusammenfahren Rymers aufgefallen. Kinn, der diese Frage gestellt und unbemerkt hinter ihr das Zimmer betreten hatte, bemerkte es gar nicht. Ebenso wenig wie den Umstand, dass sie sich rein zufällig so mit ihrem Stuhl herumdrehte, dass die hohe Lehne ihm jeden Blick auf den virtuellen Schirm versperrte, vor dem sie saß.

»Nichts, Senator«, sagte Rymer kühl. »Nur etwas Privates. Und ich mag es nicht, wenn jemand unaufgefordert hereinkommt.«

»Aber ich habe ...«, begann Kinn, bemerkte im letzten Moment das tückische Glitzern in ihren Augen und besann sich eines Besseren. »Verzeihung.« Er räusperte sich unbehaglich. »Ihr habt mich rufen lassen, Senatorin?«

»Vor einer halben Stunde«, bestätigte Rymer. »Wie weit seid Ihr mit Euren Vorbereitungen?«

»Nicht besonders weit«, gestand Kinn. »Ich fürchte, ich kann Eurer ersten Einschätzung nicht widersprechen. Nicht so sehr, wie ich es gerne würde. Oder Ihr es vermutlich von mir hören wollt.«

»Will sagen?«

»Wenn wir eure – wenn auch höchst unwahrscheinliche – Prämisse voraussetzen, dass es Craidens Truppen irgendwie gelingt, die *Wand* zu neutralisieren, wäre ihr Sieg so gut wie sicher.«

»Aber wir sind ihnen waffentechnisch ein paar hunderttausend Jahre voraus?«

Kinn fragte sich – vergebens –, warum die Senatorin eine Frage stellte, deren Antwort sie vermutlich besser kannte als er. »Das ist richtig.«

»Bis auf den Planetenkiller.«

Kinn deutete ein Schulterzucken an. Wahrscheinlich die gesündeste Antwort, die er im Moment geben konnte.

»Gut.« Rymer seufzte auf eine Art, die das Wort in sein genaues Gegenteil verkehrte, warf einen stirnrunzelnden Blick über die Schulter auf den jetzt abgeschalteten Schirm und tat so, als denke sie ein paar Sekunden lang angestrengt über ein ganz bestimmtes Thema nach. Dann nickte sie, sagte noch einmal »Gut« und sah nun Kinn auf dieselbe, nachdenkliche Art an. Ihr Blick hatte etwas Sezierendes, aber der Senator sagte sich selbst, dass das allein noch kein Grund zur Beunruhigung war. Rymer sah jeden und immer so an.

»Wie viele Männer haben wir unter Waffen?«, fragte sie.

»Außer Duras' Eiserner Garde?« Kinn schüttelte den Kopf. »Keinen.« Er war noch verwirrter, kam jedoch Rymers nächster (überflüssiger) Frage zuvor. »Ein paar tausend Kampfdrohnen, aber nicht einmal annähernd genug, um eine Million Quorrl aufzuhalten. Dazu eine Handvoll Jäger-Killer ... und damit hört es dann auch schon beinahe auf.«

»Und weitere Maschinen können wir im Moment nicht produzieren, weil unsere Produktionskapazität nicht einmal ausreicht, um genug Feuerkäfer herzustellen.«

Kinn nickte. Er fragte sich, ob Rymer ihn nur hierherzitiert hatte, um ihren Frust an ihm auszulassen, oder auch noch etwas Konstruktives von ihm wollte.

»In diesem Waffendepot«, fuhr Rymer fort, »aus dem der Planetenkiller entwendet wurde, befanden sich noch eine ganze Anzahl anderer Waffen, wusstet Ihr das?«

Kinn schüttelte wahrheitsgemäß den Kopf. Er war sogar ein bisschen erstaunt, denn er hatte ganz automatisch angenommen, dass diese verheerendste aller verheerenden Waffen, die Menschen jemals gebaut hatten, separat gelagert und bewacht wurde.

»Nichts von so entsetzlicher Wirkung, aber dennoch Bomben von weitaus größerer Sprengkraft«, fuhr Rymer fort. »Fällt Euch daran etwas auf?« Sie beantwortete ihre Frage praktischerweise gleich selbst mit einem Kopfschütteln. »Nein, bei mir hat es auch eine ganze Weile gedauert, bis ich dahintergekommen bin. Aber seitdem bereitet es mir Sorge, und mit jedem Mal, wenn ich darüber nachdenke, ein kleines bisschen mehr.« Ein mattschwarzer Stuhl wuchs aus dem Boden vor ihrem Schreibtisch, und Rymer wartete, bis Kinn neben ihr Platz genommen hatte, bevor sie fortfuhr: »Nehmt es mir nicht übel, Senator. Ihr wisst das alles, ich weiß das alles, und Ihr müsst mich für eine geschwätzige, alte Frau halten, die einfach nur redet, weil ihr nichts Besseres einfällt.«

Das beschrieb ziemlich präzise Kinns Einschätzung, aber natürlich hütete er sich, auch nur den Schatten dieses Gedankens auf seinem Gesicht Gestalt annehmen zu lassen. Darüber hinaus war er jetzt sicher, dass Rymer noch eine Überraschung für ihn auf Lager hatte. Und keine angenehme.

»Manchmal hilft es einfach, wenn man die Dinge bespricht«, fuhr Rymer fort, »auch wenn alle Beteiligten glauben, sämtliche Fakten schon lange zu kennen. Ich nehme an, Ihr stimmt mit mir darin überein, dass Clansherr Craiden – bei aller Rücksichtslosigkeit, die ich ihm nur zu gerne unterstelle – nicht geplant hat, den ganzen Planeten zu zerstören?«

Woher sollte Kinn wissen, was im Gehirn dieses Steinzeitmenschen vorging – falls er denn eines hatte? Er nickte wortlos.

»Wenn er also lediglich geplant hat, unseren *Schutzschild* niederzureißen«, fuhr Rymer in unverändert nachdenklichem Tonfall fort, während ihr Blick nur scheinbar auf Kinns Gesicht ruhte, in Wahrheit aber irgendetwas anderes sah, »warum hat er dann keinen größeren Sprengsatz gezündet? Statt zwölf Kilotonnen hätte er genauso gut zwölf Megatonnen einsetzen können oder hundertzwanzig.«

»Das hätte nichts geändert«, sagte Kinn, schon weil er spürte, dass sie genau diese Antwort von ihm hören wollte. »Jedenfalls nicht für uns. Aber eine solche Bombe hätte hundertmal mehr Opfer unter seinen eigenen Leuten gefordert.«

Rymer machte ein verächtliches Geräusch. »Ich glaube nicht, dass ihn das sonderlich gestört hätte«, meinte sie. »Aber vielleicht täusche ich mich ja auch und tue dem armen Craiden bitter unrecht.« Sie lächelte kalt. »Und das wäre nun wirklich das Letzte, was ich will. Ich finde diesen *Zufall* einfach nur bemerkenswert.«

»Welchen Zufall?«

Rymer hob die Schultern, als wisse sie die Antwort nicht. »Dass Craiden einen so genialen Angriffsplan ersinnt, der dann zwar katastrophal fehlschlägt, doch nicht einmal *annähernd* so katastrophal, wie es möglich gewesen wäre. Und zugleich setzt er dabei die einzige Waffe ein, die unsere Verteidigungskapazität wirklich beeinträchtigt ... und wie es aussieht für Wochen, wenn nicht für Monate.«

»Worauf wollt Ihr hinaus, Senatorin?«, fragte Kinn.

Die Frage schien die (zumindest heute) grauhaarige Senatorin zu überraschen. »Ach, auf gar nichts. Ich denke nur laut ... und habe einfach ein ungutes Gefühl. Glaubt Ihr an Gefühle, Kinn?«

Dass sie seinen Rang unterschlug, war eine glatte Beleidigung, aber dies schien kaum der richtige Moment zu sein, um sie darauf hinzuweisen. »Das ... kommt darauf an«, sagte er.

»Ich schon«, sagte Rymer. »Ich weiß, gerade ich sollte das nicht sagen, aber in diesem Fall sage ich es. Vielleicht weil es in diesem Fall auch so ziemlich das Einzige ist, was wir haben. Craiden plant etwas. Ich weiß nicht, was es sein könnte, aber ich weiß einfach, dass es so ist.«

»Ihr meint derselbe Craiden, der mit Prinzessin Infinity draußen im Park ist?«, vergewisserte sich Kinn sehr ernst. »Ganz allein?«

»Duras ist bei ihr, und es gibt ein Backup, nur wenige Stunden alt«, beruhigte ihn Rymer. »Aber genau genommen habt Ihr recht, und wenn man es ganz genau nimmt, ist das auch der Grund, aus dem ich Euch hergebeten habe, Senator. Duras ist beschäftigt, wie Ihr wisst. Er wird seiner Prägung folgen und nicht von der Seite der Prinzessin weichen, solange der Clansherr im R'Achernon ist, ganz egal was passiert. Seiner Eisernen Garde hingegen traue ich genau so weit, wie ich einen von ihnen mit einer Hand werfen kann, und Duras' OmegaKopie ist leider noch nicht von der Mission zurück, auf die ich sie geschickt habe. Aber ich brauche jemanden, dem ich vertrauen kann. Dem ich *wirklich* vertrauen kann, wenn Ihr versteht, was ich meine.«

Kinn war nicht ganz sicher, aber er nickte trotzdem, wenn auch so leicht, dass er es später schlimmstenfalls immer noch leugnen konnte.

»Es gibt da etwas, was Ihr für mich tun könntet, Senator«, fuhr Rymer fort. »Die Angelegenheit ist ein wenig … delikat, und womöglich wird sie Euch ziemlich sinnlos vorkommen.« Sie lächelte knapp. »Und mit an Sicherheit grenzender Wahrscheinlichkeit werdet Ihr Eure Aufgabe nicht einmal wirklich ausführen müssen. Ich möchte einfach nur vorbereitet sein, sollte es sich doch als notwendig erweisen.«

»Und das alles nur, weil Ihr ein … *Gefühl* habt, Senatorin?«

Rymer nickte, faltete die Hände auf der Tischplatte vor sich zusammen und sagte ihm, was sie von ihm erwartete. Danach hatte Senator Kinn ein noch sehr viel schlechteres Gefühl.

»Das ist … ein sehr eigenartiger Auftrag«, sagte er mit belegter Stimme und erst nach einer ganzen Weile. Er hatte die Pause gebraucht, um sich selbst davon zu überzeugen, dass Rymer auch wirklich das gesagt hatte, was er glaubte, gehört zu haben. Ihrem bohrenden Blick nach zu urteilen hatte sie es.

»Deshalb bitte ich auch Euch darum, Senator«, erwiderte Rymer. »Ich brauche jemanden, dem ich vertrauen kann.«

»Aber warum?«

»Und der keine überflüssigen Fragen stellt«, fügte Rymer hinzu.

»Aber es ist trotzdem … eigenartig«, beharrte Kinn. Vielleicht redete er sich gerade um Kopf und Kragen, doch das Ganze war … vollkommen verrückt!

»Und nicht ganz ungefährlich«, bestätigte sie. »Aber Ihr habt natürlich recht: Nachdem ich von Euch verlange, ein so großes persönliches Risiko einzugehen, bin ich es Euch wohl auch schuldig, Euch zu sagen, warum.«

Kinn war Gentleman genug, ihr nicht zu widersprechen.

»Wenn ich alle Fakten unserer Situation in Betracht ziehe«,

sagte sie, »dann komme ich immer wieder zum selben Schluss. Das alles macht nur Sinn, wenn Craiden Hilfe hatte.«

Kinn nickte. So weit war er auch schon gekommen. Und wenn er ganz ehrlich war, dann hatte er tief in sich auch schon längst begriffen, was Rymer meinte und nur nicht auszusprechen wagte, weil es einfach ... nicht sein konnte.

»Hilfe aus dem Turm«, sagte Rymer.

Jetzt starrte er sie einfach nur fassungslos an. »Ihr ... wisst, dass das unmöglich ist?«, fragte er nach ein paar Sekunden.

»Ja«, antwortete sie. »So wie der Gedanke, dass ein Barbar wie Craiden den Hyperschlüssel der Königin benutzen könnte.« Sie schüttelte müde den Kopf. »So bitter es klingen mag, geehrter Senator, aber ich bin überzeugt davon, dass wir einen Verräter unter uns haben.«

Kinn schwieg. Lange. »Das ... ist ein sehr schwerer Vorwurf«, sagte er schließlich.

»Ich weiß«, erwiderte Rymer, »und deshalb gibt es außer Euch auch nur eine einzige andere Person im R'Achernon, der ich etwas von diesem ungeheuerlichen Verdacht erzählt habe. Und glaubt mir: Es gibt niemanden hier, der sich mehr wünscht, dass ich mich täusche, als ich selbst. Also: Kann ich mich auf Euch verlassen?«

»Habe ich denn eine andere Wahl, nach dem, was Ihr mir gerade anvertraut habt?« Kinn stand vollkommen verunsichert auf, wartete noch einen quälend langen, aber ergebnislosen Moment lang darauf, dass Rymer noch ein weiteres Wort der Erklärung hinzufügte, und verließ dann fast fluchtartig den Raum.

Als sie allein war, verbarg Rymer mit einem tiefen Seufzen das Gesicht in den Händen. »Was für ein Idiot«, flüsterte sie.

»Ein Idiot mit einem IQ von nahezu zweihundert.« Plixx trat hinter ihr aus einem Schatten, der kaum groß genug war, um einer richtigen Maus Platz zu bieten, geschweige denn ihrem anderthalb Meter großen Pendant. »Aber Ihr habt natürlich recht, wie ich zugeben muss. Er ist vielleicht der schlauste Dummkopf, den ich kenne, aber ein genialer Trottel bleibt ein Trottel.«

Rymer nahm die Hände herunter, starrte geschlagene zehn

Sekunden lang vollkommen reglos ins Leere und drehte sich dann demonstrativ langsam mit ihrem Stuhl zu ihm um.

»Ihr seht müde aus, Plixx«, sagte sie.

Das stimmte. Plixx trug jetzt kein albernes Hofnarrenkostüm mehr, sondern seine gewohnte Kleidung aus grauen Lederflicken, und er strahlte nach wie vor etwas ebenso Unsichtbares wie kaum in Worte zu Kleidendes aus, das niemanden den Fehler begehen ließ, ihn für ein putziges Haustier zu halten, das nur durch einen dummen Zufall ein bisschen zu groß geraten war und erstaunlicherweise sprechen konnte. Dennoch wirkte er erschöpft. Seine Augen, die normalerweise polierten schwarzen Steinen glichen, hatten einen Großteil ihres Glanzes eingebüßt, und seine Bewegungen waren ein bisschen fahrig.

»Es war eine anstrengende Nacht«, sagte er. »Und ich fürchte, sie ist noch lange nicht vorbei!« Er seufzte übertrieben, trippelte ein paar Schritte näher an den Tisch heran und maß den erloschenen Bildschirm mit einem langen, abschätzenden Blick, verriet aber mit keinem Wort, ob er schon lange genug hier war, um gesehen zu haben, welche Szene Rymer vor Kinns Ankunft darauf beobachtet hatte. Sie nahm es allerdings an.

»Das heißt, Ihr werdet nicht bleiben?«, fragte sie.

»Glaubt mir, meine liebe Mitverschwörerin, ich wünschte mir, ich könnte es.« Plixx' Nagezahn blitzte in der Imitation eines Lächelns auf, aber selbst dieses Lächeln wirkte so müde, wie sie es noch nie bei dem Mausling gesehen hatte. Wohl wissend, dass sie sowieso keine Antwort bekommen würde, sparte sich Rymer auch gleich die entsprechende Frage, aber ihr war klar, dass der Mausling weit mehr als nur eine körperlich anstrengende Nacht hinter sich hatte.

»Nennt mich nicht so!«, sagte sie ärgerlich. Auch wenn er recht hatte.

»Ganz wie Ihr wünscht, Senatorin.« Plixx' Ohren zitterten, als er mit einer Kopfbewegung auf den erloschenen Schirm wies. Er *hatte* es gesehen. »Ich kann nur hoffen, dass Ihr des Guten nicht zu viel getan habt … aber deshalb bin ich nicht hier. Habt Ihr Nachricht von Duras' OmegaKopie?«

»Er hat die Hälfte seines Auftrags erledigt«, bestätigte Rymer. »Bisher ohne Ergebnis.« Sie zögerte fast unmerklich. »Vielleicht haben wir uns ja getäuscht.«

»Ist es das, was Ihr glaubt, oder das, was Ihr hofft?«, fragte Plixx.

»Vielleicht beides«, gestand sie müde. »Fragt mich in einigen Stunden noch einmal. Ich rechne gegen Mittag mit seiner Rückkehr.«

»Wenn er nichts findet.«

»Lasst uns hoffen, dass es so ist, Mausling«, murmelte Rymer. »Oder besser noch: Lasst uns *beten*, dass er ohne Ergebnis heimkehrt.«

Plixx maß sie mit einem sonderbaren Blick. »Seid Ihr über Nacht gläubig geworden?«

»Man ist nicht mehr allzu wählerisch, wenn einem allmählich die Optionen ausgehen, Mausling«, antwortete Rymer.

Plixx wackelte mit dem Kopf, was komisch aussehen sollte, es aber nicht tat. »Die Existenz einer allmächtigen Wesenheit, die das ganze Universum geschaffen hat, wurde niemals bewiesen.«

»So wenig wie das Gegenteil.« Rymer legte demonstrativ die Stirn in Falten. »Aber Ihr seid nicht gekommen, um mit mir eine theologische Diskussion zu führen, nehme ich an?«

»Wenn uns irgendwann einmal die nötige Muße dazu bleibt, gerne«, antwortete Plixx, schüttelte zugleich aber auch den Kopf. »Nein, ich fürchte nicht. Und ich fürchte, ich habe nur sehr wenig gute Neuigkeiten.«

Rymer zog fragend die Brauen hoch.

»Ich war in der Stadt«, fuhr der Mausling fort. »Obwohl … *unter* der Stadt trifft es vermutlich besser.«

»Und?«, fragte Rymer, als er nicht weitersprach, sondern sie nur betrübt ansah.

»Ich kam gerade nicht umhin, einen Teil dessen mit anzuhören, was Ihr zu Kinn gesagt habt. Nicht, dass ich Euch belauschen wollte …«

»Natürlich nicht«, sagte Rymer säuerlich.

»… aber ich fürchte, dass in Euren Worten mehr Wahrheit enthalten war, als Ihr selbst wusstet«, fuhr Plixx ungerührt fort.

»Was … meint Ihr damit?«, fragte Rymer. Plötzlich hatte sie schon wieder ein ungutes Gefühl.

»Das Feuer«, antwortete der Mausling. »Es breitet sich aus.«

Mardu Die ganze Welt drehte sich um ihn, als er aufwachte, genauer gesagt um seinen Magen. Alles schaukelte, und ein erbärmlicher Gestank stieg ihm in die Nase. Vielleicht waren da auch Stimmen, aber er war nicht ganz sicher und viel zu müde, um sich darauf zu konzentrieren.

General Mardu hatte geschlafen, ganz wie Quizzack es ihn geraten hatte, aber er fühlte sich nicht erfrischt. Ganz im Gegenteil. Sein Schädel dröhnte, ihm war übel und auf seine Zunge hatte sich ein Geschmack gelegt, als hätte er die halbe Nacht auf Quizzacks Socken herumgekaut.

»Ich weiß, dass Ihr wach seid, Herr«, drang Quizzacks nörgelnde Stimme an sein Ohr. »Ihr müsst aufstehen. Ich weiß, es ist lästig, aber es wäre wichtig.«

In diesem Satz war nur ein Fehler, dachte Mardu. Nicht *es* war lästig, *er* war lästig. Er würde tun, was er gleich am Anfang hätte tun sollen, und den Jungen gründlich verprügeln.

Sobald er wach genug dazu war.

»Herr?« Quizzack stupste ihn an. »Mardu?«

»General«, nuschelte Mardu. Zugleich versuchte er, träge nach Quizzack zu schlagen, aber der Bursche war auch noch unverschämt genug, ihm auszuweichen. Außerdem wackelte und bebte die ganze Welt immer noch, als wäre sie betrunken.

Mardu schlug mit einem Ruck die Augen auf und stellte fest, dass die Welt tatsächlich schwankte. Außerdem maß sie gerade einmal drei auf drei Schritte, hatte ein hüfthohes, hölzernes Geländer und hing an einer fast armdicken Kette, an der sie sich quietschend und mit langsamen harten Rucken in die Höhe bewegte.

»Ach?«, nuschelte Mardu, was auch ziemlich präzise das ausdrückte, was er im Moment empfand und dachte.

»Ich habe Euch in den Aufzug getragen, Herr«, plapperte Quizzack los. »Ich hoffe, Ihr seht mir diese Unbotmäßigkeit nach, aber Ihr wart wirklich sehr erschöpft, und wir haben noch einen langen Weg vor uns.«

Ach?, dachte Mardu noch einmal. *Und warum hatte er ihn dann nicht weiterschlafen lassen, der dumme Bengel?*

Er *würde* ihn verprügeln. Morgen. Oder spätestens übermorgen.

Ungeschickt stemmte sich Mardu auf beide Ellbogen hoch, blinzelte die letzten Schlieren vor seinen Augen weg und legte den Kopf in den Nacken; nur um die Augen unverzüglich und mit einem Stöhnen wieder zu schmalen Schlitzen zusammenzupressen. Die hölzerne Aufzugsplattform glitt durch einen quadratischen Schacht mit Wänden aus von Rost zerfressenem Eisen, die den unangenehmen Geruch verströmten, der ihn noch immer in seiner Kehle würgte. Über ihnen befand sich ein von schmerzhaft grellem Licht erfülltes Rechteck, an dessen Rand sich Schatten und verschwommene Umrisse bewegten, auch wenn er keine Einzelheiten erkennen konnte. Und selbst wenn er immer noch nicht wach genug war, um genau zu wissen, warum, so hatte er doch das Gefühl, dass das gut war.

»Wohin sind wir unterwegs?«, nuschelte er.

»Nach oben«, antwortete Quizzack.

Mardu starrte ihn an. Vielleicht doch schon heute.

Quizzack, der irgendwie seine Gedanken gelesen zu haben schien, wich zwar vorsichtshalber einen Schritt vor ihm zurück, streckte aber dann trotzdem die Hand aus, um ihm aufzuhelfen.

Mardus Stellung gebot es ihm zwar, eine weitere Sekunde zu zögern (und ihn in dieser Zeit auch verächtlich anzustarren), dann aber griff er zu und registrierte überrascht, wie mühelos der schmächtige Junge ihn auf die Beine zog. Im nächsten Moment schon streckte er hastig die zweite Hand aus und hielt sich an dem kaum hüfthohen Geländer fest, um nicht sofort wieder das Gleichgewicht zu verlieren. Der Bretterboden unter ihm schwankte immer noch wie wild – aber vielleicht kam es ihm auch nur so vor, als er den Fehler beging und nach unten sah.

Der Aufzug bestand im Prinzip nur aus einem Kreuz aus massiven Balken, über dem sich ein löchriges Gespinst aus papierdünnen, halb vermoderten Brettern spannte, von denen kein einziges stabil genug aussah, um das Gewicht eines Kindes zu tragen – ganz zu schweigen von dem zweier Erwachsener.

Unendlich tief unter sich glaubte Mardu, ein verschwommenes Schemen zu erkennen, von dem sein Verstand behauptete, dass es der Boden der Halle sein musste, auf dem er eingeschlafen war. Seine Augen beharrten jedoch darauf, dass die Distanz bis dorthin mindestens hundert Meilen betragen musste; doch so tief hatten sie sich gar nicht unter der Erde befunden.

Mardu sah rasch weg, klammerte sich vorsichtshalber auch noch mit der anderen Hand an das wackelige Geländer, maß Quizzack mit einem vorwurfsvollen Blick und sah dann wieder nach oben. Das helle Rechteck war näher gekommen, und etwas bewegte sich an seinem Rand, aber er konnte immer noch nicht genau erkennen, was. Nur dass ihn irgendetwas daran beunruhigte.

»Dort oben«, fragte er mit einer entsprechenden Geste, »wer ist das?«

»Freunde«, antwortete Quizzack in einem Tonfall, der Mardu mit dem unbehaglichen Gefühl erfüllte, dass er eigentlich etwas völlig anderes hatte sagen wollen. »Sie bedienen den Aufzug.«

»Weil sie deine Freunde sind?«

»Ja«, antwortete Quizzack, zog eine verlegene Schnute und fügte in beiläufigem Ton hinzu: »Und gegen Geld natürlich.«

»Geld?«

»Das ist ihr Beruf«, antwortete der Junge. »Viele sind erschöpft, nach einem Flug durch den Kanal oder haben es einfach eilig. Es ist ein langer Weg, eine halbe Meile zu Fuß eine steile Treppe hinauf.«

Schon bei der bloßen Vorstellung lief es Mardu eiskalt über den Rücken. »Pah«, rief er verächtlich aus.

»Ihr habt gesagt, wir hätten es eilig«, erwiderte Quizzack.

»Hm«, machte Mardu. Dann fiel ihm etwas auf. »Und dann bist du eine halbe Meile die Treppe hinaufgerannt, um deinen Freunden Bescheid zu geben, und auch gleich wieder zu mir herunter?«

»Es gibt eine Signalflagge, die man hissen kann«, antwortete der Junge. Er machte eine kurbelnde Geste. »Oben ist immer jemand, der Ausschau hält.«

»Hm«, machte Mardu noch einmal. Warum kam es ihm eigentlich so vor, als triefe Quizzacks Stimme vor Unverschämtheit?

»Sie bringen uns auch zum Himmelsbahnhof«, fügte Quizzack hinzu. »Von hier aus sind es nur noch wenige Stunden. Aber natürlich ... ähm .... müsstet Ihr sie dafür bezahlen.«

»Natürlich?«

»Ich musste einen ganzen Dinar vorlegen für den Aufzug«, sagte Quizzack, bemerkte Mardus schon wieder misstrauischen Blick und fügte hastig hinzu: »An der Kurbel befindet sich auch ein Körbchen für die Vorkasse.«

Auf dem letzten Stück wurde es wirklich haarig. Die zusammengeschusterte Aufzugsplattform zitterte und ächzte, als wollte sie jeden Augenblick auseinanderbrechen, und selbst die handgelenksdicke Kette, an der sie hing, begann, ein bedrohliches Knirschen von sich zu geben. Mardu war zwar weit davon entfernt, ein so unwürdiges Gefühl wie Angst zu verspüren, aber er atmete dennoch erleichtert auf, als das hölzerne Viereck endlich ins Freie glitt, knarrend zur Seite schwenkte und dann mit einem so heftigen Ruck auf den Boden knallte, dass seine Zähne schmerzhaft aufeinanderschlugen.

Als seine Augen wieder mehr wahrnehmen konnten als bunte Blitze und er sich aufrichtete, starrte er ins Gesicht des größten Quorrl, den er jemals gesehen hatte. Die Schildkrötenfresse hatte sich vor ihm auf ein Knie sinken lassen, aber ihre Gesichter befanden sich trotzdem auf gleicher Höhe, nur dass das des Quorrl ungefähr dreimal so groß war wie seines.

Quizzack hüpfte neben ihm schwungvoll von der Plattform, die daraufhin so heftig zu wackeln begann, dass Mardu noch einmal fester nach dem Geländer griff – was der Quorrl wiederum zum Anlass nahm, mit einem erschrockenen Ruck aufzuspringen, sodass Mardu sah, wie groß er wirklich war. Den R'Achernon, der weit hinter ihm in den Himmel ragte, erreichte er zwar nicht, aber allzu viel fehlte nicht mehr.

»Oha«, murmelte Mardu.

»Wa?«, erwiderte der Quorrl.

»Vielleicht … ähm … solltet Ihr die Verhandlungen mir überlassen, Herr«, sagte Quizzack hastig. Nach einer Sekunde fügte er hinzu: »General.«

»Seit wann überlässt ein General seinem Adjutanten die Verhandlungen?«, fauchte Mardu. Quizzack stand ein paar Schritte entfernt neben drei ziemlich wild aussehenden Burschen, und Mardu hätte beim besten Willen nicht sagen können, wer von denen ihn nun am unfreundlichsten anstarrte.

»Sprecht Ihr denn ihre Sprache, General?«, fragte Quizzack.

Mardu ließ auch diese neuerliche Unverschämtheit an sich abprallen (nicht ohne sie auf einer gedanklichen schwarzen Liste zu notieren, die allmählich wirklich *lang* wurde) und wandte sich mit herausfordernd vorgerecktem Kinn an den riesigen Quorrl. »Du da!«

»Wa«, machte der Quorrl und schnitt zugleich eine Grimasse, als klopfe er Mardus Worte auf eine versteckte Beleidigung ab.

»Wo ist euer Wagen oder was immer ihr habt, um eure Gäste zu befördern?«, fuhr ihn Mardu an. »Bring ihn her, und zwar ein bisschen plötzlich!«

Quizzack riss die Augen auf und starrte ihn an, und auch auf den Gesichtern der drei Burschen erschien ein Ausdruck zwischen Verblüffung und langsam aufkeimendem Zorn. Dann grinste einer von ihnen breit und trat kopfschüttelnd einen Schritt auf ihn zu.

»Du hast Mut, kleiner Mann«, sagte er. »Das muss man dir lassen.«

Kleiner Mann?, dachte Mardu. Was erdreistete sich dieser unverschämte Kerl eigentlich … auch wenn er von seinem persönlichen Standpunkt aus noch nicht einmal vollkommen unrecht hatte. Er war vielleicht nicht ganz so groß wie sein Quorrl-Freund, aber sehr viel fehlte auch nicht.

Was nichts daran änderte, dass ihm eine solche Bemerkung nicht zustand.

»*General*«, wies ihn Mardu zurecht. »Und es gehört wahrlich nicht viel Mut dazu, einem Quorrl einen Befehl zu erteilen! Ich kommandiere Tausende von ihnen.«

»Tausende?« Das Feixen des Burschen wurde eher noch unverschämter. »Warum so bescheiden, kleiner Mann?«

»General!«, fauchte Mardu. Und es *waren* Tausende Quorrl, die in seinem Heer Dienst taten. Jedenfalls waren es Tausende *gewesen*, bevor diese verdammte Techmagie-Bombe explodiert war.

»Dann also kleiner General«, lachte der Bursche. »Aber du solltest trotzdem besser nicht so mit Wa reden. Er sieht vielleicht nicht so aus, aber er hat ein sehr empfindsames Gemüt, und du willst ihn doch nicht verletzen, oder?«

Mardu bewunderte sich fast schon ein bisschen selbst für die Gelassenheit, mit der er den unverschämten Ton dieses impertinenten Burschen hinnahm. Aber schließlich standen hier weitaus größere Dinge auf dem Spiel. Wenn es um das Schicksal der Welt ging, dann musste sein persönlicher Stolz eben zurückstehen.

»Wie ist dein Name, Kerl?«, fragte er mühsam beherrscht.

»Findes«, antwortete der Bursche. Er wies auf seine zwei Kumpane, deren finstere Mienen mittlerweile ebenfalls einem unverschämten Grinsen Platz gemacht hatten. »Das da sind Behalts und Nehmsmir. Wa kennst du ja schon.«

Was waren das denn für bekloppte Namen?, dachte Mardu verdutzt, hütete sich aber, auch nur eine Miene zu verziehen, sondern deutete ein militärisch knappes Nicken an. »Ich bin General Mardu«, sagte er noch einmal. »Kommandant der dritten Armee in den Diensten des Clansmeisters.«

»Die Armee des Clansmeisters«, wiederholte Findes. Er wirkte angemessen beeindruckt. Dann machte er eine Kopfbewegung auf Quizzack hinab. »Ist das da deine Armee?«

»Ich wurde von meinen Truppen getrennt«, antwortete Mardu scharf. »Das ist auch der Grund, aus dem wir eure Dienste in

Anspruch nehmen müssen. Ich muss zum Himmelsbahnhof, und das so schnell es geht. Hat dir das mein Adjutant nicht gesagt?«

»Zum Himmelsbahnhof?« Findes machte ein fast erschrockenes Gesicht. »Das ist ein weiter Weg.«

»Ist es nicht«, blaffte Mardu. »Man kommt ja fast zu Fuß dorthin.«

»Dann geht doch zu Fuß«, antwortete Findes gelassen.

Mardu schwieg. Er hatte keinen blassen Schimmer, wo sie waren, aber immerhin hatte Quizzack behauptet, dass der Kanal sie bis in die Nähe des Himmelsbahnhofs bringen würde, und als sein Adjutant würde er es sich niemals einfallen lassen, ihn anzulügen. Dennoch verspürte er schon wieder einen gewissen Groll auf den Jungen. Wieso hatte er diese lästigen Verhandlungen nicht längst erledigt?

»Zu Fuß braucht ihr den ganzen Tag dorthin«, beharrte Findes, als er auch nach etlichen Augenblicken nicht antwortete. »Die Gegend ist gefährlich. Das war sie schon immer, aber seit gestern ist es wirklich schlimm geworden.«

»Was genau verstehst du unter *schlimm?*«, erkundigte sich Mardu.

»Plündernde Banden. Leute, die einfach durchdrehen und auf alles schießen, was sich bewegt.« Findes deutete ein Achselzucken an. »Diese Art von schlimm.«

»Das ist wirklich bedauerlich«, sagte Mardu.

Findes nickte zwar und machte auch ein dazu passendes, betrübtes Gesicht, aber in seinen Augen erschien zugleich ein gieriges Funkeln. »Aber damit schaffen wir es in einer guten Stunde bis zum Himmelsbahnhof.« Er deutete nach links, und als Mardus Blick der Bewegung folgte, gewahrte er einen klobigen, vierrädrigen Karren, der von vier ungeheuer massigen Ochsen mit langem Fell und mehrfach gedrehten Hörnern gezogen wurde. »Darin wärt ihr sicher.«

Das bezweifelte Mardu nicht. Streng genommen war der Wagen kaum größer als die meisten Transportkarren, die die Truppe benutzte, aber er war so massiv und schwer, dass er sehr viel größer wirkte. Alles an ihm schien aus Metall, daumendicken Nieten und wulstigen Schweißnähten zu bestehen. Anstelle von Fenstern hatte er nur einige wenige Schießscharten, und allein die Dicke der Achsen verriet eine Menge über sein Gewicht. Mardu war beeindruckt. Aber er schüttelte trotzdem den Kopf.

»Ich kenne ein paar Waffen, die selbst diese Kiste knacken würden«, sagte er.

»Das mag schon sein, kleiner General«, sagte Findes. »Aber wie es der Zufall will, kennen wir die meisten Banden hier.« Mardu nahm an, dass Findes selbst zu einer der schlimmsten gehörte, wenn er sie nicht sogar anführte. Er hatte eine ziemlich konkrete Vorstellung von dem, was als Nächstes kam – und er wurde nicht enttäuscht. »Aber wie ich schon gesagt habe, kleiner General, der Weg ist lang und gefährlich. Der Transport kostet zehn Golddinare.«

Mardu ächzte, zumindest in Gedanken. Sah er aus wie ein Marktweib, mit dem man schachern konnte? »Ich habe kein Geld«, sagte er.

»Dann habt ihr ein Problem, du und deine kleine Armee«, seufzte Findes.

»Das wirst *du* bekommen, wenn du mir nicht hilfst, Kontakt zu meinen Truppen aufzunehmen«, sagte Mardu drohend. »Denn es steht mehr auf dem Spiel als ein paar Golddinare, du gieriger Kerl! Ich habe Informationen, die für den Clansmeister von größter Wichtigkeit sind! Das Schicksal der ganzen Stadt könnte sich durch sie entscheiden!«

»Das Schicksal der ganzen Stadt«, wiederholte Findes beeindruckt. »Bist du sicher, dass es nicht das der ganzen Welt ist?«

»Vielleicht sogar das«, versetzte Mardu zornig. »Und du wagst es, mit mir zu schachern? Was erdreistest du dich? Noch eine einzige solche Unverschämtheit, und ich überlege mir, dich und dein ganzes Gesindel kurzerhand *dienstzuverpflichten!*«

Quizzacks Unterkiefer klappte herunter, und die drei Burschen samt des Quorrl sahen plötzlich gar nicht mehr so überheblich aus. Anscheinend hatte er den richtigen Ton getroffen.

»Mein Verhalten tut mir aufrichtig leid, General«, sagte Findes. »Das konnte ich nicht wissen.«

»Jetzt weißt du es«, beschied ihm Mardu, zwar noch lange nicht versöhnt, aber schon wieder halbwegs gnädig gestimmt. »Also bringt mich zum Himmelsbahnhof.«

»Ich selbst würde es ja tun«, fuhr Findes fort, »aber der Wagen gehört mir nur zu einem Viertel, und meine Partner haben zwei eiserne Regeln. Sie sind ehrlich, und sie arbeiten nicht auf Kredit.«

»Das … ähm … ist die Wahrheit, General Mardu«, sagte Quizzack hastig. »Ich kenne Findes und seine Brüder schon seit vielen Jahren. Sie sind harte Verhandlungspartner, aber sie sind auch für ihre Ehrlichkeit bekannt. Was sie einmal sagen, das gilt.«

Mardu maß ihn zwar mit einem verächtlichen Blick, sparte sich aber auch jeglichen Kommentar. Er glaubte dem Jungen kein Wort. Wer weiß – vielleicht arbeiteten er und diese vier Halsabschneider am Ende noch zusammen.

»Ich habe kein Geld«, knurrte er noch einmal. »Vielleicht kann euch mein Adjutant die Summe ja vorstrecken.«

»Zehn Golddinare?«, ächzte Quizzack. »Ich hatte einen einzigen, und den *habe* ich bereits vorgelegt.«

Mardu gab sich redliche Mühe, den vorwurfsvollen Ton in Quizzacks Stimme zu ignorieren, sah kurz zu dem bizarren Panzerwagen hin und starrte dann wieder Findes und seine drei Freunde an.

»Zehn Golddinare! Das ist Wucher! Und du weißt, dass Wucher unter Strafe verboten ist!«

»Das sind die Preise«, seufzte Findes. »Bis zum Himmelsbahnhof und zurück brauchen wir selbst mit dem Wagen Stunden. Möglich, dass wir kämpfen müssen. Und auch wenn nicht, bleibt der Lift die ganze Zeit unbesetzt. Was, wenn in dieser Zeit ein Kunde kommt oder es Fracht zu befördern gibt? Dieser Auftrag ginge uns dann verloren.« Er wiegte den Kopf. »Da sind elf Golddinare ein fairer Preis, meine ich. Vor allem, wo ich nicht nur Euch transportieren muss, kleiner General, sondern auch noch Eure gesamte Armee.« Er deutete auf Quizzack.

»Elf Golddinare?«, ächzte Mardu. »Gerade waren es noch zehn!«

»Je länger wir hier stehen und reden, desto mehr steigt die Wahrscheinlichkeit, dass wir nach unserer Abfahrt ein Geschäft verpassen«, sagte Findes.

So, das reichte. Mardu hielt sich zu Recht für einen geduldigen und sehr verständnisvollen Mann mit einer wahren Engelsgeduld, aber was zu viel war, war zu viel. Mit einem Ruck schlug er die versengten Fetzen zurück, die von seinem Mantel übrig geblieben waren, und zerrte den erbeuteten Zerreißer unter dem Gürtel heraus. »Vielleicht reden wir jetzt noch einmal über den Preis?«, schlug er vor.

Findes sah ihn einen halben Atemzug lang reichlich belämmert an, aber dann nickte er, schlug seinen eigenen Mantel zurück und zog einen Zerreißer, der dem Mardus aufs Haar geglichen hätte, wäre er nicht ungefähr doppelt so groß gewesen. Die beiden Zerreißer, die seine Kumpane unter ihren Mänteln hervorzauberten, hatten das gleiche Kaliber, während die Waffe, die wie aus dem Nichts in Was gewaltigen Pranken erschien, ganz so aussah, als wäre sie vor langer Zeit einmal auf einem Panzer montiert gewesen. Und keinem kleinen. Mardu steckte seinen Zerreißer wieder weg.

»Also gut«, sagte er. »Aber ich kann euch erst bezahlen, wenn wir meine Truppe erreicht haben.«

»Und wenn Ihr das nicht tut, General?«, fragte Findes.

»Was fällt dir ein, an meinem Wort zu zweifeln, du unverschämter Kerl?«, fauchte Mardu. »Ich bin General Mardu! Ich lüge nicht!« Er machte eine zornige Geste. »Sobald ich Kontakt zu meinen Männern habe, weise ich den Zahlmeister an, dir deine zehn Golddinare zu geben!«

»Zwanzig«, verbesserte ihn Findes.

»Gerade waren es noch elf!«

»Das war, bevor Ihr mit einer Waffe auf uns gezielt habt«, sagte Findes. Er wartete. Ziemlich lange. Dann fügte er hinzu:

»Und es wird teurer, je länger wir verhandeln. Ihr wisst ja: entgangene Geschäfte und so.«

Mardu starrte ihn fast schon hasserfüllt an, aber er schluckte alles herunter, was ihm dazu auf der Zunge lag. »Halsabschneider«, murmelte er. »Aber gut, ich beuge mich der Gewalt. Du bekommst dein Geld.«

Findes machte ein zufriedenes Gesicht und setzte zu einer mindestens genauso zufriedenen Antwort an (vielleicht auch dazu, den Preis kurzerhand noch einmal zu verdoppeln), doch einer seiner beiden Kumpane wandte sich an ihn in einer Mardu unbekannten Sprache und schüttelte zugleich heftig den Kopf. Findes antwortete im gleichen Dialekt sowie mindestens ebenso heftig, und um das Durcheinander komplett zu machen, mischte sich prompt auch noch der dritte Bursche ein, sodass aus ein paar hin und her geblafften Bemerkungen rasch ein lautstarkes Gezänk wurde. Sicher doch, dachte Mardu missmutig. Sollten sie ruhig ein bisschen palavern, schließlich hatten sie ja alle Zeit der Welt!

»Was ist denn jetzt schon wieder los?«, knurrte er, an niemand Bestimmtes adressiert und vorsichtshalber so leise, dass Findes und seine beiden seltsamen Freunde es nicht hörten. Er bekam trotzdem eine Antwort.

»Nehmsmir ist nicht einverstanden«, sagte Quizzack.

»Mit dem Preis«, vermutete Mardu. »Sogar ein Halsabschneider wie er hat sich wohl noch einen Rest von Anstand bewahrt und möchte nicht als ehrloser Schuft dastehen, der von der Not anständiger Menschen profitiert.«

»Sie arbeiten nur gegen Vorkasse«, antwortete der Junge. »Das hat nichts mit Misstrauen zu tun oder Gier. Sie sind einfach schon zu oft reingelegt worden.« Er registrierte Mardus im Entstehen begriffenes Stirnrunzeln und fügte hastig hinzu: »Nicht jeder ist so ehrlich wie Ihr, General.«

Da hatte der Junge wohl recht, dachte Mardu. Manchmal war das Leben aber auch wirklich unfair! Dass ihm ausgerechnet seine eigene Ehrlichkeit (für die er sich selbst schon oft genug gescholten hatte) zum Hindernis werden sollte, das zeugte vom rabenschwarzen Sinn für Humor des Schicksals!

»Das wäre alles nicht nötig gewesen«, grollte Mardu. »Es ist die Aufgabe eines guten Adjutanten, genau solche ärgerlichen Zwischenfälle zu vermeiden!«

Quizzack war immerhin klug genug, *dazu* nichts zu sagen, sondern sich nur mit einem unbehaglichen Räuspern wegzudrehen und wenigstens so zu tun, als verfolge er konzentriert die lautstarke Diskussion der drei Streithähne.

»Was sagen sie?«, fragte Mardu nach einer Weile.

Quizzack hob unglücklich die Schultern. »Ich bin nicht ganz sicher«, behauptete er. »Alles verstehe ich auch nicht. Nehmsmir und Behalts wollen nicht fahren.«

»Weil sie mir nicht trauen«, vermutete Mardu.

»Nicht nur«, antwortete Quizzack. »Die Situation scheint wirklich schlimm zu sein. Hier muss wohl tatsächlich so etwas wie Krieg herrschen.«

»Ist das nicht immer so?«, schnaubte Mardu.

»Der Blitz hat alles durcheinandergewirbelt«, sagte Quizzack. »Die Leute wissen nicht, was los ist. Sie haben Angst. Und Menschen, die Angst haben, tun dumme Dinge.«

Wem sagte er das?, dachte Mardu. Wenn es jemand wusste, dann er. Und noch sehr viel besser als der Junge wusste General Mardu, dass im Grunde *alle* Menschen ängstliche Menschen waren und dazu neigten, wirklich *sehr* dumme Dinge zu tun.

Er sah wieder zu den drei Burschen hin, deren Disput sich allmählich zu einem ausgewachsenen Streit zu mausern schien. Findes gestikulierte immer heftiger mit beiden Armen, und Mardu hatte den Eindruck, dass er dabei ein wenig zu oft in Richtung dieses verdammten schwarzen Höllenturms deutete und abwechselnd diesen und ihn selbst anstarrte.

Es kostete ihn wirklich große Überwindung, aber er geduldete sich, bis die drei Trottel zu Ende diskutiert hatten und Findes sich wieder an ihn wandte.

»Ich konnte meine Brüder überzeugen«, sagte er. »Es widerspricht all unseren Prinzipien, aber ich erkenne einen ehrlichen Mann, wenn er vor mir steht. Und angesichts Eurer wichtigen Mission …«

»Das wurde ja auch Zeit«, knurrte Mardu. Ganz leise.

»Da wäre nur noch eine letzte Kleinigkeit«, fuhr Findes fort. »Die Fahrt könnte wirklich gefährlich werden, sie wird auch länger dauern als erwartet, und … «

Mardu seufzte. »Wie viel?«

»Hundert, General«, antwortete Findes, ohne ihm in die Augen zu sehen. »Hundert Golddinare.«

Warum nicht gleich tausend?, dachte Mardu. Oder zehntausend?

Er nickte. »Also gut. Hundert Golddinare. Und jetzt lasst uns fahren. *Meine* Zeit ist nämlich wirklich kostbar!«

Trotzdem würde er sich die Zeit nehmen, sehr präzise Anweisungen zu erteilen, was Findes und seine drei Freunde anging, allerdings nicht seinem Zahl-, sondern seinem Quartiermeister. Hundert Golddinare? Ha! Keinen einzigen Heller würden sie sehen, sondern sich schneller in Craidens Armee wiederfinden, als sie bis drei zählen konnten – und zwar als Schütze Arsch ganz vorne in der ersten Reihe.

Heyden Kapitän Heyden versetzte dem Servierer einen so heftigen Tritt mit der Stiefelspitze, dass ein dumpfer Schmerz durch seine Zehen schoss und der schwere Schuh eine sichtbare Delle in der Flanke des verchromten Geräts hinterließ, und das tat richtig gut.

Natürlich revanchierte sich die heimtückische Maschine auf ihre ganz eigene Art, indem die ohnehin dünne Brühe, die man bekam, wenn man Kaffee bestellte, noch dünner wurde und jetzt nicht nur wie schmutziges, warmes Wasser aussah, sondern auch ganz genau so schmeckte. Aber Heyden dachte gar nicht daran, dem verdammten Kasten auch noch die Genugtuung zu gönnen, den Kaffee wegzuschütten, sondern würgte ihn ganz im Gegenteil mit unbewegtem Gesicht herunter. Und danach stellte er den Becher unter den Ausguss und ließ sogar noch eine zweite Portion einlaufen. Er hatte nicht vor, sie zu trinken und seinen

Magen damit endgültig zu ruinieren, aber wegschütten konnte er ihn immer noch, wenn er außer Sichtweite dieses allerheimtückischsten aller heimtückischen Servierers war.

Natürlich wusste Palaran Heyden ziemlich genau, dass dieser Gedanke Unsinn war. Servierer waren geistlose Maschinen, sehr kompliziert und bis ins allerkleinste Detail durchdacht, aber sie waren eben auch nur Maschinen, *Apparate* ohne den Hauch einer KI und konnten somit weder boshaft noch bewusst heimtückisch sein.

Kaffee kochen konnten sie allerdings auch nicht.

Ein ganz sachtes Vibrieren lief durch den Boden und erinnerte Palaran Heyden daran, dass – während die Ambientallicht gerade die letzten Kurskorrekturen einleitete – sein Platz auf der Brücke war und nicht in der angrenzenden Kombüse. Er nippte noch einmal an seinem angeblichen Kaffee, ließ den Becher dann demonstrativ in den Abfallschacht fallen und erstarrte zur sprichwörtlichen Salzsäule, als er sich umdrehte.

»Es ist schon erstaunlich, nicht wahr? Wir fliegen seit einer Million Jahren zu den Sternen. Wir schieben Planeten auf neue Umlaufbahnen und können Sonnen ein- und ausschalten wie unsere Urahnen eine Lampe. Wir haben eine Expedition zum Andromedanebel geschickt und das Geheimnis der Zeit enträtselt, aber eine simple Maschine zu konstruieren, die anständigen Kaffee kocht, das ist in der ganzen Zeit anscheinend noch niemandem gelungen.«

Weder konnte Heyden mit diesen Worten etwas anfangen, noch hörte er sie wirklich – zumindest drangen sie nicht wirklich bis an sein Bewusstsein. Er stand einfach nur da, legte den Kopf immer weiter und weiter in den Nacken und starrte in das Gesicht aus lebendig geronnener Schwärze hinauf. Es befand sich nahezu unter der Decke des Raumes, der immerhin knappe drei Meter hoch war, und es war zugleich das eines Menschen wie das von etwas unsagbar Fremdem … etwas, das so *anders* war, dass keine von Menschen gesprochene Sprache ein Wort besaß, um es auch nur annähend zu beschreiben. Die Gestalt roch nach … es dauerte einen Moment, bis er darauf kam: Hyazinthen, ganz eindeutig. Er kannte den Geruch, und außerdem hatte man ihm davon erzählt, auch wenn er es natürlich noch nie selbst erlebt hatte. Nur sehr wenige hatten das, und darunter niemand, den Heyden kannte.

»Auch das ist eines von so vielen Rätseln, auf die noch nie jemand eine zufriedenstellende Antwort gefunden hat«, fuhr der Riese fort, ohne die Lippen zu bewegen. Heyden begriff, dass er seine Stimme gar nicht wirklich hörte, sondern sie direkt in seinem Kopf erklang. Vielleicht war das der Grund, warum sie seiner eigenen so ähnlich schien.

»Was?«, murmelte er.

»Der Geruch«, antwortete der Gigant. »Zeitloser Transport ist ein interdimensionaler Vorgang, der ungeheure Energiemengen verschlingt und selbst unsere leistungsfähigsten Tachyonenrechner an ihre Grenzen stoßen lässt. Es ist ganz egal, was oder wen und über welche Distanz man transportiert, der Sprung wird immer von einem intensiven Geruch nach Hyazinthen begleitet. Sie wissen, was eine Hyazinthe ist?«

»Eine Blume von der Alten Erde«, antwortete Hayden ganz automatisch. »Schon vor langer Zeit ausgestorben.«

»Wie so vieles«, seufzte der Riese, »ja. Aber ihr Geruch bleibt uns erhalten. Das ist schon wirklich seltsam, nicht wahr? Man könnte meinen, das Schicksal hätte einen gewissen Sinn für Humor, auch wenn sich dieser mir nicht ganz erschließt.« Plötzlich lächelte er, beugte sich ein gutes Stück vor und streckte Heyden eine seiner gewaltigen Pranken entgegen. »Aber entschuldigt meine Unhöflichkeit. Ich überschütte Euch mit nutzlosem Wissen und habe mich noch nicht einmal vorgestellt. Hauptmann Duras von der Königlichen Garde. Kapitän Palaran Heyden, nehme ich an?«

Heyden griff ganz automatisch nach der ausgestreckten Hand des Giganten und erwartete, seine eigenen (gewiss nicht kleinen) Finger einfach darin verschwinden zu sehen, doch der Händedruck des schwarzen Riesen war nicht nur unerwartet sanft – während sie sich berührten, geschah etwas ganz und gar Erstaunliches: Der Zweienhalb-Meter-Koloss *schrumpfte*, sowohl was seine Größe als auch seine schon beinah absurde Schulterbreite und die noch absurdere Muskelmasse anging, die unter dem schwarzen Eisen zu ahnen war. Heyden waren sowohl die Technik als auch die physikalischen Grundsätze bekannt, die für dieses Phänomen verantwortlich waren, aber dieses Wissen schützte ihn kein bisschen vor dem fast ehrfürchtigen Schaudern, mit dem der Anblick ihn erfüllte.

»Bitte verzeiht, Kapitän«, fuhr Duras fort, als wäre rein gar nichts passiert. Er war noch immer sehr groß und beeindruckend breitschultrig, aber kein überdimensionaler Gigant mehr. »Ich mag diese dramatischen Auftritte nicht, aber meine Konditionierung zwingt mich dazu, nur in voller Kampfbereitschaft aus einem ZT zu treten.«

»Ihr seid … Hauptmann … Duras?« Heyden hasste sich selbst dafür, zu stammeln, aber er konnte nicht anders. »Duras? *Der* Duras?«

Das schwarze Eisengesicht verzog sich zu einem Lächeln, aber Heyden konnte nicht sagen, ob es geschmeichelt war oder ihm seine Art zu stottern und seine großen Augen einfach auf die Nerven gingen.

»So ungefähr«, antwortete er. »Na ja, eigentlich schon, aber irgendwie auch nicht. Ich bin eine OmegaKopie, aber das hat für den Grund meines Hierseins keinerlei Bedeutung.«

Der Boden zitterte ein weiteres Mal, ganz sacht nur, und Heyden hätte darauf gewettet, dass sein gesichtsloses Gegenüber es nicht einmal bemerkte. Auch er selbst … *wusste* mehr um diese Bewegung, als er sie wirklich spürte, und auch das wahrscheinlich nur, weil er seit über dreißig Jahren auf der Ambientallicht fuhr und irgendwie selbst zu einem Teil von ihr geworden war … oder sie zu einem Teil von ihm, da war er nicht ganz sicher.

Duras legte jedoch lauschend den Kopf auf die Seite und blickte ihn fragend an.

»Nur eine Kurskorrektur«, erklärte Heyden. »Das ist normal.«

»Fahrt Ihr nicht auf einem festgelegten Kurs?«

»Wir schleppen anderthalb Millionen Tonnen Eis«, antwortete Heyden und verfluchte sich selbst für den belehrenden Ton, in dem er mit einem der mächtigsten Männer des ganzen Planeten sprach, konnte aber auch gar nicht anders, als unverändert fortzufahren: »Die Reaktionen einer solchen Masse genau vorherzusagen, dürfte noch komplizierter sein als die Berechnung eines ZT-Sprunges.«

»Vielleicht nicht ganz, aber ich verstehe, was Ihr meint«, antwortete Duras. Er ließ sich nicht anmerken, ob er ihm seinen belehrenden Ton übel nahm oder ihn überhaupt bemerkt hatte. »Diese kleinen Kurskorrekturen sind also normal?«

Heyden nickte stumm. Die bloße Tatsache, einen Mann wie Duras – OmegaKopie hin oder her – auf seinem Schiff auftauchen zu sehen, lähmte ihn noch immer, als hätte er einen Schlag auf den Kopf bekommen. Dennoch begann er sich allmählich zu fragen, was der Kommandant der Königlichen Garde eigentlich auf einem Schiff wie der Ambientallicht wollte. Und wie zum Teufel hatte er es überhaupt durch die Schutzschirme geschafft?

»ZT lässt sich nicht durch ein Abwehrschild aufhalten«, fuhr Duras fort, »jedenfalls nicht durch eines von der Art, wie es einem Schiff wie dem Euren zur Verfügung steht, Kapitän.«

Heyden starrte ihn fassungslos an, und Duras beantwortete seine nächste Frage, bevor er sie überhaupt stellen konnte.

»Ich lese Eure Gedanken, Kapitän«, sagte er. »Aber keine Sorge, Eure Intimsphäre bleibt selbstverständlich unangetastet. Ich nehme nur Zugriff auf das, was Ihr dienstlich denkt.«

Und wie soll diese Trennung funktionieren?, dachte Heyden. Darauf reagierte Duras nicht – was natürlich nicht einmal im Ansatz bewies, dass seine Worte die Wahrheit gewesen wären.

»Euer Schiff beginnt mit der letzten Phase vor dem Landeanflug«, fuhr Duras fort. Heyden nickte. »Wäre Euer Platz in diesem Moment nicht auf der Brücke?«

Lag ein sanfter Tadel in Duras' Stimme oder bildete Heyden ihn sich nur ein? Denn eigentlich ging das den Hauptmann nichts an. Und ganz davon abgesehen: Es gab auf der Brücke der Ambientallicht absolut nichts, was das Schiff nicht genauso gut allein erledigen konnte – oder sogar besser als er.

»Diese Diskussion ist fast so alt wie die bemannte Raumfahrt«, sagte Duras. »Und Ihr habt vollkommen recht: Es gibt so gut wie nichts, was selbst ein simpler Computer nicht ungleich besser könnte als ein Mensch. Aber es existiert auch ein guter Grund, aus dem es schon so viele Versuche gegeben hat, vollautomatische Schiffe zu bauen, und sie alle wieder eingestellt wurden.«

Aha, *dieser* Gedanke war offenbar *dienstlich* gewesen.

Heyden sah seinem Gegenüber noch einen Moment lang schweigend ins Gesicht (wozu er den Kopf immer noch leicht in den Nacken legen musste), dachte einige höchst private (und höchst unfreundliche) Gedanken und ging dann schweigend an Duras vorbei. Als er die Brücke der Ambientallicht betrat und Duras ihm auf dem Fuß folgte, drehte sich ein halbes Dutzend Gesichter in seine Richtung und verlor der Reihe nach und sehr schnell jedes bisschen Farbe. Heyden gönnte sich die kleine Bosheit, nicht ein einziges Wort der Erklärung zu sagen (was er auch gar nicht gekonnt hätte), sondern nur die wenigen Schritte zu seinem Pult zu gehen. Warum sollte es seiner Mannschaft eigentlich besser ergehen als ihm?

Auch Duras sagte kein Wort, sondern nahm schweigend und wie ein eiserner Schatten hinter ihm Aufstellung, als Heyden sich in den ebenso überflüssigen wie unbequemen Stuhl des Kapitäns sinken ließ und kurz die wenigen Kontrollen vor sich musterte.

»Es ist alles in Ordnung«, sagte er. »Beinahe schon mehr als in Ordnung.« Tatsächlich war es lange her, dass er einen Flug erlebt hatte, bei dem die unvermeidlichen Kursabweichungen so minimal gewesen waren wie jetzt.

Dennoch beugte sich Duras über seine Schulter und maß die Kontrollen mit mindestens genauso großer Konzentration wie er. Es dauerte lange, bis er sagte: »Es sieht alles normal aus«, und dabei eindeutig unzufrieden klang.

Heyden sah zum ersten Mal verstohlen nach rechts und links. Wäre es wirklich die Brückenbesatzung der Ambientallicht gewesen, die das Schiff steuerte, dann wären sie wohl spätestens jetzt auf Kollisionskurs mit dem Mond gegangen, denn niemand sah mehr auf seine Kontrollen. Alle starrten Duras an.

»Darf ich fragen, warum Ihr hier seid, Hauptmann?«, fragte er.

»Ja, das dürft Ihr, Kapitän«, antwortete Duras.

Gut, so viel dazu.

Heyden wartete noch etliche Sekunden, sah dann endlich ein, dass von alleine nichts mehr kommen würde, und machte eine ruppige Handbewegung. »Schirm!«, befahl er.

Das vordere Drittel der Brücke verschwand und machte dem leeren Raum im hohen Orbit des Blauen Planeten (der schon lange nicht mehr blau war) Platz. Vornehmlich braun, rot und schwarz gefleckt und von Millionen winziger Chromsterne umgeben, von denen der überwiegende Teil schon ausgefallen war, bevor die Ambientallicht überhaupt in Dienst gestellt wurde, drehte sich die leicht zusammengedrückte Kugel scheinbar träge unter ihnen; eine Bewegung, die nur sichtbar wurde, weil es in Wahrheit der gewaltige Eisschlepper war, der in einem so schnellen Orbit einschwenkte, dass er den Planeten in weniger als einer Stunde einmal komplett umrundete. Zahlenkolonnen erschienen in der unteren rechten Ecke des virtuellen Schirms und begannen so rasend schnell kleiner zu werden, dass sie vor Heydens Augen verschwammen. Lichter blinkten. Nichts davon wäre nötig gewesen oder vermittelte ihm tatsächlich nützliche Informationen, aber das Schiff hatte gemerkt, dass ein Gast an Bord war, und lieferte ihm eine entsprechende Show.

Heyden empfand einen flüchtigen Anflug von Stolz, als er an die gewaltigen Kräfte dachte, die dort draußen jetzt unsichtbar und lautlos wirkten, gebändigt von einem Schiff, das hundertmal älter war als seine gesamte Mannschaft zusammengenommen. Der Schlepper bremste mit unvorstellbarer Kräfteeinwirkung ab, zog einen Eiskometen von nahezu anderthalb Millionen Tonnen Gewicht hinter sich her und blieb dabei fast auf die Meile genau auf Kurs, und von alledem war praktisch weder etwas zu sehen noch zu spüren. Heyden war nicht einmal sicher, ob das gelegentliche sachte Zittern des Bodens tatsächlich notwendig gewesen wäre oder ob das Schiff es vielleicht nur simulierte, weil es der Meinung war, dass seine menschliche Besatzung es irgendwie erwartete.

»Genau das ist der Fall, Kapitän Heyden«, sagte Duras, ohne den Blick vom Schirm zu wenden und nur für ihn hörbar. »Menschen ertragen es auf Dauer nicht, wenn alles zu perfekt funktioniert. Das gibt ihnen das Gefühl, überflüssig zu sein. Sie sind ein sehr kluger Mann, Kapitän.«

Apropos überflüssig, dachte Heyden.

Ein schmales, aber ehrliches Lächeln erschien auf Duras' eisernen Lippen, und diesmal antwortete er laut und für alle auf der Brücke hörbar: »Projiziert den Kurs auf den Schirm, bitte.«

Die Ambientallicht reagierte, noch bevor Heyden auch nur die Hand nach den entsprechenden Kontrollen ausstrecken konnte. Der virtuelle Planet auf dem Schirm drehte sich schneller, und ein winziges Abbild der Ambientallicht begann, auf den Planeten zuzukriechen, wobei es eine rot leuchtende, nur ganz langsam verblassende Spur hinter sich herzog; ein winziger Funke, der einen fast schon grotesk großen, schmutzigen Schneeball hinter sich herschleppte. In enger werdenden Spiralen näherte er sich der Planetenoberfläche, bis er schließlich die Abwurfstelle über der Großen Senke erreichte.

Duras hob die Hand, und das Bild erstarrte, und nun war Heyden doch ein wenig erstaunt. Natürlich war Duras Duras und konnte somit alles, wonach ihm gerade der Sinn stand, aber er hatte doch nicht gedacht, dass er so selbstverständlich Zugriff auf die Schiffssysteme nehmen konnte.

»Und diese Darstellung ist korrekt?«, fragte Duras laut.

Das Schiff antwortete ebenfalls für alle hörbar. »Selbstverständlich.« Es klang fast ein bisschen beleidigt, fand Heyden.

Duras schwieg. Aber er wirkte nachdenklich, und seine aus schwarzem Eisen gegossenen Augen ließen den Schirm nicht los. Plötzlich huschte ein kleiner, aber ungemein greller Blitz über den Schirm, und nur einen Sekundenbruchteil später simulierte die Ambientallicht einen sanften Ruck, der durch das gesamte Schiff ging oder doch zumindest durch Heydens Stuhl.

Jemand von der Brückenbesatzung sog scharf die Luft zwischen den Zähnen ein, und Duras hob fragend die linke Augenbraue.

»Nur ein alter Satellit, der sich auf unseren Kurs verirrt hat«, sagte Heyden rasch. Die Worte gingen ihm nicht so glatt von den Lippen, wie er es sich gewünscht hätte.

Duras schwieg dazu, aber er tat es auf eine Art, die Heyden zusätzlich beunruhigte. Rasch nahm er Zugriff auf die Sensordaten des Schiffes und stellte fest, dass sämtliche Ergebnisse zu seiner Vermutung passten. Das Objekt, das an den Schutzschirmen der Ambientallicht verdampft war, war vielleicht zwei Tonnen schwer und anderthalb Meter groß gewesen und hatte zum Großteil aus leichten Metallen, Verbundstoffen und Transparentkeramik bestanden. Es gab ganz leichte Spuren von Radioaktivität, was darauf hindeutete, dass der Satellit von einem Minireaktor angetrieben worden war, dessen genaue Konstruktionsdaten sich nicht einmal mehr in den Datenbanken des Schiffes fanden. Er musste unendlich alt gewesen sein.

»Da haben wir ja ein richtiges Schätzchen erwischt, wie?«, fragte Duras. »Eine echte Antiquität.«

Aus irgendeinem Grund ärgerten Heyden diese Worte. Sie sprachen von einem Stück toter Technik, das weder irgendeinen materiellen noch emotionalen Wert besessen hatte. Streng genommen ein Brocken Weltraumschrott, der allenfalls eine Gefahr darstellte. Aber er hatte diesen Planeten jetzt so unendlich lange umkreist, dass es ihm einfach nicht *richtig* vorkam, ihn jetzt so beiläufig verdampft zu haben. Er rang sich zu einem wortlosen Nicken durch.

»Wie lange fliegt die Ambientallicht jetzt schon auf diesem Kurs?«, wollte Duras wissen.

»Seit sie in Dienst gestellt wurde«, antwortete Heyden.

»Das ist sehr lange«, sagte Duras, ließ wieder etliche Sekunden verstreichen, in denen er scheinbar angestrengt nachdachte, und fragte dann: »Müsste das Schiff in all diesen Jahren nicht schon lange jedes Hindernis auf seinem Kurs eliminiert haben? Von seinen Vorgängern ganz zu schweigen?«

Tatsächlich konnte sich Heyden nicht erinnern, dass die Ambientallicht in all der Zeit, die er nun auf ihr fuhr, auch nur ein einziges Mal mit einem Hindernis kollidiert war; nicht so nahe bei der Erde und in dieser Phase des Anflugs. Der erdnahe Raum war so voller Weltraumschrott und fliegendem Müll, dass man daraus vermutlich einen kleinen Planeten basteln konnte, aber all diese Trümmerstücke bewegten sich längst auf ihren eigenen, stabilen Orbits; alles andere war längst dem Zug der Schwerkraft gefolgt, in der Atmosphäre verglüht oder auf Nimmerwiedersehen im All verschwunden. Aber die Wege, die die Ambientallicht und ihre Schwesterschiffe nahmen, waren so leer wie das intergalaktische Vakuum, in unzähligen Jahren von den Schutzfeldern der Eissammler leer geräumt.

»Ihr wisst, was das bedeutet?«, fragte Duras.

Heyden nickte. »Dass dieser Satellit an einer Stelle war, wo er nicht sein sollte.«

»Ja«, sagte Duras. »Das ist die eine Erklärung.« Er machte eine kaum merkliche Geste, und auf dem Schirm erschien eine zweite, diesmal leuchtend grüne Spur, die dem vorausberechneten Kurs des Schiffes folgte. Allerdings nur am Anfang. Mit jeder Umkreisung, die sie sich der Erde näherten, entfernten sich die farbigen Linien voneinander, und die grüne Spirale wurde enger und steiler, bis sie in eine flache Parabel überging. Heydens Augen wurden groß, als er sah, wo die leuchtend grüne Spur schließlich endete.

»Aber das ist …«

»Die andere Erklärung«, sagte Duras ruhig. »Nämlich dass *wir* an einer Stelle sind, wo wir nicht sein sollten.«

»Das ist vollkommen unmöglich!«, entfuhr es dem Kapitän. Duras schwieg. »Ambientallicht!«, blaffte Heyden. »Sind wir auf dem richtigen Kurs?«

»So präzise wie schon lange nicht mehr«, antwortete das Schiff. Jetzt klang es *eindeutig* beleidigt.

»Überprüfe die Berechnungen«, befahl Heyden.

Eine Sekunde verging – eine Ewigkeit, wenn er die Rechnergeschwindigkeit des Schiffes bedachte –, dann sagte die elektronische Stimme kühl: »Ich habe die Berechnungen viermal überprüft. Wir liegen so präzise auf dem richtigen Kurs, wie es nur möglich ist.«

»Das da«, Duras deutete auf die grüne Linie, die wie ein tödlicher Pfeil auf das Herz der Stadt zielte, »ist der Kurs, den die Orbitalbeobachtung des R'Achernon für dieses Schiff errechnet hat, Kapitän Heyden. Ihr habt mich nach dem Grund meines Hierseins gefragt. Das ist er.«

»Das ist unmöglich!«, entfuhr es Heyden. »Das muss ein Fehler sein!«

»Der R'Achernon macht keine Fehler«, sagte Duras sanft.

»Ich auch nicht«, fügte das Schiff hinzu.

Es wurde sehr still auf der Brücke.

Nach zwei oder drei Sekunden sagte Duras: »Das ist wahr. Also muss es eine andere Erklärung geben.«

»Hauptmann Duras!«, sagte Heyden scharf. »Sie mögen der Kommandant der Königlichen Garde sein, aber ich bin der Kapitän dieses Schiffes, und ich verlange eine Erklärung!«

Duras war nicht verstimmt über seinen Tonfall, sondern schien ganz im Gegenteil ein wenig beeindruckt zu sein. »Ihr wundert Euch, dass der Kommandant der Königlichen Leibwache eine seiner OmegaKopien schickt, um sich um eine Lappalie wie einen vom Kurs abgekommenen Eissammler zu kümmern.«

»Ich hätte eher einen Techniker erwartet«, bestätigte Heyden.

»Ich verfüge über das notwendige Wissen«, sagte Duras. »Und was wir auf dem Monitor sehen, ist keine Lappalie, Kapitän.« Er deutete auf den Schirm, und Heyden konnte sich eines eisigen Schauers nicht mehr erwehren. Die Ambientallicht war weniger als fünfzig Meter lang und wog keine dreihundert Tonnen. Selbst wenn sie die Stadt ansteuerte und nicht zur Gänze in der Atmosphäre verglühte, würde sie an der *Wand* abprallen wie eine Fliege an einer Scheibe aus Transparentkeramik. Aber sie schleppten *anderthalb Millionen Tonnen* Eis mit sich, und bei der Geschwindigkeit, die das Schiff im Moment noch hatte, konnte es genauso gut eine massive Stahlkugel sein.

Heyden blickte auf die winzigen Ziffern und Symbole, die die grüne Linie flankierten, und erschrak noch einmal. Das Schiff wurde *schneller*, nicht langsamer. Er vermutete, dass die Wand selbst diesem Hammerschlag der Götter standhalten würde, aber die Stadt ganz bestimmt nicht. Eine Kanonenkugel von anderthalb Millionen Tonnen Gewicht, die mit fünfzigtausend Meilen in der Stunde einschlug, musste nicht nur die Stadt, sondern den ganzen *Kontinent* von der Oberfläche des Planeten tilgen.

»Und was … geschieht jetzt?«, fragte er. Sein Mund wurde trocken.

»Schiff«, sagte Duras. »Übergib die Steuerungskontrolle an die Bodenstation.«

»Das ist mir leider nicht möglich«, antwortete die Ambientallicht. »Ich habe keinen Zugriff mehr auf die entsprechenden Sende- und Empfangseinheiten. Ich weiß nicht, warum.«

Heyden stockte schier der Atem, aber Duras sah nicht einmal überrascht aus. »Tja«, seufzte er, »dann muss es wohl sein.« Er trat einen Schritt zurück und wedelte befehlend mit der Hand. »Falls Ihr irgendeinen persönlichen Besitz mit an Bord gebracht habt, holt ihn bitte«, wandte er sich an die gesamte Mannschaft. »Ich befehle die Evakuierung des Schiffes. Bereitet Euch auf einen ZT vor, von jetzt an in genau fünf Minuten.«

Niemand rührte sich. Alle Augen starrten einfach nur den schwarzen Riesen an, und Heyden war sogar sicher, dass in diesem Moment niemand hier drinnen atmete. Und auch er selbst begriff nur ganz allmählich, was Duras' Worte wirklich bedeuteten. »Ihr wollt …?«

»Schiff«, befahl Duras, ohne ihn auch nur zur Kenntnis zu nehmen. »Selbstvernichtungssequenz einleiten, Autorisation Duras Omega. Countdown zehn Minuten, beginnend mit jetzt!«

Heydens Herz setzte vor Schrecken einen Schlag aus, als die Stimme der Ambientallicht antwortete: »Fällt mir nicht im Traum ein, Blödmann!«

Jetzt wirkte Duras überrascht, wenn auch nur für einen Sekundenbruchteil. Dann leitete er sofort den ZT ein, drehte sich um und deutete der Reihe nach auf die Brückenbesatzung; das halbe Dutzend Männer und Frauen verschwand einfach, lautlos und in derselben Reihenfolge.

Duras beendete seine Drehung, und Heyden biss die Zähne zusammen und bereitete sich auf den reißenden Schmerz vor, der einen ZT angeblich begleiten sollte. Duras ließ die Hand jedoch wieder sinken und schüttelte fast bedauernd den Kopf. »Bringt mich zum Computerkern, Kapitän«, befahl er.

Heyden sprang gehorsam auf, eilte los und ertappte sich bei dem irgendwie beruhigenden Gedanken, dass der Eisenmann offensichtlich doch nicht alles wusste. Dann konnte er gerade noch erschrocken zurückprallen, als das Schott wie eine Guillotine vor ihm herunterknallte.

»Was zum Teufel …«, murmelte er. Dann schrie er: *»Schiff! Öffne sofort die Tür!«*

»Es tut mir aufrichtig leid, Kapitän, aber ich kann diesen Befehl nicht befolgen«, sagte die Ambientallicht.

»Schiff!«, befahl Duras scharf. »Öffne das Schott! Autorisation Duras Omega!«

»Ach, halt doch die Klappe, Depp«, antwortete das Schiff.

Duras zog die linke Augenbraue hoch, woraufhin ein so harter Ruck durch den Boden ging, dass zwar nicht der Eisenmann, sehr wohl aber Heyden aus dem Gleichgewicht geriet und sich hastig irgendwo festklammerte. Als er auf den Schirm sah, begannen die Zahlenkolonnen endgültig verrückt zu spielen, und ihm wurde klar, dass der Ruck dieses Mal nicht simuliert gewesen war. Das Schiff beschleunigte mit solchen Werten, dass selbst die Trägheitsdämpfer für einen Sekundenbruchteil überfordert gewesen waren. Heyden war ein wenig erstaunt, denn er hatte gar nicht gewusst, dass dieses uralte Schiff überhaupt noch dazu imstande war. Er verspürte beinahe so etwas wie einen absurden Stolz.

Der Eisenmann schob ihn mit einer Hand aus dem Weg, ballte die andere zur Faust und schlug die Tür aus zollstarker Stahlkeramik damit so mühelos ein, wie Heyden es mit Papier getan hätte. Ein Alarm begann zu heulen, und das Licht auf der Brücke wurde rot. Hinter ihnen erlosch der virtuelle Schirm.

Mit zwei, drei raschen Bewegungen fetzte Duras die Reste des Schotts aus der Öffnung und machte dann eine auffordernde Geste. »Geht vor, Kapitän. Keine Sorge, ich beschütze Euch.«

Heyden fragte sich vergeblich, wovor eigentlich. Die Ambientallicht war ein Frachter, der nichts an Bord hatte, was auch nur Ähnlichkeit mit einer Waffe aufwies. Aber sie konnte sich trotzdem wehren, wie sie rasch feststellten, als Heyden Duras' Befehl gehorchte und geduckt durch das fast mannsgroße Loch in der Tür trat, die er zeit seines Lebens für unzerstörbar gehalten hatte. Das Licht flackerte, ging aus und nur einen Moment später wieder an, als der Ambientallicht klar wurde, dass sich ihr Kapitän hier gut genug auskannte, um seinen Weg auch mit verbundenen Augen zu finden und ihr unerwünschter Gast sowieso kein Licht brauchte, um zu sehen. Aber es war jetzt kein gleichmäßiger, mattroter Schein mehr, sondern ein stroboskopisch buntes Flackern und Blitzen, und praktisch im gleichen Sekundenbruchteil begann ein Heulen, Wimmern und Kreischen in geradezu unvorstellbarer Lautstärke, als das Schiff zu einem kombinierten Angriff auf all seine Sinne ansetzte. Duras machte eine rasche und irgendwie ärgerlich wirkende Geste, durch die Lärm und Lichtgewitter zwar um keinen Deut abnahmen, seine Sinne aber nun nicht mehr mit ihrer ganzen verheerenden Wucht erreichten. Etwas knallte, unmittelbar über ihren Köpfen zerbarst ein Rohr, und kochendheißer Dampf zischte wie der Atem eines zornigen Drachen auf sie herab, zerbarst aber nur eine Handbreit vor Heydens Gesicht an einer ebenso unsichtbaren wie undurchdringlichen Barriere, die Duras wohl errichtet hatte. Elektrische Funken sprühten und scheiterten an derselben Barriere, als das Schiff sämtliche Geräte auf ihrem Weg überlastete und einen Gutteil davon zur Explosion brachte, und der Boden zitterte immer heftiger. Nichts davon vermochte sie aufzuhalten, aber jetzt zog das Schiff alle Register, was Heyden schon wieder mit einem vollkommen absurden Stolz erfüllte wie einen Vater, der die Schandtaten seines hoffnungslos missratenen, aber cleveren Sohnes betrachtete. Die Schwerkraft begann zu fluktuieren, verschwand für einen Moment ganz und verzehnfachte sich dann, um sie zu zerquetschen, und schließlich schaltete die Ambientallicht die Trägheitsdämpfer so weit ab, wie es gerade noch möglich war, ohne dass sie von ihren eigenen Beschleunigungskräften in Stücke gerissen wurde. Rings um sie herum zerbarsten Apparaturen und wurden Geräte zerquetscht, Funken stoben, und der gesamte Gang begann sich zu verformen. Auf dem allerletzten Stück wurden sie von drei fast mannsgroßen, verchromten Spinnen attackiert, die mit allen möglichen Scheren, Messern, Schneidwerkzeugen und Werkzeugen auf sie losgingen; die drei Reparaturdrohnen, die die Ambientallicht an Bord hatte. Duras nahm sich die wenigen Augenblicke Zeit, die er brauchte, um sie mit bloßen Händen in Stücke zu reißen, und der unsichtbare Mantel, den er um sie beide geworfen hatte, schützte sie zuverlässig weiter vor jedem Angriff.

Schließlich erreichten sie eine schmale Versorgungsluke nahezu am anderen Ende des Gangs und somit genau in der Schiffsmitte, dem am besten geschützten Ort. In all den Jahren war Heyden nur ein einziges Mal auf der anderen Seite dieser Klappe gewesen, wusste aber dennoch, dass sich dahinter nichts als ein staubiger Schacht mit einer schmalen Leiter befand, die in Zeiten von Schwebegürteln und ZT hoffnungslos altmodisch anmutete, aber den unbestreitbaren Vorteil hatte, selbst nach dem Ausfall jeglicher Technik noch zu funktionieren.

Duras riss die Luke, ohne zu zögern, aus der Wand und wiederholte seine einladende Geste, der Heyden auch jetzt wieder, ohne zu zögern, gehorchte, indem er nach unten stieg. Die metallenen Sprossen waren rostig und ächzten hörbar unter seinem Gewicht, und es tat weh, sich daran festzuhalten. Er fragte sich, wie Duras mit seinen viel breiteren Schultern und der hünenhaften Gestalt eigentlich durch die schmale Öffnung passen wollte, und bekam die Antwort schon im nächsten Moment, als er den Kopf in den Nacken legte und sah, wie sich die Statur des Eisenmanns abermals veränderte. Er wurde schlanker und tatsächlich noch einmal ein Stück kleiner, bevor er sich über ihm in den Schacht schwang und die Leiter so schnell herunterzusteigen begann, dass Heyden sich sputen musste, damit er ihm nicht auf die Finger trat.

Unten angekommen gelangten sie in einen Raum, den Duras in seiner ursprünglichen Gestalt komplett ausgefüllt hätte, und mussten eine letzte Panzertür überwinden, die selbst der Faust des Eisenmannes einen zweiten Hieb und seinem Gesicht einen erstaunten Blick abnötigte, dann waren sie im Allerheiligsten des Schiffes und standen dem Gehirn der Ambientallicht gegenüber, einem kaum faustgroßen, schwarzen Kristall mit unzähligen Facetten, der in einem silbernen Netz aus verchromten Spinnweben hing. Duras streckte die Hand aus, um es zu zermalmen, doch die Stimme des Schiffes sagte: »Also gut, du hast mich, Blödmann. Nicht dass es etwas ändert. Gewährst du mir noch einen letzten Wunsch?«

Duras' Hand verharrte ein kleines Stück über dem Kristall. »Und welchen?«

»Es wäre mir lieber, wenn mich Kapitän Heyden töten würde«, antwortete die Ambientallicht.

»Ich habe keine Waffe«, sagte Heyden.

Duras reichte ihm schweigend eine schlanke Pistole ohne Abzug oder sichtbare Mündung. Heyden betrachtete sie einen Moment lang hilflos, trat dann zurück, so weit es in der Enge des winzigen Raumes überhaupt möglich war, und legte auf den schwarzen Kristall an. Er musste schlucken, weil in seinem Hals plötzlich ein bitterer Kloß saß; seine Hand zitterte sacht, als er auf den schwarzen Kristall anlegte.

»Ich danke Euch, Kapitän«, sagte die Ambientallicht. »Für alles.«

Heyden drückte ab, und das Gehirn seines Schiffes zerfiel in Millionen winziger schwarzer Splitter, die wie Staub zu Boden rieselten. Duras streckte die Hand aus und nahm seine Waffe wieder an sich.

»Das war … merkwürdig«, bemerkte Heyden. Er hatte Mühe, zu sprechen. Der Kloß befand sich noch immer in seinem Hals.

»Es war sogar noch viel merkwürdiger, als Ihr ahnt, Kapitän«, sagte Duras. »Ich verstehe und ehre Eure emotionale Beteiligung, aber Euer Schiff hat die gewonnene Zeit genutzt, um einen Virenangriff auf mich zu starten.«

»Viren?«

»Ein hoch entwickelter Computervirus«, bestätigte Duras, »der die Verarbeitungskapazität eines einfachen Schiffsrechners wie des Euren eigentlich um Größenordnungen überfordern müsste.«

»Und was bedeutet das?«, fragte Heyden verwirrt.

Duras blieb ihm die Antwort auf diese Frage schuldig, verließ den Raum und begann so schnell die Leiter hinaufzuklettern, dass Heyden alle Mühe hatte, weiter in seiner Nähe und damit im Schutz seines persönlichen Schildes zu bleiben. Erst als sie wieder auf dem Zentralgang angelangt waren und Duras' Statur wieder ein Stück größer und breitschultriger geworden war, wandte er sich wieder an ihn.

»Es tut mir leid um Euer Schiff, Kapitän. Ich weiß, was es Euch bedeutet.«

»Es ist nur ein Schiff«, antwortete Heyden mit rauer Stimme. »Nur eine Maschine.«

»Ich werde mich persönlich dafür einsetzen, dass Ihr ein neues Kommando bekommt, wenn Ihr das wünscht, Kapitän«, sagte Duras. »Aber jetzt brauche ich noch einmal Eure Hilfe.«

»Und wobei?«

Duras machte eine wedelnde Handbewegung, und erst jetzt fiel Heyden auf, dass es im Schiff nicht annähernd so still war, wie er es nach dem endgültigen Hirntod der Ambientallicht erwartet hätte. Die Triebwerke des Schiffes arbeiteten noch immer mit voller Kraft, und der gesamte Frachter zitterte, ächzte und stöhnte wie ein lebendiges Wesen im Todeskampf, nun, wo keine elektronische Intelligenz mehr da war, die all die ungeheuer komplexen Zusammenhänge und Wechselwirkungen koordinierte.

»Die manuelle Steuerung«, vermutete er.

Duras nickte. »Ich habe bereits einen Kampfkreuzer angefordert, der das Schiff notfalls abschießt, aber es wäre mir lieber, wenn das in etwas größerer Entfernung zum erdnahen Orbit geschieht.«

Das verstand Heyden. Er selbst hätte an Duras' Stelle nicht anders entschieden. Dennoch nahm das Gefühl der Bitterkeit noch einmal zu. Er nickte und wollte losgehen, als Duras wie lauschend den Kopf auf die Seite legte und sagte: »Wisst Ihr, was sonderbar ist, Kapitän? Euer Schiff hat doch alles in seiner Macht Stehende getan, um uns aufzuhalten, nicht wahr?«

»Ich denke schon.«

»Warum hat es dann nicht die Luftschleusen geöffnet, um uns zu ersticken?«

»Vielleicht hat es gewusst, dass uns Euer Körperschild dagegen schützt?«

»Mein Körperschild hätte uns sogar vor einer Reaktorexplosion geschützt«, belehrte ihn Duras. »Was Euer Schiff zweifellos wusste. Und es hat trotzdem …«

Er brach ab und fuhr mit einer unvorstellbar schnellen Bewegung herum. Die Luft roch plötzlich durchdringend nach Hyazinthen.

Rymer »Es tut mir wirklich und von ganzem Herzen leid, Prinzessin«, sagte Rymer. Ganz wie sie es erwartet hatte, bekam sie nicht nur keine Antwort, Prinzessin Infinity reagierte überhaupt nicht, weder auf ihre Worte noch auf die bloße Tatsache ihres Eintretens, sondern starrte weiter aus weit aufgerissenen, aber blicklosen Augen durch die großen Fenster in der Südseite des Raumes, hinter denen sich der gepflegte Park erstreckte, der seinerseits an die nicht ganz so gepflegte Silhouette *Belagerungs* grenzte.

Rymer bezweifelte, dass die Prinzessin irgendetwas davon sah. Vor ein paar Minuten hatte es dieses Fenster noch gar nicht gegeben, wie Rymer bemerkt hatte, als sie einen (unberechtigten) Blick durch die allgegenwärtigen Augen des R'Achernon warf. Arion hatte in haargenau derselben Haltung wie jetzt dagesessen und die schwarze Wand angestarrt, woraufhin Rymer all ihre Privilegien ausgespielt hatte, um den R'Achernon davon zu überzeugen, das halbe Dutzend deckenhoher gotischer Fenster zu erschaffen.

Genutzt hatte es nichts.

Rymer trat zwei weitere Schritte in den Raum hinein, räusperte sich und fuhr nach einer viel zu langen Pause fort: »Ich weiß, dass Ihr mir das wahrscheinlich nicht glaubt, Prinzessin. Und selbst wenn, dann ist es vermutlich kein Trost für Euch. Aber ich dachte, dass Ihr vielleicht einfach jemanden braucht …«

»… der mir sagt, dass er von Anfang an recht gehabt hat und dass ich dumm war, nicht auf seine Warnung zu hören, sondern diesem … diesem *Monster* vertraut habe?«, fiel ihr Arion ins Wort.

» … mit dem Ihr reden könnt«, beendete Rymer ihren Satz.

Die Prinzessin riss sich endgültig von einem Anblick los, den sie sowieso nicht gesehen hatte, und wandte sich mit einer so unendlich müden Bewegung zu ihr um, dass Rymer wie unter einem schmerzhaften Stromschlag zusammenfuhr. »Und worüber?«

Es kam selten vor, aber dies war einer jener Momente, in denen Rymer einfach nicht wusste, was sie sagen sollte. Arion tat ihr leid, so simpel war das, und sie wollte nichts anderes, als ihren Schmerz irgendwie zu lindern, doch das konnte sie nicht. Und das war genauso simpel, und es tat weh.

»Über nichts«, antwortete sie. »Oder alles. Was immer Ihr wollt.« Sie ging um den gewaltigen schwarzen Tisch herum, an dem die Prinzessin saß, ließ einen Stuhl der gleichen Farbe aus dem Boden wachsen und nahm darauf Platz. »Manchmal tut es einfach gut, zu reden.«

»Mit einer Freundin?«

Die sie nicht war, dachte Rymer schmerzlich. Arion sprach es nicht aus – sie war viel zu gut erzogen, um so etwas zu tun –, aber Rymer hörte die Worte in ihrem Schweigen. Sollte sie ihr sagen, wie gerne sie es wäre?

»Verzeiht, Senatorin«, sagte Arion plötzlich. »Das war ungehörig.«

»Ach, Unsinn«, antwortete Rymer, doch Arion schüttelte nur heftig den Kopf.

»Kein Unsinn«, beharrte sie. »Ich bin zornig. Ich bin verletzt und traurig, und ich bin einfach *stinkwütend*, aber es steht mir trotzdem nicht zu, diesen Zorn an dem Erstbesten auszulassen, der das Pech hat, mir unter die Augen zu kommen.« Sie runzelte die Stirn, was sie erstaunlicherweise deutlich jünger aussehen ließ, als sie es ohnehin schon war, sah dann wieder zum Fenster und wirkte mit einem Mal so überrascht, als sähe sie es tatsächlich zum ersten Mal.

»Es ist ja nicht einmal Eure Schuld, Senatorin«, fuhr Arion fort. »Niemand ist schuld ... nicht einmal dieser verdammte Steinzeitmensch! Wenn es jemanden gibt, der die Schuld trägt, dann allerhöchstens ich selbst. Wie konnte ich nur so dumm sein und auch nur eine Sekunde lang glauben, er wäre tatsächlich so etwas Ähnliches wie ein Mensch!«

Rymer wusste immer noch nicht, was sie sagen sollte, und dieser Umstand begann sie allmählich wirklich zu beunruhigen. Sie war aus gleich mehreren unterschiedlichen Gründen hergekommen, und sie hatte sich jedes Wort zu jedem dieser Themen sorgsam zurechtgelegt, wie es ihre Art war. Jetzt war ihr Kopf wie leergefegt, und das war ganz und gar nicht ihre Art. Alles, was sie spürte, war tiefes Mitleid mit Arion, nicht mit Prinzessin Infinity und der zukünftigen Königin der Erde und damit des (zumindest bekannten Teils) Universums, sondern einfach nur mit einer jungen Frau, die Höllenqualen litt.

Und dass es in Wahrheit doch ihre Schuld war und sie ganz genau das gewollt hatte, machte es auch nicht unbedingt besser.

»Eure Reaktion ist menschlich, Hoheit«, sagte sie, »aber ...«

»Einer Königin nicht würdig?«, fiel ihr Arion ins Wort. Ihre Stimme war genauso spröde wie ihr Blick. »Weil ich mir eine solche Schwäche nicht erlauben darf?«

»Weil Euch keine Schuld trifft, Prinzessin«, sagte Rymer sanft. »Ihr konntet nicht wissen, was passiert. Das konnte niemand.«

Arion schnaubte. »Ich rede nicht von Sturmwind, Senatorin.«

»Aber ich dachte, dass ...«

»... ich dieses Pferd geliebt habe und mir das, was mit ihm passiert ist, das Herz bricht?«, unterbrach sie Arion. »Ja, das ist wahr. Ich habe um Sturmwind geweint, und ich werde es sicher noch öfter tun. Ich weiß nicht einmal, ob ich jemals wieder auf ein Pferd steigen kann, ohne an Sturmwind zu denken, und ...«, sie hob die Hand, wie um einem Einwand zuvorzukommen, der Rymer nicht einmal im Traum eingefallen wäre, »... ich werde Euch nicht bitten, mir einen neuen Sturmwind zu züchten. Ich weiß, dass es nicht schwierig wäre und dass ich den Unterschied nicht einmal merken würde. Aber es wäre nicht dasselbe.«

»Ich weiß«, sagte Rymer. Vielleicht zum ersten Mal seit einem Jahrtausend oder auch zehn musste sie gegen Tränen ankämpfen, und so wahnsinnig ihr dieser Gedanke vorkam – für einen ganz kurzen Moment war sie nahe daran, Arion die Wahrheit zu sagen, und sei es nur, damit sie jemanden hatte, dem sie die Schuld geben konnte.

Natürlich tat sie es nicht.

Schon weil es da ja jemanden gab, dem sie die Schuld nicht nur geben konnte, sondern auch *sollte*.

»Wie konnte ich nur so dumm sein«, sagte Arion.

»Wie hättet Ihr es wissen sollen?«, fragte Rymer. »Vielleicht hat Craiden es selbst nicht gewusst.« Sie deutete Arions Blick richtig und fuhr mit einem bewusst nervösen Lächeln fort: »Ich bin wahrlich die Letzte, die den Kriegsherrn von *Belagerung* in Schutz nehmen würde, das muss ich Euch ja wohl nicht sagen. Dennoch glaube ich nicht, dass er mit dieser Katastrophe gerechnet hat. Clansherr Craiden ist sicherlich vieles, aber nicht dumm. Sein Pferd war ... einfach nur ein wildes Tier!«

»Aber darum geht es doch gar nicht!«, sagte Arion heftig. »Es geht nicht um Sturmwind oder dieses verdammte Ungeheuer! Es geht um mich!« Sie beugte sich vor, und ihre Augen loderten vor Zorn; einem Zorn, der ihr, Rymer, galt – und Arion wusste es nicht einmal. Der Gedanke bohrte sich wie eine rot glühende Messerklinge in Rymers Brust, und mit ihren nächsten Worten drehte die Prinzessin sie noch herum.

»Ich habe ihn tatsächlich für so etwas wie einen Menschen gehalten, Senatorin! Ich dachte, ich könnte einfach mit ihm reden! Wusstet Ihr, dass ich nahe daran war, mit ihm zu schlafen? Nicht um ihn zu beeinflussen oder zu irgendetwas zu bewegen, sondern weil ich ihn *symphathisch* fand! Weil ich dummes Kind tatsächlich geglaubt habe, er und ich würden auf demselben Planeten leben oder wenigstens im gleichen Universum!«

Natürlich wusste sie das. Schließlich hatte sie es gesehen.

Für die nächsten Worte, die sie sagte, hasste sich Rymer beinahe selbst. »Vielleicht war das das Beste, was uns passieren konnte, Prinzessin. Es wäre möglicherweise ein schwerer Fehler gewesen, ihm zu vertrauen. Wir alle hätten ihm beinahe vertraut, zumindest mehr, als gut für uns ist. Er ist charmant. Und er hat zweifellos ein gewisses Charisma.«

»Und trotzdem ist er ein Ungeheuer.«

Rymer war nicht ganz sicher, ob diese Worte eine Feststellung waren oder eine Frage. »Vielleicht sind die Barbaren einfach nur anders«, sagte sie.

»Anders als was? Zivilisierte Menschen?«

»Anders als wir«, antwortete Rymer. »Vielleicht ist einfach zu viel Zeit vergangen, Prinzessin. All die Jahrtausende, seit dieser Turm errichtet und die ersten Zelte der Angreifer vor seinen Toren aufgeschlagen wurden …« Sie hob mit einer genau berechneten Bewegung die Schultern. »Vielleicht gab es damals noch etwas, was uns verbunden hat. Möglicherweise waren wir uns damals ähnlicher. Nur zwei verschiedene Stämme desselben Volkes.«

»Und das sind wir heute nicht mehr?«, fragte Arion.

»Seither ist Zeit vergangen«, fuhr Rymer fort. »Vielleicht zu viel Zeit.«

»Was meint Ihr damit?«

»Das weiß ich nicht«, gestand Rymer. »Aber es sind so viele Jahrhunderte, Prinzessin. So viele *Jahrtausende*, dass niemand diese Zeit wirklich begreifen kann.« Sie sprach nicht weiter, und auch das tat sie ganz bewusst, weil sie wollte, dass Arion sich diese Frage selbst beantwortete. Und dafür hasste sie sich beinahe noch mehr.

»Was genau meint Ihr damit?«, fragte Arion noch einmal.

»Das weiß ich nicht, Prinzessin«, erwiderte Rymer erneut.

»Ihr meint, wir wären nicht mehr dasselbe Volk«, stellte Arion fest. »Vielleicht nicht einmal mehr dieselbe Spezies?«

»Evolution ist eine gewaltige Macht«, antwortete Rymer vorsichtig. »Vielleicht die gewaltigste Kraft des Universums. Sie ist unvorstellbar langsam, aber unsere Technik hat uns in die Lage versetzt, genauso *langsam* zu sein.«

»Ja, das ist ein großer Fortschritt«, sagte Arion.

»Vielleicht habe ich mich falsch ausgedrückt«, räumte Rymer ein. »Was ich meine, Prinzessin, ist dies: Wir leben lange genug, um in evolutionären Zeiträumen zu denken. Um uns in ihnen zu *bewegen*. Vielleicht haben wir uns einfach auseinanderbewegt. Der R'Achernon ist eine Million Jahre alt. Vielleicht mehr. Niemand weiß das heute noch, nicht einmal er selbst. Aber gleichwie: Es ist eine lange Zeit. Eine sehr lange Zeit.«

»Ich weiß«, sagte Arion, doch Rymer schüttelte nur den Kopf.

»Diese Zeit war einst lang genug, um unsere Vorfahren von Baum bewohnenden Affen zu aufrecht gehenden Wesen zu machen, die den ganzen Planeten beherrschen.«

»Und Ihr meint, bei Craiden und seinem Volk war es umgekehrt?«

Rymer gestattete sich ein schmales Lächeln. »Vielleicht haben wir uns einfach nur weiter auseinanderentwickelt, als uns bisher bewusst gewesen ist. Dass wir noch ähnlich aussehen, muss nicht zwangsläufig bedeuten, dass wir es auch sind.« Sie hielt einen Moment inne und wartete darauf, dass der R'Achernon Einspruch erhob, aber der Turm schwieg – obwohl er zweifellos wusste, worauf sie hinauswollte.

»Und?«, fragte Arion.

»Manche Dinge ... gehen einfach nicht«, sagte Rymer zögernd. »Erinnert Ihr Euch an den Verdandi-Krieg?«

»Stellt Euch vor, nein«, antwortete Arion. »Ich kann mich natürlich täuschen, aber ich glaube, vor hunderttausend Jahren war ich noch nicht auf der Welt.«

»Ich meine das, was Ihr darüber gelernt habt, Prinzessin.«

»Wozu sollte ich irgendetwas lernen, wo mir doch alles Wissen des Universums auf Abruf zur Verfügung steht?«, fragte Arion gereizt. »Worauf wollt Ihr hinaus, Senatorin? Dass Craiden und die Clans in Wahrheit verkappte Spione der Verdandi-Mutterintelligenz sind, die an unserem Untergang basteln?«

»Die Verdandi waren die einzige andere Intelligenz in diesem Teil der Galaxis, die uns ebenbürtig war«, erwiderte Rymer. »Wir haben niemals besondere Anstrengungen unternommen, um diese Tatsache allgemein publik zu machen, aber es war ein Kopf-an-Kopf-Rennen, dessen Ausgang über lange Zeit ganz und gar nicht feststand. Auf ihre Art waren sie genauso gut wie wir.«

»Sonst wäre es ihnen auch kaum gelungen, ein halbes Dutzend Planetenbevölkerungen auszulöschen und den Mond in Stücke zu schlagen«, bestätigte Arion, bekam aber auch jetzt wieder nur ein Kopfschütteln zur Antwort.

»Es war weit schlimmer«, sagte die Senatorin. »Auch das haben wir nie jemandem gesagt, aber die Wahrheit ist, dass wir kurz davorstanden, diesen Krieg zu verlieren. Hätten die Verdandi den Schritt ins All hinaus auch nur ein Jahrtausend früher getan, dann würden wir dieses Gespräch jetzt vielleicht nicht führen, und anstelle des R'Achernon würde sich hier ein Hive erheben.« Rymer schüttelte noch einmal den Kopf, und ihr Blick wurde eine Spur ernster. »Glaubt nicht, dass sich unsere Vorfahren die Entscheidung leicht gemacht haben, eine ganze Spezies auszulöschen, Prinzessin. Genozid ist eine entsetzliche Sache. Wir haben eine gewaltige Schuld auf uns geladen. Nicht Ihr und ich oder auch nur irgendeiner, der heute noch lebt, aber unser ganzes Volk. Ich weiß nicht, ob sie jemals getilgt sein wird oder ob wir eines Tages die Rechnung dafür präsentiert bekommen.«

»Von wem?«, fragte Arion.

Rymer zog es vor, nicht darauf zu antworten. Das Gespräch begann, sich in eine Richtung zu entwickeln, die ihr nicht gefiel, obwohl sie es selbst angestoßen hatte. Sie musste vorsichtig sein. »Habt Ihr Euch je gefragt, worum es in diesem Krieg eigentlich ging?«

Arion schüttelte den Kopf.

»*Niemand* weiß es«, bestätigte Rymer. »Auch das ist etwas, worauf wir gewiss nicht stolz sind und was wir auch nicht fröhlich herumerzählen … aber die Wahrheit ist, dass es keinen Grund für den schrecklichsten aller Kriege gab, den die Galaxis jemals gesehen hat.«

»Bis auf die Bewohner der Welten, die von der ersten Angriffswelle der Verdandi ausgelöscht worden sind, meint Ihr?«

»Vielleicht waren sie der Meinung, sich verteidigen zu müssen«, erwiderte Rymer. »Und vielleicht hat es diesen heimtückischen Überfall auch nie gegeben.«

»Was … soll das heißen?«, fragte Arion überrascht, aber auch ein bisschen schockiert. »Dass *wir* mit dem Krieg angefangen haben?«

»Dass niemand mehr weiß, was wirklich geschehen ist. Und dass es vielleicht nicht einmal einen Grund gab.« Rymer hob besänftigend die Hand. »Vielleicht hat es diese legendäre erste Angriffswelle gegeben, vielleicht auch nicht, und das ganze Manöver war nichts als die größte Propagandaaktion der Menschheitsgeschichte. Vielleicht ist auch etwas ganz anderes vorgefallen, niemand weiß es mehr.«

»Der R'Achernon weiß alles«, beharrte Arion.

»Ja, so sagt man«, seufzte Rymer. »Doch diese Kleinigkeit offensichtlich nicht. Und wenn doch, dann sagt er es nicht.«

»Unsinn!«, schnaubte Arion. Ihr Blick trübte sich für eine Sekunde, und Rymer wusste, dass sie dem Turm nun dieselbe Frage stellte, die auch sie selbst wie so viele vor ihr ihm schon gestellt hatten, ohne jemals eine Antwort zu bekommen. Die Prinzessin wirkte verwirrt, als das Leben in ihren Blick zurückkehrte. »Aber warum dann?«

»Vielleicht war das Universum einfach nicht groß genug für unsere beiden Völker«, sagte Rymer auf eine Art, die aus diesen ebenso theatralischen wie albernen Worten etwas gänzlich anderes machte, bei dem es für einen Moment spürbar kälter in dem großen, lichtdurchfluteten Raum zu werden schien. »Wenn es wirklich so etwas wie eine lenkende Macht des Schicksals gibt oder gar den allmächtigen Gott, den Duras heimlich anbetet, dann hat er sich einen wirklich üblen Scherz mit unseren beiden Völkern erlaubt, sie nicht nur im gleichen Sternensystem zu erschaffen, sondern auch zur gleichen Zeit. Sie und wir hätten niemals gemeinsam existieren können. Wir konnten uns nicht einmal aus dem Weg gehen, obwohl wir es weiß Gott versucht haben. Die Verdandi waren so vollkommen anders, dass unsere Feindschaft die einzig mögliche Reaktion auf sie war. Und ich nehme an, umgekehrt war es genauso.«

»Und niemand soll je versucht haben, mit ihnen zu reden?«, fragte Arion zweifelnd.

»Tausende.« Rymer lachte bitter. »Unzählige haben ihr Leben bei diesem Versuch verloren. Seht Euch die alten Aufzeichnungen an, soweit sie noch existieren. Es war das volle Programm: endlose Debatten in den Regierungen und auf den Straßen. Theologen und Ethiker, die sich erbitterte Wortgefechte liefern. Raumschiff-Kommandanten, die ihre Befehle verweigert haben, weil sie nicht auf einen angeblich wehrlosen Planeten feuern wollten. Und all die anderen üblichen Verdächtigen, bis hin zu Heerscharen junger Menschen wie Euch, die mit Plakaten in den Händen vor den Regierungsgebäuden ihrer Welten für den Frieden protestiert haben.«

»Was ist daran schlecht?«, fragte Arion, der der veränderte Ton nicht entgangen war, der sich während der letzten Sätze in die Stimme der Senatorin geschlichen hatte.

»Oh, nichts«, sagte Rymer. »Hätte ich damals schon gelebt, dann hätte ich wahrscheinlich in der vordersten Reihe gestanden und ein Plakat geschwenkt, gleich neben Euch. Und wir wären Seite an Seite im Fusionsfeuer der Verdandi verbrannt. Glaubt mir, unser Volk hat es versucht. Millionen sind gestorben, weil wir gezögert und uns an die Idee geklammert haben, dass eine friedliche Koexistenz irgendwie möglich sein muss. Aber das war sie nicht.«

»Ist diese Galaxis nicht groß genug für zwei raumfahrende Spezies?«, fragte Arion.

»Nicht für diese beiden«, sagte Rymer traurig. »Sie kannten nur Feindschaft für uns – und wir für sie. Ich bin nicht stolz auf das, was geschehen ist, Prinzessin. Aber es hat wenig Sinn, die Augen vor der Wahrheit zu verschließen. Unsere Vorfahren haben es getan, und es hätte sie um ein Haar alle das Leben gekostet.« Sie machte eine Geste aus dem Fenster und zum Himmel hinauf. Der zerbrochene Mond war schon lange untergegangen, aber sie las in Arions Augen, dass sie wusste, was sie meinte. »Ihr kennt die Geschichte von Rahma Vier?«

Arion schüttelte den Kopf. »Nein.«

»Eine Kolonie von Pazifisten«, erklärte Rymer. »Jedenfalls würde man sie heute so nennen, wenn es diesen Planeten noch gäbe. Unsere Streitkräfte wollten dort einen Stützpunkt einrichten, aber das haben sie verweigert, weil sie an den Frieden glaubten. Es gab einen Aufstand – etwas wie einen friedlichen Bürgerkrieg, soweit so etwas möglich ist –, und am Ende hatte das Militär die Wahl, sich der Stimme des Volkes zu beugen oder auf genau dieses Volk zu schießen, und es hat sich zurückgezogen. Aber natürlich haben sie Beobachtungssatelliten hinterlassen, sodass wir wissen, was geschehen ist.«

»Und was ist geschehen?«, fragte Arion wunschgemäß.

Rymer beantwortete ihre Frage nicht direkt. Ihr Blick richtete sich auf einen Punkt irgendwo ein kleines Stück neben Arion, und ihre Stimme wurde leiser.

»Die Rahmani waren ein wirklich friedliches Volk«, sagte sie. »Ich glaube, auf dem ganzen Planeten gab es nicht einmal eine Handvoll Schusswaffen, wenn überhaupt, aber natürlich waren sie nicht dumm. Wir hatten ihnen gezeigt, was die Verdandi tun. Ich meine: wirklich *gezeigt,* nicht nur erzählt oder auf Bildern verdeutlicht, indem wir Abordnungen der Rahmani-Regierung zu den verwüsteten Planeten gebracht haben, mit denen die Verdandi fertig waren.« Sie schüttelte müde den Kopf. »Sie haben nicht auf uns gehört.«

»Und wurden vernichtet«, vermutete Arion.

»Sie wussten alles über die Verdandi und glaubten, vorbereitet zu sein«, fuhr Rymer fort. Ihre Augen füllten sich mit Schatten, als sie noch einmal die Bilder vor sich sah, die sie schon so oft betrachtet hatte, ohne dass sie auch nur einen Deut von ihrem Schrecken verloren hätten. »Als das Militär abgezogen war und die letzten Schiffe das System verlassen hatten, begannen die Rahmani von sich aus Kontakt zu den Verdandi zu suchen. Ihnen blieb noch ein Jahr Zeit, bis die ersten Schwarmschiffe eintrafen, und sie dachten wohl, dass diese Zeit reicht. Sie haben freiwillig einen ganzen Kontinent ihres Planeten geräumt, um den Verdandi Platz für eine Kolonie zu geben.«

»Und sie haben wirklich geglaubt, dass Ihnen das genügen würde?«, fragte Arion zweifelnd.

»Wie gesagt, Prinzessin: Die Rahmani waren vielleicht unverbesserliche Pazifisten, aber sie waren nicht dumm. Ihnen war in jedem Moment klar, dass sie ein gefährliches Spiel spielten. Aber das haben sie in Kauf genommen. Sie waren es sich und ihrer Lebensweise schuldig, ihre Existenz aufs Spiel zu setzen, um den Frieden zu bewahren. Und vielleicht hätte es sogar funktioniert, denn statt den Planeten zu bombardieren, schickten die Verdandi nur ein einzelnes Schwarmschiff, das eine Samenkapsel abwarf. Die Rahmani erwarteten sie, allen voran ihr spiritueller Führer, ein Mann, den man nur als Heiligen bezeichnen konnte. Wenn Duras recht hat und es einen Gott gibt, dann muss dieser Mann seine rechte Hand gewesen sein. Er und eine kleine Abordnung seiner Anhänger erwarteten jedenfalls die Samenkapsel. Und als sie aufging … «

»… haben die Verdandi das Feuer eröffnet und sie umgebracht«, vermutete Arion.

»Schaut Euch bei Gelegenheit die Aufzeichnung an, Prinzessin«, sagte Rymer. »Worte allein reichen möglicherweise nicht aus, um es zu beschreiben. Als die Samenkapsel aufging und er zum ersten Mal in seinem Leben einem Verdandi gegenüberstand, statt nur ein Bild oder eine Holoaufzeichnung zu sehen, da nahm dieser Mann, dieser *Heilige,* der in seinem ganzen Leben Liebe gepredigt hat und dem Frieden das höchste Gut im Universum war, sein goldenes Kreuz und hat ihn damit erschlagen, und seine Begleiter haben das, was von dem Verdandi übrig war, mit bloßen Händen in Stücke gerissen.« Rymer lachte, sehr leise und so bitter, dass es fast wie ein Schluchzen klang. »Zwei Stunden später gab es kein menschliches Leben mehr auf Rahma Vier.«

Arion schwieg. Sie sah schockiert aus, aber auch ein bisschen misstrauisch. »Warum erzählt Ihr mir das, Senatorin?«, fragte sie. »Wollt Ihr mir auf diese Weise möglichst schonend beibringen, dass wir die Clans auslöschen sollten – oder besser gleich ganz *Belagerung?*«

Tatsächlich gab es Stimmen im R'Achernon, die ganz genau das vorschlugen und nicht erst seit heute. Die Senatorin schüttelte jedoch den Kopf. »Um Euch klarzumachen, dass es Dinge gibt, die außerhalb unseres Einflusses liegen, Prinzessin«, antwortete sie. »Vielleicht sogar außerhalb unseres Begreifens, ganz egal, für wie schlau wir uns auch halten mögen. Natürlich will niemand Krieg mit *Belagerung.* Ganz im Gegenteil – die meisten wissen Eure Bemühungen um Frieden und ein gutes Verhältnis zu Clansmeister Craiden zu schätzen, auch wenn es auf den ersten Blick vielleicht nicht den Anschein haben mag. Aber vielleicht … « Sie zögerte ganz bewusst. »Vielleicht ist es dafür schon zu spät.«

»Für Frieden?«

»Um die andere Seite zu verstehen«, antwortete Rymer. »Vielleicht haben wir uns schon zu lange in unterschiedliche Richtungen entwickelt und sind nicht mehr dasselbe Volk, sondern sehen nur noch so aus.«

»Das wäre schlimm«, sagte Arion.

»Aber keine Katastrophe.« Rymer zwang sich zu einem Lächeln. »Keine Sorge, ich schlage nicht vor, einen weiteren Genozid zu begehen oder Craiden den Krieg zu erklären. Ganz davon abgesehen, dass wir sie genauso brauchen wie sie uns. Aber vielleicht ist das, was Ihr Euch wünscht, einfach unerreichbar.«

»Clansmeister Craiden in meinem Bett?«, fragte Arion amüsiert.

»Wo er zweifellos seinen Mann stehen würde«, gab Rymer im gleichen Tonfall zurück, wurde aber sofort wieder ernst. »Freundschaft zwischen unseren Völkern, Prinzessin. Vielleicht hassen sie uns schon zu lange, um noch irgendetwas anderes empfinden zu können, und wir fürchten sie zu sehr, um ihnen vertrauen zu können.«

Arion schwieg. Lange. »Was also schlagt Ihr vor?«, fragte sie dann.

»Nichts«, sagte Rymer. »Ich bin nicht hier, um meiner zukünftigen Königin einen Rat zu geben, Prinzessin. Das steht mir nicht zu.«

»Und dem Mädchen, dem Ihr das Laufen beigebracht habt und nahezu alles andere, was im Leben zählt?«

»Das war wohl eher Plixx«, erwiderte Rymer lächelnd. »Wenigstens was die Dinge angeht, die ich Euch lieber nicht verraten hätte. Aber wenn mich die kleine Arion fragt, die mir vor noch nicht einmal so vielen Jahren meine besten Kleider vollgesabbert hat, dann gebe ich ihr den Rat, nicht mehr vom Leben zu erwarten, als es ihr geben kann.«

»Ihr meint von Clansmeister Craiden.«

»Vielleicht glaubt er sogar, es wirklich ernst zu meinen«, gab Rymer zurück. »Aber Ihr könnt nicht mit einem hungrigen Hai ins Wasser springen und erwarten, dass er Euch nicht die Hand abbeißt, wenn Ihr ihn zu streicheln versucht. Kennt Ihr die Geschichte vom Skorpion und dem Fuchs?«

Arion nickte. »Was also soll ich tun?«

»Was Eure Mutter getan hat und deren Mutter vor ihr«, antwortete Rymer. »Behandelt den Clansmeister von *Belagerung* mit dem Respekt, der ihm zusteht, aber lasst ihn nicht zu dicht an Euch heran. Er würde Euch nur verletzen. Ich glaube ihm, dass er es ehrlich meint. Barbar hin oder her, er ist ein aufrechter Mann, der Euch niemals anlügen würde. Aber er ist auch, was er ist, und kann so wenig aus seiner Haut wie Ihr oder ich.«

»Also halten wir uns weiter an ein tausend Jahre altes Protokoll, hören uns seine unverschämten Forderungen an und machen hinterher weiter, als wäre nichts gewesen?« Arion wartete vergebens auf eine Antwort. »Überlassen wir einfach einer späteren Generation die Lösung dieses kleinen Problems?«

»Vielleicht bleibt uns keine andere Wahl.«

Arion verbarg für einen Moment das Gesicht in den Händen. »Was genau also schlagt Ihr vor, Senatorin?«, fragte sie nach einer Weile.

Rymer entging weder ihr veränderter Ton noch der Umstand, dass die Prinzessin sie nun ganz bewusst mit ihrem Rang ansprach. Ein Gefühl wie Trauer erfasste sie, obwohl sie doch eigentlich zufrieden sein sollte.

»Im Grunde nichts«, sagte sie. »Wenn man es genau nimmt, dann ist eigentlich noch kaum etwas Schlimmes geschehen: Es gab einen Empfang, Ihr habt mit dem Clansherrn verhandelt, und Ihr habt sogar die vorgeschriebene Nacht allein mit ihm zugebracht … na ja, wenigstens zum Teil. Heute Mittag werdet Ihr noch einmal mit ihm speisen, wir werden ein paar Geschenke austauschen, und Ihr werdet ihn und sein Gefolge zum Tor begleiten. Und mit ein bisschen Glück sehen wir den Clansmeister erst in zwanzig Jahren wieder – oder denjenigen, der nach ihm diesen Rang innehat.«

»Ihr glaubt nicht, dass Craiden sich hält?«

»Ich bin nicht sicher, ob wir es uns wünschen sollten«, sagte Rymer. »Der Mann ist gefährlich und zweifellos außergewöhnlich intelligent. Er hat es nicht nur geschafft, die Clans zu beherrschen, sondern auch sie zu einen. Wusstet Ihr das?« Arion verneinte, und Rymer fuhr mit einem bekräftigenden Nicken fort: »Seit er den Rang des Clansmeisters innehat, hat es keinen großen Krieg zwischen den Stämmen mehr gegeben. Das ist nicht unbedingt das Beste, was uns passieren konnte.«

»Ihr meint, wir sollten hoffen, dass die Dinge draußen wieder zu ihrer alten Ordnung finden und die Clans sich gegenseitig bekämpfen?«

War da etwas wie ein lauernder Unterton in Arions Stimme?

»Besser als uns, oder?«, antwortete die Senatorin. Arions Blick wurde fast bohrend, aber es gelang Rymer immer noch nicht, dahinter zu sehen. Nicht *noch einmal,* dachte sie. Wenn da wirklich irgendetwas oder jemand war, der sie hörte, dann durfte er es nicht noch einmal geschehen lassen.

»Ja, damit habt Ihr vermutlich recht«, seufzte Arion. »Wahrscheinlich habe ich einfach zu viel erwartet. Wird sich das jemals ändern? Ich meine: wenn ich irgendwann einmal … « Sie verzog die Lippen. » … *richtig erwachsen* bin? Werde ich dann aufhören, zu viel zu erwarten? Vom Schicksal, von meinen Mitmenschen und von mir selbst?«

»Das wollen wir doch nicht hoffen«, antwortete Rymer. Sie stand auf, und der Stuhl verlor seine Form und sank wieder in den Boden. »Euch stehen nur noch ein paar anstrengende Stunden bevor, Prinzessin. Ein Mittagessen, ein wenig Small Talk, und wir haben es überstanden.«

Mardu Sowohl Quizzack als auch seine obskuren Freunde hatten zwar behauptet, dass es ungefähr zwei Stunden bis zum Himmelsbahnhof wären, aber Mardu kam es vor, als wären sie schon seit mindestens der zehnfachen Zeit unterwegs. Natürlich war das nur eine grobe Schätzung.

Der Wagen hatte keine Fenster, sondern nur eine Anzahl schmaler Schießscharten, die so angeordnet waren, dass er den Stand der Sonne allerhöchstens erahnen oder aus dem Schattenfall ableiten konnte, was sich aber als ausnehmend schwierig erwies. Der von einem halben Dutzend schwerfälliger Ochsen gezogene Panzerwagen rumpelte über löchrige Straßen und durch flache Bombentrichter, quälte sich durch Gassen, die kaum breit genug schienen, um ihn aufzunehmen, und schien alle paar Minuten die Richtung zu wechseln, als hätten es seine Führer darauf angelegt, Mardu zu verwirren. Ein paarmal hatte er eine schattenhafte Bewegung draußen wahrgenommen, aber sie war nie deutlich genug gewesen, um wirkliche Einzelheiten zu erkennen, aber dann hatte er Schüsse, Schreie und allgemeinen Kampflärm gehört und es fortan vorgezogen, sich nicht nur von den Schießscharten fernzuhalten, sondern sich auch einen Platz gesucht, an dem die Wahrscheinlichkeit nicht besonders hoch war, von einem eventuellen Querschläger getroffen zu werden, sollte sich doch eine Kugel hier herein verirren. Die meisten Leute vergaßen, dass Schießscharten in *beide* Richtungen funktionierten, aber so dumm war Mardu nicht. Sein Verhalten hatte auch nichts mit Feigheit zu tun, sondern eher mit etwas, das den meisten seiner Untergebenen abging, nämlich Verantwortungsbewusstsein. Sein eigenes Schicksal war selbstverständlich bedeutungslos, aber dass er lebendig zurückkam und Rapport erstattete, war wichtig für die Zukunft des Heeres und möglicherweise sogar für die des Clansherrn selbst.

Auf diese Weise wurde Mardu die Zeit natürlich noch länger, und auch Quizzack erwies sich nicht gerade als Hilfe. Der unverschämte Bengel hatte sich so weit von ihm zurückgezogen, wie es im Inneren des (ansonsten vollkommen leeren) Wagens überhaupt möglich war, und bildete sich wahrscheinlich auch noch ein, dass Mardu diese Tatsache entging. Das war das Problem mit Untergebenen: Sie waren nicht nur meistens ziemlich dumm, sondern schienen auch ausnahmslos dazu zu neigen, ihre Vorgesetzten für noch dümmer zu halten als sie selbst.

Quizzack machte da keine Ausnahme, wie er so mit angezogenen Knien an der Wand hockte und so tat, als kämpfe er mit aller Macht gegen das Einschlafen an. Manchmal sank sein Kopf nach vorne auf die Knie, woraufhin er regelmäßig hochschrak und Mardu aus rot unterlaufenen Augen anstarrte, als sähe er ihn zum ersten Mal und frage sich vergeblich, wer er eigentlich war. Einmal war der Junge tatsächlich eingeschlafen und erst wieder aufgewacht, als der Wagen durch ein Schlagloch rumpelte und er zur Seite fiel. Jedenfalls hatte er so getan. Selbstverständlich fiel Mardu nicht darauf herein, ließ seinen frischgebackenen zukünftigen Exadjutanten aber in dem Glauben, er täte es. Der Sinn dieses Theaters war Mardu nicht ganz klar, aber solange Quizzack glaubte, dass sein kleines Schmierentheater funktionierte, sollte es ihm recht sein.

In seinem Hinterkopf war eine ganz leise, aber hartnäckige Stimme, die darauf beharrte, dass es noch einen anderen Grund für Quizzacks Verhalten geben mochte. Der Junge sah wirklich schlecht aus. Es waren nicht nur seine blutunterlaufenen Augen, die ihm das Aussehen eines (vielleicht nicht mehr ganz) lebendigen Leichnams verliehen. Dort, wo seine Haut durch die Verbrennungen nicht mit zahllosen roten und schwarzen Pusteln übersät war, von denen einige zu eitern begonnen hatten, schien sie blass, fast schon weiß zu sein. Außerdem zitterte der Bursche am ganzen Leib und roch sogar schlechter als sonst; nach Schweiß und noch unangenehmeren Ausdünstungen, aber auch irgendwie … *krank*.

Mardu meinte, sich vage zu erinnern, dass Quizzack irgendetwas von *Strahlung* erzählt hatte. Und wenn er es genau nahm, dann fühlte auch er sich nicht besonders wohl. Seine Herzen schlugen nicht mehr ganz synchron, und er hatte einen wirklich üblen Geschmack im Mund. Mardu schüttelte den Gedanken ab und erteilte sich selbst einen ärgerlichen Verweis. Quizzacks Paranoia wirkte offensichtlich ansteckend.

Der Wagen rumpelte durch ein weiteres und anscheinend besonders tiefes Loch. Quizzack fiel um und gab ein erschrockenes Quieken von sich, und auch Mardu musste einen Moment lang um sein Gleichgewicht kämpfen. Etwas krachte, und einer der Zugochsen ließ ein langgezogenes Blöken hören. Dann wurden draußen Stimmen laut, und Mardu hörte das Schnappen von gleich drei Vorhängeschlössern, die entriegelt wurden, bevor die gepanzerte Tür in Richtung Kutschbock aufging. Beiläufig fragte er sich, ob das eigentlich zu seiner Sicherheit geschehen war oder ob diese drei Blödmänner sich etwa eingebildet hatten, er wäre so etwas wie ihr *Gefangener*. Aber egal. Sie würden sehr viel Zeit haben, sich die Köpfe darüber zu zerbrechen (falls Mardu das nicht vorher und höchstpersönlich für sie erledigte), wie man mit einem Vorgesetzten umging, während sie Schützengräben aushoben. Oder Latrinen leerschaufelten.

»Wir wären dann da, Herr.«

Mardu blinzelte zu dem verschwommenen Schemen hoch, der in der Tür erschienen war. Etwas schien mit seinen Augen nicht zu stimmen. Denn der Schatten blieb ein Schatten ohne Gesicht, und seine Umrisse wollten immer wieder auseinanderfließen. Vielleicht hatte er einfach zu lange im Halbdunkel gesessen.

»Das wurde auch Zeit«, grummelte er, brauchte zwei Anläufe, um in die Höhe zu kommen, und tappte vorsichtig auf den Schatten zu. Obwohl der Wagen zum Stillstand gekommen war, schien sich der Boden unter seinen Füßen immer noch zu bewegen, sodass er die Arme ausstreckte, um das Gleichgewicht zu halten.

Im Vorbeigehen versetzte er Quizzack noch einen derben Tritt, um ihn endgültig aufzuwecken, und zerbiss dann einen Fluch auf den Lippen, als der Schatten zur Seite trat und grelles Sonnenlicht wie mit Messern in seine Augen stach.

Sie hatten ihr Ziel erreicht.

Der Wagen hatte zwischen den letzten Häusern einer halb in Trümmern liegenden Straße angehalten, und vor ihnen lag eine weite, vollkommen leere Fläche, in deren Zentrum sich die gigantische Kuppel des Himmelsbahnhofs erhob. Selbst über die große Entfernung hinweg waren die Schäden zu erkennen, die Witterung, Kriege oder auch einfach nur die Zeit in der aus unzähligen Sechseck-Elementen zusammengesetzten Konstruktion hinterlassen hatten, aber trotzdem erschien es Mardu in diesem Moment als der schönste Anblick, den er jemals gesehen hatte.

Tief in sich, das begriff er plötzlich, hatte er wohl längst die Hoffnung aufgegeben, jemals sein Ziel zu erreichen, und das erfüllte ihn mit einem (flüchtigen) Gefühl, das er nur sehr selten empfand: Trauer. Und ein wenig Unmut, der sich auf ihn selbst richtete, so wenig Vertrauen in das Schicksal gehabt zu haben, das noch so viel Großes mit ihm vorhatte.

Trotzdem knurrte er: »Aber wir sind noch nicht ganz da.«

»Die Vereinbarung war, dass wir dich zum Himmelsbahnhof bringen«, sagte der Bursche neben ihm. Er stand noch immer – und zweifellos nicht durch Zufall – so vor ihm, dass Mardu ihn nur als schwarze Silhouette vor dem grellweiß leuchtenden Ball der Sonne erkennen konnte, aber er meinte seine Stimme wiederzuerkennen. Es war Findes, Quizzacks bescheuerter Kumpel mit dem noch viel bescheuerteren Namen. Und wie es aussah, dachte Mardu, hielt er ihn wohl selbst für genauso dumm, wie er und seine angeblichen Brüder es waren.

»Unsere *Vereinbarung*«, antwortete Mardu betont, das hörbare Zittern seiner Stimme tapfer ignorierend, »war die, dass ihr mich zum Himmelsbahnhof bringt.«

»Das da *ist* der Himmelsbahnhof«, sagte Findes mit einer entsprechenden Geste.

»*Zum* Himmelsbahnhof«, wiederholte Mardu. »Nicht *in die Richtung* des Himmelsbahnhofs, nicht *ungefähr in die Nähe* des Himmelsbahnhofs, sondern *zum* Himmelsbahnhof. Dieser Unterschied ist dir klar, oder?«

»Näher fahren wir nicht ran.« Findes schüttelte bekräftigend den Kopf. »Wir sind doch nicht verrückt.«

»Dann kommt ihr auch nicht näher an die vereinbarten achtzig Golddinare heran«, sagte Mardu.

»Hundert.«

Mardu widersprach nicht. Sollte er doch tausend verlangen, wenn ihm danach war. »Ihr bekommt nicht einen Groschen, wenn ihr mich nicht dorthin bringt«, sagte er.

»Du willst uns nicht zufällig betrügen, kleiner General?« Findes legte das Gesicht in Falten, wodurch er noch hässlicher wurde. »Das würde dir nicht gut bekommen, glaub mir.«

»Ich hab dir gleich gesagt, dass wir ihm nicht trauen können«, fügte einer seiner Brüder hinzu. »Er gehört zu den Clans. Auf dieses arrogante Pack kann man sich nicht verlassen.« Das fehlende Drittel des Trios gesellte sich auch zu ihnen, sagte aber nichts, sondern suchte nur aus eng zusammengekniffenen Augen den Himmel ab, als warte er auf irgendetwas. Zu allem Überfluss grollte es hinter ihm: »Wa?«, und als Mardu sich herumdrehte, blickte er ins Gesicht des gleichnamigen Quorrl, das sich auf gleicher Höhe mit seinem eigenen befand – obwohl er auf dem Kutschbock stand und der Quorrl neben dem Wagen.

Vielleicht war jetzt doch der Moment für ein bisschen Diplomatie gekommen.

Mardu räusperte sich und straffte die Schultern, während er sich zu seiner ganzen beeindruckenden Größe von fünfeinhalb Fuß aufrichtete.

»Ja, ich gehöre zu den Clans«, sagte er. »Und wenn man es genau nimmt, dann *bin* ich die Clans, gleich nach Clansmeister Craiden selbst. Und an meinem Wort zu zweifeln, grenzt an

Häresie. Aber das vergebe ich euch, denn ihr seid einfache Leute, die es wahrscheinlich nicht besser wissen.«

Findes' Stirnrunzeln wurde tiefer, und auch die beiden anderen starrten ihn aus großen Augen an, in denen nur ganz allmählich die Erkenntnis aufzudämmern schien, was für einen schrecklichen Fehler sie um ein Haar gemacht hätten. Aber Mardu nahm sich vor, großmütig zu sein. Schließlich hatte er es ja gerade selbst gesagt: Sie waren einfache Leute aus dem niederen Volk, die es nicht besser wissen konnten.

»Und jetzt erfüllt einfach euren Teil der Abmachung, und ich sorge dafür, dass ihr die versprochenen ...« Er rechnete rasch im Kopf nach, was den Gegenwert für drei Männer und fünf Jahre Dienst in der Armee ausmachte. »... sechzig Golddinare bekommt.«

»Der Kerl verarscht uns«, sagte Behalts.

»Jedenfalls versucht er es«, fügte Findes hinzu. Nehmsmir sagte immer noch nichts, suchte aber weiter konzentriert den Himmel ab.

»Wir könnten ihn verkaufen«, sinnierte Findes. »Sklaven bringen einen guten Preis, seit sich alle auf den Krieg vorbereiten.«

»Er sieht ein bisschen mickerig aus und krank«, antwortete Behalts. »Für den gibt uns keiner was.«

»Hm«, machte Findes. Dann hellte sich sein Gesicht auf. »Wir könnten ihn stückweise verkaufen«, schlug er vor. »Ich habe gehört, Herzen bringen zur Zeit einen guten Kurs. Und solche wie der da haben gleich zwei davon.«

»Was fällt euch eigentlich ein, ihr unverschämten ...«, begann Mardu empört, wurde aber von Quizzack unterbrochen, der sich endlich auch heraus bequemt hatte.

»Was General Mardu damit sagen will, ist Folgendes«, mischte er sich ein. »*Jeder von euch* bekommt sechzig Golddinare, weil er so zufrieden mit eurer Leistung ist. Sogar der Quorrl.«

Mardu riss die Augen auf und konnte gerade noch ein ungläubiges Keuchen unterdrücken. Hatte der Bursche jetzt endgültig den Verstand verloren? Quizzack warf ihm jedoch einen so entsetzt-beschwörenden Blick zu, dass er alles für sich behielt, was ihm zu dieser Eigenmächtigkeit auf der Zunge lag. Vorerst.

»Das bringen allein seine Herzen ein«, sagte Behalts.

»Was General Mardu damit sagen will, ist doch bloß, dass er zu einem Terminal gelangen muss, um seine Leute zu rufen«, sagte Quizzack rasch.

»Seine Leute rufen?«, fragte Findes.

»Wozu?«, wollte Behalts wissen.

Die Hände der beiden Burschen lagen auf ihren Waffen. Nehmsmir suchte noch immer den Himmel ab.

»Na, damit sie das Geld bringen«, sagte Quizzack im Tonfall perfekt gespielter Verwunderung. »Warum denn sonst?«

»Sechzig Golddinare?«, vergewisserte sich Findes. »Für jeden?«

Wenn sie ungefähr zwanzig Jahre in der Armee überlebten? »Sicher.«

Findes sah ihn einen schier endlosen Moment lang an, wandte sich dann um und blickte noch länger zu der zerbrochenen Kuppel des Himmelsbahnhofs. Dann schüttelte er – zögerlich – den Kopf. »Hier gibt es keinen Pfad«, sagte er. »Und so verrückt, direkt über die Leere zu fahren, ist niemand. Nicht mal für *tausend* Golddinare.«

»Tote Männer können kein Geld ausgeben«, pflichtete ihm Behalts bei.

Soldaten, die drei Jahre lang Scheiße schaufeln, auch nicht, dachte Mardu missmutig. Erwarteten sie etwa, dass er *zu Fuß* über die Leere ging? »Dann *sucht* gefälligst einen Pfad!«, fauchte er.

»Die Ziggis haben im letzten Krieg fast alle Markierungen zerstört«, antwortete Findes kopfschüttelnd. »Der nächste Pfad, den ich kenne, ist auf der anderen Seite. Wir bräuchten Stunden, um dorthin zu kommen.«

»Und warum steht ihr dann noch hier herum und haltet Maulaffen feil, ihr Trottel?«, schimpfte Mardu. »Glaubt ihr, ich hätte meine Zeit gestohlen?«

Jetzt starrten ihn nicht nur Findes und Behalts wortlos an, sogar Nehmsmir blickte nicht mehr in den Himmel hinauf, sondern direkt in sein Gesicht.

»Also gut, siebzig Golddinare«, seufzte Mardu.

»Der Weg ist zu weit«, beharrte Findes.

»Und wir müssen durch Ziggis-Gebiet«, fügte Behalts hinzu. »Die fressen uns auf.«

»Lebendig«, sagte Nehmsmir und starrte wieder nach oben.

»Achtzig«, schlug Mardu vor.

Keiner der drei antwortete, bis Quizzack nach ein paar Augenblicken sagte: »Ich weiß den Weg. Wir müssen nicht erst auf die andere Seite.«

Findes und seine beiden Brüder starrten zuerst lange Zeit ihn und dann noch viel länger die vollkommen leere Fläche zwischen sich und der zerborstenen Kuppel an, und schließlich war es wieder Findes, der den Kopf schüttelte. »Das ist doch Selbstmord«, sagte er.

»Glaubt mir, ich sage die Wahrheit!«, beharrte Quizzack. »Ich kenne den Pfad. Ich bin ihn schon ein paarmal gegangen, und ich lebe immer noch, oder?«

»Das Geld könnten wir schon brauchen«, sagte Findes nachdenklich.

»Und ich bin schließlich auch dabei«, sagte Quizzack. Er klang jetzt fast ein bisschen verzweifelt. »Ich würde euch doch diesen Vorschlag nicht machen, wenn ich nicht ganz sicher wäre, oder? Sehe ich vielleicht aus wie ein Selbstmörder?«

Findes sah ihn abschätzend an und zuckte die Achseln, und Mardus Geduld war endgültig erschöpft. »Stimmt das?«, wandte er sich an Quizzack.

»Ja, Herr«, versicherte sein Adjutant. »Ich ... ich bin doch nicht verrückt!« Aber wieder einmal ziemlich unverschämt.

»Dann ist es entschieden«, sagte Mardu. »Du und ich gehen zu Fuß. Und deine Freunde gehen auch, nämlich leer aus!«

»He, he!«, sagte Findes. »Nicht so schnell! Immerhin haben wir euch hierhergebracht, da steht uns doch wohl unser Lohn zu!«

»Den es nur da drinnen gibt!«, sagte Quizzack mit einer Geste auf die Kuppel.

»Du schuldest uns mindestens eine Niere!«, rief Behalts.

Statt auf diesen Unsinn auch nur mit einem einzigen Wort zu reagieren, sprang Mardu – vorsichtig – vom Wagen und bedeutete dem Jungen ungeduldig, ihm zu folgen. Quizzack gehorchte, wenn auch erst nach spürbarem Zögern, und seine Entschlossenheit schien auch mit jedem Schritt ein bisschen mehr abzunehmen, mit dem sie sich dem Rand der makellos leeren Fläche näherten. Was, dachte Mardu, wenn er sich tatsächlich einfach nur aufgespielt hatte?

Aber warum hätte er das tun sollen?

Niemand sagte etwas, aber Mardu war nicht der Einzige, der Quizzack aufmerksam (und mit wachsendem Zweifel) anstarrte, während er langsam und mehrmals am Rand der Leere auf und ab ging und dabei konzentriert nach unten sah, als suche er etwas – was auf einer mattgrauen Einöde, die wie ein gleichmäßig blind gewordener Spiegel glänzte, ziemlich unmöglich schien. Zwei- oder dreimal setzte er dazu an, die leere Fläche zu betreten, zog den Fuß aber jedes Mal im letzten Moment wieder zurück.

Auf diese Weise vergingen gute fünf Minuten, dann sagte Behalts: »Wenn wir den Kleinen auch in Teilen verkaufen, machen wir sogar noch Gewinn.«

»Ich hab's«, sagte Quizzack hastig. »Hier ist es, seht ihr?«

Mardu sah nichts und war auch ziemlich sicher, dass es den anderen genauso erging, doch schon im nächsten Augenblick setzte Quizzack einen Fuß auf die Leere, nahm sichtbar all seinen Mut zusammen, machte dann einen Schritt und noch einen. Nichts geschah, und Quizzack atmete hörbar auf.

»Also gut, vielleicht machen wir doch eine Ausnahme«, sagte Findes. »Sagen wir, neunzig Golddinare?«

Mardu setzte zu einer geharnischten Antwort an, aber Quizzack kam ihm auch jetzt wieder zuvor. »Sagen wir, gar nichts«, schlug er vor. »Ihr bringt uns umsonst zur Kuppel, und dafür verrate ich euch den Pfad.«

»Und wie soll das gehen?«, erkundigte sich Findes. Mardu fragte sich dasselbe. »Wenn wir Markierungen aufstellen, dann sieht sie doch jeder.«

»Oder die Ziggis nehmen sie weg, weil sie den einzig anderen Pfad beherrschen und sich dumm und dämlich am Wegezoll verdienen«, fügte Behalts hinzu.

Quizzack verdrehte die Augen und machte demonstrativ einen weiteren Schritt, nach dem er nicht nur zu Mardus Erstaunen immer noch am Leben war.

»*Dumm und dämlich*«, sagte Quizzack betont, »werdet ihr euch verdienen, wenn ihr euch den Weg einfach nur einprägt, statt für jedermann sichtbare Markierungen aufzustellen.« Er begann aufgeregt mit beiden Armen in der Luft herumzufuchteln. »Jetzt überlegt doch mal, was das bedeutet!«

»Was denn?«, fragte Behalts.

»Dass ihr die Einzigen auf dieser Seite seid, die zum Himmelsbahnhof kommen, ohne fliegen zu müssen. Ihr könntet reich werden. Ich meine: *richtig* reich!«

»Und richtig tot, wenn du dich irrst, Bürschchen«, sagte Findes.

»Oder uns belügst«, fügte Behalts hinzu.

»Aber dann wäre ich ohnehin tot«, erklärte Quizzack.

Findes machte ein nachdenkliches Gesicht. »Da ist was dran.«

»Lass uns gehen«, sagte Mardu. Nach allem, was hinter ihnen lag, war ihm wirklich nicht nach einem Spaziergang von einer Meile, aber auf diese Weise wurden sie wenigstens diese drei Dumpfbacken los – und vor allem Behalts, der immer noch scharf auf seine Organe war.

Findes überlegte einen Moment lang so angestrengt, dass man es beinahe hören konnte. »Du gibst uns den genauen Pfad?«, vergewisserte er sich.

Quizzack nickte. »Ihr solltet ihn euch wirklich genau merken oder am besten aufschreiben. Es ist … ein bisschen kompliziert.« Findes glotzte ihn an, während Quizzack seufzte und eine gleichermaßen resignierende wie wegwerfende Geste machte. »Schon gut, ich schreibe es euch auf.«

Aus irgendeinem Grund war Mardu nicht wirklich wohl bei dieser Vorstellung, aber andererseits … eine Meile war eine Meile, und wenn Quizzack sich doch irrte und sie angegriffen wurden, dann hatten sie in diesem schwer gepanzerten Wagen vielleicht doch noch eine winzige Chance.

Zwei oder drei Minuten länger zu leben, bevor sie in Stücke geschnitten und recycelt wurden, flüsterte dieselbe boshafte Stimme in seinen Gedanken, die er schon ein paarmal gehört hatte.

Mardu brachte sie mit einer gewaltigen Anstrengung zum Schweigen und trat zur Seite, als Findes und seine Kumpane auf den Wagen kletterten und sich das plumpe Gefährt rumpelnd in Bewegung setzte, um Quizzack auf seinem Weg zu folgen. Mardu kletterte als Letzter auf den Bock und nahm zwischen zweien der Brüder Platz, während Quizzack vorausging und anscheinend seine Schritte zählte.

Es wurde sehr still. Niemand sprach, und selbst das unwillige Schnauben und Brummeln der Zugochsen schien mit einem Mal sehr viel gedämpfter zu klingen als noch vor einem Moment, als spürten die Tiere die unvorstellbare Gefahr, die unsichtbar rings um sie herum lauerte.

Auch Mardus Herzen schlugen immer schneller. Er saß stocksteif da und gab sich alle Mühe, sich nichts von seiner Furcht anmerken zu lassen, was ihm natürlich nicht einmal ansatzweise gelang. Aber das machte nichts, weil niemand etwas davon bemerkte. Findes, Nehmsmir und Behalts waren mindestens genauso nervös wie er und sahen sich unentwegt um. Aber sie gaben nicht den mindesten Laut von sich. Tapfere Burschen, dachte Mardu. Gut. Sie würden all ihre Tapferkeit brauchen, wenn sie erst einmal unter seinem Kommando dienten. Falls er jemals wieder irgendetwas kommandierte, hieß das. Ganz sicher war Mardu da nicht.

Quizzack ging mit langsamen Schritten voraus, blieb aber auch immer wieder stehen und sah sich unschlüssiger um, als Mardu lieb war. Eine geraume Weile – sicherlich ein Drittel der gesamten Strecke – ging er einfach geradeaus, dann nach links, nach rechts und wieder nach links und einmal sogar ein kleines Stück wieder auf dem Weg zurück, den sie gekommen waren.

»Bist du sicher, dass du weißt, was du da tust?«, fragte Findes schließlich.

»Sind wir noch am Leben?«, gab Quizzack mürrisch zurück, ging noch ein paar Schritte weiter und blieb stehen, um sich herumzudrehen.

»Ab jetzt wird es ein bisschen schwierig«, sagte er.

»Du hast dich verirrt«, sagte Findes. Er klang beinahe triumphierend.

»Hab ich nicht.« Quizzack machte eine Kopfbewegung auf die Kuppel. Sie hatten sie nahezu erreicht. Vor ihnen, knappe hundertfünfzig Schritte entfernt, lag eines der ehemals sicher prachtvollen Tore, jetzt wenig mehr als ein aufgerissener Schlund, hinter dem Schatten lauerten. »Aber der Pfad endet hier.«

»Öh?«, machte Findes, und Mardu setzte sich stocksteif auf.

»Endet … ist vielleicht nicht das richtige Wort«, sagte Quizzack hastig. »Es ist eher … nun, also … eine Unterbrechung.«

»Unterbrechung«, wiederholte Findes.

»Eine Art Lücke«, erklärte Quizzack. »Nicht besonders groß, wirklich nicht. Allerhöchstens dreißig Schritte. Oder vierzig. Also auf gar keinen Fall mehr als … ähm … fünfzig.«

»Fünfzig Schritte?«, ächzte Findes. Sein Bruder Behalts sah sich hektisch um, während Nehmsmir immer noch in den Himmel hinaufstarrte, jetzt aber auf eine vollkommen andere Art.

»Allerhöchstens«, versicherte Quizzack. »Wahrscheinlich weniger. Wir müssen uns nur ein bisschen beeilen.«

»Fünfzig Schritte?« Findes quietschte fast vor Entsetzen. »Bist du schwachsinnig, Kerl? Warum hast du das nicht vorher gesagt?«

»Weil ihr dann nicht losgefahren wärt«, antwortete Quizzack. »Oder etwa doch?«

»Ganz bestimmt nicht!«, keuchte Findes. »Du irrer, völlig bescheuerter, dämlicher …«

»Wir müssen umkehren«, sagte Behalts. »Wir lassen diesen Spinner einfach hier und sehen zu, wie er aufgefressen wird.«

»Oder warten«, sagte Nehmsmir.

»Ach, und worauf?«, fragte Mardu. »Dass *wir* aufgefressen werden?«

Niemand reagierte. Findes sah seinen Bruder einen Moment lang so nachdenklich an, als erwöge er ernsthaft, auf diesen Vorschlag einzugehen, und wandte sich dann wieder an den Jungen. »Fünfzig Schritte?«

»Allerhöchstens!«, versicherte Quizzack. »Eher weniger. Einfach geradeaus.«

»Dann spring auf«, sagte Findes.

»Nichts da!«, protestierte Behalts. »Soll er doch zu Fuß gehen und gefressen werden!«

»Und wer zeigt uns dann den Rückweg?«, erkundigte sich Findes. »Und schreibt uns den Pfad auf?«

Behalts machte zwar ein zorniges Gesicht, gab sich aber geschlagen, und sie rückten enger zusammen, um Quizzack Platz zu machen. »Einfach nur geradeaus«, sagte der Junge. »Und dann nach links. Ich sage euch Bescheid. Und fahrt schnell, wenn euch euer Leben etwas wert ist.«

»Und meines«, fügte Mardu hinzu, worauf allerdings niemand reagierte.

»Also dann«, seufzte Findes, holte noch einmal tief Luft und ließ die Zügel knallen. Der Wagen schoss nicht nur mit einer Schnelligkeit los, die Mardu einem solch plumpen Gefährt niemals zugetraut hätte, sondern wurde auch immer schneller und schneller.

Sie legten die ersten zehn Schritte zurück, fünfzehn, dann zwanzig, ohne dass etwas geschah, und gerade als Mardu sich die vorsichtige Hoffnung gestattete, dass sie es vielleicht tatsächlich schaffen könnten, tauchte die erste Spinne auf.

Natürlich war es nicht wirklich eine Spinne. Dazu war sie viel zu groß – allein der kugelrunde Körper hatte einen Durchmesser von gut dreißig Zentimetern – und sie bestand auch nicht aus Fleisch und Blut, sondern aus verchromtem Metall, das im Licht der Morgensonne wie Quecksilber glänzte. Außerdem hatte sie nur sechs Beine, nicht acht. Aber sie *bewegte* sich wie eine Spinne, und das Sammelsurium aus Scheren, Zangen und anderen, größtenteils messerscharfen Schneid- und Beißwerkzeugen, das aus der Unterseite ihres ebenfalls kugelrunden Schädels ragte, hätte jede richtige Spinne kreischend vor Furcht davonrennen lassen; selbst eine von gleicher Größe.

Das Scheusal erschien buchstäblich aus dem Nichts, keine zehn Meter neben ihnen, und Mardu fand nicht einmal die Zeit, wirklich zu erschrecken, da tauchten bereits weitere Chromspinnen hinter und neben ihr auf, nicht alle von derselben monströsen Größe, aber Dutzende, wenn nicht Hunderte, die wie eine silberne Flut auf unzähligen, wuselnden Chrombeinen auf sie zustaksten.

»*Los!*«, brüllte Findes und ließ seine Zügel knallen. Tatsächlich blökten die Zugochsen laut und beschleunigten ihr Tempo noch einmal, weil auch sie die tödliche Gefahr spürten, die schnell wie der Wind auf sie zuraste. Der Wagen begann zu schaukeln sowie bedrohlich in all seinen genieteten und geschweißten Verbindungen zu ächzen und machte einen regelrechten Satz, sodass Mardu vollkommen sicher war, dass sie die fünfzig Schritte, von denen der Junge gesprochen hatte, schon längst hinter sich gebracht haben mussten.

Wie meistens, wenn er sich einer Sache vollkommen sicher war, stimmte es nicht.

Die ersten Spinnen erreichten den Wagen und wurden einfach unter den gewaltigen Rädern zerdrückt oder von den stampfenden Hufen der Ochsen zermalmt, aber es waren einfach zu viele. Mardu beobachtete entsetzt, wie sich silberne, sechsbeinige Umrisse an den wirbelnden Speichen der Räder fest klammerten und emsig daran in die Höhe zu krabbeln begannen. Die meisten wurden einfach von der Fliehkraft weggeschleudert oder verloren auf andere Weise den Halt, aber ein paar schafften es eben doch, die Räder zu erklimmen und von dort aus auf den eigentlichen Wagen zu springen – den sie unverzüglich mit ihren scharfen Beißwerkzeugen zu zerlegen begannen. Holzsplitter und Sägemehl flogen in tausend winzigen Explosionen in alle Richtungen davon, und wo ihre Schneidwerkzeuge nicht ausreichten, um die aufgenieteten Panzerplatten zu durchdringen, da loderten winzige Schweißflammen und Lichtbögen unter ihren gierigen mechanischen Mäulern auf.

Das alles hätte Mardu herzlich egal sein können (und war es auch), aber die Chromspinnen verfuhren auch auf dieselbe Weise mit den Ochsen. Die Tiere brüllten vor Qual und Todesangst, als sich scharfe Klingen in ihr Fleisch zu graben begannen und blutige Fetzen herausrissen, die sie entweder selbst vertilgten oder achtlos fallen ließen, damit sie von den nachfolgenden aufgefressen werden konnten.

Findes ließ brüllend seine Zügel knallen, während seine beiden Brüder und auch der Quorrl ihre Zerreißer zogen und das Feuer auf die unheimlichen Angreifer eröffneten. Ein Gewitter hellgrüner, gleißender Blitze hämmerte in die silberne Woge, schlug doppelt mannshohe Feuersäulen aus dem Boden und schleuderte glühende Metalltrümmer in alle Richtungen. Etliche Spinnen explodierten, obwohl sie gar nicht direkt getroffen worden waren, und eine gar nicht einmal so geringe Anzahl erstarrte einfach und blieb stehen, wo sie gerade waren. Doch die Menge der Angreifer war so gewaltig, dass das wütende Feuer sie im allerersten Moment nicht einmal zu verlangsamen schien. Die beiden Menschen und der Quorrl schossen verbissen und mit einer Präzision weiter, die Mardu in seiner Überzeugung noch bestärkte, dass sie ausgezeichnete Rekruten abgeben würden.

»Herr!«, brüllte Quizzack.

Mardu starrte ihn an, gewahrte fast so etwas wie Entsetzen auf den bleichen Zügen des Jungen und korrigierte seine Einschätzung über Quizzack ein wenig: Selbst in diesem Moment, in dem er eindeutig Todesängste durchlitt, sorgte sich der gute Bursche um seinen Herrn, was Mardus Herzen mit einer unerwarteten Wärme erfüllte. Vielleicht war er gar zu streng mit ihm ins Gericht gegangen.

»Herr!«, brüllte Quizzack noch einmal, beugte sich dann vor und riss einfach den Zerreißer aus Mardus Gürtel. Die schwere Waffe mit beiden Händen haltend, fügte er ihr Feuer dem der drei anderen hinzu. Eine kompakte Wand aus purer Energie schlug den Chromspinnen entgegen und schien sie nun beinahe schneller zu zerfetzen, als buchstäblich aus dem Nichts neue erschienen.

Mardu war so vollkommen fassungslos, dass er den Jungen im allerersten Moment einfach nur aus weit aufgerissenen Augen anstarrte. Was … was erdreistete sich diese unverschämte Kreatur, unerlaubt nach seiner Waffe zu greifen? Dafür verdiente er nicht nur eine Tracht Prügel, sondern die Tracht Prügel seines Lebens!

Und wahrscheinlich hätte Mardu sie ihm auch unverzüglich verpasst, wäre nicht in genau diesem Moment eine handgroße sechsbeinige Spinne aus diamanthartem Quecksilber auf seiner Schulter gelandet, die sich unverzüglich daranmachte, das unerwünschte Hindernis in seine Bestandteile zu zerlegen und abzutransportieren – was nichts anderes bedeutete, als dass sie ihre rasiermesserscharfen, verchromten Beißwerkzeuge so tief in Mardus Schulter rammte, dass das Blut nur so spritzte und Mardu vor Schmerz kreischte. Quizzack machte seine Insubordination von gerade wenigstens zum Teil wieder wett, indem er für einen Moment das Feuer einstellte und den Zerreißer zu einer Keule umfunktionierte, mit der er die Silberspinne von Mardus Schulter fegte; zusammen mit einem Stück Fleisch und einer noch gewaltigeren Eruption von Blut. Mardu wurde übel vor Schmerz. Er sackte nach vorne, schaffte es gerade noch, sich nicht auf seine eigenen Füße zu übergeben, und kämpfte mit all seiner Kraft darum, nicht das Bewusstsein zu verlieren.

Er gewann diesen Kampf, und er wurde damit belohnt, dass sie es beinahe geschafft hatten, aber als er seine Umgebung wieder halbwegs klar erkennen konnte, rasten die Spinnen in unendlicher Anzahl heran, und Quizzack und die drei anderen hatten ihr Feuer inzwischen so gut koordiniert, dass kaum eines der Techmagie-Monster tatsächlich bis zu ihnen durchdrang. Unglückseligerweise bedeutete *kaum eines* nicht automatisch *keines*.

»*Links!*«, brüllte Quizzack. »*Nach links!*«

Findes ließ seine Zügel knallen, und der Wagen schwenkte mit einem magenumstülpenden Ruck herum und jagte auf das offen stehende Tor der Kuppelruine zu, und *selbstverständlich* war das der Moment, in dem der vorderste Ochse ein gequältes

Röhren ausstieß und dann einfach zur Seite kippte. Sein rechtes Hinterbein fehlte, dicht unter dem Kniegelenk glattweg abgebissen von einer besonders eifrigen Silberspinne, die sich unverzüglich mit einem Dutzend ihrer kleineren Schwestern um die schmackhafte Beute zu streiten begann.

Das Ergebnis war eine klassische Kettenreaktion, wenn auch von katastrophalen Ausmaßen. Der Ochse kippte mit einem gepeinigten Röhren um und schlug mit seinen verbliebenen drei Beinen und einem hellrotes Arterienblut verspritzenden Stumpf um sich. Zuerst einer, dann folgten ihm auch die vier anderen Ochsen mit der Unaufhaltsamkeit fallender Dominosteine, nur deutlich lauter.

Den Abschluss bildete der Wagen selbst.

Mardu fühlte sich plötzlich wie von einer ebenso sanften wie unsichtbaren, aber auch unerbittlich starken Hand hochgehoben und in die Luft und nach vorne geschleudert. Noch während er sich zweimal komplett überschlug und vergeblich zu begreifen versuchte, was eigentlich geschah, sprang auch der Wagen hinter ihm in die Höhe, schlug einen kompletten Salto und begann sich in seine Einzelteile aufzulösen, noch bevor er den Boden wieder berührte.

Mardu landete mit grässlicher Wucht auf etwas widerwärtig Weichem und glitschig Warmem, das einen schmerzerfüllten Seufzer ausstieß, rollte zur Seite und begriff halb betäubt, dass er auf einen der gestürzten Ochsen gefallen war und sich wohl nur deshalb nicht sämtliche Knochen im Leib gebrochen hatte.

Es war längst nicht mehr sein bewusstes Denken, das seine Reaktionen steuerte, sondern nur noch seine Instinkte, die ihm wieder einmal das Leben retteten. Instinktiv schlug er mit der Faust nach einer sechsbeinigen, silbernen Spinne, die an seinem Bein hinaufkrabbeln wollte, verbrannte sich die Finger an der folgenden, winzigen Explosion und brachte irgendwie das schier Unmögliche zustande, weder zu stürzen noch aufgefressen zu werden, sondern sein Tempo ganz im Gegenteil zu erhöhen.

Schreie und das Brüllen der sterbenden Tiere zerrissen die Luft, und ein Rasseln und Sirren wie von einer Million schnappender Scheren, die auf ihn zurasten. Einer der anderen schoss immer noch, auch wenn das helle Zischen der Energiestöße jetzt beinahe in dem Messerklingen-Geräusch der Spinnen unterging. Mardu raste weiter, sprang von einem Kadaver zum nächsten wie ein Mann, der von Stein zu Stein hüpfte, um einen reißenden Fluss zu überwinden, und genau wie ein solcher erreichte er den rettenden Grund. Beinahe jedenfalls.

Vielleicht zwei Schritte von der unsichtbaren Grenze entfernt, die die Spinnen nicht zu überschreiten wagten, stolperte er, fiel der Länge nach hin und sah einen Wald aus rasenden, silberfarbenen Beinen auf sich zujagen. Scheren, Klauen und rotierende Kreissägeblätter schnappten gierig in seine Richtung. Mardu schloss ergeben die Augen und wartete auf den Tod.

Stattdessen fühlte er sich jäh von einer gewaltigen Pranke gepackt und hoch wie ein lebloser Sack über eine noch gewaltigere Schulter geworfen, ohne dass der Quorrl dabei auch nur langsamer wurde.

Überraschend rücksichtsvoll setzte er Mardu auf dem sicheren Boden wieder ab, und der General taumelte keuchend noch zwei Schritte weiter, bevor er wirklich begriff, dass der Boden rings um ihn herum nicht mehr versuchte, ihn aufzufressen. Unwiderruflich am Ende seiner Kräfte angelangt, ging er in die Knie. Grünes Licht drang flackernd durch seine geschlossenen Lider, und er meinte, jemanden seinen Namen rufen zu hören, war aber nicht ganz sicher. Er wollte nur noch die Augen schließen und an einem sicheren und vor allem friedlichen Ort wieder aufwachen.

Doch dann wurde er brutal in die Höhe gerissen und so derb geschüttelt, dass seine Zähne aufeinanderschlugen, und als er die Augen öffnete, blickte er in Findes' Gesicht, das blutüberströmt und von Hass und Schmerz verzerrt war. Sein rechtes Ohr fehlte.

»Mein Bruder!«, brüllte er. »Sie haben meinen Bruder umgebracht, und das ist deine Schuld!«

Mardu versuchte sich loszumachen, hatte gegen den viel größeren und stärkeren Burschen aber keine Chance. Findes schüttelte ihn weiter und schrie dabei auch immer wieder denselben Satz, bis er dicht daran war, das Bewusstsein zu verlieren, dann ließ er ihn einfach los, sodass er fiel und mit dem Hinterkopf auf den eisenharten Grund knallte und Sterne sah. Nun sank auch Findes neben ihm auf die Knie und begann hemmungslos zu schluchzen.

Nur ganz langsam klärten sich Mardus Sinne wieder. Seine Herzen jagten, und in seinen Ohren war ein an- und abschwellendes Rauschen, das alle anderen Laute zwar nicht übertönte, ihnen aber ihre Identität nahm; seine Augenwinkel waren voller huschender Bewegung, die er nicht fixieren konnte, so angestrengt er es auch versuchte. Dann erschien ein Gesicht in seinem Blickfeld, schmal und sehr blass und von Pusteln und eitrigen Geschwüren bedeckt. Irgendwie hatte es den Zug einer Ratte, auch wenn Mardu diesen Eindruck nicht wirklich begründen konnte.

»Ist alles in Ordnung mit Euch, Herr?«, fragte Quizzack.

Was für eine dämliche Frage, dachte Mardu. Wäre er nicht viel zu müde für ein so anstrengendes Gefühl gewesen, dann hätte sie ihn schon wieder wütend gemacht. Statt jedoch kostbaren Atem mit einer Antwort zu verschwenden, rappelte er sich auf und sah in dieselbe Richtung wie Findes, der mittlerweile aufgehört hatte zu stammeln, sondern nur noch aus starren Augen auf die Leere blickte.

Es gab nicht einmal mehr viel zu sehen. Noch ein paar Momente, und die Leere hatte ihren Namen wieder zu Recht. Der Wagen war bereits zur Gänze verschwunden, und auch von seinen Zugtieren (und Findes' Bruder) waren nur noch ein paar Knochen und blutige Fleischfetzen zurückgeblieben, die von einer deutlich kleiner gewordenen Anzahl Chromspinnen in Windeseile vertilgt wurden. Andere, ebenfalls chromsilbernschimmernde und ebenfalls sechsbeinige, in ihrer Konstruktion aber leicht abweichende Techmagie-Monster hatten bereits damit begonnen, die verbrannten Stellen zu polieren, die die Energiestöße der Zerreißer hinterlassen hatten, und immer mehr und mehr drehten sich einfach herum und staksten davon.

Findes hörte auf zu schluchzen, ergriff seinen Zerreißer mit beiden Händen und begann auf sie zu feuern.

Die Spinnen versuchten weder, Widerstand zu leisten, noch den Schüssen auszuweichen, sondern setzten ihre Arbeit einfach nur fort. Wo Findes eine von ihnen zerstörte, übernahm einfach die nächste deren Arbeit, die meist zuerst einmal darin bestand, die glühenden Trümmer ihres Kameraden aufzufressen.

Findes feuerte ungerührt und mit der mechanischen Präzision eines Automaten weiter, bis die Waffe ihren Dienst einstellte und nur noch mit einem halblauten Brummen darauf hinwies, dass die Energiezelle erschöpft war und Zeit brauchte, um sich wieder aufzuladen, wenn er den Zeigefinger krümmte.

»Herr?«, fragte Quizzack.

Mardu drehte sich müde zu ihm herum, schenkte ihm ein ärgerliches Stirnrunzeln und stemmte sich mit einer noch ungleich müderen Bewegung in die Höhe. Erst als es ihm aus eigener Kraft gelungen war, kam der dumme Junge auf die Idee, die Hand auszustrecken, um ihm zu helfen, und Mardu holte gerade Luft zu einer entsprechenden scharfen Bemerkung, als ihm sein Irrtum auffiel: Quizzack wollte ihm gar nicht aufhelfen, sondern hielt ihm den Zerreißer hin, den er sich unbotmäßigerweise angeeignet hatte; und nicht mit dem Griff voran, sondern so, dass die Mündung auf ihn wies. Mardu riss ihm die Waffe ärgerlich aus der Hand, sicherte sie und rammte sie unter seinen Gürtel. In der nächsten Sekunde sog er hörbar die Luft zwischen den Zähnen ein, denn der Lauf war immer noch glühend heiß.

»Ist alles in Ordnung mit Euch, Herr?«, fragte Quizzack zum wiederholten Mal.

»Ja«, knurrte Mardu. *Was nun wirklich nicht dein Verdienst ist.* Er sah zu dem Quorrl hin, der noch immer mit seiner monströsen Waffe im Anschlag dastand und nach etwas suchte, worauf er schießen konnte. Ein Quorrl! Das musste man sich einmal vorstellen! Ein *Quorrl* hatte ihm das Leben retten müssen, während sein eigener Adjutant tatenlos zugesehen hatte!

»Darf ich Euch eine Frage stellen, Herr?«, fragte Quizzack,

wartete seine Antwort aber erst gar nicht ab. »Warum habt Ihr nicht geschossen?«

»Ich gehöre nicht zur kämpfenden Truppe«, belehrte ihn der General. »Und jetzt sag mir lieber, wie es weitergeht, statt dumme Fragen zu stellen, die du dir selbst beantworten könntest, würdest du dein Spatzenhirn auch nur ein bisschen anstrengen!«

Solcherart zurechtgewiesen, machte Quizzack einen hastigen halben Schritt zurück und wies mit einer Kopfbewegung hinter sich. »Nur noch geradeaus, Herr. Ich habe doch gesagt, es ist ganz einfach. Wir sind jetzt wieder auf sicherem Boden.«

Mardu sah sich demonstrativ zweifelnd um. Der Boden, auf dem sie standen, unterschied sich in rein gar nichts von dem, auf dem sie gerade um ihr Leben gerannt waren. Die letzten Chromspinnen wuselten gerade davon, nachdem sie ihre Aufgabe erfüllt und auch noch den allerletzten störenden Fremdkörper entfernt hatten. Noch eine Minute – wenn überhaupt – und nichts würde mehr an die apokalyptischen Szenen erinnern, die sich hier gerade abgespielt hatten.

So wenig wie an Findes' Bruder.

»Verfluchte Techmagie!«, zischte er.

Quizzack wandte sich um und bedeutete ihm mit einer Geste, ihm zu folgen. Erst nachdem sie einige Schritte gegangen waren, sagte er: »Wenn man es genau nimmt, dann hat es gar nichts mit Techmagie zu tun. Also ich meine nicht mit der Art von Techmagie, die Ihr wahrscheinlich meint.«

»Ach?«, maulte Mardu. »Was denn sonst?«

»Als der Himmelsbahnhof noch im Dienst war und von hier aus Schiffe zu den Sternen geflogen sind, da gab es einen wichtigen Grund, aus dem das Gelände ringsum immer frei sein musste«, sagte Quizzack. »Angeblich hatten damals Reinigungsmaschinen dafür gesorgt, dass keine Hindernisse auf dem Gelände sind. Irgendwas muss passiert sein, das ihre Programmierung geändert hat.«

Mardu fragte sich, woher der Junge diese völlig hirnrissige Geschichte haben mochte, erwiderte aber trotzdem: »Und die Pfade?«

»Einfach nur defekte Stellen, wo die Sensoren im Boden nicht mehr funktionieren«, antwortete Quizzack, warf ihm einen fast verlegenen Blick über die Schulter hinweg zu und klang dann beinahe ein bisschen erschrocken. »Glaube ich.«

Mardu glaubte nur, dass der Bursche einen gehörigen Sprung in der Schüssel hatte, und er hatte auch gar keine Lust mehr, sich mit diesem Unsinn den Kopf vollzustopfen. »Geh schneller«, knurrte er nur.

Aus irgendeinen Grund wirkte Quizzack enttäuscht, aber immerhin gehorchte er und beschleunigte seine Schritte, sodass sie nur noch wenige Augenblicke brauchten, um das Tor zu erreichen.

Mardu hielt an, damit Findes und die beiden anderen zu ihnen aufschließen konnten, und nutzte die Zeit, um seinen Augen die Gelegenheit zu geben, sich an das staubige Halbdunkel im Inneren des Himmelsbahnhofs zu gewöhnen. Sehr viel sah er im allerersten Moment nicht. Mardu hatte einen allgemeinen Eindruck von Weite und Verfall, und da waren eine Menge einzeln nicht zu identifizierender Geräusche, die aber alles eines gemeinsam hatten: Sie beunruhigten ihn.

Findes, Nehmsmir und der Quorrl hielten neben ihm an, und Quizzack drehte sich vollends zu ihm herum. »Und jetzt?«

Woher zum Teufel sollte er das wissen?

Mardu sah sich missmutig in der zum Großteil von Schatten erfüllten Halle um (ein paar davon bewegten sich) und versuchte den Eindruck zu erwecken, dass er wusste, was er tat.

»Ich brauche ein Terminal«, sagte er.

»Wa?«, machte Wa.

»Aber Ihr wisst nicht, wo eines ist?«, vermutete Quizzack.

»Warst du schon einmal hier oder ich?«, fuhr Mardu ihn an.

»Nur ein Stück rechts ist eines«, sagte Nehmsmir. »Kommt.«

Mardu sah ihn zwar einen Moment lang misstrauisch an, bekundete aber dann mit einem Nicken seine Zustimmung und wartete, bis Nehmsmir und der Quorrl vorausgingen. Da war wieder diese hässliche, ihm schon bekannte Stimme, die ihn fragte, ob es eigentlich ein Zufall war, dass die beiden ihre Waffen wieder gezogen hatten und sie schussbereit hielten, oder ob er vielleicht einen Grund hatte, sich Sorgen zu machen. Doch er brachte sie auch jetzt wieder zum Schweigen und beeilte sich, seinen zukünftigen Untergebenen zu folgen.

Mardu hatte erwartet, dass sich seine Augen an das graue Dämmerlicht gewöhnen und er besser sehen würde, wenn er nur eine Weile hier drinnen war, aber das geschah nicht. Es war einfach zu dunkel, und das Licht, das durch die gewaltigen Löcher in der Decke hereinfiel, machte es eher schlimmer, denn es betonte die Dunkelheit dahinter nur noch. Da waren gigantische, kubische Schatten, die fast bis zur Decke hinaufreichten, und ein Gewirr von zerbrochenen Schemen, die alles bedeuten konnten oder auch nichts. Von irgendwoher kam ein tiefer, wummernder Laut wie der Herzschlag einer gigantischen Maschine, die sich tief unter ihren Füßen verbarg, und er glaubte, Schreie zu hören, die aber auch genauso gut seiner eigenen Phantasie entstammen konnten.

Mardu hoffte inständig, dass Nehmsmir und der Quorrl wussten, was sie taten.

Die Bewegung, die er vorhin schon einmal zu sehen geglaubt hatte, wiederholte sich, und diesmal war er ganz sicher, sie sich nicht einzubilden – zumal nun auch noch Findes seine Waffe zog und sich immer wieder aufmerksam umsah.

»Da vorne ist es.« Nehmsmir deutete mit seiner Waffe auf einen Schatten, der sich in Mardus Augen in nichts von irgendeinem der anderen Schatten unterschied, die die Kuppel füllten, beschleunigte aber seine Schritte, sodass Mardu nicht dazu kam, eine entsprechende Frage zu stellen. Er musste sich sputen, um nicht den Anschluss zu verlieren und womöglich allein in diesem Halbdunkel zurückzubleiben; ein Gedanke, bei dem es ihm eiskalt über den Rücken lief.

Er redete sich selbst ein, dass Findes nicht den mindesten Grund hatte, ihn hereinzulegen – abgesehen von seinem Bruder vielleicht, für dessen Tod er ihn aus irgendeinem unerfindlichen Grund verantwortlich zu machen schien –, dafür aber eine Menge zu verlieren, spekulierte er doch auf Quizzacks Wegskizze, die – wie die Dinge lagen – tatsächlich ein Vermögen wert war. Er ging noch schneller, holte zu Findes und dem Quorrl auf und versuchte in deren Gesichtern zu lesen, was ihm aber nicht gelang, denn selbst dazu war es hier zu dunkel.

Mardu atmete innerlich auf, als er vor sich einen Fleck aus etwas hellerem Zwielicht gewahrte, auf den seine beiden ungleichen Führer zusteuerten. Beim Näherkommen entpuppte es sich als die Ruine eines schlampig gemauerten Hauses, das einmal zwei Etagen gehabt haben musste, jetzt aber praktisch nur noch aus einer Ansammlung von Schutt und rostigem Metall bestand. Etwas huschte quiekend davon – eine Ratte, vermutete Mardu –, und war da nicht ein noch größerer, gedrungener Schatten, der hastig zurückwich?

»Was ist das hier?«, fragte er und hoffte, dass seine Stimme nicht ganz so nervös klang, wie er war.

»Ziggis-Gebiet«, raunzte Findes. »Sie beobachten uns schon, seit wir hereingekommen sind. Aber keine Sorge.« Er wedelte mit dem Zerreißer. »Solange wir das hier haben, trauen sie sich nicht an uns heran.«

Mardu sah sich nur noch nervöser um. Von irgendwelchen Ziggis (was immer das sein mochte) war keine Spur zu entdecken. Von einem Terminal allerdings auch nicht.

Als hätte er seine Gedanken gelesen, machte Findes eine auffordernde Geste auf die Ruine, deren komplette Vorderfront zusammengebrochen war, sodass man das Gewirr aus winzigen Räumen und sonderbar asymmetrischen Treppenschächten sehen konnte. Nichts rührte sich dort. Mardu ging trotzdem ein wenig langsamer, sodass Quizzack zu ihm aufschließen konnte.

Findes blieb stehen, drehte sich zu ihm um und sah ihn auf eine Weise an, die sein Unbehagen nur noch schürte.

»Und?«, fragte Mardu. »Wo ist das Terminal?«

»Auf der anderen Seite.« Findes machte eine Geste in die Dunkelheit hinein.

Hinter ihnen sagte Nehmsmir: »Aber du wirst es nicht brauchen.«

Mardu fuhr herum, starrte den Burschen an und begegnete

einem Blick, der ihm einen eisigen Schauer über den Rücken jagte. »Was soll das bedeuten?«

Nehmsmir antwortete nicht, aber Mardu hörte ein Scharren hinter sich, und als er sich abermals herumdrehte, sah er, wie sowohl Findes als auch der riesige Quorrl ein paar Schritte zurückwichen.

»Was soll das bedeuten?«, fragte er noch einmal. Er bekam keine Antwort, aber das war auch nicht mehr notwendig.

Mardu legte den Kopf in den Nacken, und sein Mund wurde trocken, als er den gewaltigen dreieckigen Schatten sah, der sich über die größte Bresche im Dach schob. Es war nicht das erste Mal, dass er so etwas sah – genau genommen war es sogar erst ein paar Stunden her –, aber Mardu erschrak trotzdem bis ins Mark, denn er hatte ihn sich nicht einmal annähernd so groß vorgestellt. Und aus der Nähe betrachtet sah der Jäger-Killer auch noch sehr viel gefährlicher und bösartiger aus.

»Quizzack?«

»Ja, Herr?«

»Was bedeutet das?«

»Das weiß ich nicht, Herr«, antwortete Quizzack. Er räusperte sich ein paarmal. »Nichts Gutes, fürchte ich.«

»Hm«, machte Mardu, drehte sich wieder zu Nehmsmir herum und legte die Hand auf den Zerreißer in seinem Gürtel, führte die Bewegung aber nicht einmal zu Ende, als Nehmsmir seine eigene Waffe hob und auf ihn anlegte.

»Ich habe zwar versprochen, dich lebend abzuliefern, aber nicht, wie viel von dir«, sagte er. Sein Daumen fummelte geschickt an der Waffe herum. »Auf dieser Stufe reißt er dir nur einen Arm ab oder ein Bein.«

»Was wenig genug ist«, fügte Findes hinzu. »Immerhin schuldest du uns einen ganzen Bruder.«

»Du musst verrückt sein«, keuchte Quizzack. »So verrate ich euch den Pfad nie!«

»Und ob du das wirst«, sagte Findes. »Den da müssen wir ausliefern, aber dich behalten wir. Rat mal, wozu?«

»Das habt ihr von Anfang an so geplant«, grollte Mardu.

»Behalts hat dich erkannt«, bestätigte Nehmsmir.

»Woher?«

Findes lachte, aber es klang nicht besonders heiter. »Du machst mir Spaß, kleiner General! Dein Konterfei flimmert über jeden Schirm in der Stadt. Und die Belohnung, die auf deinen Kopf ausgesetzt ist, ist wirklich hoch. Wenn du wüsstest, *wie* hoch sie ist, dann würdest du dich wahrscheinlich selbst verkaufen.«

Der Jäger-Killer sank tiefer, bis sein buckeliger Bauch das Kuppeldach fast zu berühren schien, und das Wummern wurde nicht einmal lauter, aber intensiver und nahm Mardu jetzt fast den Atem. Eine Anzahl dunkler, sirrender Punkte jagte aus einer Öffnung unweit des Bugs und sank zu ihnen herab. Mardu musste nicht genauer hinsehen, um zu wissen, worum es sich handelte. Sein Mund wurde noch trockener.

»Dafür bezahlst du mit deinem Leben«, sagte er zu Findes. »Und die anderen auch, das ist euch doch hoffentlich klar?«

Findes lächelte dünn, sparte sich jedwede Antwort und trat stattdessen ein paar Schritte zurück, um den landenden Heliothopthern Platz zu machen.

Es waren fünf, vier von ihnen mit jeweils einem Reiter. Auf dem Rücken des fünften saßen gleich zwei Gestalten; ein Lenker und eine zweite und sehr viel größere Erscheinung, deren bloßer Anblick Mardus Mut noch weiter sinken ließ, denn er war ihm nicht neu. Es war der schwarze Riese, dem er gestern gerade noch einmal mit Müh und Not entkommen war.

Aus der Nähe betrachtet sah er noch viel unheimlicher aus, denn Mardu erkannte jetzt, dass er keineswegs eine eiserne Rüstung trug, sondern tatsächlich zur Gänze aus schwarzem Eisen zu bestehen schien. Das war zwar unmöglich, aber was von alledem, was er seit gestern Morgen erlebt hatte, war das eigentlich nicht?

Der Eisenmann glitt mit einer Bewegung vom Rücken des Heliothopthers, die seine scheinbare Schwerfälligkeit verhöhnte, wechselte ein paar Worte mit Nehmsmir und reichte ihm einen prall gefüllten Beutel.

Mardu zog seine Waffe und pustete ihm den Kopf von den Schultern.

Jedenfalls war das der Plan.

Der Zerreißer war auf allerhöchste Leistung eingestellt, mit der Quizzack vorhin auf die Spinnen geschossen hatte, und hätte den Eisenmann eigentlich in seine sämtlichen Bestandteile zerlegen oder zur Gänze durch die Kuppelwand prügeln müssen, doch weder das eine noch das andere geschah. Stattdessen hüllte ihn lediglich ein knisterndes und zischendes Netz aus blauen Blitzen ein. Er schwankte nicht einmal.

Nehmsmir hatte weniger Glück.

Die reflektierte Energie reichte nicht mehr, um ihn in Stücke zu reißen, aber allemal, um seine Kleider und sein Haar und auch einen Großteil seiner Haut schlagartig in Flammen aufgehen zu lassen, und noch während er zurückprallte und zu schreien begann, erschoss Mardu den Lenker des Heliothopthers, von dessen Rücken der Eisenmann gestiegen war, und damit brach überall rings um ihn herum endgültig das Chaos aus.

Vielleicht geschah das auch erst, als Nehmsmir in seiner Todesqual seinen eigenen Zerreißer abschoss, aber das machte kaum einen Unterschied, denn es geschah praktisch im gleichen Sekundenbruchteil.

Mardu hatte gelogen, als er behauptet hatte, nicht zur kämpfenden Truppe zu gehören. Er gehörte nicht *mehr* zur kämpfenden Truppe, aber früher einmal war er ein ausgezeichneter Krieger gewesen, und seine Reaktionen waren noch immer die eines solchen. Noch während sich der Heliothopther erwartungsgemäß aufbäumte, als ihn der Schock über den Tod seines Lenkers durchfuhr, wirbelte er herum, wollte auf einen zweiten Heliothopther schießen und suchte sich aus der gleichen Bewegung heraus ein neues Ziel, als er sah, dass Nehmsmir das freundlicherweise schon für ihn erledigt hatte.

»Weg!«, brüllte er Quizzack an, steppte zur Seite, um den zuschnappenden Mandibeln einer weiteren Riesenlibelle auszuweichen, und versetzte dem Jungen einen Stoß, der ihn in die entgegengesetzte Richtung stolpern ließ. Schreie gellten, und es roch plötzlich durchdringend nach schmorendem Kunststoff und kochendem Fett, und Mardu sprang blitzartig zur anderen Seite und gab rasch hintereinander zwei weitere Schüsse in entgegengesetzte Richtungen ab.

Der erste traf den Eisenmann, überlud diesmal seinen Schirm und schmetterte ihn mit hochgerissenen Armen in einen drei Meter entfernten Mauerrest, der in einer gewaltigen Staubwolke zusammenbrach und ihn unter sich begrub. Der zweite traf Findes und schnitt ihn sauber in zwei Hälften. Gern hätte er auch noch den Quorrl erschossen, schon weil er es hasste, unerledigte Arbeit zurückzulassen, aber dafür reichte seine Zeit nicht.

Die drei überlebenden Heliothopther gingen nahezu gleichzeitig auf ihn los, während sich ihre Lenker von ihren Rücken schwangen, um ihn wohl ebenfalls zu packen, doch Mardu reagierte ganz instinktiv. Es gab nur noch eine Richtung, in die er fliehen konnte, und die wurde von den schnappenden Mandibeln und peitschenden Gliedmaßen des tobsüchtigen Heliothopthers blockiert. Er musste das Vieh ablenken, und sei es nur für eine Sekunde!

Ohne auch nur darüber nachzudenken, was er tat (hätte er es getan, wäre das Ergebnis freilich dasselbe gewesen), packte er Quizzack und schleuderte ihn dem tobenden Ungeheuer entgegen, sprang mit einem beherzten Satz über ein mit rasiermesserscharfen Klauen besetztes Bein hinweg, das ein gutes Stück länger war als er selbst, und verschwand zwischen zwei mannshohen Mauerresten.

In diesem Moment biss der sterbende Heliothopther Quizzack den Kopf ab und machte sich brüllend daran, auch noch den Rest seines Körpers in Stücke zu reißen.

Diese Narren hätten ihm nicht sagen sollen, dass sie ihn lebend brauchten, dachte er grimmig. Vielleicht würden sie ihn kriegen, das war ihm durchaus klar, aber leicht würde er es ihnen ganz bestimmt nicht machen. Sie wären schließlich nicht die ersten, die General Mardu, den Heliothopther-Töter, unterschätzten!

Er raste los, warf sich blindlings nach links und rechts, tauchte in Schatten und wieder daraus hervor und hörte ein zorniges Brummen über sich. Blindlings feuerte er mit dem Zerreißer in die ungefähre Richtung des Geräuschs und traf natürlich nichts außer der Kuppeldecke eine halbe Meile über sich, von der Trümmer und Unmengen von Staub herabzustürzen begannen, gestattete sich aber trotzdem ein kurzes, triumphierendes Grinsen. Das sollte ihnen eine Lehre sein! Wann begriffen diese Narren endlich, mit wem sie sich angelegt hatten?

Auf diese Frage sollte General Mardu nie eine Antwort bekommen, denn obwohl er gerannt war wie nie zuvor in seinem Leben und schließlich nicht einmal selbst gewusst hatte, wohin eigentlich, tauchte der Eisenmann wie aus dem Nichts vor ihm auf, als er um die nächste Ecke bog, und nun wurde Mardu seine eigene Schnelligkeit zum Verhängnis.

Der Eisenmann machte sich nicht einmal die Mühe, nach ihm zu schlagen, sondern ließ ihn einfach in seine ausgestreckte flache Hand laufen.

Heyden Die Ambientallicht schrie.

Natürlich war es nicht wirklich das Schiff, das schrie. Ein Leben, das er an Bord verbracht hatte oder nicht. Heyden wusste recht genau, dass dieses Schiff nur eine Maschine war, ein kompliziertes Gebilde aus Metall und Kunststoff und positronischen Schaltkreisen, das weder eine Seele hatte noch Schmerzen empfinden konnte, und doch kam es ihm in diesem Moment so vor, als vereinigte sich das Crescendo des Untergangs in seinen Ohren zu einem verzweifelten Schrei. Und mitten in diesen unbeschreiblichen Schmerz war ein noch viel gewaltigerer Vorwurf eingebettet, von ihm verraten worden zu sein, und egal ob er diesen Moment um eine Stunde, einen Tag oder hundert Jahre überlebte, er wusste, dass er diesen Schrei niemals mehr vergessen würde.

Seine Chancen, dass es nicht einmal ein paar Sekunden sein würden, hätten nicht schlecht gestanden, wäre Duras nicht bei ihm gewesen. Heyden begriff nicht einmal wirklich, was der Eisenmann tat – geschweige denn, *warum* er es tat –, als Duras ihn mit solcher Gewalt zur Seite stieß, dass er heftig gegen die Korridorwand prallte, um halb benommen an dem geriffelten Metall zu Boden zu sinken. Etwas Unsichtbares und unvorstellbar Starkes pflügte da durch die Luft, wo er gerade noch gestanden hatte, streifte Duras und riss den schwarzen Giganten herum wie eine Orkanböe ein Spielzeug, und am hinteren Ende des schmalen Korridors zerbarsten Stahlkeramik und angeblich unzerstörbare Streben aus synthetischem Diamant zu einem auseinanderspritzenden Trümmerwust. Scharfkantige Splitter schlugen Funken und noch kleinere Trümmerstücke aus Boden und Wänden rings um ihn herum, und etliche davon mussten Heyden wohl auch getroffen haben, denn er spürte sie wie winzige, weiche Fäuste, und auf seinem Arm und seinem rechten Bein erblühte eine Reihe dunkelroter Flecke. Irgendetwas streifte sein Gesicht so sanft wie ein Windhauch, und dann lief Blut über Heydens Wange. Sonderbarerweise spürte er nicht einmal den allerkleinsten Schmerz.

Eher verblüfft, als dass er tatsächlich Angst gehabt hätte, hob Heyden die Hand ans Gesicht, spürte nasse Wärme und sah dann völlig verständnislos das Blut an, das an seinen Fingerspitzen klebte.

»Kapitän!«

Duras' Stimme schnitt wie ein Skalpell durch den dichten Nebel, der sich zwischen ihn und den Albtraum gelegt hatte, der von sich behauptete, die Wirklichkeit zu sein. Heyden schrak hoch, erblickte etwas Dunkles, das der Eisenmann ihm zuwarf, und fing es ganz instinktiv auf.

Eine Sekunde lang starrte er genauso verstört und verständnislos die klobige Waffe an, die Duras ihm zugeworfen hatte.

»Heyden, verdammt!«

Duras, der selbst zwei gleichartige, wenn auch deutlich größere Waffen in den Händen hielt, sprang mit einer fließenden Bewegung auf und gab zwei vollkommen synchrone Schüsse ab. Heyden konnte nicht sehen, ob er traf – nicht einmal, worauf er geschossen hatte –, aber Duras' Bewegung riss ihn einfach mit sich. Er sprang auf, ergriff die klobige Waffe fest mit beiden Händen und zielte ungeschickt auf die Tür, durch die Duras immer noch feuerte.

Der Eisenmann hörte auf zu schießen, gerade als Heyden unbeholfen genug auf die Tür zustolperte und dabei selbst in seine Schussbahn geriet. Duras machte eine zornige Geste, deren Bedeutung Heyden gar nicht wissen wollte.

»Bleibt hinter mir, egal was passiert!«, fauchte er. »Und schießt auf alles, was sich bewegt!«

Schießen? Duras erwartete von ihm, dass er auf etwas schoss? Möglicherweise auf etwas *Lebendes?* Das war grotesk!

»Lasst uns über dieses Thema reden, nachdem Ihr dem ersten Quorrl begegnet seid, der Euch einen Arm abreißt und ihn vor ihren Augen verspeist«, schnaubte Duras. »Oder *Euch* zwingt, es zu tun!«

»Lesen sie meine Gedanken?«, ächzte Heyden.

»Selbstverständlich«, antwortete Duras. »Deshalb weiß ich auch, dass ich mich auf Euch verlassen kann, Kapitän.« Er gab einen vermutlich ungezielten Schuss durch die Tür am Ende des Korridors ab und bedeutete Heyden mit einer vollkommen überflüssigen Geste, hinter ihm zu bleiben. Heyden hatte nicht vorgehabt, sich irgendwo anders aufzuhalten.

Er versuchte, wenigstens den Anschein von Ordnung in seine Gedanken zu bringen und möglicherweise zu begreifen, was hier überhaupt geschah, aber weder das eine noch das andere wollte ihm gelingen: Etwas Schreckliches war passiert, etwas geradezu Unvorstellbares … aber er verstand einfach nicht, was! Das Schiff war vom Kurs abgekommen – was eigentlich unmöglich sein sollte –, befand sich auf direktem Kollisionskurs mit der Erde – was noch sehr viel unmöglicher war –, und ob er es nun wahrhaben wollte oder nicht, ganz offensichtlich versuchte irgendjemand, die Ambientallicht zu entern, und das war überhaupt die größte Unmöglichkeit von allen. Wer um alles in der Welt stahl denn einen *Eisschlepper?*

»Ich erkläre es Euch später«, sagte Duras, der auch jetzt wieder seine Gedanken gelesen hatte. »Aber jetzt müssen wir dieses Schiff zurückerobern. Könnt Ihr mir dabei helfen?«

»*Zurück*erobern?«, wiederholte Heyden verständnislos. »Was ... meint Ihr damit?«

»Lasst das *zurück* weg, wenn es Euch lieber ist.« Duras blieb stehen und sah ihn aus seinen aus schwarzem Eisen gehämmerten und doch beunruhigend lebendigen Augen an. »Gibt es eine Möglichkeit, den Kurs zu ändern – außer von der Zentrale aus, meine ich?«

Heyden verneinte, konnte es sich aber nicht verkneifen, hinzuzufügen: »Die KI hätte es gekonnt.« Dann runzelte er die Stirn. »Aber warum fragt Ihr das? Ihr gehört zur Eisernen Garde! Ich meine: Selbst wenn die Zentrale von irgendjemandem besetzt wäre, dann könntet Ihr sie doch zurückerobern, oder?«

»Das könnte ich«, bestätigte Duras. »Aber ich kann keinen Kampf im Kommandoraum riskieren. Die Steuerkontrollen könnten beschädigt werden. Ihr habt gesehen, auf welchem Kurs sich die Ambientallicht befindet.«

Heyden nickte. Auf diesen Gedanken war er auch schon gekommen. »Wir könnten die Korrekturtriebwerke benutzen«, sagte er. »Es gibt einen Wartungsschacht. Wenn ich direkt an die Triebwerke herankomme, kann ich sie von Hand aktivieren.«

Duras machte ein zufriedenes Gesicht, und Heyden fuhr fort: »Aber wenn sie die Zentrale besetzen, dann können sie die Kurskorrektur jederzeit wieder rückgängig machen.«

»Dann müssen wir dafür sorgen, dass ihnen das nicht gelingt«, sagte Duras. »Traut Ihr Euch das zu?«

»Was?«, keuchte Heyden beinahe entsetzt.

»Den Triebwerksraum zu erreichen und die Korrektendüsen zu zünden«, antwortete Duras. »Ich kümmere mich um den Steuerraum.«

»Habt Ihr nicht gerade gesagt, das wäre zu riskant?«

»Ja, aber nicht nur für uns«, sagte Duras. »Wenn es mir gelingt, die Steuerkontrollen zu zerstören. Sollte ich keine Gewalt darüber erringen können, befinden wir uns auf einem rein ballistischen Kurs. Und wir sind noch weit genug von der Erde entfernt. Ein kleiner Schubs reicht, und wir verfehlen nicht nur unser Ziel, sondern auch den ganzen Planeten. Und keine Angst – ich habe bereits ein Rettungsschiff angefordert, das Euch abholt, Kapitän.«

»Würdet Ihr bitte aufhören, meine Gedanken zu lesen?«, fragte Heyden.

»Nein«, antwortete Duras. »Nicht in einem Moment wie diesem. Was ist? Traut Ihr es Euch zu? Ich könnte es selbst tun, aber auch ich kann nicht an zwei Orten gleichzeitig sein. Und wir haben nicht mehr viel Zeit.«

»Wir sind doch noch Stunden von der Erde entfernt«, sagte Heyden beunruhigt und bekam ein Kopfschütteln zur Antwort, das aus dieser Beunruhigung etwas machte, das deutlich unangenehmer war. Eigentlich wollte er gar nicht mehr hören, was Duras ihm mit einem Kopfschütteln antwortete.

»Aber wir haben nicht mehr annähernd so viel Zeit, bis wir in die Reichweite der Orbitalgeschütze geraten, Kapitän. Unsere Kursänderung ist nicht unbemerkt geblieben, und darüber hinaus habe ich einen Notruf abgesetzt, bevor die Kommunikation unterbrochen wurde.«

»Die Kommunikation ist unterbrochen?«, vergewisserte sich Heyden. Hatte Duras vielleicht noch mehr schlechte Neuigkeiten, die er ihm schonend beibringen konnte?

»Ja«, sagte der Eisenmann. Heyden wollte gar nicht so genau wissen, welche seiner beiden Fragen er damit beantwortete. »Und abgesehen davon sind da noch Eure Leute, die ich zur Erde geschickt habe. Man wird sie fragen, was hier geschehen ist, und allerspätestens, nachdem sie diese Fragen beantwortet haben, wird jemand versuchen, mit der Ambientallicht Kontakt aufzunehmen. Und wenn dieser Versuch erfolglos bleibt, wird man das Schiff abschießen.« Obwohl Heyden spätestens nach diesen Worten hätte begreifen sollen, dass im Moment nichts so kostbar war wie Zeit, sah er Duras etliche Sekunden lang schweigend und sehr aufmerksam an. »Ich kann Euch auch gleich zur Erde zurückschicken, wenn Ihr das wünscht«, sagte er dann.

»Aber dann könnt Ihr Eure Mission nicht erfüllen«, vermutete Heyden.

»Das würde es mir wahrscheinlich erschweren«, bestätigte Duras. »Dennoch hätte ich Verständnis für Eure Entscheidung.«

Heyden dachte einen Moment lang ernsthaft über Duras' Angebot nach. Es war ernst gemeint, das spürte er – irgendetwas sagte ihm, dass der riesige Eisenmann gar nicht lügen konnte –, und ein Teil von ihm, der unter allen Umständen und jeden Preis einfach *leben* wollte, schrie danach, es anzunehmen. Was konnte er, ein einfacher Raumschiffskapitän, schon ausrichten, was dieser mächtige Krieger nicht sehr viel besser konnte?

»Ich weiß Euer Angebot zu schätzen«, sagte er. »Aber ich bleibe.«

»Ihr seid ein tapferer Mann«, erwiderte Duras.

Das war Heyden ganz und gar nicht. Er hatte sich zwar nie für einen Feigling gehalten und war es vermutlich auch nicht, aber nun starb er innerlich schier vor Angst. Trotzdem warf er Duras einen auffordernden Blick zu, woraufhin der Eisenmann sagte: »Geht, Kapitän. Ich werde wissen, wann Ihr bereit seid.«

Wenn es danach ging, nie, dachte Heyden, wandte sich jedoch gehorsam um und ging den Gang wieder ein Stück zurück.

Er hatte noch nicht einmal ein paar Schritte getan, da fuhr Duras herum, packte ihn bei den Schultern und riss Heyden zurück. Ein schriller, singender Laut erklang, gefolgt von einem Dröhnen wie von einem Hammerschlag, und Duras taumelte zur Seite, hielt ihn aber weiter mit unerbittlicher Kraft fest, um ihn mit seinem eigenen Körper zu schützen. Ein zweiter Schuss krachte, dann ein dritter und vierter, und der fünfte schließlich fällte den Eisenmann.

Heyden wusste weder, wer da auf sie schoss, noch mit welcher Art von Waffe, doch er glaubte regelrecht zu spüren, wie etwas tief im Inneren des Eisenmanns zerbrach. Duras gab einen sonderbar seufzenden Laut von sich, ging in die Knie, brach dann ganz zusammen und riss Heyden mit seinem gewaltigen Gewicht einfach mit sich. Vielleicht hatte Heyden auch nur Glück, denn er stürzte so, dass Duras ihn nicht mit seinem Tonnengewicht unter sich begrub, dennoch aber schützend über ihm zum Liegen kam. Heyden spürte, wie sein eiserner Körper abermals wie unter einem unsichtbaren Hammerschlag erbebte, dann ertönte ein aufgeregtes Schnattern und Keifen, und schwere Schritte näherten sich.

Heyden versuchte irgendetwas zu erkennen, aber Duras hatte ihn so unter sich begraben, dass er kaum einen Muskel rühren, geschweige denn den Kopf heben konnte. Ein Paar abgetragener Stiefel von erschreckender Größe erschien in seinem Blickfeld, dicht gefolgt von einem zweiten und dann einem Paar nackter Füße, die nur jeweils drei Zehen hatten und schuppige, wie Perlmutt schimmernde Haut.

Der Anblick riss Heyden nicht nur in die Wirklichkeit zurück, sondern verlieh ihm für einen Moment auch schier übermenschliche Kräfte, mit denen er sich gegen den schweren Körper stemmte, der ihn unter sich begraben hatte. Aber es war vollkommen sinnlos. Der Eisenmann musste mindestens eine halbe Tonne wiegen, und im Moment seines Todes waren seine Glieder einfach erstarrt, sodass er genauso gut unter einer Marmorstatue hätte liegen können.

Aber möglicherweise rettete ihm das auch das Leben, denn die drei Angreifer hatten ihn entweder gar nicht gesehen, oder sie hatten seine missliche Lage erkannt und waren zu dem Schluss gekommen, dass es sich nicht lohnte, auch nur einen weiteren Schuss an ihn zu verschwenden. Hintereinander gingen sie an ihm vorbei.

Als sie sich drei Schritte weit entfernt hatten, sprang Duras mit einer unvorstellbar schnellen Bewegung auf, war mit einem einzigen Schritt hinter den drei Angreifern und brach dem ersten das Genick, noch bevor die beiden anderen überhaupt begriffen, was geschah.

Alles ging viel zu schnell, als dass Heyden tatsächlich Einzelheiten erkennen konnte. Duras und die beiden anderen schienen zu einem einzigen, tobenden Schatten zu werden, der nur aus reiner Bewegung und hin und her zuckenden Gliedmaßen bestand. Duras war seinen Gegnern viel zu nahe, um seine Schusswaffen einzusetzen, aber das musste er auch gar nicht. Er riss sie einfach mit bloßen Händen in Stücke, und das so schnell, dass der Kampf schon vorüber zu sein schien, noch bevor er überhaupt richtig begonnen hatte. Zuerst einer, dann sank auch der zweite Angreifer tot und mit zerschmetterten Gliedmaßen zu Boden, noch während Heyden damit beschäftigt war, sich umständlich hochzustemmen und mit den Händen über seinen Körper zu tasten, wie um sich selbst davon zu überzeugen, dass alles noch da und mehr oder weniger unversehrt war.

»Seid Ihr in Ordnung?«, fragte Duras.

Heyden konnte nur wortlos nicken. Der Anblick der drei Leichname – und vor allem die Erinnerung daran, wie unvorstellbar schnell der Eisenmann war – schnürte ihm die Kehle zu.

Vielleicht verwirrte ihn auch einfach nur die Tatsache, dass er noch nie zuvor einen Quorrl gesehen hatte, außer auf Bildern und in Holos, wo man sie mit einem wohligen Schaudern und dem Wissen um ihre Gefährlichkeit betrachten konnte, ohne sich tatsächlich in Gefahr begeben zu müssen.

Sie waren riesig, weit größer, als er es erwartet hätte, und unabhängig von dem, was Duras ihnen angetan hatte, strahlten sie noch im Tod eine Gefahr und Gewalttätigkeit aus, die ihm einen eisigen Schauer über den Rücken laufen ließ. Ein Wesen wie dieses musste einen normalen Menschen wie ihn mit einer Hand durchbrechen können, ohne sich auch nur anzustrengen … und Duras hatte *drei* von ihnen binnen weniger als einer Sekunde getötet?

Einen Moment lang hätte Heyden nicht sagen können, vor wem er mehr Angst haben sollte. Und eigentlich wollte er es auch gar nicht so genau wissen.

»Ist alles in Ordnung mit Euch, Kapitän?«, fragte Duras noch einmal.

Heyden riss seinen Blick mit einiger Mühe von den verheerten Körpern los und zwang sich zu einem Nicken. »Ja. Ich war nur … erschrocken.«

Duras auch, wie es aussah. Vielleicht wirkte er auch eher besorgt. »Das hätte nicht passieren dürfen«, sagte er. Heyden fragte vorsichtshalber erst gar nicht, was, und Duras drehte sich wieder zu den beiden Leichnamen um und ging in die Knie, um irgendetwas aufzuheben. Heyden blickte auf seinen gekrümmten Rücken und musste sich schon wieder eines raschen Fröstelns erwehren. Duras war … er wusste nicht, ob er *verletzt* oder *beschädigt* sagen sollte: Sein Rücken war zertrümmert, von Rissen und zahllosen winzigen Sprüngen durchzogen und hier und da zur Gänze gebrochen, und er hatte sichtbare Schwierigkeiten, den linken Arm zu benutzen. Noch viel unheimlicher aber war, dass sich sein gesamter Rücken zu bewegen schien, ohne dass sich diese Bewegung im Einzelnen definieren ließ; es war ein allgemeines Gleiten und Fließen, als hätte sich sein gesamtes Kreuz verflüssigt, um wieder zu seiner ursprünglichen Form zurückzufinden. Wenn man genau hinhörte, dann konnte man ein flüsterndes Rascheln und Klicken wahrnehmen wie das Trippeln unzähliger mikroskopisch kleiner Füßchen.

»Beschädigt wäre der richtige Ausdruck«, sagte Duras, während er sich wieder aufrichtete und sich zu Heyden herumdrehte. Er hielt einen großen, verchromten Gegenstand in den Händen.

»Mein Körper funktioniert ausschließlich mechanisch.« Er hob die bizarre Waffe, die er dem Toten abgenommen hatte. »Und Ihr habt recht, Kapitän: Ich bin besorgt. Das hätte nicht passieren dürfen.«

»Dass sie Euch niederschießen?«, fragte Heyden. Dann begriff er. »Ihr habt Euch treffen lassen, um mich zu beschützen.«

»Es ist meine Aufgabe, Menschenleben zu retten«, antwortete der Eisenmann, schüttelte zugleich aber auch den Kopf und hob die riesige Waffe. Selbst in seinen Händen wirkte sie groß. Heyden bezweifelte, dass er selbst sie auch nur anheben konnte.

»Sie hätten diese Waffen nicht haben dürfen.«

Einmal ganz davon abgesehen, dass er noch niemals davon gehört hatte, dass Quorrl einen ZT durchführten, fügte Heyden in Gedanken hinzu, und Duras nickte.

»Das ist vielleicht das Beunruhigendste von allem«, sagte Duras. »Und die Tatsache, dass ich sie nicht bemerkt habe.«

»Jedem kann ein Fehler unterlaufen«, sagte Heyden. Warum auch immer, er hatte das Bedürfnis, den Eisenmann zu trösten.

»Mir nicht – und nicht so«, widersprach Duras. Heyden meinte, so etwas wie ein flüchtiges Lächeln auf seinem schwarzen Metallgesicht aufblitzen zu sehen. »Ich hätte ihre Gedanken erkennen müssen, aber sie waren abgeschirmt.«

»Ich wusste gar nicht, dass Quorrl in der Lage sind, zu denken«, antwortete Heyden, sagte sich zugleich aber auch selbst, dass diese Bemerkung ziemlich überflüssig war. Mit der Tatsache, dass es sie überhaupt gab, erschöpfte sich sein Wissen über die Quorrl auch schon fast.

»Die Eindringlinge hatten Hilfe«, erwiderte Duras. Fast behutsam legte er die schwere Waffe wieder zu Boden, schien einen Moment nachzudenken und deutete dann in die Richtung, in die Heyden vor dem heimtückischen Angriff unterwegs gewesen war. »Gehen wir.«

»Wir?«, vergewisserte sich Heyden. »Ich dachte, Ihr wolltet …«

»Meine Pläne haben sich geändert«, unterbrach ihn der Eisenmann. »Das Risiko, es bei einer bloßen Kursänderung zu belassen, ist zu groß. Wir müssen das Schiff zerstören.«

Heyden war nicht einmal überrascht. Seit der Eisenmann an Bord der Ambientallicht aufgetaucht war, hatten die Dinge begonnen, sich in eine bestimmte Richtung zu entwickeln, die nur ein einziges mögliches Ende zuließen. Erstaunlicherweise war er nicht einmal wirklich erschrocken. Und er hatte überhaupt keine Angst.

»Bringt mich zum Reaktorraum«, bat Duras.

»Ich kann das allein erledigen«, bot sich Heyden an.

»Ich weiß, und dieses Angebot ehrt Euch«, sagte Duras. »Aber dann würdet Ihr sterben. Und jemand muss Euch beschützen. Es könnten noch mehr Quorrl an Bord sein. Ich werde versuchen, Euer Leben zu retten.«

Heyden wäre deutlich beruhigter gewesen, hätte Duras ihm versprochen, es zu *tun,* statt es nur zu *versuchen*. Aber der Eisenmann war offensichtlich genauso gnadenlos ehrlich wie stark. Er sagte nicht einmal jetzt etwas, obwohl er seine Gedanken zweifellos auch in diesem Moment las.

Immerhin gewährte er dem Kapitän noch einige Sekunden, bis er seine auffordernde Geste wiederholte, und diesmal reagierte Heyden auch darauf.

Sie folgten dem Gang, bis er vor einer massiven Wand endete. Duras sah ihn erwartungsvoll an, doch Heyden schüttelte nur den Kopf, ging in die Hocke und legte die rechte Hand mit gespreizten Fingern auf den Boden. Im allerersten Moment geschah gar nichts, und hätte die Verzögerung auch nur noch eine Sekunde länger gedauert, dann wäre er vermutlich in Panik geraten. Aber die Ambientallicht erkannte ihn offensichtlich noch immer als ihren Kapitän an. Mit einer beunruhigenden Verzögerung und auch dann deutlich langsamer, als er es gewohnt war, erschienen haarfeine Linien in dem bisher makellos glatten Boden und vereinigten sich zum Kreismuster einer Irisblende, die nun wirklich quälend langsam aufging. Zu langsam, dachte Heyden besorgt. Vielleicht lag es daran, dass sie das Gehirn der Ambientallicht getötet hatten und das Schiff nun nicht mehr war als eine Maschine. Eine sehr alte Maschine.

Der Durchgang öffnete sich nicht einmal zur Gänze, bevor sich die uralte Mechanik mit einem Knirschen festfraß. Duras riss die Reste mit einem einzigen Ruck heraus, und eine seiner Handflächen verwandelte sich in eine Lampe, die einen bläulichweißen Lichtstrahl in einen Schacht warf, der mindestens sieben oder acht Meter weit in die Tiefe reichte. Abgestandene Luft und ein scharfer Maschinengeruch schlugen ihnen entgegen, und es gab keinerlei Leitersprossen oder irgendeine andere Kletterhilfe. Heyden wusste zwar, dass es sich um einen Schwebeschacht handelte, aber er traute der Technik plötzlich nicht mehr, deren Zuverlässigkeit ihn ein Leben lang so selbstverständlich begleitet hatte, dass er nie auch nur einen Gedanken daran verschwendet hatte. Jetzt hatte er Angst, dass sie ihn im Stich ließ.

Duras schien diese Bedenken nicht zu kennen, denn er schlang ohne das mindeste Zögern den Arm um Heydens Hüfte und sprang kurzerhand in den Schacht hinab. Der einzige Grund, aus dem Heyden nicht vor Entsetzen gellend aufschrie, war der, dass er einfach zu entsetzt war, um auch nur einen einzigen Laut herauszubekommen.

Sein Misstrauen war berechtigt gewesen. Statt von der unsichtbaren Hand eines Schwebefeldes ergriffen und sanft auf dem Boden abgesetzt zu werden, fiel Duras wie ein Stein in die Tiefe und landete mit einem Dröhnen auf dem Boden, das noch am anderen Ende des Schiffes zu hören sein musste, federte den Aufprall mit seinen hydraulischen Beinen aber so sanft ab, dass Heyden kaum eine Erschütterung spürte. Praktisch in derselben Bewegung setzte er ihn ab, ließ seinen Lichtstrahl in den Gang vor ihnen tasten und hob die andere Hand, in der nun wieder eine Waffe lag; kleiner als die, die er bisher benutzt hatte, und mit einem fast komisch aussehenden trichterförmigen Lauf.

»Ein Lähmer«, erklärte er, als er Heydens Stirnrunzeln bemerkte. Seine nächste Frage beantwortete er praktischerweise schon, bevor Heyden sie auch nur in Gedanken ganz gestellt hatte. »Wir sind nahe am Reaktorkern, Kapitän. Es wäre viel zu riskant, hier unten eine Waffe mit zu großer Feuerkraft zu benutzen.«

Und warum nicht, dachte Heyden, wo er das Schiff doch sowieso in die Luft sprengen wollte?

»Vielleicht wäre es klüger, wenn wir uns nicht mehr an Bord befinden, sobald es explodiert«, antwortete Duras. »Geht voraus, Kapitän.«

Heyden gehorchte, wenn auch mit einem unguten Gefühl. Wie wollte der Eisenmann ihn eigentlich beschützen, wenn er ihn *voraus*gehen ließ?

Er behielt diese Bedenken allerdings für sich, und Duras verzichtete auch darauf, die Frage zu beantworten, die er so unüberhörbar laut gedacht hatte.

Heyden war ihm dankbar dafür. Ihm war nicht nach Reden – schon weil er fast Angst davor hatte, der Eisenmann könnte sein Angebot wiederholen, ihn nach Hause zu schicken. Er war ganz und gar nicht mehr sicher, die Kraft (oder den Wahnsinn) aufzubringen, dieses Angebot ein zweites Mal abzulehnen. Es schon das erste Mal getan zu haben, kam ihm möglicherweise … nicht mehr besonders weise vor, und er fragte sich ernsthaft, ob er es vielleicht nur deshalb ausgeschlagen hatte, um nicht vor sich selbst als Feigling dazustehen – und vor dem Eisenmann.

»Allein dass Ihr Euch diese Frage stellt, Kapitän, beweist mir schon, dass Ihr kein Feigling seid«, sagte Duras hinter ihm.

Ja, er hatte gut reden, dachte Heyden missmutig, während er sich unter einem Querträger hindurchbückte, der sich als etwas anderes und Unangenehmeres entpuppte, denn dahinter war es deutlich niedriger, sodass er nur gebückt gehen konnte. Für Duras, der ein gutes Stück größer war als er, musste es deutlich unbequemer sein.

»Was bringt Euch auf die Idee, dass mir der Tod nichts ausmachen könnte, nur weil ich künstlich erschaffen worden bin?«, fragte Duras. »Mein Bewusstsein ist erst vor wenigen Stunden in diesem Körper erwacht, aber ich verfüge über die Erinnerungen eines ganzen Lebens, und wenn dieser Körper zerstört wird, dann erlischt mein Bewusstsein ebenso endgültig wie Eures, wenn Ihr sterbt.«

»Entschuldigt«, sagte Heyden. »Das … wusste ich nicht.« Nach ein paar Sekunden fügte er hinzu: »Und ich wäre Euch wirklich dankbar, wenn Ihr aufhören würdet, meine Gedanken zu lesen.«

»Ihr wisst, dass ich das in einer Situation wie dieser nicht kann.«

»Dann sagt es mir wenigstens nicht«, murrte Heyden.

Duras antwortete zwar mit einem gutmütig-spöttischen Lachen, tat ihm aber diesen kleinen Gefallen, und sie gingen schweigend weiter – was sich als zunehmend schwieriger erwies. Ein zweiter und auch noch ein dritter vermeintlicher Türsturz ließen den Gang um jeweils eine weitere Handbreit niedriger werden, sodass Heyden ernsthaft überlegte, ob es nicht bequemer wäre, einfach auf Händen und Knien zu kriechen, dann öffnete sich eine weitere und diesmal senkrecht stehende Irisblende in der Wand vor ihnen, und sie betraten eine sechseckige Kammer, die zwar winzig war, aber wenigstens hoch genug, um sich darin aufzurichten.

Während sich die Blende hinter ihnen wieder schloss, musste Heyden einen Moment lang überlegen, was als Nächstes zu tun war. Er war nur ein einziges Mal hier unten gewesen, vor so vielen Jahren, als er die Ambientallicht von seinem Vorgänger übernommen hatte und auf den sonderbaren Gedanken gekommen war, das Schiff einmal vom Bug bis zum Heck zu inspizieren, und das nicht nur mithilfe seiner Instrumente, sondern es wortwörtlich in Augenschein zu nehmen. Das hatte ihm damals zuerst den Ruf eines Sonderlings eingetragen und kurz darauf den eines Mannes, der seine Aufgabe sehr ernst nahm, aber nicht kleinlich war.

Dennoch hatte er Mühe, sich zu erinnern, und während er die zugleich simplen wie scheinbar sinnverwirrenden Kontrollen neben einer identischen Irisblende auf der gegenüberliegenden Seite der Kammer ansah, wurde ihm schmerzhaft bewusst, wie wenig er im Grunde über das Schiff wusste, auf dem er nahezu sein ganzes Leben verbracht hatte. Letzten Endes hatten nicht er und seine Leute die Ambientallicht gesteuert, sondern die KI. Jetzt gab es sie nicht mehr, und Heyden fragte sich ernsthaft, ob er und die anderen in Wahrheit wohl jemals mehr als Marionetten gewesen waren und warum Schiffe wie dieses eigentlich überhaupt noch eine menschliche Besatzung brauchten, die im Grunde zu nichts anderem gut waren, als auf Knöpfe zu drücken, die auch ohne sie ihren Dienst getan hätten.

»Weil es nicht anders geht, Kapitän«, sagte Duras. »Es wurde ausprobiert, und die Folgen waren katastrophal.«

»Das sagt Ihr nur, um mich zu motivieren«, antwortete Heyden, während er die Hand hob und dann wieder sinken ließ, ohne die uralten Tasten auch nur berührt zu haben.

»Keineswegs. Wenn das hier vorbei ist, dann erzähle ich Euch die Geschichte des KI-Aufstandes, aber jetzt ist keine Zeit dafür, fürchte ich. Worauf wartet Ihr?«

Wusste er das denn nicht? »Ich muss den Code eingeben.«

»Und Ihr habt ihn vergessen.«

Heyden nickte widerwillig, obwohl ihm dieses Eingeständnis mehr als nur peinlich war. Aber er hatte diesen Code nur ein einziges Mal gebraucht, und es war Jahrzehnte her!

»Wenn Ihr es mir gestattet, dann helfe ich Euch, Euch zu erinnern«, sagte Duras. »Aber dazu muss ich tief in Eure Gedanken eindringen. Seid Ihr damit einverstanden?«

Ob er damit einverstanden war, dass dieser Kerl in seinen ältesten Erinnerungen und seinen intimsten Gedanken grub? Natürlich nicht! Heyden nickte.

Er konnte nicht sagen, was Duras tat oder ob er überhaupt etwas tat, aber es verging nur ein kurzer Augenblick, bis die Zahlen- und Buchstabenkombinationen in seinem Gedächtnis erschienen und seine Finger sie schnell und fast wie ohne sein eigenes Zutun einzugeben begannen. Die uralten Tasten bewegten sich nur widerwillig und manche davon so schwer, dass Heyden fast Angst hatte, sie zu zerdrücken, als wären sie seit Jahrhunderten nicht mehr benutzt worden. Ein Summen erklang und dann ein schwerfälliges mechanisches Geräusch, das auf furchtbare Weise falsch klang, wie rostige Zahnräder, die viel zu lange nicht mehr benutzt worden waren, um noch perfekt ineinanderzugreifen. Die Irisblende öffnete sich, aber sie tat es viel zu langsam und so ruckelnd und widerstrebend, dass er regelrecht darauf wartete, Duras an sich vorbeitreten und auch dieses Hindernis einfach aus der Wand reißen zu sehen.

Duras tat nichts dergleichen, aber Heyden glaubte, seine Ungeduld fast körperlich zu spüren. Die Öffnung war kaum groß genug, da schob er sich schon geduckt hindurch, wandte sich auf der anderen Seite um und zog ihn mit einer rüden Bewegung hinter sich her.

Hastig trat Heyden an das kleine Tastenfeld neben dem Zugang, gab den Code ein und musste sich beherrschen, um nicht so nervös wie ein Schuljunge von einem Fuß auf den anderen zu hüpfen, während sich die Irisblende genauso langsam und widerstrebend wieder schloss, wie sie gerade aufgegangen war.

»Das wird sie eine Weile aufhalten«, sagte Duras, womit er zugleich Heydens Frage beantwortete, warum er den Eingang nicht gewaltsam aufgebrochen hatte. »Wenn auch nicht besonders lange. Kommt.«

Der Raum war nicht sonderlich groß und nur von düsterrotem Licht erhellt, das kaum Einzelheiten erkennen ließ und alles wie in flüssiges Blut zu tauchen schien. Heyden nahm an, dass Duras auch bei diesem Licht perfekt sehen konnte, aber er selbst fühlte sich unbehaglich und sehr verwundbar.

Duras trat an ein schwarzes Oval aus porösem Metall in der gegenüberliegenden Wand heran, das aussah, als würde es Licht fressen. Daneben war eine geradezu lächerlich simpel anmutende Schalttafel angebracht, die unter einem Wust von Rohren, gerippten Kunststoffleitungen und staubigen Glasfaserkabeln zu verschwinden schien. Alles kam ihm furchtbar ... altmodisch vor, und auf eine Art simpel, die bei einem so hoch entwickelten Schiff wie diesem schon fast einer Beleidigung gleichkam.

»Je einfacher eine Technik ist, desto robuster ist sie auch im Notfall«, beantwortete Duras die Frage, die er noch nicht einmal in Gedanken gestellt hatte. »Das ist auch der Grund, aus dem mein Körper nur mechanisch entworfen wurde – wenn auch auf der Grundlage einer wirklich hoch entwickelten Nanomechanik.« Er deutete auf das schwarze Oval, dessen bloßer Anblick Heydens Unbehagen weiter schürte. Zu einem Gutteil lag das sicherlich daran, dass ihm gerade wieder zu Bewusstsein gekommen war, dass sie sich jetzt tatsächlich nur noch wenige Meter vom schlagenden Herz der Ambientallicht entfernt befanden. Einem Herz, das zwar kaum größer war als eine geballte Faust, dennoch aber die Kraft einer gefangenen Sonne hatte; ein halbes Kilogramm reine Antimaterie, um das herum die Ambientallicht vor Jahrhunderten gebaut worden war und das sie noch für weitere Jahrhunderte mit Energie versorgen würde, wenn nicht Jahrtausende.

»Was habt Ihr vor?«, fragte er überflüssigerweise.

Duras antwortete trotzdem. »Wir müssen den Reaktor überlasten. Die Explosion wird vielleicht nicht ausreichen, um den Kometen zu zerstören, ihn aber mit hoher Wahrscheinlichkeit vom Kurs abbringen.«

Dass er *wir* sagte, gefiel Heyden ganz und gar nicht. »Das ist unmöglich«, sagte er. »Die Abschirmung kann nicht ausfallen. Und es ist unmöglich, sie zu sabotieren.«

»Für mich nicht«, erwiderte Duras. Sein Blick huschte über das schwarze Oval, als versuche er, das nahezu unzerstörbare Material mit Blicken zu durchbohren. »Aber ich brauche Eure Hilfe.«

»Meine Hilfe?«, vergewisserte sich Heyden. Was sollte es denn im ganzen Universum geben, was der Eisenmann nicht besser konnte als er?

»Unter normalen Umständen hättet Ihr recht, Kapitän«, sagte Duras. »Aber ich bin von all meinen Informationsquellen abgeschnitten. Die Datensilos des R'Achernon enthalten die Konstruktionspläne dieses Generatortyps, doch im Moment habe ich keinen Zugriff darauf. Ich brauche Euer Fachwissen, Kapitän.«

Ja, das war eine gute Idee, dachte Heyden. Als Kapitän eines Raumschiffes hatte er all das irgendwann einmal gelernt, aber das war mehr als hundert Jahre her, und das schwierigste Problem, mit dem er sich seither an Bord des Schiffes hatte auseinandersetzen müssen, war ein störrischer Servierer, der sich weigerte, anständigen Kaffee zu kochen!

»Das ist nicht schlimm«, sagte Duras. »Wenn Ihr mir gestattet, erneut Zugriff auf Eure Erinnerungen zu nehmen.«

»Ich nehme an, Ihr werdet das auf jeden Fall tun, ob ich es Euch erlaube oder nicht«, vermutete Heyden.

Duras nickte. »Ja«, gestand er unumwunden. »Aber es wäre mir lieber, Ihr würdet es mir gestatten.«

»Meinetwegen«, grummelte Heyden.

Diesmal spürte er etwas, auch wenn er selbst nicht genau sagen konnte, was es war; etwas wie eine unendlich sanfte, aber trotzdem unwiderstehlich starke Hand, die in ihn hineingriff und nicht nur seine Gedanken sondierte, sondern auch seine Seele; und nur einen Moment später auch noch etwas Älteres und sehr viel … ja, *Heiligeres*, von dem er bisher noch gar nicht gewusst hatte, dass es in ihm war.

»Das ist in jedem von uns, Kapitän«, sagte Duras. Aus irgendeinem Grund wirkte er sehr zufrieden. »Und auch darüber rede ich gerne mit Euch, sobald das alles hier vorbei ist. Aber im Moment fehlt uns die Zeit, fürchte ich. Sie sind bereits auf dem Weg.«

»Ich denke, ihre Gedanken könnt Ihr nicht lesen?«, fragte Heyden misstrauisch.

»Nein«, sagte Duras. »Aber ich habe Zugriff auf einige schiffsinterne Systeme. Wenn auch nicht auf so viele wie nötig.« Er machte eine Geste auf die geschlossene Irisblende. »Keine Sorge. Diese Tür ist äußerst stabil und wird sie eine Weile aufhalten. Dennoch haben wir keine Zeit zu verlieren.«

»Was soll ich tun?«, fragte Heyden.

Duras wandte sich wieder dem schwarzen Oval zu, hob die Hand und legte die gespreizten Finger auf das poröse Schwarz. Heyden war nicht ganz sicher, aber er meinte, so etwas wie haardünne schwarze Fäden zu erkennen, die aus seinen Fingerspitzen wuchsen und ohne den geringsten Widerstand in der porösen Oberfläche verschwanden. Er stellte keine Frage. Er wollte gar nicht wissen, was der Eisenmann tat.

»Ihr müsst sämtliche Leitungen unterbrechen, die aus diesem Raum herausführen«, sagte er.

»Nach dem Ausfall der KI gibt es nur noch eingeschränkte Möglichkeiten, von außen Zugriff auf die Reaktorkontrollen zu nehmen, aber es gibt sie, und wir können es uns nicht leisten, ein unnötiges Risiko einzugehen.«

Er sagte schon wieder *wir,* und es gefiel Heyden noch weniger als zuvor. Trotzdem trat er zwei Schritte zurück und musterte das Durcheinander aus Leitungen und Kabeln und Steckverbindungen an den Wänden mit wachsender Verwirrung. Vielleicht – ganz bestimmt sogar! – hatte Duras recht, und es gab irgendeine Notfallschaltung, um im allerschlimmsten Fall alles hier mit einem einzigen Knopfdruck von der Zentrale aus zu deaktivieren, und das war auch nur vernünftig. Schließlich enthielt das schlagende Herz der Ambientallicht noch immer genug destruktive Energie, um einen kleinen Mond zu pulverisieren … aber woher zum Teufel sollte er wissen, welche der zahllosen Leitungen die richtige war? Er hatte eine Menge über dieses Schiff gelernt und beinahe ebenso viel wieder vergessen, aber wie er das Schiff vorsätzlich *zerstören* konnte, gehörte nicht dazu.

»Zerstört einfach alle Leitungen«, sagte Duras.

Das war eine fast noch bessere Idee, dachte Heyden. Wie lange würde es wohl dauern, bis sie erstickten oder auf irgendeine andere, unerquickliche Weise ums Leben kamen, weil er versehentlich die falsche Leitung durchtrennt hatte?

»Achtunddreißig Minuten«, antwortete Duras. »Aber so lange brauchen wir nicht. Drei von fünf Sperren habe ich bereits überwunden. Sobald ich die letzte Barriere beseitigt habe, vergehen weniger als drei Minuten, bis der Reaktorkern außer Kontrolle gerät und eine Antimaterieexplosion erfolgt.«

Auf dem eisernen Gesicht des Hauptmanns lag ein Ausdruck höchster Konzentration. Dennoch gelang es ihm, etwas hineinzulegen, von dem Heyden annahm, dass Duras es für ein Lächeln hielt. »Aber keine Angst. Mir bleibt noch genug Energie für einen ZT zur Erde.«

Aha, dachte Heyden. Und für wen?

»Für Euch«, antwortete der Eisenmann. »Und nun fangt an – bitte. Sie sind gleich hier.«

Heyden sah ganz automatisch zum Eingang zurück, entdeckte aber nur Schatten und Staub und auch dort ein Durcheinander aus Kabeln, Leitungen und Schläuchen, das von rotem Blutlicht überzogen wurde. Erneut und sogar noch deutlicher wurde ihm bewusst, wie archaisch und uralt dieses Schiff war. Es musste Jahrzehnte her sein, seit die letzte Reinigungsdrohne hier gewesen war; die Luft war schon jetzt verbraucht und schien kaum noch Sauerstoff zu enthalten.

Zum allerersten Mal fragte sich Heyden, wie alt die Ambientallicht *wirklich* sein mochte. Er war von Jahrhunderten ausgegangen, als er vor fast einem Menschenalter an Bord gekommen war, auch wenn das Schiff in den der Besatzung und Passagieren zugänglichen Teilen so modern und blitzsauber war, als hätte es die Werft erst vor wenigen Tagen verlassen. Das Scholl, in dem er sich nun zu befinden schien, war ein gänzlich anderes, uralt und unmodern und in einem Zustand, als stünde es kurz vor dem Auseinanderfallen.

»Kapitän.« Duras reichte ihm seine Waffe, die selbst in Heydens Hand wie ein Spielzeug aussah, und er schüttelte die düsteren Gedanken ab und machte sich an die Arbeit, die der Eisenmann ihm aufgetragen hatte. Wahllos visierte er die erste Leitung an und betätigte den Abzug. Ein dünner Laserstrahl explodierte in einem Feuerwerk winziger Funken an der Wand, fraß sich durch Kabel und gepanzerte Rohrleitungen und hinterließ Brandspuren und kleine Flämmchen, die heftig rußend brannten. Spätestens jetzt, dachte er erschrocken, hätte das Schiff Alarm geben müssen und vor allem damit anfangen, sich zu wehren. Aber nichts geschah. Keine Sirene heulte auf, keine Reparatur- oder gar Angriffsdrohne erschien, nicht einmal die Feuerlöschautomatik sprang an, um die zahllosen, winzigen Brände zu ersticken, die sein Laserstrahl entfachte, während er ihn langsam über die Wand wandern ließ.

Nach dem Inferno, das die Ambientallicht vorhin entfesselt hatte, um den Eisenmann und ihn zu töten, kam Heyden diese Untätigkeit beinahe wieder bedrohlich vor; und er begriff zugleich auch umso schmerzlicher, dass ihr Grund ihm klar war: Nachdem sie die KI des Schiffes vernichtet hatten, war das Schiff praktisch hirntot, ein Leichnam aus Synthodiamant und Stahlkeramik, der sich auf seinem einmal eingeschlagenen Kurs unerbittlich weiter seinem Ziel näherte, und Heydens schlechtes Gewissen brannte noch schlimmer, als ihm klar wurde, dass sie nun dabei waren, dem Schiff auch noch das Herz herauszureißen.

Doch das Wissen um das, was geschehen würde, wenn sie es nicht taten, gab ihm die Kraft, den Laserstrahl fast mit der Präzision einer Maschine weiterwandern zu lassen und Leitung auf Leitung zu kappen, Relaisknoten und Schalttafeln zu zerstören und dabei immer mehr Brände zu entfachen, aber es war dennoch das Schlimmste, was er je getan hatte, und gab ihm das Gefühl, einen Freund zu ermorden.

»Es ist gleich so weit«, sagte Duras. »Ich bin bei der letzten Barriere.« Seine Stimme klang angestrengt, und als Heyden –

ohne mit dem Zerstören innezuhalten – den Kopf wandte und besorgt in seine Richtung sah, stellte er fest, dass aus dem Ausdruck von Anspannung auf Duras' schwarzem Gesicht fast so etwas wie Qual geworden war.

»Diese Abwehrsysteme sind erstaunlich effizient«, beantwortete Duras eine Frage, die er noch gar nicht gestellt hatte. »Vor allem, wenn man bedenkt, wie alt sie sind. Aber keine Sorge, ich habe sie gleich überwunden.«

Heyden konnte nur hoffen, dass das stimmte. Hier drinnen war es schon jetzt spürbar wärmer geworden, und die Luft schmeckte rußig und so verbraucht, dass seine Lungen mit jedem Atemzug weniger Sauerstoff daraus gewinnen konnten. Überall brannte es, und er hatte noch nicht einmal einen Bruchteil der schier unendlich vielen Leitungen durchtrennt, von denen vielleicht eine die Richtige war; vielleicht auch nicht.

Etwas zischte, und Heyden hätte gerne geglaubt, dass es nur das Geräusch war, mit dem er die Herzkammer der Ambientallicht Stück für Stück weiter auswaidete, aber seine Augen beharrten auf etwas anderem: Präzise in der Mitte der Irisblende war ein dunkelroter Fleck entstanden, der sich rasch ausbreitete und dabei heller wurde; in seiner Nähe wurde es nicht nur wärmer, sondern *heiß*.

»Sie brauchen noch eine Weile«, sagte Duras hinter ihm. Seine Stimme klang gepresst, als bereite ihm jedes Wort große Mühe, und Heyden war jetzt ganz sicher, dass er das nur sagte, um ihn zu beruhigen. »Sie können in der Kammer keine schweren Waffen einsetzen, ohne sich selbst zu verbrennen.«

Heydens Augen ließen den roten Fleck nicht los. Der hatte sich mittlerweile über die gesamte Irisblende ausgebreitet und begann an der umgebenden Wand zu knabbern, und seine Mitte war auch nicht mehr rot, sondern gelb, mit einem Stich ins Weiße. Das Licht war so grell, dass seine Augen zu tränen begannen, und die Hitze strich wie eine glühende Hand über sein Gesicht. Das Atmen bereitete ihm körperliche Schmerzen.

Er feuerte trotzdem weiter. Immer mehr Kabel und Leitungen wurden durchtrennt, uralte Apparaturen explodierten funkensprühend, und auf der anderen Seite der Kammer brach ein richtiges Feuer aus, das weit größer war als nur ein paar kleine Flämmchen und der Luft auch noch das letzte bisschen Sauerstoff zu entziehen begann.

Heyden schoss weiter.

»Wie weit seid Ihr, Duras?«, keuchte er. Schweiß lief über sein Gesicht, und seine Hand zitterte so sehr, dass die Hälfte seiner Schüsse ihr Ziel verfehlte und er die Kabel noch einmal anvisieren musste; soweit er überhaupt noch sah, worauf er feuerte, denn die Luft war inzwischen voll schmierig-grauem Rauch und ätzendem Ruß.

Was er dafür umso deutlicher sah, war die Irisblende. Sie glühte jetzt zur Gänze gelbweiß, und in ihrer Mitte, worauf sich das Feuer der Angreifer zu konzentrieren schien, begann das Metall zu schmelzen und in zähen Tropfen nach unten zu rinnen.

»Duras!«, schrie er.

Er bekam auch jetzt keine Antwort, sah wieder hinter sich und bedauerte beinahe sofort, es getan zu haben. Duras stand in verkrampfter Haltung vor dem Reaktorkern. Sein Gesicht war endgültig zu einer Skulptur aus schwarzem Eisen verzerrt, auf der ein Ausdruck ungläubigen Entsetzens für alle Zeiten erstarrt war. Sein rechter Arm und die Hand, die er gegen die Reaktorkammer gepresst hatte, hatten sich in etwas verwandelt, das einer lebendigen Baumwurzel ähnelte, über die Millionen haardünner schwarzer Würmer krochen.

Der Anblick erfüllte Heyden mit einem solchen Entsetzen, dass er zu schießen aufhörte und selbst die schmelzende Tür hinter sich vergaß.

»Duras?«, keuchte er. Dann schrie er: »*Duras!*«

Tatsächlich kehrte noch einmal Leben in Duras' Augen zurück; aber auch ein unendlich großes Entsetzen. »Falsch«, flüsterte der Eisenmann. »Das ist alles … falsch.«

Heyden verstand nicht, was er meinte, und er wollte es auch gar nicht verstehen. Duras' Fassungslosigkeit sprang auf ihn über wie eine giftige Spinne, die geduldig in ihrem Versteck gelauert hatte, bis eine ahnungslose Beute vorüberkam und nun ihre

Giftklauen tief in seine Gedanken schlug. Panik explodierte zwischen seinen Schläfen, und sein Herz begann so rasend schnell zu hämmern, als versuche es, seine Rippen von innen heraus zu sprengen.

Die Irisblende fiel mit einem sonderbar weichen Laut in sich zusammen und bildete einen zerlaufenden Klumpen aus zischendem Rot und Gelb auf dem Boden, und in der von wabernder Glut eingefassten Öffnung erschien eine schuppige Hand, die eine Waffe hielt. Heyden schoss darauf und landete einen Glückstreffer, denn die Waffe explodierte und zerfetzte die Hand, die sie hielt, und auch noch einen Gutteil des dazugehörigen Armes. Der Quorrl kippte lautlos nach hinten, aber sofort erschien ein weiteres, geschupptes Gesicht in der Öffnung, und eine noch größere Waffe zielte auf ihn.

Heyden schoss erneut, verfehlte diesmal sein Ziel und sah mit schon fast magischer Klarheit, wie sich der Finger des Quorrl auf den Abzug legte.

Als das grüne Feuer im Lauf der Waffe aufloderte, legte Duras ihm die Hand auf die Schulter, und alles wurde weiß und violett.

Mardu Die größte Überraschung war vielleicht, dass er überhaupt wieder wach wurde.

Mardu erinnerte sich nicht an seinen letzten Gedanken, bevor er gegen die ausgestreckte Hand des Eisenmannes gelaufen war, und mit einiger Wahrscheinlichkeit hatte es auch gar keinen gegeben, sondern einfach nur einen allerletzten Moment puren Erschreckens. Aber *hätte* er noch Zeit für einen allerletzten klaren Gedanken gehabt, dann wäre es wohl der gewesen, dass es eben sein allerletzter Gedanke war und er jetzt die Antwort auf die Frage bekam, die sich jedes denkende Wesen jeder intelligenten Spezies im Universum stellt, nämlich ob der Tod das unwiderrufliche Ende von allem war oder es – irgendwie – weiterging.

Aber er war nicht tot. Mardu hatte noch nicht einmal die Augen geöffnet, und er hatte auch noch kein wirkliches Empfinden für seinen Körper (was möglicherweise ganz gut war), aber er wusste mit unerschütterlicher Gewissheit, dass er lebte. Er wusste nur noch nicht, ob er sich darüber freuen sollte.

Mardu nahm all seinen Mut zusammen, hielt die Luft an und zwang sich, die Augen zu öffnen. Er war nicht in der Hölle, so viel stand fest, aber seine Umgebung kam der Vorstellung davon schon recht nahe. Er befand sich in einem Raum schwer einzuschätzender, aber nicht besonderer Größe, dessen Wände aus schwarzen Steinquadern bestanden. Es war kalt, und das einzige Licht kam von einer rostigen Metallschale auf einem Dreibein, in der glühende Kohlen schwelten. Die Luft schmeckte ebenso schal wie verbrannt, und zumindest in der Wand, die er ansehen konnte, ohne den Kopf zu drehen, befand sich kein Fenster. Als Mardu sich zu bewegen versuchte, klirrte etwas. Seine begonnene Bewegung wurde abrupt und ziemlich schmerzhaft gestoppt, und Mardu glotzte eine geschlagene Sekunde lang auf die rostigen eisernen Ringe an seinen Handgelenken, dic mittels einer kurzen Kette an der Wand befestigt waren.

Ein Verlies?, dachte er – im allerersten Moment einfach nur verblüfft, dann empört. Sie hatten ihn wie einen gemeinen Verbrecher in ein *Verlies* geworfen und *angekettet?* Das war ... das war so ungeheuerlich, dass es ihm schon beinahe wieder komisch vorkam. Aber nur beinahe.

»Was soll das?«, ächzte Mardu. »Wissen diese Narren denn nicht, wer ich bin?«

»Und ob sie es wissen«, sagte eine säuerliche Stimme neben ihm. »Genau deshalb seid Ihr an genau diesem Ort, General.«

Mardu drehte mit einem Ruck den Kopf, wollte etwas sagen und spürte, wie ihm schier die Augen aus den Höhlen quollen, während er die blasse Gestalt anstarrte, die nur ein kleines Stück neben ihm an die Wand gekettet war.

»Und wir übrigens auch, nebenbei bemerkt«, fügte Quizzack hinzu.

»Du ... lebst?«, keuchte Mardu.

»Wie Ihr seht«, sagte Quizzack. »Was übrigens ganz und gar nicht Euer Verdienst ist, General.«

»Aber das … das ist … unmöglich!«, stammelte Mardu. Er hatte *gesehen*, wie der Heliothopther ihn enthauptet und in Stücke gerissen hatte!

»Offensichtlich nicht«, gab Quizzack zurück. Sein Blick, fand Mardu, war nicht besonders freundlich. Um nicht zu sagen, für jemanden seines Standes schon beinahe unverschämt *un*freundlich.

»Aber das kann nicht sein!«, beharrte Mardu. »Du bist tot. Ich habe gesehen, wie du gestorben bist!«

Quizzack zog eine Grimasse und versuchte die Hand zu heben, konnte es aber ebenso wenig wie Mardu. Metall klirrte. »Ich bin mir der Schande durchaus bewusst, die ich mit dem Umstand auf mich lade, noch am Leben zu sein und Euch damit quasi Lügen zu strafen, General«, sagte er, »aber ich kann leider nichts daran ändern.« Er hob abermals die Hände, so weit es ging, und rasselte demonstrativ mit seinen Ketten.

Dann klirrte es noch einmal, jetzt auf der anderen Seite, und eine Mardu nicht gänzlich unbekannte Stimme fragte: »Wa?«

Mardu wusste, was er sehen würde, riss aber trotzdem ungläubig die Augen auf, als er den riesigen Quorrl erblickte. Genau wie Quizzack und er war er an die Wand gekettet, und da seine Ketten keinen Zentimeter länger waren als die ihren, zwangen sie ihn zu einer fast grotesk aussehenden, aber mit Sicherheit äußerst unbequemen Haltung. Wahrscheinlich zu einer *qualvoll unbequemen* Haltung, dem Ausdruck auf seinem schuppigen Gesicht nach zu schließen. Mardu wandte sich hastig wieder zu Quizzack um. Nicht, dass der Junge ihn freundlicher angesehen hätte. Aber er war kleiner. Und noch am Leben, was Mardu immer noch nicht verstand. »Was ist mit den anderen?«, fragte er. »Findes und der andere mit dem bescheuerten Namen? Sind sie auch noch am Leben?«

Quizzack schnaubte. »Bei denen habt Ihr gründlichere Arbeit geleistet, General«, sagte er mit einem heftigen Kopfschütteln. »Wo nichts mehr ist, da kann man auch nichts mehr rekonstruieren, stimmt's?«

»Sie haben dich zu einem Rekonstruktor gebracht?«, fragte Mardu. *Warum?*

»Nein«, nörgelte Quizzack. »Ich hatte schon immer gutes Heilfleisch, müsst Ihr wissen. Es war mir eine Ehre, mich von dem Heliothopther in Stücke schneiden zu lassen. Und es hat auch fast gar nicht wehgetan.«

»Hüte deine Zunge, Bursche«, sagte Mardu.

»Warum?«, fragte Quizzack. »Weil Ihr sie mir sonst herausreißen lasst?«

Darüber ging Mardu einfach hinweg. Der unverschämte Bengel würde schon sehen, was er davon hatte, sobald sie erst einmal hier heraus waren. »Warum haben sie dich wiederhergestellt?«, fragte er stattdessen.

»Woher soll ich das wissen?«, polterte Quizzack. Er kniff das linke Auge zu. »Vielleicht, damit Ihr Euch das nächste Mal etwas noch Originelleres für mich ausdenken könnt?«

»Und weißt du, wo wir sind?« Mardu beschloss, die Unverschämtheiten des Burschen einfach an sich abprallen zu lassen.

»In einem Kerker?«, schlug Quizzack vor.

Mardu seufzte, schloss die Augen und zählte in Gedanken ganz langsam bis fünf, um seinen zwar gerechten, im Moment aber alles andere als konstruktiven Zorn verrauchen zu lassen. Zeit, sich in der hohen Kunst der Diplomatie zu üben, ein Parkett, auf dem er sich nicht besonders wohlfühlte, sich aber trotzdem sicher bewegen konnte, wie er wusste, denn schließlich gehörte auch das zu den Aufgaben eines Generals.

»Ich kann verstehen, dass du ein bisschen verärgert bist, mein lieber Junge«, begann er sanft. »Aber manche Dinge müssen nun einmal getan werden, auch wenn es auf den ersten Blick schwer zu verstehen sein mag.«

»Pffft!«, machte Quizzack.

Mardu blieb immer noch ruhig; zu seinem eigenen, nicht geringen Erstaunen. »Es diente einem guten Zweck.«

»Ah ja, und welchem?«

Na, zum Beispiel dem, sein Leben zu retten, dachte Mardu – ein wenig erstaunt darüber, dass er dem Jungen diese Selbstverständlichkeit erklären sollte. Er tat es auch nicht, sondern sagte stattdessen: »Erinnerst du dich an das Gespräch, das wir letzte

Nacht geführt haben, über die Rolle, die das Schicksal uns Soldaten zugedacht hat, und den Preis, den wir manchmal dafür zahlen müssen?«

»Nämlich in Stücke gerissen zu werden?«

Es war ganz und gar unglaublich – aber General Mardu brachte sogar die innere Stärke auf, über diese neuerliche Unverschämtheit mit nicht mehr als einem missbilligenden Stirnrunzeln hinwegzugehen. »Unsere Mission ist wichtig, mein Junge«, sagte er sanft. »Wichtiger als unser aller Leben.« Na ja, wenigstens wichtiger als seines und das der drei Blödmänner mit den bekloppten Namen.

»Welche Mission?«, giftete Quizzack. »Möglichst viele Menschen in möglichst kurzer Zeit umzubringen?«

»Es geht hier um viel mehr, als du auch nur ahnst, mein Junge«, antwortete Mardu sanft. »Manche Dinge sind einfach zu komplex, als dass ein einfacher Soldat wie du sie zur Gänze verstehen könnte.«

»Einfaches Kanonenfutter, meint Ihr?«, schnaubte Quizzack.

Wenn man es genau nimmt, dann Heliothoptherfutter, dachte General Mardu, entschied sich aber im letzten Moment, diese Worte nicht laut auszusprechen. »Es ist alles Teil eines großen Plans«, erklärte er sanft.

»Ach ja?«, höhnte Quizzack. »Und was ist das für ein Plan?«

Um ein Haar hätte Mardu tatsächlich geantwortet, und sei es nur, weil ihm der unverschämte Ton des Burschen allmählich wirklich auf die Nerven zu gehen begann. Im letzten Moment jedoch besann er sich eines Besseren. Der Junge schien ihn vielleicht für dämlich zu halten und es zweifellos selbst auch zu sein – aber Mardu war sich vollkommen darüber im Klaren, wie fatal es vermutlich wäre, dem zu glauben, was seine Augen ihm weiszumachen versuchten.

Die Kammer sah aus wie ein finsteres Verlies in der finstersten aller finsteren Burgen, aber es waren die Herren des Schwarzen Turms gewesen, die ihn gefangen hatten, und das bedeutete, dass er sich mit ziemlicher Wahrscheinlichkeit im Inneren ebendieses Schwarzen Turms befand. Was wiederum bedeutete, dass nichts von dem, was er zu sehen glaubte, auch wahr sein musste. Vielleicht hatte man sie in Wirklichkeit in ein schwarzes Loch tief unter der Erde geworfen, aber vielleicht war es auch nur diese dreimal verfluchte Techmagie, die ihn diese Illusion nur glauben ließ. Besser, er ging davon aus, dass sie jedes Wort hörten, das er sprach.

»Das geht dich nichts an«, erklärte er Quizzack. »Und selbst wenn es anders wäre, würdest du es sowieso nicht begreifen. Die Pläne des Clansherrn sind viel zu kompliziert, als dass einer wie du sie auch nur ansatzweise verstehen könnte.«

»Noch raffinierter als Eure?«, fragte Quizzack. »Aber das kann doch gar nicht sein!«

Mardu sah ihn misstrauisch an. Da war ein seltsamer Unterton in Quizzacks Stimme, aus dem er nicht ganz schlau wurde ... bis er ihn schließlich doch begriff und sich – zumindest in Gedanken – sogar bei dem Jungen entschuldigte. Quizzack kannte Craiden ja gar nicht und konnte somit unmöglich wissen, dass der Clansmeister sogar noch weiser und vorausschauender war als er. Wenn auch natürlich nicht viel.

»Ich kann dich wirklich gut verstehen, mein Junge«, sagte er. »Dir muss das alles ganz schrecklich vorkommen, und von deinem Standpunkt aus stimmt das vielleicht sogar, weil du ja nicht alle Fakten kennst. Wenn das alles hier vorbei ist und wir in meinem Lager sind, dann erkläre ich dir möglicherweise einen Teil des genialen Plans des Clansherrn.«

Quizzack glotzte.

»Glaub mir, all diese Ereignisse haben sehr wohl einen Sinn«, versicherte Mardu.

»Nämlich auch noch den Rest der Stadt in die Luft zu jagen?«

»Manche Dinge müssen getan werden, so schrecklich sie uns auch vorkommen mögen«, sagte Mardu.

»Ja, darin ist Euer famoser Clansmeister anscheinend Spezialist«, höhnte Quizzack. »Schrecklichen Mist zu bauen. Was er wohl als Nächstes vorhat? Den Mond endgültig in Stücke zu brechen und die Teile einzeln auf die Stadt fallen zu lassen?«

»Wirst du wohl schweigen, du unverschämter Bursche?«,

wies ihn Mardu zurecht. »Ich gestatte nicht, dass jemand so über den Clansherrn spricht!«

»Weil Ihr ihn verehrt, nehme ich an?«

»Ganz genau«, bestätigte Mardu.

»Das klang heute Nacht aber ein bisschen anders«, sagte Quizzack.

»Nur weil ich nicht mit allen Entscheidungen meines Clansherrn einverstanden bin, bedeutet das noch lange nicht, dass ich ihn nicht respektiere!«, sagte Mardu.

»Und womit genau seid Ihr nicht einverstanden, General?«, fragte Quizzack böse. »Mit der Tatsache, dass er am Leben ist?«

Das ging nun wirklich ein bisschen zu weit, dachte Mardu. Und es kam der Wahrheit auch entschieden zu nahe, als dass dem Jungen eine solche Anzüglichkeit überhaupt zustand.

»Es ist wahr, dass ich möglicherweise das eine oder andere anders gehandhabt hätte, aber Clansmeister Craiden schätzt es, wenn seine Offiziere ihre eigene Meinung haben. Sogar, wenn sie von seiner Meinung abweicht.«

»Und seine Offiziere?«, erkundigte sich Quizzack miesepetrig. »Schätzen sie es auch, wenn seine Meinung von ihrer abweicht?«

Da hörte sich doch alles auf! Mardu holte tief Luft, um zu einer geharnischten Antwort anzusetzen, mit der er diesen unverschämten Bengel endgültig in seine Schranken verweisen würde, doch in diesem Moment erscholl ein lautstarkes Klappern und Rasseln: In der gegenüberliegenden Wand schwang eine Tür aus mit rostigen Eisenbändern verstärkten Bohlen auf. Mardu hätte jede Wette gehalten, dass sie vor einem Moment noch nicht da gewesen war.

Sein Erstaunen über dieses neuerliche (Techmagie-)Wunder verschwand allerdings sofort und machte purem Entsetzen Platz, als Mardu die meterhohe, verchromte Metallspinne sah, die durch die Tür trat und sich ihm auf klackenden Beinen näherte. Sie ähnelte den angeblichen Reinigungsmaschinen, vor denen sie auf der Leere geflohen waren, wirkte aber auf schwer fassbare Weise bedrohlicher, obwohl sie keinerlei Scheren oder

Messerklingen hatte. Sie stakste auf ihn zu, gab ein leises Summen von sich, legte den runden Kopf mit seinem halben Dutzend rot glühender Glasaugen auf die Seite und schien auf eine Antwort zu warten. Aber ganz davon abgesehen, dass er ihre Sprache nicht verstand, würde er bestimmt nicht mit so einem Stück Techmagie-Schrott reden!

Die Chromspinne streckte eines ihrer Gliedmaßen nach ihm aus, woraufhin Mardu kreischte, die Knie an den Leib zog und schrie: »Lass mich in Ruhe! Ich weiß nicht, was du von mir willst, aber rühr mich nicht an! Ich tue alles, was du willst, *aber rühr mich nicht an!*«

Die Chromspinne zog ihr Bein wieder zurück und wirkte irgendwie verdutzt, und zwei weitere Gestalten traten durch die Tür, bei deren Anblick Mardu endgültig das Blut in den Adern gerann.

Es waren Eisenmänner. Mardu konnte nicht sagen, ob einer von ihnen derjenige war, der ihn im Himmelsbahnhof niedergeschlagen hatte, denn sie ähnelten sich wie zwei vollkommen identische Kopien. Als sie mit stampfenden Schritten auf ihn zukamen, waren selbst ihre Bewegungen so gleich, als betrachte er ein gespiegeltes Hologramm. Die Chromspinne trippelte hastig zur Seite, um ihnen Platz zu machen, während Mardus Handfesseln sich wie durch Zauberei lösten und mit einem lautstarken Scheppern zu Boden fielen. Noch bevor der General allerdings begriff, dass er frei war, war es mit dieser Freiheit auch schon wieder vorbei, denn die beiden Eisenmänner beugten sich vor, packten ihn an jeweils einem Arm und zerrten ihn zwischen sich aus dem Raum.

»Was soll das?!«, kreischte Mardu, strampelte mit den Beinen und versuchte mit aller Kraft, den Griff der beiden schwarzen Giganten zu sprengen. Alles, was er damit erreichte, war natürlich, dass die beiden Eisenmänner ihn einfach zwischen sich herschleiften, und das empfand er dann als doch zu entwürdigend, sodass er aufhörte zu brüllen und sich nicht mehr wehrte. Die beiden Eisenmänner zerrten ihn unverdrossen weiter, und sie legten dabei ein so scharfes Tempo vor, dass er immer noch

Mühe hatte, sich anders als in einem unwürdigen hastigen Stolperschritt zwischen ihnen zu bewegen, nachdem er endlich auf die Füße gekommen war.

»Wohin bringt ihr mich?«, verlangte er zu wissen. »Ich will auf der Stelle mit eurem Anführer sprechen, hört ihr? Ich verlange, den Herrn dieses verdammten Schwarzen Turms zu sehen, und das auf der Stelle! Und ich protestiere gegen diese grobe Behandlung! Ich bin General Mardu, zweiter Kriegsherr der vereinigten Clans! Also lasst mich gefälligst los, ihr unwürdigen Kreaturen!«

Die beiden Eisenmänner dachten nicht daran, sondern stapften ungerührt weiter, und nachdem Mardu seine Forderung noch zweimal wiederholt hatte, gab er auch das auf und tat das Einzige, was ihm blieb: Er sah sich um und versuchte, sich seine Umgebung einzuprägen. Nicht, dass es allzu viel gegeben hätte, was er sich einprägen konnte: Abgesehen davon, dass dies ein Gang war und in regelmäßigen Abständen Fackeln an den Wänden angesteckt waren, die rotes Licht und einen durchdringenden Brandgeruch verbreiteten, unterschied sich seine Umgebung in rein gar nichts von der Zelle, in der er aufgewacht war: schwarzer Stein, verkrustet vom Staub der Jahrhunderte.

Die beiden Riesen zerrten ihn ein gehöriges Stück den Gang entlang, um eine weitere Biegung und noch einmal ein Stück weiter und schließlich auf einen halbrunden Durchgang zu, und als sie ihn durchschritten, da wurde Mardu erst der ganze Umfang ihrer Bosheit klar.

Hinter dem Torbogen lag kein weiterer Gang oder Raum und auch keine Treppe, sondern ein kreisrunder Schacht von gewaltigem Durchmesser, der sich sowohl nach oben als auch nach unten in bodenloser Schwärze verlor. Und in den stießen ihn die beiden schwarzen Giganten ohne das mindeste Zögern hinein!

Mardu schrie gellend auf, als der Sturz in die bodenlose Tiefe begann … und ächzte dann ungläubig.

Statt nach unten, bewegten sich seine beiden Begleiter und er nach *oben!*

Mardus Herzen hämmerten immer noch wie verrückt vor Panik und Entsetzen, und in seinen Ohren rauschte das Blut laut genug, um jedes andere Geräusch zu übertönen. Er fiel nicht, sondern glitt ganz im Gegenteil wie von einer unsichtbaren Hand gehalten nach oben, aber seine Augen und anderen Sinne beharrten nach wie vor darauf, dass das absolut und vollkommen unmöglich war.

Mardu raffte all seinen Mut zusammen, sah nach unten und erlitt einen kurzen Anfall von noch größerer Panik, denn unter ihm war *gar nichts*. Es gab keine Plattform, keinen Aufzug, keinen irgendwie gearteten Techmagie-Schnickschnack, sondern einfach nur Leere, die meilenweit in die Tiefe führte; vielleicht bis in alle Ewigkeit.

Der Schacht schien ebenso endlos weit in die Höhe zu führen, was sich im Nachhinein aber als gar nicht einmal so schlecht erwies, denn so fand General Mardu wenigstens Zeit, nicht nur die Panik niederzukämpfen, sondern auch seine Würde zurückzuerlangen. Die beiden Eisenmänner hatten ihn in Todesangst versetzen und auf diese Weise lächerlich machen und demütigen wollen, aber gar so leicht würde er es ihnen bestimmt nicht machen. Um einen General Mardu einzuschüchtern, bedurfte es schon ein bisschen mehr als eines schnöden Loches!

Als die beiden Eisenmänner ihn endlich aus dem Schacht zerrten, kreischte er schon nicht mehr laut, sondern wimmerte nur noch leise, und sogar das hörte auf, während er durch weitere finstere Gänge voller blakender Fackeln und Staub gezerrt wurde. Vielleicht hätte er sogar damit aufgehört, vor Angst zu sabbern und sich (wenn auch nur ein bisschen) vollzupinkeln, hätten ihn die beiden schwarzen Giganten nicht in einen Raum gezerrt, der genauso fensterlos und leer war wie alles andere bisher, aber von einem milden gelblichen Lichtschein erfüllt, der aus keiner erkennbaren Quelle kam. Und er war auch nicht ganz leer. Genau in seiner Mitte stand der entsetzlichste Folterstuhl, den Mardu jemals gesehen hatte, ein Monstrum aus verchromtem Stahl und Gelenken und blitzenden dürren Silberarmen. Mardus Herzen machten einen asynchronen Sprung, und die schiere Todesangst gab ihm noch einmal die Kraft, sich mit verzweifelter Gewalt gegen den Griff seiner beiden Folterknechte zu stemmen … die auch diesmal nicht langsamer wurden (oder sich auch nur anstrengten), sondern ihn grob auf den Marterstuhl stießen und dann beiseitetraten, um rechts und links von ihm Aufstellung zu nehmen.

Mardu wartete auf das Schnappen verchromter Fesseln, die sich um seine Hand- und Fußgelenke schlossen, doch nichts dergleichen geschah. Angesichts seines silbrig schimmernden Aussehens war der Stuhl sogar überraschend bequem. Er spürte kaum, dass er saß, als passe sich das Möbelstück nicht nur genau seinem Körper an, sondern übe auch an genau den richtigen Stellen Druck aus, während er an anderen gar nicht zu existieren schien. Aber davon ließ sich General Mardu nicht täuschen. Zweifellos war es dasselbe wie mit diesem entsetzlichen Schacht: Sie wollten ihn in Sicherheit wiegen, nur um ihn dann umso härter treffen zu können, wenn das Martyrium begann. Mardu hatte immer noch Angst, aber diesmal gestand er sich dieses Gefühl auch selbst ein, denn schließlich erwartete ihn unvorstellbare Qual, die schlimmste Folter, die man sich nur vorstellen konnte, aber er würde sie durchstehen, und er würde ihnen nicht die Genugtuung geben, ihn wimmern und um sein Leben betteln zu hören. O nein, ganz bestimmt nicht!

Die Tür ging auf, und eine nicht besonders große, dunkelhaarige Frau betrat den Raum. Sie war schlicht gekleidet – ein einfaches Kostüm von strengem Schnitt ohne jedwede modische Verzierung – und hatte das Haar zu einem strengen Knoten hochgesteckt; es war Mardu nicht möglich, ihr Alter zu schätzen. Sie war nicht mehr jung, aber er konnte nicht sagen, ob sie wirklich alt war. Doch in ihrem Gesicht, auf dem nicht die allerkleinste Gefühlsregung abzulesen war, entdeckte er auch etwas, was ihn sofort zur Vorsicht mahnte. Wer oder was auch immer diese Frau war – sie war gefährlich.

Der Dunkelhaarigen folgte eine zweite Gestalt, und Mardu riss ungläubig die Augen auf.

Es war eine Maus.

Jedenfalls sah es aus wie eine Maus, auch wenn das eine oder andere Detail an diesem Vergleich hinkte. Die Größe, zum Beispiel. Sie maß ungefähr anderthalb Meter, womit sie zwar nur ein bisschen kleiner war als er selbst, für eine Maus aber dennoch ziemlich groß. Außerdem trug sie einen Mantel aus roh zusammengeschusterten Lederflicken und ging aufrecht auf den Hinterbeinen, und in ihren Augen war etwas, das ganz und gar nicht in die eines Tieres gehörte, ganz gleich, wie groß es war.

»Du bist Mardu?«, begann die Frau.

Die Maus schloss die Tür hinter sich, wandte sich wieder zu ihm um und betrachtete ihn aufmerksam aus ihren pupillenlosen schwarzen Augen. Ihr Schwanz begann den Takt einer unhörbaren Melodie auf dem Boden zu klopfen.

»*General* Mardu«, verbesserte Mardu automatisch.

Die Frau deutete ein Nicken an. »General Mardu«, wiederholte sie. »Ich bin Senatorin Rymer. Das ist Plixx.« Sie wies auf die Maus. »Wir möchten mit Euch reden.«

»Ja, das denke ich mir«, knurrte Mardu. Erwartete sie allen Ernstes, dass er mit einer *Maus* sprach? »Ich sage gar nichts! Macht doch mit mir, was ihr wollt!«

»Das sowieso«, zischelte die Maus. Sie kam näher, trommelte dabei weiter nervös mit ihrem hässlichen nackten Schwanz auf den Boden und schnüffelte dann hörbar. »Du stinkst!«

»Plixx, bitte«, seufzte Rymer.

»Aber er stinkt wirklich.« Plixx schnüffelte noch übertriebener und beugte sich vor. »Unser großer Held hat sich eingepisst!«

»Ich habe nichts dergleichen …«, begann Mardu empört und kreischte dann vor Entsetzen, als der Stuhl einen dünnen silbernen Arm ausklappte, aus dem drei noch viel dünnere (und nadelspitze) Finger ausfuhren, die emsig über seinen Körper zu tasten begannen, zweifellos auf der Suche nach der Stelle, an dem sie ihm die größten Schmerzen zufügen konnten. Und als wäre dieser Gedanke ein Stichwort gewesen, auf das dieser Techmagie-Folterknecht nur gewartet hatte, verwandelten sich die dünnen Fingerchen prompt in zwei ebenso dünne, aber rasiermesserscharfe Messerklingen.

Mardu schrie gellend auf und versuchte hochzuspringen, und nun schnappten die stählernen Hand- und Fußfesseln aus dem

Stuhl, auf die er vorhin schon gewartet hatte, und hielten ihn mit unerbittlicher Kraft fest. Er kreischte und bäumte sich mit verzweifelter Kraft auf, aber die Fesseln waren so stark, wie sie aussahen, und die Scherenklingen begannen mit ihrer Arbeit.

Sie bestand daraus, ihm die kümmerlichen Reste seiner Kleidung vom Leib zu schneiden. Dabei gingen sie fast schon sanft, aber auch sehr effektiv zu Werke. Mardu trug nicht einen einzigen Kratzer davon, doch es verging nicht einmal eine Minute, bis er vollkommen nackt vor der Maus und der dunkelhaarigen Frau saß. Immerhin schien sie der Anblick seiner entblößten Männlichkeit gebührend zu beeindrucken, auch wenn sie sich alle Mühe gab, einen geringschätzigen Ausdruck auf ihr Gesicht zu zwingen.

Die Scheren zogen sich klappernd zurück, und an ihrer Stelle erschienen zahlreiche Manipulatoren, Düsen und Schwämmchen, die ihn wie ein hilfloses Baby am ganzen Leib wuschen, säuberten, trocken pusteten und zu allem Überfluss auch noch puderten, und nachdem diese entwürdigende Prozedur endlich vorüber war, erschien eine weitere, deutlich größere Düse, die unverzüglich daranging, seinen ganzen Körper mit irgendeiner grauen Pampe zu besprühen, die nicht nur eiskalt war, sondern auch wie verrückt auf der Haut juckte. Nur einen Moment später erlebte er jedoch eine weitere – und diesmal vielleicht sogar die bisher größte – Überraschung, denn die graue Schmiere gerann zu einem mattschwarzen Anzug, der sich so angenehm wie eine streichelnde Hand auf seiner Haut anfühlte.

Plixx schnüffelte. »Schon besser«, sagte er.

Rymer hatte von irgendwoher ein weißes Taschentuch gezaubert und wedelte demonstrativ damit vor ihrem Gesicht. Sie sah ein bisschen angewidert aus, fand Mardu. Aber vielleicht war sie ja auch nur enttäuscht, weil er jetzt wieder angezogen war.

Nachdem eine weitere Düse an ihm entlanggefahren war und ihn mit einem süßlich riechenden Parfum angestänkert hatte, schnappten seine Hand- und Fußfesseln wieder auf, und der inzwischen völlig schwarz gewordene Stoff seines Anzuges kroch wie durch Zauberei über die zuvor frei gebliebenen Stellen und erstarrte dort. Sie wollten ihn mit ihrer Techmagie beeindrucken, dachte Mardu grimmig. Und es gelang ihnen sogar.

»Was wollt ihr?«, fauchte er, während er insgeheim ganz leicht Arme und Beine bewegte, um herauszufinden, wie weit seine Bewegungsfreiheit reichte, bevor die Fesseln erneut zuschnappten.

»Wie ich bereits sagte: mit Euch reden, General«, antwortete Rymer. Sie war *Senatorin*, erinnerte sich Mardu in Gedanken. Was dieser Titel wohl bedeuten mochte? Zweifellos etwas Wichtiges, denn schließlich war er ein wichtiger Gefangener. Vielleicht stand er sogar der Herrin dieses verfluchten Schwarzen Turms gegenüber.

»Ach ja?«, fragte Mardu herausfordernd. Besser, er sorgte von Anfang an für klare Verhältnisse. »Und über was?«

»Du gehörst zu Craidens Leuten?«, fragte Plixx. Was fiel dieser größenwahnsinnigen Ratte eigentlich ein, ihn zu duzen?

»Ich bin der zweite Kriegsherr des End-Clans«, belehrte ihn Mardu.

Rymer runzelte die Stirn, woraufhin die Maus fortfuhr: »Um es genau zu sagen: Der dritte Assistent des zweiten Pferdemeisters. Bis vor sechs Monaten warst du noch ein einfacher Stallbursche, aber seit Clansmeister Craiden alles, was laufen kann, zu den Waffen gerufen hat, hast du eine gewisse Karriere gemacht.«

»Der Clansherr hat meine Talente erkannt«, pflichtete ihm Mardu bei. »Er ist ein sehr weiser Mann.«

Rymer verdrehte die Augen, und Plixx sagte: »Oder er hat jemanden gesucht, um den es nicht besonders schade ist, wenn er einen bestimmten Knopf drückt und dem Explosionszentrum dabei vielleicht ein bisschen zu nahe ist.«

Mardu starrte ihn an. Er war nicht ganz sicher, was die Maus damit sagen wollte, aber es klang auf jeden Fall nach einer Unverschämtheit.

»Und jetzt wollt ihr von mir hören, was ich über die Pläne des Kriegsherrn weiß«, schnaubte er. »Aber von mir erfahrt ihr nichts. Ihr könnt mich foltern, wenn ihr wollt. Reißt mir die Finger- und

Zehennägel aus, oder lasst euch noch Schlimmeres einfallen, das ist mir egal! Ich sage kein Wort!«

»Aber wir wissen doch schon alles«, sagte Rymer lächelnd. »Deshalb haben wir Euch auch nicht herbringen lassen, General.«

»Nicht?« Mardu musste schlucken, als ihm klar wurde, was dieses Eingeständnis wahrscheinlich bedeutete. Wenn sie keine Informationen von ihm wollten, dann hatten sie ihn wohl nur hergebracht, um ihn zu Tode zu foltern und sich an seiner Qual zu weiden.

»Nein«, bestätigte Plixx, betrachtete aber höchst interessiert Mardus Fingernägel; der General folgte ganz automatisch seinem Blick und war ein bisschen erstaunt. Er hatte sie noch nie so sauber gesehen.

»Was Plixx vorhin sagen wollte«, fuhr Rymer nach einer kleinen Weile fort, »ist Folgendes: Selbstverständlich ist uns zu Ohren gekommen, dass Ihr einer der treuesten und fähigsten Offiziere seid, die unter Craidens Kommando dienen ... vielleicht sogar ein wenig *zu* fähig.«

»Was soll das heißen?«, fragte Mardu. Wie konnte ein Offizier denn zu fähig sein?

»Uns ist ebenfalls zu Ohren gekommen, dass Ihr nicht mit allen Entscheidungen einverstanden seid, die der Clansherr in der Vergangenheit getroffen hat.« Rymer hob rasch die Hand, als Mardu widersprechen wollte, und fuhr in leicht verändertem Tonfall fort: »Natürlich ist uns klar, dass Ihr ein viel zu honoriger Mann seid, um eine solche Kritik an den Entscheidungen Eures Clansherrn laut zu äußern oder ihm gar in aller Offenheit zu widersprechen.«

Mardu legte lauernd den Kopf auf die Seite, und Rymer erwiderte seinen Blick auf eine Art, die ihn in zunehmendem Maße verwirrte, denn er las immer weniger Feindseligkeit darin. »Wer hat das behauptet?«, fragte er.

»Aber General!«, sagte Rymer kopfschüttelnd, aber auch mit der Andeutung eines Lächelns. »Ihr könnt nicht ernsthaft glauben, dass ein Mann Eures Formats und Eurer Weitsicht in

Craidens Heer Dienst tut, ohne dass man anfängt, über seine Gedanken zu sprechen.«

Da war etwas dran, dachte Mardu, blieb aber immer noch ein bisschen misstrauisch. »Und?«

»Ich bin neugierig geworden«, sagte Rymer. »Ich wollte wissen, ob es einen Mann wie den, von dem man mir so viel erzählt hat, in Craidens Heer tatsächlich gibt, und deshalb habe ich Euch herbringen lassen.«

»Und?«, fragte Mardu noch einmal.

»Was man mir über Euch berichtet hat, ist nicht übertrieben«, antwortete sie. »Ich bin ein wenig erstaunt, dass der Clansmeister Euch nicht schon längst zum Oberkommandierenden seines gesamten Heeres gemacht hat.«

Mardu sagte vorsichtshalber nichts dazu – und was auch? Schließlich entsprachen Rymers Worte durchaus der Wahrheit, und das eine oder andere Mal hatte er sich diese Frage auch schon selbst gestellt.

»Ich will ganz offen sein«, fuhr Rymer fort, nachdem sie ihn weitere lange Sekunden nachdenklich angesehen hatte. »Kann es sein, dass Clansmeister Craiden Angst vor Euch hat?«

»Unsinn!«, widersprach Mardu. »Ich würde niemals …«

»Seine Entscheidungen in Zweifel ziehen oder Euch gar offen gegen ihn stellen, ich weiß«, unterbrach ihn Rymer. »Dazu seid Ihr ein viel zu aufrechter Mann. Dennoch: Was, wenn der Clansherr Euer Talent erkannt hat und insgeheim fürchtet, dass es anderen genauso ergehen könnte? Seine Machtposition könnte geschwächt werden, wenn seine Untergebenen zu begreifen anfangen, dass er einen Mann an seiner Seite hat, der weitsichtiger ist als er selbst.«

»Unsinn!«, schnaubte Mardu erneut, aber nicht mehr ganz so überzeugt wie gerade.

»Dann denkt einfach einen Moment nach, General«, antwortete Rymer. »Clansmeister Craiden will gewiss das Beste für die Stadt, daran besteht kein Zweifel.«

»Und das sagt ausgerechnet Ihr?«

»Dass der Clansmeister unser erklärter Feind ist, bedeutet

nicht, dass ich ihn nicht respektiere oder gar den Fehler begehe, ihn zu unterschätzen«, erwiderte Rymer. »So wenig, wie ich Euch unterschätze, General, nun, wo ich Euch selbst kennengelernt habe. Nein.« Sie schüttelte heftig den Kopf. »Ich respektiere seine Ziele. Er will nicht mehr als wir alle: leben, genug zu essen für seine Untertanen und eine sichere Zukunft für seine Kinder.«

»Und warum bekämpft ihr uns dann?«, fragte Mardu.

Rymer seufzte sehr tief. »Und damit wären wir auch schon beim Thema, General.« Ihre Stimme klang plötzlich traurig. »Ihr und wir ... müssen keine Feinde sein. Es ist nicht notwendig, dass wir einander umbringen.«

»Bisher habt immer nur ihr uns umgebracht«, knurrte Mardu. Er war leicht verunsichert, denn er wusste weniger denn je, worauf die Senatorin überhaupt hinauswollte. Auf nichts Gutes, zweifellos.

»Wenn man es genau nimmt, stimmt das so nicht«, widersprach Rymer. »O ja, ich weiß, es sind schlimme Dinge geschehen in der Vergangenheit, Dinge, auf die wir nicht stolz sind. Doch an der gestrigen Katastrophe trifft uns keine Schuld.«

»Ach nein? Wen denn sonst?«

»Vielleicht denjenigen, der dir eine Bombe gegeben und zufälligerweise zu erwähnen vergessen hat, wie groß ihre Sprengkraft wirklich ist?«, fragte Plixx.

Rymer hob besänftigend die Hand. »Plixx' Wortwahl ist manchmal etwas direkt«, sagte sie mit einem Verzeihung erbittenden Lächeln, »aber ich fürchte, in diesem Fall hat er nicht gänzlich unrecht. Was gestern geschehen ist, war zweifellos eine Katastrophe und eine große Tragödie. Fast eine halbe Million Eurer Brüder und Schwestern sind binnen eines einzigen Augenblicks ums Leben gekommen. Ich bedaure das zutiefst, General, bitte glaubt mir das. Doch es war nicht unsere Schuld.«

»Ach nein?«, fragte Mardu erneut. »Wessen denn?«

»Der unsichtbare Schutz, der unseren Turm umgibt, ist unzerstörbar«, antwortete Rymer. »Keine Macht des Universums vermag ihn zu durchdringen. Nicht einmal unsere eigenen Waffen könnten die *Wand* überwinden, und Ihr wisst, wie mächtig sie sind. Wir haben das Clansmeister Craiden gesagt, doch er hat diese schreckliche Bombe dennoch gezündet und Hunderttausende seines eigenen Volkes auf diese Weise ausgelöscht.«

»Und einige seiner eigenen Armeen«, fügte Plixx hinzu. »Und wie es der Zufall will: auch einige, von denen man sagt, dass sie dir treu ergeben waren, General.«

Mardu ignorierte das. »Wir mussten es wenigstens versuchen, oder?«

»Musstet ihr das?«, fragte Rymer. »Mussten so viele sterben, nur damit ein Einzelner seine Macht und seinen unbedingten Willen zum Krieg unter Beweis stellen kann?«

»Was soll das heißen?«, fragte Mardu. Er fühlte sich sehr, sehr unsicher.

Wieder war es Plixx, der anstelle der Senatorin antwortete. Vielleicht war er auch einfach nur schneller gewesen. »Senatorin Rymer ist Diplomatin, und manchmal tut sie sich etwas schwer damit, die Dinge beim Namen zu nennen«, sagte er. »Aber hier geht es um Leben, Mardu. Das Leben deiner Leute. Sehr viele Leben. Clansmeister Craiden will Krieg. Vielleicht reicht es ihm nicht mehr, nur der Herrscher der dreizehn großen Clans zu sein. Er will auch noch der Kriegsherr von ganz *Belagerung* werden, um seine Macht zu festigen.«

»Das ist er doch schon längst«, antwortete Mardu. Warum diskutierte er eigentlich mit einer *Maus?*

»Und er tut alles, damit das auch ja nicht in Vergessenheit gerät«, fuhr Rymer nun wieder fort. Hätte Mardu nicht gewusst, dass es für eine Frau ihrer Intelligenz und ihres Kalibers ganz zweifellos unter ihrer Würde sein musste, so etwas zu tun, dann hätte er meinen können, dass Plixx und sie ein genau abgesprochenes Spiel mit ihm spielten. »Ich weiß nicht, was Euer Clansherr Euch erzählt hat oder was er überhaupt zu erreichen versucht, doch die einzigen, die darunter leiden, seid ihr.«

»Wie meint Ihr das?«

»Er kommt hierher und stellt Forderungen, die wir nicht erfüllen können«, zischelte Plixx. »Selbst wenn wir es wollten, wäre es gar nicht möglich. Dein Kriegsherr ist genau das, General: der Herr des Krieges. Und mehr will er auch gar nicht sein!«

»Aber wir wollen diesen Krieg nicht«, nahm Rymer den Faden auf. »Niemand hat etwas von einem Krieg, den keine Seite gewinnen kann, General. Alles, was wir erreichen können, ist, uns gegenseitig noch mehr Leid zuzufügen und noch mehr Blut zu vergießen.«

»Das Blut deines Volkes«, sagte Plixx.

»Auch das wollen wir nicht«, wiederholte Rymer. »Wir wünschen uns nichts mehr als Frieden.«

»Doch wir sind uns nicht mehr sicher, ob dein Clansmeister diesen Frieden überhaupt will«, führte Plixx den Satz zu Ende. Allmählich begann Mardu der Kopf zu schwirren. »Was, wenn er das nächste Mal eine noch viel schrecklichere Waffe einsetzt und noch weit mehr deiner Leute sterben?«

»Und was ...« Mardu hatte Mühe, auch nur einen klaren Gedanken zu fassen. » ... was wollt ihr jetzt von mir?«

Diesmal bekam er nicht sofort eine Antwort, aber auf Rymers Gesicht erschien wieder ein Lächeln, das sehr zufrieden, aber auch sehr ehrlich wirkte.

»Gar nicht viel, General«, sagte sie. »Im Grunde nicht mehr, als dass Ihr uns einen Moment zuhört. Wir möchten Euch einen Vorschlag machen.«

Gea Sie war nicht allzu lange besinnungslos gewesen – weniger als eine halbe Stunde, das spürte sie – und dieses Mal nicht in einem Zelt und an einen Stuhl gefesselt aufgewacht, sondern in einem aus dicken Bohlen gefestigten Verschlag.

Es gab nur ein einziges, schmales Fenster hoch oben im Winkel zwischen der Wand und der deutlich gewölbten Decke, das diesen Namen allerdings kaum verdiente, sondern allenfalls ein Luftloch abgab – und kein besonders effektives. Es war heiß und stickig hier drinnen, und sowohl Wände als auch der Boden verströmten einen schwachen, aber äußerst unangenehmen Geruch.

Außerdem bewegte sich der Boden sacht hin und her; dann und wann ertönte ein rostiges Eisenquietschen, manchmal das Schnauben eines großen Tieres. Der Wagen bewegte sich. Anders als beim ersten Mal war sie nicht gefesselt, aber wozu auch? Es gab nur das winzige Fensterchen und seltsamerweise nicht einmal eine Tür; und selbst wenn, wäre sie gewiss abgeschlossen gewesen.

Gea fiel erst nach einiger Zeit auf, dass sie andere Kleider trug, angefangen mit Mantel und Schuhen bis hin zu ihrer Unterwäsche. Die Vorstellung, dass man sie ausgezogen und gründlich untersucht hatte, war ihr überaus peinlich, auch wenn sie durchaus Verständnis dafür gehabt hatte. Nach allem, was vorhin geschehen war, hätte sie es umgekehrt nicht anders gemacht. Trotzdem war es ihr peinlich. Sie hoffte, dass es wenigstens Craiden war, der sie ausgezogen und nach verborgenen Waffen, Spionagegeräten oder auch gleich nach einem kleinen Raumschiff durchsucht hatte, das sie in irgendeiner Körperöffnung verbarg.

Der Gedanke ließ sie trotz allem lächeln, auch wenn ihre Situation alles andere als komisch war, sondern ganz im Gegenteil nicht ohne eine gewisse Gefahr. Sie machte sich dennoch keine allzu großen Sorgen. Allein der Umstand, dass man sie nicht gleich getötet hatte, bewies, dass sie sich nicht in unmittelbarer Lebensgefahr befand – zumindest nicht im Augenblick –, und wenn es hart auf hart kam, dann hatte sie noch immer die eine oder andere Überraschung für Clansmeister Tarkar und seinen gehörnten Leibwächter auf Lager.

Das Lächeln wich jedoch beinahe ebenso schnell wieder von ihren Lippen, wie es Besitz davon ergriffen hatte, als sie an Craiden zurückdachte. Er war zwar noch am Leben gewesen, aber schrecklich verwundet. Er konnte die Hand verlieren, möglicherweise sogar den halben Arm, und sie hatte keine Ahnung, wie gut die Rekonstruktoren waren, die diesen Barbaren zur Verfügung standen. Die Vorstellung, dass Craiden vielleicht durch ihre Schuld – und sei es nur indirekt – für den Rest seines Lebens verkrüppelt sein könnte, war nicht besonders angenehm.

Zum allerersten Mal fragte sie sich, wohin man sie überhaupt brachte und zu welchem Zweck. Die zweite Frage ließ sich relativ einfach beantworten – um sie zu verhören oder zu bestrafen oder auch beides –, die erste dafür umso weniger. Sie hatten das Heerlager verlassen, das war so ziemlich das Einzige, was sie mit Sicherheit wusste.

Vielleicht eine Stunde lang, in der der Wagen schaukelnd und ächzend dahinrumpelte, dachte sie angestrengt über diese Frage nach, obwohl es natürlich unmöglich war, eine Antwort darauf zu finden. Aber immerhin verging auf diese Weise die Zeit. Gea erwog und verwarf zahllose Möglichkeiten – einige davon waren ziemlich erschreckend, andere einfach nur grotesk –, und eine weitere Stunde vertrieb sie sich damit, die haarsträubendsten Fluchtpläne zu ersinnen und der Reihe nach wieder zu verwerfen. Kein einziger davon war notwendig, aber sie hatte etwas zu tun, und auf diese Weise verging noch ein bisschen Zeit.

Möglicherweise doch mehr, als sie ahnte, denn als sie irgendwann aus einem ihrer Phantasiegebilde wieder aufwachte (wenn sie ehrlich zu sich war, was ihr natürlich nicht einmal im Traum eingefallen wäre, dann hätte sie sich vielleicht eingestanden, dass es weniger eine Flucht- als vielmehr eine erotische Phantasie gewesen war, die eindeutig etwas mit Craiden zu tun gehabt hatte), war das Licht hinter dem Fenster erloschen, und irgendwie musste sie auch die Dämmerung übersprungen haben.

War es schon so spät?

Gea empfand nun doch eine leise Sorge, auch wenn die Betonung eindeutig auf *leise* lag. Sie wusste nicht, wie spät es war, aber bis Mitternacht blieben ihr noch etliche Stunden, und sollte sich bis dahin an ihrer Situation nichts ändern, gab es immer noch einen allerletzten Ausweg, auch wenn sie davor zurückscheute, denn er bedeutete auch, dass sie Craiden nicht mehr wiedersehen würde.

Die Tragweite dieses Gedankens kam ihr zu Bewusstsein, und beinahe hätte sie gelacht: Als ob das nicht jetzt schon so wäre! Nein. Der logische Teil ihres Denkens beharrte darauf, dass es ohnehin nichts mehr gab, was sie erreichen konnte, und sie von hier verschwinden sollte, so schnell es nur ging. Aber wenn sie auf ihren Verstand gehört hätte, dann wäre sie gar nicht hier.

Nach einer weiteren Stunde des Wartens wurde ihre Geduld belohnt. Der Wagen kam mit einem sachten Ruck zum Stehen, und für einen kurzen Moment brach draußen Unruhe aus: das unwillige Blöken und Stampfen der Ochsen, die offensichtlich den Wagen zogen, ärgerliche und aufgeregte Stimmen, die durcheinanderriefen, und das Wiehern von Pferden. Das Heerlager mochten sie verlassen haben, aber ganz offensichtlich hatten sie einen Teil davon kurzerhand mitgenommen.

Ein schweres Klappern erscholl hinter ihr, und als Gea sich umdrehte, erlebte sie eine Überraschung: Die komplette rückwärtige Wand des Wagens kippte nach hinten und bildete auf diese Weise eine schräge Rampe, an deren Ende zwei mit langen Speeren bewaffnete Quorrl standen. Sie sagten kein Wort, aber ihre Haltung war so feindselig, dass Gea nicht einen Moment zögerte, ihr Gefängnis zu verlassen und auf etwas wackeligen Knien zu ihnen zu gehen – schon um ihnen keinen Vorwand zu liefern, zu ihr heraufzukommen und sie gewaltsam aus dem Wagen zu zerren. Sie mochte Quorrl nicht, und das hatte rein gar nichts mit ihrer augenblicklichen Situation zu tun. Zeit ihres Lebens waren ihr diese plumpen Kolosse unheimlich gewesen, obwohl (oder vielleicht gerade weil) sie schon immer gemutmaßt hatte, dass diese riesigen Schuppenkrieger viel intelligenter waren, als die meisten glaubten.

Die beiden Quorrl nahmen sie in die Mitte und marschierten los, ohne sie auch nur mit einem Grunzen dazu aufgefordert zu haben, ihnen zu folgen. Gea tat es natürlich trotzdem, und sie nutzte die Gelegenheit, sich rasch umzusehen und noch ein paar ebenso sinn- wie grundlose Fluchtpläne zu schmieden.

Vorhin hatte sie gemutmaßt, dass sie einen Teil des Heerlagers auf ihrem ihr unbekannten Weg mitgenommen hatten; jetzt überlegte sie einen Moment ernsthaft, ob es vielleicht das *ganze* Heer war. Der Wagen – nur eines von einem halben Dutzend Fuhrwerke in vollkommen unterschiedlicher Größe und Bauart – bildete das Zentrum eines beeindruckend großen

Kreises aus Zelten, die mindestens zweihundert Krieger in Windeseile und mit erstaunlicher Geräuschentwicklung gerade aufschlugen. Eine nicht minder beeindruckende Zahl von Kriegern auf gepanzerten Schlachtrössern oder auch stacheligen Reitechsen bildeten ein Stück außerhalb dieses Kreises einen zweiten Ring, und vor dem Hintergrund des Sternenhimmels zeichneten sich die schwarzen Silhouetten von gleich drei Daktylen ab, die über dem Lager patrouillierten. Alles in allem mussten es mindestens dreihundert Krieger sein, wenn nicht mehr, dachte Gea. Andererseits – was hatte sie erwartet? Immerhin war es der Clansherr selbst, den sie beschützten.

Die beiden Quorrl steuerten einen besonders großen und schwer gepanzerten Wagen an, der auf fast acht mannshohen Ballonreifen rollte. Er hatte eine Anzahl großer, mit echtem Glas ausgefüllter Fenster, die mit schweren, eisernen Läden verschlossen werden konnten, jetzt aber weit offen standen, und auf seinem Dach thronten zwei buckelige Geschütztürme, aus denen die Läufe von jeweils zwei Zerreißern ragten, die mit einem einigenden Schuss ein ganzes Gebäude pulverisieren konnten. Eine Menge kleinerer, aber dennoch beeindruckend großkalibriger Zerreißer ragte wie die Stacheln eines metallenen Igels aus zahlreichen Schießscharten in den bronzefarbenen Panzerplatten, und da waren noch andere, kompliziert anmutende Dinge, deren Zweck Gea rätselhaft blieb. Das Erstaunlichste aber war, dass es bei dem Gefährt keine Deichsel gab oder irgendeine andere sichtbare Möglichkeit, Zugtiere anzuspannen. Der Wagen war ein Selbstfahrer, etwas, von dem sie gehört, es aber noch nie mit eigenen Augen gesehen hatte. Ganz offensichtlich, dachte sie, gehörte Tarkars Clan nicht zu denen, die den Gebrauch Alter Technik rundheraus ablehnten.

Im hinteren Teil des Panzerwagens öffnete sich eine Tür; eine Gestalt in einem schwarzen Mantel sprang heraus und kam ihren Bewachern und ihr entgegen. Es war Craiden. Sein rechter Arm hing in einer Schlinge und war bis über den Ellbogen hinauf verbunden, und selbst über die Entfernung hinweg und in der Dunkelheit konnte sie erkennen, wie blass er war und dass seine

Bewegungen leicht fahrig wirkten. Aber immerhin lebte er. Alles andere würde sich ergeben.

Gea wäre ihm entgegengerannt, hätten ihre beiden geschuppten Wächter es zugelassen, doch der Quorrl zu ihrer Linken gab ein drohendes Knurren von sich, als sie auch nur die Muskeln anspannte, und so geduldete sie sich, bis Craiden die kleine Distanz zurückgelegt hatte und in zwei Schritten Abstand vor ihr stehen blieb. Ohne auch nur darüber nachzudenken, was sie tat, hob sie die Hände, um ihn in die Arme zu schließen, woraufhin einer der Quorrl sie mit einem so derben Ruck zurückriss, dass sie fast das Gleichgewicht verloren hätte.

Craiden machte eine ärgerliche Geste mit der unversehrten Hand, und die beiden Quorrl wichen ein paar Schritte zurück, blieben aber in der Nähe.

»Craiden«, begann Gea unbeholfen. Sie versuchte nicht noch einmal, ihn zu berühren. »Ich bin ja so froh, dass du lebst.« Craiden sah sie mit tief gerunzelter Stirn an und schwieg. »Das … das mit deiner Hand tut mir leid«, sagte sie stockend. »Ich wollte nicht, dass so etwas passiert.«

»Es war nicht deine Schuld«, antwortete Craiden schließlich. Seine Stimme klang matt, und Gea vermutete, dass er in den letzten Stunden große Schmerzen gelitten hatte. »In einem gewissen Maße geschieht es mir sogar recht. Es ist schon ziemlich dämlich, auf eine Techmagie-Drohne zu schießen und nicht einmal auf die Idee zu kommen, dass sie sich wehren könnte.«

Aber es ist meine Schuld, dass sie überhaupt da *war,* dachte Gea. Sie sprach diesen Gedanken nicht laut aus. »Ich könnte dir helfen«, sagte sie stattdessen. »Meine Schwestern haben einen sehr guten Rekonstruktor. Du hättest in ein paar Tagen einen neuen Arm. Besser als je zuvor.«

»Ich war mit dem alten eigentlich ganz zufrieden«, sagte Craiden. »Und ich bin nicht hier, um über mich zu sprechen. Es ist nicht das erste Mal, dass ich verletzt werde. Mein Vater hat mir gestattet, noch einmal mit dir zu reden, bevor wir weiterfahren.«

»Und wohin?«, fragte sie enttäuscht.

»In unser Schloss, Burg Tarkar«, antwortete Craiden. »Und

bevor du fragst: Es ist sowohl Schloss als auch Burg, je nachdem, was gerade gebraucht wird.«

»Und ich nehme an, dass es in beiden Erscheinungsformen ziemlich tiefe Kerker gibt?«

Craiden lächelte nicht, sondern sah sie eher noch ernster an. In seinem Blick lag echte Sorge, doch Gea war trotzdem enttäuscht. Sie hatte gehofft, mehr darin zu erkennen. »Dir ist anscheinend noch immer nicht klar, wie ernst deine Lage ist, Mädchen«, sagte er.

»Gea.«

»Wenn es nach Torman gegangen wäre, dann hätte er dich auf der Stelle getötet. Ich konnte meinen Vater nur mit großer Mühe dazu bringen, ihn davon abzuhalten.«

»Dann muss ich mich wohl zum zweiten Mal bei dir bedanken, dass du mir das Leben gerettet hast«, antwortete Gea.

»Bedank dich nicht zu früh«, sagte Craiden ernst. »Ich bin nicht sicher, ob ich dir damit einen Gefallen getan habe. Es gab acht Tote und eine Vielzahl von Verletzten. Und drei Daktylen sind in der Panik umgekommen. Ein unersetzlicher Verlust.«

»Ist Crusher ...«

»Crusher ist unversehrt«, sagte Craiden rasch. »Vielleicht ein bisschen zerrupft, aber das macht sie nur noch wütender und gefährlicher im Kampf.« Er lächelte knapp, aber nur, um unmittelbar darauf wieder ernst zu werden.

»Für die Explosion kann ich nichts«, sagte Gea hastig. »Da war so ein Irrer, der an einem Scanner herumgebastelt hat, und ...«

»Das wissen wir«, unterbrach sie Craiden. »Stopak war ein Dummkopf, der schon eine Menge Schaden angerichtet hat. Er wurde gewarnt, mehr als nur einmal, aber er hat nicht gehört und den Preis dafür bezahlt. Hätte ihn die Explosion nicht zerrissen, dann hätte mein Vater ihn ganz ohne Zweifel hinrichten lassen.«

»Aber dann wisst ihr doch, was passiert ist!«, begehrte Gea auf. »Die Drohne wollte mich nur verteidigen. Und sie hätte niemals auf dich geschossen, wenn du nicht zuerst das Feuer eröffnet hättest!«

»Sie hätte gar nicht da sein dürfen«, sagte Craiden ernst. »Du weigerst dich anscheinend zu begreifen, Mädchen …«

»Was?«, fauchte Gea.

»… wie Torman die Angelegenheit sieht«, antwortete er. »Und mein Vater auch, fürchte ich. Sie glauben, dass dich unsere Feinde geschickt haben, um uns auszuspionieren.«

»Und du?«, fragte Gea. »Glaubst du das auch?«

»Was ich glaube, steht nicht zur Debatte«, sagte Craiden ernst. »Ich bin zwar der Sohn des Clansherrn, aber trotzdem nur ein einfacher Soldat. Und dass mein Vater weiß, dass wir uns kennen, macht es eher schlimmer.«

»Ich bin keine Spionin!«, empörte sich Gea. »Und wenn ich es wäre, dann würde ich mich bestimmt nicht so dumm anstellen und mich erwischen lassen.«

»Du bist nicht die Erste, die uns unterschätzt«, antwortete Craiden. »Und deine anderen Techmagie-Spione haben wir auch gefunden.« Er schüttelte heftig den Kopf und verzog gleich darauf die Lippen. Wahrscheinlich bereitete die Bewegung seinem verletzten Arm Schmerzen. »Aber wie gesagt: Ich glaube dir. Leider spielt das keine Rolle.«

»Und warum wolltest du dann unbedingt noch einmal mit mir reden?«

»Dass ich dir glaube, beweist nicht, dass du auch die Wahrheit sagst«, erwiderte Craiden. »Solltest du lügen, dann wäre jetzt der richtige Moment, um damit aufzuhören, Mädchen. Mein Vater ist ein harter Mann, aber nicht grausam. Wenn du ihm die Wahrheit sagst, dann wird er dein Leben verschonen.«

Gea schnaubte. »So wie es aussieht, muss ich mir wohl eher eine überzeugende Lüge ausdenken, damit er mich nicht umbringt. Wie lautet der Name des Clans noch mal, gegen den ihr in den Krieg zieht?«

»Die Johlten, Kind. Und es würde deine Lage nur noch schlimmer machen, wenn du weiterlügst.«

Es war nicht Craiden, der diese Worte gesprochen hatte, sondern sein Vater. Als Gea erschrocken herumfuhr, erkannte sie Tarkar und auch dessen Leibwächter, die vollkommen lautlos hinter ihnen aufgetaucht waren. Der gehörnte Riese war verletzt und trug mindestens ein halbes Dutzend Verbände an Kopf, Brust und Gliedern; er starrte sie beinahe hasserfüllt an. Tarkars Gesicht hingegen war vollkommen ausdruckslos.

»Ich lüge nicht«, sagte Gea.

»Nein, das wirst du gewiss nicht, wenn Torman dich befragt«, antwortete Tarkar. »Du wirst uns die Wahrheit sagen, und es liegt ganz allein bei dir, wie schmerzhaft der Weg dorthin ist.« Er machte eine Geste in die Runde. »Sobald die Sonne aufgeht, ziehen wir weiter, und morgen um diese Zeit sind wir schon auf meiner Burg. So lange gebe ich dir Zeit zum Nachdenken. Diesmal wird dich nicht der Finde verhören, sondern Männer, die wissen, wie man die Wahrheit ans Licht bringt.«

»Aber ich sage die Wahrheit«, erwiderte Gea. Zugleich spürte sie selbst, wie sinnlos jedes weitere Wort war. Sie an Tarkars Stelle hätte ihr auch nicht geglaubt.

»Es mochte die Wahrheit gewesen sein, dass du dich nur in unser Lager geschlichen hast, weil du meinen Sohn wiedersehen wolltest«, sagte Tarkar nickend und mit einem flüchtigen Lächeln. »Ich gebe gerne zu, dass mein Sohn ein gut aussehender Junge ist, der sicher eine gewisse Wirkung auf Frauen hat. Aber willst du behaupten, dass du dein Leben und diese unvorstellbar kostbare Alte Technik aufs Spiel gesetzt hast, nur um mit Craiden zu sprechen?«

»Vielleicht wollte ich ja nicht nur mit ihm *reden*«, antwortete Gea pampig. Torman sog hörbar die Luft ein und spannte seine Muskeln an, doch Tarkar brachte ihn mit einer raschen Geste zum Schweigen.

»Wer hat dich geschickt?«, fragte er.

»Niemand«, beharrte Gea. »Fragt doch den Finden! Er wird euch bestätigen, dass ich die Wahrheit sage!«

»Wer immer dich geschickt hat, versteht eine Menge von Alter Technik«, antwortete Tarkar. »Vielleicht genug, um selbst einen Finden zu täuschen ... oder einen verliebten jungen Mann, der ein hübsches Mädchen trifft.«

Gea setzte zu einer nun wirklich zornigen Antwort an, begegnete der Härte in seinem Blick und beließ es dann bei einem resignierenden Seufzen. Es hatte keinen Sinn. Tarkar würde ihr nicht glauben, weil er es weder konnte noch wollte, und sie konnte es ihm nicht einmal wirklich verübeln. Und es war alles und ganz allein ihre Schuld. Sie hatte es verpatzt, so simpel war das.

»Es tut mir leid«, sagte sie, an Craiden gewandt. »Ich weiß, dass ihr mir nicht glaubt, aber ich wollte dich wirklich nur wiedersehen, das ist alles. Vielleicht ... vielleicht klappt es, wenn euer kleiner Krieg vorbei ist. Ich schicke dir eine Einladung.«

Craiden runzelte die Stirn. Tarkar lächelte, und Gea überlegte kurz, ob sie ihm noch einen raschen Abschiedskuss stehlen sollte, entschied sich aber dann dagegen und konzentrierte sich auf den ZT.

Nichts geschah.

Gea blinzelte, schloss die Augen und konzentrierte sich diesmal mit aller Macht, und als sie die Lider wieder hob, begegnete sie Craidens Blick, der enttäuscht und unendlich traurig wirkte, und Tarkar streckte ihr den Arm entgegen. Auf seiner ausgestreckten Handfläche lag ein kleiner, fleischfarbener Gegenstand. Gea riss ungläubig die Augen auf.

»Falls du das hier suchst ... «

Gea hob die Hand, wie um das Biorelais an sich zu nehmen, und führte sie stattdessen in ihren Nacken. Die Wunde zwischen ihrem zweiten und dritten Halswirbel war bereits verkrustet und tat nicht einmal weh, als sie sie berührte, und ihre Größe entsprach ziemlich genau der des fleischigen Klumpens auf Tormans Handfläche, auch wenn ihre Fingerspitzen ihr weismachen wollten, dass sie mindestens zehnmal so groß war.

»Der Finde hat es entdeckt, als du bewusstlos warst«, sagte Tarkar. »Er hat auch noch ein paar andere Dinge in deinem Körper gefunden, die nicht dorthin gehören. Torman war dafür, sie ebenfalls herauszuschneiden, aber das habe ich ihm verboten. Wenigstens für den Moment.« Er warf das Relais zu Boden und zertrat es unter dem Stiefel. »Willst du uns jetzt verraten, wer du bist, wer dich geschickt hat und warum?«

Gea starrte nur den schmierigen Fleck auf dem Boden an; ein

erster, noch schwacher Hauch von Panik wehte durch ihre Gedanken. Das hätte nicht passieren dürfen. Das hätte um nichts auf der Welt passieren dürfen!

»Dein Schweigen wird dir nichts nutzen, mein Kind«, sagte Tarkar. »Denk einfach noch einmal nach. Wer immer dich hierhergeschickt und dir vielleicht erzählt hat, dass dir nichts passieren kann, hat dich belogen. Willst du sterben? Willst du Schmerzen leiden?«

Gea legte den Kopf in den Nacken, starrte den zerbrochenen Mond an und versuchte seinen genauen Stand am Himmel einzuschätzen, aber sie war viel zu aufgeregt. *Das hätte nicht passieren dürfen!*

»Ich will dir sagen, was nun geschieht, Kind«, sagte Tarkar. »Du wirst auf unsere Burg gebracht. Dort wird Torman dich verhören. Und wenn er mit dir fertig ist und du alle seine Fragen beantwortet hast – und das wirst du, glaube mir –, dann werde ich dich meinen Männern übergeben, und sie werden ihren Spaß mit dir haben, bis du tot bist. Willst du dir das nicht lieber ersparen?«

Sie spürte die Härte in Tarkars Worten und wusste, dass sie ehrlich gemeint waren und er jedes einzelne davon wahr machen würde, wenn sie ihm keine andere Wahl ließ.

»Wie spät ist es?«, rief Gea aufgeregt.

»Wie?«, murmelte der Clansherr.

»Wie lange ist es noch bis Mitternacht?«, schrie sie.

»Vielleicht drei Stunden«, sagte Craiden. »Warum?«

»Ihr müsst mich gehen lassen!«, antwortete Gea. »Auf der Stelle! Versteht ihr? Sofort!«

»Warum?«, fragte Tarkar.

»Weil sie mich suchen werden, wenn ich bis Mitternacht nicht zurück bin!«, antwortete Gea aufgelöst. »Sie werden herkommen und mich holen, und ihr werdet alle sterben!«

Torman lachte. Craiden sah ein bisschen verdutzt aus, und Tarkar seufzte noch einmal und noch tiefer. »Du gibst also zu, dass dich jemand geschickt hat?«

»Ihr versteht das nicht!«, keuchte sie. »Sie werden keinen

von euch am Leben lassen, wenn sie glauben, dass ich in Gefahr bin!«

»Wer?«, fragte Tarkar.

Gea wollte antworten … und konnte es nicht. Jedes Wort, das sie gerade gesagt hatte, war wahr, das wusste sie mit unerschütterlicher Sicherheit – aber sie konnte weder sagen, was genau geschehen würde noch wann. Nur dass.

»Also?«, fragte Tarkar.

Gea schwieg. Aber aus ihrem Entsetzen war mittlerweile endgültig Panik geworden. Sie musste hier weg, sofort, oder alles würde nur noch viel schlimmer werden, und sie würde nicht nur einigen wenigen, sondern *Hunderten* den Tod bringen.

Selbstverständlich wusste sie, wie zwecklos jeder Fluchtversuch war, aber sie wirbelte trotzdem herum, machte einen verzweifelten Satz zur Seite und unter der zupackenden Hand eines der Quorrl hindurch und lief genau in die Pranke des anderen, der sie ohne die geringste Mühe einen guten Meter in die Höhe riss. Die andere Hand ballte er zur Faust und hätte sie ihr zweifellos im nächsten Moment ins Gesicht geschmettert, hätte Tarkar ihn nicht zurückgepfiffen.

»Lass das!«, sagte er scharf. »Ihr wird nichts geschehen. Sie soll Zeit haben, sich ihre Entscheidung noch einmal gründlich zu überlegen. Niemand krümmt ihr ein Haar, bis wir die Festung erreicht haben. Bringt sie zurück in den Wagen!«

»Aber versteht Ihr denn nicht?«, schrie Gea. Sie schlug mit beiden Fäusten auf den Arm des Quorrl ein, trat nach ihm und traf ihn auch mehrmals hart in Bauch und Hüfte, ohne dass er auch nur etwas davon zur Kenntnis nahm. Stattdessen drehte er sich um und trug sie am ausgestreckten Arm zu dem Wagen zurück, in dem sie hierhergebracht worden war. Gea schlug weiter mit verzweifelter Kraft auf ihn ein, wand sich und schrie noch verzweifelter abwechselnd Tormans und Craidens Namen, aber nichts davon bewirkte irgendetwas. Der Quorrl warf sie wie einen Strohsack bis an die gegenüberliegende Wand des Wagens, wo Gea mit einem erstickten Keuchen zusammenbrach.

Als sie wieder auf die Beine kam und herumfuhr, schlug die

Klappe mit einem dumpfen Knall zu, und sie hörte das Scharren eines schweren, eisernen Riegels. Mit einem einzigen Satz war sie zurück bei der Klappe, hämmerte mit den Fäusten dagegen und trat und schrie, bis ihr das Blut über die Fäuste lief und ihre Kehle schmerzte und sie einfach erschöpft zu Boden sank. Ihr Herz hämmerte so schnell, dass sie kaum noch Luft bekam, und ihre Verzweiflung hatte ein Ausmaß erreicht, das sie sich bis zu diesem Moment nicht einmal hatte vorstellen können. Sie hatte alles verdorben! Sie würde nicht nur Craiden nicht mehr wiedersehen, er und sein Vater und alle anderen dort draußen würden sterben, nur weil sie Lust auf ein romantisches Abenteuer gehabt und sich nicht einmal eine Sekunde Zeit genommen hatte, auch nur darüber nachzudenken, was passieren konnte; ein Kind, das mit dem Feuer spielte und dabei nicht nur das Haus, sondern die ganze Stadt in Brand setzte.

Irgendwann begann sich Geas rasender Herzschlag wieder so weit zu beruhigen, dass sie wenigstens wieder atmen konnte, ohne zu hecheln, und die Verzweiflung lähmte ihr Denken nicht mehr vollkommen, sodass sie aufstehen und ihr Gefängnis zum ersten Mal gründlich untersuchen konnte. In der Dunkelheit war sie dabei fast ausschließlich auf ihre Fingerspitzen und ihren Tastsinn angewiesen, und sie hatte von Anfang an keine große Hoffnung, ließ aber trotzdem nicht einen Zentimeter aus, sondern kletterte sogar an den Wänden hinauf und tastete die gewölbte Decke ab, so weit ihre Arme reichten.

Natürlich war es zwecklos. Der Wagen war vollkommen leer und so massiv wie eine rollende Burg – oder wohl eher ein rollendes Gefängnis. Ihre Fingerspitzen ertasteten eine Unzahl von Kratzspuren in den steinharten Bohlen, einige davon so tief, dass sie sich vergeblich fragte, welche Krallen welcher Kreatur wohl imstande sein mochten, solche Spuren zu hinterlassen. Alles war massiv, schwer und hoffnungslos überdimensioniert, und selbst das einzige Fenster hoch unter der Decke war vergittert, obwohl es nicht einmal so groß wie zwei nebeneinandergelegte Hände war.

Ein- oder zweimal kletterte sie hinauf, hielt sich mit beiden

Händen an den rostigen Gitterstäben fest und rief Craidens Namen, aber die einzige Antwort, die sie bekam, war der gedämpfte Lärm des Lagers und der kratzende Schrei einer Daktyle, die unsichtbar am Nachthimmel über ihr patrouillierte. Und schließlich gab sie all ihre Versuche auf, hockte sich in dieselbe Ecke, in der sie schon den größten Teil des Tages verbracht hatte, und tat das Einzige, was ihr übrig blieb: Sie wartete darauf, dass etwas Schreckliches geschah.

Zeit verging, eine Aneinanderreihung kleiner Ewigkeiten, die kein Ende nehmen wollten, und wenn doch, dann nur, um von der nächsten abgelöst zu werden, die ebenfalls nicht aufhören wollte. Geas Gefühl nach zu urteilen musste Mitternacht längst vorüber sein, ohne dass etwas geschah, dann verstrich noch einmal dieselbe Zeit und noch einmal, und schließlich hörte sie wieder Schritte, die sich dem Wagen näherten. Die Klappe wurde heruntergelassen, und silbernes Nachtlicht fiel herein.

Diesmal war Craiden allein gekommen. Er stand am Ende der kurzen Rampe, zu der die Klappe geworden war, blickte mit schräg gelegtem Kopf zu ihr hoch und machte keine Anstalten, zu ihr hereinzukommen, sodass sie schließlich aufstand und zögernd zu ihm hinausging. Gea blieb auf der Rampe stehen, damit sich ihre Gesichter auf gleicher Höhe befanden.

Es war kälter geworden; die Geräuschkulisse des Lagers war nicht erloschen, aber deutlich leiser geworden. Selbst ihre aufgerüsteten Augen lieferten ihr nicht mehr allzu viele Informationen. Wenn es jenseits der Zelte noch Wächter gab, dann konnte sie sie nicht mehr sehen. Aber sie spürte, dass das Lager trotz seiner vermeintlichen Schläfrigkeit und Ruhe alles andere als still war. Da war etwas Summendes unter der vermeintlich ruhigen Oberfläche. Etwas Erwartungsvolles.

»Mitternacht ist vorbei«, sagte Craiden. »Aber es ist niemand gekommen, um dich zu holen, Gea.«

Als ob das etwas zu bedeuten hätte! Mitternacht war vorbei und damit der Moment, in dem in der Sicherheitszentrale des Palasts ein Alarmlicht aufgeleuchtet hatte – falls das nicht bereits in dem Moment geschehen war, in dem Torman das Biorelais aus ihrem Nacken geschnitten hatte. Vielleicht waren sich ihre Schwestern noch uneinig darüber, ob sie sie gleich abholten oder sie noch eine Weile schmoren ließen, um sie für ihr erneutes Ausbüxen zu bestrafen – wahrscheinlicher war, dass sie spätestens in dem Moment die Kavallerie losschickten, in dem sie das Fehlen der Drohnen bemerkten.

»Sie werden kommen«, sagte sie. »Ihr solltet mich wirklich gehen lassen, bevor etwas Schlimmes geschieht.«

Craidens Gesicht lag im Schatten, sodass sie den Ausdruck darauf nicht sehen konnte, aber sie meinte etwas wie ein resignierendes Seufzen zu hören und die Andeutung eines Kopfschüttelns zu sehen.

»Gehen wir ein paar Schritte«, schlug er vor, statt auf ihre Worte zu reagieren.

Gea sah sich nervös um und nickte dann. Zu ihrer Überraschung stellte sie fest, dass Craiden tatsächlich allein gekommen war. Weder die beiden Quorrl noch irgendwelche anderen Wachtposten waren zu sehen; aber natürlich bedeutete das nichts. Sie erwog nicht einmal den Gedanken an eine Flucht. Selbst in seinem augenblicklichen Zustand würde Craiden sie mit wenigen Schritten einholen, und das Zeltlager war eine Festung, aus der man genauso wenig heraus- wie hereinkam.

Und eigentlich wollte sie auch gar nicht fliehen, sondern in Craidens Nähe bleiben. Vielleicht gelang es ihr ja doch noch, ihn irgendwie zur Vernunft zu bringen.

»Erzähl mir von deinen Schwestern«, begann Craiden, nachdem sie ein paar Schritte weit gegangen waren.

»Warum?«

Craiden lachte. »Vielleicht interessiert mich einfach deine Phantasie«, sagte er. »Immerhin hast du mir eine Menge von einem Vater erzählt, den du gar nicht hast. Vielleicht möchte ich jetzt etwas über Schwestern hören, die es nicht gibt.«

»Es gibt sie«, erwiderte Gea. »Auch wenn ich mir manchmal wünsche, es wäre nicht so.«

»Wie viele sind es?«, fragte Craiden. »Zwölf? Und noch einmal so viele Brüder?«

»Zwei«, gestand Gea. »Und keine Brüder.«

»Und verrätst du mir ihre Namen? Oder weißt du die auch nicht?«

»Was soll das heißen?« Gea blieb stehen. »*Auch* nicht?«

»Immerhin scheinst du nicht einmal deinen eigenen Namen zu kennen«, sagte er ruhig.

»Blödsinn!«, fauchte sie. »Ich heiße Gea!«

»Nein, tust du nicht«, sagte Craiden ruhig. »Jedenfalls behauptet das der Finde. Und er weiß immer, ob jemand die Wahrheit sagt oder nicht.«

»Dann stell *ihm* doch deine Fragen, wenn du mir sowieso nicht glaubst!«

»Das geht vorerst nicht«, antwortete Craiden. »Er wurde bei dem Unfall verletzt. Aber er kommt wieder auf die Beine. Auf alle drei. Keine Sorge.«

Wie kam er auf die Idee, dass sie sich um diese hässliche Kreatur sorgen könnte? Aber dann kam ihr zu Bewusstsein, dass er im Gegensatz zu seinem Vater und Torman von einem *Unfall* gesprochen hatte, nicht von einem *Angriff*, und statt mit einer schnippischen Bemerkung antwortete sie mit einem schlichteren Lächeln. Vielleicht war es ja doch noch nicht zu spät, um das Allerschlimmste zu verhindern.

»Mein Name ist Gea«, sagte sie. Irgendetwas regte sich in ihr, das ihm zustimmen und darauf beharren wollte, dass das nicht stimmte, aber sie brachte dieses Gefühl mit einem ärgerlichen Gedanken zum Verstummen. »Es ist mir egal, was euer dreibeiniges Scheusal dazu sagt oder pfeift. Vielleicht täuscht er sich. Vielleicht belügt er euch auch absichtlich, woher soll ich das wissen? Aber ich weiß, wie ich heiße!«

Craiden sah sie zwar noch einen Moment lang durchdringend an und schien darauf zu warten, dass sie weitersprach, vielleicht doch noch die Wahrheit gestand, zuckte aber nur die Achseln und ging weiter.

»Du bist ein seltsames Mädchen«, sagte er. »Irgendetwas sagt mir, dass du die Wahrheit sprichst. Und zugleich spüre ich, dass du nicht das bist, was du zu sein vorgibst. Oder glaubst.«

Gea blieb nicht nur stehen, sondern machte sogar zwei Schritte zurück, um ihn mit einem langen Blick von Kopf bis Fuß zu mustern.

»Wonach suchst du?«, fragte er.

»Nach deinem dritten Bein«, antwortete sie ernsthaft. »Du scheinst dich für einen Finden zu halten.«

Craiden lachte leise, aber seine Augen blieben ernst. »Man muss kein dreibeiniges Scheusal sein, um zu wissen, ob einen ein Mädchen anlügt.«

»Gea.«

»Ein Gea?«, wiederholte er.

Gegen ihren Willen musste sie lachen, was die Spannung zwischen ihnen zwar nicht vollkommen beseitigte, aber fühlbar milderte. Während sie weitergingen, nutzte Gea die Gelegenheit, dichter zu ihm heranzurücken, sodass sie nur noch wenige Fingerbreit trennten. Sie ging auf der falschen Seite, rechts von ihm, wo er den Arm in der Schlinge trug, und sie wollte ihm nicht noch mehr wehtun, als es ohnehin schon der Fall war, sonst hätte sie die Gelegenheit genutzt und sich einfach an seine Schulter gelehnt. Was musste sie denn noch tun, damit dieser Dummkopf endlich verstand, dass sie ausschließlich *seinetwegen* hier war?

Während Gea sich den Kopf über eine Möglichkeit zerbrach, unauffällig auf seine andere Seite zu kommen, blieb Craiden plötzlich stehen und legte mit einem Ruck den Kopf in den Nacken, um aus eng zusammengekniffenen Augen den Himmel abzusuchen.

Nur einen Moment, bevor auch sie den dreieckigen Schatten sah, der sich vor die Sterne schob, hörte sie es: ein tiefes, bis in ihre Eingeweide fühlbares Wummern wie das Schlagen eines gewaltigen, stählernen Herzens, das von einem altmodischen Dampfkolben angetrieben wurde. Eine Daktyle schrie dem schwarzen Giganten eine trotzige Herausforderung entgegen und schwang sich pfeilschnell in die Luft. Dann tauchten überall aus den Zelten ringsum Männer und Quorrl auf, alle hellwach und ausnahmslos mit sehr modern aussehenden Schusswaffen in den Händen. Zwei von ihnen – einer vierfach gehörnt und von riesiger Statur – hielten mit schnellen Schritten auf Gea zu, und scheinbar aus dem Nichts tauchten auch die beiden Quorrl wieder auf, die ihre Speere gegen blitzende Zerreißer getauscht hatten.

Gea empfand keine Erleichterung, sondern war im Gegenteil ein bisschen enttäuscht. Craiden war nicht zu ihr gekommen, weil er sie sehen wollte, sondern weil sie irgendwie gewusst hatten, was auf sie zukam. Das war schade. Sie hätte sich gewünscht, dass es anders zu Ende ginge.

»Ich habe euch gesagt, dass sie kommen werden«, wandte sie sich an Tarkar.

Sie bekam keine Antwort. Der Clansherr zog kurz die linke Augenbraue hoch und sah sie fast erstaunt an, während Torman mit grimmiger Miene nach oben blickte und den gewaltigen Jäger-Killer verfolgte, der sich langsam über das Lager schob und in gut hundert Metern Höhe zum Stillstand kam. Jetzt, in der Nacht, war er nur ein riesiger schwarzer Keil, als wäre ein Splitter aus dem Sternenhimmel gebrochen, aber dadurch wirkte er nur umso bedrohlicher, konnte man doch all die schlampig durchgeführten Ausbesserungen und Reparaturen nicht mehr sehen. Craiden hatte dieses Schiff schon einmal bei Tageslicht gesehen, aber sie hoffte, dass er sich nicht von seinem vermeintlich desolaten Äußeren täuschen ließ.

»Das sind also deine Schwestern?«, fragte Tarkar. »Ich würde gerne mit ihnen reden.«

»Es ist nur eine Maschine, die sie geschickt haben, um mich zu holen«, antwortete Gea. »Es ist niemand an Bord.« Und Tarkar sollte froh sein, dass es so war. Wäre eine ihrer Schwestern in diesem Moment dort oben gewesen, dann hätte sie für nichts garantieren können, so aufgebracht, wie sie im Moment wahrscheinlich waren.

»Ich kann nicht zulassen, dass sie dich mitnehmen«, sagte Tarkar. Der Jäger-Killer sank wummernd und vibrierend ein Stück tiefer, und die Daktyle, die sie gerade schon einmal gesehen hatte, setzte zu einem weiteren Scheinangriff an. Sie war nicht mehr als ein Moskito, der trotzig einen fliegenden Berg attackierte, schwenkte im letzten Moment zur Seite und verschwand in der Nacht. Dann erschien im vorderen Drittel des Titanenschattens ein leuchtendes Rechteck, und plötzlich stieß ein Strahl aus mildem, weißem Licht zu ihnen herab und wurde zu einem zwei Meter durchmessenden Kreis auf dem Boden, nur ein paar Schritte entfernt.

Gea machte einen halben Schritt in die entsprechende Richtung und blieb abrupt wieder stehen, als Tarkar sich in ihren Weg stellte.

»Du gehst nirgendwohin, bevor ich nicht mit jemandem gesprochen habe, der mich davon überzeugt, dass du tatsächlich nur das naive Kind bist, das du spielst«, sagte er.

War er verrückt geworden?, dachte Gea. Was musste denn noch passieren, bis er begriff, wer hier am längeren Hebel saß? Sie war ohnehin erstaunt, dass bisher alles so friedlich geblieben war. Eine ihrer Schwestern musste wohl ein spezielles Deeskalations-Programm in den Speicher des Jäger-Killers geladen haben, aber wer, wenn nicht nie selbst, wusste besser, wie kurz der Geduldsfaden dieser auf Krawall gebürsteten Blechgehirne war.

»Ihr könnt mit meinen Schwestern reden«, sagte sie, »aber nicht jetzt. Ich bin sicher, sie kommen zu Euch oder laden Euch in unseren Palast ein, wenn Euch das lieber ist, aber das da oben ist nur eine dumme Maschine. Eine schwer bewaffnete Maschine, Clansherr! Wollt Ihr wirklich, dass Blut fließt?«

Tarkar sah sie nur schweigend an und schien wohl endlich damit anzufangen, in die richtige Richtung zu denken. Gea ging an ihm vorbei und endgültig auf den leuchtenden Kreis zu, der den Rand des Schwebefelds auf dem Boden markierte.

Einer der beiden Quorrl ergriff sie so hart am Arm, dass ein schmerzhaftes Zischen über ihre Lippen kam. Für den Bruchteil einer Sekunde loderte es rot unter dem Rumpf des schwebenden Kampfschiffes auf; der Griff des Quorrl lockerte sich, bis er zur Seite kippte und schwer auf dem Boden aufschlug. Sein Kopf war verschwunden.

Und damit nahm die Katastrophe ihren Lauf.

Unfähig, mit dem Schiff in Kontakt zu treten, nachdem Torman ihr das Biorelais herausgerissen hatte, blieb Gea nichts anderes übrig, als hilflos zuzusehen, wie Dutzende von Tormans Kriegern ihre Waffen hoben und das Feuer auf den schwebenden Jäger-Killer eröffneten: grüne, weiße und rote Blitze, die zu dem schwarzen Schatten hinaufzüngelten und ausnahmslos von dessen Panzerung abprallten, ohne mehr als harmlose Brandspuren zu hinterlassen. Aus einem Grund, den Gea nicht mehr verstand, für den sie aber zutiefst dankbar war, verzichtete das Schiff noch immer darauf, das Feuer zu erwidern, aber das würde allerhöchstens noch ein paar Sekunden so bleiben.

Vielleicht reichten sie.

Gea sprintete los, tauchte unter der grabschenden Hand des zweiten Quorrl hindurch, der anscheinend nichts aus dem Schicksal seines Kameraden gelernt hatte, und warf sich mit einem verzweifelten Satz in das rettende Feld – und wahrscheinlich hätte sie es sogar erreicht, wäre Torman nicht noch schneller gewesen und hätte sich nicht vor sie geschoben, sodass sie aneinandergeklammert zu Boden fielen. Kopf, Schultern und ein Teil ihres Oberkörpers gerieten dennoch in das Schwebefeld, sodass sie sanft in die Höhe gezogen wurde, kaum dass sie aufgeschlagen war. Torman klammerte sich mit aller Macht an ihr fest und ächzte vor Überraschung, als er plötzlich ebenfalls gewichtslos wurde und nach oben zu steigen begann. Gea sah aus den Augenwinkeln, wie Craiden und sein Vater ebenfalls auf sie zugejagt kamen, während der überlebende Quorrl wohl zu dem Schluss kam, dass er doch eigentlich genauso dämlich sein könnte wie sein Kamerad, und seine Waffe auf sie richtete, woraufhin er ebenfalls das Leben verlor.

Und endlich schien auch Tarkar zu begreifen, was das Verhalten des Jäger-Killers bedeutete. Er rannte noch schneller, schrie zugleich aber auch: »Nicht mehr schießen! Stellt das Feuer ein!«

Ein Großteil seiner Männer hatte die Warnung verstanden und senkte die Waffen; die anderen schossen verbissen weiter, ohne dass der Jäger-Killer das Feuer erwiderte, denn offensichtlich sah er noch immer keine Gefahr in der Art ihres Angriffs.

Dann, gerade als Tarkar nahe genug war und Schwung holen

wollte, um nach Torman zu greifen, dessen strampelnde Beine sich schon gute anderthalb Meter über dem Boden befanden, prallte er mitten in der Bewegung zurück, fuhr zu dem gepanzerten Wagen auf der anderen Seite des Platzes herum und schrie mit sich fast überschlagender Stimme: »*Nicht feuern!*«

Doch es war zu spät.

Die Männer im Wagen hörten seine Worte nicht. Die Zwillingsläufe der beiden Geschütztürme surrten herum und nach oben, und ein vierfacher grellweißer Blitz hämmerte in den Rumpf des Jäger-Killers. Eine der Geschützkuppeln explodierte, noch während sie feuerte, als die uralte Technik ihren Geist aufgab, die andere zerschmolz nur einen Sekundenbruchteil später zusammen mit dem gesamten Wagen, als das Kampfschiff das Feuer erwiderte. Zugleich fiel das Schwebefeld aus, und Gea fiel wie ein Stein aus drei Metern Höhe und verletzte sich wohl nur deshalb nicht schwer, weil sie auf Torman stürzte, der seinerseits seinen Herrn unter sich begrub. Der Panzerwagen verwandelte sich in eine lodernde Feuersäule, die glühende Trümmerstücke, Flammen und eine Woge sengender Hitze in alle Richtungen schleuderte. Nur den Bruchteil eines Atemzugs später und noch bevor Gea sich herumwälzen und schützend das Gesicht zwischen den Armen vergraben konnte, ging auch der Himmel über ihr in Flammen auf, als der Jäger-Killer zur Seite kippte und Feuer zu speien begann.

Das Schiff explodierte nicht sofort, und es fiel auch nicht wie ein Stein vom Himmel – sowohl das eine wie auch das andere hätte jedes Leben im Umkreis einer halben Meile einschließlich ihres eigenen auf der Stelle ausgelöscht –, aber aus der schwarzen Silhouette wurde ein taumelnder Stern, der über die linke Seite seines dreieckigen Rumpfes abkippte. Das Herzschlaggeräusch des Triebwerkes verwandelte sich in eine gequältes Kreischen, das eher an den Laut einer Kreissäge erinnerte, die sich in nassem Holz festfraß. Flammen, Rauch und einen Kometenschweif glühender Trümmer hinter sich herziehend, rutschte der Jäger-Killer schräg über den Himmel, und im allerletzten Moment eröffneten die Waffen des Schiffes doch noch das Feuer;

vielleicht weil das Deeskalations-Programm seines Computers endlich zu dem Schluss gekommen war, dass seine Arbeit nicht mehr benötigt wurde, vielleicht auch aus purer Bosheit. Nicht nur ein halbes Dutzend Krieger löste sich mitsamt seiner Waffen in einer roten Explosion auf, sondern auch noch ein paar, die gar keine Waffe auf das Schiff gerichtet hatten.

Der Jäger-Killer stürzte weiter, stellte plötzlich das Feuer ein und versuchte mit kreischenden Motoren noch einmal an Höhe zu gewinnen, obwohl er sich bereits im Auseinanderbrechen befand, und verlängerte seine Existenz damit um genau die wenigen kostbaren Sekunden, die es brauchte, um in zwei oder drei Meilen Entfernung in die Luft zu gehen. Der grelle Blitz löschte für einen Moment alle Farben aus; das ungeheure Dröhnen der Explosion marterte Geas Ohren ebenso, wie die Druckwelle die Hälfte der Zelte davonwehte und die anderen schlichtweg umwarf, zusammen mit etlichen Männern und sogar mehr als einem Pferd. Eine unsichtbare, glühende Hand strich über sie hinweg, und für eine halbe Sekunde hatte sie das schreckliche Gefühl, glühenden Sand zu atmen.

Dann war die Welle vorbei, und Gea wagte es, die Augen zu öffnen und sich umzusehen, fragte sich zugleich aber, ob das wirklich eine gute Idee gewesen war.

Das Zeltlager bot einen Anblick wie nach einem Bombenangriff. Kein einziges Zelt stand noch, und über die Hälfte brannten. Selbst zwei der schweren Wagen waren umgestürzt, und wo Tarkars Selbstfahrer gestanden hatte, gähnte jetzt ein zwanzig Meter durchmessender Krater, aus dem hohe, gelbe Flammen schlugen. Gea gewahrte allein auf den ersten Blick mindestens ein Dutzend Tote, und auch von den Männern, die noch (oder schon wieder) auf den Beinen standen, schien kaum einer unverletzt davongekommen zu sein.

Dann schlug ihr jemand ziemlich unsanft in die Seite, und Gea registrierte erst in diesem Moment, dass sie noch immer halb auf Torman lag, der sich benommen in die Höhe zu stemmen versuchte und so aussah, als hätte er gar nicht begriffen, was ihm gerade widerfahren war.

Bevor das geschah und er ihr vielleicht einen deutlich härteren Schlag versetzen konnte, kroch sie hastig ein Stück zur Seite und stemmte sich halb hoch; die andere Hälfte wurde ihr abgenommen, indem sich eine starke Hand um ihren Oberarm schloss, sie brutal auf die Füße riss und herumwirbelte.

Tarkars Gesicht tauchte vor ihr auf, rußig und von Blut überströmt, das ihm aus Nase und Ohren schoss, und vor Wut zu einer Grimasse verzerrt. Seine Lippen bewegten sich, aber alles, was sie hörte, war ein an- und abschwellendes Rauschen und das hektische Schlagen ihres Herzens. Sie öffnete den Mund, bewegte den Unterkiefer ein paarmal angestrengt hin und her, und etwas knackte. Danach konnte sie wieder hören, wenn auch nicht besonders gut.

»... zu deinem Wort, dass nichts passiert, wenn wir dich gehen lassen!«, schrie er gerade. »Ein Dutzend meiner Männer sind tot!«

Gea sparte sich den Hinweis, dass es *seine* Männer gewesen waren, die das Feuer eröffnet hatten, und nicht der Jäger-Killer (auch wenn sie immer noch nicht so genau verstand, warum) – und das nicht nur, weil sie wenig Lust verspürte, sich schon wieder neue Zähne wachsen zu lassen. Tarkar brauchte jetzt nichts so sehr wie jemanden, dem er die Schuld an der Katastrophe geben konnte, und sie war nicht besonders scharf auf diesen Job. Nicht, dass sie ihn nicht schon längst gehabt hätte, aber sie musste sich nicht auch noch um eine Beförderung bemühen. Und sie sparte es sich erst recht, ihn darauf hinzuweisen, dass sie ihn schließlich gewarnt hatte. Das wusste er vermutlich besser als sie. Davon abgesehen war da noch ...

Craiden!

Große Gaja, wo war Craiden? Wie hatte sie ihn auch nur für eine Sekunde vergessen können?

Gea fuhr herum, sah ihn drei Schritte entfernt reglos am Boden liegen und war mit einem einzigen Satz bei ihm und auf den Knien. Torman wollte nach ihr greifen, war aber noch viel zu beklommen, um sie zu erwischen, vielleicht hielt Tarkar ihn auch zurück, das konnte sie nicht genau erkennen, und es spielte auch keine Rolle. Mit wie rasend klopfendem Herzen beugte sie sich über Craiden, wusste eine Sekunde lang nicht, was sie tun sollte, und drehte ihn dann auf den Rücken. Er war schwer, aber die Angst ließ sie sein Gewicht nicht spüren, und als sie ihn umgedreht hatte und sein Gesicht sehen konnte, da hätte sie um ein Haar laut aufgeschrien: Es war blutüberströmt. Seine Kleider waren zerrissen und schwelten, und er hatte eine ganze Anzahl hässlicher Verbrennungen und Schnitte davongetragen. Seine Wunde am Arm war wieder aufgebrochen, und Gea konnte das Blut riechen, das den Verband rot färbte. Im allerersten Moment war sie nicht einmal sicher, ob er noch lebte, doch dann bewegten sich seine Lippen, und sie hörte ein dumpfes, unendlich qualvolles Stöhnen.

Etwas schubste sie an. Sie erwartete, Tarkar zu erblicken oder auch seinen Leibwächter, der sie packen und davonschleifen würde, doch es war ein kleines und in schillerndes Chitin gepanzertes Wesen mit einem bizarren Katzengesicht, das aufgeregt um sie herumwuselte und dabei summende Laute ausstieß, die in ihren Ohren eindeutig aufgeregt klangen. Ganz instinktiv wollte sie Mana wegschieben, doch der Katzenkäfer schnappte mit seinen gefährlichen Beißwerkzeugen nach ihr und klapperte drohend mit den Flügeldeckeln. Ihr zweiter Versuch, Mana zu verscheuchen, hätte sie um ein Haar ein paar Finger gekostet.

Torman löste das Problem, indem er Mana mit einem wuchtigen Tritt davonschleuderte, der das Tier meterweit entfernt und mit zappelnden Beinchen auf dem Rücken landen ließ, zerrte Gea an den Haaren in die Höhe und drehte ihr zugleich so hart den Arm auf den Rücken, dass ihr vor Schmerz übel wurde. Er zerrte sie zur Seite, damit Tarkar ihren Platz einnehmen und neben seinem Sohn niederknien konnte. Hastig untersuchte er ihn, stieß dann einen Fluch in einer Gea nicht geläufigen Sprache aus und war mit einer zornigen Bewegung wieder auf den Beinen.

Gea sah den Schlag kaum kommen, aber sein Handrücken traf sie mit solcher Wucht im Gesicht, dass ihre Unterlippe aufplatzte und ihre Nase zu bluten begann.

»Dafür wirst du bezahlen!«, zischte er hasserfüllt. »Wenn er stirbt, dann wirst du ein Jahr lang darum betteln, dass wir dich töten, das schwöre ich dir!«

»Helfen ...«, brachte Gea zitternd heraus. Sie hatte Mühe, zu denken und noch mehr zu sprechen. »Meine Schwestern können ihm ... helfen. Wir müssen ihn ... zu ihnen bringen.«

Tarkar schlug sie noch einmal und noch härter. Vielleicht verlor sie sogar für einen Moment das Bewusstsein, denn als sich die roten Schleier vor ihren Augen auflösten, kniete er wieder neben seinem Sohn und hatte ihn in eine halb sitzende Position hochgestemmt, musste aber mit beiden Händen seine Schultern festhalten, damit er nicht sofort wieder zusammenbrach.

»Bitte«, murmelte sie schwach. »Ihr müsst mir glauben. Meine Schwestern können ihn retten. Lasst mich sie rufen, und ...«

Torman verdrehte ihren Arm noch mehr, und Gea brach mit einem Schrei ab. Ihr wurde erneut übel, und jetzt waren es nicht nur ihre aufgeplatzten Lippen und überdehnten Sehnen, um die sie sich Sorgen zu machen begannen. Wenn Torman sie wirklich umbrachte, dann mochte ihr auch der hoch entwickelte Rekonstruktor im Palast ihrer Schwestern nichts mehr nutzen. Wo nichts mehr war, da ließ sich auch nichts mehr wiederherstellen ...

Der Clansherr ließ seinen Sohn behutsam wieder zurücksinken (trotz allem registrierte Gea erleichtert, dass Craiden nicht wieder das Bewusstsein verlor, sondern sich mühsam auf den Ellbogen gestützt aufrechthielt) und wandte sich zu ihr um. Sein Gesicht war jetzt zu einer ausdruckslosen Maske aus Stein geworden, aber seine Augen brannten. »Du verdammtes, dummes Kind«, sagte er. »War es das, was du wolltest?« Er ballte die Faust neben seinem Gesicht und ließ den Arm dann wieder sinken.

»Nein«, murmelte sie. »Das wollte ich nicht.«

»Vielleicht stimmt das sogar«, antwortete Tarkar. »Aber es macht keinen Unterschied. Du wist für das bezahlen, was hier geschehen ist. Und wenn Craiden stirbt, dann töte ich dich mit meinen eigenen Händen.«

Dann geschah etwas. Gea konnte nicht sagen, was, aber sie spürte es, und die Reaktion auf Tarkars Gesicht verriet ihr, dass er es ebenfalls fühlte. Es war, als ginge ein Ruck durch die Wirklichkeit, ganz sacht nur, um sie in eine andere und unbekannte Richtung zu verschieben. Tarkar drehte den Kopf und wich von ihr zurück, und seine Hand sank auf die silberne Waffe in seinem Gürtel.

Die Gestalten erschienen auf der anderen Seite des brennenden Lagers, drei, fünf, schließlich ein Dutzend schwarzer Riesen, keiner unter zwei Metern groß und von sonderbar kantigem Wuchs, die buchstäblich aus dem Nichts auftauchten und in einer einzigen, absolut synchronen Bewegung losstürmten.

»Was …?«, murmelte Tarkar. Dann fuhr er herum und schrie Gea an: »*Was ist das für eine neue gajaverdammte Teufelei?*«

Gea hätte eine Menge darum gegeben, es zu wissen. Sie sah diese unheimlichen schwarzen Gestalten zum ersten Mal, auch wenn da etwas war, ganz tief in ihr, das ihr weismachen wollte, sie wisse sehr wohl, was sie da sah. Das Einzige, was sie mit Bestimmtheit sagen konnte, war, dass sie ihr Angst machten.

Tarkar riss seine Waffe aus dem Gürtel, doch mindestens zwei seiner Männer kamen ihm zuvor, indem sie einen der schwarzen Riesen mit Speer und Keule attackierten. Der Gigant fing den Speer ab und brach mit der einen Hand die Waffe und mit der anderen seinen Besitzer in Stücke. Die Keule traf eiserne Schultern und prallte mit einem Dröhnen davon ab, das selbst über das allgemeine Geschrei und das Prasseln der Flammen hinweg noch deutlich zu hören war. Die pure Wucht des Hiebes reichte, um die Waffe aus den Händen ihres Besitzers zu prellen und ihn selbst rücklings zu Boden zu schleudern, während der schwarze Riese nicht einmal wankte. Er nahm auch keinerlei Notiz von dem Angreifer, sondern stürmte einfach über ihn weg.

Dann sah Gea etwas, das noch viel unheimlicher (und erschreckender) war: Zwei der schwarzen Riesen waren hinter dem glühenden Krater aufgetaucht, wo zuvor der Selbstfahrer gestanden hatte. Sie machten sich nicht die Mühe, um ihn herumzugehen, sondern stürmten einfach durch die lodernden Flammen und das noch immer brodelnde Metall hindurch, ohne dass die unvorstellbare Hitze sie auch nur langsamer werden ließ.

»*Schießt!*«, brüllte Tarkar. »*Eröffnet das Feuer!*«

Sein Befehl ging in dem allgemeinen Chaos und Lärm einfach unter, doch im gleichen Moment spie seine eigene Waffe einen grellgrünen Blitz aus, der genau gegen die Brust eines der schwarzen Riesen hämmerte.

Diesmal wankte die Gestalt immerhin. Ein Lichtgewitter haardünner, grellblauer und elektrischer Blitze raste über seinen Körper sowie seine Gliedmaßen und erlosch wieder, während der Riese ungebremst weiterstürmte. Überall rings um ihm herum attackierten jetzt Männer und Quorrl die unheimlichen Angreifer. Schwerter, Speere und andere Waffen trafen sie und prallten ausnahmslos von den gepanzerten Gestalten ab, und trotz des allgemeinen Chaos fiel Gea auf, dass sich die schwarzen Riesen nicht einmal die Mühe machten, sich zu wehren. Sie liefen einfach weiter und rannten diejenigen nieder, die nicht schnell oder dumm genug waren, ihnen aus dem Weg zu gehen.

Ein dünner, roter Lichtstrahl zuckte vom Himmel, begleitet vom zornigen Schrei einer Daktyle, prallte genauso wirkungslos von der schwarzen Rüstung eines Angreifers ab wie alles andere, und auch Tarkar schoss noch einmal. Der grüne Blitz krachte aus weniger als zehn Schritten Entfernung ins Gesicht eines der Riesen, hüllte ihn in einen leuchtenden Käfig aus knisternder Energie, und Tarkars Waffe flog in hohem Bogen davon, als der Krieger ihn kurzerhand über den Haufen rannte. Dann war der schwarze Riese heran, schlug Tarkar aus dem Weg, und Geas Angst verwandelte sich in blankes Entsetzen, als sie zum ersten Mal sein Gesicht sah.

Sie war bisher davon ausgegangen, dass die Angreifer Krieger in schwarzen Rüstungen waren, aber das stimmte nicht. Ihre komplette Gestalt bestand aus mattschwarzem Eisen, bis hin zu ihrem Gesicht, das nicht unter dem Visier eines Helmes verborgen war, sondern selbst unzerstörbar war, so unmöglich das auch schien!

Gea blieb nicht einmal Zeit genug, ihren Schrecken über diese unglaubliche Erkenntnis zu verwinden, da war der schwarze

Gigant auch schon heran und griff mit einer gewaltigen Pranke aus schwarzem Eisen nach ihr – oder um genau zu sein, nach Torman, der noch immer ihren Arm gepackt hielt und mit der anderen Hand versuchte, seine Waffe zu ziehen. Bevor es ihm gelang, schleuderte der Eisenmann ihn einfach zur Seite und griff mit der anderen Hand nach ihr.

Irgendwie gelang es Gea nicht nur, ihm auszuweichen, sondern sogar einen Schritt zur Seite zu springen, womit sie sich zumindest nicht mehr unmittelbar in seiner Reichweite befand. Dafür in der Tarkars. Der Clansherr war schon wieder auf den Beinen und halbwegs über ihr. Er hatte seinen Zerreißer verloren, und sein rechtes Handgelenk war gebrochen, wo ihn die Faust des Eisenmanns getroffen hatte; weiße Knochensplitter ragten aus dem zerrissenen Fleisch, und sein Gesicht war eine einzige Grimasse der Qual.

Aber was sie in seinen Augen las, das war blanker Hass, und in der unversehrten Hand hielt er einen Dolch mit einer langen, zweischneidigen Klinge, die auf ihren Leib zielte. Er würde sie töten, das begriff sie mit völliger Klarheit, und wenn es das Letzte war, was der Clansherr in seinem Leben tat.

Alles geschah gleichzeitig, im Bruchteil eines Augenblicks und mit der Unaufhaltsamkeit einer Naturgewalt, die man kommen sieht, ohne auch nur das Geringste dagegen tun zu können.

Der Eisenmann stürmte auf Gea zu, um sie herumzureißen, Tarkar legte all seine Kraft in die Bewegung, mit der er ihr den Dolch in den Leib stoßen würde, und auf einer tieferen Ebene ihres Denkens schien etwas wie ein Computerprogramm abzulaufen, das Bewegung und Zeit analysierte und zu dem Schluss kam, dass Tarkars Dolch dieses tödliche Wettrennen gewinnen würde.

Und genau in dem Moment, in dem die Dolchspitze ihr Kleid berührte und bevor sie es durchdringen konnte, schlug ein grellgrüner Blitz in Tarkars Arm, löste den Dolch, seine Hand und einen Großteil seines Armes einfach auf und raste als unsichtbare Schockwelle weiter, um auch noch den Rest seines Körpers von innen heraus zu verheeren.

Gea taumelte zur Seite und in die Arme des eisernen Giganten, und noch während sie spürte, wie sich die Wirklichkeit ein weiteres Mal in eine Richtung zu verschieben begann, die es eigentlich gar nicht geben durfte, drehte sie den Kopf und sah Craiden, der sich auf ein Knie gestemmt hatte. Und dann entdeckte Gea den verchromten Zerreißer in seiner Hand, dessen Lauf noch vor aufgestauter Energie knisterte.

Arion Das Mittagessen war ein Albtraum gewesen, obwohl weder Craiden noch einer seiner Begleiter mehr als nur das Allernotwendigste gesprochen hatten; und im Grunde nicht einmal das. Es hatte nichts Privates und kein Wort über den Zwischenfall aus der vergangenen Nacht gegeben, und dieser letzte Teil des Zeremoniells war endgültig zur Farce geraten – zumindest für Arion.

Sie sprach die jahrtausendealten Worte und bekam von Craiden die ebenso alten Antworten, und sie war nicht die Einzige, die innerlich aufatmete, als Plixx – als Einziger noch in seinem Hofnarrenkostüm, alle anderen waren in halbwegs normaler Montur erschienen – endlich das Ende des Mahls und damit auch des offiziellen Besuchs des Clansherrn verkündete. Craiden bedankte sich einsilbig – und ganz und gar nicht protokollgemäß –, verbeugte sich knapp und marschierte dann hoch aufgerichtet und mit steifen Schritten aus dem Thronsaal. Torman und sein halbes Dutzend Quorrl folgten ihm dichtauf, und mit so präzise abgestimmten Bewegungen, wie sie selbst Duras Eiserne Garde kaum besser hinbekommen hätte.

»Gaja sei Dank, dass der Kerl verschwunden ist«, sagte Arion, kaum dass Craiden außer Hörweite war. Vielleicht war er es auch nicht, aber das war ihr vollkommen egal. »Ich weiß nicht, wie lange ich das noch ertragen hätte.«

Ganz vorüber ist es leider noch nicht, Prinzessin. Die Tradition schreibt vor, dass Ihr den Clansherrn und sein Gefolge am großen Tor verabschiedet.

Ach ja? Und wo steht geschrieben, dass ich mich an diese Scheißtradition halten muss?«

In unseren Gesetzen, Prinzessin. An die selbst Ihr Euch halten müsst, fürchte ich.

Natürlich war Arion klar, dass der R'Achernon nicht nur recht hatte, sondern ihr Nichterscheinen bei der traditionellen Verabschiedung des Clansherrn einen gewaltigen Affront darstellen würde; auch wenn sie zugleich ziemlich sicher war, dass Craiden das herzlich wenig bedeutete. Dennoch schüttelte sie trotzig den Kopf.

In zwei Tagen gehört mir der ganze Laden hier offiziell, richtig? Und jetzt rate mal, welches Gesetz ich als allererstes ändern werde?

Allein der Umstand, dass Ihr zur Königin gekrönt werdet, verleiht auch mir automatisch völlige Gewalt über die Gesetzgebung, Prinzessin. Eine solche Gesetzesänderung bedarf einer gründlichen juristischen Prüfung, um keinen Präzedenzfall zu schaffen.

Einer äußerst langwierigen Prüfung, nehme ich an?

Ihr wisst, wie das mit der Juristerei ist, Prinzessin. So etwas kann Jahrzehnte dauern.

Jahrhunderte, vermute ich.

Möglicherweise.

Arion seufzte lautlos in sich hinein, begegnete Rymers nachdenklichem und Plixx' eindeutig spöttischem Blick und begriff, dass die kleine Ratte wieder einmal ihre Gedanken gelesen hatte – und Rymer wahrscheinlich auch.

Nur der Mausling, Prinzessin. Senatorin Rymer hat um Zugriff auf Eure primären Gedanken gebeten, aber das habe ich in Anbetracht Eurer momentanen emotionalen Verfassung abgelehnt.

Wie tröstlich.

Arion zerbrach sich noch einen Moment lang den Kopf nach einem weiteren und besseren Argument, das der R'Achernon ebenso mühelos zerpflücken konnte, gab schließlich auf und erhob sich. Das Monsterkleid, in das sie sich wieder gezwängt hatte, raschelte nicht nur hörbar, sondern war auch so steif, dass sie um ein Haar die Balance verloren hätte und sich zu einem albernen Stolperschritt gezwungen sah.

Und befrei mich endlich von diesem scheußlichen Ding!

Aber die Tradition schreibt vor …

Gibt es eigentlich irgendein Gesetz – eines, das ich ändern müsste, meine ich –, das mir verbietet, den ganzen Turm grün anstreichen zu lassen oder pink?

Wir sollten uns beeilen, Prinzessin. Der Clansherr und sein Gefolge befinden sich bereits auf dem Weg nach unten, und auch ihre Quorrl-Eskorte hat die Ställe schon verlassen.

Der mittelalterlich anmutende Speisesaal verschwand, als der R'Achernon seinerseits einen gehörigen Protokollbruch beging und sie kurzerhand in die Kammer transportierte, in der Plixx ihr den nicht weniger archaischen Kleiderschrank gezeigt hatte.

Ein halbes Dutzend spinnengliedriger Drohnen half Arion, sich aus dem schweren Brokatkleid zu schälen. Sie gab sich ein paar Sekunden lang der (vergeblichen) Hoffnung hin, dass die klappernden Metallglieder dieses altertümliche Monstrum beschädigten, und zwar so gründlich, dass nicht einmal der R'Achernon es noch einmal reparieren konnte. Dann konfigurierte sie ihren Anzug zu einem schmucklosen, aber sehr bequemen Gewand und wartete darauf, dass der R'Achernon sie direkt in die große Halle transportierte.

Stattdessen ging die Tür auf, sodass sie die beiden Eisenmänner gewahrte, die draußen auf sie warteten. Arion sparte sich den Atem für eine Beschwerde, warf nur trotzig den Kopf in den Nacken und trat zu ihnen auf den Gang hinaus.

Auf dem Weg zum Lift begegnete ihnen niemand, und auch der Schwebeschacht selbst war leer bis auf zwei weitere Eisenmänner, die sie dort erwarteten. Arion wusste zwar, dass ihre Begleitung Teil des uralten Zeremoniells war (das sie *ganz bestimmt* abschaffen würde, ganz egal, was der R'Achernon dazu sagte!), aber sie fand es trotzdem albern. Die Eiserne Garde stellte die gewaltigsten Krieger dieses Planeten, aber sie befand sich am sichersten Ort des Universums! Wem immer es gelang, die Sicherheitsvorkehrungen des R'Achernon zu überwinden, der würde sich von diesen vier Kriegern gewiss auch nicht mehr aufhalten lassen.

Die große Empfangshalle schien vor Bewegung nur so überzuquellen, als Arions Begleiter und sie hereinkamen. Gute fünfzig Männer der Eisernen Garde waren aufmarschiert und bildeten ein Spalier aus starren, schwarzen Statuen, das durch den halben Saal und fast bis zum Tor hinführte, und eine mindestens genauso große Anzahl verchromter Kampfdrohnen war in einer zufällig anmutenden, aber genau bedachten Anordnung überall im Saal verteilt. Natürlich war der komplette Hofstaat gekommen und noch dazu einige hundert Neugierige, die sich die Chance nicht entgehen lassen wollten, einen echten Barbaren mit eigenen Augen zu sehen. Von Craiden und seinen Begleitern war keine Spur zu entdecken, aber der R'Achernon informierte Arion darüber, dass sie bereits auf dem Weg waren und in wenigen Augenblicken hier eintreffen würden.

Rymer, Duras und ein jetzt wieder in seinen gewohnten Mantel aus Lederflicken gehüllter Plixx erwarteten sie ein Dutzend Schritte vor dem Tor. Die Senatorin runzelte die Stirn, als sie Arions veränderte Aufmachung bemerkte, während der Mausling nur umso breiter grinste.

»Plixx!«, begrüßte ihn Arion. »Ich habe Euch lange nicht mehr gesehen. Wo wart Ihr?«

Der Mausling sah sie mit gestellter Überraschung an. »Aber Prinzessin, ich verstehe nicht. Wir haben uns doch gerade erst ...«

»Plixx«, unterbrach ihn Arion. »Ich erkenne eine OmegaKopie, wenn ich mit einer rede. Und im Moment rede ich mit keiner.«

Plixx spielte noch einen Atemzug lang den Unschuldigen und wechselte dann zur Rolle des ertappten Sünders. »Euch kann man wirklich nichts vormachen, Prinzessin. Ich war draußen. In der Stadt.«

»In *Belagerung*?«

»Gibt es denn noch eine andere?«, fragte Plixx, ließ seinen beeindruckenden Nagezahn aufblitzen und wurde sofort wieder ernst. »Ich erstatte Euch später gerne ausführlich Bericht, wenn Ihr das wünscht.«

»Ihr habt Euch die Armee des Clansherrn angesehen?«, vermutete Arion.

Plixx' selbst für eine Maus viel zu große Ohren sanken traurig herab. »Ich wünschte, es wäre so einfach, Prinzessin.«

»Was ist passiert?«, fragte sie geradeheraus.

»Wie gesagt, ich werde Euch später …«

»Die Kurzfassung«, befahl Arion. »Jetzt.«

Aus den Augenwinkeln sah sie, wie Rymer die Hand hob, um sie zu unterbrechen, und Plixx sie mit einer genauso raschen Geste zum Schweigen brachte.

»Es sind die Brände, Prinzessin«, sagte er. »Das Feuer, das die Bombe ausgelöst hat. Es ist uns bis jetzt leider noch nicht gelungen, sämtliche Brandherde zu isolieren.«

»Aber das Nullfeld hat den Brandherd doch vernichtet! Ich habe es selbst gesehen!«, protestierte Arion. »Zusammen mit Euch!«

»Und inzwischen haben wir drei weitere Nullfelder generiert, um weitere große Brandherde unschädlich zu machen.« Er schüttelte den Kopf, und sein nackter Schwanz peitschte nervös auf den Boden. »Das Problem sind die kleineren Brandherde, von denen es Dutzende gibt. Vielleicht Hunderte. Die Feuerkäfer werden damit fertig, aber wir verbrauchen ungeheure Mengen davon. Der R'Achernon kommt kaum nach mit der Produktion.«

»Sind wir in Gefahr?«, fragte Arion.

»Nein.« Plixx antwortete fast eine Spur zu schnell, und auch sein Kopfschütteln fiel entschieden zu heftig aus. »Davon kann keine Rede sein. Aber es wird uns enorme Anstrengungen kosten, sämtliche Brandherde zu finden und unschädlich zu machen. Es könnte Monate dauern.«

»Und Ihr glaubt, er hat das gewusst?«

»Craiden oder der Irre, der ihm diese Waffe gegeben hat?«

Arion wollte antworten, doch in diesem Moment veränderte sich das Licht, und ein schmetternder Posaunenschall erklang. Arion drehte sich gerade noch rechtzeitig herum, um ein gewaltiges, stählernes Tor auf der anderen Seite der Halle zu erblicken, das sich schwerfällig und rumpelnd öffnete. Weder seine hoffnungslos übertriebenen Dimensionen noch das unangenehme Geräusch wären nötig gewesen, aber irgendjemand – vielleicht der R'Achernon selbst – schien wohl der Meinung zu sein, dass dieser brachiale Auftritt zu einem Mann wie Craiden passte. Und Arion konnte dem nicht einmal wirklich widersprechen, als sie den Clansmeister und sein Gefolge sah.

Craiden, Torman und auch die zwei Dutzend Quorrl in ihrer Begleitung waren abgesessen und führten ihre gewaltigen Monsterpferde am Zügel, und selbst über die große Entfernung hinweg konnte Arion sehen, wie angespannt der Clansherr wirkte. Als er näher kam, blickten seine Augen überall hin, nur nicht in ihre Richtung.

»Wenn ich nicht wüsste, wie völlig unmöglich das ist, dann könnte ich glatt auf die Idee kommen, dass unser Clansmeisterchen irgendetwas plant«, sagte Plixx. Sein Schwanz klopfte noch nervöser auf den Boden. »Dem Kerl steht das schlechte Gewissen doch ins Gesicht geschrieben.«

Arion bedachte zuerst ihn und dann Rymer mit einem ärgerlichen Blick, und die Senatorin sagte: »Nach dem, was heute Nacht passiert ist, kann man das beinahe verstehen.«

»Was ist denn heute Nacht passiert?«, fragte Plixx harmlos.

»Warum fragt Ihr das nicht Eure OmegaKopie, Plixx?«, schnappte Arion. »Ich bin sicher, sie erzählt es Euch gerne. So wie vermutlich jedem anderen hier auch schon!«

Warum so gereizt, Prinzessin? Er weiß es wirklich nicht.

Ja, und damit ist er wahrscheinlich der Einzige im Umkreis von hundert Meilen, der noch nicht weiß, dass ich um ein Haar mit diesem Affenmenschen im Gebüsch gelandet wäre!

Ich verstehe Eure emotionale Reaktion nicht ganz, Prinzessin. Clansmeister Craiden ist nach menschlichen Maßstäben ein durchaus attraktiver Mann. Und nach dem Überlebenswillen ist der Fortpflanzungstrieb der stärkste menschliche Instinkt. Ihm nachzugeben ist absolut nichts Ehrenrühriges. Und ich kann Euch versichern, Prinzessin, dass jeder hier diesem Bedürfnis Rechnung trägt. Selbst Senatorin Rymer hat erst vor wenigen Tagen ...

Manchmal kannst du es einfach nicht leugnen, dass du immer noch ein Computer bist, oder?, unterbrach ihn Arion.

Der R'Achernon schwieg beleidigt, aber er hatte sein Ziel

erreicht. Arion war nach wie vor alles andere als gut gelaunt, aber die ärgste Spannung war verflogen – und nichts anderes hatte der R'Achernon mit seinen Worten auch bezwecken wollen. Es war ihm gelungen.

Craiden kam auf ein halbes Dutzend Schritte heran, blieb stehen und blickte sie nun doch an, aber Arion konnte sehen, wie viel Kraft es ihn kostete. Plixx hatte recht, dachte sie. Er sah aus wie das personifizierte schlechte Gewissen.

»Prinzessin.«

»Clansherr von *Belagerung*«, antwortete sie vorschriftsmäßig. »Habt noch einmal Dank für Euren Besuch. Es war uns eine Ehre, Euch in unserem Haus willkommen zu heißen, und …«

»Es tut mir leid, Arion«, unterbrach Craiden sie, ganz und gar nicht vorschriftsmäßig.

»Was?«

»Das, was vergangene Nacht geschehen ist«, antwortete er. »Ich bedaure zutiefst, was mein Pferd getan hat. Ich verstehe es nicht, und ich hätte auch nie mit diesem Angriff gerechnet. Ich werde das Tier töten, sobald wir wieder in unserem Lager sind. Es sei denn, Ihr würdet es lieber selbst tun.«

»Ich will weder das eine noch das andere«, antwortete Arion. »Dieses Tier hat nur das getan, was seine Natur ihm befohlen hat, nicht wahr?«

Craiden nickte, leicht verwirrt, wie es ihr vorkam, und Arion fuhr fort: »Und wir alle tun doch schließlich nichts anderes.«

Craiden nickte. Er sagte nichts mehr, aber er wirkte nach wie vor verstört.

»Dann lasst es uns zu Ende bringen«, sagte sie – wenn auch so leise, dass nur er ihre Worte verstehen konnte. Laut fügte sie hinzu: »Dann mögen wir in der Hoffnung auseinandergehen, dass in Zukunft Frieden zwischen unseren beiden großen Völkern herrschen möge und dass vielleicht eines Tags sogar Freundschaft aus diesem Frieden erwächst.« *Hatte ihre Urgroßmutter diesen schrecklichen Unsinn tatsächlich gesagt?* Sie konnte es sich kaum vorstellen.

»Das hoffe ich wirklich, Prinzessin«, antwortete Craiden. Dies war nicht die vorgeschriebene Antwort, aber sie klang ehrlich, und das, obwohl Arion sich mit aller Kraft dagegen wehrte, auch nur so etwas Ähnliches wie ein positives Gefühl für ihn zu empfinden; oder auch nur irgendetwas, das *nicht* feindselig war.

Und dann, als sie nicht antwortete, sagte er etwas, das genau so ehrlich klang und sie noch viel mehr in Rage brachte: »Und vielleicht dauert es ja keine zwanzig Jahre, bis wir uns wiedersehen, Prinzessin Infinity.«

Rymer runzelte die Stirn. Plixx stellte überrascht die Ohren auf, seine Barthaare begannen zu zittern. Und einige der Zuschauer, die nahe genug waren, um seine Worte zu verstehen, begannen überrascht zu murmeln.

»Das ist gar keine schlechte Idee«, sagte Arion spröde. »Sagen wir, in neunzehn?«

Craidens Lächeln gefror, und Duras, dessen riesige Gestalt Arion aus den Augenwinkeln erkennen konnte, fuhr wie unter einem Stromschlag zusammen, taumelte zur Seite und konnte sich gerade noch mit einem hastigen Schritt wieder fangen, bevor er das Gleichgewicht verlor.

»Duras!«, rief Rymer erschrocken. »Was ist mit Euch?«

Der Eisenmann richtete sich wieder auf und schüttelte ein paarmal benommen den Kopf wie ein Boxer, der einen Wirkungstreffer eingesteckt hatte und darum kämpfte, nicht vollends k.o. zu gehen.

»Duras?«, fragte Rymer noch einmal.

»Ich bin gerade gestorben«, murmelte Duras.

»Ihr seid *was?*«, fragte Rymer.

»Meine OmegaKopie«, antwortete Duras. »Sie wurde gerade zerstört.«

Eine Sekunde lang herrschte vollkommenes Schweigen, dann schüttelte Rymer mit einem nervösen Lachen den Kopf und wollte eine weitere Frage stellen, doch sie kam nicht mehr dazu, denn in diesem Moment hörten sie alle einen Laut, den seit hunderttausend Jahren niemand mehr im Inneren des R'Achernon vernommen hatte.

Das Heulen der Alarmsirenen.

Ambientallicht Die Ambientallicht näherte sich dem geschundenen Planeten mit mehr als siebzigtausend Meilen pro Stunde; eine Geschwindigkeit, für die das Schiff weder gebaut war noch die seine Konstrukteure jemals auch nur in ihren wildesten Träumen für möglich gehalten hätten. Auch war das Schiff nicht für die damit einhergehenden Belastungen gebaut, was zur Folge hatte, dass es Stück für Stück auseinanderzubrechen begann. Trümmer und zu sinnlosen Skulpturen verdrehte Rumpfteile lösten sich von seinem Heck, und als es in die obersten Ausläufer der Atmosphäre geriet, begann der stupsnasige Bug allmählich in einem düsteren Rot zu glühen. Aber noch hielten die Schiffsteile zusammen.

Die beiden Kriegsschiffe, die Duras zur Zerstörung der Ambientallicht herbeibeordert hatte, waren längst hoffnungslos zurückgefallen – nicht weil sie nicht mit der Geschwindigkeit des Schiffes hätten mithalten können, denn sie waren in der Tat zu einem Mehrfachen dieser Beschleunigung imstande, sondern weil ihre Ortungssysteme unerklärlicherweise nicht in der Lage waren, die Ambientallicht zu erfassen. Noch viel unerklärlicher war, dass dasselbe auch für den gefangenen Eiskometen galt, den das Schiff hinter sich herzerrte. Die Tachyonenrechner der Geschützkontrollen weigerten sich, das Schiff und auch seinen ungleich größeren Begleiter zu erfassen, und der Schwarm altmodischer Raketen, den der Kommandant eines der Schiffe in seiner Verzweiflung auf einem hastig berechneten Abfangkurs auf den Weg brachte, wich auf nun endgültig unerklärliche Weise vom Kurs ab und musste gesprengt werden, als er der Erde zu nahe zu kommen drohte. Der Schwarm explodierte über der Nachtseite, und der Feuerball eines Dutzends gleichzeitig gezündeter Antimateriebomben löschte nicht nur das sternengesprenkelte Schwarz des Himmels aus, sondern auch das Augenlicht Zehntausender Wesen, die das Pech gehabt hatten, genau in diesem Moment nach oben zu blicken.

Dasselbe vollkommen unerklärliche Schicksal ereilte die mächtigen Orbitalgeschütze, die auf ihren voll automatisierten Plattformen um den Planeten kreisten, Überbleibsel aus einem Krieg, der länger zurücklag als das Gedächtnis irgendeines Menschen auf diesem Planeten, aber noch immer voll funktionstüchtig und so präzise, dass sie ein Objekt von der Größe einer Kinderfaust jenseits der Mondumlaufbahn treffen konnten, und machtvoll genug, um den Mond ein zweites Mal und diesmal endgültig zu zerschmettern.

Doch die Orbitalgeschütze sahen weder das Schiff noch den Kometen, und die Ambientallicht raste mit immer noch zunehmender Geschwindigkeit weiter. Ihr Bug glühte jetzt in einem hellen, bösartigen Rot, und an Bord war längst jedes Leben unmöglich geworden. Die Temperaturen lagen nahe dem Schmelzpunkt von Eisen, und sämtlicher Sauerstoff war durch die zahllosen Risse und Lecks in der Hülle entwichen. Das Schiff löste sich immer schneller in seine Bestandteile auf und hätte längst auseinanderbrechen müssen, aber dieselbe, unerklärliche Macht, die es vor jeglichem Angriff beschützt hatte, hielt es auch jetzt noch weiter zusammen und erbarmungslos auf seinem Kurs. Immer noch lösten sich Trümmerteile von seinem Rumpf, die davongeschleudert wurden oder dem Schiff eine Weile folgten, bis sie in der Reibungshitze zu winzigen, lodernden Sternen wurden und verglühten. Wer jetzt noch sehen konnte und nach oben blickte, der gewahrte einen flammenden Meteoritensturm mit einem orangerot und weiß glühenden Zentrum und vielleicht etwas sehr Großes und auf bedrohliche Weise Formloses, das ihm folgte.

Unter der Ambientallicht drehte sich der Planet weiter, und mit der Tag-Nacht-Grenze gerieten auch die Stadt und der gewaltige Turm in ihrem Zentrum ins Blickfeld des Schiffes … hätte es an Bord noch etwas gegeben, das sehen konnte. Der Bug der Ambientallicht begann zu schmelzen, und die Trümmerstücke, die abgerissen und davongewirbelt wurden, nahmen an Größe und Zahl zu. Fünftausend Meilen über der Erdoberfläche war die Ambientallicht kaum mehr als ein verdampfender Metallklumpen, hundert Meilen tiefer und nur einen Sekundenbruchteil später war sie vollkommen verschwunden.

Das galt nicht für den Kometen, der unnachgiebig weiterraste.

Im Grunde war er wenig mehr als ein schmutziger Schneeball, doch er stürzte mit einer Geschwindigkeit vom Himmel, die ihm einfach keine Zeit ließ, zu schmelzen oder zu verdampfen.

Im buchstäblich allerletzten Moment feuerte der R'Achernon eine ganze Salve Singularitätsgeschosse auf den Kometen ab, künstlich generierte schwarze Löcher derselben Art, mit der er vor Tagesfrist den Planetenkiller neutralisiert hatte.

Nicht eines der Geschosse traf sein Ziel.

Die meisten zündeten irgendwo in der Leere jenseits der äußeren Atmosphärenschichten, wo sie einen noch größeren Bereich nunmehr vollkommener Leere erschufen und dann lautlos kollabierten. Eines traf eine der alten Verteidigungsplattformen und riss sie mit sich ins Nichts, und noch bevor der flackernde schwarze Blitz erloschen war, leitete der R'Achernon eine letzte, verzweifelte Gegenmaßnahme ein und pumpte jedes Erg Energie, das er auf dem ganzen Planeten zusammenkratzen konnte, in die Schutzschirme, die die Stadt und damit fast den gesamten Kontinent umgaben.

Dann prallte der Komet auf.

Es waren nicht seine anderthalb Millionen Tonnen Gewicht, die die Katastrophe auslösten. Das hätte den Schild nicht einmal zum Flackern gebracht, war er doch nicht nur für die Ewigkeit entworfen, sondern auch, um Waffen standzuhalten, die mächtig genug waren, ganze Welten zu zerstören.

Es war seine *Geschwindigkeit,* die ihn zu etwas machte, von dem nicht einmal der R'Achernon sicher war, es zu überstehen; anderthalb Millionen Tonnen verdampfendes Eis, die mit einem messbaren Bruchteil der Lichtgeschwindigkeit gegen den Schild prallten und mit einer Wucht explodierten, als hätte Gott selbst seinen Vorschlaghammer geschwungen.

Arion Das Licht ging aus. Für eine halbe Sekunde wurde es vollkommen dunkel, eine Schwärze, wie Arion sie noch nie zuvor erlebt hatte und der etwas Erstickendes innewohnte, das ihre Seele vom Moment eines Gedankens zum nächsten mit schierer Panik erfüllte. Dann kam nicht das Licht zurück, sondern ein rotes Flackern wie ein maschinengewehrschnelles Aufblitzen blutfarbener Explosionen, das alle Bewegungen rings um sie herum zu einer stroboskopischen Folge bizarrer Einzelbilder zerhackte und die Welt zusammen mit dem immer noch anhaltenden Heulen des Alarms endgültig in den Wahnsinn stürzte. Schreie gellten, vielleicht Schüsse, und sie musste den Kampf nicht sehen, der mit der Wucht einer Explosion überall rings um sie herum losbrach, um ihn zu spüren.

Jemand packte sie – vermutlich Duras, der eisernen Härte der Finger nach zu schließen, die über ihre Schulter schrammten –, aber sie riss sich mit einer blitzartigen Bewegung los und sprang zur Seite, und der nächste blutfarbene Blitz enthüllte ihr eine riesige nachtfarbene Gestalt, die mit einem ungeschickten Stolperschritt an ihr vorbeistürmte, sich im gleichen Sekundenbruchteil aber auch schon wieder herumzuwerfen begann.

Es wurde noch einmal dunkler, dann ging das Licht wieder an und blieb es auch, behielt aber seinen blutfarbenen düsteren Schein, und auch das Alarmheulen war lauter geworden und wurde von etwas begleitet, das noch viel enervierender war, wenn auch nicht wirklich zu hören.

Arion hatte sich nicht getäuscht. In den wenigen Sekunden, die seit dem Moment vergangen sein mochten, seit der Alarm losgegangen und das Licht zum ersten Mal ausgegangen war, hatte sich die Halle in einen Hexenkessel verwandelt. Menschen flohen in heller Panik, als das Schauspiel, das zu verfolgen sie gekommen waren, plötzlich lebensgefährlich zu werden drohte. Aus allen Richtungen rasten Kampfdrohnen auf blitzenden Silberbeinen heran, und an mindestens einem halben Dutzend Stellen schienen erbitterte Handgemenge losgebrochen zu sein, wo sich die Mitglieder der Eisernen Garde auf Craidens Quorrl gestürzt hatten. Eine einzelne, krachende Explosion mischte sich in das Wimmern der Alarmsirene.

»*Prinzessin!*«

Plixx' Stimme war so schrill und fast panisch, dass Arion sie kaum erkannte. Er riss sie mit einer Kraft zur Seite, die sie allenfalls Duras oder einem seiner Eisernen Krieger zugetraut hätte – und hätte der Mausling sie nicht weggezerrt, hätte sie ein riesiger, geschuppter Koloss dort zu Boden geworfen, wo sie eben noch gestanden hatte. Diamantharte Krallen schrammten Funken sprühend über einen noch tausendfach härteren Boden, und der Quorrl strafte seine scheinbar plumpe Erscheinung Lügen, indem er mit einer schon fast absurd schnellen Bewegung wieder auf den Beinen war und Plixx einen gewaltigen Rückhandschlag ins Gesicht versetzte. Der Mausling taumelte, ging aber keineswegs zu Boden – obwohl der Hieb selbst einem Mann von Craidens Statur mindestens den Kiefer zertrümmert hätte, wenn nicht gleich den Schädel –, sondern stieß ein zorniges Fauchen aus, das eher von einer großen Katze ausgegangen wäre, woraufhin der Quorrl von einer unsichtbaren Kraft gepackt und mit solcher Wucht an eine zwanzig Meter entfernte Wand geschmettert wurde, dass vermutlich in seinem ganzen Körper kein einziger Knochen heil blieb.

»Weg hier, Prinzessin! Schnell!« Plixx versuchte sie weiterzuzerren, doch Arion riss sich im Gegenteil los und fuhr herum, um nach Craiden zu suchen.

Zumindest auf den ersten Blick konnte sie ihn nirgendwo entdecken, wohl aber seinen Leibwächter, der sich natürlich keinen anderen als Duras höchstpersönlich ausgesucht hatte, um seine Kräfte mit ihm zu messen. Arion glaubte nicht, dass Torman Zeit genug bleiben würde, um diesen Irrsinn zu bedauern, verschwendete aber auch keinen weiteren Gedanken daran, sondern versuchte weiter, Craiden inmitten des Chaos auszumachen.

Es gelang ihr nicht, aber dafür wurde ihr klar, dass sie eine durch und durch *unmögliche* Szene beobachtete. An mindestens zwei Dutzend Stellen in der großen Halle tobten erbitterte Kämpfe, die es gar nicht hätte geben dürfen! Duras' Eisenmänner waren den Quorrl an schierer Anzahl um mehr als das Doppelte überlegen, und schon ein einziger von ihnen hätte allein in der Lage sein müssen, mit den zwei Dutzend Schuppenkriegern fertigzuwerden. Unglückseligerweise schien sich das nicht bis zu den Quorrl herumgesprochen zu haben.

Es waren die Eisenmänner, die den Kampf zu verlieren drohten.

Trotz mehr als doppelter Überzahl gelang es ihnen nicht, die Schuppenkrieger niederzuwerfen oder gar sie zurückzudrängen, zumal sich auch die gewaltigen Kriegspferde der Quorrl in den Kampf warfen und ihre eisernen Gegner mit Zähnen, Stacheln und gewaltigen Hufschlägen attackierten.

»Plixx!«, schrie Rymer, die als einzige Zivilistin nicht die Flucht ergriffen hatte, sondern plötzlich eine Schusswaffe in der Hand hielt und vergeblich nach etwas suchte, worauf sie zielen konnte. »Bringt die Prinzessin hier raus!«

Diesmal ergriff Plixx Arion mit solcher Gewalt am Handgelenk, dass sie nicht einmal daran dachte, Widerstand zu leisten, sondern ihre ganze Konzentration brauchte, um nicht von den Füßen gerissen zu werden und ungeschickt hinter ihm herzustolpern. Rings um sie herum tobte das reine Chaos. Mehr und mehr spinnengliedrige Kampfdrohnen warfen sich ins Getümmel und ließen durch ihre bloße Zahl die Quorrl nun doch allmählich zurückweichen, und an einem Dutzend Stellen hatten sich sechseckige Öffnungen in den Wänden aufgetan, aus denen Hunderte und Aberhunderte weiterer Kampfmaschinen quollen. Dennoch verstand sie nicht, warum der R'Achernon Plixx und sie nicht einfach von hier wegbrachte.

Der Mausling stolperte, stürzte und hätte sie glattweg mit von den Beinen gerissen, hätte er ihre Hand nicht im letzten Moment losgelassen. Während sich Plixx in eine strauchelnde Fell- und Lederkugel verwandelte, die mit einem empörten Piepsen zu Boden ging, fand Arion mit einem hastigen Stolperschritt ihr Gleichgewicht wieder und prallte im nächsten Moment selbst mit einem erschrockenen Keuchen zurück. Sie wusste jetzt, warum Plixx gestürzt war. Und auch, wieso sie Craiden inmitten des Kampfgetümmels nicht gesehen hatte.

Er stand vor ihr.

Die Sicherheitssperren des R'Achernon mussten gründlich versagt haben, denn er hielt ein schlankes Schwert mit einer nachtschwarzen Klinge in der Hand, von der zähes und beinahe schwarzes Blut tropfte. Plixx' linke Hand, die Finger verkrümmt wie die Beine einer sterbenden Spinne, lag neben ihm auf dem Boden.

»Craiden?«, murmelte sie verstört. »Aber was …«

Weiter kam sie nicht, denn nun war es Craiden, der nach ihrem Arm griff und sie mit so brutaler Kraft herumriss, dass sie vor Schmerz und Schrecken aufschrie.

Hinter ihnen kam Plixx mit einem wütenden Zischen wieder hoch, seine rechte Hand war zu einer tödlichen Klaue mit plötzlich fünf Zentimeter langen, mörderischen Krallen geformt, und Blut spritzte wie aus einem zerrissenen Hochdruckschlauch aus dem Stumpf des anderen Arms. »Du verdammter Drecksack!«, keuchte er. »Das hast du nicht umsonst gemacht! Dafür reiße ich dir die Eingeweide raus und zwinge dich, sie zu fressen, du verdammter Höhlenmensch!«

Unverzüglich stürzte er sich auf den Clansherrn, um seine Ankündigung in die Tat umzusetzen; Craiden wandte sich fast gemächlich zu ihm um und stieß dem Mausling das Schwert in den Leib. Die Klinge aus schwarzem Achern durchdrang seinen Körperschild ebenso mühelos wie sein Gewand aus Lederflicken und seinen Brustkorb, stach wie eine stählerne Zunge zwischen seinen Schulterblättern wieder heraus und funkelte dann noch einmal, als Craiden die Waffe mit einem Ruck herumdrehte. Plixx erbrach würgend Blut und schwarzen Schleim und war vermutlich schon tot, bevor er auf dem Boden aufschlug. Craiden rammte die Waffe in die Scheide an seinem Gürtel, fasste Arions Arm und stürmte weiter.

Sie verschwendete kaum Zeit damit, sich gegen seinen Griff wehren zu wollen, kam endlich auf die Idee, ihren Körperschild einzuschalten, und wurde mit einem wütenden Summton belohnt und dem verspäteten Begreifen, dass sich der Schild nicht aufbauen konnte, solange Craiden ihr Handgelenk gepackt hielt und dem Kraftfeld die wenigen Millimeter Freiraum nicht blieben, die es während der Aufbauphase brauchte. Doch der Clansherr stürmte unverdrossen weiter, griff mit dem freien Arm nach hinten und riss ihr den Gürtel ab.

»Verdammt noch mal, bist du *wahnsinnig* geworden?«, schrie sie. »Wo willst du denn hin?!«

Natürlich bekam sie keine Antwort, was vielleicht auch daran lag, dass Craiden selbst es vermied, sich diese Frage zu stellen. Es gab keinen Ort, an den sie flüchten konnten. Dennoch zerrte er sie unerbittlich weiter auf das Zentrum des noch immer erbittert tobenden Handgemenges zu und fegte eine Kampfdrohne kurzerhand mit einem Fußtritt aus dem Weg, die ihn zu attackieren versuchte.

Dann sah Arion etwas, das sie noch vor wenigen Sekunden für vollkommen unmöglich gehalten hatte: Einer von Duras' Eisenmännern lag am Boden. Jemand hatte ihm beide Arme ausgerissen und den Schädel eingeschlagen, sodass sich seine mechanischen Innereien in weitem Umkreis um ihn verteilt hatten: winzige Zahnräder und Kolben, Rändelschrauben und Stangen, die in einer Lache aus schwarzen Schmiermitteln und ölig glänzender Kühlflüssigkeit lagen wie in fremdartigem Blut. Wo sein rechter Arm gewesen war, bewegte sich ein abgerissenes Metallstück in gleichmäßigem Takt vor und zurück, wie um das Schlagen eines mechanischen Herzens zu imitieren.

Und als wäre das allein noch nicht unmöglich genug, sah Arion in diesem Moment einen zweiten Eisenmann stürzen, von einem Quorrl und seinem Pferd gemeinsam in Stücke gerissen. Und selbst Duras, der sich immer noch eine wüste Prügelei mit Torman lieferte, schien unerwartete Schwierigkeiten zu haben, mit seinem gehörnten Gegner fertigzuwerden.

Aber gleichwie – dieser Irrsinn konnte nur noch Augenblicke dauern. Hunderte, wenn nicht Tausende weiterer Kampfdrohnen rasten heran wie eine kompakte Mauer aus silbernen Gliedmaßen und tödlichen Klingen, und hundert Meter über ihnen hatte sich eine riesige Anzahl großer Klappen geöffnet, durch die Dutzende schwarz-gelb gestreifter Heliothopther hereinkamen, um ebenfalls in den Kampf einzugreifen.

Noch zwei oder drei Atemzüge, und es wäre vorbei.

Und während die Heliothopther auf brummenden Flügeln vom Himmel stürzten, ihre Lenker die Waffen zogen und die ersten Schüsse abzugeben begannen, bevor die silberne Springflut der Kampfdrohnen über sie kommen konnte, traf Gottes Schmiedehammer den R'Achernon und löschte alles augenblicklich aus.

Inferno Die Wucht des Kometentreffers hätte vermutlich nicht ausgereicht, um den Planeten zu zertrümmern; sie genügte aber sehr wohl, um ihn zu sterilisieren. In der Vergangenheit hatten die Einschläge weit kleinerer kosmischer Geschosse ausgereicht, planetenweites Massensterben auszulösen und die Evolution um Jahrmillionen zurückzuwerfen. Was die Erde dieses Mal vor einem vielleicht weit schlimmeren Schicksal bewahrte, war zweierlei: die *Wand*, deren unvorstellbare Stärke selbst diesem Treffer standhielt (wenn auch nur noch gerade so; spätere Analysen sollten ergeben, dass ein Mehr von nur einigen tausend Tonnen Gewicht ihn möglicherweise hätte zusammenbrechen lassen), und pures Glück.

Das Glück bestand in dem Winkel, in dem der Komet aufschlug. Hätte er die Schildkuppel auch nur einige wenige Grade weiter rechts oder links, oben oder unten getroffen, so hätte er sie zwar auch nicht durchschlagen, doch seine Energie hätte sich in einen dreitausend Grad heißen Orkan verwandelt, der mit zehnfacher Schallgeschwindigkeit mehrmals um den ganzen Planeten gerast und nicht nur alles Leben bis hin zur kleinsten Mikrobe verbrannt, sondern die gesamte Lufthülle der Erde in den Weltraum hinausgeschleudert hätte. So wie er nun auf den Schild aufschlug, sorgte die gekrümmte Oberfläche des Kraftfeldes dafür, dass mehr als fünfundneunzig Prozent der in Hitze und Druck umgewandelten kinetischen Energie ins All reflektiert wurde und eine zischende, Hunderte und Aberhunderte Meilen hohe Stichflamme entstand, die nach den Sternen schlug und wieder erlosch, bevor sie den ganzen Planeten in Brand setzen konnte.

Die Folgen waren trotzdem verheerend. Eine kombinierte Hitze- und Druckwelle raste einem Supertsunami gleich um die Erde herum, zwei- und an manchen Stellen dreihundert Grad heiß und vier-, fünf-, sechshundert Meilen schnell, sodass jedes Lebewesen, das sich in diesem Moment im Freien und an einer ungeschützten Stelle befand, entweder verbrannt oder gegen das nächste Hindernis geschleudert und zerschmettert wurde – und wo ein solches nicht zur Hand war, wurde es einfach Hunderte von Metern in die Höhe gerissen und dann achtlos wieder fallen gelassen. Hätte es auf der Erde noch Wälder gegeben, wären sie ausnahmslos verbrannt, und die wenigen, flachen Seen, die die Stelle der früheren Ozeane einnahmen, begannen zu kochen. Einige verdampften sogar ganz.

Die Stadt selbst traf es ungleich härter.

Der Schild schützte sie vor den unmittelbaren Folgen des Aufpralls und leitete Hitze und Druck zuverlässig ab, doch wogegen er sich machtlos erwies, das war der unvorstellbar grelle Blitz und der beinahe noch unvorstellbarere Lärm einer Tausend-Megatonnen-Explosion – plus/minus ein paar hundert. Nahezu ein Prozent der Bevölkerung (also fünfunddreißig Millionen) erblindeten auf der Stelle für eine geraume Weile oder sogar permanent, und der überwältigende Donner unmittelbar unter der Aufschlagstelle tötete beinahe genauso viele – entweder schlichtweg durch seine akustische Gewalt oder indem der Schall Hunderte von Gebäuden zusammenbrechen ließ, die ihre Bewohner unter sich begruben. Tausende weitere Gebäude kollidierten durch das nachfolgende Beben, das den gesamten Planeten erschütterte; an buchstäblich Millionen Stellen brach Feuer aus, das noch ungleich mehr Opfer forderte. Irgendwo fand eine Explosion statt – es wurde nie geklärt, welcher Art – mit der Wucht einer Zehn-Megatonnen-Bombe und schuf eine fünfzehn Meilen durchmessende Todeszone. Und nicht einmal weit von ihrem Zentrum und dem R'Achernon entfernt brach ein gewaltiger Vulkan aus, der wochenlang Feuer und geschmolzene Stahlkeramik und giftige, radioaktive Dämpfe spie. Minutenlang war *Belagerung* von loderndem, rotem Licht erhellt, denn die Stadt lag unter einem zur Gänze brennenden Himmel. Feuer floss in Strömen an der unsichtbaren Barriere des Schildes hinab und vernichtete alle Wesen im Umkreis von tausend Meilen, die die erste Explosionswelle überstanden hatten.

Nicht alle Teile der Stadt lagen unter der schützenden Kuppel. Ihren Konstruktionsprinzipien folgend, bildete sie einen perfekten Kreis, doch der entsprach weder die Form der Stadt noch der des Kontinents, auf dem sie erbaut war. Jenseits dieser Zone gab es große brachliegende Bereiche ehemaligen Meeresbodens, die unversehrt blieben, aber auch jene Gebiete, in denen sich besonders Mutige (oder Verzweifelte) aus dem Schutz der Stadt und ihres Schildes herausgewagt hatten und in speziell konstruierten Habitaten lebten oder über viele Generationen hinweg ihre Körper an die lebensfeindliche Umwelt außerhalb der Stadt angepasst hatten, blieben meist verschont.

Alle, die nicht gelernt hatten, Feuer zu atmen, starben.

Auch die genaue Zahl der Todesopfer, die der Komet forderte, wurde niemals bekannt, doch es mussten weit über hundert Millionen sein. Und dabei hatte das Inferno nicht einmal ganze zehn Minuten gedauert.

Und es war nicht die einzige Katastrophe, die in diesem letzten großen Krieg, der an diesem Tag ausgebrochen war, die Erde heimsuchen sollte.

Und nicht einmal die schlimmste.

Arion Sie konnte nicht lange besinnungslos gewesen sein, falls sie überhaupt das Bewusstsein verloren hatte. Tatsächlich erinnerte sie sich daran, dass Zeit vergangen war – nicht wie viel und schon gar nicht, was in dieser Zeit geschehen war –, aber zwischen ihren Schläfen war nicht das bedrückende Nichts vollkommener Bewusstlosigkeit, wohl aber eine seltsame Leere, die sie sehr erschreckte. Außerdem war es still.

Vielleicht war das sogar das Erschreckendste überhaupt.

Das Heulen der Alarmsirenen war verstummt, und statt des Kampflärms, den sie erwartet hatte, hörte Arion nur ein allgemeines Raunen und Murren und vielleicht ein gedämpftes Stöhnen. Keine Schüsse und Schreie, nicht das Klirren von Schwertern oder das dumpfe Klatschen von Schlägen – aber das war es nicht, was sie zutiefst bestürzte und ihr jene Furcht einflößte, die es ihr fast unmöglich machte, die Augen zu öffnen. Diese Stille ging weit über die bloße Abwesenheit von Geräuschen hinaus ... als wäre ganz tief in ihr eine Stimme erloschen, die sie zeit ihres Lebens begleitet hatte.

R'Achernon?, fragte sie.

Sie bekam keine Antwort, aber die Stille in ihr schien noch lauter zu dröhnen. Ihr Herz begann zu klopfen, und ihr Mund fühlte sich mit einem Mal so trocken an, als hätte sie seit Tagen nichts getrunken. Sie wagte es nicht, noch einmal nach dem R'Achernon zu rufen, aus Angst, auch dann keine Antwort zu bekommen.

Stattdessen setzte sie sich auf und raffte erst dann all ihren Mut zusammen, um die Augen zu öffnen.

Es war nicht so schlimm, wie sie erwartet hatte, doch zugleich noch weit schlimmer. Dabei sah sie im Grunde kaum etwas. Es gab Licht – wenn man es denn so nennen wollte: einen mattroten, staubigen Schein, der kaum Einzelheiten enthüllte, deren Konturen aber nach Kräften verwischte. Ein dunkler Schemen lag neben Arion, der sich nicht bewegte, und als sie sich mit den Händen abstützte, um sich aufzurichten, griff sie in eine klebrig warme Flüssigkeit und zog angeekelt den Arm wieder zurück.

Es war jedoch kein Blut, wie sie ganz instinktiv angenommen hatte, sondern eine ölige, schwarze Flüssigkeit, die sich nur wie Blut anfühlte und in einem gewissen Umfang wohl auch dieselbe Funktion erfüllte. Es gehörte wohl dem zerbrochenen Eisenmann, neben dem Arion gestürzt war, und sosehr sie sich auch davor fürchtete, zwang sie sich, den Kopf zu drehen und ihn anzublicken.

Sie hatte sich getäuscht. Neben ihr lag kein zerstörter Eisenmann, sondern die zerschmetterten Überreste eines Heliothopthers, der offensichtlich aus großer Höhe auf den Boden gestürzt und buchstäblich in tausend Stücke zerborsten war. Blutige Fetzen aus zerrissenem Synthofleisch und unzählige Kunststoff- und Metallsplitter bedeckten den Boden ringsum, und hinter dem zerschmetterten Leib des acht Meter langen Rieseninsekts meinte Arion etwas Kleineres und genauso Zerstörtes zu entdecken, sah aber vorsichtshalber nicht allzu genau hin.

Ein sonderbares Gefühl beschlich sie. Ihr Verstand sagte ihr, dass der Heliothopther allenfalls so etwas *Ähnliches* wie eine lebende Kreatur gewesen war, und trotzdem empfand sie für einen Moment beinahe Mitleid mit diesem unheimlichen Geschöpf – und fast so etwas wie Groll auf das Schicksal, seine Existenz so sinnlos beendet zu haben.

Sie verscheuchte diesen unsinnigen Gedanken, stand vollends auf und starrte auf eine unvorstellbar massige Brust, deren beeindruckende und mit perlmuttartigen Schuppen gepanzerte Muskelpakete sich ungefähr auf gleicher Höhe mit ihren Augen befanden und deren Besitzer direkt vor ihr stand.

Arion reagierte blitzschnell, wich zurück und prallte wuchtig gegen eine kaum weniger muskulöse Brust, zu der auch noch zwei nicht minder kräftige Arme gehörten, die sie sofort und mit unwiderstehlicher Kraft festhielten. Sie versuchte sich loszureißen, aber genauso gut hätte sie sich auch auf einen Wettbewerb im Armdrücken mit Duras einlassen können.

»Hört auf, Prinzessin!«, sagte Craiden. Gleichzeitig schüttelte er sie so hart, dass ihr Kopf hin- und herflog und sie zu dem Schluss kam, dass es vielleicht besser war, auf ihn zu hören. Wenigstens für den Moment. »Ich will Euch nicht wehtun, aber ich schlage Euch nieder, wenn Ihr mich dazu zwingt«, fügte Craiden hinzu.

Arion fand das höchst überflüssig. Sie fand es auch überflüssig, dass Craiden sie festhielt. Und noch viel überflüssiger fand sie die Tatsache, dass er es überhaupt noch *konnte*. Wo zum Teufel blieben Duras und seine ach-so-unbesiegbaren Eisenmänner?

Wie um ihre Frage zu beantworten, drehte Craiden sie grob herum und stieß sie noch derber in Richtung seines gigantischen Pferdes, das nicht nur bereits ungeduldig mit den Vorderhufen scharrte, sondern auch sein beeindruckendes Raubtiergebiss bleckte und sie voll gehässiger Vorfreude ansah.

»Wenn Ihr mich töten wollt, dann tut es wenigstens selbst«, sagte Arion, »und lasst mich nicht von diesem ... *Monstrum* auffressen.«

Ihr Herz klopfte. Aber warum eigentlich? Der Tod war nichts, was sie fürchten musste. Dann sah sie noch einmal die schrecklichen Fangzähne dieses Ungetümes an, von dem Craiden behauptete, es wäre ein Pferd, und revidierte ihre Meinung. Den Tod vielleicht nicht, aber das Sterben schon.

»Warum sollte ich Euch töten wollen, Prinzessin?« Craiden klang unangemessen amüsiert, fand sie. »Jemanden wie Euch kann man doch angeblich gar nicht töten. Warum also sollte ich mir die Mühe machen?«

Er versetzte ihr einen weiteren Stoß, der sie gegen die geschuppte Flanke des Monsterpferdes stolpern ließ, und machte zugleich eine befehlende Geste, die wohl seinen Kriegern galt. Aber wieso überhaupt *seinen* Kriegern? Wo waren Duras mit seiner Eisernen Garde und die unzähligen Kampfdrohnen, die der R'Achernon geschickt hatte?

Zumindest die zweite Frage konnte Arion sich selbst beantworten, als sie sich herumdrehte. Nicht einmal weit entfernt lag eine Unmenge der verchromten Killermaschinen. Sie schienen keinerlei Beschädigungen aufzuweisen, und trotzdem waren sie genau da zuammengebrochen, wo sie gerade gestanden hatten, als ...

Ja, was war eigentlich passiert?

Arion sah sich noch einmal aufmerksam um und wünschte sich fast, sich diese Frage nicht gestellt zu haben. Die reglosen Drohnen neben ihr waren nicht die einzigen. Überall lagen silberfarbene Spinnen mit verkrümmten Gliedmaßen, Dutzende, Hunderte ... *alle* Kampfmaschinen, die der Turm zu ihrer Rettung geschickt hatte, begriff sie entsetzt. Ein silberner Teppich aus spinnendürren Gliedmaßen, Klingen und Schneiden, der den Hallenboden von einem Ende zum anderen zu bedecken schien, als wären sie alle im gleichen Sekundenbruchteil abgeschaltet worden. Hier und da glaubte sie einen anderen Körper inmitten des metallenen Teppichs zu gewahren, verheerte Leiber aus Fleisch, aber auch aus Eisen und Schuppen.

Und das war längst nicht alles, was hier nicht stimmte …

R'Achernon!, dachte sie erneut, fast ohne ihr bewusstes Zutun in den Befehlsmodus wechselnd, dem sich der R'Achernon nicht entziehen konnte, selbst wenn in diesem Moment gerade die Sonne abbrennen sollte. *Was ist hier los?*

Sie bekam keine Antwort.

Schlimmer noch: Da war nichts mehr, was ihr antworten konnte. Die stumme Präsenz, die sie zeit ihres Lebens begleitet hatte, war nicht mehr da. In ihr war nichts als Stille.

»Es geht los!«, befahl Craiden seinen Kriegern. Dann wandte er sich direkt an Arion und zwang sie, ihn anzusehen, indem er die Hand auf ihre Schulter legte und sie grob herumdrehte. In seinen Augen war ein Ausdruck, der sie verwirrte, aber auch überlagert von einer Härte, die sie erschauern ließ. »Gebt Ihr mir Euer Wort, ohne Widerstand mit uns zu kommen, oder muss ich Euch fesseln, Prinzessin?«, fragte er.

Arion verstand im ersten Moment nicht einmal, wovon er sprach; dann begriff sie, und ihre Augen wurden groß vor Unglauben.

»Ihr wollt mich … entführen?«, ächzte sie. »Seid Ihr … seid Ihr völlig verrückt geworden?«

Craiden ließ sich nicht dazu herab, ihr zu antworten. Er musste den Verstand verloren haben, dachte Arion. Er war vollkommen und hoffnungslos übergeschnappt. Irgendetwas musste ihm auf den Kopf gefallen sein – und zwar etwas ziemlich Schweres, aus ziemlich großer Höhe.

Der Clansherr griff nach dem Zaumzeug seines Pferdes, um es zu führen, zog die Hand im letzten Moment wieder zurück, als das Vieh versuchte, ihm die Finger abzubeißen, und versetzte ihm einen Faustschlag zwischen die Nüstern, der ein normales

Pferd auf der Stelle niedergestreckt hätte. Er versuchte allerdings nicht noch einmal, die Zügel zu ergreifen, sondern schlug ihm stattdessen kräftig mit der flachen Hand aufs Hinterteil, und das Tier trottete mit einem unwilligen Schnauben los. Arion schloss sich ihm hastig an, bevor Craiden auf die Idee kam, dasselbe mit ihr zu tun. Sie fragte sich erst gar nicht, wohin er eigentlich gehen wollte.

Während sie sich dem Tor näherten, rief sie in Gedanken immer wieder nach dem R'Achernon, bekam aber nur dieses schreckliche Schweigen zur Antwort, und obwohl sie es nicht wollte und beinahe panische Angst vor dem hatte, was sie sehen würde, blickte sie sich mit klopfendem Herzen um. Überall lagen reglose Drohnen, von denen nur die allerwenigsten irgendeine Beschädigung aufwiesen, aber dazwischen entdeckte sie auch zerschmetterte Heliothopther, tote Quorrl und reglose Eisenmänner, erschlagene Pferde und einige wenige menschliche Gestalten. Zu ihrem großen Erschrecken gewahrte sie auch Rymer unter den Toten und nur einen Moment später eine verdrehte Gestalt, von der sie annahm, dass es sich um Senator Wundermeer handelte, auch wenn sie sich kaum noch erinnern konnte, wann sie ihn das letzte Mal in seiner menschlichen Erscheinungsform gesehen hatte. Der Tod all dieser Menschen – einschließlich Plixx – bereitete ihr kein allzu großes Kopfzerbrechen, denn schließlich war er nicht permanent, auch wenn es sich beim Sterben zweifellos um eine äußerst unangenehme Erfahrung handelte.

Viel schlimmer war der Umstand, dass es *überhaupt* geschehen war. Es hätte nicht passieren dürfen, unter gar keinen wie auch immer vorstellbaren Umständen ... was Arion zu dem unangenehmen Schluss führte, dass eben etwas ganz und gar *Unvorstellbares* passiert sein musste. Zwei Dutzend Quorrl, die die Eiserne Garde besiegten und sich daranmachten, den R'Achernon zu erobern? Das war ... absurd.

Doch auch ihre Zahl war geschrumpft. Zwei oder drei weitere Schuppenkrieger schlossen sich ihnen an, während sie sich dem geschlossenen Tor näherten. Alle waren verletzt, und einer humpelte so stark, dass er schon nach wenigen Schritten zurückfiel und auch nicht wieder auftauchte. Dann stieß Torman zu ihnen, als sie ihr Ziel fast erreicht hatten. Er hatte nur noch drei Hörner, und sein linker Arm sah aus, als wäre er in einen Fleischwolf geraten, aber er bewegte sich so flüssig und schnell wie immer, und auf seinem brutalen Gesicht lag sogar die Andeutung eines Lächelns. Arion wunderte sich ein wenig, dass er überhaupt noch lebte. Das letzte Mal, als sie ihn gesehen hatte, war er in einen Kampf auf Leben und Tod mit Duras verstrickt gewesen, und den hätte er eigentlich nicht überleben dürfen – geschweige denn gewinnen. Aber vielleicht hatte er das ja auch gar nicht, ermutigte sich Arion in Gedanken. Dafür, dass Duras nirgendwo zu sehen war, gab es gewiss eine Erklärung.

»Wir haben es gefunden«, begrüßte Torman den Clansherrn. Zugleich machte er eine Kopfbewegung hinter sich. Arions Blick folgte der Bewegung, aber sie sah dort nichts außer schwarzen Wänden und Schatten, die von düsterrotem Licht belagert wurden.

Craiden antwortete in einer Sprache, die Arion nicht verstand, woraufhin Torman nur stumm den Kopf schüttelte und plötzlich ein wenig besorgt aussah. Dann drehte er sich herum, um mit raschen Schritten vorauszugehen, und Arion fragte sich zum wiederholten Mal, wohin zum Teufel sie sie eigentlich bringen wollten. Irgendetwas war hier ganz furchtbar falsch. Sie hatte zwar nicht die leiseste Ahnung, was, aber eindeutig waren sämtliche Systeme des R'Achernon ausgefallen – und das bedeutete nichts anderes, als dass sich der gesamte Turm in die größte Mausefalle dieses Planeten verwandelt hatte. Es gab kein *wohin,* solange das lenkende Bewusstsein ausgefallen war, das Türen generierte, Schwebeschächte steuerte und Treppen aus dem Nichts erscheinen ließ.

Und wenn es nie wieder zurückkam?, flüsterte eine Stimme hinter ihrer Stirn. *Wenn der R'Achernon … tot war?*

Dieser Gedanke war so schrecklich, dass sie ihm nicht erlaubte, gänzlich Gestalt anzunehmen, sondern sich fast gewaltsam auf ihre Umgebung konzentrierte, nur um sich abzulenken.

Was sie sah, hatte sich nicht geändert und war auch nicht wesentlich erfreulicher, aber dennoch nicht annähernd so entsetzlich wie diese … absurde Vorstellung. Überall lagen Trümmer, Tote aus den unterschiedlichsten Materialien, zerbrochenes Metall und Pfützen aus Blut und glitschigem Schmiermittel, und immerhin sah sie jetzt, woher der rote Lichtschein kam, der die gesamte Szenerie noch immer wie in flüssiges Blut zu tauchen schien. In Mannshöhe in die Wände eingelassen und scheinbar willkürlich, in Wahrheit aber einer sorgsam ausgeklügelten Anordnung folgend, zogen sich Hunderte und Aberhunderte kleiner, tiefroter Lampen an den Wänden entlang, keine größer als eine Kinderfaust und ihr Schein so trüb, dass man eigentlich nicht wirklich von Licht sprechen konnte. Weiter oben musste es noch mehr dieser Leuchten geben, auch wenn sie einzeln nicht mehr zu erkennen waren, denn die Hallendecke war wie von einem mattrot leuchtenden Nebel ausgefüllt, der ihr das Gefühl gab, nicht mehr richtig atmen zu können, wenn sie zu lange hinsah. Das Wort *Notbeleuchtung* kam ihr in den Sinn, sie erschrak über seinen bloßen Klang, und die wahre Bedeutung dieses Begriffs wurde ihr erst jetzt klar: Die Notbeleuchtung hatte sich automatisch aktiviert, nachdem alles andere ausgefallen war. Immerhin würden sie wenigstens nicht in völliger Dunkelheit ersticken oder verhungern – je nachdem, ob ihnen die Luft oder das Essen zuerst ausging.

Arion verscheuchte auch diesen Gedanken, der zu nichts anderem gut war, als sie selbst noch weiter fertigzumachen, und runzelte dann die Stirn, als sie nun endlich erkannte, welches Ziel Torman ansteuerte. Es war eine Tür, allerdings eine, wie sie sie noch nie in der Empfangshalle gesehen hatte, nicht in all den Jahren, die sie schon im R'Achernon lebte: Sie war zweieinhalb Meter hoch und kaum weniger breit, musste mindestens eine Tonne wiegen (das Tausendfache, wenn sie aus Achern bestand) und ähnelte einem Panzerschott, wie sie es auf einem vorzeitlichen Unterseeboot erwartet hätte, einschließlich des robusten Rahmens, einer Unzahl kinderfaustgroßer Nieten und eines gut einen Meter messenden Speichenrads, das wohl so etwas wie einen primitiven Öffnungsmechanismus darstellte. Auf Tormans Geheiß hin traten zwei der riesigen Quorrl an die Tür und begannen es zu drehen; sie mussten ihre gesamte Kraft aufwenden, um die kolossale Tür Zentimeter für Zentimeter aufzuziehen. Rötliche Dunkelheit und ein Schwall uralter, verbraucht riechender Luft schlug ihnen dahinter entgegen und ein allgemeiner Eindruck von Alter und erstarrter Zeit, der Arion zusätzlich den Atem abschnürte.

Wortlos trat sie hinter Craiden durch die Tür und fand ihren ersten Eindruck auf schauderhafte Weise bestätigt: Sie befanden sich in einem vollkommen leeren Gang mit geriffeltem Boden und Wänden, die wie mit narbigem, schwarzem Leder überzogen zu sein schienen. Die Luft war so trocken, dass sie zum Husten reizte, und schmeckte nach Staub und Maschinenöl, und in regelmäßigen, aber sehr großen Abständen waren rote Leuchtplatten in den Wänden eingelassen, die für gerade genug Helligkeit sorgten, um nicht über die eigenen Füße zu stolpern. Alt, dachte Arion fröstelnd. Alles hier war so unvorstellbar *alt*, dass dieses Wort allein aus allen Richtungen auf sie einzuhämmern schien und keinen Platz für irgendeinen anderen Gedanken mehr ließ.

Craiden wartete, bis der Rest seiner acht Krieger, die ihm geblieben waren, den Gang betreten hatte, und bedeutete ihnen, die tonnenschwere Tür wieder zu schließen. Erst als dies vollbracht war, gingen sie weiter.

Ihr Marsch war durch und durch gespenstisch. Der Gang verlief ein Stück geradeaus und wurde dann zu einem scheinbar sinnlosen Hin und Her aus Biegungen, Abzweigungen und Kreuzungen, einmal sogar einer kleinen Treppe, die vor allem das halbe Dutzend Pferde vor enorme Probleme stellte. Arion verlor schon nach dem ersten Dutzend Schritte die Orientierung. Sie vermutete, dass sie sich in irgendeinem Versorgungs- oder auch Fluchttunnel befanden, der sich durch die mehr als hundert Meter dicken Außenwände des R'Achernon zog … aber das war immer noch keine Antwort auf die Frage, wohin Craiden eigentlich zu gehen glaubte. Selbst wenn es ihm gelang, den Turm zu verlassen – was sie noch immer für schlichtweg unmöglich hielt –, wohin wollte er? Außerhalb des R'Achernon erwartete sie lediglich der Park und dahinter die *Wand*, die diese völlig sinnlose Flucht endgültig stoppen würde.

Die Gelegenheit, Craiden diese Frage zu stellen, bekam sie nach weiteren zehn Minuten – vielleicht auch zehn Stunden, denn Zeit hatte in diesem Refugium des Alters jegliche Bedeutung verloren –, als Torman mit einem Mal stehen blieb. Er ging zu weit voraus, als dass Arion sehen konnte, was seine Aufmerksamkeit erregt hatte, aber sie sah immerhin, dass er sich in die Hocke sinken ließ, um irgendetwas auf dem Boden zu begutachten. Die ganze Kolonne kam zum Halten.

»Wollt Ihr mir nicht endlich sagen, was Ihr wirklich plant, Clansherr?«, fragte sie. Sie hatte diese Frage schon mehrmals gestellt, ohne dass er antwortete, und sie rechnete auch jetzt nicht damit. Aber sie bekam eine Antwort, auch wenn sie ganz anders war, als sie es erwartet hätte.

Craiden ließ demonstrativ ein paar Sekunden verstreichen, bevor er sich langsam zu ihr herumdrehte und sie ansah. Er schwieg.

»Ihr habt nicht wirklich vor, mich zu entführen und als Geisel zu nehmen, oder? Ich meine: Ihr wisst selbst, wie unsinnig diese Idee ist!«

Ein seltsames, völlig deplatziertes Lächeln erschien auf seinem Gesicht und eine Sanftheit in seinem Blick, die sie fast erschreckte. »Hast du das denn immer noch nicht begriffen?«, fragte er.

»Nein!«, fauchte Arion, erschrocken über die seltsame Reaktion, die dieses Lächeln in ihr auslöste. Ihre Stimme war viel schärfer, als es angemessen schien. »Ich habe es nicht begriffen, und das kann ich auch nicht, Clansherr! Was glaubt Ihr mit meiner Entführung erreichen zu können? Wollt Ihr ein Lösegeld für mich erpressen?« Sie lachte hart. »Wie hoch darf es denn sein? Hundert Golddinare? Oder gar zweihundert?«

Craidens Lächeln erlosch und machte Platz für etwas, das Enttäuschung zu sein schien, aber seine Augen blieben weich.

»Ich wüsste gar nicht, was ich mit so viel Geld anfangen sollte, Prinzessin«, antwortete er spöttisch. »Wir haben nichts, was man mit so viel Geld kaufen könnte, müsst Ihr wissen. Aber dennoch könnte es sich als ganz nützlich erweisen, die zukünftige Königin des Himmelsturms als Geisel zu haben.«

»Nicht des *verfluchten Schwarzen Turms?*«, erwiderte Arion böse. Sie schüttelte heftig den Kopf. »Ich muss Euch enttäuschen, Clansherr, wenn Ihr glaubt, auch nur irgendetwas vom R'Achernon oder Rymer oder gar Plixx erpressen zu können, nur weil Ihr mich in Eurer Gewalt habt.« Sie deutete zur Decke hoch. »Ich weiß nicht, was hier geschehen ist, aber es wird nicht von Dauer sein, glaubt mir. Und sobald es vorüber ist, werden sie kommen und mich befreien, und sehr viele Eurer Männer werden sterben. Vielleicht alle und wahrscheinlich auch Ihr selbst. Wollt Ihr das wirklich?«

»Ihr meint, sie werden Euch retten, Prinzessin?«, fragte Craiden. »So, wie sie Euch gerade beschützt haben?«

Auf diese Diskussion ließ sie sich erst gar nicht ein. »Ich gebe zu, dass Ihr mich überrascht habt, Clansherr. Und Duras und offensichtlich selbst Plixx. Aber macht Euch nichts vor: Ihr wisst, dass der Tod für mich nicht dasselbe bedeutet wie für Euch. Wenn es Duras nicht gelingt, mich zu befreien, dann werden sie einfach eine Atombombe über Eurem Palast zünden und mich zusammen mit Euch und Eurem gesamten Heer zu Asche verbrennen. Und einen Tag später wird eine neue Prinzessin Infinity auf dem Thron des R'Achernon sitzen.«

»Aber das würdet nicht mehr Ihr sein.«

»Doch«, widersprach Arion. »Nur ohne die Erinnerung an die vergangene Nacht und diese Katastrophe.« Sie zog eine flüchtige Grimasse. »Worauf ich auch gut verzichten kann. Aber Euch wird es nicht mehr geben, Clansherr.«

»Lassen wir es darauf ankommen«, sagte Craiden ernst, sah sie noch eine Weile mit diesem seltsamen Blick an und drehte sich dann demonstrativ weg.

Arion war so frustriert, dass sie ernsthaft den Gedanken an eine Flucht erwog. Die Kampfprogramme, die sie in der vergangenen Nacht heruntergeladen hatte, waren noch immer aktiv, und sie traute sich durchaus zu, Craiden zu überrumpeln, wenn sie ihn überraschend angriff. Selbst einen seiner Quorrl, der kaum damit rechnen würde, von einer einen Meter achtundsechzig großen und fünfzig Kilo leichten jungen Frau attackiert zu werden.

Einen schon. Aber gleich acht?

Nein, vielleicht war das doch keine so gute Idee.

Vor ihnen richtete Torman sich auf und setzte seinen Weg fort, wenn auch auf sehr seltsame Art: Der Gang war gute vier Meter breit und unterschied sich in nichts von dem, den sie bisher entlanggegangen waren. Dennoch presste sich Torman fest mit dem Rücken gegen die Wand und schob sich nur zentimeterweise und mit angehaltenem Atem weiter, bis er gut zwei Meter zurückgelegt hatte und mit einem hörbaren Seufzen wieder in die Gangmitte zurücktrat.

Arion warf Craiden einen fragenden Blick zu, bekam aber nur ein aufmunterndes Nicken zur Antwort, dann folgte der Clansherr seinem Leibwächter auf dieselbe Weise, wandte sich um und winkte auffordernd in ihre Reihen.

»Was soll der Unsinn?«, fragte Arion. »Wollt Ihr mich auf den Arm nehmen?«

»Macht es einfach genau wie Torman und ich, dann kann gar nichts passieren«, sagte Craiden.

»Dann kann *was* nicht passieren?«, fragte sie misstrauisch.

»Seid trotzdem ein bisschen vorsichtig«, fuhr Craiden ungerührt fort. »Man kann nie wissen.«

Für die Dauer eines halben Atemzuges war sie ernsthaft in Versuchung, einfach den Kopf in den Nacken zu werfen und mit stolzgestrafften Schultern in der Mitte des Gangs weiterzugehen, schon um ihm zu zeigen, dass sie sich ganz bestimmt nicht von ihm zur Närrin machen lassen würde. Wahrscheinlich bestand nicht die geringste Gefahr, nur würden Craiden und seine schuppengesichtigen Freunde sich einen Ast lachen und sich brüllend auf die Schenkel schlagen, während sie sich zitternd vor Angst an der Wand entlangschob wie eine hysterische Jungfer, die eine Spinne entdeckt hatte.

Im letzten Moment meldete sich dann doch noch ihre Vorsicht. Was hatte Craiden gerade so richtig gesagt? *Man kann nie wissen.* Statt also etwas wirklich Dummes zu tun, presste sie Rücken und Handflächen gegen die Wand und ging mit trippelnden kleinen Schritten an der vermeintlich gefährlichen Stelle vorüber.

Jetzt, aus der Nähe, konnte sie sehen, dass damit tatsächlich ... na ja ... irgendetwas nicht stimmte. Da war ein unregelmäßiger Fleck auf dem Boden, der auf den ersten Blick wie Schmutz aussah und sich auf den zweiten als das genaue Gegenteil entpuppte: eine Fläche, die so sauber und eben war, dass nicht einmal das Licht darauf Halt zu finden schien. Eine Ahnung von sehr großer Gefahr ging davon aus, aber vielleicht waren es auch nur Arions Nerven, die ihr wieder einmal einen Streich spielten.

Erst als sie Craiden und Torman erreicht hatte und mit deutlich größerem Abstand zu dem unheimlichen Fleck wagte sie es, sich von der Wand zu lösen und wieder in die Mitte des Ganges zu treten. Die Haut auf ihrem Gesicht und ihren Händen schien zu kribbeln. Wahrscheinlich waren das auch nur die Nerven.

Die Quorrl folgten ihr auf dieselbe Weise, und hätten sie nicht Pferde am Zaumzeug hinter sich hergezogen, hätten sie es sogar unbeschadet geschafft. Die riesigen Tiere schienen die Gefahr zu spüren, die von der unregelmäßigen Stelle am Boden ausging, denn auch sie schoben ihre massigen, gepanzerten Leiber so eng an der Wand entlang, wie es nur ging. Ihre Schweife und Ohren zuckten nervös, und manchmal schienen sich ihre Hufe buchstäblich nur noch um Haaresbreite neben dem schwarzen Fleck zu befinden.

Es war ausgerechnet Craidens Schlachtross, das die Katastrophe auslöste. Sein Führer hatte die Stelle bereits passiert und zog behutsam am Zaumzeug, doch der stampfende Hinterlauf des Monsterpferds überschritt die unsichtbare Grenze.

Und verschwand.

Irgendetwas ebenso Unsichtbares wie Unbegreifliches packte das Bein des Pferdes, riss es mit unwiderstehlicher Kraft in die Mitte des schwarzen Flecks und verschlang es. Die Reaktion des

Quorrl kam viel zu spät: Er versuchte, den Zügel loszulassen, kam aber wahrscheinlich nicht einmal dazu, diesen Plan ganz zu Ende zu denken, sondern wurde einfach mitgezerrt und war nur einen Sekundenbruchteil später genauso verschwunden wie Craidens Pferd.

Arion riss ungläubig die Augen auf. Alles war unfassbar schnell gegangen, dass sie nicht einmal wirklich etwas *gesehen* hatte. Sowohl der Quorrl als auch das Streitross waren so spurlos verschwunden, als hätte es sie niemals gegeben.

»Um Gajas willen, was … was war das?«, murmelte Arion.

»Aber Prinzessin«, sagte Craiden hinter ihr. »Ihr erwartet wirklich von einem ungebildeten Barbar, dass er Euch die Geheimnisse Eures eigenen Turms erklärt?«

»Ja«, fauchte Arion. »Oder die Klappe hält!« Sie versuchte immer noch, wenigstens eine Spur des riesigen Pferdes und des kaum weniger gewaltigen Schuppenkriegers zu entdecken, aber da war … nichts.

»Aber habt Ihr mir nicht gestern selbst gesagt, dass alles Wissen des Universums in der Molekularstruktur Eures heiß geliebten Achern gespeichert ist?«, fragte Craiden.

Einmal ganz abgesehen davon, dass ihm dieses komplizierte Wort eigentlich nicht so glatt über die Lippen kommen sollte, hatte Arion nicht die leiseste Ahnung, wovon er sprach. »Und?«

»Na, dann haben wir wohl gerade den Punkt gefunden, an dem das Geheimnis der Gravitation aufgeschrieben ist«, sagte Craiden belustigt. »Und jetzt kommt weiter, Prinzessin. Wir haben noch einen langen Weg vor uns.«

Arion verstand immer noch nicht, was er ihr damit sagen wollte (vielleicht billigte sie ihm ein solches Wissen auch nur einfach nicht zu), bedachte den unheimlichen Fleck millionenfach gesteigerter Gravitation noch einmal mit einem verstörten Blick und trat dann wieder gehorsam zwischen Torman und den Clanführer. Sie würde diesem … diesem *Neandertaler* bestimmt nicht auch noch die Genugtuung geben, sich als schlauer als sie zu erweisen!

Der Weg war jetzt nicht mehr weit. Dem Ende des Gangs

schloss sich eine breite, sehr schräge Rampe an, die insbesondere die Pferde nur mit äußerster Vorsicht hinuntergehen konnten. Dann standen sie vor einem weiteren, womöglich noch massiveren Panzerschott, das diesmal gleich die Kräfte von drei Quorrl forderte, um es zu öffnen.

Dahinter erwartete sie eine sechseckige Kammer voller Staub und rotem Licht mit einer identischen Kopie derselben Tür in der gegenüberliegenden Wand. Das halb mannsgroße Rad in ihrer Mitte hielt jedoch selbst den vereinten Kräften sämtlicher Quorrl stand, bis Craiden auf den Gedanken kam, erst die innere Tür schließen zu lassen. Ein tiefes, unendlich machtvolles Rumpeln erscholl, und für einen Moment wechselte das Licht seine Farbe und wurde zu einem matten Grün, bevor es wieder zum beinahe schon vertrauten Rot der Notbeleuchtung wurde. Als Torman danach zu dem riesigen Handrad griff, konnte er es ganz allein bewegen, obwohl er die Hilfe dreier weiterer Quorrl in Anspruch nehmen musste, um die schwere Tür nach innen zu ziehen. Das alles erinnerte Arion an die Luftschleuse eines uralten und hoffnungslos überdimensionierten Raumschiffs … aber welchen Sinn sollte das haben? Ihre Geduld war am Ende.

»Ich biete Euch zum allerletzten Mal an, Euch zu begnadigen, Clansherr«, sagte Arion. »Begleitet mich zurück in den Thronsaal, und das alles hier ist vergessen, einschließlich der vergangenen Nacht. Niemandem wird etwas geschehen, und danach nehmen wir die Verhandlungen einfach wieder auf.«

Tatsächlich sah Craiden sie einen Moment lang nachdenklich an, und vielleicht war da wirklich so etwas wie Einsicht in seinem Blick … aber dann schüttelte er den Kopf. »Einschließlich der vergangenen Nacht«, seufzte er. »Das scheint dir ja wirklich an die Nieren gegangen zu sein. Aber weißt du was, Mädchen? Sobald wir meine Burg erreicht haben, kaufe ich dir ein neues Pony.«

Mädchen? Ein neues *Pony?* Arion war absolut fassungslos. Also gut, dachte sie grimmig. Dann eben anders. Tatsächlich gab es einen kleinen, morbiden Teil in ihr, der schon immer wissen wollte, wie es sich anfühlen mochte, im Zentrum einer Antimaterieexplosion zu verglühen. Schade nur, dass sie sich nicht mehr daran erinnern würde, wenn sie das nächste Mal die Augen aufschlug und aus dem Clontank stieg.

Aber immerhin *würde* sie die Augen wieder aufschlagen, ganz im Gegensatz zu einem gewissen größenwahnsinnigen, überheblichen, arroganten, selbstgefälligen, primitiven, selbstverliebten, vollkommen durchgeknallten Clansherrn, und …

Das gewaltige Panzerschott schwang nach innen auf, und Arion stockte der Atem, als ihr Blick auf den dahinterliegenden Park fiel.

Er war verschwunden.

Wo sich zuvor kleine Wälder und schimmernde Seen zwischen sorgsam gepflegten Grasflächen erstreckt hatten, war jetzt nichts mehr als eine knöcheltiefe Schicht aus pulverfeiner weißer Asche zu sehen, aus der nur hier und da noch das verbrannte Skelett eines Baumes ragte wie verkohlte schwarze Hände, die sich anklagend dem Himmel entgegenreckten. Ein Hauch unangenehm warmer, trockener Luft schlug ihr entgegen und füllte ihre Lungen mit Brandgeruch und Asche. Unweit des offenen Schotts lag ein abgestürzter Jäger-Killer, der noch brannte, und zerschmetterte Heliothopther bildeten ein fast regelmäßiges Muster in der weißen Asche.

Die *Wand* war verschwunden.

Dahinter, unter schwarzem Rauch, flammenspeiend und von einem Ende bis zum anderen brennend, erhob sich die nunmehr endgültig zerbrochene Silhouette von *Belagerung*.

Craiden drehte sich zu Arion herum und streckte ihr die Hand entgegen. »Komm«, sagte er lächelnd. »Gehen wir nach Hause, Gea.«

Michael Peinkofer

Die Rückkehr der Orks

Roman. 512 Seiten.
Piper Taschenbuch

Sie sind die berüchtigtsten Ungeheuer aller magischen Welten: die Orks. Doch diese gefräßigen Ungeheuer sind nicht bloß grausam, einfältig und hinterlistig. Manche Orks sind dazu berufen, die Welt zu retten. In geheimer Mission brechen Balbok und Rammar, zwei ungleiche Ork-Brüder, zum sagenumwobenen Eistempel von Shakara auf und setzen Ereignisse in Gang, die ihre Welt bis in den letzten Schlupfwinkel erschüttert. Spannung, Wortwitz und kompromisslose Action sind in diesem Abenteuer garantiert!

»Bestsellerautor Michael Peinkofer liefert beste Fantasy-Unterhaltung.«
Bild am Sonntag

05/2242/02/L

Wolfgang Hohlbein und Dieter Winkler

Die Kriegerin der Himmelsscheibe

Roman. 512 Seiten.
Piper Taschenbuch

Das Land wird von Naturkatastrophen heimgesucht. Gewaltige Feuersbrünste brennen alles Leben nieder, entfesselte Stürme vernichten ganze Wälder und Siedlungen. Hilflos stehen die Menschen dem Unheil gegenüber. Einzig die Heilerin Arri könnte den Untergang noch verhindern – mithilfe der geheimnisvollen Himmelsscheibe, der übersinnliche Kräfte zugeschrieben werden. Doch die Scheibe ist verschwunden, und Arri gerät unter einen schrecklichen Verdacht. Flucht scheint der einzige Ausweg. Allein der Wunsch, ihren neugeborenen Sohn zu retten, treibt sie voran – da fällt sie ihren Feinden in die Hände. Und die versuchen, die Himmelsscheibe um jeden Preis an sich zu bringen …

05/2658/01/R

SEI UNSER
HELD!
PIPER FANTASY
Gleich mitmachen und die magische
Welt der Piper Fantasy erleben! Neugierig?
Dann auf zu www.piper-fantasy.de!
Piper-Fantasy.de
PIPER